HAJO KNEBEL

JAHRGANG 1929

HAJO KNEBEL

JAHRGANG 1929

Roman

BERGSTADTVERLAG
WILHELM GOTTLIEB KORN
WÜRZBURG

Während die in dem vorliegenden Roman geschilderten Ereignisse weitgehend auf tatsächlichen Geschehnissen der Jahre 1943 bis 1945 beruhen und während die Namen der Mitschüler der Wahrheit entsprechen, sind alle anderen in diesem Buch verwendeten Personen-, Schul- und auch Ortsnamen völlig frei gewählt. Irgendeine Ähnlichkeit oder auch Übereinstimmung mit lebenden oder auch toten Personen, ihren Lebensläufen, Schicksalen und Erlebnissen wäre daher rein zufällig und ist nicht beabsichtigt.

Die Deutsche Bibliothek – CIP-Einheitsaufnahme

Knebel, Hajo:
Jahrgang 1929: Roman / Hajo Knebel. – 3. Aufl. –
Würzburg: Bergstadtverl. Korn, 1995
ISBN 3-87057-041-5

Dritte Auflage 1995

Umschlagabbildung: Schloß von Heidelager/OL
Umschlag: Arnold Buck, Sigmaringen

Gesamtherstellung: M. Liehners Hofbuchdruckerei GmbH & Co., Sigmaringen
Printed in Germany · ISBN 3-87057-041-5

1943

1944

1945

1943

Dr. Sanders

Ich glaube, es war der kleine Dobrski, der das Schild als erster entdeckte. „Stockteich“, rief er. „Stockteich! Wir sind da!“ Schon fuhr der Zug langsamer; die Lokomotive vorn pfiff schrill und durchdringend; die Wagen holperten über Weichen und stießen klirrend mit ihren eisernen Puffern aneinander. Draußen vor den Fenstern huschten die weißen Stämme zarter Birken vorüber, Telegrafenmasten, ein rotes Stellwerksgebäude, ein schilfumsäumter kleiner See, ein in die Heide hinausführender sandiger Feldweg. Die Lokomotive zischte Wolken weißen Dampfes ab und bremste den Zug, so daß die Wagen gegeneinander stießen und wir auf den harten Holzbänken vornüber taumelten. Ein Koffer löste sich von seinem Platz im Gepäcknetz und polterte zu Boden.

„Stockteich!“ rief draußen auf dem Bahnsteig ein Beamter mit roter Mütze — der Fahrdienstleiter — den Stationsnamen aus. „Stockteich!“ Wir im Abteil — der kleine sommersprossige, rothaarige Dobrski, der lange Zink, King mit dem runden, kindlichen Vollmondgesicht und ich — griffen nach unseren Koffern, Rucksäcken, Taschen und kletterten aus dem Abteil nach draußen. Auf dem schottrigen Bahnsteig sammelten sich nach und nach dreißig oder vierzig Jungen meines Alters, vierzehn, fünfzehn Jahre alt. Wie eine Herde Schafe drängten wir uns aneinander, kamen uns seltsam verloren vor, während der Zug nach kurzem Aufenthalt wieder davonrollte und nach einer kleinen Weile nur von ganz fern her das aufgeregte Bimmeln des Läutewerks ertönte.

„Na, los denn“, meinte der lange Zink (er hieß auch noch Waldemar mit Vornamen, wie er uns im Zug verschämt eingestanden hatte) und zockelte voran, quer über das zweite Gleis, dem Ausgang des kleinen Bahnhofs entgegen, rechts einen schweren Koffer in der Hand, links einen schweren Koffer in der Hand. Wir folgten ihm nach, jeder mit Gepäck beladen wie ein Lastesel.

Draußen vor dem Bahnhofsgebäude — einem häßlichen Haus aus roten Backsteinen — ein kleiner Vorplatz, von ihm abzweigend eine Birkenallee und dann Wald: Kiefern, Buchen und Fichten. Unsere Hoffnung, einen Wagen vorzufinden, der unser Gepäck befördern könnte, erfüllte sich nicht. Der Platz war leer: kein Auto, kein Pferdefuhrwerk, kein Ochsengespann, nichts. Der Stationsvorsteher war in seinem Bahnhof verschwunden; wir kamen uns noch verlorener vor. Vielleicht war es schon Heimweh. Ich weiß es heute nicht mehr. Es war jedenfalls ein seltsames Gefühl: ringsumher dreißig, vierzig Jungen; und doch fühlte sich jeder ganz allein, ganz verlassen, ganz einsam. Stille lag über dem Land; hoch und blau stand der Himmel; weiß segelten an ihm die Wattebäusche der Wolken. Der Wald rauschte leise und verhalten; irgendwo summte eine frühe Hummel. Es war ja erst April, kurz nach Ostern 1943.

Unschlüssig standen wir alle eine ganze Zeit auf dem leeren, einsamen Vorplatz des Bahnhofs herum, bis der lange Zink sich aufraffte und sagte: „Na, dann nicht, liebe Tante Emma, dann woll'n wir mal.“ Mit seinen langen Beinen setzte er sich in Bewegung über den Vorplatz der Birkenallee zu. Dort stand gelb und krumm ein Wegweiser: „Heidelager 7 km.“

„Hier lang“, schrie der Lange zu uns herüber. „Es sind nur sieben Kilometer, Kleinigkeit für Mutter ihren liebsten Sohn.“ Aber schon bald mußte der lange Zink seine beiden Koffer absetzen und sich kräftig in die Hände spucken, um

die roten Striemen vom Tragen etwas blasser werden zu lassen.
Wir waren noch nicht weit gegangen, vielleicht hundert oder zweihundert Schritte, da saß auf einer morschen Holzbank rechts an der staubigen Straße ein Mann. Er stand auf, als wir näher kamen. „Wollt ihr etwa nach Heidelager?“ fragte er. „Ihr seht mir gerade so aus.“ — „Ja“, sagte einer von uns und fügte ganz überflüssig hinzu: „Sind wir hier richtig?“ — „Ja“, sagte der Mann, „dann kommt mal mit; ich will auch dorthin.“ Er rückte seinen großen Strohhut zurecht, zündete sich eine stinkende Tabakspfeife an, steckte den ledernen Tabaksbeutel zurück in die Außentasche der dünnen Leinenjacke, griff dann wortlos nach Dobrskis großem Koffer und stapfte uns voran. Unter seinen großen Schuhen wolkte der sandige Staub des Weges auf. Wir folgten dem Mann, der uns da so unerwartet den Weg nach Heidelager zeigen wollte und der nun sogar freiwillig und unaufgefordert den schweren Koffer des kleinen Dobrski schleppte.
Es ging langsam voran; die stundenlange Eisenbahnfahrt vorher hatte uns müde gemacht; die großen Gepäckstücke waren viel zu schwer für unsere kleinen Kräfte; der Abschied von zu Hause — für viele unter uns gewiß der erste — bedrückte uns. Dazu kam die schwüle Wärme dieses Frühlingvormittags, die Ungewißheit des Kommenden, das Unsichere der nächsten Monate und Jahre, die wir hier in Heidelager verleben würden. Bald zog sich die Gruppe der dreißig, vierzig Jungen zu einem langen Band auf der sandigen Straße auseinander. Die Koffer schnitten in die Hände ein; die Rucksäcke drückten auf der Schulter; der Schweiß rann salzig über unsere geröteten Gesichter. Aus den nahen Fischteichen und den vielen brackigen Tümpeln stiegen ganze Schwärme winziger Mücken und Schnaken und stürzten sich mit häßlich aufreizendem Gesirr auf uns. Es war, als ob sie ahnten, daß wir uns nicht wehren konnten. Wollten wir nach ihnen schlagen, mußten wir die Koffer loslassen. Wenn wir aber die Koffer losließen und nach ihnen schlugen, kamen wir damit meistens zu spät und klatschten uns nur auf

die Haut, während die Mücken, vollgesaugt mit unserem Blut und höhnisch surrend, längst wieder davongeschwirrt waren. Der lange Zink schimpfte wie ein Rohrspatz und meckerte unentwegt: „Ach, wäre ich bloß daheim geblieben", ein Ausspruch, den wir hier von ihm zum erstenmal hörten und der Zinks ganzen weiteren Lebensweg begleiten sollte.

Der Mann bei uns hatte es gut. Er qualmte aus seiner Pfeife graue Wolken stinkigen Tabakrauchs, hüllte sich damit ganz ein und blieb so von dem Überfall der Quälgeister aus den Sümpfen ziemlich verschont. An einer Weggabelung blieb er stehen und wartete auf den hinkenden King und mich. (Kings Mutter, eine fürsorgliche Frau, hatte ihrem Sohn beim Abschied die funkelnagelneuen Sonntagsschuhe angezogen, damit er beim Eintreffen auf der Schule einen guten Eindruck machen sollte. „Denn der erste Eindruck ist immer der beste", hatte sie dazu gesagt. Aber mit Kings Eindruck war es schon jetzt ziemlich Essig, und sie hätte Kings Ausdrücke hören müssen, um das zu verstehen. King lahmte, jammerte über die aufgelaufenen Blasen an den Fersen und fluchte wie ein Dragoner des Alten Fritzen. Dabei waren es noch immer mindestens fünf Kilometer bis Heidelager.)

„Du bist doch der Günter aus Martinswaldau", sagte der Mann zu mir. Ich nickte verwundert. Woher wußte der Mann meinen Namen? „Ach ja, ich weiß das zufällig", meinte er, als könnte er Gedanken lesen. „Ich habe Verwandte da, den Fleischer Lorenz." Ja, das konnte stimmen. So hieß unser Fleischer im Dorf. Es wurde mir ein wenig wohler, beinahe heimatlich zumute, als ich diesen vertrauten Namen von dem fremden Mann hörte. „Du willst also auch nach Heidelager auf die Schule?" setzte er das Gespräch fort.

„Na, es wird dir da schon gefallen. Ich weiß da so ein kleines bißchen Bescheid, habe da auch manchmal zu tun."

„So?" fragte ich zurück. Nun, auch das mochte stimmen. Seinem Aussehen und seiner Kleidung nach schien er der Gärtner oder vielleicht auch der Hausmeister zu sein. Das war günstig. Da konnte man sich gleich ein wenig über die zukünftigen Verhältnisse orientieren. Ein wenig Wissen darüber konnte wohl kaum schaden. Und so fing ich an, den

Mann im Leinenanzug mit dem großen Strohhut auszufragen. King stieß mich zwar ein paarmal mit dem Ellbogen von der Seite her an; aber ich achtete nicht darauf.
„Und die Schule?“ fragte ich. „Ja, die ist wirklich in einem Schloß, in einem richtigen Schloß untergebracht, ringsherum ein großer Park mit Teichen und Seen, ein riesiger Garten mit Gewächshäusern und Zwiebelfeldern . . .“, sagte er. Also doch, der Gärtner, dachte ich. Mein Gefühl hatte mich also nicht betrogen.
„Und die Lehrer?“ wollte ich wissen. „Na ja, wie halt so Lehrer sind“, sagte er und lächelte. „Die einen so, die anderen so. Für jedes Fach extra ein Lehrer, ganz exquisit.“ — „Ja, ich habe aber gehört, daß einer von ihnen — der Deutschlehrer — Sanders heißt er wohl — ein ganz verrückt strenger sein soll.“ Das hatte man sich vor einem Jahr im Ausleselager Oderbeltsch erzählt. Nun wollte ich die Wahrheit wissen. Der Gärtner, der so erstaunlich über die Schule und die dortigen Verhältnisse Bescheid wußte, würde es mir sicher sagen können.
„Na ja“, sagte er. „Da hast du schon ganz recht. Vor dem mußt du dich schon in acht nehmen. Der ist furchtbar streng, ganz genau und penibel, wenn du verstehst, was ich damit sagen will.“ Ich verstand zwar nicht ganz; aber ich nickte höflich und beklommen. „Weißt du“, setzte er hinzu, „er hat so seine Lieblinge und Eigenheiten: schöne Schrift verlangt er und immer saubere Fingernägel bei allen seinen Schülern.“ Ich blinzelte verstohlen auf meine schwitzenden Hände an den Koffergriffen: die Nägel waren schwarz umrandet. „Trauerränder“, würde meine Mutter dazu gesagt haben. Und dasselbe sagte nun auch der Gärtner.
„Trauerränder“, sagte er, „kann der Sanders auf den Tod nicht leiden. Da wird er recht eklig. Und er ist schon sonst nicht gut genießbar, eben: ein komischer Kauz. Ja, du hast recht, der Sanders, das ist ein übler Patron, der schlimmste von allen Paukern. Vor dem nehmt euch mal in acht.“ King staunte mit offenem Munde; und ich nahm mir in diesem Augenblick fest vor, mich zu bessern, schnell und gründlich. Von wegen schwarze Fingernägel und schmutzige Ohren und

so. „Das kommt von der Fahrt", sagte ich. — „Ich weiß", sagte der Gärtner. „Aber der Sanders . . ." Nein, mehr wollte ich von dem nicht hören. Mein Bedarf an Sanders war gedeckt.

„Und sonst?" fragte ich. „Der Direx?" Ich wollte zeigen, daß ich schon über den Betrieb an einer höheren Schule — wenn auch nur vom Hörensagen — Bescheid wußte, daß man also statt Lehrer Pauker und statt Direktor Direx sagte, daß im übrigen aber auch hier bloß mit Wasser gekocht wurde. Das mußte dem Gärtner imponieren, so hoffte ich.

„Ja, der Direktor", sagte er. „Unser Herr Direktor — das ist nun wirklich ein schwieriger Fall; aber das wirst du schon noch selbst erfahren. Leider . . . Aber erzähl doch lieber noch etwas von dir, von zu Hause, von Martinswaldau. Lebt dein Opa, der Henschel-Schmied, noch? Bist du noch immer so ein heimlicher Dichter? Ja, ja, ich weiß so allerhand von dir. Weißt du, wenn die Lehrer ihre Konferenzen haben, da lausche ich manchmal und schnappe so allerlei auf. Ehe ihr Neuen kamt, ist natürlich auch über euch beraten worden. Die haben ja all eure Zeugnisse und Gutachten und von jedem ein Paßbild. Daher kenne ich dich auch. Außerdem habe ich ja noch die Verwandten in Martinswaldau." Aber das kam recht dünn heraus.

Langsam wurde mir der allwissende Gärtner unheimlich. Ich ließ einen meiner Koffer aus der verkrampften, schwielenbedeckten Hand in den Staub plumpsen, ächzte vernehmlich auf und putzte mir — stehenbleibend, während der Gärtner mit weitausholenden Schritten weiterstapfte — den perlenden Schweiß von der Stirn. Das ehedem blütenweiße Taschentuch färbte sich gräulich-schwarz. „Junge, Junge", sagte der dickliche King. „Da erwartet uns wohl allerhand auf der Schule. Wäre ich doch Maurer geworden, wie mein Vater wollte. Aber nein, ausgerechnet: LBA!" Wir taten uns beide herzlich leid.

Einer nach dem andern stolperten die Jungen an uns vorüber, schwitzend, keuchend, die schweren Koffer schleppend, absetzend, wieder aufnehmend. Einer von den Neuen trug sogar seinen schwarzen, jetzt grau vom Staub der Heide bepuderten Konfirmationsanzug. Die meisten hatten ihre Sonntagskleider an: lange Hosen, Jackett, weißes Hemd mit schwarzem Binder; nur ein paar trugen kurze Hosen und Braunhemd. Die waren wohl am glücklichsten dran und brauchten nicht so viel zu schwitzen. Als bald alle an uns vorüber waren, bis auf ein paar in der Ferne auftauchende Nachzügler, griffen auch wir wieder nach unseren bleischweren Koffern und stolperten vorwärts, dem fernen Heidelager, der ungewissen Zukunft entgegen.

Ich weiß heute nicht mehr, wie lange wir brauchten, bis wir aus dem Wald herauskamen und vor uns an der Straße die Dächer und weißen Häuser der Ortschaft erblickten. Eine kleine, buntgestrichene hölzerne Brücke schwang sich über einen Bach. Die geteerte Straße wand sich zwischen Fischteichen, Karpfenbecken, Obstgärten und Wiesenstücken hindurch, schwenkte an einer altersgrauen Kirche mit wuchtigem Viereckturm rechts ab und stieg dann leicht bergan. Hinter grünen Holzzäunen duckten sich die kleinen wendischen Fachwerkhütten mit ihren moosigen Schilfdächern, dem schwarzen Balkenwerk und den weißen Kalkwänden. Männer und Frauen mit wettergegerbten, braunen Gesichtern standen vor den Haustüren und grüßten uns freundlich. Aus den offenstehenden Fenstern duftete es genüßlich nach Fischsuppen und brutzelnden Bratkartoffeln. Links begleitete eine hohe Steinmauer die Straße; dahinter ragten hohe, fremdländische Bäume auf: Platanen, Ulmen, Rüstern, Akazien.

Dann in der Mauer ein kunstvolles, schmiedeeisernes Gittertor, halb geöffnet, dahinter ein feingeharkter Kiesweg, rechts und links davon kurzgestutzte Rasenrabatten mit bunten Frühlingsblumen, ein gelber Sandplatz und endlich hoch aufragend das Schloß von Heidelager: die Schule.

Vor der großen Freitreppe stellten wir die Koffer ab und verschnauften ein wenig. Alle Fenster des Schlosses waren geöffnet; überall schauten braungebrannte Jungen heraus und lachten über unsere beklommenen Gesichter. Keinem von uns war wohl zumute. Eine ganze Weile tat sich nichts. Wir standen in der prallen Mittagshitze auf dem weiten Sandplatz vor dem großen Schloß und wagten kaum, uns

umzublicken, wagten noch viel weniger, etwa die Treppen zum Schloß hinaufzusteigen. Die Jungen in den Fenstern grinsten und spotteten und zeigten mit Fingern auf uns. Irgendeiner von ihnen sagte recht laut: „Die Neuen sind da! Die Neuen sind da! Das gibt ein Fest, täträtä! Na, wartet mal bis zum Abend." — „Schon mal was vom Schloßgeist gehört?" rief ein anderer zu uns herunter. Unser Herz sank womöglich noch tiefer. Schloßgeist, ja, das hatten wir schon in Oderbeltsch erfahren. Wir wußten, was das ist. „Mein lieber Mann", meinte noch einmal King. „Wo sind wir hier bloß hingeraten?" Er sagte es ganz leise. Die anderen schwiegen. Was gab es auch viel zu sagen? Wer sich mutwillig in Gefahr begibt, kommt darin um. Das war zwar ein altes Sprichwort, aber trotzdem wahr.
Plötzlich öffnete sich oben das breite Schloßtor. Ein paar Männer traten heraus auf die oberste Stufe der Freitreppe. Ein älterer Junge in der grauen Schuluniform schrie: „Achtung!" Wir klappten die Hacken zusammen, so gut das eben ging, nahmen Haltung an und standen stramm. Das hatten wir ja gelernt; das konnten wir.
„Die Neuen in einem Gliede antreten! Marsch! Marsch!" Wir drängelten uns durcheinander, rempelten uns mit den Ellbogen gegenseitig an, stießen uns die schweren Koffer in die Kniekehlen, rannten mit hochroten Köpfen zusammen und suchten uns jeder einen Platz in der langen Reihe. Die Köpfe der Jungen oben an den Fenstern waren plötzlich verschwunden. Das Schloß lag wie ausgestorben. Aber wir wußten: sie beobachteten uns weiter hinter den Scheiben der Fenster hervor, aus dem Dunkel der vielen Räume. Wir standen wie die Ölgötzen und machten allesamt recht dümmliche Gesichter. „Rührt euch!" befahl der Sprecher von eben. Wir lockerten unsere Haltung, stellten uns etwas bequemer hin. Die Männer oben auf der Treppe unterhielten sich leise miteinander. Einer von ihnen lachte verhalten.
„So geht es nicht", sagte der ältere Junge. „Ich rufe euch jetzt einzeln mit eurem Namen und ihr stellt euch dann so auf." Und schon fing er an, von einer Liste unsere Namen, die Namen der Neuen, abzulesen: „Amft — Axmann — Bargan-

der — Bartsch — Berger — Berke — Bischoff — Bock — Blaszcik — Czaia — David — Dobrski — Duschek — Eichhorst — Franke — Fräger — Fitzke — Foth — Gaida — Glovalla — Gottwald — Gottschalk — Hanke — Heerde — Hilbig H. — Hilbig R. — Horn — Hoffrichter — Knebel — Kriebel — King — Pusch — Patschke — von Bergström — Worbs“ und nach einer Weile „Franzek — Geisler — Graupe — Hillmer — Rabsch — Schicksnus — Stelzer — von Hüttenhain — Winter — Zink.“ Wenn ich mich nicht verzählt hatte, waren es mehr als vierzig Namen.

„Na also“, sagte einer der Männer auf der Treppe und kam ein paar Stufen näher auf uns zu. „Ich begrüße euch als die neuen Schüler unserer Anstalt und hoffe, daß es euch bei uns gefallen wird, vor allem auch, daß ihr alle noch nach einem Jahr zusammen seid und dann in ein paar Jährchen die Abschlußprüfung bestehen werdet. Aber das hat ja vorläufig noch Zeit. Lebt euch nur erst einmal bei uns hier ein; aller Anfang ist schwer; doch das werdet ihr auch noch erfahren. Wenn ihr mit irgend etwas nicht zurechtkommt, dann könnt ihr immer zu einem der Älteren, zu einem Lehrer“, und damit wies er mit einer leichten Handbewegung nach oben zu der Gruppe der Männer auf der Treppe, „oder zu mir, eurem Direktor kommen. Am besten aber ist es, ihr wendet euch zuerst immer an euren Klassenlehrer. Ich will ihn euch nun vorstellen. Es ist . . .“ und hier machte der Direx, ein kleiner dicker Mann mit glänzenden Schaftstiefeln und einer schwarzen Uniform, eine kleine Verschnaufpause, „. . . es ist — Dr. Sanders.“

Aus dem Hintergrund der kleinen Männergruppe löste sich nun eine Gestalt hervor, stieg die breite Freitreppe herunter und stampfte mit schweren Schuhen, bekleidet mit einem dünnen Leinenanzug, einen großen, zurückgeschobenen Strohhut auf dem Kopf, die immer noch oder schon wieder qualmende Tabakspfeife zwischen den Zähnen, auf uns zu. Ich schloß die Augen, um diesen bösen Traum wegzuwischen. Das Herz klopfte heftig. War denn so etwas möglich? War das nicht der Gärtner?

King neben mir im Glied zischte mit zusammengepreßten Lippen: „Da haben wir den Salat." Mir wurde richtiggehend schwarz vor den Augen, aber nicht etwa von der brütenden Hitze dieses Mittags. Am besten packte ich meinen Koffer gar nicht erst aus und fuhr mit dem nächsten Zug wieder nach Hause. Ob wohl heute noch einer zurückfuhr? Hier hatte ich ja wohl verspielt. Das war klar. Aber — was würden die zu Hause sagen, wenn ich so schnell wieder heimkehrte. Diese Schande, diese Schmach! Nein, das durfte ich ihnen nicht antun. Ich mußte durchhalten, komme, was da wolle, Zähne zusammengebissen und weiter. „Ein deutscher Junge forcht sich nit", grinste King neben mir. „Ruhe da hinten!" brüllte der ältere Junge vor der Front der Neuen. Augenblicklich verstummte jedes Flüstern. Es schien, als hielte selbst der Wind den Atem an. Nur die Lehrer auf der Freitreppe unterhielten sich ungeniert weiter.

Der Gärtner — nein, der Lehrer Dr. Sanders — schritt langsam an der ganzen, langen Reihe vorüber bis zum rechten Flügelmann, ließ sich von jedem der Neuen Name und Vorname, Heimatort und Beruf der Eltern sagen, blieb bei dem einen oder anderen recht lange stehen, fragte noch dies oder jenes, rückte da einen Schlips gerade, prüfte dort die Qualität und den Sitz der Sonntagskleidung, drückte jedem der neuen Schüler die Hand und es dauerte unendlich lange, bis er immer näher auf mich zukam. Er erschien mir in diesem Augenblick wie die böse Verkörperung des Schicksals, vor dem es kein Entrinnen gab. Hätte ich doch meinen Schnabel gehalten; hätte ich doch geschwiegen; hätte ich wenigstens auf Kings mahnende Rippenstöße geachtet. Aber nun war es zu spät: Schicksal, nimm deinen Lauf! Luther vor dem Reichstag zu Worms konnte nicht schwerer zumute gewesen sein als mir in dieser Mittagsstunde vor dem Schloß in Heidelager, tief drinnen in der heidigen Niederlausitz.

Endlich stand Dr. Sanders vor mir. „Na, wir kennen uns ja", sagte er; und um seinen Mund zuckten winzige Lachfältchen. „Du bist doch der Günter aus Martinswaldau", sagte er. „Vom Henschel-Schmied das Enkelchen, der heimliche Dichter." Ich stand blutübergossen und rührte mich nicht. Nur nicht noch mehr auffallen; nur nicht wieder eine Lippe riskieren. „Na, dir scheint ja ganz schön die Gärtnerei verhagelt zu sein", sagte er und grinste noch mehr, niederträchtig, so schien es mir. Auch um seine Augen standen nun kleine Falten. Der hatte gut lachen; aber ich ... ich saß in der Tinte und in was für welcher: schwarz, noch schwärzer. Würde sich doch nur die Erde unter mir auftun und mich verschlingen. Es wäre mir gerade recht gewesen. Aber sie tat sich nicht auf; selbst der Himmel hatte kein Einsehen mit einem kleinen, vorlauten Jungen wie mir.

„Ja, das ist schon öfter vorgekommen", sagte nun Dr. Sanders. „Es hat mich schon mancher für den Gärtner gehalten, der hier neu ankam. Weißt du, der alte Harun al Raschid aus Bagdad hat das auch immer so gehalten, sich in allerlei Verkleidung unters Volk gemischt, um dessen Stimmung zu erfahren. Nun, das habe ich also auch getan und brauchte mich dabei nicht einmal zu verkleiden." Ich sagte noch immer nichts, blickte vor mich hin ins Leere, sah alles und sah doch nichts. „Aber du brauchst keine Angst zu haben; ich bin gar nicht so; ich habe noch niemanden gefressen. Ich werde auch dich nicht fressen. Wir werden schon gut miteinander auskommen. Glaubst du?"

Mir fiel ein Stein vom Herzen. Man mußte es ordentlich hören, wie er herunterplumpste. „Ja!" schrie ich. „Jawoll, Dr. Sanders." Ein Schlag auf die Schulter, daß ich ordentlich in den Knien einsackte, ein Händedruck, nach dem mir alle fünf Finger der rechten Hand schmerzten; und Dr. Sanders — der Gärtner, unser zukünftiger Klassenlehrer — schritt weiter zum nächsten. Mir aber war entschieden wohler. Wenn ich es recht betrachtete, so war er doch wohl nicht so schlimm wie sein Ruf, und vor allem nicht so schlimm, wie ich befürchtet hatte. Nach den schwarzen Fingernägeln hatte er überhaupt nicht gefragt. Aber ich beschloß, sie so schnell wie möglich und so gründlich wie nötig sauberzumachen. Wozu hatte ich denn mein großes Taschenmesser mitgenommen? Als Dr. Sanders außer Hörweite war, flüsterte King: „Junge, Junge, das ist ein Ding, was? Der ist prima." Ich nickte: „Ja, ich glaube auch."

Der Direx: Dr. Dr. Helmann

So also erfolgte unser Einzug in die Schule Heidelager und meine erste Bekanntschaft mit Dr. Sanders. Von ihm wird noch manches zu erzählen bleiben. Aber nun wollen wir erst einmal essen gehen.

Aus dem großen Speisesaal — es war inzwischen wohl drei Uhr nachmittags geworden — klang das für unsere Mägen aufreizende Klappern von Geschirr, von Gabeln und Löffeln und duftete es appetitlich nach irgendeinem Fischgericht. Wir schnupperten in die Luft. King meinte: „Karpfen. Wenn Neue kommen, gibt es hier immer Karpfen. Die wollen sehen, ob wir auch anständig und gesittet wie normale Mitteleuropäer Fisch essen können. Ich hab's zum Glück vorher zu Hause probiert."

Ich muß sagen, ich war eigentlich schon satt. Iß nicht Fisch mit Messer, wenn du Gabel hast. Das war alles, was ich vom richtigen Fischessen wußte; und ob es stimmte, konnte ich nicht einmal sagen. Na, dann los!

Wir Neuen trotteten nacheinander in den Speisesaal, die meisten mit gesenktem Kopf wie Schafe, die zur Schlachtbank geführt werden sollen, suchten uns an den weißgedeckten Tischen — immer zwei und zwei — einen Platz und harrten der Dinge, die da noch kommen sollten. Unsere Mägen knurrten vernehmlich; irgendwo klirrte eine Gabel zu Boden, klapperte ein herunterfallender Löffel. Verstohlen nur wagten wir, uns in dem großen Raum umzusehen und erste Eindrücke unserer künftigen Heimat zu sammeln: weit offenstehende Flügeltüren und große Fenster mit einem herrlichen Blick in einen weiten Park, blaßbunte, tapetenverzierte hohe Wände mit allerlei Bildern, eine breite Durchreiche zu der Küche, an der Stirnwand des Saales, auf schmalem Sockel, eine bronzene Führerbüste, nach dem Motto: „Unser Führer sieht alles, hört alles, riecht alles, weiß alles", viele gedeckte Tische, zum Teil mit Blumenschmuck.

Aber nicht lange blieb Zeit, uns zu besinnen und Kraft für die neue Mutprobe zu gewinnen. Schon kamen auch die Lehrer in den Raum und einige Schüler der ältesten Klasse, junge Herren, wie es uns schien, siebzehn, achtzehn Jahre, uralt, und suchten sich gleichfalls an unseren Tischen Platz, so daß dann immer zwei Neue und ein Lehrer oder ein „Jungmann“ (wie die Schüler dieser Anstalt hießen) zusammen saßen und zusammen aßen. Schon auch öffneten sich die Milchglasfenster der Durchreiche, wurden Schüsseln und Terrinen von hilfreichen Händen auf die Anrichte gestellt, von dort an unseren Tisch getragen. Es duftete stärker und durchdringender als zuvor nach Fisch. King stieß mich unterm Tisch verstohlen mit dem Fuße an: „Karpfen! Na, was hab' ich gesagt? Da bist du von den Socken.“ Ein Unglück kommt eben selten allein; aber es sollte noch dicker kommen: o Schreck, laß nach.

Quer durch den ganzen, großen Raum — wir hatten uns an einen Tisch in die hinterste, dunkelste Ecke des Speisesaals geflüchtet — stiefelte ein kleiner dicker Mann mit hohen, glänzenden Schaftstiefeln und einer schwarzen Uniform auf unseren Platz zu — zum zweiten Male an diesem Tage wollte mir das Herz stehenbleiben — griff nach einem der leer gebliebenen Stühle, drehte ihn herum und ließ sich gemütlich an unserem Tisch nieder. „Na, ihr beiden“, sagte er, „dann woll'n wir mal. Das ist nämlich der Direktorstisch, müßt ihr wissen. Da setzt sich sonst nicht gern jemand hin. Ihr habt Mut gehabt, muß schon sagen . . . alle Achtung.“ Seine Augen hinter den scharfen, glitzernden Brillengläsern musterten uns durchdringend. King faltete heimlich die Hände unterm Tisch und bewegte leise die Lippen zum gewohnten Tischgebet. „Na, was für Flausen“, meinte der Direx und lächelte spöttisch. „Aber, das habe ich so zu Hause gelernt“, wollte sich King zaghaft verteidigen. „Papperlapapp“, schnitt ihm der Direx — Dr. Dr. Helmann — das Wort ab. „Das muß anders werden. Du willst ein deutscher Junge sein, Schüler der LBA?“ King wurde rot und schwieg verlegen.

„Alles aufstehen!“ schrie Dr. Dr. Helmann, der Direx. Stühle scharrten, Füße schrappten über den Parkettfußboden; wir standen auf. „Hände reichen!“ Wir reichten uns die Hände. „So, den Tischspruch, Jungmann Seyfert.“ Jungmann Seyfert, einer der älteren Schüler, ein rotblonder, robuster

Bursche, sprach ihn: „Wer jeden Tag nur Kuchen ißt, Pasteten und Kapaunen, der weiß ja nie, wann Sonntag ist, der kennt nur schlechte Launen! Guten . . .“ — „. . .Tag“, murmelten ein paar der Neuen und meinten, es besonders gut gemacht zu haben. „. . . Hunger!“ quäkten ein paar andere. „Oh, das müßt ihr aber noch lernen“, meinte Dr. Dr. Helmann. „Merkt euch: Beten fällt hier flach. Das brauchen wir nicht. Wir haben ja unseren Führer. Verstanden?“ — „Jawoll!“ brüllten wir zurück. Wir hatten verstanden. Alle schauten zu unserem Tisch herüber. King senkte verlegen seinen roten Kopf und sah auf seine unruhig auf der Stuhllehne zuckenden Finger. „Setzen!“ rief der Direx. Wir setzten uns; wieder scharrten Füße, rückten Stühle. Das Essen konnte beginnen. Schon stand ein flacher Teller mit einigen Karpfenstücken vor uns, ein Schüsselchen mit brauner Buttersoße (aber sicher war es Margarine) und eine Terrine mit goldgelben Kartoffeln.

„Wenn ich nur nicht als erster anfangen muß“, dachte ich und sandte heimlich ein jungenhaftes Stoßgebet aus. Es wurde erhört; ich hatte Glück. King begann mutig als erster, nahm sich mit zwei Gabeln ein Stück Karpfen von der Platte, häufte sich einen Berg Kartoffeln auf den Teller und übergoß alles tüchtig mit brauner Buttersoße. Na, nun konnte ja eigentlich nichts schief gehen. King hatte ja zu Hause geübt, wie man Fisch ißt und ich brauchte ihm nur alles nachzumachen. Klugerweise reichte ich aber, ehe ich nun meinen Teller füllte, dem Direx die Schüsseln an: „Bitte!“ Ein höflicher Junge, sollte er von mir denken. Ach, wenn der wüßte! Auch der Direx nahm sich sein Karpfenstück, seine Soße und drei, vier kleine Kartoffeln. King kaute schon auf beiden Backen und schmatzte vernehmlich. Es schmeckte ihm. Man sah und hörte es. Ringsum klirrten Gabeln, klapperten Löffel, ließen es sich vierzig Jungen mehr oder weniger gut schmecken — meistens wohl weniger.

Nun war auch ich endlich an der Reihe: ein Stück Karpfen, einige Löffel Soße, ein paar Kartoffeln — lieber nicht zu viel, als daß man hier noch einmal am ersten Tage auffiel. Lieber einen hungrigen Magen als . . . Verstohlen blinzelte ich über den Tisch zu King, wie der das machte. Aha: eine Gabel in die rechte Hand, eine Gabel in die linke Hand, den weichen Karpfen vorsichtig zerteilt, die Gräten an den Rand des Tellers geschoben, die Kartoffeln zerdrückt, nicht mit dem überflüssigerweise dabeiliegenden Messer zerschnitten, in die Soße gestippt und die gefüllte Gabel vorsichtig zum Munde geführt. Langsam kam ich ins Schwitzen; das Essen strengte mächtig an. Aus den Augenwinkeln heraus schaute ich immer wieder zu King hinüber, machte ihm alles nach und versuchte, mit dem allgemeinen Eßtempo Schritt zu halten. Alles ging besser, als ich zuvor gedacht hatte. Der Direx sah uns beide von der Seite her an und ließ seine Blicke in die Runde von Tisch zu Tisch weiterschweifen. Er sagte nichts; Tischgespräche hätten wir wohl auch bei unserer nervenaufreizenden Arbeit des Fischessens nicht gebrauchen können. Wenn nur die kleinen Kartöffelchen nicht so hart gewesen wären! Man mußte mächtig aufpassen, daß sie einem beim Zerkleinern nicht unter der Gabel wegrutschten und sich selbständig machten. King hustete hinter der vorgehaltenen Hand; ihm war wohl eine Gräte in den Hals gekommen. Sein Kopf rötete sich verdächtig; seine lustigen Schweinsäuglein waren ganz klein zusammengedrückt. Ich schaute auf meinen Teller, trennte noch vorsichtiger als zuvor die Gräten vom Karpfenfleisch, führte einen verzweifelten Kampf mit den immer wieder weggleitenden Kartoffeln. Wenn sie nur ruhig liegen blieben; wenn sie nur nicht vom Teller sprangen, womöglich noch über den Tisch flogen hinüber in den Teller des Direx.

„Pitsch!“ machte da eine eben von mir bearbeitete Kartoffel und wie in einem Angsttraum sah ich mit schreckgeweiteten Augen und halb geöffnetem Munde ihrem weiteren Weg zu: sie rutschte elegant über den etwas gewölbten Rand meines Tellers, segelte ein Stück durch die Luft, plumpste mitten in den Teller Dr. Dr. Helmanns, des Direx, glitschte dann aus ihm wieder heraus, hinterließ auf der blütenweißen Tischdecke ein paar häßlich braune Fettflecke, glitt über den Tischrand und kullerte zu Boden. Alle Schrecken und Ängste hatten sich somit auf grausamste Weise erfüllt: was ein richtiger Pechvogel ist, der hat eben immer Pech. So wie ich. Zum zweiten Male an diesem herrlichen Vorfrühlingstage wünschte ich, die Erde möge sich unter mir öffnen und mich Unglücksraben verschlingen. Aber sie tat es auch diesmal nicht. Ich wagte kaum zu atmen, nicht aufzublicken, vor allem aber nicht mehr weiterzuessen.

„Pitsch!“ machte es da zum zweiten Male und diesmal löste sich von Kings Teller eine kleine knusprigbraune Kartoffel, sprang quer über den Tisch und klatschte in Dr. Dr. Helmanns Teller, wo sie nach einigen Umdrehungen gemütlich zur Ruhe kam, nachdem sie einige Tropfen Fettsoße auf Tischtuch und Direxuniform geschleudert hatte.

„Verdammte Schweinerei!“ brüllte der Direx und sah uns zornfunkelnd an. „Könnt ihr nicht besser aufpassen? Eine besonders gute Kinderstube scheint ihr auch nicht gehabt zu haben, alle beide; oder ihr seid im D-Zug-Tempo durchgesaust! Na, euch Trottels werden wir schon noch Manieren beibringen! Euch werden noch die Hammelbeine langgezogen werden. Erst beten und dann so was ... Heute abend bei Unterführer Seyfert melden zum Rundendrehen, ihr ...“ Er war wirklich kein feiner Mann.

„Pitsch!“ machte da eine kleine Kartoffel bei Dr. Dr. Helmann, glitt unter seiner Gabel weg, quer durch die Buttersoße, bekam auf ungeahnte Art und Weise dadurch neuen Auftrieb und vermehrte Geschwindigkeit, sauste über den Rand seines Tellers, flog durch die Luft, wobei sie sich um ihre eigene Mittelachse (wenn es so etwas bei Kartoffeln überhaupt gab) drehte und klatschte mit voller Wucht in Kings Teller, verlor dadurch erheblich an Stoßkraft, hatte aber doch noch so viel Elan, über den Rand von Kings Teller weiterzurutschen und über den Rand des Tisches dem Abgrund am Boden zuzustreben. King versuchte zwar, sie in ihrem eiligen Laufe aufzuhalten, hatte aber damit nicht mehr Erfolg, als daß er begann, das Tischtuch unter unseren Tellern wegzuziehen, so daß wir schnell nach allem auf dem Tisch Stehenden griffen und es festzuhalten uns bemühen mußten.

Dem Direx hatte es die Sprache verschlagen; er staunte mit offenem Munde und sah dabei keineswegs intelligent aus. Das Klappern und Klirren im Saale hatte aufgehört. Alle Augen im Raume waren auf unseren Tisch gerichtet. Was würde nun geschehen? „Verdammte Schweinerei", brüllte der Direx noch einmal. „Die Küche soll die Kartoffeln gefälligst weicher kochen. Da kann ja kein Mensch vernünftig essen!" Und damit schob er den Teller weit von sich und sagte: „Ich bin satt!" Wir folgten seinem Beispiel und beteuerten: „Auch wir sind satt!" Dabei waren unsere Teller noch halb gefüllt und knurrten unsere Mägen stärker als zuvor. Aber uns war der Appetit — und was noch schlimmer war: der Mut — endgültig vergangen. „Euer Rundenlaufen fällt damit selbstverständlich aus," meinte der Direx und uns beiden fiel ein Stein vom Herzen. So schlimm konnte es also nicht sein.
Dann hob der Direx nach einer Weile stummen Wartens die Mittagstafel auf. Wir erhoben uns, reichten uns um den Tisch herum die Hände. Jungmann Seyfert, der Rotblonde, sagte seinen Dankspruch: „Fröhlich war das Mittagessen! Wir danken unserm Führer!" Und wir trotteten wieder aus dem Saal heraus zu unseren draußen vor dem Schloß in der prallen Aprilsonne stehenden Koffern, Tornistern und Rucksäcken. Ein Gutes hatte dieses Mittagessen übrigens doch, um das gleich vorwegzunehmen: in Zukunft waren die Kartoffeln immer weich gekocht. Und als nach einem Jahr die Neuen kamen, gab es zu ihrem Empfang keine Karpfen mehr, sondern Kartoffelsuppe mit kleingeschnittenen Wurstscheiben.

Der Schloßgeist

Der Nachmittag dieses ersten Tages verging mit der Unterkunftsverteilung, dem Bettenbau, dem Einräumen der hohen, schmalen Spinde, der Anmeldung im Büro, der Abgabe der mitgebrachten Zivilkleider auf der Kleiderkammer, dem Empfang und der Anprobe der grauen Schuluniformen. Viel zu schnell wurde es Abend, sank die Sonne rot verglühend hinter den hohen Parkbäumen, blies ein Jungmann — mehr laut als schön — zum „Raustreten“ und „Abendappell“, folgte das nicht minder abenteuerliche Abendessen und — zwei Stunden später — der Zapfenstreich.

Wir lagen mit klopfenden Herzen in unseren blauweiß karierten Betten — King, Dobrski, Zink, Pusch und ich in einer Stube — hörten unsere aufgeregten Herzen laut gegen die Bettdecke schlagen und starrten mit weitgeöffneten Augen in die jäh hereingefallene Dunkelheit. Draußen vor den Fenstern stand schwarz und tief die Nacht; die Parkbäume rauschten stärker im Nachtwind. In uns wühlte das Heimweh. Aber keiner wollte es sich anmerken lassen. Ach, jetzt zu Hause sein, jetzt das Vertraute um sich haben, jetzt ... Keiner von uns sprach ein Wort; jeder hing seinen Gedanken nach, lauschte nach draußen in die Nacht vor den Fenstern und wartete, daß der Schlaf — oder der Schloßgeist — nun endlich käme. Die Minuten waren zäh wie Ewigkeiten und tropften mühsam in den Strom der Zeit. Dobrski warf sich unruhig in seinem Bett von einer Seite auf die andere. Draußen schlug blechern die Turmuhr elfmal. Irgendwo im Schloß klapperte ein Fensterladen, rüttelte der Wind an losen Dachziegeln. Pusch fing an, leise zu schnarchen. Auch das noch. „Günter, schläfst du schon?“ fragte King und richtete sich auf. Die Federn seines Bettes knarrten und quietschten. „Nein“, sagte ich. „Warum?“ — „Nur so“, flüsterte King. „Weißt du, es ist ein komisches Gefühl, so hier zu liegen und die Minuten zu zählen.“ Ich verstand ihn; es ging ihm nicht um die Minuten. Das komische Gefühl hatten wir sicherlich alle. Nur wagten wir nicht und schämten uns, es uns einzugestehen und mit Namen zu nennen. Es war Heimweh, Heimweh und Angst. „Es wird schon werden“, sagte ich. „Ja,“ flüsterte King und legte sich wieder zurück. Pusch schnarchte stärker; Dobrski warf sich noch immer unruhig hin und her. Nur Zink, der lange Zink, Waldemar Zink, das Nachtgespenst (wie wir ihn später nannten) schwieg. Die Uhr schlug kurz einmal an. „Halb zwölf“, sagte King. „Und um sechs ist Wecken. Ach, herje ...“ Nun begann es draußen auch noch zu regnen. Schwere Tropfen klatschten gegen die

Fensterscheiben. Der Wind wurde immer stärker. Der Wetterhahn auf dem Dachreiter quietschte rostig. Die Geräusche der Nacht draußen durchschnitten die Stille. „Nun muß er doch bald kommen, der Schloßgeist“, flüsterte King. „Ich bin bestimmt dran, ich mit meinem Beten. Nicht, daß ich Angst hätte, aber ...“ Er sprach das aus, was wir alle hatten: Furcht vor dem Neuen, vor dem Fremden, dem Unbekannten. Soll doch niemand sagen, vierzehn-, fünfzehnjährige Jungen hätten keine Angst, wenn sie — wie wir — das erste Mal von daheim weg sind. Nun schlug die Uhr wieder. Jeder von uns zählte wohl heimlich die Schläge mit. Dobrski hatte aufgehört zu schnarchen. Zwölfmal dröhnten die Schläge durch die Dunkelheit. „Mitternacht“, sagte Zink. „Jetzt kommen sie wohl.“

Tapp, tapp, tapp — machte es draußen auf dem langen, schmalen Gang vor unserer Tür, tapp, tapp, tapp. Leise wurde die Türklinke niedergedrückt, die Tür geöffnet: der Schloßgeist trat ein, fünf oder sechs in weiße Bettücher eingehüllte Gestalten, mit weißen Tüchern über dem Kopf, aus denen nur schwarz die Augen hervorfunkelten. Manche der Gestalten hatten Ledergürtel in der Hand, einer eine Schuhbürste und eine Schachtel mit schwarzer Schuhcreme. Dobrski hatte sich die Decke über den Kopf gezogen und tat, als ob er schliefe. Pusch schnarchte leise, aber viel zu regelmäßig, als daß man hätte glauben können, ihn habe der Schlaf der Unschuldigen tatsächlich übermannt. Jäh war die Dunkelheit in gleißende Helle verwandelt worden; alle Lampen im Raum hatte der Anführer der Schloßgeister angeknipst.

Nun trat er vor in die Mitte des Zimmers und mit seltsam dunkler, dumpfer, durch das Tuch vor seinem Munde gedämpfter Stimme hielt er die Begrüßungsworte: „Neue! Der Schloßgeist von Heidelager ist in dieser Nacht wieder auferstanden und will euch alle gebührend einseifen und empfangen! Widerstand gegen ihn ist zwecklos! Desto härter ist seine Rache und Strafe! Fügt euch also ins Unvermeidliche!“ — Chr, chr, chr — schnarchte Pusch gleichmäßig und falsch weiter, als wollte er schon in dieser Nacht sämtliche Bäume des Parkes absägen. Dobrski rollte sich unter seiner Decke wie ein Igel zusammen und zog die Beine an. Wir drei anderen — King, Zink und ich — schauten mit halb erschreckten, halb belustigten Blicken zu den Schloßgeistern an der Tür. Einer der Geister rüttelte sogar mit einer eisernen Kette, daß sie auf den Steinfliesen des Ganges laut klirrte. Die anderen Geister machten ihre Ledergürtel liebevoll schlagbereit.

„Na, wer will als erster?" fragte der Anführer der Schloßgeister. Als ob von Wollen da die Rede gewesen wäre, als ob es auf unseren Willen bei dieser Handlung ankäme! Niemand von uns rührte sich. „Na, ist hier niemand, der Gutes tut, auch nicht einer?" setzte der Anführer hinzu. Wieder rasselte der Geist im Hintergrund mit der Kette, pfiffen Lederriemen durch die Luft, ließ Pusch sein melodisches Schnarchen ertönen, sahen wir drei regungslos der Entwicklung der Dinge entgegen. „Zum letzten Mal: Freiwillige vor!" herrschte uns der Anführer der Geister dumpf an und blitzte mit seinen Augen.

Der lange Zink bequemte sich als erster zum verlangten Opfer. Er kletterte unter lautloser Stille aus seinem quietschenden, für ihn viel zu kurzen Bett, tappte mit bloßen Füßen quer durch das Zimmer, beugte sich über den hölzernen Tisch, klammerte sich mit beiden Händen am Tischrand fest und sagte heroisch: „Bitte schön, anfangen!" Einer der Schloßgeister drückte ihm auf ein Zeichen des Anführers hin den Kopf herunter und dann — klatsch, klatsch, klatsch — sausten die Ledergürtel auf Zinks verlängertes Rückgrat herunter, das sich schnell mit roten Striemen bedeckte. Zink gab keinen Laut von sich, stöhnte nicht einmal auf, hielt standhaft und unbewegt und von uns allen dafür bewundert, dem Überfall der Heidelager Schloßgeister stand. (Später sollte er selbst einmal das gefürchtetste Nachtgespenst der Schule werden; aber das zu erzählen, gehört nicht hierher.) Dann, nach beendeter Empfangszeremonie, kletterte er steifbeinig in sein Bett zurück, wobei er sich mit beiden Händen die mißhandelte Rückseite hielt, verbeugte sich formvollendet vor dem Obersten der Geister und sagte mit heiserer Stimme: „Danke schön, Meister, vielen Dank!" und wickelte sich wieder fest in seine Bettdecke ein.

„Nun der da!“ befahl der Anführer und wies mit ausgestrecktem Finger auf Pusch. Dessen Schnarchen verstummte mit einem Male, noch ehe ihn die Häscher ergriffen hatten. Krampfhaft versuchte er, die Bettdecke festzuhalten; aber die Übermacht der Geister war stärker als seine schwache Jungenkraft. Sie packten den wild mit den Füßen um sich Schlagenden, rissen ihn mit roher Gewalt aus seinem Bett, schleppten ihn an den Tisch, banden ihm die Füße zusammen — mit denen er einem der Geister ganz empfindlich gegen das Schienbein getreten haben mußte; denn der ließ ein ganz und gar ungeisterhaftes und recht menschliches „Autsch! Aua!“ ertönen — und schlugen nun mit ihren Gürteln auf Pusch ein. Der hielt nicht so standhaft still wie Zink; er biß und kratzte, zuckte und zappelte, ächzte und stöhnte und fachte so nur noch immer mehr die Wut der Geister an. Endlich ließen sie von ihm ab und schleppten ihn in sein Bett zurück. „Genug!“ sagte der Anführer. „Ein zäher Brocken.“

Dann war ich an der Reihe; aber ich hatte Glück. Denn während noch alle mit mir beschäftigt waren, rollte sich der kleine Dobrski mitsamt seiner Bettdecke plötzlich auf den Fußboden, krabbelte wie ein krummbeiniger Dackel unter dem Tisch hindurch, richtete sich dann halb auf, warf dem an der Tür stehenden Wächter mit der rasselnden Kette das Bettuch über, so daß der nichts mehr sah und durch den unverhofften Anprall zu Fall kam und witschte zwischen den verdutzten Schloßgeistern hindurch aus dem Zimmer, flitzte den langen dunklen Gang hinunter, rannte rechts um eine Ecke und verschwand irgendwo im weitläufigen Schloßgebäude. Die Schloßgeister, die sich endlich von ihrer Verwunderung über die unerwartete Flucht eines ihrer Opfer erholt hatten, versuchten zwar, die Verfolgung aufzunehmen, wurden in dieser Absicht aber von ihren langen weißen Gewändern behindert und kehrten nach einigen Augenblicken keuchend und schwer atmend zurück. Mich hatten sie wohl inzwischen vergessen, banden mich — der ich erst einige wenige Schläge erhalten hatte — wieder los und schickten mich ins Bett zurück.

Am armen, kleinen, dicklichen King mit dem runden Vollmondgesicht und den lustigen Schweinsäuglein ließen sie ihre ganze Wut aus.
„Das ist der, der heute mittag beten wollte, und das auf einer LBA", sagte der Anführer. „Der Direx hat's erzählt. Ihr wißt also Bescheid: keine Gnade und Barmherzigkeit!" Sie zerrten den willig folgenden, sich nicht wehrenden King aus dem Bett, brachten ihn bis an den Tisch, legten ihn halb darüber und ließen dann ihre Ledergürtel mit voller Wucht niedersausen, wieder und immer wieder. Es schien kein Ende zu nehmen und war schon kein Spaß mehr, sondern beabsichtigte Grausamkeit. „Nun hört schon auf", wagte Zink zu sagen. „Es ist doch genug." — „Halt du deinen Schnabel", schrie der Anführer zurück. „Oder willst du nochmal? Sei froh, daß . . ." Und Zink schwieg erschrocken. Endlich hörte die grausame Prügelei auf. Sie richteten King vom Tisch auf, setzten ihn mitten im Zimmer auf einen Stuhl und begannen, ihm das Gesicht dick und schwarz mit Schuhcreme einzureiben, daß King nach wenigen Augenblicken schon wie ein Mohr aus dem dunkelsten Afrika aussah. Aus seinen Augen kullerten dicke Tränen und glitzerten wie Tauperlen auf seinem schwarzen Gesicht. Die Geister hatten ihren Spaß daran. „Guck, er heult", lachte einer auf. „Na, Kleiner, hätt'ste dir doch deine Mami mitgebracht. Die könnte dir jetzt die Tränen abwischen." Kings Tränenstrom versiegte; er schaute den Sprecher verächtlich an und schluchzte nur noch leise vor sich hin. „Na, was nutzt dir nun dein Beten?" spottete ein anderer. „Der Schloßgeist von Heidelager ist eben stärker als so ein Quatsch." Die Geister lachten; der Wächter an der Tür klapperte wieder mit seiner Eisenkette über die Fliesen des Ganges.
Plötzlich gellte draußen irgendwo im Gang eine Trillerpfeife auf. Jemand auf dem Gang schrie: „Ruhe! Ruhe dort hinten!" — „Sie kommen!" schrie der Anführer der Geister. „Los, weg jetzt!" Wie ein wahrhaftiger Spuk verschwanden die Schloßgeister; der letzte knipste das Licht aus, stolperte in der plötzlichen Dunkelheit über einen im Wege stehenden Schemel, fluchte leise: „Verdammt . . .!" Tapp, tapp, tapp —

machten die Schritte der eilig entschwindenden Schloßgeister draußen auf dem Gang, tapp, tapp. Irgendwo klirrte noch einmal fern die eiserne Kette über den Steinfußboden; dann trat langsam wieder Ruhe im Schloß ein.
Wir kletterten aus unseren Betten heraus, banden im Dunkeln den leise vor sich hin weinenden King von seinem Stuhl los und krochen unter die Decken zurück. „Feiglinge, diese Burschen“, murmelte der lange Zink. „Na wartet, ich werde euch schon ...“
Kaum lagen wir wieder in den Betten, öffnete sich zum zweiten Mal in dieser Nacht die Zimmertür, wurde zum zweiten Male das Licht im Raume angeknipst. „Alles in Ordnung hier?“ fragte der UvD., Jungmann Seyfert, der gleiche, der mittags die Tischsprüche gesagt und uns tagsüber behilflich gewesen war, uns in dem Fremden, Unbekannten zurechtzufinden. Wir hatten alle unsere Decken über den Kopf gezogen und gaben keine Antwort. „Alles in Ordnung?“ fragte Seyfert noch einmal. „Den Schloßgeist gut überstanden?“ Niemand von uns vieren sagte etwas. Pusch schnarchte wieder leise vor sich hin, falsch und viel zu regelmäßig. King rührte sich nicht. Er hatte sich der Wand zugedreht und sah sicher dort, so wie auch ich, den mächtigen, verzerrten Schatten des UvD. hin- und herzucken. Eben wollte Seyfert wieder das Licht ausknipsen, die Tür von außen zuschlagen, da kam draußen um die Ecke des Ganges der kleine Dobrski angeschlichen, griff nach dem im dunklen Winkel liegenden Bettzeug und wollte sich an dem in der Tür stehenden UvD. vorbeidrücken. „Halt, Bürschchen!“ brüllte der. „Wo kommst du denn her?“ Der kleine Dobrski versuchte, Haltung anzunehmen: barfuß, im lang niederwallenden Nachthemd, mit verstrubbelten roten Haaren über seinem sommersprossigen Gesicht, mit der rechten Hand krampfhaft die Bettdecke an sich drückend. „Vom ... vom Klo ...“, sagte Dobrski. „Ich mußte mal ...“ — „Du?“ meinte spöttisch der UvD. „Und nimmst du dann immer dorthin dein Bettzeug mit?“ — „Nein“, antwortete Dobrski. „Sonst nicht, nur diesmal, Unterführer. Ich war so schlaftrunken, daß ich ...“ — „Hau schon ab, du häßlicher Gartenzwerg. Wir sprechen uns noch!“ schrie der

UvD., knipste das Licht aus, knallte von außen die Türe zu und trappte mit nägelbeschlagenen Schuhen den langen Gang hinunter. „Junge, Junge“, flüsterte der kleine Dobrski vor sich hin, während er wieder ins Bett zurückkrabbelte. „Das hätte leicht ins Auge gehen können. Glück muß man halt haben, Glück.“ Und er drehte sich in seinem Bett auf die Seite, rollte sich wie ein Igel zusammen und verriet schon nach wenigen Augenblicken durch sein ruhiges Atmen, daß er fest eingeschlafen war. Nerven hatte der wie Drahtseile, Nerven . . .

Wir anderen aber schlichen mit King leise, verstohlen und heimlich in den nebenan liegenden Waschraum und versuchten angestrengt, die schwarze Schuhcreme aus seinem Gesicht loszubekommen. Das Warmwasser war zur Nacht natürlich abgestellt. So arbeiteten wir mit kaltem Wasser, einem Bimsstein und einer harten Wurzelbürste. King stöhnte und prustete; es mußte entsetzlich weh tun. Die Schuhcreme schien noch gute, alte, echte Friedensware zu sein. Sie wollte und wollte nicht abgehen, so sehr wir auch rieben, wischten und kratzten und so oft wir auch Kings Gesicht unter den eiskalten Wasserstrahl hielten. „Mein lieber Mann“, sagte der lange Zink ein übers andere Mal. „Mein lieber Mann, das ist ein Ding.“ Und Pusch setzte hinzu: „So wie unser Führer gesagt hat: Zäh wie Leder, hart wie Kruppstahl, flink wie Windhunde und unabwaschbar wie Schuhcreme.“ King sagte gar nichts, rieb und bürstete nur verzweifelt in seinem Gesicht herum. Langsam nahm es nun doch eine hellere Färbung an, wich das Schwarz der Creme und machte einem dunklen Rot der gequälten, geschundenen Haut Platz. „Genug jetzt“, meinte Pusch. „Das andere mußt du morgen früh mit warmem Wasser abwaschen.“ — „Ja“, nickte King. „Danke schön auch.“ Und so krochen wir nun endlich und endgültig in die Betten zurück, um noch eine Mütze voll Schlaf zu nehmen. Draußen fing es schon fast an, fahl hell zu werden. Irgendwo im nahen Dorf krähte ein erster Hahn. Der Nachtregen hatte nachgelassen; der Sturm hatte die Wolken vertrieben.

Ich träumte eben von daheim, war in der Schmiede bei meinem Großvater und hielt ihm mit einer langen Zange das rotglühende Eisenstück auf den Amboß hin, da gellte draußen vor dem Schloß ein Trompetensignal: „Tata, tatata, tata, tatata, tata!" und der UvD. schrie: „Aufstehen! Alles aufstehen! Beeilung! Beeilung! Raustreten zum Frühsport!" Wir sprangen aus den Betten, zogen uns die kurze Turnhose über unsere geröteten Hinterteile, schlüpften in die gestern auf der Kleiderkammer empfangenen Turnschuhe und eilten aus dem Zimmer den langen Gang entlang, ein paar Treppen hinab, hinaus aus dem Schloß und sammelten uns auf dem gelben, sandbestreuten Appellplatz. Der Morgen war kühl und uns fröstelte im scharfen Aprilwind. Der Tag versprach schön zu werden. Aus der Küche duftete es appetitlich nach Milchsuppe und nach Bergen von Marmeladebroten. Wir stellten uns klassenweise in Reihen zu dreien auf und liefen dann über Parkwege, über eine kleine Wiese, rings um einen mit Entengrütze grün bedeckten Teich, vorbei an der hohen, grauen Steinmauer auf die Dorfstraße, an den noch still schlafenden Häusern vorbei und dann wieder zurück durch den hinteren Park vor das Schloß, machten dort noch ein paar lahme Gymnastikübungen und durften dann wegtreten zum Waschen, Bettenbauen, Anziehen und Stubeaufräumen. Beim Wegtreten hatte sich das eine der Küchenfenster geöffnet; zwei Köchinnen schauten heraus und deuteten lachend auf King: „Nanu, seit wann haben wir denn auch Schwarze auf unserer Schule?" King beeilte sich, ins Schloß und in den Waschraum zu kommen, um die letzten Andenken an den Schloßgeist mit viel Wasser und noch mehr Seife zu tilgen. Die Zeit verging wie im Fluge. Sofort nach dem Frühstück begann der Unterricht in schönen, hellen, freundlichen Klassenräumen, deren Wände zum Teil noch stuckverziert und deren Decken von großen Kristallüstern gekrönt waren, Zeichen verschwundener Fürstenherrlichkeit. Denn das Schloß hatte früher einmal den Herzögen von Sagan, später — bis vor ein paar Jahren noch — einem reichen jüdischen Bankier aus Berlin gehört. Aber das Geschlecht der Saganer Herzöge hatte schon längst seine einstige Bedeutung verloren; der reiche jüdische Bankier mochte ins Ausland getürmt sein oder in einem der für diese Volksschädlinge bestimmten Lager nützliche Aufbauarbeit verrichten. Doch das interessierte uns nicht allzuviel. „Adelspack und Judengeschmeiß" sagte Foth, als wir uns einmal darüber unterhielten. Er fand auch gleich einen passenden Endreim darauf. Und dem stimmten wir aus vollem Herzen zu.

Viel ist mir von dem ersten Schultag nicht in Erinnerung geblieben; überhaupt sind die ersten Tage und Wochen der Schulzeit wie hinter grauen Schleiern versunken. Ein Tag blieb gleichförmig dem andern; und nur wenige Geschehnisse, Erlebnisse und Erfahrungen ragen daraus hervor, sind im Bewußtsein lebendig geblieben bis heute, da ich beginne, dies alles niederzuschreiben und selbst noch nicht weiß, wo es hinaus will und hinaus soll. So bleibt mir wie dem Leser nur die neugierige Erwartung des „Was kommt nun?"

Bargander

Aber nun muß ich wohl gleich von Bargander erzählen, von Bargander, unserem Klassenkameraden für die ersten vier Schulwochen, von Bargander mit dem gelben, wächsernen, spitzen Gesicht, von Bargander, der Großstadtpflanze mitten aus dem finstersten, dunkelsten Breslau, dem Breslau der Mietskasernen und Hinterhöfe, der Kellerwohnungen und Schlupfwinkel, von Bargander mit dem Bandwurm im Bauch; denn Bargander aß alles, aß immer, war trotzdem immer hungrig. Kaum hatten wir unser Essen verzehrt, da stöhnte Bargander schon wieder: „Hunger! Ich habe Hunger!" Hatten wir zwei Brotscheiben gegessen, so hatte Bargander in der gleichen Zeit mindestens das Doppelte im Bauch. Erhielt einer von uns das sehnlich erwartete, viel zu selten eintreffende Päckchen von zu Hause, dann strich Bargander so lange um den Empfänger herum, bis er seinen Anteil erhalten hatte. Blieb beim Essen etwas in der Schüssel zurück — ein paar Kartoffeln, ein Schlag Suppe —: Bargander machte die Schüssel leer. Vor Bargander war nichts Eßbares sicher. Es

mochte krankhaft sein; Bargander mochte für seine Freßsucht nichts können — uns allen war er unsympathisch von Anfang an. Ruhelos wechselte er nachmittags von Stube zu Stube, trabte Gänge auf, Gänge ab, tauchte in allen Winkeln des großen Schlosses als unerwarteter, meistens unwillkommener Besucher auf, lauerte von Mahlzeit zu Mahlzeit und war nie zufriedenzustellen.
Eine Attraktion nur besaß Bargander: ehe er zu uns auf die Schule kam, hatte er beim Breslauer Sender im Kinderfunk mitgewirkt, bei Hörspielen und im Rundfunkchor. So erschien er uns trotz seiner unsympathischen Manieren die erste Zeit als kleiner Übermensch. Mit seiner dunklen, öligen Stimme verstand er gut, etwas vorzutragen oder vorzulesen. Auswendig freilich konnte er nur ein einziges Gedicht, ein recht kurzes sogar, eines von bloß acht Zeilen. Das sagte er nun aber auch bei allen passenden und unpassenden Gelegenheiten auf: „Über allen Gipfeln ist Ruh; in allen Wipfeln spürest du kaum einen Hauch; die Vöglein schweigen im Walde. Warte nur, balde ruhest Du auch.“ Wenn Bargander, der Bandwurm-Bargander, wie wir ihn schnell nannten, diesen Vers aufsagte und uns mit seinem gelben Gesicht und den grünlich schimmernden Augen dabei der Reihe nach anblickte, dann wurde es uns ganz komisch zumute, kroch es manchem eiskalt über den Rücken und ahnten wir alle etwas von der Unentrinnbarkeit des menschlichen Lebens.
Etwa eine Woche später nach unserem Eintreffen hatte Bargander eine zweite Attraktion, die uns ihn noch unheimlicher werden ließ: eine Schlange, eine lange, dünne, mit aufgerissenem Maule und gespaltener Zunge zischende Schlange, eine Ringelnatter vielleicht, eine zahme Kreuzotter ohne Giftzähne — wer weiß. Genug: aus dem Bandwurm-Bargander wurde nun der Schlangen-Bargander. Wenn wir ihn sahen, machten wir einen möglichst großen Bogen um ihn. Denn Bargander ging nunmehr nie ohne seine Schlange aus; nur morgens während der Schulzeit schloß er sie in seinem Einzelzimmer sorgsam ein. Meist hatte Bargander sich die Schlange — wie er an sie gekommen ist, haben wir nie erfahren — um seinen Hals gelegt und ließ sie zwischen dem ober-

sten und mittelsten Knopf des Braunhemdes hervorlugen und hervorzüngeln. Uns graute: der glitschignasse, kalte Schlangenleib auf warmer Menschenhaut. Aber Bargander graute nicht; er nahm die Schlange sogar zu den Mahlzeiten mit, legte sie dann rund um seinen Teller und ließ sie am entgegengesetzten Tellerrand von der Suppe mitschlecken. Dabei löffelte er seelenruhig an seiner Seite aus dem Teller. Niemand saß gern neben Bargander zu Tisch; aber nach und nach kam doch jeder an die Reihe. Bargander stieß dann meistens seinen Nebenmann während des Essens leicht von der Seite her mit dem Ellbogen an, drohte ihm: „Dein Essen her!" und zuckte mit dem Schlangenkopf nach dem entsetzt Aufblickenden. Gern verzichtete dann jeder von uns auf sein Essen und Bargander schmatzte so regelmäßig zwei Portionen. Warum wir Bargander nicht verprügelten, wieso die mit uns im Speisesaal essenden Lehrer nichts von Barganders dunklem Treiben merkten, weshalb die Schüler der älteren Klassen (die Bargander auf die gleiche Weise bedrohte) sich nicht wehrten, ist mir noch heute ein Rätsel. Ja, Bargander ging noch weiter! In der großen Pause morgens oder in den frühen Nachmittagsstunden tauchte Bargander immer wieder in der Küche auf, ließ aus seinem Braunhemd die starre Schlange mit winzigen unbewegten Augen herausblicken, erschreckte jedesmal aufs neue die entsetzt aufkreischenden Köchinnen und forderte auch von ihnen: „Brot — oder — die Schlange!" und zog dann jeweils befriedigt mit seinem ergatterten Raub — ein paar Scheiben Brot, einem Glas Milch — wieder ab. Satt freilich wurde Bargander auch dadurch nicht; sein „Hunger! Hunger!" war überall zu vernehmen. Und seltsam, auch die Küchenfrauen schwiegen zu seinem verbotenen Treiben. Niemand klagte ihn an; niemand wehrte sich gegen seine unverschämten Drohungen. Alle gaben und schwiegen. Bargander aber strich mit seiner Schlange weiterhin unruhig durch das ganze Schloß, tauchte wie das schlechte Gewissen persönlich einmal hier, einmal da auf und erschreckte selbst die friedlichen Dorfbewohner mit seiner Schlange. Mitunter legte er sie wie eine Schnur quer über die Dorfstraße und wenn nun so eine ahnungslose wen-

dische Bäuerin daherkam und plötzlich vor sich mitten auf dem Weg die scheinbar angriffslustig zischende Schlange erblickte und vor Angst hell aufschrie, das halbe Dutzend Unterröcke zusammenraffte und eiligst die Flucht ergriff, dann hatte Bargander — versteckt hinter einem Gesträuch oder Busch lauernd — seine helle Freude daran. An Männer oder gar an die Lehrer wagte sich freilich Bargander mit seinen bösen, grausamen Scherzen nicht. Da war er das liebe, stille, sanfte, zuvorkommende, freundliche Kind, der Musterschüler in Reinkultur. Uns aber hatte Bargander mit seiner Schlange im Bann.
Zwei, vielleicht auch drei Wochen gingen so hin. Plötzlich aber war Bargander satt, war sein ewiger Hunger gestillt. Mittags verschonte er uns mit seinen Drohungen, aß mitunter nicht einmal alle für ihn bestimmten Brotscheiben auf, mied auch die Küche mit den so leicht zu erschreckenden Köchinnen und trabte nur noch unruhiger als zuvor durch die langen Gänge und über die vielen Treppen des Schlosses. Bargander — und das war fast wie ein Wunder — war gesättigt. Wir wollten allzugern glauben, daß er seinen Bandwurm besiegt hatte und sich nun in die Schulgemeinschaft einleben würde. Wir wollten ihm gern alles Geschehene verzeihen, wenn er sich wirklich geändert hatte.
In diesen Tagen nun entdeckten die Köchinnen, daß aus der stets verschlossenen Speisekammer hoch unterm Dach (wohl dem Räucherhaus) auf unerklärliche Weise Wurstringe und Schinkenseiten, Pökelstücke und Rippenteilchen verschwanden. Die Hausverwaltung schaltete sich ein; der Direktor wurde benachrichtigt; ein neues Türschloß wurde eingebaut; man stellte Fallen für Mäuse, für Ratten, ja sogar ein Fuchseisen auf: aber immer wieder verschwanden aufbewahrte Lebensmittel aus der Vorratskammer. Es gab keine Erklärung für dieses geheimnisvolle Verschwinden; der UvD. saß halbe Nächte lang vor der Speisekammertür und paßte wie ein Schießhund auf — nichts. Und am nächsten Morgen war wieder etwas aus der Speisekammer verschwunden. Polizei sollte nicht herangezogen werden; es war Ehrensache, daß die Schule mit eigenen Kräften das Rätsel löste. Einer bespitzelte

den anderen; einer überwachte den anderen; es war eine unschöne Atmosphäre. Aber es fand sich keine Erklärung für diese Vorfälle. Sollte es tatsächlich Schloßgeister geben? Nein, eher würde dieser Krieg verloren gehen, als daß . . . Bargander aber strich unruhvoll durchs Haus, die Schlange um den Hals gewickelt, grinste spöttisch zu unseren vergeblichen Aufklärungsversuchen und aß niemals mehr, als ihm zustand. Das war verdächtig; aber wie wollte man Bargander etwas nachweisen, Bargander, dem Bandwurm-Bargander, Bargander, dem Schlangenmenschen?

Eines Nachts — es mochte kurz vor Mitternacht sein — hörten wir plötzlich draußen vor dem Schloß den schrillen Pfiff eines Trillers, dann Rufe: „Halt! Halt! Da ist er! Stehenbleiben!" Taschenlampen blitzten auf, durchschnitten mit schmalen Streifen die rabenschwarze Dunkelheit. Eine Radfahrlampe blendete sich ein; das Licht huschte über die Außenwand des Schlosses, zuckte an dem gelblichen Gemäuer auf und ab, hin und her. Wir waren im Nu ans Fenster gestürzt und beugten uns weit hinaus: unten auf dem Vorplatz stand ein Dutzend Schüler der ältesten Klasse — Burschen von siebzehn, achtzehn Jahren, die auf ihre Einberufung zur Wehrmacht warteten, Tag für Tag den Schulbetrieb verfluchten und fürchteten, zum Endsieg zu spät zu kommen. Alle hatten Lampen, Handscheinwerfer, Taschenlaternen bei sich, fuchtelten aufgeregt damit herum, schrieen immer wieder: „Da! Da ist er! Da!"

Und nun sahen wir es auch: im Kegel des großen Scheinwerfers klammerte sich eine kleine, dunkle Gestalt hoch über uns an der Außenwand des Schlosses — drei Stock hoch — an einem schmalen Mauersims fest, hatte sich mit beiden Händen in das Gemäuer eingekrallt und blickte mit weit aufgerissenen, geblendeten Augen aus einem wächsernen, gelben, spitzen Gesicht in das unbarmherzige, alles enthüllende Licht: Bargander. Es war Bargander, der Bandwurm-Bargander, Bargander, der Schlangenmensch, Bargander, der Dieb. Die Untenstehenden gröhlten: „Da ist er! Da!" Ein paar drohten mit erhobener Faust: „Komm nur herunter, du Lump du, du Schwein, du Dieb." Bargander oben auf dem schmalen, bröckelnden Mauervorsprung weit zwischen den beiden nächsten Fenstern — dem seines Einzelzimmers und dem der Speisekammer — flehte mit dünner weinerlicher Stimme: „Macht doch das Licht aus! Es blendet mich.“ Und er tastete sich mit unruhig zuckenden Fingern, in Ritzen und Rissen der Mauer Halt suchend, nach rechts weiter. Gleißend hielt ihn der helle Lichtschein fest. Wir alle hielten den Atem an: Bargander kletterte an der steilen, fast fugenlosen Mauerwand geschickt und gewandt wie eine Katze, zog vorsichtig Fuß um Fuß nach, klebte förmlich an dem Gemäuer und näherte sich unendlich langsam, qualvoll langsam seinem offenstehenden Fensterflügel. „Los hoch“, brüllte einer und eine Horde von Jungen trampelte von draußen ins Schloß hinein, die Treppen hinauf zu Barganders Zimmer. Wir anderen blieben am Fenster und verfolgten Barganders weiteren Weg im gleißenden Licht der Scheinwerfer. „Macht doch das Licht aus, es blendet mich so!“ klang noch einmal von oben die zitternde, leise Stimme Barganders. Ein paar unten lachten höhnisch und laut: „Kannst wohl bei deinem dunklen Treiben kein Licht gebrauchen?“ Bargander klammerte sich noch enger an dem Vorsprung fest. Man sah, wie er an allen Gliedern zitterte und bebte. Einmal rutschte er mit seinem Fuße aus und drückte sich dann wie angeklebt an die Wand. Minutenlang rührte er sich nicht mehr von der Stelle. Durch die plötzliche Stille hörte man sein aufgeregtes Atmen und heiseres Keuchen. Uns stockte fast der Atem. „Mensch, der Bargander“, flüsterte neben mir am Fenster der kleine Dobrski. „Aber klettern kann der, was?“ Ich nickte. Gebannt verfolgten wir Barganders nächste Tritte, immer näher dem Fenster zu, aus dem schon ein paar Jungen lehnten und Bargander lockten: „Komm nur, komm ...“ — „Das Licht ...“, keuchte noch einmal Bargander atemlos oben in der Höhe. „Finte“, sagte mitleidlos einer der Jungen auf dem Vorplatz. „Finte, er will bloß kneifen!“

Da aber taumelte Bargander schon, rutschte von dem schmalen, zentimeterbreiten Sims im dritten Stock ab, versuchte noch einmal, sich mit seinen Händen irgendwo anzuklammern, gewann aber keinen Halt mehr, verlor das Gleichge-

wicht und stürzte, sich mehrmals in der Luft überschlagend, an unseren Fenstern vorüber, aus dem hellen Licht der Lampen und Scheinwerfer heraus in die pechschwarze Dunkelheit der Nacht, klatschte hart auf den Kiesboden des Vorplatzes, seufzte noch einmal tief aus und flüsterte: „Das Licht . . ."
Wenige Augenblicke später, noch ehe der Schularzt kam, starb Bargander; sein Körper bäumte sich, streckte sich dann und wurde steif und kalt. Der endlich eintreffende Arzt konnte nur noch den Tod feststellen. Erschüttert umstanden wir Barganders Leiche; einen solchen Tod hatte ihm niemand gewünscht. Er war der erste, der uns verließ. Wir ahnten noch nicht, wie viele von uns ihm schon in den nächsten zwei, drei Jahren folgen sollten. Er war der erste Tote, den die meisten von uns sahen. Die Schauer des Todes umwehten uns.

Als vier der ältesten Schüler Bargander aufhoben und den Toten auf die Tragbahre legten, kroch unter seinem Braunhemd die Schlange hervor, schlängelte sich schnell und gewandt über den Vorplatz und war raschelnd im dichten Unterholz des Parkes verschwunden, ehe wir recht zur Besinnung kamen und sie verfolgen konnten. Wir standen alle wie erstarrt; und eisig rannen uns Schauer über den Rücken: Schauer der Angst, Schauer des Todes . . .

Still gingen wir danach in unsere Zimmer zurück, angerührt von etwas Unnennbarem. Aber wir fanden in dieser Nacht keinen Schlaf mehr. Selbst die Lehrer und der Direx waren am nächsten Morgen unausgeschlafen, übernächtigt und benommen von Barganders jähem Ende. Die Schule fiel an diesem Tage aus; Bargander, der tote Bargander wurde dorthin überführt, woher er gekommen war: nach Breslau.

Hordenführer Edgar Rabsch

Pfingsten durften wir zum ersten Mal in Ferien fahren. Ach, dieses Gefühl läßt sich gar nicht beschreiben. Schon die Nächte zuvor schliefen wir kaum mehr; schon am Tage des letzten Unterrichts wanderten King und ich die sieben Kilometer bis zum Stockteicher Bahnhof und holten uns dort unsere Fahrkarten. Die Tage damals waren lind und freundlich warm; die schlanken Birken standen im hellen Grün; der Heidesand blinkte hell in der Sonne; die Karpfenteiche mit ihrem brackigen Wasser glänzten; ab und zu sprang ein Fisch, plumpste ein Frosch oder eine Kröte in den Teich, kräuselte sich hernach die Oberfläche zu kleinen Wellen, die immer flacher und weiter wurden und ans Ufer hinausliefen. Hoch in der Luft jubelten Lerchen und wir atmeten den seligen Duft der nahen Freiheit. Wir machten Pläne, King und ich. Was wollten wir nicht alles anfangen in diesen paar Tagen. Wir hätten Wochen gebraucht dafür, wo wir doch nur Stunden hatten.

Und dann am nächsten Morgen die Heimfahrt: die Lokomotive der Kleinbahn nach Kohlfurt pfiff und schrillte an jeder Wegkreuzung, grüßte mit ihrem Läuten jeden Schrankenwärter, jedes einsame Bahnwärterhäuschen in der einsamen, weiten Heide. Wir saßen in den Wagen und sangen und sangen; stundenlang rollte der Zug durch die flache Landschaft der Lausitz, vorbei an stillen Walddörfern, einsamen Weilern, kleinen Haltepunkten und Stationen. Das Läutewerk bimmelte, die Wagen ratterten, die Landschaft zog wie in einem langsam ablaufenden Film still und friedlich vorüber; die Sonne schien, die Freiheit von Zwang und Befehl lockte; die Heimat rückte mit jeder Radumdrehung und jedem Kolbenstoß näher. Es war wie ein Traum, ein schöner Traum, obwohl Wirklichkeit, doch nicht faßbar.

In Kohlfurt mußten wir umsteigen, uns von den meisten trennen. Viele fuhren weiter ins Gebirge; ein paar benutzten den D-Zug in Richtung Breslau. Wir — King, ich und „Hordenführer Edgar Rabsch“ (heute ist er Professor an einer westdeutschen Kunstakademie) hatten ein paar Stunden Aufenthalt. Wir wollten darum unsere Koffer aufgeben, den Bahnsteig verlassen und ein wenig draußen durch die Sonne schlendern, unsere schönen grauen Schuluniformen mit dem silbernen Ärmelstreifen „LBA“ und den silbernen Schulterklappen „LBA“ spazieren führen, uns genügend und tüchtig vom anderen Geschlecht, von den Langbezopften, bewundern lassen. Aber: o Schreck — Hordenführer Edgar Rabsch (er konnte das R so wunderbar rollen, als brüllte eine ganze Herde hungriger Löwen), Hordenführer Edgar Rabsch hatte seine Fahrkarte verloren. Sie steckte an seiner Schülermütze und die Schülermütze lag in einem Abteil der Bimmelbahn, die längst schon in anderer Richtung weitergerollt war. Denn auch die Schülermütze — das merkte Hordenführer Edgar Rabsch erst jetzt — hatte er verloren, im Zug vergessen. Edgar Rabsch wurde wechselweise rot und blaß. Was nun, was tun? Da war freilich guter Rat teuer. Zum Bahnbeamten gehen und eingestehen, daß man Mütze und Fahrkarte vergessen hatte? Schmählich sein Versagen bekennen? Ein Schüler der LBA Heidelager und verliert bei der ersten Ferienfahrt gleich Fahrkarte und Mütze? Welch eine Schande, so etwas zuzugeben. Nein, wir würden uns schon zu helfen wissen. Wir überprüften unsere Geldbeutel — acht Reichsmark erhielten wir damals jeder monatlich als Taschengeld von der Schule —, machten Bilanz und stellten fest: es reichte noch für zwei Bahnsteigkarten und für eine Fahrkarte, damit auch Hordenführer Edgar Rabsch (Äppelgrabsch nannten wir ihn schon damals wegen seiner undeutlichen Aussprache, mit der er bei Vorstellungen seinen Namen nuschelte) noch nach Hause fahren konnte.

Wären wir nun auf dem Bahnsteig geblieben, wie King vorschlug und hätte nur einer von uns eine neue Fahrkarte für Äppelgrabsch von Kohlfurt nach Bunzlau geholt, so wäre alles gut gegangen. Aber wir wollten eben schlauer sein als die Reichsbahn und das Nützliche mit dem Angenehmen verbinden. King und ich griffen also nach unseren Koffern, sprachen Äppelgrabsch noch Mut und etwas Geduld zu, schritten wohlgemut dem Ausgang des weitverzweigten Verschiebebahnhofs zu, wiesen dem Mann an der Sperre unsere vorschriftsmäßig gelochten und gestempelten Fahrkarten vor, gaben dann in der Gepäckaufbewahrung unsere Koffer ab und lösten an dem Automaten für zwei Groschen zwei Bahnsteigkarten. Dann wartete ich ein paar Minuten, bis der nächste Zug einlief, ging zur Sperre zurück, zückte eine (meine) Bahnsteigkarte und wurde natürlich anstandslos auf den Bahnsteig hinausgelassen. Dort drückte ich dem heimlich bebenden Äppelgrabsch die zweite Bahnsteigkarte in die schwitzende Hand und ging mit ihm klopfenden Herzens einem anderen Ausgang zu. Hier zeigte ich wieder meine gelochte und gestempelte Bahnsteigkarte vor und rutschte so durch die Sperre hindurch. Hinter mir versuchte Äppelgrabsch das gleiche, stellte seine beiden Koffer ab, zog aus dem Jackenaufschlag nonchalant seine Bahnsteigkarte und wollte weitergehen, als der Beamte an der Sperre schon ein halblautes „Halt!" rief und von der Seite her ein Bahnpolizist Äppelgrabsch die Hand schwer auf die Schulter legte: „Halt! Mitkommen zur Wache!" Und dann zu mir hin: „Du auch!" Noch heute schlottern mir die Knie, wenn ich an damals denke. Wie zwei Schwerverbrecher wankten wir durch die weite Bahnhofshalle, rechts und links von neugierigen Reisenden beglotzt und bestaunt, hinter uns von dem vierschrötigen Bahnpolizisten vorwärts geschoben. Die kleine Tür zur Bahnhofswache öffnete sich; Tabakqualm schlug uns beizend entgegen; der Bahnpolizist knallte die Hacken zusammen und meldete seinem hinter dem Schreibtisch sitzenden Vorgesetzten: „Da bringe ich zwei saubere Bürschchen: Fahrkartenschwindel, Hintergehung der Reichsbahn, Sabotage mitten im Krieg." Der Vorgesetzte, ein älterer Mann mit einer großen blanken Glatze, reinigte in aller Seelenruhe seinen Dienstrevolver weiter, zog den Lauf durch, drehte an der Trommel, daß es klickte und sah uns schweigend an. Wir standen da wie zwei arme Sünder. Von der Wand her grinste uns das Gesicht Kohlenklaus an. Daneben ein Schild: der schwarze Schatten eines Mannes, darunter die Inschrift: „Pst, Feind hört mit!" Wie durch einen Schleier sahen wir das alles. Plötzlich klopfte es an der Tür; sie öffnete sich einen Spalt weit; ein Polizist schaute herein, sagte: „Da ist der Dritte im Bunde!" und schob den kleinen, dicken King herein, über dessen Backen schon wieder die Tränen kullerten und der immer wieder beteuerte: „Ich hab' doch nichts getan; ich hab' doch nichts getan ..." Auch uns saß das Weinen näher als das Lachen; aber ich biß krampfhaft die Zähne zusammen: nur nicht heulen, nur nicht heu-

len! Ein deutscher Junge ist zäh wie Leder, hart wie Kruppstahl ...
Ja, ja, das kannte ich schon. Das hatte unser Führer gesagt und wir hatten es als eines seiner großen Worte über die Jugend auswendig gelernt. Aber es war so schwer, immer danach zu handeln, immer danach zu leben. Ach, jetzt ein kleiner Junge sein, an Mutters Schürzenzipfel flüchten.
„So", grollte nun der Wachhabende des Bahnhofs hinter seinem Schreibtisch hervor. „So, na, mit eurer Laufbahn ist's aus. Ein für allemal aus. Das sage ich euch. Die Bahn betrügen. Das wär's noch." Der Bahnpolizist hinter uns stand immer noch stramm. Auch wir hatten die Hände an die Hosennaht gelegt und rührten uns nicht. Draußen rangierte eine Lok vorüber. Ein Stellwerkssignal rasselte; Dampf zischte an den Fenstern der Bahnhofswache vorbei. „So", sagte noch einmal der Wachhabende, „schöne Schüler einer LBA. Euer Direktor wird sich freuen, eure Eltern auch. — Name, Vorname, Wohnort!" Das knallte wie aus der Pistole geschossen heraus. Wir zuckten zusammen, rasselten das Verlangte herunter und rührten uns nicht aus unserer Achtungsstellung. Vor meiner Nase summte gemütlich eine dicke Fliege vorbei und suchte sich einen geeigneten Landeplatz. Ich hätte sie so gern weggeschlagen, wagte es aber nicht.
„Bekennt ihr euch schuldig?" wollte der Wachhabende wissen und setzte etwas ruhiger hinzu: „Das könnte eure Strafe nur mildern. Ihr wißt doch: auf Transportvergehen im Kriege steht Gefängnis, wenn nicht noch mehr. Und Transportvergehen ist das, was ihr begangen habt. Ist das euch klar?" Wir nickten belämmert und dachten wohl alle dasselbe: wenn er doch nur schon ein Ende machen würde mit uns. Wozu hatte er denn seinen Revolver vor sich liegen? Im Kriege wird nicht lange gefackelt. Wo gehobelt wird, da fallen Späne. „Vielleicht seid ihr auch Spione? Wer kann das wissen?" sagte er. Wir zogen unsere Schulausweise heraus und legten sie vor ihm auf den Schreibtisch.
„Na ja", meinte er, „ganz schön; aber vielleicht sind sie nachgemacht." Herrgott, wie sollten wir ihm beweisen, daß wir wir waren, Schüler der LBA Heidelager, daß wir nicht

die Bahn betrügen wollten. Äppelgrabsch hatte ja doch die ganze Fahrt Stockteich—Kohlfurt bezahlt und nur seine Fahrkarte samt Mütze im Abteil der Kleinbahn beim Aussteigen vergessen, hatte darum eine neue für die halbe Strecke Kohlfurt-Bunzlau von uns erhalten sollen und die Bahnsteigkarte — leider ungelocht und dadurch waren wir aufgefallen — nur vorgezeigt, weil wir in den Stunden des Aufenthalts den Ort kennenlernen wollten. King versuchte, das alles dem Wachhabenden verständlich zu machen; aber er sprach wie gegen eine Mauer. Nichts konnte den Hartherzigen hinter dem Schreibtisch erweichen. „Das mag schon stimmen, aber ..." sagte er jedesmal, wenn King Luft holte. Und dabei blieb er, stundenlang, den halben Nachmittag. Unser Anschlußzug war schon lange weggefahren. Wir aber standen noch immer in der Bahnhofswache und wurden ausgefragt und verhört und versuchten, uns zu rechtfertigen. Ohne Erfolg. Es war, als hätte die Bahnpolizei nichts anderes zu tun, als uns drei Jungen auf Herz und Nieren zu prüfen. Wieder und wieder setzte King zu neuen Erklärungen an, rechnete vor, daß wir ja eigentlich mehr bezahlt hätten als wir tatsächlich gefahren seien — zwei Bahnsteigkarten zu zwei Groschen, eine Karte für Äppelgrabsch zu zwei Mark siebzig — aber der Wachhabende, langsam ungeduldig geworden, trommelte mit seinem dicken Bleistift nervenaufreibend auf der Tischplatte herum und blieb bei seinem: „Das kann schon sein, aber ..."

Endlich durften wir uns wenigstens nebeneinander auf eine schmale, harte Bank des Wachlokals setzen. Wir wußten nicht, was werden würde. Der Wachhabende selber wußte es scheinbar auch nicht. Er blickte uns an, wir blickten ihn an. Der Bahnpolizist hinter uns war verschwunden. Wir hatten es nicht bemerkt. Die Uhr an der kahlen Wand über den beiden Plakaten tickte mitleidlos und teilte die Zeit. Die Minutenzeiger rückten von Strich zu Strich vor. Die Stunden schlichen. Träge summte die Fliege durch den Raum, umsurrte den gläsernen Lampenschirm, huschte um die Glatze des Wachhabenden, der ärgerlich nach ihr schlug, flog wieder und wieder gegen das Fenster, als suche sie einen Ausweg und krabbelte endlich in eine dunkle Ecke des kleinen Raumes. Züge fuhren aus und ein; Schritte trappelten am Fenster vorbei; die Uhrzeiger sprangen vor; der Wachhabende blätterte in allerlei Papieren und Büchern, schlug nach, blätterte um, trug ein, rechnete zusammen, schrieb ab, vertrieb sich die Zeit.

Nach einem endlos langen Warten öffnete sich wieder die Tür; der Bahnpolizist von vorhin trat ein, schlug die Hacken zusammen, überreichte dem Mann hinter dem Schreibtisch eine Schülermütze und meldete: „Diese Mütze ist in dem gerade eingelaufenen Kleinbahnzug K 15637, viertes Abteil, Platz 27 im Gepäcknetz gefunden und mir von dem Schaffner übergeben worden." Wir starrten mit offenem Munde; Äppelgrabsch sprang von seinem Sitz auf, stammelte: „Meine Mütze! Das ist meine Mütze." Und als der Wachhabende noch immer ungläubig schaute, setzte er aufgeregt hinzu: „Da, da ist mein Zeichen: E. R." und wies auf die im Mützendeckel angebrachten Initialen. „Und da", Äppelgrabsch suchte im umgeklappten Mützenrand, „da ist auch meine Fahrkarte." Und er überreichte dem Wachhabenden die Fahrkarte — verloren und wiedergefunden — als Zeichen seiner, meiner, unserer Unschuld.

So löste sich guten Endes doch noch alles in Wohlgefallen auf. Der Wachhabende brummelte zwar noch allerlei vor sich hin, hielt uns eine zehnminütige Stand- und Moralpauke, mußte sich dann aber wohl oder übel von unserer Harmlosigkeit überzeugen und entließ uns gnädigerweise rechtzeitig vor dem letzten in unserer Richtung abgehenden Bummelzug. Wir aber trollten uns gesenkten Hauptes davon, holten unsere Koffer aus der Gepäckaufbewahrung zurück, schlichen wie begossene Pudel durch die Bahnsteigsperre, empfangen und begrüßt von dem halb hämischen, halb schadenfrohen „Ach, da sind ja die drei Übeltäter", des an der Rampe postierten Bahnpolizisten und stiegen in den schon zischend Wasserdampf ablassenden, auf uns wartenden, dastehenden Zug „Richtung Heimat" ein. Die ganze restliche Strecke sprachen wir miteinander kaum ein Wort; einer war auf den anderen böse und schob ihm heimlich die Schuld zu. So verabschiedeten wir uns auf dem Bunzlauer Bahnhof schweigend voneinander und schworen uns zu, nie mehr die Bahn zu betrügen und sei es auch ohne Gewinn für uns selber. Ehrlichkeit währt doch am längsten, das hatten wir an diesem Nachmittag an uns selbst gemerkt. Ich für meinen Teil — und ich glaube auch Hordenführer Edgar Rabsch — habe diesen Schwur gehalten. King? Ja, King hatte leider nicht mehr lange Zeit, Eisenbahn zu fahren, nur noch zwei knappe Jahre.

Ursula

Als ich am nächsten Morgen in meinem Zimmer daheim erwachte, war alles Gewesene wie ein böser Traum: die Schule, Bargander, Kohlfurt. Vor mir lagen ein paar köstliche Ferientage. Die Sonne schien warm und voll durch das Fenster und malte bunte Kringel auf den Fußboden. Die ersten Schwalben zwitscherten ihr Lied. Aus der Schmiede klang das helle „Kling-kling" des auf den Amboß niederfallenden Hammers. Der Birnbaum vor dem Hause reckte sein mächtiges Geäst dem Himmel entgegen. Der Bach am Wege rauschte wie ehedem über das Wehr. Von der Straße her klapperten Pferdehufe, quietschten die Räder eines schweren Ackerwagens im staubigen Sand.
Ich aber schlenderte durch diese pfingstlichen Tage daheim im stillen Dorf, als wären sie alle festliche Feiern, begrüßte alte Bekannte, plauschte mit den Nachbarn, die viel wissen wollten, mußte viel erzählen und auch vieles anhören und hätte die fortrollenden Stunden festhalten mögen. So schön war das alles, so still, so friedlich, daß mir noch heute das Herz schwer wird, wenn ich nur an das Vergangene denke. Es steht alles noch so gegenwärtig vor mir, als sei alles, was ich auf diesen Seiten berichten will, erst gestern gewesen und nicht schon vor so vielen Jahren. Was liegt alles dazwischen, ach, wieviel . . .

Am vorletzten Tag meines Daheimseins lernte ich Ursula kennen, Ursula ... Schon der Name war wie ein Hauch aus Sonne und Tau. Spöttisch musterte sie die damals von mir so gern getragene Schuluniform. „Wie einer vom Zirkus", sagte sie, lachte leise, deutete mit ihrem Zeigefinger auf das Lametta an Ärmel und Schulterklappen und rümpfte das zierliche Stupsnäschen. Sie hatte mich zwar beleidigt damit; sie hatte meine, nein, des Führers Uniform beleidigt; ich wollte ihr eigentlich böse sein deswegen; aber ihr Lachen steckte an. Ich mußte mitlachen. „Du kannst schon recht haben", sagte ich wider meine Überzeugung und setzte hinzu: „Aber wir dürfen nicht in Zivil gehen. Das ist verboten." — „Ach so", sagte sie und wollte weitergehen. Ich hielt sie am Arm fest. „Ursula", sagte ich, und ich wußte nicht mehr weiter. „Ja?" fragte sie und blickte mich aus hellen Augen prüfend an. Aber dann schlug auch sie verlegen die Blicke nieder und meinte: „Komm, gehen wir ein Stück zusammen." Ich paßte mich ihrem Schritt an und so gingen wir zusammen über die staubige Dorfstraße, sprachen wenig und schwiegen viel und hatten doch genug an dem Beieinandersein. Und auch der nächste Tag — der letzte Ferientag — war nicht viel anders. Als es Zeit wurde, zum Bahnhof zu gehen, ging sie wortlos mit, half mir, den schweren Koffer tragen. Wir gingen auf schmalem Pfad dicht am Bahndamm entlang, eine Stunde, zwei Stunden, immer den in die Ferne weisenden Schienenpaaren nach und merkten gar nicht, wie die Zeit verflog. Es war alles so leise, so sacht, so kindlichjung und sommersonnenselig schön. Wir brauchten nicht viel zu sprechen; alles Unausgesprochene erfüllte unsere Herzen und alles Ausgesprochene hätte nur die verzauberte Stimmung um uns und in uns zerstört. Selbst jetzt fällt es mir schwer, davon zu sprechen, jetzt, da ... aber davon wird noch viel, wird noch manches zu erzählen sein.

Auf dem Bahnhof blieben uns nur noch ein paar Minuten, dann lief der Zug auf Gleis zwei ein. Wir kletterten über den Schotter hinüber zum schmalen Bahnsteig, wo der Zug mit hohen, rauchgeschwärzten Abteilen stand. Aus einem der Abteilfenster schaute Hanke heraus, neben ihm der blonde Eichhorst. Sie winkten und riefen: „Hier, Günter, hier!" Ursula und ich stolperten keuchend am Zug entlang, mühten uns mit dem plötzlich so schwer gewordenen Koffer ab. Endlich hatten wir das Abteil erreicht. Ich gab meinen großen Koffer zu Eichhorst am Fenster hinauf. Der schnalzte mit der Zunge und meinte mit einem Seitenblick auf Ursula: „Dufte, dufte. Deine Schwester?" — „Nein", sagte ich. Hanke grinste: „Desto besser für dich ... Na, komm schon, der Zug fährt gleich ab." — „Abschiednehmen!" rief von oben Eichhorst herunter. Vorn brüllte ein Schaffner: „Alles einsteigen! Türen schließen! Der Zug fährt sofort ab!" Ursula sagte: „Du mußt gehen, Günter." — „Ja", sagte ich und kletterte gehorsam die Stufen zum Abteil hinauf. Der Zug ruckte an, wurde schneller und schneller. Ursula lief neben ihm her und rief herauf: „Günter, ich schreib dir!" Und sie lief nebenher und winkte. Aber immer kleiner wurde ihre ferne Gestalt, immer winziger das weiße Tuch. Die Räder des Zuges rollten über die Gleise und ratterten im gleichbleibenden Takt der Schienenstöße und der Zug trug mich immer weiter fort von zu Hause, immer weiter fort von Ursula. Etwas schnürte mir die Kehle zu; etwas wühlte schmerzend-süß in der Brust.

Als wir gegen Abend in die Schule zurückkamen, war alles unverändert. Das Schloß stand stolz und hoch im Park; die alten Bäume schüttelten ihre Kronen und die wendischen Hütten hockten dumpf längs der versumpften Seen. Nachts quakten die Frösche und machten zu vielen Tausenden mißtöniges Konzert. Unmerklich fast wandelte sich das Frühjahr in den Sommer; die Parkwiesen färbten sich zu bunten Blumenteppichen; die Schüler der ältesten Klasse verbrannten eines Abends im Schloßhof am hochauflodernden Feuer ihre Hefte und Bücher und rückten am nächsten Morgen zur Wehrmacht ab. Wir sahen den fröhlich und unbekümmert Davonziehenden mit leiser Sehnsucht nach und bedauerten wieder einmal mehr, daß wir noch so jung waren, daß man uns an der Front nicht gebrauchen konnte, daß wir zu spät kommen würden. Das schien unser Los zu sein: zu spät ...

Axmann, der Russ'

In diesen ersten Sommerwochen muß wohl auch die Geschichte mit Axmann geschehen sein. Axmann stammte drüben weit her aus der Bukowina oder aus Galizien und war mit seinen Eltern im Zuge der großen Auslandsheimkehr aller Deutschen vor einigen Jahren von dort nach Schlesien umgesiedelt worden. Er sprach ganz gut deutsch und war ein netter Kerl, überall beliebt, von allen freundschaftlich geschätzt und schnell in die Gemeinschaft der Klasse aufgenommen. Daß wir ihn „Russ'" nannten, weil er doch so weit von da hinten aus Rußland herkam, schien er uns nicht zu verübeln. Aber wir mußten bald die Erfahrung machen, daß ihn dieser Name recht hart ankam und schmerzlich berührte. Er versuchte, diesen Namen durch eine mutige Tat abzuwaschen und hätte das damals beinahe mit seinem Tode bezahlt. (Zwei knappe Jahre später starb er in der Festung Breslau bei dem Versuch, einen Verwundeten aus dem Niemandsland zwischen den Fronten herauszuschleppen.)

Eines Tages wurde unsere Schule alarmiert: achtzig kriegsgefangene Rotarmisten hatten aus dem nahegelegenen Truppenübungsplatz Neuhammer einen gemeinschaftlichen Ausbruchsversuch unternommen, waren der Umzäunung des stacheldrahtbewehrten Lagers entkommen, hatten dann ein kleines, abgeschiedenes, einsames Heidedorf überfallen, sich dort mit Messern und vielleicht auch Gewehren — genau konnte das bis zur Stunde niemand sagen — bewaffnet und wurden nun in dieser Gegend der ausgedehnten Heide vermutet. Man glaubte, daß sie versuchen würden, nach Süden über das Gebirge in die Tschechei zu entkommen. Wehrmacht, Polizei, die wenigen Männer in den Dörfern waren aufgeboten, hatten einen recht dichten Ring um das vermutliche Aufenthaltsgebiet gezogen und nun sollten wir an dieser Stelle eine Lücke im Kreis der Bewacher schließen.

Wir waren dafür natürlich Feuer und Flamme, auch ohne die etwas großsprecherische Appellrede des Direx von „Vaterland" und „Untermenschentum" und „Ehre" und „Sieg". Wir stellten uns das Ganze wie ein herrliches Abenteuer vor:

Menschen fangen, ernsthaft eine Aufgabe erfüllen, Soldat spielen. Auch wir bewaffneten uns; ein paar Lehrer hatten Pistolen; einige ältere Schüler erhielten die der Anstalt gehörenden Kleinkalibergewehre und Luftbüchsen; wir anderen koppelten unsere Fahrtenmesser los und streiften dann in einer langen Reihe, Mann neben Mann, durch die sommerhelle Heide. Stunde um Stunde verging. Es war herrlich. Längst dachten wir nicht mehr an unseren Auftrag, glaubten wohl auch nicht recht an den Erfolg unseres Suchens. Zuerst hatten wir hinter jeden Strauch geblickt, waren in jeden der vielen Moorgräben hinabgeklettert, hatten durch jedes der großen Abflußrohre gesehen, jedes Schilfgestrüpp und jede Rohrwildnis sauber durchkämmt. Aber langsam hatte uns das ungewohnte Gehen im weichen Sandboden, im schlickigen Moor, zwischen den hohen Halmwäldern der Getreidefelder, unter den aufragenden, würzig duftenden Kiefern müde und lustlos gemacht. Heerde neben mir maulte: „Ach, wären wir schon wieder in Heidelager." Hillmer schimpfte: „Und kein Mittagessen heute." Selbst King meckerte: „Alles für den Führer; alles für den Führer." Wir stapften, immer stiller werdend, unlustig dahin. Nur Axmann verlor die Zuversicht und den stoischen Gleichmut nicht. Wie anfangs untersuchte er auch jetzt am späten Nachmittag noch immer jedes Gesträuch, jedes Gestrüpp, jedes noch so kleine mögliche Versteck, prüfte alle Dickichte und Moorbrüche, betrachtete wie ein erfahrener Pfadfinder oder Waldläufer den Boden, schnupperte nach Rauch und Lagerfeuer und blieb gleichmäßig gewissenhaft in seiner Nachsuche. Wir anderen hätten wohl schon längst aufgegeben; die Reihe der Sucher hatte sich weit, weit auseinandergezogen; man sah nur da und dort ein paar kleine, ferne Gruppen; aber Axmanns Beispiel trieb uns vorwärts. „Ach Quatsch", meinte Hillmer. „Noch bis zu jenem Waldstück da drüben. Dann mach' ich nicht mehr mit. Die sollen sich ihre Gefangenen selber suchen. Was gehen die mich an? Sollen die doch besser aufpassen, die sie bewachen müssen. Immer müssen andere die Suppe auslöffeln, die sie sich nicht eingebrockt haben." Wir stimmten Hillmer zu. Nur Axmann schwieg. Sein dunkles,

lederartig gebräuntes Gesicht mit den eng zusammengeschobenen Augenbrauen, dem schmallippigen Mund, der gehakten Nase, hatte etwas Fremdes, etwas Indianisches, etwas Grausam-Kaltes an sich. Das war kein Kind mehr, kein Junge wie wir. Das war ein Jäger auf der Fährte, ein von seinem Auftrag Gepackter und Besessener. In diesem Augenblick erkannten wir alle, was in Axmann vorging und wußten es uns zu deuten. Es ging ihm viel weniger um das Einfangen eines ausgebrochenen Kriegsgefangenen als um die eigene Bewährung. Würde er, der Russ', einen Russen fangen, so hätte er sich in unseren Augen endgültig bewährt. So glaubte er. So hatte er es sich wohl selber eingeredet.
Langsam kam das ferne, dunkle Waldstück näher, bis zu dem wir die Jagd fortsetzen und wo wir dann umkehren wollten. Wir alle waren schon gar nicht mehr recht bei der Sache, dachten an den weiten Heimweg zurück nach Heidelager und trotteten mißmutig durch Heidesand und Sumpfland, über Wiesenboden und Kartoffeläcker dem Waldrand zu. Plötzlich blieb Axmann stehen, flüsterte: „Spürt ihr nichts? — Rauch?!“ Wir blieben gleichfalls stehen; Heerde zuckte die Schultern: „Hirngespinste.“ King sagte: „Blödsinn.“ Ich versuchte, Rauch zu riechen; aber ich roch nur den Harzduft, der vom Walde herüberwehte und den Brackwassergeruch der Abzugsgräben. „Nein“, sagte ich. „Nichts.“ — „Es ist nichts“, sagte auch Hillmer. „Mensch, Axmann, du spinnst ja. Laß uns umkehren.“ Auf einmal war uns allen bänglich zu Mute. Dabei war gar nichts geschehen. Bloß Axmann hatte Rauch gerochen, wo gar kein Rauch war. Dennoch. „Ja, kommt, gehen wir zurück“, unterstützte Heerde Hillmers Vorschlag. Aber Axmann schüttelte den Kopf: „Nein, jetzt nicht, wo wir ihnen auf der Spur sind.“ Wir versuchten zu lachen, uns aus der jähen Beklommenheit zu lösen; aber es wurde nur ein klägliches Grimassenschneiden daraus. Schweigend folgten wir dem voranschreitenden Axmann durch einen Graben, eine steile Böschung hinauf und einen sanften Hang hinunter zu dem so nahe gerückten Kiefernwald. „Mensch“, schrie auf einmal King. „Da, ein Lagerplatz, eine Feuerstelle. Axmann, deine Nase möchte ich ha-

ben.“ Axmann zuckte verächtlich in den Mundwinkeln, schob den staunenden King beiseite, beugte sich zu dem vielleicht tellergroß dunkelschwarz verbrannten Kreisrund nieder, stocherte in der grauen Asche herum, faßte mit spitzen Fingern in die Holzkohlen und meinte nach kurzer Prüfung: „Die Holzstücke sind noch ganz warm. Sie haben uns kommen gesehen und sind getürmt. Sie können nicht weit sein.“ Hillmer prüfte gleichfalls die Asche und sagte: „Stimmt! Wollen wir nicht lieber die anderen rufen?“ — „Nein“, knurrte Axmann zurück. „Nein. Wenn ihr Angst habt, ihr Hosenschisser, dann könnt ihr ja gehen. Dann fang ich sie halt alleine.“ Nun ja, dann also weiter. Niemand sollte uns Angst nachsagen. Aufmerksam um uns spähend, jede kleine Schonung im dämmrigen Walde musternd, folgten wir dem unbeirrt vorwärtsdrängenden Axmann. Zweige peitschten uns ins Gesicht; wir achteten nicht darauf. Schweiß strömte über unsere Haut; wir spürten ihn nicht. Hunger wühlte in unseren Eingeweiden; es machte uns nichts aus. Nun hatte auch uns das Jagdfieber gepackt. Was würden die anderen sagen, wenn wir mit ein paar Gefangenen ankamen? Daß die ganze Geschichte gefährlich werden könnte, daran wollten wir jetzt nicht denken.

Als wir über eine kleine Waldwiese einer angrenzenden, etwa mannshohen Kiefernschonung zuschritten, raschelte es plötzlich vor uns zwischen den kleinen Bäumchen. Unsere Herzen klopften bis zum Halse. „Ein Reh“, flüsterte Hillmer, „vielleicht bloß ein Reh.“ Ach ja, hoffentlich bloß ein Reh. „Ruki werch!“ brüllte Axmann und noch einmal: „Ruki werch!“ Halt! Stehenbleiben! Hände hoch! Und wie auf ein Zauberwort hin traten aus der kleinen Schonung zwei, drei bärtige, zerlumpte, verdreckte, unsagbar schmutzige und heruntergekommene Gestalten, gehorsam die Hände über den Kopf erhoben. Uns stockte der Atem; niemand sprach ein Wort. Wie versteinert standen wir an unsere Plätze gebannt. Wir starrten die so urplötzlich wie Urwaldmenschen aufgetauchten Russen an; sie starrten uns an; wir hatten unsere Messer gezückt, Heerde seine lächerliche Sperlings-Luftbüchse mit einem Bolzen darin erhoben. Aber sie zitterte in seinen Händen hin und her. Wir alle zitterten, zitterten wie Espenlaub. „Mein Gott", flüsterte King, weiß vor Angst und Schrecken. Uns allen war nicht besser zumute. Nur Axmann blieb unberührt und ruhig in aller Aufregung um ihn her. Er brüllte die drei zerlumpten Gestalten mit wenigen russischen Worten an; sie hatten immer noch ihre Hände hoch über den Kopf erhoben, verschränkten sie nun am Hinterkopf und traten einzeln auf Axmann zu. Der tastete sie ab, ihre Taschen, ihre verlausten Jacken, ihre in Lumpen gehüllten Füße, untersuchte die Kerle nach Waffen, fand aber nichts und befahl uns, sie zu fesseln. Nun, das hatten wir gelernt bei unseren Jugendspielen; fachmännisch banden wir die Arme der ersten beiden Gefangenen mit unseren ledernen Schulterriemen auf dem Rücken zusammen. Sie ließen alles willig mit sich geschehen und ließen sich ohne Widerstand binden.

Als aber Axmann an den dritten herantrat, sich zu ihm niederbückte, um dessen Taschen zu durchsuchen, ließ der Gefangene — ein pockennarbiger Tartare mit schiefgestellten Schlitzaugen und gelbbrauner Haut — in Sekundenschnelle seine Hände herniedersausen, ballte sie noch im Niederfallen zu Fäusten und hämmerte damit auf Axmann ein, riß ihn durch den jähen Anprall zu Boden, griff in seine zerrissene Feldbluse, holte aus deren Falten ein hell in der Sonne aufblitzendes Klappmesser und stach blindlings und wie toll auf Axmann ein. Axmann versuchte, den Stichen auszuweichen und schützte mit den Händen das Gesicht; aber der über ihn gebeugte Tartare stach immer wieder aufs neue zu, schlitzte Axmanns Uniformjacke auf, zerfetzte das Braunhemd und ließ erst nach, als Axmann wimmernd und mit hohen Klagetönen wie ein waidwundes Tier fiepend aufschrie. Wir standen wie erstarrt, wie festgenagelt. Die zwei Russen bei uns hatten sich nicht von der Stelle gerührt. Dann auf einmal richtete sich der gebeugt über Axmann stehende Tartare auf, zog das in der rechten Seite steckende Messer aus der Stichwunde, daß sofort ein dunkelroter, fast schwärzlicher Strahl Blut nachspritzte, blickte wie ein jählings Erwachender um sich, sprang über den am Boden Liegenden

hinweg und hetzte der wenige Schritte entfernt liegenden Kiefernschonung zu. Zweige schnellten zur Seite, Äste raschelten fern und ferner, die gedämpften Schritte des Flüchtenden verhallten im großen Walde.
Nun erst löste sich unsere Erstarrung. Alle schrieen plötzlich durcheinander: „Abbinden! Los! Abbinden!" — „Ruft die anderen!" Selbst die beiden Russen mit den gefesselten Händen beugten sich über Axmann, versuchten zu helfen. Axmann lag da, weiß, blaß, mit ausgeblutetem Gesicht. Aus seinen Wunden spritzte immer noch das Blut, färbte das Braunhemd dunkel, sickerte durch unsere über die Brustwunde gelegten Taschentücher. „Hiiilfe! Hiiilfe!" schrie Heerde und schluchzte. „Hierher! Hierher!" brüllte ich und ruderte mit den Armen. Stolpernd und sich immer wieder aufraffend rannte King zum Waldrand zurück: „Hilfe, Hilfe!" Der Wald warf den Hall zurück. Die Bäume rauschten feindlich und böse. Hillmer versuchte, die Blutungen zu stillen. Axmann stöhnte und röchelte. Endlich waren ein paar andere heran, darunter Dr. Söhnel, der Biologielehrer, der am meisten von ärztlichen Dingen verstand. Er untersuchte Axmann kurz und sagte: „Liegenlassen! Da können wir nicht viel tun. Wir wollen nur hoffen, daß . . . Schnell ein paar ins nächste Dorf, ein Arzt, ein Krankenwagen." Duschek und King trabten los. Wir anderen umstanden den immer blasser werdenden Axmann und beteten im stillen um Hilfe und Rettung. Schnell wurde es dämmrig und mattdunkel. Der Tag versank. Die kleine Waldlichtung wurde von der Dunkelheit umfangen. Wir drängten uns aneinander und suchten in der menschlichen Geborgenheit Schutz und Wärme. Hillmer zündete ein Feuer an auf der gleichen Stelle, an der wenige Stunden zuvor die Flüchtlinge gesessen und von der Freiheit geträumt hatten. Die beiden Russen bei uns beachtete niemand. Sie drückten sich scheu und still zur Seite, wenn wir in ihre Nähe kamen und flüsterten halblaut miteinander. „Ruhe", zischte Dr. Söhnel sie an und sie verstummten augenblicklich. Nun sang nur noch der Nachtwind in den Bäumen. Die Minuten schlichen endlos dahin. Hoch oben in der Luft brummte ein Flugzeug. Wir kamen uns gar

nicht wie Helden vor, waren nur auf einmal entsetzlich müde.
Endlich dröhnte fern auf der Waldstraße ein Lastwagen, rumpelte mit abgeblendeten Lichtern heran. „Der Arzt", sagte Dr. Söhnel und ging der schattenhaften Gestalt entgegen. Wir blieben stumm und sahen auf das eingefallene Gesicht unseres Freundes Axmann, das von den zuckenden Flammen im Lichtkreis des Feuers erhellt wurde. Der Arzt kam rasch näher, beugte sich zu dem am Boden Liegenden herab, untersuchte ihn, verband die Wunden, machte ihm in den linken Oberarm einen Einstich, richtete sich dann wieder auf, wischte seine Brille vorsichtig mit einem kleinen Läppchen blank und sagte in unser atemloses Schweigen hinein: „Er wird durchkommen. Ich glaube es bestimmt. Er hat zwar viel Blut verloren, aber ..." Dann ging er zum Lastwagen zurück und schrieb im Licht der abgedunkelten Scheinwerfer die Einweisung ins Nieskyer Stadtkrankenhaus. Er überreichte das Papier Dr. Söhnel und wartete mit uns auf das Eintreffen des Sanitätsautos. Das ließ auf sich warten. Es war schon richtige Nacht geworden, da glitt es endlich den Waldweg herunter, gefolgt von einer Kolonne vollbesetzter Wehrmachtswagen. Die Soldaten kletterten steifbeinig aus den Fahrzeugen, nahmen die Karabiner von den Schultern und traten in einer lang auseinandergezogenen Kette zur nächtlichen Verfolgungsjagd in den stummen Wald ein. Zwei von ihnen kamen auf unsere kleine Gruppe zu, stießen die beiden am Boden sitzenden Gefangenen mit den Gewehrkolben von der Erde auf und führten sie zurück zu einem der Fahrzeuge. Duschek und King, die mit dem Sanitätswagen zurückgekommen waren, der Kolonne den Weg gewiesen hatten, kamen mit der Tragbahre an. Vorsichtig hoben der Arzt und Dr. Söhnel Axmann an und betteten ihn auf die Trage. Noch einmal schlug Axmann die Augen auf, ehe die Spritze ihre volle Wirkung tat, als wir ihn in das Sanitätsauto hineinschoben. „Gelt", flüsterte er, „ihr nennt mich jetzt nicht mehr Russ'." Wir nickten und King sagte: „Ist schon gut, Axmann. Werde schnell wieder gesund. Komm bald zurück." Dann rollte das Krankenauto mit Dr.

Söhnel und Axmann davon. Wir aber fuhren mit dem Arzt, den beiden Gefangenen und den zwei bewachenden Soldaten in einem Mannschaftswagen nach Heidelager zurück. Um auch das gleich zu sagen: schon nach ein paar Wochen, schneller als erhofft, kehrte Axmann wieder zu uns zurück; wir nannten ihn nun nur noch „Ax". Die achtzig ausgebrochenen Russen aber, die sämtlich wieder eingefangen worden waren, erschoß man trotz völkerrechtlicher Konventionen zum Schutze der Kriegsgefangenen im Juli des gleichen Jahres auf dem Truppenübungsplatz Neuhammer standrechtlich; der Tartare wurde zur Abschreckung gehängt.
Unser Direx hielt bei der Rückkehr des stillen, blassen Axmann eine Ansprache und lobte „unseren Helden". Zur Belohnung für seinen Mut durfte er zusammen mit Heerde, Duschek und Glovalla ins Generalgouvernement zum „Einkauf" fahren. Doch das soll im nächsten Kapitel erzählt werden. Denn das ist noch einmal eine andere, noch häßlichere Geschichte.

Duschek

Eines frühen Morgens, Ende Juli dieses Jahres, kurz vor den Sommerferien, rollte ein schwerer Militär-Lastkraftwagen mit großem Steyr-Anhänger durch das Außentor der grauen Schloßmauer auf die Dorfstraße von Heidelager und weiter über die schlesische Autobahn der östlichen Grenze entgegen. Vorn im Führerhaus neben dem Fahrer saß ein uns fremder Oberscharführer der Waffen-SS mit einem hölzern-kalten Gesicht, eine unsäglich lächerlich wirkende Nickelbrille vor den kühl uns musternden Augen. Den Abschiedsworten des Direx und seinen Phrasen von „Ehre", „Vaterland", „Pflichterfüllung" hatte er fast widerwillig zugehört und dann dem Fahrer befohlen: „Na, denn los!" Langsam kurvte das Auto um den Appellplatz. Hinten im Lastwagen hatten es sich Axmann, Heerde, Duschek und Glovalla auf einem Bündel grauer Decken bequem gemacht, winkten uns, den Zurückbleibenden, vergnügt zu und fuhren — so schien es jedenfalls — einem beneidenswerten Abenteuer entgegen. Als sie nach fast einer Woche zurückkamen, Lastwagen und Anhänger vollgepfropft mit Decken, Teppichen, Kleidungsstücken, Stoffballen, Leinentüchern und allerlei Möbel-Krimskrams, waren die vier seltsam still geworden. Das Lachen, dieses vergnügte, jungenhafte, unbeschwerte Lachen, war aus ihren Gesichtern verschwunden. Die ersten Tage blieben sie wie erstarrt, gingen herum mit leeren, erloschenen Augen, mit Augen voller Grauen, schwiegen auf unsere wißbegierigen Fragen, waren wie Fremde unter Fremden. Erst nach und nach löste sich in ihnen diese für uns seltsame Erstarrung; aber sie haben eigentlich nie mehr diesen angespannten Ausdruck in ihrem Antlitz ganz verloren. Doch dann enthüllte sich uns die ganze Grausamkeit ihres Erlebnisses. Duschek war der erste, der das Schweigen brach. An einem schulfreien Nachmittag führte er mich in den hellen, freundlich von der Sonne durchschienenen Aufenthaltsraum des Schlosses — wo seit der Rückkehr des Oscha und seiner vier Begleiter ein warmer, dicker Teppich das Parkett des Bodens schonend bedeckte — blieb mit mir vor dem Teppich stehen und sagte: „Siehst du?“ — „Ja“, sagte ich, „ein neuer Teppich. Den habt ihr wohl mitgebracht für uns? “ — „Ja“, sagte Duschek, „den haben wir für euch mitgebracht. Sieh ihn dir nur genau an.“ — „Na ja“, sagte ich, „ich bin ja eigentlich kein Teppichhändler. Was verstehe ich davon? Vielleicht echter Perser, vielleicht echt Kammgarn. Wer kann das wissen?“ — „Sieh ihn dir nur genau an“, bestand Duschek auf seiner Forderung. „Wenn du meinst“, sagte ich und beugte mich zum Teppich nieder, tat so, als ob ich ihn fachmännisch und voll Sachkenntnis prüfe, fuhr den gewirkten Webfäden mit den Fingern nach, tastete die ineinander verschlungenen Muster ab, fühlte die samtweiche Oberfläche mit den Händen. „Nun?“ fragte Duschek. Ja, was sollte ich sagen. „Ganz schön dreckig ist er“, meinte ich, um nur überhaupt etwas zu äußern. „Ganz schön dreckig, Dreck und Staub und Flecken. Müßte mal gründlich gereinigt werden.“ — „Soo?“ fragte Duschek. „Hast du die Flecken darin doch gesehen?“ — „Ja“, sagte ich und bückte mich noch einmal nieder, um die Flecken, von denen Duschek so ein blödes Aufsehen machte, genauer zu betrachten, bräunlichschwarze, blasse Flecken. „Ob man das noch mal sauber kriegt? Sieht aus wie Blut. Habt ihr unterwegs ein Schwein geschlachtet und es in den Teppich eingewickelt?“ — „Nein, ein Schwein nicht“, sagte Duschek, „ein Schwein nicht, aber ... Menschen.“ „Menschen?“ fragte ich ganz erstaunt; ich glaubte, ich hätte nicht recht verstanden, „Menschen?“ und stellte abschließend fest: „Du spinnst, Duschek.“ Aber Duschek beteuerte: „Nein, es stimmt, Günter, es ist Menschenblut.“ Ich versuchte zu lachen; aber es gelang nicht recht. „Menschenblut?“ fragte ich noch einmal. Duschek nickte ernst und sagte ganz tonlos: „Laß dir's erzählen. Ich muß es jemandem sagen, obwohl der Oscha ... Na, schon gut. Aber wenn ich's nicht sage, frißt es mich inwendig auf. Axmann freilich ist ein harter Bursche ... aber ich ... Also hör zu ...“

Und nun entrollte sich aus Duscheks Erzählung das ganze Drama des Teppicheinkaufs für die Schule. (Ähnlich wurden übrigens in regelmäßigen Abständen die zusätzlichen Lebensmittel für die LBA eingekauft). Sie waren also mit ihrem Lkw bis in ein kleines Landstädtchen des Gouvernements gefahren, hatten auf der dortigen Kommandantur nach ihrer Anmeldung ein Quartier zugewiesen erhalten und waren am nächsten Morgen und all die folgenden Tage ihres Aufenthalts zusammen mit einer kleinen Einsatzgruppe zur SS gehörender Letten, Litauer und Galizier unter Führung des Oscha auf Einkauf ausgegangen. Das ging so vor sich: die Ausländer umstellten in irgendeiner Straße ein mit dem gelben Davidstern gekennzeichnetes Haus; der Lkw rollte vor die Haustür; der Oscha ging ins Haus, ordnete die Beschlagnahme des Gebäudes und aller darin befindlichen Gegenstände an, ließ die Hausbewohner von seinen Schergen hinaustreiben mit brutalen Kolbenstößen, Knüppelschlägen und Fußtritten, suchte dann in aller Seelenruhe in dem leeren Hause die ihm geeignet erscheinenden Dinge aus, befahl den inzwischen im vorgefahrenen Auto wartenden vier Jungen, die ausgewählten Sachen aufzuladen und ging dann schon mit seinen uniformierten Ausländern weiter zum nächsten

Haus, zum nächsten Geschäft, zur nächsten Werkstatt oder Fabrik. Die kleine Einsatzgruppe des SD arbeitete schnell, präzise und rücksichtslos; die jammernden, mit erhobenen Händen um Gnade und Barmherzigkeit flehenden Juden — alte Männer mit langen weißen Bärten („Wie der alte Mose in der Bilderbibel", sagte Duschek dabei, „wenn du verstehst, was ich meine.") Frauen und kleine Kinder — wurden erbarmungslos aus ihren Wohnungen getrieben, zusammengeschlagen und in kleinen Trüppchen, jeweils begleitet von zwei, drei Aufsehern, in ein kleines, außerhalb der Stadt liegendes Lager abgeführt. Manchmal, wenn die Juden nicht schnell genug aus ihren Wohnungen verschwanden, weil sie den Ernst der Stunde nicht recht erfaßten oder bei dem Oscha mit seinem hölzern-unbewegten Gesicht und seinen hinter scharfen Brillengläsern funkelnden Augen fälschlicherweise auf Verständnis hofften, knallte oben im Hause ein Schuß, roch es nach Kordit und Pulverrauch. Wenn dann die vier Jungen die Wohnung betraten, lag auf dem Fußboden ein röchelnder Mann, ein wimmerndes Kind, eine stöhnende, zukkende Frau. Das kam freilich nicht allzuoft vor; — der Oscha war ein humaner Mann; das Morden überließ er lieber anderen; das Rauben und Plündern war sein eigentliches Metier. Man versuchte, möglichst kein allzu großes Aufsehen zu erregen, um die Opfer nicht schon vor der Zeit in Unruhe zu versetzen und zur Flucht zu treiben. „Ich weiß ja", sagte Duschek. „Die Juden sind unsere Todfeinde. Wir oder sie — hat der Führer gesagt. Aber wenn er das wüßte, ob er so etwas zuließe?" Ich zuckte die Schultern. Ich wußte es auch nicht. Mit ängstlichen Augen betrachtete ich den befleckten Teppich zu meinen Füßen; erschüttert trat ich einen Schritt zurück. „Siehst du nun, der Teppich", sagte Duschek. „Das ist auch so einer von denen, für die ein Mensch, ein Jude freilich nur, sterben mußte; aber: ist er nicht auch ein Mensch, ein Mensch wie wir, wie du und ich? Der hier hatte eine blonde Tochter und vier kleine Enkelchen, Samuel hieß er wohl. Als der Oscha ihn niederknallte, warf sich die Blonde über den Alten, schrie: „Samuel! Samuel!", klammerte sich an ihm fest. Die Kleinen schrieen und drängten

sich an ihre Mutter. Die Letten mußten sie förmlich vom Teppich und dem toten Alten losreißen. Ach, ich vergeß das nicht; ich vergeß das nicht. Es steht immer vor mir, wenn ich den Teppich sehe, wenn ich mit den drei anderen zusammenkomme, mit Axmann, Heerde und Glovalla, den Genossen dieser Tage, wenn ich die Augen schließe, immer, immer ... Axmann hat es da freilich leichter: es muß wohl so sein, sagt er immer, sie oder wir und lieber sie als wir. Aber ich, ich komme nicht darüber hinweg." Ich schwieg. Was sollte ich auch sagen? Es war zu furchtbar, zu grausig, zu schrecklich, zu unvorstellbar. Nein, das hatten wir Zurückbleibenden nicht geahnt, als die vier lachend und winkend mit fröhlichen Gesichtern aus dem Tor hinaus in den sonnigen Morgen und hinaus ins sonnige Land fuhren. Nein, das hatten wir nicht geahnt, nicht gewollt, nicht gewußt. Wir hatten nicht bemerkt, daß sich leise hinter uns die Tür des Aufenthaltsraumes geöffnet hatte und Dr. Sanders, unser Klassenlehrer, eingetreten war. Wir zuckten wie ertappte Sünder zusammen, als wir ihn erblickten und schwiegen erschrocken. Er hüstelte verlegen, als er uns ansah und sagte dann: „Ja, so ist das — sie oder wir." Und dann: „Ich weiß nur nicht, ob das richtig ist; hoffentlich kommt ihr Blut nicht über uns; das wäre furchtbar; das möchte ich nicht mehr erleben." Er legte uns die Hand auf die Schulter: „Na, macht euch keine Sorgen drüber. Ihr seid noch jung. Ihr könnt noch vergessen. Ihr habt keine Schuld." — „Keine Schuld?" fragte Duschek mit gepreßtem Munde. „Nein", sagte Dr. Sanders. „Ihr habt keine Schuld; Schuld haben die andern, die Großen. Schuld haben wir."
Bald danach wurden die Fahrten ins Generalgouvernement, die man vorher immer in regelmäßigen Zeitabständen durchgeführt hatte, auf Beschwerden Dr. Sanders, der in Breslau einflußreiche Freunde in hohen Regierungs- und auch Parteidienststellen besaß, eingestellt; der Teppich im Aufenthaltsraum der Schule freilich blieb liegen. Jedesmal, wenn wir den Raum betraten, gingen wir außen um ihn herum. Wir scheuten die Flecken, scheuten auf das Blut zu treten und wußten nicht — oder wollten es nicht wahrhaben — daß wir schon mitschuldig geworden waren, unschuldig — schuldig.

Kurz danach begannen die großen Sommerferien, sechs Wochen ungebundener Freiheit. Die Tage standen in Blau und Gold. Das kleine Dorf lebte im stillen Rhythmus der bäuerlichen Ernte. Draußen auf den weiten Feldern ratterten die Mähmaschinen, leuchteten die bunten Kopftücher der Frauen und Ukrainermädchen, sanken die goldenen Halme unter dem scharfen Schnitt der Sense, rollten auf den schmalen Feldwegen die schwankenden Erntewagen den Scheunen zu. Pusch besuchte mich für ein paar Tage. Ich hatte ihn eingeladen, obwohl uns bis dahin nichts miteinander verband als das gleiche kleine Zimmer in der Schule, als die lose Gemeinschaft der Klasse und als die nur wenige Fahrtstunden auseinanderliegenden heimatlichen Dörfer. Wir lagen von früh morgens bis zum goldenen Untergang der Sonne am sandigen Uferrand des Bober, badeten, tollten in der klaren Flut herum, schwammen ein Stück stromaufwärts, ließen uns von der reißenden Flut den Gebirgsfluß abwärtstreiben bis zu einer flachen Sandbank mitten in einer Strombiegung, wurden braun wie Mulatten, lagen stundenlang im hohen wispernden Riedgras, ließen uns von der glühenden Mittagshitze des August braten, sahen den leise wandernden Wolken nach und waren beide wohl wunschlos glücklich, glücklich, wie es nur Jungen dieses Alters sein können. Dann und wann war Ursula bei uns, spielte unsere wilden Knabenspiele mit, wurde still, wenn wir still wurden, beobachtete wie wir den Lauf der Wolken, lauschte wie wir dem Gesang der Wasservögel, versuchte sich wie wir im Fangen von kleinen, glitzernden Schuppenfischen und erfüllte nur durch ihr Dasein diese Tage mit Glanz und dem sanften Schimmer stillen Glücks. Von fern her im Süden ragte der steile Kegel des Gröditzberges ins flache Land; ganz weit blaßte der blaue Kamm des Gebirges; eine wunschlos glückliche Stimmung erfüllte uns drei.

Einmal geschah es, daß mich beim Schwimmen die starke Strömung mitriß über die flache Sandbank hinweg dem nahe donnernden Wehr am Viadukt entgegen. Ich erkannte die

Gefahr, versuchte, mich gegen die Strömung zu wenden, dem unweiten Ufer zuzustreben, in dem nicht allzu tiefen Fluß Boden und Halt unter den Füßen zu gewinnen — vergeblich. Die Wasser zogen mich mit sich fort; Angst erfaßte mich; ich schrie: „Hilfe! Hilfe! Pusch! Ursula!" Ich schluckte Wasser, wurde von einer Querwelle untergetaucht, riß mir an den Kieseln der Sandbank die Knie auf, hörte das Donnern und Krachen des hohen Wehrs immer näher kommen, sah mich schon von dem großen Eisenrad der Papiermühle dort erfaßt und zerquetscht und verlor in aller Angst gänzlich den Kopf. „Hilfe! Hi . . ." versuchte ich, noch einmal zu schreien; aber die Stimme versagte mir. Sterben? Jetzt sterben, da das Leben am schönsten war? Ich war ja noch so jung, nein, nicht sterben. Tausend Gedanken zugleich zuckten durch mein Hirn; kreisend drehten sich hundert feurige Räder schnell, immer schneller. Ein Wasserstrudel dicht an der Steilböschung des rechten Ufers hatte mich gepackt, schleuderte mich um und um, zog mich tief hinab in den dunkel-glasigen Grund, riß mich wieder empor, zerrte mich unter Wasser wieder heraus in die stärker werdende Strömung und schon ragte vor mir das hohe graue Gemäuer des Viadukts empor mit den weitgespannten Einzelbögen. Züge krochen darüber hin, spielzeughaft klein. Ich sah das alles in einer hellen Klarheit und Durchsichtigkeit, ließ mich wehrlos weitertreiben, lag matt auf den gleißenden Spiegeln des Flusses, hatte mein Leben abgeschlossen und glaubte mich rettungslos verloren.

Plötzlich tauchte neben mir Pusch auf, schwamm mit starken Stößen an mich heran, schrie mir zu: „Ruhig liegenbleiben, nichts machen!", packte mich mit geübten Griffen sicher und fest und schleppte mich, schräg gegen die Strömung anschwimmend, dem Ufer zu. Ich verlor wohl die Besinnung. Als ich wieder zu mir kam, lag ich im hohen, harten Gras des Ufers. Neben mir knieten Ursula und Pusch. „Gott sei Dank", sagte Pusch, „er kommt zu sich." Ursula weinte still vor sich hin. Mir war sterbensübel zumute; der Magen wehrte sich gegen das viele von mir geschluckte Wasser. Ich erbrach mich. Danach wurde mir wohler; ich fühlte mich nur seltsam weich in den Gliedern und taumelig. Ich versuchte, aufzustehen; aber Ursula und Pusch mußten mich stützen. Pusch schimpfte: „Wie kannst du dich auch nur so schnell abtreiben lassen. Das wäre leicht schief gegangen." Ich nickte beklommen. „Die Strömung ..." versuchte ich eine lahme Entschuldigung. Ursula lächelte unter Tränen: „Ist schon gut. Du lebst, das ist die Hauptsache," und sie streichelte sanft meine schlaffe Hand. Ich nickte: Ja, ich lebte. Das war die Hauptsache. Pusch sagte: „Na, aus unserem Baden wird heute nicht mehr viel. Laßt uns am Fluß liegenbleiben. Nichtstun ist auch eine schöne Sache." Mir war immer noch übel. Ich war mit allem einverstanden, mit allem, bei dem man nichts zu tun brauchte. Wenn ich nur lebte. Wenn nur Ursula weiter meine Hand hielt. „Pusch", sagte ich. „Das vergesse ich dir nicht. Ich werde immer für dich da sein." Pusch wurde rot wie ein kleines Mädchen und lachte verlegen. „Quatsch mit Soße", sagte er. „Hab' dich nur nicht so. Jeder andere hätte das auch getan. War doch 'ne Kleinigkeit." Ich antwortete nichts. Eine dicke Hummel summte behäbig vorüber; Heupferdchen sprangen durchs Gras; Grillen strichen ihre Flügelsaiten; das alles machte so müde. „Pusch", sagte Ursula. „Du kannst immer auf mich rechnen." Pusch wurde feuerrot. Er brabbelte vor sich hin. „Weibervolk", sagte er. „Nun macht doch nicht so ein Theater." — „Erzählt bloß nichts zu Hause", sagte ich. „Meine Mutter ängstigt sich zu Tode, wenn sie das hört." Die beiden nickten. „Großes Ehrenwort drauf", sagte Pusch. „Ist mir auch lieber so. Ich will nicht als Held gefeiert werden." Wir schwiegen. Vom Fluß her gluckerten die Wellen, die ans Ufer anschlugen. Fern surrte ein Flugzeug wie ein schwarzer Punkt in der weiten Bläue des Himmels. Ich wäre gern zehn Jahre älter gewesen; aber wir drei waren noch Kinder, vierzehn, fünfzehn Jahre alt. Ursula kuschelte sich an mich und flüsterte: „Daß du nur lebst, daß du nur lebst!" Ich schloß die Augen. Eine wohlige Mattigkeit erfüllte mich. Im Einschlafen spürte ich, wie Ursula mir sacht und lind mit weicher Hand über das Haar strich. Das tat so gut, das war so schön. Ich hätte sterben mögen — so glücklich war ich, daß ich lebte.

Spät am Abend fuhren wir heim dem Dorfe zu. Von Bunzlau herüber drangen die Glockentöne der beiden Kirchen. Sie läuteten zur abendlichen Andacht. Nun fiel auch das Glockenspiel der Thomaswaldauer Kirche mit ihrem schnellen Gebimmel ein. Der Wind trug die Töne weit übers Land. Wie in Traum und Zauber folgten wir dem schmalen Fußpfad zwischen den abgeernteten Feldern. An der Viehkoppel stand dicht am Stacheldrahtzaun das kleine Pony. Es hob den Kopf und schnaubte freudig, als es uns erkannte. „Trotzdem: ein schöner Tag", sagte Ursula und gab Pusch und mir die Hand. Wir trennten uns und gingen heim. Über den Gartenzaun herüber nickten die großen geschlossenen Sonnen der Sommerblumen. Der Nachtwind schwankte ihre hohen Halme und wiegte sie hin und her. „Ein schöner Tag", sagte Pusch. Ich nickte. „Ja, ein schöner Tag." Leise traten wir ins Haus. In der Unendlichkeit des Himmels über dem stillen Land kreiste das Heer der Sterne. Der Tag ging zu Ende; die Nacht brach an.

Großer Naz und kleiner Naz

Als wir nach den langen Ferien wieder nach Heidelager zurückkehrten — der Sommer war inzwischen unmerklich in den Frühherbst mit der Schwermut dunkler Spät-Septembertage übergegangen — lief unter uns Schülern das Gerücht um, die Anstalt würde bald aufgelöst. Wir fragten Dr. Sanders, den Klassenlehrer; aber der schüttelte bloß den Kopf. Nein, davon hatte er noch nichts gehört. Wir fragten Pflanzen-Söhnel, den Biologen; doch der wußte auch nichts davon. Wir wagten uns sogar an Ignaz Kluß, unseren auch als Komponisten bekannten Musiklehrer, von uns ob seines für uns komischen Vornamens im stillen „Naz" genannt. Aber Naz lebte nur seiner Musik und seinen Anglerfreuden, denen er hier im Land der hundert Karpfenteiche, Forellenbäche und Schilfseen nach Herzenslust frönen konnte. Naz schaute nur kurz auf, als wir ihn mitten in einer Chorprobe mit unserer Fragerei überfielen, klopfte mit dem ebenholzschwarzen

Taktstock am Pult den Lärm der Klasse ab, daß wir mucksmäuschenstill wurden — denn seine Zornausbrüche — sicherlich mehr gespielt als echt — waren von uns gefürchtet — blitzte uns mit funkelnden Brillengläsern zornig an, sagte: „Schiet! Jungs, laßt euch doch nicht für dumm verkaufen", und setzte hinzu: „Aber wenn ihr noch einmal beim Refrain des Liedes einen Viertel Ton zu tief abrutscht, dann schmeiß ich euch den Flügel ins Kreuz." Das war sein beinahe klassischer Ausspruch und seine fürchterlichste Drohung. Wie freilich der etwas zu klein geratene, zierlich gewachsene Naz es fertigbringen wollte, den kostbaren Steinway-Flügel von der hohen Chorbühne herab auf uns donnern zu lassen, erschien uns schon damals rätselhaft. Wir hätten es zu gern einmal erlebt. Aber Naz tat uns den Gefallen nicht. Er drohte nur.

Damals hatte Naz aus den Ferien einen kleinen, weißen Spaniel mitgebracht, ein entzückendes, ewig bellendes und raunzendes Hundetier, das schnell der erklärte Liebling aller hundertzwanzig Schüler der Anstalt wurde und das unserem Naz nicht mehr von den Fersen wich. Gurgelte Naz frühmorgens lauttönend und wohlklingend im gemeinsamen Waschraum das Zahnputzlied herunter — Hündchen saß auf den kalten, nassen Steinfliesen und sah interessiert und aufmerksam seinem Herrchen zu. Stakte Naz beim Frühsport den drei Klassen voran wie ein Storch im Salat mit seinen kurzen Drahtbeinen über die abgeernteten Parkwiesen — Hündchen war dabei, umkreiste die Schar der laufenden Jungen mit fröhlichem Gebell und versuchte immer wieder, sich bei einem festzubeißen und die sowieso ewig rutschende Turnhose gänzlich herunterzuziehen. Hielt Naz Chorprobe, Geigenübung oder Musikstunde ab — Hündchen fehlte nicht im Klassenzimmer, lag zusammengerollt wie ein kleines Wollknäuel vor der ersten Bank und fing nur bei den zu hohen und recht oft noch grundfalschen Tönen laut aufjaulend an, seine musikalische Begeisterung kundzutun. Von morgens bis abends hieß es „Hündchen hier" und „Hündchen da". Aber was ein richtiges Hündchen ist, und sei es auch nur ein nicht einmal ganz rassereiner Spaniel, muß einen Namen haben. Und so beschlossen wir, auch Hündchen mit viel Wurst und noch mehr Wasser zu taufen. Irgendeiner von uns hatte die grandiose Idee — ich glaube, es war der sommersprossige Dobrski — das Hundetier „Naz" zu nennen wie den Alten. Und so hatten wir nun einen großen Naz und einen kleinen Naz. Und so hieß es nun fortan „Naz hier" und „Naz dort".

Es war schon ein rechter Spaß. Hatte der große Naz uns tagsüber wieder einmal allzuviel mit Notenübungen geplagt und hatte er uns wieder einmal mehr allzu deutlich unsere Unmusikalität bescheinigt, so lockten wir abends im Waschraum: „Naz, du Lumpenkerl, komm nur her. Mit dir wollen wir jetzt schlittenfahren!" Stand der große Naz in der Nähe, so riefen wir: „Na Naz, du kleingeratener Pinscher, was bellst du denn schon wieder und reißt dein Maul so groß auf?" Der große Naz muß sich wohl anfangs immer mächtig über unsere feixenden Gesichter gewundert haben; aber es dauerte recht lange, bis er uns endlich hinter unsere Schliche kam und bis ihm ein Licht über die beiden Naz aufging. Bis dahin hatten wir unsere Freude mit Klein-Naz, dem Vierbeiner. Naz mußte stets dazu herhalten, unsere ohnmächtige Schülerwut gegenüber dem großen Naz abzureagieren. Freilich äußerte sie sich gegenüber dem kleinen Naz auch nur in Worten; denn dafür hatten wir den Hundekerl viel zu sehr in unser Herz geschlossen, als daß wir ihm etwas Böses hätten antun können.

Eines Morgens aber schlich der kleine Naz nicht mehr wie ein stolzer Spaniel, eher wie ein begossener Pudel im Waschraum um unsere nackten Beine herum, jaulte leise vor sich hin, leckte unsere nassen Zehen ab, maunzte und schnüffelte und suchte an unserer Wärme Schutz. Irgendwie hatte er sich verändert; wir wußten es nicht zu deuten, bis wir erkannten: Naz war geschoren, ritzeratzekahl geschoren. Irgendeiner hatte sich den bösen, grausamen Spaß gemacht, mit einer stumpfen Schere und einer ebenso stumpfen Haarschneidemaschine die Fellhaare so zu stutzen, daß nun überall die blanke Haut rotblutig zum Vorschein kam und das Tierchen wie ein rosa Spanferkel aussah. Als der große Naz die Untat

entdeckte — wir drückten uns bei seinem Kommen scheu aus dem Waschraum heraus — wurde er erst rot vor Zorn, dann schneeweiß, schüttelte ein übers andere Mal den Kopf, daß sein großer Adamsapfel auf und nieder hopste, nahm seinen mißhandelten Hund zärtlich auf den Arm, streichelte ihm sacht, so sacht über den Rücken und murmelte dazu: „Naz, mein kleiner, lieber Naz, was haben sie mit dir gemacht?" — (uns quollen bei diesen Worten die Augen fast aus dem Kopf, hatte der große Naz doch unser Spiel durchschaut) — trug ihn behutsam und vorsichtig wie ein zerbrechliches Porzellanpüppchen in sein neben dem Waschraum gelegenes Zimmer und schloß sich mit dem armen Tier den ganzen Tag dort ein, kam weder zu den Musikstunden dieses Tages, noch zu den Mahlzeiten zum Vorschein.
Kaum viel weniger als der große Naz waren wir Schüler von dieser bösen Untat am kleinen Naz betroffen. Auf eigene Faust versuchte unser Klassengericht mit detektivischem Spürsinn den Übeltäter zu entdecken, zu überführen und zu entlarven und so ging in der darauffolgenden Nacht im Heidelager Schloß wieder einmal der Schloßgeist mit Ledergürtel, Eisenkette, Schuhcreme und Handbürste an die Arbeit, von uns allen freudig begrüßt, nur von einem nicht. Tagelang sah man dem Ertappten die Spuren dieses Besuches an. Tagelang sprach niemand von uns mit ihm ein Wort, bis er all seinen Mut zusammennahm, eines Nachmittags an des großen Naz Türe klopfte und zaghaft und mit schlotternden Knien zu ihm ins Zimmer trat. Was die beiden dort drin gesprochen haben, weiß ich nicht; aber der reuige Sünder kam nachher ganz kleinlaut und ganz bedrückt wieder heraus und man sah auf seiner rechten Backe den Abdruck von fünf recht kräftigen Fingern. Der große Naz aber war so anständig, daß er bald danach nicht nur seinen Unterricht wieder aufnahm, als sei in der Zwischenzeit nichts geschehen, sondern daß er auch den Übeltäter nicht anders behandelte wie uns alle. Wir aber strengten uns mächtig an — wenn auch bei manchen vergeblich — schöner zu singen, besser als je auf unseren Geigen zu kratzen und mehr denn zuvor den kleinen Naz mit Leckerbissen zu verwöhnen. „Naz" nannten wir ihn

freilich nur noch, wenn der große Naz nicht in der Nähe war, sonst riefen wir ihn „Hündchen". So kam alles wieder nach einiger Zeit ins rechte Lot.

Axel Green

Nun aber — nach diesem leidigen Kapitel — muß ich auch von Green erzählen, von Axel Green, dem erklärten Vorbild aller Schüler, von Axel Green, unserem Turn- und Sportlehrer. Neunzehnhundertsechsunddreißig war er, noch als Student, in der Deutschland-Staffel der Berliner Olympiade mitgelaufen und das umgab ihn für uns natürlich mit dem Nimbus des großen Sportlers.

Green trug — im Gegensatz zu den meisten unserer Lehrer — nie die senffarbene Parteiuniform; er machte gar kein Hehl aus seiner Abneigung gegenüber dem herrschenden Regime, auch in unserem Beisein nicht. Was uns bei den meisten anderen als staatsfeindliches Verbrechen erschienen wäre, bei Green machte es uns nichts aus und fanden wir es sogar manchmal für richtig. Green schlenderte meistens im blauen Trainingsanzug herum, die Hände bis zu den Ellenbogen in den tiefen Hosentaschen, braungebrannt im Gesicht, blondhaarig, blauäugig, die Idealgestalt des germanischen Jünglings, der in jenen Jahren ja so proklamiert wurde, rank, schlank, gewandt, voll verborgener Kraft, voll Energie, kein Muskelprotz, aber ein Kerl. Green konnte tragen, was er wollte; Green konnte sich kleiden, wie er wollte — es paßte zu ihm und das imponierte uns. Selbst Frack und Zylinder — und das wollte schon etwas heißen — standen ihm gut zu Gesicht.

Was nicht zu ihm paßte, war seine Frau: klein, dicklich, sommersprossig und rothaarig, die Haare zu einem unschönen Knoten zusammengedreht, meist etwas schlampig angezogen. Wir wunderten uns: wie kommt Green nur zu so einer Frau? Na ja, die Weiber — dachten wir dann wohl — eingefangen hat sie ihn, sie, die Raffinierte, ihn, den Gutmütigen. Wirklich entsetzt aber waren wir erst, als langsam aus einer dunklen Quelle durchsickerte, Greens Frau sei eine Halbjüdin. „Halbjüdin?" dachten wir und machten, wenn wir Greens Frau im Park oder in den Gängen des Schlosses begegneten, einen großen Bogen um sie, redeten in ihrer Nähe — grausam und hartherzig wie Jungen dieses Alters meistens sind — laut und deutlich von Judengeschmeiß, von Rassenschande, von Abschaum der Menschheit, von nationalem Unglück. Greens Frau bekam dann stets ganz erloschene, ganz leere Augen und flüchtete sich in ihrer Einsamkeit, Verzweiflung und Angst zu ihrem Mann. Gesagt hat sie ihrem Mann scheinbar nie etwas von unseren Anpöbelungen; denn Green blieb uns gegenüber gleichmäßig freundlich, gleichmäßig kameradschaftlich.

In den Sportstunden jagte er uns über den Platz, daß uns Hören und Sehen verging, scheuchte uns durcheinander, daß wir aus allen Poren schwitzten, verlangte das Letzte von uns. Beim Geräteturnen in der modern eingerichteten, vorbildlichen Halle ließ er uns nichts durchgehen, verlangte Disziplin, Mut und die Überwindung des inneren Schweinehundes, wie er es nannte. Jede Übung machte er selbst vor und natürlich bemühten wir uns, ihm nach besten Kräften nachzueifern. Ihn, Axel Green, wollte niemand enttäuschen, auch der Kleinste und Schwächste nicht. Lieber eine Fünf in Mathematik als eine Fünf bei Green. Einmal rutschte Green bei einer Übung vom Barren ab und schlug mit seinem Gesicht aus ziemlicher Höhe auf die eisernen Ständer nieder, daß er bewußtlos liegen blieb. Czaia, unser Vorturner, lief sofort zum Schularzt. Wir standen um Green herum und wagten es, nur leise miteinander zu flüstern. „Ob er wohl durchkommt?" fragte der kleine Dobrski. King nickte: „Ach sicher, der . . ." Wir sagten alle: „Ach, unserem Green passiert nicht viel." Aber es war schlimmer, als wir annahmen. Green mußte ins Krankenhaus; der Schlüsselbeinknochen war gebrochen, der Unterkiefer in seiner Kugel ausgerenkt. Erst kurz vor Weihnachten kam Green wieder zurück, bleich und blaß; die Sonnenbräune hatte sich in der Krankenhausluft verloren. Wir bereiteten ihm einen jubelnden Empfang: Girlandenschmuck an der Haustür, Fackelzug bei einfallender Dunkelheit (und das trotz streng angeordneter Verdunkelungsvorschriften), ein mustergültiges Benehmen in den ersten Turnstunden. Czaia, unser Klassenbulle, viel Muskeln, aber recht wenig Verstand —, wie wir ihn aus sicherer Entfernung heraus verspotteten — übernahm nun das offizielle Amt des Vorturners für die Übungen, die Green uns nicht mehr vorturnen konnte, weil das Schlüsselbein schlecht verheilt war und längere Schonzeit brauchte. Green hatte in den Wochen des Fortseins auch das Lachen verlernt. Wenn er aber lachte, dann war das mitunter gräßlich; denn dann klappte manchmal der ganze Unterkiefer herunter und kugelte sich in den Gelenken aus, eine Folge des Sturzes vom Barren. Green stöhnte vor Schmerzen; Czaia — darauf dressiert — eilte sofort hinzu und klatschte unserem Green mit voller Kraft und aller Gewalt die fünf Finger rechts und links ins Gesicht, daß man nachher noch lange Zeit die roten Abdrücke auf den blassen Wangen sehen konnte. Meist schon beim ersten Schlag knackte es dann und der Kiefer sprang im Gelenk wieder in die Kugel zurück und alles war gut. Green setzte dann seine Übungen fort, als sei inzwischen nichts geschehen. Manchmal mußte Czaia auch zwei- oder dreimal zuschlagen, bis sich alles wieder richtig einrenkte. Nur einmal mußten wir den Arzt holen. Das ganze war eine trotz allem großartige Sache; wir bewunderten Green noch mehr als zuvor. Aber seine Frau lebte wie eine Fremde die ganze Zeit mitten unter uns, von niemandem recht beachtet, kaum einmal gegrüßt, keines Gespräches gewürdigt, ausgeschlossen aus unserem Kreis und aus unserer Gemeinschaft wie eine Aussätzige.

Eines Tages rief uns Green zusammen, versammelte uns im Aufenthaltsraum mit dem blutbefleckten Teppich und teilte uns mit, daß er uns verlassen müsse, daß er seine Einberufung zur Wehrmacht erhalten habe. Wir konnten es nicht recht fassen: wir sollten unseren Green verlieren? Nein, das konnte nicht sein. Andererseits waren wir gleichzeitig stolz auf ihn: Unser Green, das würde ein Held werden, wie er im Bilderbuch steht: baumelndes Ritterkreuz am Halsausschnitt, schneidiger Jagdflieger mit ... zig Abschüssen. Und doch fiel uns der Abschied schwer. Wir wußten nicht, daß wir Green noch

einmal wiedersehen würden. Wir glaubten, es sei ein Abschied für immer. Aber das Schicksal wollte es anders und hatte ein Einsehen mit ihm und mit uns.
Wenige Tage, nachdem Green weggefahren war, rollte ein grauer verschlossener Lastkraftwagen in den Schloßhof; zwei schwarzuniformierte Hünen mit versteinerten Gesichtern stiegen aus, gingen erst zum Direx, dann zu Greens Wohnung, kamen kurze Zeit später wieder zurück, die häßliche, dickliche, rothaarig-sommersprossige, schlampige Frau Axel Greens — die Halbjüdin — zwischen sich führend, zerrten sie ins Fahrzeug, verabschiedeten sich danach formvollendet vom Direx, knallten die Hacken zusammen und fuhren davon.
„Pfui Teufel", sagte Czaia leise. Das klang wie ein Nachruf. Wir wußten nur nicht, auf wen. Wir standen am Wege und sahen dem davonrollenden Wagen nach. Keiner von uns sonst sagte ein Wort. Wir spürten sicherlich alle einen bitteren und faden Geschmack im Munde. Wir ahnten, was dieser Abtransport bedeutete, obwohl es uns niemand gesagt hatte.
Wir sahen Frau Green, die Halbjüdin, nie wieder.

Amft

Der November ging vorüber mit grauen, kurzen Tagen voll Nebel und Rauhreif. Der Winter kam; eines Morgens hüllte der Schnee Schloß, Park und Dorf in weiße Laken ein. Bald lag das ganze Heideland unter einer dicken Schneedecke. Die Bäche und Seen froren zu; grünliches Eis überzog alle Gewässer. Der Ostwind pfiff um die dicken Mauern der Schule. Wir saßen in den wohlig-warmen Räumen und sahen den am Fenster vorbeistiebenden Flocken zu.
Es mag kurz vor Weihnachten gewesen sein, an einem jener leeren Nachmittage, die wir mit Schulaufgaben, Spindaufräumen und Warten auf die nächste Mahlzeit auszufüllen und damit totzuschlagen versuchten — aus irgendeinem unerfindlichen Grunde war für die ganze Klasse die verhaßte Ausgangssperre angeordnet und wir mußten also in unseren Zim-

mern bleiben — als mitten in die Stille hinein der semmelblonde, meist etwas stille, farblose Amft den Vorschlag machte: „Was gebt ihr mir, wenn ich in den Schloßteich springe und ein kühles Bad nehme?" — „Verrückt", sagten einige. „Du holst dir den Tod", sagten andere. „Angabe", meinte der lange Zink. „Bloße Angabe". — „Na, was gebt ihr mir?" lockte Amft. Er merkte: der Pfeil hatte einige getroffen. „Ach, laß doch den Quatsch", wehrte zaghaft der krummbeinige Fräger ab. „Willst dir wohl eine Lungenentzündung verschaffen und als Held krank feiern." — „Wenn's dabei bleibt", warf von Bergström ein. „Ich sehe schon den Grabstein vor mir: Hier ruht in der Blüte der Jugend, vom Tode geknickt, unser Kamerad Amft, ein Vorbild von Irrsinn, dem nachzueifern wir stets bemüht sind. Er starb für Führer, Volk und Vaterland und seine eigene Narrheit im Schloßteich zu Heidelager anno domini 1943." — „Simpel", knurrte Amft. „Na, wie ist's? — Das habe ich zu Hause schon öfter getan, ist gar nichts dabei. Ihr wißt doch ..." — „Ja", sagte der lange Zink, „wir wissen: Hitlerjungen sind hart, schweigsam und treu." „Zäh wie Leder, hart wie Kruppstahl, flink wie Windhunde", fielen ein paar andere ein. Von Bergström ergänzte: „Und dumm wie Amft." „Aber was das mit Mut zu tun hat, möchte ich wissen. Das ist kein Mut; das ist Blödsinn", konnte sich King nicht beruhigen. Er tippte sich an die Stirn: „Verrückt, Amft, total verrückt." Amft blieb ruhig und gelassen. „Ist doch nichts dabei, King. Du natürlich gehst ja auch im Sommer nicht ins Wasser." Das stimmte; dieser Seitenhieb traf; King war der einzige Nichtschwimmer der Klasse, ja der ganzen Schule, viel verspottet, viel verlacht, viel deswegen gehänselt. „Kannst ja ein Vaterunser für mich beten, wenn du meinst, daß das hilft", setzte Amft hinzu. Ich versuchte, King zu unterstützen; aber es war sinnlos. King brauchte keine Hilfe. Er schüttelte den Spott von sich ab und sagte: „Gut, das werde ich tun." Alle lachten; Amft gewann wieder die Oberhand: „Ich mach's auch ganz billig; jeder gibt mir ein Brot im Laufe der Woche." Einige nickten schon zustimmend. „Ein Wurstbrot natürlich, Preßkopf oder Jagdschinken", ergänzte Amft. „Keine Leberwurst, kein

Käse, keine Marmelade." Von Bergström stand auf: „Ich mache diesen Quatsch nicht länger mit; eine richtige Wette ja, aber solch ein hirnverbrannter ..." Er ging, knallte die Türe hinter sich zu. Amft grinste, daß sich die Mundwinkel fast mit den Ohrläppchen trafen: „Der feine Herr ist zu nobel für unsere Späße. Adelspack!" Der lange Zink gab zu bedenken: „Aber wenn die Pauker was merken. Dann ist der Teufel los." — „Ach was", sagte Amft, „die merken nichts. Sanders ist ja heute nicht da. Und die andern? Pah. Nun, wie ist's? Ihr benehmt euch wie Feiglinge."

Nein, Feiglinge wollten wir nicht sein. Amfts Vorschlag wurde angenommen; mehr als zwanzig der Jungen verzichteten zugunsten Amfts auf ein Wurstbrot; Dobrski machte den Schriftführer; jeder bekräftigte durch seine Unterschrift die Annahme und Einhaltung der Wette. Amft kleidete sich aus bis auf Turnhose und Turnschuhe, rieb sich ganz mit fettiger Creme ein. Der lange Zink hängte ihm ein paar kratzige, graue Wolldecken um die dünnen Schultern. Draußen pfiff ein eisiger Wind. Das Thermometer an der Schloßwand zeigte zwölf Grad unter Null. Wir traten aus der wohligen hellen Wärme des Raumes hinaus in die trübe, kalte Dämmerung zwischen Tag und Nacht. Nur King blieb im Zimmer zurück. Er hatte sich der Wette zwar nicht angeschlossen, aber bereit erklärt, im Badezimmer die Wanne mit heißem Wasser vollaufen zu lassen. Wir trabten durch den stillen Park. Uns fröstelte. Amft trug malerisch ein buntes Frottierhandtuch um den Hals gewickelt. Ein paar von uns hatten wollige Badelaken dabei. Über dem Schloßtor baumelte die Ampel im Winde hin und her und warf gelblichen Schein. Die kahlen Äste der Bäume griffen nach den niedrighängenden Wolken.

Am Rande des Schloßteiches blieb Amft stehen. „So, hier wär's", sagte er. Er warf die dicken Decken ab, wickelte das Handtuch vom Halse und gab es dem langen Zink. Der wollte Amft zurückhalten: „So, nun ist's aber genug. Du hast deinen Mut bewiesen." — „Nein", riefen ein paar andere. „Er muß noch ins Wasser." — „Macht leise", dämpfte Dobrski, „daß uns niemand hört." Der Schloßteich war zugefroren bis auf eine kleine Stelle am Wehrgitter. Hier gurgelte in einer vielleicht meterbreiten Öffnung das schwarzbraune Wasser. Es roch förmlich nach Kälte. Feiner Eisstaub wirbelte auf. Der lange Zink hockte sich nieder und prüfte mit der Hand das Wasser. „Au verflucht", schimpfte er, „eiskalt." Wir steckten alle einen Finger zur Probe ins Wasser. Es war so kalt, wie wir noch nie Wasser gefühlt hatten. „Fertig, ihr Flaschen?" fragte Amft. „Dann laßt mich mal." Er ging an den Teichrand, kletterte über die flache Böschung zu der am Wehr befestigten Eisenleiter und stieg Stufe für Stufe hinab, obwohl seine Finger sicherlich an dem eisigen Eisen festkleben mußten. „Komm rauf", sagte noch einmal der Lange. „Nein, jetzt muß er auch ins Wasser", gröhlten einige. Amft glitt Sprosse für Sprosse hinab; wir sahen nur seinen dunklen Schatten und etwas heller das Gesicht. Nun gluckerte das Wasser. Amft hatte mit seinen Füßen den Wasserspiegel erreicht; aber er blieb nicht stehen, sondern kletterte weiter in die Tiefe. Das Wasser gurgelte stärker; Amft stöhnte leise vor Kälte; uns fror. Amft klatschte mit der Hand aufs Wasser; er mußte nun bis zu den Knien in ihm stehen und schöpfte sich mit der hohlen Hand Wasser über den Körper. Er prustete wie ein Walroß und schnaufte. Plötzlich plumpste es; das Wasser wallte und sprudelte lauter; die Leiter war leer; Amft war untergetaucht; der Schatten war verschwunden. „Amft!" schrie der lange Zink. „Amft!" Nichts. Das Wasser floß durch das Gitter, gurgelte über glitschige Steine; das Eis ächzte und schwankte an seinen Rändern. „Amft!" schrie ein anderer. Im Hintergrund wollten sich ein paar verdrücken und weglaufen. Der Nachtwind sang in unseren Ohren. Wir spürten plötzlich die Kälte nicht mehr. Uns wurde siedendheiß. „Amft!" schrieen wir. „Amft!" — „Schreit doch nicht so", hörten wir auf einmal am Fuße der Leiter Amfts dumpfe und heisere Stimme. Er stöhnte und prustete und bibberte und klapperte mit den Zähnen, spuckte Wasser, das er beim Untertauchen geschluckt hatte und zog sich mühsam die Leiter herauf. „Junge, Junge", sagte er. Sonst nichts. Wir atmeten auf. Dobrski und Zink trockneten ihn ab, rieben die Haut warm, bis Amft jammerte:

„Hört auf, ihr zerreißt mich ja." Wir warfen ihm die warmen Decken über und liefen zurück ins Schloß. Die Lampe über dem Tor schwankte noch immer hin und her. Der Wind war stärker geworden. Wir führten den fast steifen Amft ins Badezimmer, zogen ihn aus und setzten ihn in die Wanne. King hatte gute Arbeit geleistet. Das Wasser war richtig heiß. Weiße Schwaden Dampf standen warm im Raum. Amft aber zitterte trotz der Wärme wie ein Schneider. Wir rieben ihn trocken, bis die Haut krebsrot war. King kam mit einer Kanne Tee, die er irgendwo aufgetrieben hatte, flößte die blaßgelbe Flüssigkeit Amft aus einer Schnabeltasse ein. Der ließ alles willig mit sich geschehen. Dann steckten wir Amft ins Bett, warfen zwei, drei dicke Federdecken auf ihn. Amft schwitzte. Von Bergström kam ins Zimmer zurück: „Na und?" Amft schlug die Augen auf und flüsterte mit leiser Stimme: „Alles gut gegangen, alte Unke." Noch im Einschlafen sagte er: „Nie mehr!"

Am nächsten Morgen war Amft wieder auf den Beinen, ohne Husten, ohne Schnupfen, ohne die leiseste Spur einer Erkältung. Die halbe Klasse hatte dafür rote Nasen, hustete bellend und hatte einen enormen Verbrauch an Taschentüchern. Mit Vergnügen stopfte Amft die gewonnenen Wurstbrote in sich hinein. „Keine Leberwurst", sagte er. „Nur Preßkopf und Jagdschinken." Selbst von Bergström verzichtete freiwillig auf seine Portion und gab Amft ein Brot ab. „Nie mehr", sagte Amft zu King, „mach ich so was. Als ich unten im Wasser war, meinte ich, das Herz bliebe mir stehen. Und seltsam", so setzte er hinzu, „ich sah am Grund des Teiches Sterne, als sei der Himmel ins Wasser gefallen. Sterne, verstehst du? Dabei war der Himmel doch von Wolken verhangen."

Seyfert und Czaia

In der Nacht darauf — wir lagen vielleicht eine Stunde in unseren Betten, es mochte elf Uhr sein — schrillte auf dem Gang draußen eine Trillerpfeife. Wir hörten, noch halb vom

Schlaf umfangen, Jungmann Seyferts Stimme: „Klasse V IIb sofort raustreten!“ Wir kletterten fluchend aus unseren Betten, schlüpften schlaftrunken in unsere Turnschuhe und öffneten die Zimmertür. „Beeilung! Beeilung!“ schrie Seyfert, der UvD. „Lahmer Verein! Ich werd' euch Beine machen! Woll'n mal ein kleines Maskenfest veranstalten. Haben heute gerade die beste Gelegenheit dazu.“ Wir wußten, wir waren immer noch die Jüngsten; Sanders war nicht da; Seyfert hatte uns schon lange gefressen; wir konnten uns nicht wehren, waren ihm ausgeliefert. Befehlsverweigerung? Nein, das gab es nicht. „In fünf Minuten steht alles vorschriftsmäßig in der Sonntags-Ausgehuniform draußen vor dem Schloß!“ brüllte Seyfert. „Verstanden?“ — „Verstanden!“ brüllten wir zurück, noch etwas lauter als er: „Jawoll“; wir stürzten in die Zimmer zurück, rissen die Uniformteile vom Bügel, schlüpften hinein, trappelten die Treppe hinab zum Appellplatz. Schnee setzte sich auf uns, während wir in Dreierreihen antraten. Seyfert schaute auf die Uhr: „Zehn Sekunden zu viel.“ schnauzte er den kleinen Heerde an, der wie immer als letzter kam. „Alles einmal um den Schloßteich, ab marsch, marsch!“ Wir liefen durch die Dunkelheit. Czaia an der Spitze, rechter Flügelmann, fluchte: „Na, wart', du Schwein, wenn ich dich kriege!“ — „Ruhe da vorn“, brüllte Seyfert. „Da hat einer gesprochen. Wer?“ — „Ich“, brüllte Czaia. „Ich, Jungmann Czaia.“ — „Wir sprechen uns noch“, belferte Seyfert. „Mir recht“, knurrte Czaia. Keuchend stellten wir uns wieder am Appellplatz auf. „Der ganze Haufen weggetreten! In vier Minuten steht alles im Trainingsanzug mit Gasmaske wieder hier. Ab!“ Wir keuchten wieder die vielen Treppen hinauf, hinein in unsere Zimmer, zogen die Uniformen aus, stülpten die Gasmasken über, krochen in die Trainingsanzüge, stolperten, nach Atem ringend, die Treppen hinunter. Dort stand Seyfert, wippte mit den Absätzen und sah uns spöttisch an: „Na, Kameraden, macht's Spaß?“ — „Jawoll“, brüllten ein paar ängstlich. Die anderen schwiegen. „Ob's Spaß macht, will ich wissen!“ schrie Seyfert. „Na, wird's bald?“ — „Jawoll!“ brüllten wir nun alle. Nur Czaia schwieg. „Zur Belohnung für alle eine Extrarunde, weg, marsch, marsch!“ Wir keuchten beim Laufen. Die Volksgasmaske nahm uns den Atem. Schweiß troff unter ihr über unser Gesicht. Der Gasmaskengummi stank abscheulich. „Singen!“ befahl Seyfert im Vollgefühl der Macht. Wir sangen das von Seyfert gedichtete LBA-Lied: „Wir singen wie die Vögelein so fröhlich in die Welt . . .“ — „Lauter!“ schrie Seyfert. Wir schrieen, daß sich die Stimmen überschlugen: „Es lächelt manches Mägdelein, dem unser Lied gefällt. Wir aber müssen ziehn in gleichem Schritt und Tritt . . .“ Czaia riß sich plötzlich die Gasmaske ab und rief laut: „Schluß!“ Er hatte in der Klasse so viel Autorität, daß wir verstummten und schweigend weiterliefen. Seyfert hatte es anscheinend die Sprache verschlagen. Einige von uns grinsten in der alles verhüllenden Dunkelheit. Seyfert mochte unsere Wut fühlen und sagte, beinahe freundlich und gemütlich: „Na, dann lauft halt noch eine Runde ohne Singen! Zum Ausgleich!“ Wir stolperten noch einmal rund um den Schloßteich durch die schwarze Dunkelheit. Seyfert stand im Licht der Schloßfenster und blickte uns nach. Dann befahl er: „Weggetreten! In kürzester Zeit steht alles im Schlafanzug wieder hier unten!“ Na also, ein richtiges Maskenfest. Wir murrten halblaut. Was konnten wir sonst tun? Gehorchen! Gehorchen war alles! Des Pimpfen Höchstes aber sind: Gehorsam, Treue und Ehre! Das hatte man uns eingeimpft, eingehämmert. Das galt. Da gab es keinen Widerspruch. Wir eilten noch einmal ins Schloß, zogen die Trainingsanzüge aus, warfen die Nachthemden oder die Schlafanzüge über, stürzten hastig die langen Gänge, die vielen Treppen hinab zu Seyfert, stellten uns wieder auf. Czaia kam betont langsam als letzter. „Hinlegen!“ brüllte ihn Seyfert an. Czaia tat, als habe er nicht recht verstanden und stellte sich an den rechten Flügel der Klasse. „Hinlegen!“ schrie noch einmal Seyfert. Czaia stand unbeweglich.

Plötzlich trat aus der Dunkelheit ein Schatten auf Seyfert zu. Seyfert quollen die Augen aus dem Kopf. „Dr. Sanders!“ flüsterte er. „Ich . . . ich . . .“ Weiter kam er nicht. Wir atmeten auf. Klatsch, klatsch, klatsch, klatsch, machte es. Seyfert zog zwar den Kopf ein; aber der Überfall kam zu plötzlich. Dr. Sanders, unser Klassenlehrer, knallte ihm rechts und links die flache Hand ins Gesicht. Wir hörten ihn erregt atmen. „Los, Jungs", wendete er sich uns zu. „Ab in eure Betten! Schlaft gut! Gute Nacht!" — „Gute Nacht", sagten wir und vernahmen beim Weglaufen Dr. Sanders letzte Worte: „Wir sprechen uns noch, Seyfert." Er ahnte nicht, daß er den gleichen Ausdruck gebrauchte wie vorhin Seyfert gegenüber Czaia.

Am nächsten Morgen sprachen sie sich: Czaia und Seyfert. „Jungs", hatte Dr. Sanders gesagt. „Ich möchte kein großes Aufsehen von der Affäre machen. Das ist euch doch recht?" Wir nickten. „Aber natürlich muß Seyfert eine Lektion erteilt werden. Ich halte nichts vom Schloßgeist, nichts von Klassenkeile, noch weniger vom Melden beim Direktor. Ihr wißt, was ihm dann blüht." Ja, wir wußten es: Entlassung von der Schule. Nein, das wollten wir auch nicht. „Aber wie wär's mit einem fairen Kampf, Mann gegen Mann. Ich glaube, euer Czaia würde das schon machen." Czaia bleckte die Zähne wie ein hungriger Wolf und ließ die Muskeln unterm Braunhemd spielen. „Klar", sagte er. „Ich habe sowieso noch eine Sonderrechnung mit Seyfert wettzumachen." — „Ich weiß", lachte Dr. Sanders. „Ich habe euch gestern abend schon eine ganze Zeitlang beobachtet und wollte nur mal sehen, wie weit ihr es kommen laßt und wie weit Seyfert es treibt."

Eine Klassenabordnung überbrachte Seyfert die Duellforderung. Er war kein Feigling; es blieb ihm auch nichts anderes übrig; er nahm an. Recht bleich ließ er sich, von seinen beiden Sekundanten begleitet, in den Boxring im Turnsaal führen. Recht willenlos ließ er sich die schweren Boxhandschuhe überziehen. Dobrski schlug den Gong an: erste Runde. Czaia, der Bulle, griff sofort wie ein wütender Stier an. Ja, das hatte er als Sparringspartner von Axel Green gelernt. Boxen konnte er. Darin war er Klassenbester. Aber auch Seyfert war nicht schlecht. Er ließ sich nicht irre machen von unseren Buh-Buh-Rufen, wich geschickt Czaias wuchtigen Schlägen aus, brachte selber manchen Treffer an, deckte gut ab. Czaia durchbrach zwar oft die Deckung; aber er war gegen den etwas flinkeren Seyfert mitunter im Hintertreffen. Der Gong trennte die beiden Gegner. „Unentschieden!" verkündete Dobrski. Das hatten auch wir gesehen.

Wir feuerten Czaia an: „Schlag ihn zusammen, den Seyfert." Czaia winkte ab: „Laßt mich nur machen." Seyfert in seiner Ecke wagte ein zaghaftes Lächeln. Zweite Runde. Wir fieberten vor Erregung. Auch Dr. Sanders rutschte auf seinem Platz aufgeregt hin und her. Die beiden Gegner trafen sich in der Ringmitte, waren sofort in einen heftigen Schlagaustausch verwickelt. Seyfert klammerte; der lange Zink als Ringrichter trennte. Es ging genau nach den Regeln zu. Dann griff Czaia wieder an; aber Seyfert duckte den Schlag ab, setzte die harte Rechte nach und traf Czaia an der Kinnspitze. Wir heulten vor Empörung auf. Czaia schüttelte ein paarmal den Kopf wie ein angestochener Kampfstier in der Arena, tappte einige Sekunden lang ganz benommen hin und her und mußte eine Reihe von Schlägen einstecken, die nicht von schlechten Eltern waren. Dann, eben als er wieder auf Seyfert eindringen wollte, kam der Gong. Beide trotteten schwerfällig in ihre Ecken. Czaia stöhnte: „Wasser!" Sein mächtiger Brustkorb hob und senkte sich; er schniefte pfeifend durch die Nase. Dobrski goß einen halben Eimer Wasser über Czaia aus.

Dritte und letzte Runde. Seyfert wollte den Vorteil weiter ausnutzen und schob sich an Czaia heran, lief aber mitten in eine kurze Gerade von Czaia hinein. Im Nu färbte sich das rechte Auge Seyferts bläulich und schloß sich. Seyfert versuchte, Czaias Deckung zu zerbrechen, war aber durch das geschlossene Auge in seiner Sicht behindert. Immer wieder stolperte er in Czaias Fäuste hinein. Plomp, machte jeder Treffer, plomb. Czaia zahlte seinem Gegner alles heim, was er bisher hatte einstecken müssen. Wir brüllten im Chor: „Czaia! Czaia! Gib's ihm!" Und Czaia gab es ihm, Schlag auf Schlag, Treffer auf Treffer. Seyfert taumelte wie ein Besoffener im Ring umher, wurde von Ecke zu Ecke getrieben, war halb benommen von all den Schlägen, die er einstecken mußte. Er hielt sich erstaunlich aufrecht, wenn er auch noch kaum mehr zu Angriffen kam. Ein heftiger Kinnhaken riß ihn förmlich von den Beinen; er klatschte auf die Bretter. „Eins — zwei — drei —", zählte Ringrichter Zink. „Wird er noch einmal hochkommen?" wollte einer wissen. Dobrski schüttelte den Kopf: „Der nicht. Der ist fertig. Der hat genug." Aber bei acht stand Seyfert wieder auf wackligen Beinen und wollte den Kampf fortsetzen. Es wäre jedoch kein Boxkampf mehr gewesen, sondern nur noch eine blutige Schlägerei. Dr. Sanders warf das Handtuch, ehe Czaia noch einmal zuschlagen konnte. Kampf aus! „Punktsieg für Czaia durch technischen K. o.", verkündete Zink und strahlte übers ganze Gesicht. Wir klatschten und trampelten Beifall und brüllten: „Bravo! Bravo!" Czaia reichte seinem geschlagenen Gegner die Hand: beide traten in die Ringmitte. Dr. Sanders kletterte zwischen den Seilen hindurch, drückte beiden die noch in den Fäustlingen steckenden Hände und sagte: „Gut so! Nun soll alles vergeben und vergessen sein. Recht so?" Beide nickten. Wir schrieen: „Ja! Ja!" Wir klopften Czaia auf die Schulter: „Brav gemacht, Bulle!" Ein paar hoben ihn auf ihre Rücken und schleppten Czaia im Triumphzug aus der Turnhalle durch das Schloß in sein Zimmer. Seyfert mit dem verschwollenen Gesicht und dem geschlossenen Auge ließ sich von seinen beiden Begleitern wegführen. Der Haß war vergessen; die Wut war verraucht. Aber ihn gleich als Freund anerkennen — das konnten wir nicht; das erwartete wohl auch niemand von uns. Czaia wurde für die nächsten Tage und Wochen der „Liebling seines Volkes", bis der auf der Härte seiner Fäuste begründete Ruhm nach und nach etwas verblaßte. Der Alltag der Schule war eben stärker und kam wieder. Die Tage blieben oft grau und freudlos.

1944

Breslau

Im April des Jahres 1944 bewahrheiteten sich die schon seit langem schwelenden Gerüchte: unsere Anstalt wurde aufgelöst und die Schüler wurden klassenweise auf drei andere Schulen verteilt. Wir, die Schüler der Klasse V II b, sollten nach Breslau kommen, nach Breslau, der Hauptstadt des Landes. Wir hatten ein paar Breslauer bei uns — Blaszcik, Foth, Gaida und noch einige — und ließen uns von ihnen erzählen. Die meisten von uns stammten aus kleinen Gebirgsdörfern Schlesiens oder aus verschlafenen Mittelstädten mit Kopfsteinpflaster in den Straßen und kleinen Bimmelbahnhöfen. Und nun: Breslau, die Großstadt. Das lockte, das zog. Was war dagegen Heidelager mit seinem Schloß, mit den grünwerdenden Birkenalleen, den geduckten Fachwerkhäuschen, den modrigen Fischteichen? Wir gestanden es uns nicht ein, daß der Abschied dennoch schwer fiel. Zuviel hatten wir hier erlebt; zuviel von uns selbst blieb, unsichtbar und doch von allen gespürt, zurück. Aber Breslau! Das hatte schon einen ganz anderen Klang. Zum letzten Mal standen wir auf dem Appellplatz vor dem Schloß bei sacht hereinfallender Dunkelheit, hörten die Bimmelglocken des kleinen Dorfes herüberklingen, holten die im sanften Abendwind des Vorfrühlings flatternde Fahne ein und sangen: „Leis' sinkt der Abend nieder . . ." Die Nacht schliefen wir kaum; wir fuhren ja einem neuen, einem großen Abenteuer entgegen, einem Abenteuer, das den Namen „Breslau" trug und manchen von uns verschlingen sollte.

Grau brach der Morgen an; den ganzen weiten Weg zum Stockteicher Bahnhof nieselte ein dünner Aprilregen und durchnäßte unsere Uniformen. „Der Himmel weint", sagte King. „. . . wenn Engel reisen", fügte der lange Zink hinzu. Pusch schleppte schwer an seinen beiden Koffern. Wir anderen hatten uns zumeist Rucksäcke oder Tornister besorgt, das nicht unbedingt notwendige Zeug in Pakete verpackt und mit der Post vorausgeschickt. Nur Pusch hatte das teure Porto sparen wollen. Nun mühte er sich ab. „Wenn du schwer zu tragen hast", hetzte spöttisch der kleine Dobrski, „dann mußt du eben öfter absetzen." Dr. Sanders lachte, als wir an der Bank dicht vor dem Bahnhof vorüberkamen. „Weißt du noch, Günter", sagte er, „der Gärtner ..." Und nach einem kleinen Augenblick setzte er hinzu: „Oder hab' ich euch damals zu viel versprochen?" — „Nein", sagte ich, „nicht zu viel, eher zu wenig." — „Na, siehst du, die Zeit ist auch herumgegangen. Es wird noch mehr Zeit herumgehen. Einmal werden wir ..." Er biß sich auf die Lippen und brach abrupt ab; der Direx schlenderte von hinten heran. „Na, Kollege", sagte er zu Dr. Sanders, „Abschiedsschmerz überstanden? Breslau lockt auch Sie, was? Sie Glücklicher. Was mach' ich mit Burgau dagegen, mit Burgau, dem Drecknest am fernen Rhein?" — „Ja", sagte Dr. Sanders recht einsilbig, „ja, ich weiß auch nicht", und ging rasch weiter.

Das Bimmelbähnchen wartete schon auf dem einsamen Heidebahnhof, als wir ankamen. Wir stürmten die leeren Abteile und verteilten unser Gepäck in die Netze über uns. „Weißt du noch?" sagte King, „vor einem Jahr, als wir hier ankamen ..." — „Ja", sagte ich. Wir hingen unseren Gedanken nach. Wie ein Film rollten die Ereignisse der vergangenen Zeit vor dem Auge ab. Der Zug setzte sich asthmatisch schnaufend in Bewegung. „Nun ade, du mein lieb Heimatland", sangen ein paar dünne Stimmen an den Abteilfenstern und ließen schmutzig-weiße Taschentücher im Fahrtwind flattern. Der Bahnhof huschte vorüber, die rotweiße Schranke am schmalen Feldweg, die vor Nässe dampfenden Wälder. Die Lokomotive vorn pfiff und bimmelte; die Wagen klirrten. Die Heide blieb zurück. Wir trugen unsere Erinnerungen.

In Kohlfurt mußten wir umsteigen; drüben auf dem Nebengleis dampfte schon die D-Zug-Lok. „Kohlfurt! Umsteigen in Richtung Breslau! Beeilung! Beeilung! Der Zug fährt sofort ab!" Wir kletterten aus unserem Kleinbahnwaggon heraus, sammelten uns auf dem Bahnsteig und marschierten durch die dunkle Unterführung zu dem wartenden, zischenden D-Zug. Der nahm uns mit nach Breslau. Dörfer, kleine Einzelgehöfte in friedlicher Landschaft zogen während der Fahrt an unseren Blicken vorüber, rote Dächer, spitze Türme, kleine Städte, pflügende Bauern, grünende Saaten, dunkelstarrende Nadelwälder. Der Zug donnerte über das Viadukt des Bobers. Tief unten glänzten die Wasser des Flusses, das Wehr, die Papiermühle. Ich sah mit brennenden Augen hinaus. „Es wird wieder Sommer werden", sagte Pusch. Aber ich dachte nicht an den Sommer; ich dachte an Ursula. Der Zug durchfuhr auf einer gleißenden Schienenspur mein Heimatdorf. „Martinswaldau" huschte ein Schild vorbei. Der Bahnwärter Härtel mit dem lahmen Bein hatte die Hand an die Schranke gelegt und bediente das Läutewerk. Der D-Zug heulte und stampfte nach Osten.

Stunden später klirrte er über eine Vielzahl von Weichen und Gleisanlagen, fuhr in eine riesige, dunkle Bahnhofshalle ein. „Breslau! Breslau! Umsteigen zu den Zügen in Richtung . . .", dröhnte ein Lautsprecher. Hunderte von Menschen füllten die Bahnsteige, die Bahnhofshalle, den Vorplatz. Brausendes Leben umlärmte uns, hupende Autos, abklingelnde Straßenbahnen, hastende Menschen. „Mann, was für ein Betrieb", sagte King. Mir war ganz benommen zumute. Ich hielt mich dicht an die andern. Nur niemanden verlieren, nur nicht allein gelassen werden in dieser großen Stadt. Die fünf, sechs Breslauer unserer Klasse schwangen sich einfach auf die nächste Straßenbahn, winkten uns Untenstehenden zu: „Die nächste ‚Acht' müßt ihr nehmen", und fuhren davon. Ob wir die wohl noch einmal wiedersehen würden in dieser großen Stadt? Ich glaubte es nicht und atmete erst auf, als ich Dr. Sanders erblickte. „Na, Jungs, nur nicht einschüchtern lassen", sagte er und lachte aufmunternd. „Ist alles halb so schlimm. Ihr werdet euch schon daran gewöhnen und dann gar nicht mehr aus Breslau weg wollen." Wir sagten nichts, lächelten bloß kläglich. Selbst Czaia, der Klassenbulle, war recht still. Die nächste ‚Acht' klingelte heran. Dr. Sanders schob ein Dutzend von uns in den Wagen hinein und rief: „Aufpassen! Am Scheitniger Stern müßt ihr wieder raus!" Wir glitten davon in hohe, graue Häuserschluchten hinein. Um den Wagen wogte Großstadtbetrieb. „Breslau", sagte Dobrski. „Das ist schon 'ne Wucht." — „Lerge, Lerge", sagte ein anderer. Das war der einzige Breslauer Spezial-

ausdruck, den wir kannten und die Breslauer sollten nicht denken, wir kämen vom Lande. Wir lachten und fühlten uns gleich schon etwas besser. „Wir werden das Kind schon schaukeln“, sagte der lange Zink. „Nur keine Bange nicht. Mutter ihr liebster, einziger Sohn läßt sich so leicht nicht ins Bockshorn jagen.“ Wir zählten die Haltestellen. „Frollein, unsere Haltestelle ...“, fragte der kleine Dobrski die hellblonde Schaffnerin. „Nächste Station müßt ihr raus“, sagte sie. „Danke“, sagte Dobrski und wurde ganz rot. Als sie im Vorderteil des Wagens verschwand, sagte er: „Die ist ganz prima, was? Ich glaub', Breslau wird ganz schön.“ — „Ja“, sagten wir und glaubten es nun langsam alle.
An der nächsten Haltestelle stiegen wir aus; dort standen schon Foth, Gaida, Blaszcik, die Breslauer und warteten auf uns. Wir stellten unser Gepäck auf dem breiten Bürgersteig ab und spiegelten uns wohlgefällig in den großen Schaufenstern. Es dauerte recht lange, bis eine ‚Acht‘ nach der anderen herankam und aus ihnen die anderen Jungen herauskletterten. Endlich waren wir alle zusammen. Auch Dr. Sanders atmete erleichtert auf. „Gott sei Dank, keinen verloren. Einen Sack Flöhe hüten ist leichter, als mit euch von Heidelager nach Breslau zu fahren. Antreten.“
Wir marschierten singend die breite Straße hinunter über den Scheitniger Stern und bogen in eine schmalere Gasse mit roten Backsteingebäuden ein. Eine Hofeinfahrt mit schweren hölzernen Torflügeln tat sich auf; ein grauer Hinterhof, umgrenzt von hohen drei- und vierstöckigen, vielfenstrigen Gebäuden. „Abteilung halt!“ kommandierte Dr. Sanders. Ein paar im Glied klapperten nach. „Rechts um!“ Vor uns hing schlaff am Mast die Fahne. Rauch wölkte über den hohen, fernen Himmel. „Kommt, laßt uns wieder nach Heidelager fahren“, flüsterte hinter mir einer im Glied. „Ruhe!“ schimpfte Dr. Sanders. „Der Direktor kommt!“ Die Tür der Schule öffnete sich; heraus traten einige Männer in Uniform; vorn der erste mußte wohl der neue Direx sein. Dr. Sanders meldete ihm die neue, hierher versetzte Klasse V II b. Die beiden Männer reichten sich kurz die Hand. Der neue Direktor wandte sich uns zu, hob die Hand zum Gruß! „Heil!“ —

„Heil!“ schrieen wir zurück. Der Direktor blickte über uns hinweg gegen die rötliche Hinterhofwand und sagte: „Ich begrüße euch hier in der neuen Anstalt und hoffe, daß ihr euch bald in die Gemeinschaft der Schule einlebt ...“ und was derlei Phrasen mehr waren. Wir hatten sie alle so ähnlich schon einmal gehört vor einem Jahr bei unserem Einzug in Heidelager. Wir lauschten daher nur mit halbem Ohr und hingen unseren Gedanken nach. Verstohlen musterten wir die hinter dem Direktor stehenden neuen Lehrer. Gut, daß Dr. Sanders bei uns war, daß Ignaz Kluß, der große Naz, und Dr. Söhnel nachkommen sollten. Wir kamen uns ein wenig fremd und verloren vor. Nur die Klassenkameradschaft stärkte den einzelnen. Aber es war trotzdem ein Seltsames um diesen Einzug. Als der offizielle Empfang vorüber war und wir auf dem Hof herumstanden wie bestellt und nicht abgeholt, sagte Blaszcik: „Ich weiß auch schon, wo wir hinkommen. Wohnung: Lutherstraße; Essen: Paradiesstraße; Schule: Kanonenhof an der Liebigshöhe.“ Wir lachten und meinten, Blaszcik wolle sich lustig über uns machen. „Nein, wirklich“, beteuerte er. „Ihr werdet's ja sehen: Paradiesstraße — Lutherstraße — Kanonenhof.“ — „An der Liebigstraße?“ wollte Foth wissen. „Dort ist doch die Breslauer Klapsmühle.“ — „Nein, Liebigshöhe“, sagte Blaszcik, „obwohl ...“ Das, was er noch sagen wollte, ließ er unausgesprochen. „Namen und Sachen gibt's bei euch in Breslau“, sagte einer von uns. „Ja“, sagte Blaszcik stolz: „Das ist eben Breslau ...“ Er schnalzte genießerisch mit der Zunge: „Breslau ...“

„Ja, wenn der Bauer in die Stadt kommt“, spottete nun auch der schlaksige Foth, unser Tangojüngling und Jazzboy. Wir schwiegen. Sie hatten recht. Die große Stadt flößte uns Furcht, unbestimmbare Angst ein. „Ach, wären wir bloß in Heidelager geblieben“, sagte noch einmal King ganz leise. „Als wenn die uns gefragt hätten“, meinte der kleine Dobrski. „Aus Breslau war auch Bargander, wißt ihr noch?“ sagte King. „Wenn es uns nur nicht auch so geht wie dem.“ — „Ich habe, seit wir hier sind, noch nichts gegessen. Mir knurrt der Magen“, schimpfte der lange Zink. Aber die Küche blieb an diesem Tage für uns verschlossen; man hatte uns im Essensplan erst für morgen eingeteilt. Wir packten also unsere eingetrockneten Brote aus und versuchten vergeblich, davon satt zu werden. Müde fielen wir abends in unsere Betten und schliefen traumlos dem Neuen entgegen, dem Neuen, das sich uns mit „Breslau" umschrieb.

Von Bergström

Wir lebten uns schneller in Breslau ein, als wir anfangs geglaubt hatten. Breslau war schön; Breslau war eine Wucht, wie der kleine Dobrski gesagt hatte. Wir stimmten ihm zu. Auch, daß die einzelnen Gebäude der Anstalt so weit auseinanderlagen, machte uns nichts aus. Wir marschierten gern am frühen Morgen von der Lutherstraße über die breite Kaiserbrücke und dann am Postscheckamt vorbei zur Paradiesstraße oder am alten Stadtgraben entlang zum Kanonenhof. Wir schlenderten nachmittags oder am frühen Abend gern durch die Straßen und ließen uns vom Strom der Menschen mittreiben. Wir fühlten uns schnell als echte Großstädter, als echte Breslauer.

Eines Morgens, gegen Ende Juli, traten wir wieder im kleinen Hinterhof der Schule an, hißten wie alle Tage die Fahne und sangen: „In den Ostwind hebt die Fahnen . . ." Dann zogen wir durch die Hofeinfahrt hinaus auf die Straße. Ein ungewohntes Bild empfing uns: an allen Straßenecken schwerbewaffnete Militärpatrouillen, vor dem Postscheckamt ein aufgefahrener Tiger-Panzer mit gerecktem Geschützrohr, in der Feldstraße eine lange Fahrzeug-Kolonne, Mannschaftswagen mit aufgesessener Infanterie, fast menschenleere Straßen, kaum ein paar Zivilisten, keine rasselnde Straßenbahn, kein ausrufender Zeitungshändler. Eine seltsame Stille lag über der ganzen Stadt wie eine dunkle Drohung. An manchen Hauswänden knallrote Plakate. Im Vorbeimarschieren erhaschten unsere Blicke Buchstabenreihen ohne rechten Sinn. „Attentat" und „Führer" und „Clique". Wir verstanden nicht und zogen weiter. „Links, zwei, drei, vier, links, zwei, drei, vier", kommandierte Czaia. Wir sangen. Wir marschierten. Wir hatten fünf Stunden Unterricht. Wir erfuhren noch immer nichts. Wir konnten uns nichts zusammenreimen. Wir wußten nicht, daß wir einen unter uns hatten, der uns so manches hätte sagen können: von Bergström. Aber von Bergström schwieg mit blassem Gesicht.

Am Nachmittag wurde von Bergström abgeholt, ähnlich wie man im vergangenen Jahr die Frau Greens abgeholt hatte. Dort waren es zwei Uniformierte gewesen; hier waren es zwei unscheinbare graue Zivilisten mit Mausgesichtern. Der Effekt blieb der gleiche: Greens Frau verschwand und kam nie mehr wieder. Von Bergström verschwand und kam nie mehr wieder. Der Unterschied aber blieb. Sie war eine Halbjüdin gewesen, eine Fremde für uns. Von Bergström aber war ein Kind, ein Junge wie wir, unser Mitschüler von Heidelager her, unser Kamerad. „Sippenhaft nennen sie das", sagte Czaia und spuckte aus. Amft meinte: „Ein Reaktionärssohn, wenn er auch damals ... Aber ich konnte ihn trotzdem nicht leiden, Adelspack." — „Ach, halt du die Schnauze", sagte Czaia grob. „Was verstehst du davon? Was verstehen wir davon?" — „Wer auf unseren Führer ein Attentat verübt oder wer davon weiß, der muß eben damit rechnen, daß ... Rübe ab", gab Amft zurück. Sie standen sich gegenüber, als wollten sie sich an den Hals springen. „Aber der Kleine doch nicht", schrie Czaia. „Der hat doch nichts getan. Der ist doch unschuldig. Was weiß denn der davon? Was kann denn der dafür?" Amft schwieg. „Mitgegangen, mitgefangen", mischte sich nun Foth ins Gespräch ein. „Oder willst du, daß wir den Krieg verlieren, nur weil so ein paar feinen Herren die ganze Richtung nicht mehr paßt?" — „Nein", sagte Czaia. „Wer will denn das? Doch keiner. Aber von Bergström, der kleine Bergström, Mensch, da muß man doch was tun." — „Na, dann tu doch was", entgegnete Foth. „Geh doch hin und sag, er sei unschuldig. Vielleicht glauben sie dir, trauen deinen schönen blauen Augen. Vielleicht behalten sie dich auch gleich da, weißt du, als Mitwisser ..." Czaia starrte Foth an, als wollte er gleich auf ihn einschlagen. Unser Klassenbulle war rot und gereizt

wie ein Stier. Foth trat vorsichtig einen Schritt zurück. „Nein, mit Boxen kannst du die Sache nicht erledigen. Da heißt es: Köpfchen, Köpfchen. Mein Vater sagt immer: Holzauge, sei wachsam. Aber deine Stellungnahme kommt mir recht komisch vor. Die wird man sich merken müssen." Wir wußten, Foths Vater war alter Pg., Ortsgruppenleiter sogar.
„Nein, Jungs", sagte Dr. Sanders, der leise und unbemerkt hinzugetreten war. „Das ist einmal so im Krieg. Seht ihr, er klopft schon bei uns an. Das Geschwür muß ausbrennen, ganz und gar ausbrennen muß es." Wir verstanden ihn nicht ganz und nickten bloß. Konnte man wirklich nichts tun? Dr. Sanders versuchte es ohne Erfolg. Der Direktor tobte. „Volksverräter gehören an die Wand", schrie er, „die ganze Brut gehört ausgerottet, die ganze Sippschaft! Daß unsere Schule so etwas erleben mußte. Diese Schande, nein, diese Schande. Wer nicht mit uns ist, ist gegen uns!" Strenge Verhöre wurden mit jedem einzelnen von uns angestellt. Man wollte erfahren, ob von Bergström uns etwas erzählt hatte. Aber er hatte uns niemals etwas gesagt. Er wußte ja sicher selbst kaum etwas. Er trug nur den auf einmal verhaßten Namen. Was konnte er dafür? Sein Spind wurde ausgeräumt, seine Sachen wurden zusammengepackt und weggeschickt. In seinem Bücherregal fand sich Sienkiewicz „Quo vadis". Dr. Sanders entdeckte es darin, nahm es an sich, fuhr behutsam mit den Fingern über den Lederrücken des Buches und sagte: „Ja, quo vadis, Germania? Wohin gehst du, Deutschland? Armes Deutschland . . ." Foth grinste faunisch: „Wo gehobelt wird, da fallen Späne. Der Führer wird schon wissen, warum . . ." Dr. Sanders fuhr herum, sah Foth fest an: „Habe ich etwas anderes gesagt, du . . ." — „Nein", sagten wir alle. „Nein", sagte auch Foth recht kleinlaut. „Nein!"
Wir alle aber fühlten von diesem Tage an, daß sich wie eine dunkle Wolke das Verhängnis unaufhaltsam über uns zusammenzog, daß der Wagen, in dem wir alle saßen, immer schneller ins Gleiten kam, uns alle mit sich fortriß, daß es kein Anhalten und Abspringen mehr gab, für keinen, auch für keinen von uns Jungen. Wir mußten mit, ob wir wollten wie Foth oder nicht wollten wie von Bergström.

In dieser Nacht heulten zum ersten Male in der Stadt die Luftschutzsirenen durchdringend und grell auf und weckten uns aus dem Schlaf. Der Feindbomberverband drehte noch östlich der Stadt nach Süden um und warf seine Bombenlast über den oberschlesischen Industrierevieren ab. Aber die Drohung blieb zurück. Die Angst. Die Furcht vor dem Ende. Wir hatten bloß noch keinen Namen dafür. „Der Führer wird's schon wissen", hatte Foth gesagt. Wir wollten so gern glauben, daß er recht hatte und recht behielt. Aber der Glaube zerbröckelte. Die Hoffnung wurde schal wie abgestandenes Bier.

Mathematik: Dr. Herbst

Dr. Herbst war unser Mathematiklehrer in Breslau. Er war — mit einem Wort — verrückt. Jeder Arzt hätte diese Diagnose bestätigt. Er kam während des Frühsommers zu uns, entlassen aus irgendeinem Standortlazarett der Heimat. Irgendwo in Rußland hatte ihm ein Granatsplitter die halbe Schädeldecke weggerissen. Nun trug er an dieser Stelle eine kleine silberne Platte. Wenn er sich, aufstützend auf der ersten Bank, vornüber neigte, sah man sie. Spötter wollten wissen, daß er manchmal die Silberplatte in ihren Scharnieren aufklappte und den angesammelten Qualm aus dem Gehirn abließe, der sein Denken mitunter förmlich vernebelte. Aber das war natürlich grausamer, boshafter Schülerspott. Wir hatten es schwer mit Dr. Herbst; er aber hatte es auch nicht leicht mit uns. Es war einfach schwierig, mit ihm auszukommen. Dabei war er an manchen Tagen ein netter, freundlicher Kerl, zu allerlei Späßchen aufgelegt, ein ausgezeichneter Mathematiker und gleichzeitig auch ein guter Lehrer (und diese Kombination trifft man an höheren Schulen recht selten an). Aber wenn der Tag schon dunstig grau begann, wenn es gegen Mittag hin schwül und heiß wurde und die grauen Häuserwände die grelle Hitze in sich aufsogen und wieder zurückwarfen, dann wurde Dr. Herbst einfach ungenießbar. Er raste an solchen Tagen wie ein angeketteter Löwe in der Klasse auf und ab, brüllte uns ohne Grund an, riß aufgeregt sein kleines schwarzes Notizbuch aus der rechten Uniformtasche des feldgrauen Waffenrocks, an dem als einziger Schmuck das goldene HJ-Abzeichen neben dem Verwundetenabzeichen prangte und trug mit zitternden, bebenden Fingern eine Fünf oder Sechs nach der anderen ein, gleich, ob man etwas wußte oder nicht. Man konnte es ihm in diesen Stunden niemals recht machen. Behauptete er etwa, zwei mal drei sei sieben — um ein besonders krasses Beispiel zu nennen — so gab es dagegen nicht die Möglichkeit eines Widerspruchs. Für diese Stunde mußte dann eben das ganze Einmaleins des seligen Adam Riese auf den Kopf gestellt und nach Dr. Herbsts Einfällen umgemodelt werden. Wehe aber dem, der auch in der nächsten Stunde noch behaupten wollte, zwei mal drei sei sieben — der konnte eine bittere, schmerzliche Enttäuschung erfahren. Dann mußte es wieder sechs oder konnte — wenn der Anfall weiter anhielt — auch fünf oder acht sein. Daß sich dabei unsere Mathematikkenntnisse nicht sehr verbesserten, durfte niemanden verwundern. Natürlich kümmerte uns das damals nicht allzuviel, und wir waren recht froh darüber, daß der Mathematikunterricht überhaupt öfter ausfiel. Wenn dann Dr. Herbst nach ein paar Tagen des Krankseins wieder bei uns auftauchte, fiel es uns nicht allzu schwer, ihm einzureden, daß längst behandelte Stoffgebiete uns gänzlich unbekannt seien und daß Dr. Herbst mit dem Unterricht wieder von vorn anfangen müsse. Ein ganzes Vierteljahr lang kam er so über die Gleichung mit einer Unbekannten nicht hinaus. Unsere unlösbare Unbekannte während dieser ganzen Zeit blieb unser Mathematiklehrer Dr. Herbst. Und diese Gleichung ging für uns nie auf und bot immer neue Überraschungen und Lösungsmöglichkeiten. Glaubte man, er sei verrückt, so war er normal. Glaubte man aber, er sei normal, so war er gerade an diesem Tage total verschroben. Manchmal wechselte dieses Verhalten sogar innerhalb einer Stunde und das war dann am schlimmsten: richtige Ergebnisse wurden als falsch bewertet, falsche aber als richtig anerkannt. Wir nutzten natürlich diese Gelegenheiten weidlich aus, um einigermaßen gut über die Runden zu kommen. Unsere besten Mathematiker — vor allem Hillmer und Worbs — versuchten immer wieder, ihn zu überzeugen, verwickelten ihn in lange Diskussionen, wiesen ihm Rechenfehler und Widersprüche nach, zogen das Gespräch so lange hin, bis die Pausenklingel ertönte und Dr. Herbst kopfschüttelnd und aufseufzend sagte: „Nun gut, Schluß; Pause." Er tat uns leid, das leugnete niemand ab; aber wir hatten auch unseren hartherzigen Spott mit ihm. Daß auch Lehrer Menschen seien, das Wort hatten wir nie gehört, ließen es höchstens für Dr. Sanders, für Ignaz Kluß, für Green und vielleicht auch für Klunker alias Dr. Kuhnt gelten. An normalen Tagen bat uns Dr. Herbst manchmal auch um Verständnis, versuchte, uns seine Situation verständlich zu machen, warb um unsere Nachsicht. Wir waren beschämt, geknickt, angerührt, versprachen ihm hoch und heilig Besserung, gelobten feierlich, uns zu ändern. Aber dabei blieb es dann meistens auch. In der nächsten Stunde hatten wir wieder alles vergessen und trieben es genauso arg wie zuvor. Der einzige, der sich nicht daran beteiligte, war King. Er wagte es aber auch nicht, uns zu stören. Das hatte er längst aufgegeben; aber er hielt durch sein stilles Beispiel doch manchen von uns ab, sich noch rüpelhafter zu benehmen. Für Dr. Herbst muß diese Zeit bei uns eine wahre Hölle gewesen sein. Wir waren gnadenlos unbarmherzig. „Für euch habe ich meinen Kopf hingehalten", sagte Dr. Herbst mitunter. „Für euch." Wir grinsten heimlich. Laut zu lachen wagte niemand dabei. Seine Augen hinter den dicken Brillengläsern flackerten unruhig; Schaum trat vor seinen Mund und flockte weißlich, wenn er mit uns schrie; er bebte am ganzen Körper; seine Hände zuckten hin und her; sie ballten sich ruhelos zu Fäusten und öffneten sich wieder. Er erniedrigte sich vor uns; er bettelte förmlich um unsere Güte. Wir verschlossen uns davor. Auch seine zarte Frau und sein kleines Töchterchen — an denen er mit abgöttischer Liebe hing, bei denen er ganz anders war als bei uns, gelöst, ruhig, freundlich — konnten uns nicht rühren. Als dann auf Dr. Herbsts Veranlassung hin drei besonders schlechte Schüler — schlecht in allen Fächern, und das gab eigentlich den Ausschlag — nämlich Berger, Hilbig H. und Glovalla — sitzen blieben und von der Breslauer Anstalt nach Köthen an der Oder, beziehungsweise nach Zakopane in den Karpathen übersiedeln mußten, verhärteten sich unsere Herzen vollends. Dr. Herbst hatte endgültig bei uns verspielt. Es wurde schlimmer mit ihm denn je. Selbst Dr. Sanders bat uns vergeblich für seinen Kollegen um Verständnis und Nachsicht. Aber es hatte keinen Zweck. Eine ganze Schulklasse terrorisierte einen Lehrer und blieb dabei der Stärkere. Dr. Herbst fühlte wohl die kommende Niederlage, gab auf und zerbrach an dieser bitteren Erfahrung.

Wie wir später hörten, soll er in ein Nervensanatorium im Glatzer Bergland gekommen sein. Von dort gab es für ihn keine Wiederkehr. Vielleicht murmelte er auch dort immer das vor sich hin, was er so oft bei uns in der Klasse ausgesprochen hatte: „Für euch! — Für euch!"?

Der Fährmann

Kurz vor den Sommerferien dieses Jahres machten wir mit Dr. Sanders und Dr. Kuhnt den ersten — und gleichzeitig den letzten — Klassenausflug. Der Morgen war kühl und an den Gräsern des großen Scheitniger Parks glitzerten perlende Tautropfen. Das versprach einen schönen Tag. Schnell hatten wir die große Stadt hinter uns zurückgelassen, wanderten durch die weite Ebene an der Oder mit ihren Weidestümpfen und lichten Buchenwäldern, atmeten tief den würzigen Geruch der dunklen Erde, sahen den wandernden Wolken nach und fühlten uns wunschlos glücklich. Jenseits Lanisch badeten wir gegen Mittag im Jungfernsee; das Schilf sirrte leise im sanften Sommerwind; Störche zogen ihre weiten Kreise über dem klaren Wasser. Am Ufer loderte ein kleines Lagerfeuer. Wir saßen — halb nackt und braungebrannt — um den brennenden Holzstoß, sangen unsere Lieder, erzählten uns hundert bunte Geschichten, fabulierten und malten die Zukunft in hellen Farben, bis dann plötzlich

Dr. Kuhnt — unser Klunker — aufstand und recht ernst zu uns sagte: „Jungs! Was auch die Zukunft immer bringen möge für jeden einzelnen unter uns, für uns alle, vergeßt nie eure schöne Gemeinschaft, euer schönes Miteinander; denkt auch immer an diese Stunde hier! Es stehen dunkle Wolken über Deutschland; es stehen dunkle Wolken über unserem Land. Wir haben sie nicht herbeigewünscht; ihr habt sie nicht herbeigezogen. Aber wir alle müssen tragen, was uns diese Wolken bringen." Und nach einer Weile setzte Klunker hinzu: „Ich habe mich freiwillig gemeldet. Morgen muß ich von euch fort." — „Siehst du, wir kommen zu spät", flüsterte der lange Zink dem kleinen Dobrski zu, „uns können sie noch nicht brauchen." Es war, als hätte Klunker diese Worte gehört; er wandte sich Zink zu und sagte: „Nein, ich fürchte, ihr kommt nicht zu spät. Leider ..." Wir verstanden das nicht ganz; aber vielleicht war es auch gut so. Wir schauten auf Dr. Sanders, der sich nun erhoben hatte. „Mich können sie leider nicht verwenden; ich habe es versucht", sagte er. Auch er sagte: „Leider ... sonst wäre ich schon längst gegangen. Aber ich glaube nun, ich habe meine Aufgabe hier bei euch. Einer muß bei euch bleiben. Ich werde aushalten, ich werde es sein." Ach, große Worte, dachten wir. King stocherte im schwelenden Feuer herum, schob ein Reisigstück nach, das plötzlich knackend aufsprühte. Zink begann leise zu summen: „Wir werden weiter marschieren, bis alles in Scherben fällt." Ein anderer summte eine andere Melodie dazwischen: „Kehr ich einst in meine Heimat wieder, mein Schlesierland, mein Heimatland." Andere Stimmen schlossen sich den beiden verschiedenen Melodien an; sie wogten durcheinander, kämpften um die Oberhand, vermischten sich zu einer Weise. Immer stärker wurde das andere: „... wenn alles in Scherben fällt." Klunker hatte ganz traurige Augen. Dr. Sanders sagte leise: „Arme, verratene Jugend." Aber die meisten von uns hörten diese Worte nicht. Sie sangen laut und schallend.

Spät am Abend kamen wir an die Oder zurück. Ihre Wasser flossen gemächlich und breit der fernen Ostsee zu. Der volle Mond versilberte den Spiegel und warf schmale, glitzernde

Strahlen auf die Flut. Es war ganz still überm Land, eine verhaltene, unwirkliche Stille. Kaum, daß der Fluß leise rauschte, daß die Wellen am Ufer gluckerten, daß das Schilf raschelte. Der Wind strich behutsam durch das hohe Wollgras am Ufer. Fern auf der anderen Seite lag die große Stadt dunkel ohne Licht. Es war, als sei sie tot. Ein alter Fährmann setzte uns über den breiten Strom. Wir waren still geworden, eingefangen vom Zauber der Sommernacht, müde vom Schauen und weiten Wandern.

Wir schwiegen viel und lauschten dem unaufhörlich vor sich hinmurmelnden Alten, einer wahren Sagengestalt, Rübezahl nicht unähnlich, mit einem langen, bis auf den Lederschurz herabhängenden eisgrauen Bart. Sicher und gewandt stakte er die Ponte vom Ufer los, stieß sie in die rauschende Strömung hinein. Wir standen am Rande der Fähre und sahen ins Spiel der flachen Wellen. Silbernes Gleißen und am Grunde des Wassers der rot ertrunkene Mond, voll und rund und groß. „Bald wird die Oder rot sein von Blut“, murmelte der Alte, „rot von Blut, blutrot.“ Uns überlief es wie ein Schauder. Die Stille des breiten Stromes, die schweigenden Uferwälder, der murmelnde Alte aus grauer Vorzeit — all das umfing uns und hüllte uns in einen dunklen Mantel ein. Fahrt zwischen den Ufern, die weit auseinandergerückt waren, die im aufkommenden milchigen Nebel verschwanden. Und der Mond rollte mit durch die Oder; seine Scheibe wanderte durchs Wasser und färbte es weißsilbern und rot. „Nur die heilige Hedwig kann uns noch retten“, murmelte der Alte mit schmalen Lippen; seine bläulich geäderten Hände umkrampften die hölzerne Stange und stießen kräftig das Boot vorwärts. „Aber die Oder wird rot sein von Blut. Es kommt eine böse Zeit, Kinder.“ Wir wagten nicht zu lachen, schämten uns voreinander und scheuten uns doch aufzublicken. Auch Klunker und Dr. Sanders schwiegen. Wir fühlten wie noch nie bisher das Nahen kommenden Unheils.

Endlich stieß die Fähre an das neue Ufer. Wir kletterten steif über die schwappenden Bohlen dem festen Boden zu. Grußlos wendete der Alte die Ponte und stieß sie vom Lande ab. Der Mond umhüllte seine Gestalt mit silbernem Glanz. Sie wurde schnell ferner und kleiner. Wir standen und sahen dem Alten nach und hörten noch immer seine leisen Worte: „... rot von Blut." Schweigend wandten wir uns um und gingen der großen Stadt entgegen. Der Bann, der über uns gelegen hatte, löste sich erst, als wir die erste Straßenbahnhaltestelle erreicht hatten und in das Wageninnere kletterten. „Unheimlich, was, der Alte", tuschelte der kleine Dobrski mir zu. Ich nickte noch immer ganz benommen. Wenn der Alte aber nun Recht hätte? Die Oder rot von Blut?! Ach, Unsinn, Hirngespinste eines einfältigen, kindischen Alten, letzte Reste einer frommen Lesebuchgeschichte aus fernen, längst vergangenen Kindheitstagen. „Gott bewahre uns", sagte King in die Stille des dahingleitenden Wagens hinein und niemand lachte dazu. Und das war seltsam.

Und noch einmal: Ursula

Und noch einmal Ferien daheim im kleinen Dorf, Sommer und seidige Bläue und Schnitter in goldenen Ährenfeldern. Und noch einmal: Ursula. Die Tage eilten viel zu schnell dahin. Ich hätte sie festhalten mögen und konnte es doch nicht. Der Abend sank viel zu früh ins Land; die Nacht brach viel zu schnell herein; die Trennung kam unerwartet.

Die Briefträgerin, unsere Nachbarsfrau, deren Mann seit vielen Monaten bei Saparoshje als vermißt gemeldet war, brachte schon nach wenigen Urlaubstagen die Nachricht auf kurzer Karte: Auf Befehl des Gebietsführers der HJ sofort zurückkommen. Bis spätestens Mittwoch, 9. August, 17 Uhr in der LBA sein. Abmeldebescheinigung mitbringen. Jungen, die im WE-Lager sind, bleiben dort und kommen nicht nach Breslau. Dieses Schreiben gilt als Nachweis zur Erlangung der Fahrgenehmigung. Unterschrift: Wrobl (Heimleiter), Dr. Dr. Fleischel (Schulleiter). — Das hieß: Trennung, Abschied.

Zum letzten Male holte ich abends Ursula von daheim ab. Wir wanderten nebeneinander auf schmalem Weg durch

Wiesen und gemähte Felder. Wir hatten uns an den Händen gefaßt und wußten uns nichts zu sagen, fühlten uns eins im Schweigen und Schreiten. An einer Viehkoppel blieb Ursula plötzlich stehen, wandte ihr Gesicht — vom blassen Mondlicht überglänzt — mir zu. „Günter", sagte sie. „Günter, wir müssen uns trennen. Ach, warum dürfen wir nicht länger beieinander sein? Es war wohl zu schön, zu viel Glück für uns beide." Ich nickte. „Ursula", sagte ich. „Was kann ich dafür? Später wird es einmal anders werden. Später. Wir sind ja noch so jung." — „So jung und doch schon steinalt", sagte Ursula bitter. „Alles stiehlt man uns: unsere Jugend, unser Glück." — „Nein, Ursula, das darfst du nicht sagen. Das muß wohl so sein", wandte ich ein. „Muß so sein?" sagte sie. „Ich möchte irgendwo sein, wo Glück ist, wo Frieden ist, wo man sich nicht dauernd trennen muß, so wie hier, wo man niemals weiß, ob man sich wieder sieht. Immer nur: schreiben und warten, schreiben und warten. Verzeih, ich weiß, du kannst nichts dafür; ich kann nichts dafür; aber einer muß doch schuld sein." — „Schuld sein?" fragte ich. „Das ist der Krieg", sagte ich und fühlte mich dabei so weise, so überlegen, so klug. „Der Krieg?" erwiderte Ursula. „Was haben wir mit dem Krieg zu tun? Wir sind doch noch Kinder. Ach, schweig . . ." Sie fühlte, wie ich etwas sagen wollte. „Die verdrehen euch auf eurer Schule bloß den Kopf: Krieg und Sieg und Heldentum und Ehre und sagen, es sei würdig und groß, fürs Vaterland zu sterben. Aber fürs Vaterland zu leben — darauf kommt es doch an; doch das sagen sie euch nicht. Phrasen, nichts als Phrasen. Ach, wie mich das alles anwidert. Ich will keinen toten Helden. Ich will leben. Ich habe an einem Toten genug. Mein Vater . . ." Sie weinte still vor sich hin. Ich strich ihr behutsam übers Haar. „Ursula, du siehst Gespenster. Was bedeutet schon diese Karte? Ich muß eben auf die Schule zurück. Na und . . .? Was ist schon dabei?" Ursula schüttelte den Kopf: „Nein, Günter, diesmal ist es etwas anderes. Ich weiß, ich fühle es." Ich wollte lächeln; aber das Lächeln zerbrach. „Was soll schon sein? Wir sind doch noch Kinder. Uns können sie doch noch nicht gebrauchen." So versuchte ich noch einmal, Ursula zu trösten.

„Nein, nein, das ist es“, flüsterte Ursula, als könne uns einer hören. „Verheizt sollt ihr werden, wie schon so viele vor euch verheizt worden sind.“ Verheizt, hatte sie gesagt, verheizt; Kohlen werden verheizt, aber doch nicht Menschen. „Aber du nicht“, sagte sie. „Du nicht. Mein Gott, was soll bloß noch werden?“ Und unaufhörlich quollen ihr die Tränen aus den Augen und perlten über die Wangen. Ihr ganzer Körper zitterte und bebte von verhaltenem Schluchzen. Ich drückte sie sanft an mich. „Ursula“, sagte ich, „du wirst sehen, es ist nichts. Später wirst du einmal darüber lachen.“ Sie lächelte zaghaft noch unter Tränen. „Ich will es dir nicht auch noch schwer machen“, sagte sie. „Es hat ja keinen Sinn. Ich bin nun einmal eine alte Heulsuse.“ — „Nicht doch, Ursula“, sagte ich. „Belüg dich doch nicht selbst. Mach mir doch nichts vor. Du wirst sehen: Weihnachten . . .“

Ein kleines Fohlen war an den trennenden Drahtzaun herangetreten und schnupperte an uns mit warmen Nüstern. Dann wieherte es leise auf, als habe es uns erkannt. Irgendwo begann ein Hund den wandernden Mond anzubellen.

„Nimm wenigstens das von mir mit“, sagte Ursula und nestelte von ihrem Hals eine kleine goldene Kette mit einem winzigen Medaillon. „Nimm wenigstens das“, sagte sie und hing mir das Kettchen um. Ich zog Ursula an mich. „Ursula“, flüsterte ich. Und sie hob ihr tränennasses Gesicht mir entgegen und öffnete die weichen, vollen Lippen. „Günter“, sagte sie und erwiderte meinen Kuß. Wir vergaßen Zeit und Welt.

„Ich muß gehen“, sagte sie auf einmal. „Mutter wartet auf mich. Sie läßt dich grüßen.“ Wir trennten uns. Sie wandte sich um und ging den schmalen Weg zurück an der Viehkoppel vorbei, am alten Birnbaum mit den knorrigen Ästen, dem nahen Hause zu. Das Fohlen trabte auf der Weide neben ihr her wie ein folgsamer, großer brauner Hund. Der Draht des Zaunes klirrte leise. Ursulas Gestalt wurde immer ferner und kleiner. Nun schritt sie über die hölzerne Bohlenbrücke am Erlenbach. „Ursula“, rief ich; aber sie ging weiter und blieb nicht stehen, wandte sich nicht um und hatte den Kopf gesenkt. Weinte sie? Ich wußte es nicht; mir war auf einmal so weh zumute wie nie zuvor. „Ursula", wollte ich noch einmal rufen; aber der Nachtwind nahm den Klang von meinen Lippen und verhauchte den Namen im Schweigen der Nacht.

Still ging ich heim; still fuhr ich fort. Mit brennenden Augen sah ich in der Frühe des nächsten Morgens aus dem Fenster des Zugabteils auf das mondüberschienene, schlafende, friedliche Dorf. Die Räder ratterten im Takt der Schienenstöße und trugen mich mit sich fort, weiter, immer weiter. An der Bahnüberführung, dort, wo der Zug seine Geschwindigkeit abbremsen und verlangsamen mußte, stand Ursula und winkte mir zu. Ich hob die Hand zum Gruß und flüsterte: „Ursula, ach Ursula." Ich drückte meine heiße Stirn gegen die kühlen Scheiben und wehrte mich gegen das Weinen, das mich überkommen wollte. Die blau abgedunkelten Lampen im Abteil schwankten sanft hin und her und warfen matten Schimmer. Aber in den Ecken des Abteils lauerten die dunklen Schatten. Die Lokomotive heulte durch den frühen Morgen. Zurück aber blieb das Dorf, blieb die Heimat, blieb Ursula. Wenn ich die Augen schloß, kamen die Erinnerungen, schmerzlich-süße Gedanken. Wenn ich die Augen schloß, sah ich Ursula vor mir, ihre zierliche Gestalt, ihr schmales Gesicht, ihre dunklen Augensterne, in denen sich die ganze Welt und der Himmel widerspiegelte. „Ursula, warte auf mich", flüsterte ich in meinem einsamen Abteil. „Ich komme wieder. Bald." Vielleicht konnte sie es hören auch über die weite, trennende Entfernung hinweg. Ich wollte es so gern selbst glauben. Ich würde ihr schreiben, heute noch. Was hatte sie gesagt: „Warten und schreiben, warten und schreiben . . ., das ist alles, was uns bleibt." Hatte sie nicht recht, hundertmal recht? Nein, sie sollte nicht recht haben, nein und nein und nein.

Langsam erwachte der neue Tag, je näher ich Breslau kam. Im Osten ging strahlend rot die Sonne auf und übergoß das weite Land, die große Stadt mit goldenem Scheine.

Und noch einmal Dr. Sanders

Wir saßen in der offenen Tür des schütternden, stoßenden Eisenbahnwagens und ließen die Füße baumeln. Draußen glitt langsam die friedliche, schlesische Landschaft an unseren Blicken vorüber. Unser langer Güterzug rollte nach Osten der unweiten Grenze entgegen. Seit gestern abend, seit unserem Eintreffen auf der Schule und der aufrüttelnden Ansprache des Breslauer Direx, durften wir uns stolz „Fronthelfer" nennen. Das Schülerdasein hatten wir abgestreift wie ein lästiges Kleid. Die Uniformen waren geblieben, nicht mehr die grauen der Schule mit dem Braunhemd, sondern neue graublaue, Schlosser- oder Monteuranzügen ähnlich. In der Wagenecke klirrten leise die blanken Spatenblätter aneinander und stießen gegen Pickel und Hacken. Unser erster Kriegsdienst sollte nicht mit dem Gewehr abgeleistet werden, sondern mit dem Spaten. Stellungsbau hieß das, Anlage von Schützengräben, von Panzergräben, von Deckungslöchern, von Kabelrinnen, von Bunkern, von MG-Nestern und Straßensperren. Irgendein origineller Kopf hatte dafür die ominöse Bezeichnung „Unternehmen Barthold" erfunden und hatte zum Dank dafür das Kiegsverdienstkreuz mit Schwertern erhalten. Nun, uns sollte das recht sein. Nur King unkte: „Wenn die jetzt schon anfangen, an der Grenze zu buddeln, dann soll wohl der Iwan auch bis hierher kommen?" Aber King war eben ein alter Schwarzseher. Czaia machte die Stimme des Führers nach; er konnte das meisterhaft und reizte uns jedesmal aufs neue damit zum Lachen: „Der deutsche Soldat ist der beste der Welt. Er steht, wo er steht und wo er steht, da kommt kein anderer hin." Wir johlten und Axmann schrie: „Czaia, du hast recht. Der Führer wird schon wissen, was er tut. King, meckern kann jeder; aber warte erst mal ab, wenn wir dran sind. Wir werden den Iwan zur Schnecke machen." — „Ja", gröhlten ein paar im Hintergrund des Wagens. Sie saßen auf den übereinandergetürmten Rucksäcken und Tornistern und futterten ihre Marschverpflegung in sich hinein: ein paar dünne, mit Margarine bekratzte Brote. Jedesmal, wenn der Zug mit quiet-

schenden Bremsen anhielt, rutschten sie von ihren schwankenden Sitzen herab und fluchten erbärmlich.
„Es sollen auch Flakhelfereinheiten aufgestellt werden", maulte der lange Zink verdrossen. „Aber dazu waren wir natürlich nicht fein genug. Da konnten sie uns nicht gebrauchen. Schanzen, ja, dazu holt man uns. Pah." Er schob die Unterlippe vor und flüsterte leise, damit es der vor sich hindösende Dr. Sanders nicht hören sollte: „Aber das sag ich euch: bei der ersten passenden Gelegenheit lauf ich davon und melde mich freiwillig: Jagdflieger, Panzerfahrer, U-Boot-Mann, alles egal, nur nicht Stoppelhopser; und das verspreche ich euch", setzte er gönnerhaft hinzu, „dann besuch ich euch mal auf eurer blöden Schule und scheuch euch durcheinander." — „Du brauchst dich nicht freiwillig zu melden", sagte da, immer noch mit geschlossenen Augen, die er nun fast widerwillig öffnete, Dr. Sanders. „Die holen euch schon noch alle. Wartet nur ab. Das hier, das ist nur der Anfang. Der Anfang vom Ende." — „Der Anfang vom Ende?" wollte Czaia wissen. Dr. Sanders wurde ein wenig verlegen, fuhr sich mit der Hand über das müde Gesicht und sagte: „Natürlich das Ende von eurer Schulzeit. Was denn sonst? Habe ich etwas anderes gesagt, Günter?" — „Nein", schüttelte ich den Kopf. „Nein, nichts." — „Na, dann ist ja alles klar", sagte Dr. Sanders und wagte ein leichtes Lächeln. „Jungs, macht euch doch darüber keine Gedanken. Ihr kommt noch alle dran, einer wie der andere." — „Das klingt verdammt doppelsinnig", flüsterte Axmann neben mir Hilbig R. zu. „Den holen sie auch mal ab. Sollte sich mehr in acht nehmen, der Alte." Hilbig R. nickte, sagte aber nichts. Er winkte fast pausenlos den Mädchen draußen auf den Feldern zu. Hier war noch Erntezeit. Daheim waren die Felder schon fast alle abgeräumt und standen traurig in den gelben, kurzen Stoppeln. Manchmal winkten die Mädchen zurück, hoben ihre gebräunten Arme zum Gruß. Ihre bunten Kopftücher leuchteten in der hellen Vormittagssonne. „Wenn man nur wüßte, welche davon Deutsche und welche Ukrainerinnen oder Pollacken sind", sagte Hilbig. „Man kann sie nicht unterscheiden. Sie sind sich so ähnlich." — „Du merkst auch

alles", sagte Axmann. „Da ist nichts mit Rasse und arischer Abstammung, was?" Hilbig grinste. „Nein", sagte er. „Damit ist nichts. Na, ist ja auch egal." — „Wo kommen wir nur hin?" wollte Axmann von Dr. Sanders wissen. Aber der zuckte bloß mit den Schultern: „Ja, wenn ich das wüßte, Jungs. Abwarten." — „Und wie lange sollen wir da bleiben?" Axmann gab nicht nach. Er wollte alles genau wissen. Aber auch diese Frage konnte Dr. Sanders nicht beantworten. Er wußte genauso wenig wie wir. „Bis der Krieg zu Ende ist", lachte Hillmer. „Ja, genau das", sagte Dr. Sanders recht ernst. „Das glaub ich auch." — „Na, das kann noch recht lange dauern", mischte sich Czaia ein. „Von hier bis Moskau ist ein recht weiter Weg." — „Kürzer als du denkst, Czaia", entgegnete Dr. Sanders. „Sie stehen schon an der Weichsel." — „Na ja, wenn schon", tat Axmann den Einwurf geringschätzig ab. „Bis hierher kommen sie nicht, niemals." — „... und wenn wir erst dabei sein werden, dann geht's auch wieder vorwärts", meinte der lange Zink und war nun wieder bei seinem Spezialthema. Das Gespräch verlor sich und versickerte.

Der Güterzug rasselte über eine breite Brücke. Darunter strömte braun und brackig das Wasser. Es roch mit einem Male nach Schilf und Rohr und Fäulnis. Ein Sperber zog hoch oben in der Luft seine Kreise und ließ sich plötzlich wie ein Stein in die Tiefe fallen, fing sich dicht über dem Boden wieder ab und glitt mit ausgebreiteten Schwingen an der Wagentür vorbei, schraubte sich hoch in die Bläue des Himmels und rüttelte in der Luft. Dunkle Waldstücke zogen am Zug vorbei, einmal eine klappernde Windmühle auf kleiner Anhöhe, die mit ihren breiten Flügeln hoch nach den weißen Wolken griff. Auf dem Nebengleis donnerte ein Zug vorbei, daß wir unwillkürlich und jäh erschreckt die baumelnden Beine anzogen. „Junge, Junge", sagte der lange Zink. „Wie leicht hätte das ins Auge gehen können und der Führer hätte einen tapferen Soldaten weniger gehabt." Er kletterte ins Abteil zurück und überließ seinen Platz an der offenen Tür einem anderen. „Der Held!" murmelte boshaft Axmann. „Unser Held Zink! Hat Angst vor einem Güterzug." Aber

Zink verstand glücklicherweise nicht, was Axmann ihm nachmurmelte.
Die Lokomotive vorn pfiff hoch und gellend auf und bremste den langen Zug allmählich ab. Klirrend stießen die Wagen aneinander. „Festenberg!" huschte ein Stationsname vorüber, eine rotweiße Schranke, ein kleines rußiges Bahnhofsgebäude mit roten Geranien auf den Fensterbänken. Der Zug bremste und hielt. Jemand in brauner Uniform, ein hohes Tier mit Silberkordeln an der Schirmmütze und mit viel Lametta auf den Schulterklappen, schrie: „LBA aussteigen! Bann Liegnitz aussteigen!" Wir kletterten steifbeinig aus den Wagen, schulterten Gepäck und Spaten. Schnell füllte sich der Bahnsteig, hundert, fünfhundert, tausend Jungen vielleicht.

Bannführer „Einarm"

Ein einarmiger Bannführer ließ uns auf dem weiten Bahnhofsvorplatz des kleinen Landstädtchens antreten. „LBA rechts, Bann Liegnitz daneben! Beeilung! Beeilung!" Aber es dauerte geraume Zeit, bis alle ihren Platz gefunden hatten, bis die Glieder einigermaßen ausgerichtet waren. „Sauhaufen!" schrie der Bannführer. „Alles weg marsch marsch!" Wir liefen nach allen Richtungen auseinander. „Achtung!" brüllte der Einarmige. Wir standen steif wie chinesische Ölgötzen. „Hinlegen! Auf! Hinlegen! Auf!" Wir ließen uns niederfallen; schon beim zweiten Auf japsten wir nach Luft und fühlten unsere Knie weich werden. „Dieses Schwein", flüsterte Czaia. „Dem dreh ich den Hals um." Aber das war nichts als eine ohnmächtige Drohung. Wir lagen auf dem Steinpflaster des Bahnhofsvorplatzes und spürten das Blut in den Ohren sausen. Verstohlen nur wagten wir zu blinzeln. Dr. Sanders stand neben dem einarmigen Bannführer und redete auf ihn ein. Wir verstanden nur manche der vom Wind über den Platz gewehten Wortfetzen: „Schanzen, nicht schleifen, sprechen uns noch."
Schließlich wandte sich der Bannführer mit gerötetem Gesicht ab. „LBA antreten!" Wir stellten uns wieder auf; die Lieg-

nitzer Jungen blieben liegen, graue Bündel auf grauen Steinen. Über manche mußten wir drüberklettern. Der Bannführer stellte sich vor unsere kleine Gruppe, musterte uns mit leiser Verachtung. „Na, meine Herren Muttersöhnchen?" sagte er. „Wir werden uns noch kennen lernen. Schade, ich hätte euch gern noch ein bißchen gejagt. War doch schön, was?" Wir schwiegen. „Ob's schön war, will ich wissen!" brüllte jählings der Bannführer los. Halblinks hinter ihm stand Dr. Sanders, wischte sich mit einem weißen Taschentuch die Brillengläser sauber und zwinkerte uns heimlich zu. Wir schwiegen, als hätten wir die Sprache verloren. Ganz wohl war uns dabei nicht. Der Bannführer trat zwei, drei Schritte näher auf uns zu, stand nun vor Czaia. „Ob's gefallen hat! Na los, red schon!" herrschte er Czaia an. Czaia öffnete seinen Mund und sagte nur ein Wort: „Nein!" Wir hielten den Atem an. Was würde nun kommen? Der Bannführer zuckte mit seiner Hand vor und riß damit Czaias Schulterklappen und die grüne Scharführerkordel ab. In Czaias Gesicht zuckte kein Muskel; aber er wurde totenbleich. Degradierung, schlimmste Schande für einen HJ-Jungen! Der Bannführer mußte an sich halten, um dem unbewegt dastehenden Czaia nicht ins Gesicht zu schlagen. Er zitterte förmlich vor innerer Wut. „Na, Bürschchen, wir sprechen uns noch." — „Jawoll, Bannführer", sagte Czaia und ihre Blicke trafen sich. Dr. Sanders trat näher und beobachtete uns aufmerksam. Wir wußten, er konnte nichts tun; er konnte uns nicht helfen. Er war bloß ein Lehrer, nur ein lausiger Zivilist, der andere dagegen ein beinahe allmächtiger Bannführer. Aber dieser Kampf mußte ausgefochten werden. Das fühlten wir. Vor uns auf dem Platz hoben ein paar Jungen den Kopf und schauten herüber. Man merkte, wie sie sich freuten.

„Ich glaube, nun ist es genug", sagte Dr. Sanders mit ruhiger, eisiger Stimme. „Sie erlauben wohl, Bannführer, daß ich den Vorfall weitermelde?" Aber auch der Bannführer konnte nun nicht mehr nachgeben; auch er mußte durchhalten. „Ich verbitte mir Ihre Einmischung", brüllte er Dr. Sanders an. „Sie haben mir nichts zu sagen, überhaupt nichts. Verstanden?" Dr. Sanders blieb trotzdem höflich und kühl: „Gestatten Sie, daß ich mit meinen Jungen abrücke? Das andere wird sich finden." Der Bannführer mochte die Möglichkeit fühlen, sich auf diese Art wenigstens einigermaßen elegant aus der Affäre zu ziehen. „Ja, rücken Sie ab", knurrte er. „Aber das letzte Wort ist noch nicht gesprochen. Ich weise Ihnen Ihre Unterkunft zu."

Er nestelte seine Ledertasche auf, holte eine Karte heraus, ließ sie von seinem Adjutanten entfalten und zeigte Dr. Sanders den Quartiersort. Wir wußten, hier hatten wir verspielt: die schlechteste Unterkunft für uns; die weitesten Anmarschwege für uns; die härteste Arbeit für uns; die magerste Verpflegung für uns. Aber wir würden es ihnen zeigen. Wir würden nicht schlapp machen; wir würden durchhalten. Etwas wie Stolz erfüllte uns, Stolz auf uns selbst, Stolz auf Dr. Sanders, Stolz auf unseren Klassenbullen Czaia. Der Adjutant legte die Karte zusammen und schob sie in das Futteral zurück. Der Bannführer raunzte: „Na, auf was warten Sie noch?" Dr. Sanders trat einen Schritt näher und befahl: „Czaia, laß abrücken."

Czaia, der degradierte, beschimpfte Czaia, trat vor, wandte sich uns zu: „Alles hört auf mein Kommando!" Wir rissen die Hacken zusammen: zack-zack. So gut hatte es noch nie geklappt; keiner klapperte nach. „LBA!" schrie Czaia mit befehlsgewohnter Stimme. „Rechts um! Im Gleichschritt marsch!" Wir marschierten los, knallten die Nagelschuhe auf das Steinpflaster, daß die Funken sprühten. „Links, zwo, drei, vier, links, zwo, drei, vier", kommandierte Czaia und setzte sich an die Spitze des Zuges. Ein paar Jungen im Weg rutschten zur Seite. Bannführer „Einarm" glotzte mit weitaufgerissenen Augen. „Ich darf mich jetzt wohl verabschieden", sagte Dr. Sanders und lüftete zuvorkommend vor dem Bannführer seinen mit Staub begrauten Hut. Dann kam er uns nach. Der Bannführer stand noch immer regungslos. Wir wagten ein schüchternes Grinsen. „Singen!" befahl Czaia. Wir sangen: „Es zittern die morschen Knochen ..." Der Hall brach sich an den Hauswänden der engen Gasse. Fenster wurden aufgerissen; Menschen blickten heraus; Mädchen winkten. Nun hatte auch der Bannführer seine Sprache wiedergewonnen. Wir hörten ihn bis hierher trotz des Singens schreien: „Bann Liegnitz! Hinlegen! Auf! Hinlegen! Auf!“ Aber das störte uns nicht mehr. Wir hatten gewonnen. Oder . . .? Oder . . .?

Am Ortsrand von Festenberg befahl Czaia lockere Marschordnung. Wir lösten uns in müde dahintrottende kleine Grüppchen auf. Dobrski neben mir sagte: „Mensch, das war 'ne Wucht, wa? Dem haben wir's gegeben.“ Dr. Sanders rief Czaia zu sich und befahl ihm, sich noch heute abend mit angenähten Schulterklappen und vollem Kriegsschmuck zu melden. Czaias immer noch blasses Gesicht hellte sich etwas auf. „Jawoll!“ sagte er.

Unternehmen Barthold

Am nächsten Morgen begann das Schanzen. Um vier Uhr weckte uns der schrille Klang der Trillerpfeife: „Aufstehen! Alles aufstehen!“ Wir hatten noch lange nicht ausgeschlafen; aber was half das? Dobrski meckerte am lautesten: „Na, wenigstens einen Tag Ruhe hätten sie uns schon lassen können.“ King pflichtete ihm bei: „Wo heute doch Sonntag ist.“ Zink sagte: „An der Front gibt's auch keinen Sonntag.“ — „Aber vielleicht gibt's Kuchen zur Feier des Tages“, meinte Hillmer. Ja, Pustekuchen; angebrannte Milchsuppe im großen Waschküchenkessel gab es. Wir fröstelten in der Kühle des Morgens. Noch waren die letzten Sterne nicht erloschen; aber schon begann sich der Himmel im Osten sanft zu röten. Vom See herüber quakten die Frösche. Das Dorf schlief noch traumverloren und fest. In der halb verfallenen, bis auf einige Strohballen leeren Feldscheune baumelten ein paar trübe Sicherheitslichter. Wir legten die dünnen Decken zusammen und wuschen uns unter der quietschenden Handpumpe. Der eiskalte, klare Wasserstrahl vertrieb die letzte Müdigkeit aus den Augen. Der lange Zink prustete wie ein Walroß und spritzte mit Wasser um sich. King seufzte: „Das kann ja gut werden hier. Wenn ich an mein weiches Bett denke ...“ — „Pimperlieschen“, sagte Hillmer; aber King nahm nichts übel. Vielleicht war er auch noch zu müde dazu. Hinter seinem Holzverschlag in der Scheunenecke kam Dr. Sanders hervorgekrochen. Er strich sich die letzten Strohhalme aus den strubbeligen Haaren und tröstete King: „Es wird schon besser werden.“

Dann marschierten wir zu unserer Arbeitsstelle. Am Ortsausgang lasen wir in der fahlen Dämmerung zum ersten Male auf morscher, gelber Holztafel den Namen des Ortes, der uns Unterkunft gegeben hatte: Eichensee. Gestern hatte niemand darauf geachtet. Dr. Sanders sagte: „Denkt dran, daß ihr den Namen nicht in euren Briefen erwähnt. Das ist verboten. Alle Briefe gehen durch die Zensur. Ihr müßt schreiben: O. U.: Ortsunterkunft. Sonst nichts.“ Wir nickten verschlafen und trotteten müde durch den tiefen Sand der Feldwege an einem Vorwerk vorbei, an unübersehbaren Weideplätzen, an raschelnden Maisfeldern und kahlen Stoppelfeldern vorüber. Die Spaten drückten auf die Schultern. Zink fluchte vor sich hin: „Paßt doch auf, ihr Trottels.“ Sein Hintermann hatte ihm auf die Ferse getreten. Ein kleines Waldstück nahm uns auf. Es war dämmerig trüb in ihm. Aber als wir aus ihm heraustraten in das Freie der weiten Landschaft, wurde es doch schon langsam hell. Die Morgenröte flutete über den östlichen Himmel hin und übergoß uns mit warmem Schein. In den Ackerboden waren kleine Holzpflöcke eingerammt; rotweiße Vermessungsstäbe glänzten frisch in der Morgenkühle; lange Schnüre hingen schlaff von Pfosten zu Pfosten. Wir waren an unserem Arbeitsplatz angelangt. Dreiergruppen wurden gebildet: einer mit Spaten, einer mit Pickel, einer mit Hacke und Schaufel. Grabenstücke wurden abgemessen. Die Arbeit begann.

Es war schön, die lockere Erde auszuheben, die Grassode auszustechen und den schmalen Graben immer tiefer in die Erde zu treiben. Es machte Freude, das Werk der Hände zu sehen, den würzigen Duft des Bodens einzuatmen, den krümeligen Humus der obersten Schicht zwischen den Fingern zu zerreiben. Der Boden war locker und leicht. Sandboden. Aber bald sickerte das Grundwasser hervor, quietschte unter unse-

ren Füßen und näßte die Grabensohle. Die Spaten wurden schwer; die Erdschollen lösten sich nicht ab und klebten an den Blättern fest. Dazu strahlte bald eine unbarmherzig grelle Sonne vom blauen, wolkenlosen Himmel.
Der lange Zink hatte als erster Blasen an den Händen; aber er gab nicht auf. Er wickelte sein Taschentuch um die Handfläche und schuftete weiter. Ab und zu stöhnte er leise auf. „Na, Langer", spottete der kleine Dobrski. „Ist's tief bis zur Erde?" Aber Zink grunzte nur unwillig: „Blöder Kerl."
Unsere Rücken schmerzten; an unseren Händen bildeten sich bald überall große Blasen, erst weiß und durchsichtig, dann rot und blaugequetscht, endlich blutig und feucht. Aber wir hörten nicht auf und hielten durch. Auch Dr. Sanders stand neben uns im Graben und arbeitete mit. Das spornte an. Gegen Mittag gab es eine dünne, wässerige Graupensuppe. Sie schmeckte scheußlich nach Seife; aber wir hatten Hunger wie die Bären und löffelten unsere Kochgeschirre leer. Die Löffel klapperten; die Münder schmatzten; der Anstandsunterricht von Heidelager war vergessen. Bald stellte sich brennender Durst ein; aber es gab weit und breit keinen Brunnen mit Trinkwasser. Zink filterte sich das schmutzigbraune, moorig stinkende Grundwasser durch das von den aufgeplatzten Blasen blutig gerötete Taschentuch und trank gierig die wenigen Schlucke. Wir ahmten es ihm nach; manchen schüttelte dabei der Ekel. King übergab sich als erster, hielt stöhnend die Hände vor den Leib und ächzte. Aber er gab nicht auf; das schwächste Glied in der Kette hielt.
Die Sonne wanderte am Himmel weiter. Wir schanzten und schanzten. Kaum, daß sich einmal einer aufrichtete und den schmerzenden Rücken streckte. Zum Schluß standen wir bis fast an die Knie im braunen Wasser. Von den Seitenwänden des Grabens bröckelten schwarze Schollen los und schwappten in den trüben Morast des Grundes. Irgendwo im Land knallten Sprengungen, spritzten graue Erdfontänen auf. Wir wußten; dort bauten die Liegnitzer Jungen Panzergräben. Dort stand auch der Bannführer und trieb sie an. Uns brauchte kein Mensch anzutreiben. Uns trieb der eigene Ehrgeiz; uns jagte das eigene Wollen vorwärts.

Faschinen aus Birkenstämmchen und Laubwerk wurden herangebracht und in die Gräben eingelegt. Sie sollten das Einstürzen der Seitenwände verhindern. Laufstege wurden zusammengeschlagen und auf der Grabensohle angebracht. Aber es half nicht viel; das Grundwasser sickerte durch, stieg unaufhaltsam, nagte an den Seitenwänden, ließ ganze Grabenstücke wieder zusammenfallen. Das Land trug viele Risse und Schrunden. „Na, wer die Stellungen mal verteidigen soll", sagte King. „Ich danke schön dafür." — „Wer?" fragte Zink und gab auch gleich die Antwort: „Wir natürlich: erst mit dem Spaten — des Führers Soldaten; dann mit dem Gewehr — des Führers Heer." Uns kam es nicht zu Bewußtsein, daß er damit etwas Ungeheuerliches gesagt hatte. Das hieß ja nichts anderes als: bis hier her wird der Iwan noch kommen. Aber „hier" — das lag noch ein ganzes Stück westlich der polnisch-schlesischen Grenze auf deutschem Boden. Mit taumelnden Knien kletterten wir am Abend dieses ersten Tages aus den von uns fertiggestellten Grabenstücken des sogenannten Ostwalls. Als wir in unser Dorf einzogen, stand da am Straßenschild Ignaz Kluß, unser Musiklehrer. Sein kleiner Hund umsprang die Kolonne mit wedelndem Schweif und kläffte vor Wiedersehensfreude. „Naz", lachten ein paar und streichelten ihm das nachgewachsene, seidige Fell, „Naz." Wir fühlten uns gleich viel heimischer.

Blaszcik

In der Nacht wurden wir alle vom Alarmruf des ausgestellten Doppelpostens geweckt. „He, steht mal schnell auf und kommt raus", rief einer. „Fliegeralarm!" Es dauerte einige Augenblicke, bis wir diese Worte in ihrem vollen Sinn verstanden. Stroh raschelte, Lampen blitzten auf. „Licht aus! Wohl verrückt geworden! Die können uns doch sehen!" schrie der lange Zink ganz aufgeregt. Czaia meinte: „Hier in der Scheune?" Ein paar lachten zaghaft. Wir krabbelten ins Freie, suchten Schutz unter ein paar alten morschen Bäumen. Dabei galt der Angriff gar nicht uns, sondern der fernen großen

Stadt Breslau. Der ganze Himmel über der Stadt war erhellt. Scheinwerfer rissen schmale silbrige Bahnen in die Schwärze der Nacht. Grüne Fallschirmbomben schwebten langsam zur Erde. Rote Leuchtkugeln flackerten auf und verlöschten im Niedersprühen. Lichterscheinungen wie große Himmelslampen glitten über dem Ganzen dahin. Wie eine Fackel stand der glutende Schein eines großen Brandes über der Stadt. „Hoffentlich schmeißen sie die Schule zusammen", flüsterte Hillmer fast andächtig. „Ruhe!" brüllte aufgeregt der lange Zink, der ewige Freiwillige. „Die können uns doch hören", unkte Hillmer spöttisch zurück. Der kleine Naz jaulte und winselte und drückte sich scheu an seinen Herrn. „Mein Gott, mein Gott", flüsterte Blaszcik. „Unser schönes Breslau." — „Ach, sch . . . drauf", gab Axmann roh zurück. „Wir bauen alles schöner und besser wieder auf, hat der Führer gesagt." — „Und die Toten?" wollte King wissen. „Macht er die auch wieder lebendig?" Alle flüsterten halblaut miteinander. Man hörte nur das Rascheln der harten Birnbaumblätter über uns, mit denen der Wind spielte. Alles Geschehen am Himmel vollzog sich in tödlicher Stille. Man vernahm weder das Explodieren der Bomben, noch das Krachen der Flakabschüsse. Es war wie eine Nordlichterscheinung. Grüne, weiße, gelbe, rote Lichter, Strahlen und Streifen. Ein Glutball platzte auseinander und versprühte phosphoreszierendes Licht.

„Weißt du noch, Günter, die Kasseler . . .?" sagte neben mir King. Ich nickte. Es fiel mir alles wieder ein. Es war erst knappe sechs Wochen her, kurz vor den Sommerferien. Eine neue Schulklasse war bei uns eingetroffen, Jungen von der LBA Kassel, die bei einem Bombenangriff ihre Anstalt verloren hatten und nun hierher nach Breslau zu uns verlegt worden waren. Nicht mehr alle; ein paar von ihnen lagen unter den Trümmern des zusammengestürzten Gebäudes. Einigen hatte der vom Himmel regnende Phosphor die Haut verbrannt. Sie waren alle erschreckt, verstört und eingeschüchtert und seltsam still. Wir saßen nach dem Vormittagsunterricht nebeneinander auf der Garteneinfriedung im grauen Hinterhof der Breslauer Schule. „Ach, ihr mit euren

Bombenangriffen in Kassel", hatte Schicksnus, der Ostpreuße aus Mehlsack zu spotten versucht und Blaszcik hatte ihm geholfen: „Schöne Krieger. Weggelaufen seid ihr, als es brenzlig wurde und wollt nun von uns bedauert werden." Die Kasseler schwiegen. Blaszcik war lauter geworden, angestachelt von dem Schweigen der andern. „Was ist schon an Kassel? Wird nicht viel verloren sein an eurem lausigen Drecksnest." — „Was ist schon an eurem Breslau? Wird nicht viel dran verloren sein." fuhr einer der Kasseler auf. Blaszcik stürzte auf ihn zu und wollte losschlagen. „Sachte, sachte", sagte da der Kasseler und schob ihn von sich. „Ich will mich ja nicht an dir dreckig machen. Aber das eine sage ich dir: Du wirst noch an das denken, was du eben gesagt hast und wirst es noch bitter bereuen. Auch Breslau ist nicht unverwundbar. Vielleicht werden wir Kasseler noch einmal lachen, wenn ihr Breslauer wie die Schoßhunde heult." Ein paar Einsichtige hatten die zwei Streithähne voneinander getrennt. Aber noch im Davongehen hatte der Kasseler gerufen: „Das eine sag ich dir: Breslau . . . Ach, Quatsch, was soll ich mit dir streiten? Was liegt mir an eurem Kaff hier? Aber Kassel . . ."
Sollte sich nun schon erfüllen, was der Kasseler damals angedroht hatte? „Sodom und Gomorrha", murmelte neben uns unter dem schützenden Schirmdach des Birnbaums Dr. Sanders. Aber wir verstanden den Sinn der Worte nicht. Bibelkenntnis gehörte nicht zu unserem Unterricht. Gott war tot für uns, für die Jugend des neuen Reiches. Blaszcik schluchzte leise vor sich hin: „Meine Eltern, meine Eltern . . ." — „Wir werden nachher anrufen", tröstete Dr. Sanders. „Nachher, wenn der Angriff vorbei ist."
Immer noch war der Himmel über der Stadt bunt in viele Farben gehüllt: orange und rosa und rot, dazwischen grün und weiß. Leuchtspurgeschosse zogen ihre Bahn. Nun konnte man es auch fern, ganz fern wummern hören. Der Wind mochte sich gedreht haben. Es hörte sich an, als wenn ein langer Eisenbahnzug über eine hohe Brücke kröche. Uns allen klopfte das Herz. Blaszcik wimmerte noch immer vor sich hin: „Meine Eltern . . ." Czaia fluchte: „Ach, halt doch dein Maul. Das kann ja niemand anhören." Blaszcik verstummte,

schluchzte nun still in sich hinein. „Schweinerei", sagte Axmann. „Wie konnte das bloß passieren?" — „Ja", sagte Ignaz Kluß, „des Reiches Luftschutzkeller — das war einmal. Nun geht es also auch bei uns hier los."
Die Bewohner des Dorfes, halb angekleidet wie wir, standen um uns herum und sahen wie wir hinüber zum Himmel über der Stadt. Ein paar aus dem Schlaf gerissene Kleinkinder greinten; ein Baby schrie in hohen Wimmertönen. „Ruhig, mein Kleiner, ruhig", flüsterte die Mutter.
Wir schraken alle zusammen, als über uns auf dem Scheunendach einer der vielen Störche zu klappern begann. Ein immer lauter werdendes Rauschen erfüllte kurz danach die Luft über dem stillen Dorf. Hoch, unendlich hoch zogen in geschlossener Formation die Bombergeschwader ostwärts. Still und kalt standen über ihnen die Heere der gleißenden Sterne. Über Breslau rötete sich nun der Himmel an vielen Stellen. Nach einer Weile krochen wir schweigend in die kalte Scheune zurück; nur die beiden Posten schritten vor dem Tore auf und ab. Ihre Schritte begleiteten uns in den von schreckhaften Träumen erfüllten Schlaf.
Am nächsten Tage brachte die Schanzerzeitung die ersten Meldungen vom nächtlichen Luftangriff auf Breslau, Brieg und Ohlau. Sie sprach von einigen verirrten Feindflugzeugen und unbedeutenden Schäden. Nun, wir wußten es besser. Wir hatten den roten Himmel gesehen und dann die Scharen der metallenen Todesvögel gehört. Ihr Flug mochte anderen Zielen gegolten haben; aber sie würden wiederkommen.
Mittags fuhr Blaszcik vom Festenberger Bahnhof ab nach Breslau. Seine Eltern waren beim Angriff umgekommen. Er fuhr zu ihrer Beerdigung. Später munkelte man, in den Särgen hätten bloß Steine gelegen. Die Eltern wären unter den Trümmern des Hauses nicht mehr aufzufinden gewesen. Aber wir wagten es nicht, Blaszcik danach zu fragen. Er kam zurück, blaß, still und schweigsam. Den schwarzen Trauerflor an seiner graublauen Schanzeruniform trug er nur wenige Tage. Dann mußte er ihn wieder ablegen. Es war ein neuer Befehl herausgekommen: Todesfälle dürfen nur den nächsten Angehörigen bekannt gemacht, nur in ganz beschränkter An-

zahl in den Tageszeitungen veröffentlicht werden. Trauerkleidung sollte tunlichst nicht getragen werden. Bannführer „Einarm“ drängte auf strikteste Einhaltung dieses Befehls. „Jetzt ist nicht die Zeit zum Trauern; jetzt ist die Zeit zum Kämpfen!“ schrie er. Aber Blaszcik stand zwischen uns im Glied und weinte ohne Tränen.

Leonore und Grigorij

Die Tage reihten sich einförmig aneinander und wurden zu Wochen. Sie blieben sich in ihrem Ablauf gleich: schanzen, schanzen, schanzen. Der Sommer wandelte sich unmerklich in einen goldenen Herbst. Manchmal mußten wir nun auch helfen, die letzte Ernte einzubringen, Kartoffeln oder Rüben. Dafür gab es bei den Bauern ein kräftiges Essen, dickbelegte Brote, ein Kochgeschirr voll Milch. Das war etwas anderes als die ewigen Graupen-, Linsen- oder Erbsensuppen im Waschküchenkessel. Alle drängten sich nach der Feldarbeit und meldeten sich freiwillig dazu. Aber man mußte Glück haben, wenn man dazu eingeteilt werden wollte. Endlich traf auch mich das Los, mich, King und Pusch. Wir trabten also los, meldeten uns bei der Hofbesitzerin, einer alten Bäuerin, und wurden von ihr hinaus aufs Feld geschickt zu Leonore, der Tochter, einem Mädchen vielleicht ein oder zwei Jahre älter als wir. Sie teilte uns gleich zur Arbeit ein und kommandierte uns zum Körbeschleppen ab. Über das ganze Feld verteilt standen schwere Bauernwagen. Überall rafften Kriegsgefangene, Zwangsverschleppte und Arbeitsverpflichtete in kleine Körbe die am Tage zuvor ausgeschleuderten Kartoffeln. Wir sollten nun die kleineren Körbe in größere umschütten und diese dann auf die Wagen ausleeren. Leonore inspizierte die Arbeiter und inspizierte uns wie ein amerikanischer Sklavenhalter seine Sklaven. „Schneller“, befahl sie und hetzte alle zu noch größerem Tempo an. „Immer langsam“, sagte Pusch. „Wollen dieser Dame mal zeigen, was Arbeit heißt. Die hat uns gar nichts zu sagen. Wenn ihr der Kram nicht paßt, dann kratzen wir einfach die Kurve und heidi ab.“ Und wir arbeiteten betont langsam weiter, setzten uns nach jedem Paar ausgeleerter Körbe geruhsam auf die Wagendeichsel und reizten so die liebliche Leonore immer mehr in Zorn. Einige Polinnen kicherten und Leonore brüllte sie an, daß selbst uns, die wir doch in dieser Beziehung allerlei gewohnt waren, mancherlei neue, schöne Flüche und Verwünschungen beigebracht wurden. An Leonores Handgelenk baumelte locker eine lederne Reitpeitsche. Damit fuchtelte sie immer wieder den Arbeitern vor der Nase herum. „Dawai!“ schrie sie und „Pascholl!“ und „Robotta! Robotta!“ und „Pshakrew!“ und „Verdammte Lumpenhunde!“ — „Na, ein ganz kräftiges Organ, die Dame“, grinste Pusch sie im Vorübergehen an und trieb ihr die Röte ins Gesicht. Sie warf ihm einen zornfunkelnden Blick zu und wendete sich wieder an ihre Arbeiter. „Grigorij“, herrschte sie einen der Polen an, „sauberer raffen! Keine Kartoffeln liegen lassen! Das ist Sabotage. Das weißt du.“ Grigorij versuchte eine stammelnde Entschuldigung. „Aber Frau, das sind doch bloß halbfaule.“ Er sprach ganz leidlich deutsch. Man konnte ihn gut verstehen. Später erfuhren wir, er sei ein Universitätsprofessor aus Warschau gewesen, früher, vor dem Krieg. Nun wurde Leonore ordinär. „Das ist mir sch ... egal!“ schnauzte sie. „Wenn ich sage sauberraffen, dann meine ich auch sauberraffen! Wenn ich sage gut, dann gut.“ Sie hob die lederne Peitsche und schlug damit Grigorij mit voller Kraft ins Gesicht. Sofort striemte sich die Haut. Grigorij sprang auf und stürzte auf Leonore zu, die sich inzwischen abgewendet und zwei, drei Schritte weitergegangen war. Die Polen und Ukrainer, Männer und Frauen und halbwüchsige Kinder, hatten zu arbeiten aufgehört. Wir standen an die Wagenwand gelehnt und kamen nicht mehr dazu, einzugreifen, so schnell spielte sich alles ab. Grigorij riß ihr die Peitsche aus der Hand und schlug auf Leonore ein. Die war so verdutzt, daß sie sich kaum zur Wehr setzte. Jemand rief: „Gib’s ihr, Grigorij, gib’s ihr!“ Leonore griff in die Tasche und holte einen kleinen, zierlichen Revolver heraus. Perlmutter blitzte am Griff auf. Sie richtete die Mündung auf Grigorij. „Zurück“, schrie sie. „Zurück oder — ich schieße!“ Aber Grigorij hatte diese Worte nicht gehört oder nicht verstanden. In rasender Wut hob er die Peitsche von neuem. Wir sahen, wie Leonore den Zeigefinger am Abzug durchkrümmte. Ein heller Schuß peitschte auf. Jemand schrie: „Grigorij“, hoch und schrill. Grigorij ließ die Peitsche aus seiner Hand fallen, blickte Leonore mit erlöschenden Augen an, griff sich mit zitternden Fingern nach der Brust, krallte sich förmlich im Stoff fest und drehte sich halb um sich selbst, ehe er schwer wie ein gefällter Baum in den weichen Ackerboden niederstürzte. Seine weitoffenen Augen starrten in den herbstlichen Himmel. Leonore stand einen Augenblick wie erstarrt; dann besann sie sich: „Vorwärts, an die Arbeit!“ Pusch hatte sich von der Wagenwand gelöst, ging auf Leonore zu, Schritt für Schritt, bückte sich im Vorbeigehen nach der Peitsche, hob sie auf und näherte sich mit dunklem, zornigem Gesicht dem Mädchen, das ängstlich vor ihm zurückwich. Dann hob er die Peitsche und ließ sie durch die Luft auf Leonore niedersausen. „Nun schieß doch“, schrie er, „schieß doch!“ Aber Leonore schoß nicht. Sie ertrug die Schläge mit unbewegtem Gesicht und hob nicht einmal zur Abwehr die Hände. Wir rissen Pusch zurück. „Laß gut sein“, sagte King. Pusch ließ angewidert die Peitsche fallen und folgte uns ins Dorf zurück. Auf dem ganzen Heimweg sprach er kein Wort. „Dafür kämpfen unsere Väter“, sagte King, als wir in unsere Scheune eintraten. „Dafür. Auch sein Blut wird einmal über uns alle kommen.“ Damit meinte er Grigorij, den Polen. Ja, so war das damals mit Grigorij. Am selben Tag noch traf eine Untersuchungskommission aus Festenberg ein und prüfte den Vorfall. Auch wir mußten aussagen und belasteten damit, ob wir wollten oder nicht, Grigorij. Er hatte Leonore zuerst angegriffen; sie hatte sich nur verteidigt. Aber wie mußte sie vorher Grigorij erniedrigt und in seiner Menschenwürde gebrochen haben, daß er sich zu dieser Tat hinreißen ließ. „Totschlag in Notwehr“, fällte die Kommission ihren Spruch, sagte damit Leonore von aller Schuld los und belobigte sie außerdem wegen ihres mutigen Verhaltens.

„So geht es allen Untermenschen, die es wagen, sich an Deutschen zu vergreifen“, hielt Dr. Dr. Fleischel, unser Direx, dem Dorf in einer Ansprache vor, Dr. Dr. Fleischel, der als Propagandaredner extra von Breslau herübergeschickt worden war. Aber niemand klatschte ihm Beifall. Gedrückt verlief sich nach der angeordneten Feierstunde alles. Leonores Mutter weinte; aber Leonore trug den Kopf mit der blonden Flechtenkrone hoch und stolz. Sie war ja jetzt eine Heldin!

Von Hüttenhain und die Dame

Wir marschierten durch Eisenhammer, ein langgezogenes Straßendorf aus Backsteingehöften und niedrigen Fachwerkhütten. Wir waren auf dem Heimweg nach Eichensee, müde vom täglichen Einerlei des Schanzens, grau überkrustet vom feinen Staub der herbstlichen Erde. Die anfängliche Begeisterung war verschwunden und hatte einer stumpfen Gleichgültigkeit Platz gemacht. Gräben, die am Tag zuvor von uns ausgehoben wurden, füllten sich nachts mit Grundwasser und stürzten in sich zusammen; Unterstände und Bunkerstellungen brachen unter dem Druck meterdicker Erdschichten auf die abstützenden dünnen Birkenstämmchen nieder und wurden zu weithin sichtbaren häßlichen Erdlöchern. Hunger quälte uns von morgens bis abends; in der Kohlkrautbrühe schwammen oft zu Hunderten kleine schwärzliche Mückenleichen und ausgekochte Raupenreste. Man konnte sie nicht alle herauslesen; am besten: man schloß beim Essen die Augen und löffelte so schnell wie möglich angewidert das dreiviertelvolle Kochgeschirr leer. Hinterher war der Magen gefüllt; aber der Hunger blieb. Anfangs hatte man da und dort bei den Bauern des Dorfes noch etwas einkaufen oder einhandeln können; aber auch das gab es jetzt nicht mehr. Die Bauern verschlossen ihre Haustüren; Zehntausende von Schanzern in Hunderten kleiner Ortschaften längs der Grenze hatten das Land leergefressen und ausgesaugt wie ein einfallender Heuschreckenschwarm. Überall waren die Felder durchzogen von einem wirren Grabensystem; ein „unbezwingbarer Ostwall“ sollte den Feind von den Grenzen der Heimat abhalten. Wir lachten nur noch, wenn wir diese

großsprecherischen Phrasen hörten. Wir kannten die bittere Wirklichkeit; wir wußten es besser. Kaum einer unter uns glaubte noch an die großen Worte. Zu viele waren über uns dahingeströmt; zu viele hatten unseren Glauben an Führer und Reich davongetragen.
Fräger vor mir im Glied kratzte sich verstohlen unter seiner graublauen Uniformjacke; er schlurfte müde wie ein Greis in der Reihe dahin. Seine Schuhe waren seit Tagen ungeputzt, staubig und schrundig und rissig. Das harte Leder bölkte sich nach außen. Seine Hosen waren unten ausgefranst und wiesen über den Knien ein mit Sicherheitsnadeln notdürftig zusammengehaltenes Loch auf. Seine ganze Uniform war über und über verdreckt und staubverkrustet. Aber so wie Fräger, so sahen wir alle aus. Sonne und Regen hatten das Uniformtuch gebleicht und morsch gemacht. Der Brennnesselstoff war mürbe geworden. Dr. Sanders neben unserer kleinen Schar hustete krächzend. Er war der einzige, der bei uns ausgehalten hatte. Ignaz Kluß mit seinem Naz war nach einigen Wochen wieder nach Breslau zurückbeordert worden. Von dort kamen überhaupt nur spärliche Nachrichten. Dr. Dr. Fleischel besuchte uns alle vierzehn Tage und spuckte große Töne von wegen „Durchhalten“ und „Weiterschanzen“ und „Dank der Heimat“. Nach ein paar Stunden fuhr er wieder ab und wir atmeten erleichtert auf. Wir waren wieder unter uns.
Fräger kratzte sich noch immer unter seiner Jacke. Dann zog er triumphierend die Hand heraus. „Da“, sagte er. Keiner schaute hin. Wir wußten es auch so. Kleiderläuse. Er hatte eine erlegt, knackte sie genüßlich mit dem Daumen; aber was half es. Sie wimmelten grauweiß in allen Nähten der Uniform. Nicht nur bei Fräger. Bei jedem. Wir hofften, wenn es kalt würde, würde das Viehzeug krepieren. Aber unsere Körperwärme rettete sie auch durch die Kälte.
Czaia an der Zugspitze raunzte plötzlich leise: „Achtung, der Alte!“ Er meinte den einarmigen Bannführer. Der kam breitbeinig und großspurig uns entgegen, geschniegelt und gebügelt wie ein Lackaffe. Seine Schaftstiefeln glänzten. Man hätte sich in ihnen spiegeln können. Der arme Putzer hatte

gute Arbeit geleistet. Neben dem Bannführer trippelte auf hohen Stöckelschuhen eine „Dame", grell geschminkt, die Augenwimpern mit schwarzer Tusche nachgezogen. Aus einem langen, bernsteingelben Mundstück zwischen den manikürten Fingern kräuselte sich feiner Zigarettenduft. Eine Wolke süßlichen Parfüms umwehte uns. Czaia grüßte; mit einem gnädigen Kopfnicken dankten die beiden. Als sie fast an unserer Gruppe vorüber waren, sagte einer hinter mir halblaut: „Die deutsche Frau schminkt sich nicht." Ich erkannte die Stimme Hüttenhains. „... und raucht nicht!" setzte Worbs hinzu. Ein paar kicherten; Czaias Mundwinkel zuckten von verhaltenem Lachen. Der Bannführer blieb abrupt stehen, die Dame gleichfalls. „Halt, der ganze Haufen halt!" schrie der Bannführer. Czaia kommandierte: „Abteilung — halt!" Ah ja, kommandieren konnte er noch immer. Das mußte ihm der Neid lassen. Aber mit dem Gehorchen war es nicht mehr so weit her wie früher. Ein paar in der Kolonne stolperten auf ihre Vordermänner. Sie hatten geträumt; aber die scharfe Stimme des Bannführers weckte sie jäh auf: „Sauhaufen das, diese LBA!" Ach, das war uns gleichgültig, so gleichgültig. Wir machten rechts um. Der Bannführer plusterte sich auf wie ein Truthahn und kollerte los: „Vortreten, die eben diese Dame bei mir beleidigt haben."

Zack, zack, machte es: die ganze Klasse trat geschlossen drei Schritte vor; nur King war auf seinem Platz stehengeblieben. Nun sprang er schnell nach und stellte sich zu uns. „Hinlegen!" brüllte der Bannführer mit hochrotem Kopf; die Dame an seiner Seite lächelte maliziös; Dr. Sanders hinter uns hustete unterdrückt; betont langsam ließen wir uns zu Boden gleiten; Czaia umging erst noch eine schlammige Pfütze. Beim Niederfallen stöhnten ein paar recht laut. Dem Bannführer schwoll die Stirnader; er kam in Wut; nun, uns sollte er nicht fertig machen. Wir hatten noch ein Hühnchen mit ihm zu rupfen. Aber wenn er tanzen wollte, mußten wir mittanzen. Und gerade das wollten wir nicht.

„Sauhaufen", brüllte noch einmal der Einarmige. „Alles weg, marsch, marsch!" Ein paar spekulierten unter uns schon auf die nächste Hausecke, hinter der sie auf Nimmerwiedersehen verschwinden wollten. Aber so weit kamen sie nicht. Der Bannführer merkte die Absicht: „Achtung! Bis in meine Höhe vorarbeiten!“ Wir robbten keuchend durch den trockenen Grund der zerfahrenen Dorfstraße. Die Kochgeschirre klapperten; Dr. Sanders hüstelte noch immer unterdrückt. Die Dame paffte ihre Zigarette und schnippte mit zierlichen Fingern die Asche ab. Der Bannführer wiegte sich auf seinen Stiefelabsätzen und hatte den rechten Arm in die Seite gestemmt. „Durch die Pfütze!“ brüllte er und wies auf Czaia: „Du da, Scharführer! Durch die Pfütze!“ Aber Czaia tat, als sei er taub. „Wegen dem da zurück, marsch, marsch!“ schrie der Bannführer. „Bedankt euch bei eurem Kameraden, diesem Drückeberger!“ Czaia tat noch immer so, als höre er nichts. Beim Zurücklaufen flüsterte er: „Nicht nachgeben.“ Wir nickten.

Aber nun ging es erst richtig los: „Hinlegen! Auf! Hinlegen! Auf! Auf dem Koppelschloß kehrt! Kehrt, marsch, marsch! Häschen hüpf! Kochgeschirr in Vorhalte! Knie beugt! Auf! Nieder! Auf! Nieder! Zurück, marsch, marsch!“ Der Alte kannte sein Repertoire; aber keiner machte schlapp.

Noch einmal befahl der Bannführer: „Vortreten, die eben gemeckert haben.“ Aber auch dieser Appell fruchtete nichts: wieder traten alle vor. Selbst King war wach geworden. Wir fühlten förmlich, wie Dr. Sanders am Straßenrand über uns schmunzelte. Dem Bannführer platzte der Kragen. Er fuchtelte aufgeregt am Ledergürtel und rückte die verrutschte Pistolentasche zurecht. Wenn sie, wie bei Dr. Dr. Fleischel, unserem Breslauer Direx, nur Butterbrotpapier enthielt, konnte er uns damit nicht erschrecken. „Will er uns erschießen?“ flüsterte Dobrski im letzten Glied. „Oder zückt er das Messer?“ Der lange Zink neben ihm stieß ihn an: „Halt doch die Schnauze; das Essen wird kalt.“ Die Dame hatte ihre Zigarette fertiggeraucht und trat die heruntergefallene glimmende Kippe aus. „Kommen Sie“, zirpte sie zum Bannführer hin. Der schrie: „Morgen früh melden sich die Übeltäter bei mir. Persönlich. Sonst... Abrücken lassen.“ Dr. Sanders, der die ganze Szene schweigend beobachtet hatte, rief:

„Czaia!" Czaia trat vor und kommandierte: „Alles hört auf mein Kommando: LBA, rechts um! Im Gleichschritt marsch! Ein Lied!" Hillmer gab den Ton an. Wir brüllten los, mehr laut als schön, mehr falsch als richtig: „Wir singen wie die Vögelein, so fröhlich in die Welt." Unser LBA-Lied. Hei, das fuhr in die Knochen. Jungmann Seyfert hatte es einstens gedichtet, Ignaz Kluß vertont. Seyfert lag seit ein paar Wochen in einem stillen Grab westlich der Weichsel. Vielleicht war auch das Grab schon eingeebnet, das Holzkreuz herausgerissen und verbrannt. Aber er hatte uns sein Lied hinterlassen. Das sangen wir nun: „... es lächelt manches Mägdelein, dem unser Lied gefällt. Wir aber müssen ziehn, in gleichem Schritt und Tritt, Kamerad, so halt doch an, Kamerad, so komm doch mit ..."

Bannführer und Dame setzten sich in Bewegung, nachdem sie uns eine ganze Zeitlang mit den Augen verfolgt hatten. Dr. Sanders schwieg lange und bedrückt. Endlich räusperte er sich und meinte: „Na, Jungs, wenn das man gut geht." — „Lassen Sie mich nur machen", sagte von Hüttenhain und lächelte. Uns allen war nicht ganz wohl zumute. Was würde nun folgen? Aber es folgte auch diesmal nichts, nur ein Befehl des Bannführers: Haarschnitt hat auch bei der LBA die vorschriftsmäßige Streichholzlänge zu haben. Das war eine kleinliche Schikane; aber unsere langen Mähnen mußten gestutzt werden, unnachgiebig. Dagegen konnten wir uns nicht wehren; es gab da irgendeinen hohen Gaubefehl.

Von Hüttenhain (er war unendlich stolz auf seinen Namen und erklärte uns immer wieder, daß er mit dem alten Hutten verwandt sei; „von Huttenhenne" stehe im Familienwappen) renkte die ganze Geschichte wieder ein. „Ich hab's gewagt mit Sinnen und trage keine Reu", hänselten wir ihn später mit dem alten Spruch derer von Hutten. Aber es muß eine scheußliche Situation gewesen sein. Von Hüttenhain war ja immer recht schweigsam; aber aus seinen kargen Andeutungen enthüllte sich nach und nach die ganze Sache.

Er war am nächsten Morgen nach dem Vorfall noch vor Schanzbeginn nach Eisenhammer getrabt, einen Strauß geklauter Herbstblumen aus dem Garten des Dorflehrers,

Astern und Dahlien, eingewickelt in die letzte Ausgabe der Schanzerzeitung „Der Ostwall“, in der Hand, hatte die Dame beinahe noch aus dem Schlaf getrommelt und sich formvollendet wie ein Kavalier des sündigen Rokoko bei ihr entschuldigt. Sie hatte ihm zwar bei seinen ersten Worten die Türe vor der Nase zuschlagen wollen; aber er hatte einfach seinen rechten Fuß dazwischengestellt. So mußte sie ihn anhören, ob sie wollte oder nicht. Nachher war sie sogar noch recht liebebedürftig geworden und hatte von Hüttenhain zum Niedersitzen und Bleiben genötigt, hatte ihm mit zarten Händen das struppige Haar gestreichelt, die Wangen getätschelt und hatte ihren seidenen Morgenrock ein wenig auseinanderklaffen lassen. Doch nun hatte von Hüttenhain seinerseits die Tür zugeschlagen, diesmal aber von außen und war davongepoltert in die Unterkunft des Bannführers. Der hatte ihm erst grob kommen wollen; aber von Hüttenhain hatte in der Nacht sein Köpfchen nicht unnötig zermartert und hatte auch nicht umsonst den Kniefall vor der schönen Dulzinea getan. Er konnte einmal („In aller Bescheidenheit, Bannführer, erlaube ich mir, darauf hinzuweisen, daß . . .“ Oh, wir kannten von Hüttenhains geschwollene, gespreizte und gezierte Ausdrucksweise, die er immer dann anwendete, wenn es darauf ankam und konnten uns darum auch aus den wenigen Andeutungen alles recht deutlich ausmalen.) darauf aufmerksam machen, daß er die Verzeihung der Dame schon besaß, und zum anderen, daß Dr. Goebbels, der Reichspropagandaminister, erst kürzlich in einer Sportpalastrede geäußert hatte: „Die deutsche Frau raucht nicht und schminkt sich nicht!“ Oder — wollte der verehrlichte Herr Bannführer etwa gegen den Stachel löcken? „Sollte ich das so verstehen, daß das Wort unseres Herrn Ministers keine Bedeutung mehr in Deutschland hat? Du gestattest, Bannführer, daß ich dann davon Meldung mache.“ — „Aber nein, Kamerad“, hatte der Bannführer zu von Hüttenhain gesagt, „aber nein; du verstehst mich ganz falsch. Ich wollte damit bloß sagen, daß . . .“ — „Daß . . .?“ hatte von Hüttenhain gefragt und ein ganz dummes Gesicht gemacht: „Daß . . .?“ — „Ach, du verstehst mich schon; natürlich nicht . . . natürlich doch . . .“

hatte, recht kleinlaut geworden, der Bannführer gemeint. „Also doch . . .“, behauptete von Hüttenhain. „Nein, nein“, sagte der Bannführer. „Die Sache ist ganz anders: Natürlich hat Dr. Goebbels recht: die deutsche Frau raucht nicht; die deutsche Frau schminkt sich nicht; die deutsche Frau im allgemeinen, aber es gibt da Ausnahmen; die Dame bei mir (deren Namen ich hier verschweigen will) gehört zu den sieben deutschen Künstlerinnen, die der Führer persönlich von jedem Kriegseinsatz freigestellt hat. Auch nach dem Krieg soll sie noch das deutsche Volk durch ihre Schönheit und Kunst erfreuen.“ — „Ach so“, hatte von Hüttenhain gemeint, „ich verstehe: sie hat mich eben erfreuen wollen.“ — „Wieso?“ fragte der Bannführer. „Nur so“, sagte von Hüttenhain und grinste; und das ohnedies einsilbige Gespräch versickerte ganz.

Von Hüttenhain hatte danach in der Schreibstube die Hakken zusammengeknallt und gesagt: „Und damit, Bannführer, ist wohl die Sache geklärt? Ich darf mich also abmelden.“ Dem Bannführer war nun eigentlich nichts anderes übrig geblieben als zu nicken und von Hüttenhain war wieder abgerückt, nicht ganz als Sieger, aber auch nicht als Besiegter. Die Partie stand weiter unentschieden: eins zu eins.

Von Hüttenhain erhielt in den folgenden Wochen noch wiederholt Einladungen von der Dame, sie doch einmal am Abend zu besuchen; aber von Hüttenhain mußte leider immer mit dem Ausdruck höflichsten Bedauerns absagen. Er hatte dann gerade immer Dienst oder Wachzeit oder Strafexerzieren. Den wahren Grund seiner Absage verriet er nur uns: „Wißt ihr, als ich da morgens bei der Schönen anlangte, um mich zu entschuldigen, da hatte sie sich leider noch nicht geschminkt und man sah in ihrem grauen Gesicht die Krähenfalten allzu deutlich. Sie ist zu alt, viel zu alt für mich, könnte ja meine Großmutter sein. Meint ihr, mir graut vor nichts? So sehr liebe ich doch die LBA nicht, daß ich mich aufopfere.“

Wenn wir der Dame in diesem Herbst auf der Straße begegneten, auf dem Wege von oder zur Arbeit, flüsterte meistens einer in der Kolonne: „Achtung, Hüttenhains Großmutter." Und Czaia kommandierte überschneidig: „Augen rechts!" und grüßte mit erhobenem Arm.

Eichhorst

Wir waren im weitläufigen Gutshof von Eisenhammer angetreten, ein paar hundert oder vielleicht auch ein paar tausend Jungen in grauen, lehmverschmierten Uniformen, müde, hungrig und seit Tagen durchnäßt. Der Herbst hatte tagelange Regengüsse gebracht; die Gräben hatten sich restlos mit Wasser gefüllt. Der schwere Ackerboden hatte sich in Schlamm verwandelt und klebte schwer und gelbbraun in großen Klumpen an den Schuhen. Durch die dünnen Ledersohlen saugte sich die Feuchtigkeit und quietschte bei jedem Schritt. Ein unangenehm naßkalter Wind fegte fauchend von Osten her aus den weiten Ebenen jenseits der Grenze und trieb die Regenschleier vor sich her. Der Himmel war grau bewölkt und schon am frühen Nachmittag wurde es dunkel. Die armen Teufel vom Bann Liegnitz in ihren olivgrünen Viermannzelten mußten erbärmlich frieren. Der Prozentsatz der Erkrankten und chronisch Erkälteten stieg ständig weiter an. Der Herbst hatte das „Unternehmen Barthold" — welch ein grandioser Name für so eine miese Sache — endgültig zum Scheitern verurteilt. Aber der Befehl ließ uns ausharren, weiter vergeblich neue Gräben ausheben, neue Hindernisse anlegen.

Einer aus unserer Klasse, der stille, unauffällige Eichhorst mit dem Dutzendgesicht, hatte kürzlich nach Hause geschrieben: „Liebe Mutter! Ich bin den Dreck hier herzlich leid, immer die Kälte, immer die Nässe, immer der Hunger. Ich drücke mich zwar so oft und so gut ich kann von allen Arbeiten; aber am liebsten würde ich den Spaten hinschmeißen und nach Hause kommen. Warum mußte ich auch in solch eine Zeit hineingeboren werden? Warum mußte ich, ausgerechnet ich, auf eine LBA kommen?" Die Zensur des einarmigen Bannführers hatte den Brief natürlich geöffnet,

gelesen und beanstandet. Nun tanzten alle Mäuse; der Teufel war los.
Vor der Front der angetretenen Jungen stand allein, grenzenlos einsam der stille, unauffällige Eichhorst, den Rücken gebeugt, als trüge er an einer schweren Last, die Haare kahl abgeschoren, daß die weiße Kopfhaut widernatürlich leuchtete, ein breites Pappschild um den Hals gehängt: „Ich bin ein Saboteur und ein Feigling!" Den Text hatte der Bannführer persönlich entworfen und war mächtig stolz darauf. Eichhorst hatte den Kopf gesenkt und stierte teilnahmslos auf seine schmierigen Schuhe. Er war innerlich ausgebrannt und leer. Man hatte ihn durch ein vom Bannführer selbst angeführtes Rollkommando besonders ausgesuchter Rowdys vor zwei Tagen bei der Rückkehr vom achtstündigen Schanzdienst in unserer gemeinsamen Unterkunft trotz der Proteste Dr. Sanders abgeholt, schon auf dem Wege in die Arrestzelle grob zusammengeschlagen und mißhandelt, danach verhört und geprügelt, geprügelt und verhört (obwohl es doch eigentlich gar nichts zu verhören gab; der Fall lag klar; Eichhorst war nur unvorsichtig gewesen; er hatte das geschrieben, was wir dachten: er hatte wie wir alle die Nase restlos voll) und endlich, nachdem man ihm den Kopf geschoren, in einen kleinen, niedrigen, halbdunklen Raum eingesperrt. Zwei Tage hatte er nun dort gesessen, sich selbst überlassen, seinen Gedanken, Gefühlen, Vorwürfen und Träumen ausgesetzt, von niemandem besucht und getröstet. Vor einer Stunde erst hatte man ihn wieder aus dem Bau herausgeholt und ihm auf der Geschäftsstelle des Bannführers eröffnet, daß die gesamten Schanzerbataillone der Umgebung schon auf dem Gutshof aufmarschiert seien, seiner Verurteilung beizuwohnen. Die wiederholten Bittgänge Dr. Sanders zum Bannführer hatten nichts genutzt. „Es muß ein Exempel statuiert werden", hatte hämisch grinsend der Bannführer gesagt. „Da soll mir einer von der LBA gerade recht sein. Ich habe sowieso noch eine Rechnung zu begleichen." Resigniert war Dr. Sanders zurückgekommen; selbst sein Wunsch, den gefangenen Eichhorst zu besuchen, war abgeschlagen worden. Dann hatte Dr. Sanders versucht, den

Direktor der Anstalt in Breslau, Dr. Dr. Fleischel, für den Fall zu interessieren; aber der hatte Dr. Sanders am Telefon gar nicht richtig angehört, hatte getobt und gebrüllt, er werde mit Freuden der Bestrafung seines Schülers Eichhorst beiwohnen. Da sähe man auch, wie sich die Erziehungsgrundsätze Dr. Sanders auswirkten und im übrigen sei Eichhorst nach diesem Vorfall natürlich kein Schüler der LBA mehr.

Nun also stand Eichhorst vor der grauen Front, klein, gebeugt, müde, ausgelaugt. Er spürte den Regen nicht mehr, der gleichmütig vom Himmel fiel. Er fröstelte nicht unter den kalten Windstößen. Er fühlte nicht, wie ihm der Hunger die Eingeweide umstülpte. Er dachte auch kaum noch etwas. Er stand nur da, den Kopf gesenkt, die Schultern hochgezogen, die Hände laß an den Seiten niederhängend. Er wartete auf das Urteil. Wir alle warteten auf das Urteil. Wir alle fühlten mit Eichhorst. Er hatte ja nichts anderes getan, gedacht und gewollt wie wir. Er hatte zu uns gehört von Heidelager an. Er würde auch noch weiter zu uns gehören, auch dann, wenn er nicht mehr bei uns war. Er war unser Kamerad. Er blieb unser Kamerad. Wir wünschten alle, daß er es fühlte, daß er es spürte, wie wir ihn mit unseren Gedanken begleiteten. Vielleicht würde ihn das trösten, würde ihm das helfen. Wir konnten ja nichts anderes tun. In den ersten Stunden nach Eichhorsts Verhaftung hatten ein paar von uns große Pläne gemacht. Der lange Zink hatte von „Überfallen, Befreien, Herausholen“ geschwafelt. Das wäre zweifellos kein Kunststück gewesen. Aber was sollte dann mit Eichhorst geschehen? Verbergen? Wo? Flüchten? Wohin? Dr. Sanders hatte uns alle überzeugt: es gab keine wirkliche Möglichkeit zur Hilfe. Wir konnten nichts tun als abwarten, mitleiden, mitfühlen. Alles andere machte die Sache nur noch schlimmer.

Endlich war es so weit. Von der Remise des Gutes herüber näherte sich Bannführer Einarm mit seinem Gefolge höherer HJ-Führer, Stabsleiter, Fähnleinführer, Schreiber, dem schielenden Gefreiten aus der Entlausungsbaracke als Vertreter der Wehrmacht, einem OT-Mann im wollbraunen Wintermantel, unserem Direx Dr. Dr. Fleischel in der knappsitzen-

den, maßgeschneiderten Schuluniform mit allen ihm zur Verfügung stehenden Orden und Ehrenzeichen an der Brust: dem KVK, dem goldenen Parteiabzeichen, der bronzenen Sportmedaille.
Irgendeiner vom Liegnitzer Bann kommandierte mit heller, sich überschlagender Stimme: „Achtung, Schanzerbataillon Eisenhammer stillgestanden!“ (Czaia, der eigentlich die ganze Sache kommandieren sollte, hatte es abgelehnt, er sei heiser.) Es klapperte wie ein Stab, der an einem engen Lattenzaun entlanggezogen wird. Mochten die Herren daraus erkennen, wie uns zumute war. Mochte vor allem Eichhorst daran merken, daß wir auf seiner Seite waren. Wir standen ohne rechte Richtung, ohne richtigen Seitenabstand, ohne Fühlung mit Vorder- und Hintermann. „Lahmer Verein!“ schnauzte schon von weitem der Bannführer, noch ehe die Meldung gemacht und „Befehl ausgeführt!“ gemeldet wurde. Der Liegnitzer Häuptling verhaspelte sich bei dem Abschnurren der Meldung, fing noch einmal von vorne an, verhedderte sich wieder bei den Zahlenangaben der Angetretenen, der Beurlaubten, der Kranken und blieb nun hoffnungslos mitten in der Meldung stecken. Wir grinsten; der lange Zink flüsterte: „Ein besonderes Kirchenlicht scheint der auch nicht zu sein.“ — „Wie alle da vorn!“ tuschelte Dobrski. „Armleuchter mit Ohren.“ — „Ruhe!“ raunte Czaia an der Spitze der Klasse. „Haltet die Schnauze oder wollt ihr, daß wir noch mehr auffallen?“ Wir verstummten. Die kleine Gruppe der Bonzen mit dem Bannführer an der Spitze stakste über den schlammigen Gutshof, umging eine besonders große Pfütze längs der Mistmauer, verscheuchte ein paar kakelnde Hühner und bemühte sich, die spiegelndschwarzen Stiefel, die piekfeinen Uniformen nicht mit dem Dreck in Berührung zu bringen. Schnell schritt der Bannführer mit seinem kleinen Gefolge die Front von rechts nach links ab, tänzelte mit wiegenden Hüften an unserer Klasse vorbei und strebte dann einem imaginären Punkt in der Mitte vor den Angetretenen zu. Unser Direx mit steinernem, blaßkaltem Gesicht stellte sich neben ihn, gönnte uns keinen Blick, sah angestrengt über uns hinweg in den nieselnden, niedrig hän-

genden grauen Oktoberhimmel. Vielleicht war er doppelt gereizt, weil Dr. Sanders fehlte; er hatte sich krank melden lassen und um Urlaub für diesen Nachmittag nachgesucht. Vielleicht wollte er auch wieder einmal den wilden Mann markieren, wie er es bei seinen immer seltener werdenden Besuchen in der Schanzerstellung gern tat. Er saß ja im warmen Breslau, kannte den Dreck, die Nässe, den Hunger, die Müdigkeit, die Überdrüssigkeit nicht, das Gefühl der Sinnlosigkeit, das in uns immer stärker wurde.
Dann tobte der Bannführer los, kreischend, sich in Phrasen ständig wiederholend, sich an seinen eigenen Worten berauschend und so immer weiter steigernd. Der peitschende Wind verwehte seine Worte; der lastende Himmel zog sie an: „Angetreten, um zu strafen ... Ein Exempel statuieren ... Feigling und Saboteur ... unwürdiger Nichtsnutz, der der kämpfenden Front in den Rücken fällt ... Muttersöhnchen, für die Härte der Zeit zu weich ... Verräter einer guten Sache ... Drückeberger auf Kosten der Kameraden ...“ Nein, hätten wir schreien mögen und blieben doch steif und still wie Puppen an unseren Plätzen; nein, so ist es doch gar nicht. Wir alle sind dann Feiglinge, Saboteure, Drückeberger, Verräter, Muttersöhnchen! Wir alle sind Eichhorsts; wir alle haben es satt, schikaniert, angebrüllt, zu einer nutzlosen Arbeit getrieben zu werden. Gebt uns ein Gewehr; wir werden unseren Mann stehen. Ach, an der Front würde alles anders sein, dachten wir. Wir wußten ja, um was es ging, auch hier beim Schanzen: um die Heimat, um das Reich, um das Vaterland, um Sieg oder Tod, um unseren brüchig gewordenen Glauben. Diese Bonzen da vorne hatten uns den jungenhaften Glauben genommen; Leere, Schalheit war zurückgeblieben, eine winzige Hoffnung vielleicht: vorn an der Front, bei der Wehrmacht, würde alles anders sein. „Und die Fahne flattert uns voran, in die Zukunft zieh'n wir Mann für Mann; wir marschieren für Hitler durch Nacht und durch Not, mit der Fahne der Jugend für Freiheit und ...“ Ja, das war es. Das wollten wir noch immer. Aber nicht hier, nicht so, nein: vorn, anders, männlicher, soldatischer, heldischer. Große Worte, große Taten! Das war es! Das hatte auch Eichhorst in seinem

Briefe gemeint, ganz bestimmt. Daß die Bonzen es nicht verstanden, diese Mucker, diese... Wenn der Führer wüßte, was hier geschieht, mit der Faust würde er dreinschlagen. „Mein lieber Kamerad Eichhorst", würde er sagen, wenn er das wüßte, wie hier einer falsch verdächtigt, unschuldig verurteilt wird. So glaubten wir noch. Aber es war nichts zu machen.

Der Bannführer verstummte; Eichhorst hielt sich krampfhaft gerade. Man merkte seinem gestrafften Rücken die Anstrengung an. Er hatte den Kopf erhoben und blickte zum Bannführer hin mit leeren, erloschenen Augen. Er folgte mit seinen Blicken einem Zug Schneegänse, die im gleichen Augenblick über den Gutshof hinweg zogen, als der Direx sich von seinem Platz löste und mit schnellen Schritten auf Eichhorst zutrat. Eichhorst zuckte erschrocken zusammen; vielleicht hatte er den Zugvögeln auf ihrer Fahrt nach der Wärme des Südens nachgeträumt. Bei uns war es Herbst geworden; der Winter kündigte sich an. Der Direx stand nun vor dem kleinen, schmächtigen Eichhorst, griff nach dessen Schulterklappen, nach dessen Ärmelband, nach dessen Gruppenführerschnur und riß mit drei hastigen Bewegungen alles ab. Auf der Schulter von Eichhorst riß ratschend in der Uniformjacke eine Naht auf. „In die Visage würde ich ihm spucken, dem Schwein", flüsterte bei uns im Glied der lange Zink. Er schnaufte verächtlich. „Mit mir würde der das nicht machen." Ein unterdrücktes Murmeln lief durch unsere Reihen. „Ruhe!" brüllte der Bannführer. Die Bewegung erstarb. Das Flüstern verstummte. Nur die Liegnitzer neben uns reckten ungeniert und ungerügt ihre Köpfe; sie wollten sich nichts von diesem billigen, kostenlosen Schauspiel entgehen lassen. Uns langte es. Eichhorst stand noch immer still, stumm, zusammengesackt und bleich.

„... erkläre hiermit deine Entlassung aus der LBA, aus der Gemeinschaft der Schanzer, aus der Hitlerjugend ... bist nicht mehr wert, das Braunhemd des Führers, das Ehrenkleid der jungen Bewegung zu tragen ... mit Schimpf und Schande davongejagt, selbst ausgeschlossen aus der fest verschworenen Gemeinschaft ... kennen dich nicht mehr, Name Eich-

horst auch für zukünftige Zeiten ein Schimpfwort ... Ehre verloren, alles verloren ...", salbaderte der Direx. Er fand wie immer bei seinen Propagandareden kein Ende. „... eine Mahnung für alle anderen, treu zusammenzuhalten, auszuharren, weiterzukämpfen ... schließe mit einem dreifachen Sieg Heil! Sieg Heil! Sieg Heil!" Die Liegnitzer neben uns brüllten begeistert. Das war so recht nach ihrem Geschmack. Wir bissen die Zähne zusammen, um nicht schreien zu müssen. Zink murmelte immer wieder vor sich hin: „Dieses Schwein, dieses Schwein ... mit mir nicht, liebe Tante Emma, mit mir nicht. Ich melde mich freiwillig, sobald ich siebzehn bin und dann nichts wie ab von hier zur Wehrmacht. Die können mich alle ... der Direx, der Bannführer, alle ..."
„Abrücken!" brüllte der Bannführer; der Liegnitzer Häuptling trat wieder vor und ließ die einzelnen Einheiten abmarschieren. Eichhorst stand verloren und einsam immer noch auf dem weiten, sich nun langsam leerenden Platz. Zwei Mann des Rollkommandos hatten sich neben ihm aufgebaut und bewachten ihn. Vor ihm im Schlamm des Hofes glitzerte das silberne Band des Ärmelstreifens „LBA". Die zwei Wächter griffen Eichhorst unter den Armen und zogen ihn vorwärts; er folgte willig und ohne Widerstand. Beim Vorwärtsgehen trat er mit seinen Füßen auf das Ärmelband und drückte es tiefer in den Schlamm des Hofes. Die beiden Wächter führten Eichhorst hinüber zur Remise, in der inzwischen Bannführer, Direx und Gefolge verschwunden waren. Die beiden Wächter schleppten Eichhorst an uns vorüber. Czaia kommandierte: „Achtung! Augen rechts!" Wir standen stramm vor Eichhorst und folgten dem gebeugt Vorübergehenden mit unseren Blicken. Aber er schaute nicht auf; er sah uns nicht an. Er ging mit schweren, steifen, langsamen Schritten über den Hof an uns vorüber; seine gebeugte Gestalt wurde immer kleiner. Czaia befahl: „Rechts um! Im Gleichschritt, marsch!" Wir stapften durch den Schlamm und achteten kaum darauf. Unsere Gedanken waren noch immer bei dem kleinen Eichhorst, bei unserem Kameraden. In uns würgte die Bitterkeit. Uns war speiübel. „Theater ...", wollte von Hüttenhain trösten. „Nichts als schlechtes Thea-

ter. Dem passiert nicht mehr viel. Der meldet sich gezwungen-freiwillig zur Waffen-SS und wird dann dort zu einem toten Helden. Wir alle werden noch tote Helden werden. Der eine früher, der andere später. Wartet nur ab.“ Zink sagte: „Platz im Massengrab rechts vom Eingang — für mich reserviert.“ King hetzte: „Führer befiehl, wir folgen!“ Sonst hatten wir über die faulen Witze gelacht; aber uns war heute das Lachen vergangen. Czaia befahl: „Ein Lied!“ Hillmer stimmte an: „Uns geht die Sonne nicht unter.“ Zögernd nur sangen wir mit. Es war Eichhorsts Lieblingslied. Das wußten wir. Vielleicht hörte er es in seiner Zelle.

Auf dem Rückmarsch nach Eichensee überholte uns das Auto des Direx. Er saß neben dem Fahrer mit unbewegtem, steinernem Gesicht, sah uns nicht, grüßte uns nicht. Schlamm spritzte auf uns und durchnäßte uns. „Schwein“, sagte Zink. Wir trotteten müde in unser Quartier. Dr. Sanders war nicht da; er war abgereist; er fuhr mit Eichhorst am gleichen Abend zu dessen Mutter und erklärte ihr alles. Er sagte nicht viel, als er am nächsten Tage zurückkam, übernächtigt, müde, hustend. Er sagte: „Eine fabelhafte Frau ... ein fabelhafter Kerl, dieser Eichhorst. Übrigens: Eichhorst hat sich freiwillig zur Waffen-SS gemeldet. In vier Monaten ist er siebzehn. Damit ist alles andere ausgeglichen.“ Dr. Sanders nahm seine Brille ab und wischte sich in den Augen, als sei ihm etwas hineingeflogen. Wir rechneten nach: November, Dezember, Januar, Februar. Na ja, was würde bis dahin sein? Würden wir noch immer hier schanzen? Wären wir nur erst siebzehn! Aber das war noch so lange bis dahin. Der lange Zink spuckte aus: „Ich zähl schon die Tage, bis ...“ — „Nicht drängeln, kommt alle dran“, sagte von Hüttenhain. Er lachte nicht, sein Gesicht blieb düster. Wir dachten an Eichhorst.

Hoffrichter

Die Läuseplage wurde immer schlimmer; eine Entlausungsaktion sollte Abhilfe schaffen. Mitten in einem großen Waldstück zwischen den einzelnen Grabenstellungen war seit

Anfang Oktober eine transportable Holzbaracke aufgeschlagen, mit den notwendigen Dampfanlagen ausgestattet und wenige Tage später eröffnet worden. Wir waren eine der letzten Gruppen, die an einem nebelverhangenen Herbsttag in einer langen Reihe durch die Barackentür ins Innere geschleust wurden, uns in einem großen Raume unserer Kleider entledigten, die einzelnen Teile fein säuberlich auf Bügel hingen und durch ein kleines, hölzernes Schiebefenster weiter in den dampfverhangenen Kesselraum reichten. „Na, ob wir die noch einmal wiedersehen", meinte der krummbeinige Hoffrichter, unser bester Fußballspieler, Linksaußen. Nun, da wir alle nackt wie einstens Adam in dem großen Aufenthaltsraum der Baracke standen, uns furchtbar voreinander schämten und mit den Händen unsere Blößen zu bedecken versuchten — was uns natürlich nur recht unvollständig gelang; denn selbst Taschen- und Handtücher hatten abgegeben werden müssen — als wir alle so armselig bloß und in unserer Menschenwürde recht erniedrigt die qualvoll langen Stunden des Wartens totzuschlagen versuchten mit Schlafen auf den harten, rings an den nüchternen Holzwänden stehenden Bänken die einen, mit lautem Gröhlen und Singen die anderen, mit dummen Späßen ein paar andere, mit Vorsichhindösen die meisten, sahen wir erst an unseren Körpern, wie sehr dieser Sommer an uns gezehrt hatte. Arme, Oberkörper, Gesicht und Beine waren bei allen dunkelbraun, fast schwarz verbrannt von den sengenden Sonnenstrahlen der letzten Wochen; scharf zeichneten sich Rippen und Knochen bei den meisten ab. „Vom dicken King ist auch nicht mehr viel übriggeblieben", sagte Hillmer. „Guck nur." Und tatsächlich: die vollen Mondbacken waren recht eingefallen wie bei einem Luftballon, dem die Luft ausgegangen ist. „Er sieht eher wie der Ritter von der traurigen Gestalt aus", meinte Hoffrichter. Aber King war nicht mehr der etwas weiche, wehleidige Bursche von einst, der sich alles gutwillig gefallen ließ und jeden Spott gottergeben hinnahm. „Das mußt du gerade sagen", wehrte sich King. „Du mit deinen Säbelbeinen, du Dschingis-Khan; dir kann man auch durch die Rippen pusten." Und King begann, auf Hoffrichters Rückenwirbeln Klavier zu spielen. „Ulkig sehen wir schon alle aus“, gab Hoffrichter zu und wehrte King von sich ab. „Oben braun und unten schneeweiß.“ Wirklich: das war ein zum Lachen reizender Anblick, diese strenge Scheidung zwischen den sonst bekleideten und unbedeckten Körperteilen. Hoffrichter fing an, Schinkenklopfen zu spielen. „Hör schon auf“, befahl der immer noch bullige Czaia und hielt ihm seine harte Faust hin: „Oder mach weiter, wenn du willst. Aber ...“ — „Na ja, der Klügere gibt nach. Hier hast du's ja“, meinte Hoffrichter und deutete auf die Stelle, wo Czaia am Oberarm seine Muskelpakete spielen ließ, „aber da fehlt dir's“, und wies auf Czaias Stirn. Aber dann war es für ihn höchste Zeit, die Flucht zu ergreifen. Czaia sagte: „Guckt mal, wie mein Bauch Falten schlägt.“ Aber das interessierte niemanden sonderlich. Das konnten wir alle an uns selbst beobachten. Das kam vom ewigen Halbsattsein und dauernden Kohldampfschieben. „Aber wenn wir nach der Entlausung wirklich drei Tage auf Urlaub nach Hause fahren dürfen“, mischte sich der magere, kleine Patschke ins Gespräch und seine Augen glänzten erwartungsvoll. „Meine Mutter hat geschrieben, wenn ich komme, dann ...“ — „Hör auf“, meckerte Czaia. „Mein Magen hängt sowieso bis in die Kniekehlen und jetzt noch dein dummes Gerede anhören müssen, das ist zu viel.“ — „Was hat sie denn geschrieben?“ wollte der lange Zink wissen; er schluckte krampfhaft und sein großer Adamsapfel am Halse sprang erregt auf und ab. „Will sie dir auch Streußelkuchen backen wie meine?“ — „Pah“, machte großsprecherisch Patschke und winkte ab. „Pah — Streußelkuchen; Kindergeschwätz. Für Männer wie mich kommt nur Eisbein in Frage, Eisbein und noch einmal Eisbein, drei Tage lang. Kartoffeln können gestrichen werden. Sauerkraut kann gestrichen werden: aber Eisbein! Sooo große Portionen verdrücke ich ...“, und er deutete mit beiden Händen zugleich umfangreiche, riesige Eisbeinmengen an, die einer fünfköpfigen, hungrigen Löwenfamilie zu fressen arge Mühe bereitet hätten (wenn Löwen überhaupt Eisbein fressen, was ich bezweifle). „Großschnauze“, war Czaias einziger Kommentar; er wendete sich ab. Aber der lange Zink gab nicht nach; er wollte mehr wissen. Man merkte richtig, wie ihm das Wasser im Munde zusammenlief. „Mensch, erzähl doch, Patschke." Und Patschke erzählte, was ihm seine Mutter alles kochen würde, wenn er heimkäme. „Heimkehr des verlorenen Sohnes — wie gehabt", spottete Hoffrichter, der sich aus seiner Ecke wieder herzugeschlichen hatte. „Wird kein gemästet' Kalb geschlachtet?" wollte er wissen. „Könntest uns ja eigentlich einmal einladen dazu. Wir kämen alle, was, Jungs?" Wir brüllten begeisterte Zustimmung und Patschke sagte trocken: „Na ja, dann kommt doch, wenn ihr wollt. Aber das Schwein wird erst nach Weihnachten geschlachtet. Müßt euch so lange gedulden, Januar, Februar ... Meinetwegen kommt; ihr seid alle eingeladen." — „Prima", brüllte der lange Zink und tanzte auf einem Bein wie der Storch im Salat durch den Barackenraum: „Prima! Wenn niemand kommt: ich komme!" Und vor sich hinmurmelnd zählte er auf: „Blutwurst, Leberwurst, Plümpelwurst, Wellfleisch ..." — „Mensch, Zink, hör auf", stöhnte Hoffrichter. „Mir wird schon ganz schlecht. Du bist aber auch mit nichts zufrieden. Erst Schüler der LBA — aber das gefiel dem noblen Herrn nicht. Dann Fronthelfer im Schanzdienst, Spatenträger der Nation, vielbewunderter Grabenbauer im Dienst des Führers — auch das gefällt dem Herrn nicht. Bald kriegst du auch noch den Schanzerorden angehängt; was willst du denn noch mehr?" — „Sattfressen will ich mich", schrie Zink. „Sattfressen, wenn du nichts dagegen hast, den Bauch vollschlagen bis obenhin, das will ich, sonst nichts." Er war richtig böse geworden; aber Hoffrichter blieb ruhig. „Na und?" sagte er, „das wollen wir doch alle. Was regst du dich so auf darüber?" Zink schluckte krampfhaft wie ein Karpfen, der nach Luft ringt und klappte seinen Mund wieder zu.

Nach einer Weile führte der Läusekrieger — so nannten wir im stillen den schielenden Obergefreiten, der als gelernter Kammerjäger zur Betreuung der Entlausungsbaracke abkommandiert war und der während unseres dreitägigen Urlaubs die Scheunenunterkunft desinfizieren sollte — uns in den Duschraum, dann weiter in die überhitzte Schnelltrocknerei und endlich, nachdem er uns mit einem weißlichen, scheußlich riechenden Puder eingestäubt hatte, zurück vor das nunmehr geöffnete Schiebefenster. Wir nahmen unsere Sachen in Empfang; sie waren noch heiß, in hundert Falten zerknittert und rochen nach irgendwelchen Entlausungsmitteln. Plötzlich schrie Hoffrichter: „Wo ist denn meine Uniformhose?" Wir lachten schadenfroh; Hoffrichter stand krummbeinig in langen Unterhosen mitten im Raum, wühlte fieberhaft und mit aufgeregten Händen sein Kleiderbündel auf dem Holzbügel durch und suchte nach seiner verschwundenen Hose. „Ich hab' sie doch vorhin noch angehabt und mit abgegeben", sagte er heiser erregt und verstand unser wieherndes Gelächter nicht. „Meine Hose", schrie er, „ich will meine Hose haben." Er trommelte mit beiden Fäusten gegen das geschlossene Schiebefenster. „He", rief er. „Meine Hose — meine Hose!" Nach einem Augenblick öffnete sich der Holzschieber; ein geröteter Helfer blickte heraus. „Schrei doch nicht so", brüllte er. „Was willst du denn?" — „Meine Hose", flüsterte der verstörte Hoffrichter. „Ich will meine Hose. Ich kann doch nicht ohne . . ." — „Was geht mich deine Hose an?" brüllte der Helfer zurück und klapp — war das Fenster wieder zu. Wir lachten noch lauter. „Ach, hört doch auf mit dem Blödsinn, mir ist nicht nach Lachen zumute", greinte Hoffrichter weinerlich; seine Augen füllten sich mit Tränen. „Ich kann doch nicht ohne Hose nach Hause fahren." — „Warum denn nicht?" spottete der lange Zink: „Ein Anblick für Götter: Hoffrichter, der große Held, leider ohne Hose. Hast sie im Dienste des Führers geopfert, kannst du ja sagen." Der Lange zahlte zurück, was er hatte einstecken müssen. „Eben noch die große Klappe von wegen ‚Was willst du denn bloß' und nun sooo klein", und er deutete mit der Hand einen zentimeterhohen Liliputaner an: „Hoffrichter, das heulende Elend." Hoffrichter sah sich ratlos im Kreise der Lachenden mit verschleierten Augen um: „Ist denn niemand, der . . . hat denn niemand meine Hose gesehen?" — „Ja, die kannst du abschreiben", spottete der lange Zink weiter. „Hier hat niemand deine Hose; hier sind nur hungrige Mägen. Aber vielleicht läuft gerade draußen einer mit der Hose um die Ecke, mußt mal nachschauen." — „Herr Obergefreiter", brüllte nun weinerlich der magere, krummbeinige Hoffrichter. „Herr Obergefreiter"; aber der Obergefreite konnte ihn unmöglich durch all den Lärm hindurch bis ins Nebenzimmer hören. Hoffrichter drängelte sich an uns vorbei der Tür zum Nebenraum zu, riß sie ohne anzuklopfen auf und stammelte: „Meine Hose, Herr Obergefreiter; ich habe meine Hose nicht mehr! Ich habe sie doch abgegeben und nun ist sie weg. Ich kann doch nicht ohne Hose nach Hause fahren." Hoffrichter weinte los, schluchzte laut auf und schämte sich der Tränen nicht. Wir wieherten vor Lachen; es schüttelte uns förmlich vor Gelächter. Der schielende Obergefreite nebenan schrie: „Ruhe da drüben. Wohl verrückt, was?" Augenblicklich verstummte der Lärm; wir wollten unseren Urlaub nicht riskieren und spielten brav. „Mach die Türe zu", herrschte der Obergefreite den verstörten Hoffrichter an. Wir sahen, als er sich uns zuwendete, wie die Tränen über die Wangen liefen und wie er sie mit einer müden Handbewegung abwischte. Dann schloß sich die Tür; es dauerte eine ganze Weile, bis sie sich wieder öffnete und Hoffrichter zurückkam, mit einer für ihn viel zu weiten kurzen Hose bekleidet, die ihm bis über die Kniekehlen herniederhing und um seine krummen Beine schlotterte. „Schöne Kameraden", sagte der schielende Obergefreite voller Verachtung zu uns. „Na, euch wird schon noch anders werden. Wartet nur ab ..." Wir wagten ein verstohlenes Grinsen, um uns selbst Mut zu machen; aber der Obergefreite schlug die Tür krachend hinter sich zu und ließ uns allein mit unserer Beschämung. Hoffrichter stand mitten im Raum und sagte leise dasselbe: „Schöne Kameraden seid ihr." Was uns bei anderen Gelegenheiten herausgefordert hätte, ließ uns diesmal still und schweigend bleiben. Wir schämten uns. Auch Hoffrichter gehörte ja doch zu uns. Auch er wollte doch nach Hause, genau wie jeder einzelne unserer Schar.

Patschke

Im Geschwindmarsch trabten wir am nächsten Morgen bei strömendem Regen und schwarzer Dunkelheit zu dem über zwei Stunden entfernten Bahnhof, stolperten über Baumwurzeln und Holzstümpfe, orientierten uns im Wald nur nach dem hellen Schein zwischen den Wipfeln, keuchten und schwitzten vor Aufregung und Sorge, den kurz vor sechs Uhr abfahrenden Zug zu versäumen und kamen völlig erschöpft auf der kleinen Station an. Durchnäßt und müde drängten wir uns in der kleinen Wellblechhütte der Haltestelle aneinander; es war bitter kalt und noch immer stockdunkel. Nach einigen langen, bangen Minuten hörten wir aus der Ferne den Zug heranrollen; die Lok heulte zweimal kurz auf und bremste dann quietschend die lange Wagenreihe ab. Wir kletterten in die von fahlen Funzeln erhellten Wagen, rückten auf den schmalen, harten Holzbänken schaudernd vor Kälte und Nässe dicht aneinander und suchten so ein wenig Wärme und Schutz vor dem eisigen Fahrtwind, der durch die gesprungenen Fensterscheiben ins Abteil drang. Das gleichförmige Geratter des Zuges schläferte uns bald ein. Kurz vor Breslau — es war draußen inzwischen dämmernd grau geworden — stiegen zum ersten Male einige Fahrgäste in unser Abteil. King hatte seinen Kopf auf meine Schulter gelegt und schnarchte mit halbgeöffnetem Munde vor sich hin. Der lange Zink hatte seine Beine weit von sich gestreckt und die Einsteigenden mußten über die in den Wagengang hineinragenden Glieder hinwegklettern. Eine Frau schimpfte: „Das ist die Jugend von heute! Lümmelt sich in den Abteilen auf den Bänken herum und wir Alten können ja stehen! Das ist die Erziehung, die man ihr gibt, den ganzen Tag faulenzen, große Töne spucken und sich rumflegeln." Zink hatte die Augen geschlossen und murmelte vor sich hin: „Nein, liebe Frau, das ist keine Erziehung; das ist bloß Müdigkeit." — „Auch noch frech werden, der Bengel", plusterte sich die Frau auf; ein paar Mitreisende nickten Zustimmung. King grunzte noch immer. Niemand von uns Jungen stand auf; wir waren müde und durchfroren und hungrig. „Bei der nächsten Station ruf ich den Schaffner“, beschwerte sich die Frau, die sicherlich nach Breslau fahren wollte. Einen großen Henkelkorb hatte sie zwischen ihre Füße gestellt. Es duftete köstlich nach frischen Äpfeln. „Mhm“, machte der lange Zink und schnupperte. Aber er stand nicht auf; er ließ seinen Kopf wieder vornüberfallen und stützte sich auf den schönen, reichverzierten Weidenstock, den sogenannten Bartholdstab, den er mit beiden Händen umkrampfte, als wollte ihm einer diesen Stock streitig machen. Der Zug polterte klirrend über ein paar Weichen und ruckte beim Halten einige Male hin und her. Die Frau öffnete die Abteiltür. „Schaffner?! Schaffner!!“ kreischte sie und winkte mit fuchtelnden Armen. „Schaffner, hierher!“ — „Was ist denn los?“ brummte draußen vor dem Wagen die Stimme eines Eisenbahners. „Ich habe keinen Platz“, beschwerte sich die Frau. „Das ganze Abteil ist voll Jungen, aber keiner steht auf und läßt mich setzen.“ Die Abteiltür öffnete sich noch weiter; ein Strom kalter Morgenluft, untermischt mit beizenden Schwaden Dampfes, kam herein. Der Schaffner leuchtete mit seiner abgedunkelten Handlampe ins Abteil; der lange Zink blinzelte mit den Augen. Patschke drüben in seiner Ecke war aufgewacht und räkelte sich fröstelnd. Kings Kopf auf meiner Schulter rutschte wieder einmal ein Stück tiefer. Ich ruckte mit der Schulter und stieß King an: „Paß doch auf!“ — „Ach so“, sagte der Schaffner an der Abteiltür. „Aber liebe Frau, das sind doch Schanzerjungen. Die sind doch hundemüde, die fahren sicherlich heim zu Muttern. Lassen Sie die doch. Die armen Teufel haben's nötig, daß sie mal sitzen und schlafen können.“ Und — bumm — knallte er die Abteiltür wieder zu. „Na, so was“, sagte die Frau und schüttelte den Kopf. Die Mitreisenden schwiegen. King schnarchte gefühlvoll und sägte, als solle die Panzersperre noch heute fertig werden.

„Ach ja, die armen Jungs“, sagte die Frau auf einmal und seufzte: „Wenn ich an meinen denke. Der ist jetzt irgendwo in Polen ...“ Und sie verbreitete sich des langen über den Inhalt seiner letzten Briefe. „Er schreibt auch immer, daß er sich so auf jedes Päckchen freut.“ Sie unterbrach sich:

„... oder Jungs, wollt ihr vielleicht einen Apfel?“ Das war wie ein Zauberwort. Die eben noch Schlafenden richteten sich auf; Kings Schnarchen verstummte; der lange Zink zog seine Beine an und erhob sich: „Bitte, liebe Frau, wenn Sie sich setzen wollen. Ich habe lange genug gesessen.“ — „Ach nein, wie freundlich“, flötete die Frau in höchsten Tönen und lachte gurrend: „Bleib nur sitzen, Kleiner. Bist sicher müde. Ach, ihr Armen ...“ Zink bekam einen roten Kopf und wollte stehen bleiben; aber die Frau drückte ihn wieder auf seinen Platz zurück. „Da, nehmt“, sagte sie und reichte reihum im Abteil ihren Apfelkorb. „Bedient euch nur“, forderte sie auf. „Ist nicht so schlimm, wenn er leer wird; die Breslauer müssen dann eben auf meinen nächsten Stadtbesuch warten.“ Wir ließen uns das nicht zweimal sagen und kauten bald alle mit vollen Backen. Patschke in seiner Ecke hatte sogar zwei Äpfel ergattert und schmatzte genießerisch. Bald kam eine fröhliche Stimmung im Abteil auf; wir spürten gar nicht mehr unsere Müdigkeit, unsere durchnäßten Kleider. Zink hatte seine Maulorgel hervorgeholt und spielte darauf, was ihm gerade einfiel. Wir sangen mit und freuten uns immer mehr auf zu Hause. In Breslau auf dem Hauptbahnhof trennten sich unsere Wege. „Mach's gut“, sagte ich zu Patschke und kletterte mit King und Pusch in den wartenden, wohlig durchwärmten D-Zug in Richtung Bunzlau. „Patschke“, rief ich aus dem anfahrenden Zug, „denk an die Eisbeine.“ Patschke winkte fröhlich zurück.
Die drei Tage Urlaub waren viel zu schnell herum — was soll ich von ihnen erzählen? — und am Abend des Montags trafen wir wieder alle in unserer Unterkunft ein. Die Scheune war leer bis auf ein paar verlassene Strohballen; unsere Decken waren verschwunden und sollten gegen neue ersetzt werden. Wir deckten uns mit Packpapier und alten Zeitungen zu und erzählten von daheim.
„Na, Patschke“, meinte Hoffrichter. „Wie war's daheim?“ — „Ach“, sagte Patschke und machte eine resignierende Handbewegung: „So lala.“ — „Und deine Eisbeine?“ wollte der lange Zink wissen und futterte vergnügt seine letzten Brote auf. „Hat's geschmeckt?“ — „Hör schon mit dem Eisbein

auf", sagte Patschke und schaute ganz melancholisch drein. Und dann erzählte er, was ihm passiert war: „Ihr wißt doch noch, wie wir nach Hause gefahren sind?" Wir nickten. „Na und", meinte der Lange. „Was hat denn das mit dem Eisbein zu tun?" — „Wart' doch ab", sagte Patschke. „Damit fing's doch an, im Zug, als uns die Frau die Äpfel gab. Ich habe auch gleich zwei gegessen; ach hätt' ich doch damals nie einen Apfel angerührt." — „Warum denn?" entrüstete sich Zink. „Die waren doch prima." — „Ja, deiner vielleicht", erwiderte Patschke. „Deiner, aber meine ... An meinen muß was dran gewesen sein. Schon als ich zu Hause ankam, spürte ich so ein komisches Brennen auf den Lippen und ein Stechen auf der Zunge. Und als dann meine Mutter mit dem Eisbein ankam, konnte ich es nicht essen." — „Nicht essen ..." lachte Zink und schlug sich schallend auf die Schenkel. „Und warum nicht, wenn man fragen darf?" — „Der ganze Mund tat mir weh und brannte wie Feuer. Es war eklig. Meine Mutter schickte mich gleich zum Arzt. Der pinselte Jod und verordnete Haferschleim. Selbst den konnte ich nur mit einem kleinen Löffel zu mir nehmen. Auch das tat noch lausig weh. Ich hätte am liebsten geheult: das schöne Eisbein auf dem Tisch, ich davor mit hungrigem Magen. Das Wasser lief mir im Munde zusammen. Ich sah es immer wieder an, schnupperte daran herum und — kurz und gut — drei Tage Haferschleim. Ich habe Hunger wie ein Bär. Hungrig, wie ich ankam, bin ich auch wieder weggefahren. Was nützt mir das Paket, das mir meine Mutter mitgegeben hat? Eisbein wollte ich essen. Wenn ich nur das Wort Haferschleim höre, Haferschleim ..."

„Und warum hast du's nicht essen können?" wollte der lange Zink wissen. „Ach, das mußte mir passieren, ausgerechnet mir", fluchte Patschke. „Der Arzt sagte auch, da muß was am Apfel gewesen sein. Mundfäule hatte ich, stellt euch das vor, ganz gemeine, ordinäre Mundfäule."

Wir lachten; aber gleichzeitig bedauerten wir den armen Patschke. Er hatte so von den Eisbeinen geschwärmt, die er im Urlaub daheim verdrücken wollte. Der lange Zink versuchte, ihn zu trösten. „Na, laß man", sagte er, „im Januar

schlachten wir zusammen das Schwein bei dir. Da kannst du dir ja genug Eisbein davon machen lassen." — „Und wenn er dann wieder die Mundfäule hat?" spottete Hoffrichter. Aber niemand gab ihm Antwort.
Wir lagen auf dem kalten, nackten Fußboden der Scheune. Oben auf das Dach tropfte der Regen. Ein scharfer Wind klapperte mit den Dachziegeln. Die Sicherheitslampen blakten trübe. Czaia knackte schon wieder Läuse; denn die ganze Entlausungsaktion hatte nicht viel genützt. Draußen vor dem Tor stiefelten die beiden Doppelposten auf und ab. Irgendwo schrie ein Nachtvogel in heiseren Tönen. Wir starrten mit müden Augen in die Dunkelheit und träumten von den drei Tagen daheim, von warmen, weichen Federbetten, von gutem Essen, von der liebevollen Fürsorglichkeit der Mutter. Czaia wälzte sich auf seinem harten Lager hin und her; Papier raschelte; Pappe knisterte. „Blöde Schweinerei", knurrte er vor sich hin. King schnarchte schon wieder. Im Einschlafen hörten wir, wie der arme, magere Patschke halblaut stöhnte und wie der lange Zink flüsterte: „Ausgerechnet Mundfäule. Und dafür fährt der Heini auf Urlaub."

Vereidigung

„Ich schwöre, in Treue gegenüber Volk, Führer und Vaterland allezeit meine Pflicht zu tun! Ich gelobe, meine Heimat mit meinem eigenen Blut und Leben zu verteidigen! Ich verpflichte mich zu bedingungslosem Gehorsam und unbedingter Standhaftigkeit, so wahr mir Gott helfe! Deutschland muß leben und wenn wir sterben müssen!"
Abgehackt und blechern klangen die Worte des Eides über den weiten Gutshof von Eisenhammer. Vom grauen Novemberhimmel graupelte körniger Schnee. Die blutrote Fahne am schlanken Mast blähte sich flatternd und klatschte gegen das Holz der Stange. Wir standen in Reih und Glied angetreten zur Vereidigung. Der einarmige Bannführer hatte für diese Stunde das Kommando an Stabsleiter Bänsch vom Volkssturm-Einsatzstab Breslau I abgegeben. Das feiste Ge-

sicht des Stabsleiters war gerötet vom scharfen, schneidenden Wind und von dem Bewußtsein, einer historischen Stunde beizuwohnen. Vielleicht kam die Röte aber auch von dem vor der Feierstunde allzu reichlich genossenen Alkohol. Wir hatten fast zwei Stunden lang in Schneeschauern und Kälte auf die hohen Herren warten müssen, die im Gutshaus erst einmal eine ausgiebige Stärkung zu sich nehmen mußten, ehe sie uns gegenüber traten. Wir hatten Gelegenheit gefunden, uns derweil zu besinnen und vorzubereiten auf den großen Augenblick. Sehr imponiert hatte uns das Ganze freilich nicht mehr; dazu waren wir zu abgestumpft, zu gleichgültig, zu durchfroren. Selbst der lange Zink hatte langsam alle Illusionen verloren. „Mal was anderes", meckerte er herum, „erst einmal Schanzer, dann Volksstürmer, dann Soldat. Langsam wird's. Man muß nur Geduld haben." Hermann Graupe neben ihm schimpfte: „Die sollen nur schneller machen; sonst stehen wir uns noch Eisbeine in den Bauch und müssen erst von unserem Platz losgetaut werden, ehe wir kämpfen können." — „Die halbe Zeit des Lebens wartet der Soldat — vergebens", räsonierte Geisler, der dieses Sprichwort irgendwo aufgeschnappt hatte und es nun natürlich an den Mann bringen wollte. „Soldaten sollen wir ja nun gleich werden", zagte King. „Ob die uns gleich ohne Ausbildung losschicken werden: ran an den Feind? Ich weiß nicht, ich weiß nicht; das stinkt mir." — „Das stinkt mir schon lange", mischte sich Schicksnus in breitem ostpreußischem Platt ein. „Ich hab' jedenfalls keine Lust, mich totschießen zu lassen. Freiwillig melden, Soldat spielen — alles Mumpitz. Ich will leben; ich bin noch viel zu jung zum Sterben." — „Die werden dich Knallkopp gerade fragen, ausgerechnet dich", räusperte sich der dunkle Stelzer. „Sei froh, wenn du dich für Führer und Vaterland umlegen lassen darfst. Opfer sind dazu da, daß sie gebracht werden; das weißt du doch ..." — „Ja", nickte Schicksnus, „ja, das weiß ich; aber doch keine sinnlosen ..." — „Woher weißt du denn, ob sie sinnlos sind?" regte sich Stelzer auf. „Du meinst, weil die Iwans das kleine Eckchen von eurem mistigen Ostpreußen haben, wo du ausgerechnet her bist? Du meinst, damit sei der Krieg schon verloren und vorbei? Weil der Iwan deine Eltern kassiert und dein Kaff abgebrannt hat? Mönsch, jetzt geht's erst richtig los. Rabatz an allen Ecken und Enden. Wirst schon sehen. Der Führer hat nicht bloß V 1 und V 2, er hat noch eine V II b: uns! Wir sind seine Wunderwaffe, wir." — „Mach dir bloß nicht in die Hosen vor lauter Heldentum", winkte Schicksnus ab. „Vielleicht ist dein Gestank die Geheimwaffe, von der du schwafelst. Da glaub ich schon, daß der Iwan stiften geht." — „Abwarten, Tee trinken", reagierte Stelzer prompt; seine dunklen Augen leuchteten gläubig; sein ledernes Gesicht blieb seltsam starr dabei: „Abwarten, Freundchen; wir sprechen uns noch." — „Wo denn?" wollte Schicksnus wissen. „Im Massengrab?" Der lange Zink mischte sich ein und dämpfte die erregt werdende Stimmung: „Mekkert doch nicht rum; regt euch doch nicht auf über ungelegte Eier. Laßt mich einmal den Propheten spielen. Ich prophezeie euch, daß wir auch als Volksstürmer nichts als schanzen werden, schanzen und nochmals schanzen. Ihr meint, weil ihr so eine lumpige Armbinde mit 'nem Stempel drauf am Arm habt, würde der Iwan stiften gehen, wenn ihr kommt?! Der lacht sich höchstens kaputt, wenn er euch sieht. Erst mal werden wir ausgebildet, geschliffen, gejagt — wie gehabt: rechts um, links um, Männchen bauen, grüßen im Vorbeigehen, Stiefelappelle, Spindappelle, Bettenappelle, alles wie einstens im Mai. Dann: Ausbildung an Waffen. Dann: Einsatz. Aber dann ist der Krieg längst vorbei; wir kommen so und so zu spät zum Endsieg." — „Zum Endsieg für wen?" wollte Schicksnus wissen; aber der lange Zink ließ sich davon nicht irritieren: „Ich bleib dabei! Freiwillig melden und dann nichts wie ab." — „Ohne mich", meinte Schicksnus. Die meisten schwiegen bedrückt.

Der lange Zink sollte recht behalten mit seinen Voraussagen; schon am Nachmittag der Vereidigung erhielt jeder Zehnte einen Karabiner holländischer Herkunft mit drei Schuß Munition. Die damit beglückt wurden, waren mächtig stolz und ließen ihre Waffen kaum mehr aus den Händen. Beim Marschieren schlugen sie an ihren viel zu langen Riemen zwar unangenehm in die Kniekehlen und drückten mächtig auf der Schulter; aber was tat's? Man war ja nun Waffenträger der Nation. Und das verpflichtete natürlich.

Schicksnus und Stelzer

Zwei Tage später begann die militärische Ausbildung. Ein pommerscher Unteroffizier führte sie an uns, bei uns und mit uns durch. „Das Gewehr zerfällt in ..." schnarrte er auswendig gelernt herunter und ließ es uns stumpfsinnig dutzende Male nachsprechen. Des langen Zink alter Witz: „Je nachdem, wie man es fallen läßt ..." zog nur beim ersten Male. Dann lachte niemand mehr. Endlich durfte jeder einmal mit dem Karabiner schießen. Die meisten schossen Fahrkarten — daneben. Vom Rückstoß schmerzte die ganze Schulter. Schicksnus behauptete sogar, seit dem Schießen wackele ihm ein Zahn; aber das wollte keiner glauben.
Und dann schleppte Unteroffizier Hund eine Panzerfaust heran, keine Übungswaffe, wie er ausdrücklich betonte, kein Holzmodell, sondern eine scharfe. „Also Vorsicht!" predigte er immer wieder. „Aber im übrigen", meinte er, „ist das Ding halb so schlimm; ihr müßt nur beim Einsetzen des Sprengkopfes und beim Entschärfen aufpassen. Wenn ihr dabei eine falsche Umdrehung macht, kann sie euch die Hand abreißen und ihr kommt wegen Selbstverstümmelung vors Kriegsgericht." Ein paar der umstehenden Jungen lachten pflichtbewußt; denn so viel hatten wir in der ganzen Ausbildung schon gelernt: auf das richtige Lachen im rechten Augenblick kam vieles an. „Sonst", sagte Unteroffizier Hund, „ist die Bedienung von dem Apparat ganz einfach. Ihr laßt den Panzer, den ihr knacken wollt, so dicht wie möglich herankommen, legt euch die Panzerfaust auf die Schulter oder klemmt sie unter den Arm, visiert den Panzer über das Rohr hin an, drückt dann hier auf den kleinen Knopf und — ssst — das Ding geht ab wie geschmiert und der Panzer ist im Eimer. Zielt immer auf den Ansatz des Turmes oder auf die Ketten, niemals auf die Seitenwand, wenn das auch ein großes Ziel

ist; da prallt sie nämlich ab; und paßt beim Abschießen auch auf, daß nicht hinter euch eine Wand oder eine Mauer ist. Der Flammenausstoß würde euch sonst glatt umbringen. Also: immer frei stellen, gut zielen und ab mit der Minna. Verstanden? Alles klar?" — „Jawoll, Herr Unteroffizier", brüllten wir lauter als eigentlich nötig; aber das Ganze machte uns einen Heidenspaß. Endlich einmal etwas anderes als das ewige Schanzen zuvor, als das Herunterleiern der einzelnen Gewehrteile, als das Auseinandernehmen und Zusammensetzen der langläufigen Karabiner. Endlich einmal richtige Ausbildung. Wir spürten gar nicht die Kälte des Spät-Novembertages.

„So", sagte Unteroffizier Hund, „und nun mach ich euch das Ganze einmal vor. Aufgepaßt: es ist wirklich kinderleicht."

Wir traten im lockeren Halbkreis dichter an den Unteroffizier heran. Der beugte sich zum Boden, hob den vor seinen Füßen abgelegten Sprengkopf auf, setzte ihn mit ein paar schnellen, geübten Bewegungen in die Panzerfaust ein, sagte: „Na, dann macht mal Platz", legte sich die Waffe auf die rechte Schulter, zielte mit ihr nach einem etwa zwanzig Meter entfernt aufgestellten großen Blechschild, tastete mit dem breiten Daumen nach dem kleinen Auslöseknopf und drückte ab. Ein ohrenbetäubender Krach erschütterte unser Trommelfell; ein lodernder Feuerschweif sprühte aus dem rückwärtigen Waffenlauf. Zink hatte den Mund weit geöffnet und blinzelte zum Schild hin. Das Geschoß hatte sich durch das Blech hindurchgefressen und war in die Erde des kleinen Hügels weit eingedrungen. Pulverrauch reizte die Nasenschleimhäute. Wir schnupperten andächtig den geheimnisvoll erregenden Duft. „Das ist 'ne Wucht", flüsterte der lange Zink. „Mensch, das ist . . ."

Ein tierisches, unmenschliches Schreien — plötzlich aufsteigend zu hohen, grellen Tönen, dann abbrechend zu jähen Wimmerlauten — ließ uns alle herumfahren. Hinter uns auf dem Boden wälzte sich eine Gestalt mit schwarzverkohltem Gesicht, mit verbrannten, zu Staub verfallenen Kleidern und stöhnte: „Hiiilfe, Mama, Mama, oh, oh . . ." Es stank auf einmal abscheulich nach verbranntem Fleisch. Die kleine Gestalt am Boden zuckte und zitterte, wimmerte leise, keuchte und stöhnte, schlug mit den Gliedern um sich und starrte uns aus weißen, weiten Augen blicklos und ohne Begreifen an. King schluchzte laut auf und erbrach sich. Uns allen war speiübel. Wir standen wie festgenagelt an unseren Plätzen. Unteroffizier Hund flüsterte immer wieder: „Aber ich ... aber ich ...“ — „Hiii ...“ erstarb das Stöhnen des schwarz Verkohlten auf der Erde. Das herbstlich graugrüne Gras der Wiese um den Verbrannten war schwarz versengt. Ein kreisrunder Fleck, in dessen Mitte nun Schicksnus lag und entsetzlich röchelte; ein kreisrunder Fleck, an dessen Rand — und das bemerkten wir erst jetzt — eine zweite Gestalt lag, klein wie eine Gliederpuppe mit unnatürlich verkrampften Beinen, zusammengerollt und in sich zusammengesackt, regungslos, schweigsam, weit von uns Lebenden fortgerückt, die Kleider zu grauer Asche verkohlt, die Haut zu schwarzem Leder verschmort, die Haare abgesengt und die Hände vor das Gesicht gepreßt: Stelzer.

Plötzlich kam Bewegung in die kleine Gruppe von uns Jungen. Es war, als hätte ein Unsichtbarer unhörbar ein geheimes Kommando erteilt. Czaia und der lange Zink stürzten zum stöhnenden Schicksnus hin; Hillmer lief mit weiten Sprüngen ins nahe Dorf zurück, um von dort aus den Arzt in Festenberg anzurufen. King kniete sich neben den toten Stelzer, für den wohl jede Hilfe zu spät kam. Unteroffizier Hund schrie jäh auf, als sei er sich plötzlich seiner Schuld bewußt geworden, jagte, wie von wilden Furien gehetzt, über das freie Stoppelfeld an dem kleinen Erdhügel mit dem durchschossenen Blechschild vorbei dem unweiten Tannenwalde zu, verscheuchte dabei eine Schar schwarzer, dicker Raben, die sich nur widerwillig vom Boden erhoben, ihr dunkles Gefieder spreizten und krächzend aufschwirrten, über unserer Wiese in einem dichten Pulk kreisten und dann mit weiten, lahmen Flügelschlägen dem fernen Horizont zustrebten. Unteroffizier Hund erreichte mit schnellen Sprüngen das große Waldgebiet und tauchte darin unter. Es wurde still, ganz still. In die Stille hinein knallte vom Walde her hart und trocken ein einzelner Schuß auf. Wir hörten ihn und hörten ihn doch nicht. Wir standen im Kreis um den sich am Boden wälzenden Schicksnus. Vergeblich versuchten Czaia und Zink ihn festzuhalten und zu beruhigen. Aber Schicksnus schüttelte mit übermenschlicher Gewalt immer wieder die haltenden Arme von sich ab, bäumte sich auf, schlug um sich, brüllte jäh mit tierischen Lauten, wimmerte wie ein kleines Kind, röchelte und bewegte unaufhörlich den Kopf, rollte ihn hin und her, hin und her in ruheloser Schmerzhaftigkeit. „Wasser", keuchte er; blutiger Schaum sickerte in schmalen Streifen aus den Mundwinkeln; weißlicher Schaum flockte von den zerbissenen Lippen. „Nur ruhig, Schicksnus", tröstete der lange Zink mit sanfter Stimme, „nur ruhig, gleich kommt der Arzt, gleich kommt ..." — „Heiß", ächzte Schicksnus und rollte weiter den Kopf hin und her, von einer Seite auf die andere. „So kalt!" schluchzte er gleich darauf; Schüttelfröste durchzuckten ihn; er gurgelte laut auf und schnatterte vor Kälte. Wir rissen uns die Uniformjacken von den Körpern und deckten sie behutsam und vorsichtig auf Schicksnus. Der hatte den Mund weit geöffnet und sog gierig röchelnd die Luft ein. Mit den verbrannten Stümpfen der Arme würgte er sich am Hals. „Luft" schnappte er tonlos. In Intervallen stieg sein tierischer Schrei, löste sich und verschwebte im Schweigen, das ihn umstand. „Nur ruhig, Schicksnus, ruhig", flüsterte immer wieder der lange Zink. Aber der am Boden liegende Schicksnus verstand und begriff diese Worte nicht. Große Tränen lösten sich wie Perlen aus seinen Augen und rollten über das schwärzliche Gesicht, ließen zwei helle Bahnen von den Augenwinkeln an den Nasenflügeln vorbei zum Mund und weiter zum Kinn laufen. Die Haut unter der Tränenspur glänzte rosigweiß. Die Handstümpfe wollten sich im Boden einkrallen und scharrten kraftlos über die Erde. Hautfetzen lösten sich dabei ab und ließen unter dem schwarz Verkohlten die braunroten, blutigen Muskeln, Sehnen, Bänder und Knochen durchschimmern. Czaia hatte dem ruhelos zuckenden Schicksnus eine zusammengerollte Uniformbluse unter den Kopf geschoben. Die Augen des von dem Feuerstrahl der Panzerfaust schwer Verletzten verschatteten sich immer mehr. Bläulich hoben sich die Adern von der

schwarzen Haut ab; aber diese bläulichen Stellen breiteten sich immer weiter und größer aus. Czaia tupfte vorsichtig den Schaum von Schicksnus Lippen ab; aber immer neuer Schaum flockte aus dem Munde hervor. Die Zähne blitzten gelb und weiß. Das Gesicht verfiel immer mehr, wurde zu einer wächsernen, starren Maske. Doch immer noch rollte Schicksnus den Kopf hin und her, erfaßte uns mit seinen weitgeöffneten Augen, ließ uns erschauern vor der Kälte des nahenden Todes. Wir standen und rührten uns nicht, wagten kaum zu atmen, umstanden hilflos und ohnmächtig den Verbrannten, aus dessen Körper das Leben mit jedem röchelnden Atemzug weiter entwich. Niemand von uns sprach; unverwandt starrten wir auf Schicksnus vor unseren Füßen; einige hatten die Hände gefaltet, ihnen selber unbewußt. King bewegte betend die Lippen. Der lange Zink flüsterte immer noch sein monotones: „Gleich kommt der Arzt, gleich, nur ruhig, nur ruhig . . ."
Endlich in der Ferne das Geräusch eines Automotors; endlich der heranrollende Sanka; endlich der Arzt. Er drängte sich an uns vorbei, beugte sich zu Schicksnus nieder, prüfte mit bebenden Fingern die Verletzungen, die Brandwunden und Brandflecke, setzte behutsam die Nadel zum Einstich an, um die furchtbaren Schmerzen zu betäuben und ließ dann Schicksnus vorsichtig zu dem wartenden Sanitätsauto hinübertragen. In rasender Eile fuhr das Auto nach Festenberg zurück, den schwerverletzten Schicksnus mit sich führend und — von einem weißen Laken umhüllt — die winzige Gestalt des toten Stelzer. Wir gingen schweigend und mit gesenkten Köpfen dem Dorfe zu.
Bei der Beerdigung Stelzers hielt der Schulführer, Dr. Dr. Fleischel, eine große Rede mit großen Worten: Heldentum und Opfertreue und Vaterlandsliebe. „Und nun, toter Kamerad, geh ein nach Walhall!" Die blutroten Fahnen flatterten im kalten Novemberwind und blähten sich, als sie über das offene Grab mit dem kleinen Fichtenholzsarg gesenkt wurden. Unteroffizier Hund, der von einer Streife am Waldrand erschossen aufgefunden wurde, erhielt als Selbstmörder ein namenloses Grab an der Kirchhofsmauer. Schicksnus

sahen wir nie wieder; er kam zwar davon, gesundete wieder — wie uns gesagt wurde — aber seine Wunden und Narben entstellten ihn so, daß er in einem Sonderkrankenhaus nach zahlreichen, schmerzhaften Hauttransplantationen und Gesichtsoperationen untergebracht werden mußte. Beide Arme mußten ihm bis an die Ellenbogen amputiert werden; Schicksnus verschwand aus unserem Gesichtskreis und wir vermieden es sorglich, von ihm zu reden, als könnten wir so das drohende Unheil von uns abwenden, als könnten wir uns so vor ähnlichem Schicksal bewahren. Aber ein leerer Platz in unseren Reihen erinnerte uns tagtäglich an ihn. Der tote Stelzer — ja, mit dem Tode hatte sich wohl jeder einmal abzufinden; aber von lebenslangem Siechtum und entmenschender Entstellung wollte niemand etwas wissen.
„Kennst du das Lied von den zehn kleinen Negerlein?" sagte einige Zeit später King in einer ruhigen Stunde zu mir. Ich nickte. „Ja", sagte er. „So ähnlich geht es auch uns: immer wieder einer weniger; immer wieder einer fort. Wer wird der nächste sein? Wer wird der letzte sein? Wer wird all das Kommende überstehen? Du? — Ich? — Wer?"

Horn

Über Nacht war es richtiger Winter geworden. Als ich mich morgens aus den wärmenden Decken schälte und vor die Scheune trat, war die weite, wellige Landschaft von einem dicken, weißen Schneetuch zugedeckt. Die ganze Welt versank hinter dem weißen Vorhang stiebender Flocken, kaum, daß man zwei, drei Schritte weit sehen konnte. Es war dabei noch kälter geworden als all die Tage zuvor. King neben mir sagte: „Ob sie uns jetzt nach Hause lassen, jetzt, wo doch kein Mensch mehr schanzen kann?" Ich zuckte die Schultern und sagte: „Ach ja, schön wär's schon, aber . . . Mir steht die ganze Geschichte bis zum Hals. Uns allen." King nickte: „Ja. Aber weißt du: Weihnachten daheim, ein leuchtender Lichterbaum, flackerndes Feuer im Kachelofen, eine warme Stube, Pfefferkuchen und Korinthen, Frieden und

Stille, Freude und Glück ...“ — „King, wach auf“, sagte von Hüttenhain. „Du spinnst ja. Das ist vorbei. Das gibt es für uns nicht mehr. Das ist endgültig vorüber. Begreif's doch endlich: Du bist kein Kind mehr, kein Musterschüler; du bist Soldat! Soldat!“ King schwieg und der Glanz in seinen Augen erlosch. Blicklos starrte er hinaus in den Schnee, der alle Spuren verhüllte, der alles Lebendige bedeckte. „Hättest dir eben eine andere Zeit zum Leben aussuchen müssen, nicht gerade unsere jetzt. Jetzt kommt's nicht mehr aufs Leben an, für die meisten wohl nur noch aufs Sterben, aufs Überleben. Aber: Anständig und mit Haltung. LBA verpflichtet — den Spruch kennst du doch noch — Elite der Jugend, Elite der Nation.“ Um von Hüttenhains Mundwinkel zuckte verhaltener Spott; er glaubte selbst nicht recht, was er da an Phrasen von sich gab. „Ich versteh' dich schon, King“, setzte er hinzu. „Aber: Was willst du machen? Weglaufen, daß sie dich als Fahnenflüchtigen einsperren oder gar an die Wand stellen? Hierbleiben und warten, bis das Ende kommt? So oder so — du siehst selbst, die Auswahl ist recht klein. Die Hauptlose in der Lotterie sind gezogen, die Gewinne sind verteilt. Was bleibt, sind nur noch ein paar Nieten und — wenn du ganz großes Glück hast — ein Freilos.“ — „Ja, aber ...“ wollte King sagen; doch seine weiteren Worte wurden unterbrochen von dem hinzutretenden Horn. Horn, ein pickeliger Bursche mit flinken, alles beobachtenden Augen in dem jetzt vom Frost bläulich angelaufenen Gesicht, stammte irgendwo hier aus der Gegend, aus Wartenberg oder aus einem der verlorenen Walddörfer bei Oels. Er meinte: „Ich wüßte schon was. Ich wüßte schon, wie man die Zeit überlebt, wie man den kommenden Sturm übersteht. Wenn's so weit ist, werdet ihr's schon sehen. Denkt dann mal an mich. Macht's nach, was ich euch vormache.“ Seine Augen schauten dabei keinen von uns an; sie waren ruhelos in Bewegung und schweiften bald hierhin, bald dorthin, von King zu Hüttenhain, von Hüttenhain zu mir, von mir zum dichten Schneevorhang. Sie waren unruhig und durchforschten mit spähenden Blicken jeden Winkel der Umgebung, als verstecke sich irgendwo eine Gefahr, als könne sich irgendwo jemand verbergen. Von Hüttenhain sagte: „Na, Horn, du haust aber ganz schön auf die Pauke. Paß nur auf, daß deine Worte niemand hört." — „Werd' schon aufpassen", sagte Horn und rieb sich verlegen mit seinen knochigen Fingern die knollige Nase. „Werd' schon aufpassen; laß das nur meine Sorge sein." — „Aber paß auf", sagte von Hüttenhain, „daß du dich dabei nicht in den Finger schneidest. Ich weiß zwar nicht, was du dir da ausbrütest; aber: Horn, bleib beim Haufen; Horn, mach keine Zicken. Überleg dir's gut." — „Hab' mir schon alles überlegt", sagte Horn und spähte aufmerksam um und um. Er senkte seine Stimme zu einem krächzenden Flüstern: „Denkt mal dran, wenn's so weit ist. Wenn's knallt, dann: Horn heidi ... und niemals kehrt er wieder." Von Hüttenhain zuckte die Schultern und meinte: „Nun ja, du mußt's ja wissen. Ist mir auch egal. Sch ... egal. Ist ja deine Haut, die du riskierst, nicht meine ..." Nun schien Horn doch ängstlich geworden zu sein: „Ihr verratet mich doch nicht?" — „Nein", sagte King leise, „brauchst keine Angst zu haben." — „Hand drauf", begehrte Horn. „Hand drauf", sagten wir und gingen in die Scheune zurück.

Es wollte den ganzen Tag nicht richtig hell werden; es blieb selbst über Mittag hin dämmrig-trüb und grau. Das Schneegestöber hielt an. Ein starker Oststurm peitschte die Schneewolken vor sich her. Überall bildeten sich hohe Wehen. Es war kein Gedanke daran, die Arbeit aufzunehmen. Es bestand kaum eine Möglichkeit, die Scheune zu verlassen. Die Kälte prickelte mit tausend Nadeln auf der geröteten Haut und stach ins Gesicht. Der Schneevorhang der weißen Flocken ließ sich nicht beiseite schieben. „Bei schlechtem Wetter findet der Krieg im Saale statt", spottete der lange Zink. „Ja, für uns vielleicht, aber für die anderen nicht", sagte Axmann. „Habt ihr eine Ahnung. Das ist gerade das richtige Wetter für die. Glaubt mir's. Ich weiß Bescheid." — „Mal bloß den Teufel nicht an die Wand", sagte ich; aber Axmann ließ sich in seinem Redestrom nicht unterbrechen. Er erzählte von daheim, von der Bukowina, von den endlosen Sonnenblumenfeldern seiner Heimat, von der schwermütigen, ebenen Landschaft des weiten Ostens, vom russischen Volk mit den zwei Seelen in seiner Brust. Wir ertranken förmlich in der Sturzflut seiner Worte, die, lange angestaut, hier nun endlich alle Dämme einriß und sich ausbreitete. Und so wie wir in der einsamen, kalten, dunklen Scheune an Worten, so ertrank in diesen Tagen das ganze Land im lautlos fallenden Schnee. Wir wurden ganz bedrückt und still, als lagere die ganze, ungeheuere Schneelast auf unserer Seele, auf unseren Herzen. Unsere Scheune erschien uns wie ein Schiff auf schwankender See, führerlos, ohne Richtung, ohne Kompaß. Wir selber waren Matrosen ohne Kapitän, ohne Befehl, ohne den freien Blick auf Sonne und Sterne.

Grau wie der Tag begonnen hatte, so ging er auch zu Ende. Wir hatten die Stunden mit leeren, endlosen Gesprächen ausgefüllt, mit hundert Nichtigkeiten zu beleben versucht. Aber es war sinnlos gewesen, das aufsteigende Angstgefühl — Angst vor einem kommenden unbekannten Morgen — zu vertreiben. Es war nicht gelungen. Die Uhr hatte zu ticken begonnen, die ablaufende Uhr unserer Zeit, unseres Lebens.

Zum letzten Mal: Bannführer Einarm

Eine fahle, blasse, bleichsüchtige Wintersonne warf müden Schein über das weite, weiße Land. Noch einmal waren wir im Gutshof zu Eisenhammer angetreten, die gesamten Schanzerbataillone des Abschnitts. „Kameraden", schrie der einarmige Bannführer vor der langen Front der angetretenen Jungen. „Kameraden! Die Schanzerzeit geht für dieses Jahr zu Ende! Ihr habt eure Pflicht getan, euren schweren Dienst an Volk, Führer und Vaterland eurem Eide getreu erfüllt! Ich habe euch den Dank der Gebietsführung, der Gauleitung, des Reichsverteidigungskommissars zu übermitteln." Er hob sich auf die Stiefelspitzen, machte sich ein Stückchen größer und krähte mit heller, durchdringender Stimme: „Kameraden, ich bin stolz auf euch! Das ganze deutsche Volk blickt auf euch, auf euch, ihr meine Schanzersoldaten! Eure Arbeit war hart, war schwer — ich weiß es, war ich doch einer unter euch, einer im Glied, ein Schanzer wie ihr." — „Wir haben's gemerkt", knurrte Czaia hinter mir. „Der feine Herr hat kommandiert und schikaniert. Das war alles. Dafür bekommt er auch einen Orden." — „Ruhe", zischelte der kleine Dobrski. „Czaia, fang doch jetzt keinen Streit mehr an. Laß ihn doch seinen Sermon zu Ende bringen. Wir wollen wissen, wann's nach Hause geht." — „Ich hab' meinen Koffer schon gepackt", tuschelte King. „Vielleicht heute schon ...?" — „Abwarten", sagte von Hüttenhain und schnitt mit diesem einen Wort der sich breit machenden erregt-frohen Stimmung den Faden ab. Das Gezischel und Getuschel in unseren Reihen verstummte. Der Bannführer blickte einen Augenblick irritiert zu uns herüber und sprach dann weiter: „Kameraden! Ich merke, wie euch dieses Lob freut! Ich freue mich mit euch und werde deshalb die hohe Auszeichnung, die mir gestern in Festenberg verliehen wurde, immer mit dem Bewußtsein tragen, daß sie mir eigentlich nur stellvertretend für euch alle übergeben wurde und ich werde mir dieser hohen Ehre stets und immer bewußt sein." Erst nach diesen Worten merkten wir, daß Bannführer Einarm eine neue Auszeichnung auf dem braunen Tuch seiner Uniformjacke trug: das glitzernde Zeichen des Kriegsverdienstkreuzes. Na, uns sollte es egal sein. „Aber auch euch allen hat der Führer eine Auszeichnung verliehen: mit Wirkung vom 15. Dezember erhalten alle Schanzer, die von Anfang an ununterbrochen im Einsatz waren, die neu gestiftete Schanzermedaille." Er hob eine kleine, gelblich-braune Stoffspange in die Höhe: „Hier ist sie! Sie soll euch den Dank des Vaterlandes, den Dank der Nation, den Dank des Führers künden! Tragt sie mit Stolz, mit Achtung und in dem Bewußtsein, allezeit eure Pflicht getan zu haben!" Der Bannführer schritt mit schnellen Schritten dem rechten Flügel der langen Kolonne zu und begann, unterstützt von seinem Schreibstubengehilfen, der das Band als erster angesteckt erhielt, aus einer hölzernen Zigarrenschachtel die Ordensspangen an die einzelnen Jungen zu verteilen und jedem damit Ausgezeichneten die Hand zu drükken. „Damit ist mir auch nicht gedient", meckerte Zink, als er das Bändchen in der Hand hielt. Aber seine Augen verrieten ihn. Sie strahlten doch und er strich vorsichtig mit rauhen Fingern über den weichen Samt des Abzeichens. Dann steckte er sich die Spange an. „Na ja", sagte er, „mit Speck fängt man Mäuse. Wenn's andere tragen, warum soll ich's nicht auch tragen?" Czaia schob das ihm verliehene Abzeichen nachlässig in die Hosentasche. „Dreck", knurrt er, „vierzehn Tage Urlaub wären mir lieber." — „Mir auch", sagte King leise. Aber man merkte an allem Gerede, wie doch jeder irgendwie stolz auf die überreichte Auszeichnung war. „Und noch eins, Kameraden", setzte der Bannführer, der inzwischen den reichen Ordensegen verteilt und auf seinen Platz vor der Front zurückgekehrt war, die unterbrochene Ansprache fort: „In Würdigung eurer beispielhaften Leistung hat euch allen die Gebietsführung bis zum kommenden Frühjahr Urlaub zugestanden. Ihr werdet also in eure Heimat, in eure Dörfer und Städte zurückkehren, zu euren Eltern und Freunden heimfahren, werdet dort eure Pflicht als Schüler und Lehrlinge, als Arbeiter und Kriegsdienstverpflichtete an anderen Stellen erfüllen und erst im kommenden Jahre, wenn der Schnee verschwunden, der Boden wieder aufgetaut ist, zurückkommen und eure Arbeit am Ausbau des Ostwalls fortsetzen." Ein ungeheurer Jubelsturm tobte los, zerbrach die Bande der strengen Disziplin, lockerte die Glieder der angetretenen Kolonne, brachte alle und alles in erregte Bewegung. King machte einen richtigen Luftsprung vor Freude; der lange Zink strahlte übers ganze Gesicht; Czaia zog das Abzeichen aus der Hosentasche hervor und steckte es verstohlen auf seine graublaue Schanzerjacke; ich fühlte mein Herz aufgeregt klopfen und schlagen. „Ursula", dachte ich nur immerzu. „Ursula." Selbst der harte, abgebrühte Axmann ließ sich von der allgemeinen Freude mit anstecken. Nur von Hüttenhain blieb unberührt von der lärmenden Lautheit um sich herum. „Abwarten", sagte er, „abwarten; noch ist nicht aller Tage Abend."

„Noch heute abend fährt also der gesamte Bann Liegnitz vom Bahnhof Festenberg in die Heimat zurück. Morgen schon könnt ihr alle zu Hause sein", versuchte der Bannführer, nachdem der Lärm etwas abgeebbt war, weitere Einzelheiten

bekanntzugeben. „Ein Sonder-Güterzug ist schon zugesagt; es bleibt also nicht mehr viel Zeit zum Packen, zum Aufräumen, zum Abgeben der Geräte und Waffen. Der Zug wartet nicht.“ — „Was heißt da schon packen, aufräumen und so 'nen Quatsch?“ flüsterte der kleine Dobrski: „Wir haben doch nichts als ein paar Spaten und Hacken, ein paar Karabiner und ein paar lausige Panzerfäuste, die niemand anzurühren wagt, seit ...“ Noch immer galt es als ungeschriebenes Gesetz, die Namen Stelzer und Schicksnus nicht auszusprechen, als könnte man dadurch das Geschehene ungeschehen, das Passierte rückgängig und den einen gesund, den anderen lebendig machen. „Der Bannführer soll nur aufpassen, daß er nicht zu spät kommt, daß er nicht unter die Räder kommt, der Heini, der ...“ murrte Czaia. „Wir werden den Zug schon nicht verpassen, wir nicht. Da kann er Gift drauf nehmen. Was haben wir schon groß zu packen? Geht alles in den Tornister und was liegen bleibt, bleibt liegen. Ist doch gleich: es geht doch nach Hause!“
Bannführer Einarm räusperte sich einmal kräftig, ehe er weitersprach: „Natürlich muß eine kleine Gruppe auch den Winter über hier bleiben, die Stellungen und Lager bewachen, die Geräte und Waffen in Ordnung halten, den Patrouillendienst durchführen und so weiter. Ich habe mir gedacht, das müßten Freiwillige sein. Die LBA Breslau hat sich dazu geschlossen freiwillig gemeldet, so hat mir Kamerad Dr. Dr. Fleischel heute morgen auf meine telefonische Anfrage in Breslau hin mitgeteilt. Er läßt seine Klasse V II b herzlich grüßen, wünscht ihr frohe Weihnachten und läßt ihr sagen, wie außerordentlich stolz er auf ihre freiwillige Meldung sei.“
Wir standen starr vor Unbegreifen. Wir — und freiwillig gemeldet? Keine Spur; wir wollten genauso nach Hause wie die anderen, genauso lange, genauso schnell. Uns stand das Schanzerleben bis zum Halse, das eintönige Gleichmaß der Tage, die kleinlichen Schikanen der Führer, die zugigkalte Feldscheune, der wühlende Hunger in den Eingeweiden, die nasse Kleidung und die Läuse, die sich an unserem Blut dick und fett mästeten. Wir hatten die Nase voll, restlos voll.

Wir — und freiwillig gemeldet? Die Liegnitzer Jungen blickten mitleidig auf unsere kleine Schar. Wir standen stumm und schweigend. Bannführer Einarm verzog das Gesicht zu einer grinsenden Grimasse: „Auch ich bin stolz auf euch! Damit beweist die LBA, daß sie wirklich eine Elite darstellt, daß sie vieles wieder gut machen will, was sie sich anfangs geleistet hat." Aha, daher wehte also der Wind. Der Bannführer hatte nichts vergessen, nicht die Szene am Festenberger Bahnhof bei unserer Ankunft, nicht Czaias Widerspruch, nicht unsere schweigende Verachtung und unseren stillen Widerstand, nicht die Geschichte mit der feinen Dame. Er hatte nichts vergessen, hatte alle Wut die ganze Zeit über angesammelt und auf den passendsten Augenblick des Zurückschlagens gewartet. Nun war dieser Augenblick gekommen; nun hatte er gewonnen. „Na . . ." sagte von Hüttenhain, der als erster die Sprache wiedergefunden hatte. „Na, was hab' ich euch gesagt?" Aber wir blieben stumm; der schöne, der herrliche Traum von Heimfahrt und Urlaub war ausgeträumt. Czaia trat einen Schritt vor unsere Reihen und blickte den Bannführer an. „Bannführer!" sagte er. „Diese Freiwilligenmeldung muß ein Irrtum sein! Keiner von uns hat sich freiwillig gemeldet. Keiner von uns! Frag sie doch, meine Kameraden, wer hierbleiben will. Wir haben unsere Pflicht getan wie die anderen. Wir wollen auch nach Hause wie die anderen." Die Liegnitzer Jungen verstummten, der laute Jubel brach ab. Es wurde ganz still bei Czaias Worten. Uns stockte fast der Atem. Das war offener Widerspruch, Befehlsverweigerung, was Czaia tat. Das konnte ihn in Teufels Küche bringen. Der einarmige Bannführer wurde hochrot im Gesicht und polterte los: „Habe ich dich gefragt? Zurück ins Glied!" Aber Czaia blieb auf seinem Platz stehen, stramm und stumm und regungslos. Der Bannführer schrie mit sich überschlagener Stimme: „Oder willst du das Wort deines Schulleiters als Lüge hinstellen? Er hat mir eure Freiwilligenmeldung bestätigt. Was willst du noch? Bei uns wird kommandiert und gehorcht, geführt und ein Befehl ausgeführt, nicht gemeckert und abgestimmt. Wir sind hier nicht in Rußland, auch nicht in einer lauen Demokratie. Hier gilt nur ein

Befehl: der Befehl des Führers. Hier gilt nur eine Stimme: die des Kommandeurs. Und ich bin hier an dieser Stelle euer Führer, euer Kommandeur! Verstanden?“ Czaia blieb wie angenagelt an seinem Platz stehen, als hätte er diese Worte nicht gehört und nicht verstanden; aber er sagte nichts mehr, weder „Jawoll“ noch „Nein“. Er stand nur da, aufrecht und stolz und nicht übersehbar und bot allein durch seine unausgesprochene Weigerung, ins Glied zurückzutreten, dem einarmigen Bannführer Paroli.

An uns vorbei drängte sich nun aufgeregt Dr. Sanders, unser Klassenlehrer. Sein blasses Gesicht war von unterdrücktem Zorn gerötet. Die Augen hinter den dicken Brillengläsern blitzten scharf und durchdringend. Während er mit einigen hastenden Schritten an Czaia vorbei auf den Bannführer zuging, winkte er Czaia mit einer leichten Handbewegung: „Geh ins Glied zurück, Czaia. Laß mich das machen.“ Und Czaia trat wieder zu uns in die Reihe. Dr. Sanders aber, der ewige Zivilist in seinem abgetragenen, zerknautschten, faltigen Anzug, ging zu Bannführer Einarm, stellte sich vor den Allmächtigen dieses Schanzerabschnitts und sagte mit leiser, scharfer Stimme: „Bannführer! Diese Freiwilligenmeldung — das muß nicht nur ein Irrtum sein; das ist ein Irrtum. Ich möchte kein anderes Wort gebrauchen; sonst würde ich sagen: das ist eine Schweinerei, die hier geschieht, die hier mit diesen Jungen geschieht. Ich gebe Ihnen mein Wort, daß sich keiner von meinen Jungen freiwillig gemeldet hat, freiwillig melden würde. Stimmt das, Jungens?“ Er wandte sein hochrotes Gesicht uns zu; wir schrieen, so laut wir nur konnten: „Nein! Wir wollen nach Hause, nach Hause!“ Der Bannführer wippte auf seinen Stiefelabsätzen und blickte von oben herab auf Dr. Sanders: „Na und ...? Was beweist das schon? Ihr Herr Direktor, Oberbannführer Dr. Dr. Fleischel, hat mir aus Breslau die Freiwilligenmeldung seiner gesamten Klasse VII b bestätigt. Wollen auch Sie sich gegen den Schulleiter stellen? Was Sie hier tun, was Ihre Jungen hier tun, ist Meuterei, ist Sabotage, ist Revolte!“ Dr. Sanders biß sich auf die Lippen und preßte den Mund zu einem schmalen Strich zusammen. Er schwieg einen Augenblick und sagte dann: „Gestatten Sie,

daß ich mit Breslau telefoniere? Die Sache muß aufgeklärt werden." — „Bitte schön, Herr Dr. Sanders", anwortete der Bannführer mit leisem Hohne. „Bitte schön, wie Sie wollen. Sie werden sich nur ins eigene Fleisch schneiden." Dr. Sanders eilte über den weiten Gutshof zur Schreibstube im Remisenanbau. Der Schnee knirschte unter seinen Schritten. Wir spürten auf einmal die Kälte des Tages. Sie zog vom Boden in unsere Stiefel und Schuhe, dann durch unsere gefühllos werdenden Beine und breitete sich im ganzen Körper aus. Der Bannführer kommandierte: „Bann Liegnitz abrücken; die LBA bleibt stehen." Die Liegnitzer Jungen schlugen die Hacken zusammen, daß es knallte und klapperte, als wenn eine ganze Reiterschwadron über Kopfsteinpflaster trappelte, machten rechts um und rückten ab. Sie sangen: „Kehr ich einst in meine Heimat wieder ..." Sie konnten singen; sie fuhren ja nach Hause. Die ganze Kolonne der Liegnitzer Jungen marschierte an unserer kleinen, schweigend wartenden Schar vorüber mit Blickwendung auf den Bannführer. Der hatte den rechten Arm zum Gruß erhoben. Die Reihen der Liegnitzer schwankten vorüber, Glied hinter Glied, Reihe hinter Reihe, Mann hinter Mann. Die Kochgeschirre an den Lederkoppeln klapperten; die blankgeputzten Spaten glänzten matt; die Gewehrläufe wurden vom blassen Sonnenlicht gespiegelt; die Schritte der tausend Jungen knirschten im harten Schnee; das Singen verlor sich in der Ferne; nur eine dunkle Spur blieb auf dem weiten Gutshof von Eisenhammer zurück, eine dunkle Spur, die bald von den neu einsetzenden Schneeschauern zugedeckt sein würde. Wir aber standen und warteten und froren. Der Bannführer unterhielt sich halblaut mit seinem Adjutanten.
Endlich, nach einer langen, langen Stille, kam Dr. Sanders zurück: langsam und bedächtig, mit herabhängenden Schultern und gesenktem Kopf, schwerfällig und müde und uralt. Er hob beim Gehen kaum die Füße und schlurfte durch den Schnee. Sein Gesicht sah verfallen und verstört zugleich aus. In seinen Mundwinkeln zuckte es vor unterdrückter Erregung. Seine Augen waren erloschen und glanzlos. Er blieb vor dem Bannführer stehen und sagte mit tonloser Stimme:

„Sie haben recht; Sie haben gewonnen. Dr. Dr. Fleischel hat mir bestätigt, daß er auf Ihre Bitte hin die ganze Klasse geschlossen und ohne Ausnahme zum Weiterdienst während des Winters freiwillig gemeldet hat. Ich habe auch noch Gebietsführung und Gauleitung angerufen — das zu Ihrer Orientierung — aber es war sinnlos: der ergangene Befehl kann nicht rückgängig gemacht werden; die Freiwilligenmeldung ist nicht aufzuheben; die Jungen müssen hier bleiben. Das ist wohl Ihr Werk, Bannführer. Verlangen Sie bloß nicht, daß ich Ihnen auch noch dafür danke. Ich möchte Sie lieber etwas anderes ..." — „Ich verstehe Sie gar nicht, Herr Dr. Sanders", sagte der Bannführer mit mühsam aufrecht erhaltener Förmlichkeit. „Ich habe Sie ja vor dem Telefonanruf gewarnt. Was wollen Sie überhaupt? Sie braucht doch das Ganze nicht zu interessieren. Sie können doch nach Hause fahren, auf Weihnachtsurlaub und dann zurück auf Ihre Schule. Sie brauchen doch nicht hierzubleiben, Sie doch nicht, nur die Jungen. Ich habe schon einen neuen Abschnittsleiter angefordert, dem die Jungen dann unterstehen werden. Wenn Sie sich beeilen, können Sie noch heute abend mit mir zusammen abfahren. Im Zug ist noch viel Platz frei. Wir werden halt zusammenrücken." — „Aha", sagte Dr. Sanders. „Der verehrliche Herr Bannführer fährt also auch." — „Na ja, selbstverständlich", erwiderte Bannführer Einarm. „Ich habe meine Pflicht getan wie alle anderen. Warum sollte ich länger hier bleiben als die Jungen meines Bannes?" — „Aber meine Jungen, die sollen bleiben!" fuhr Dr. Sanders auf. „Sollen?" meinte der Bannführer. „Sollen? Wer spricht denn hier von sollen? Wollen, müssen Sie sagen. Die Jungen haben sich doch freiwillig gemeldet. Freiwillig! Denken Sie immer daran." Der Bannführer lächelte überlegen. War er nicht der Sieger, waren wir und Dr. Sanders nicht die Besiegten? „Dann nehmen Sie zur Kenntnis", sagte nun Dr. Sanders mit lauter, weit über den verschneiten Gutshof schallender Stimme. „Ich bleibe! Wo meine Jungen sind, da bleibe auch ich! Der Kapitän bleibt bei seiner Mannschaft bis zuletzt! Das ist Führertum!" Das Lächeln des Bannführers zerbrach. „Herr!" schrie er. „Ich verbitte mir Ihre ..." Aber auch Dr. Sanders erhob seine Stimme noch mehr: „Schweigen Sie! Wir sind hier zwei gegen vierzig! Jeder von meinen Jungen wäre bereit, Blut und Leben für das Vaterland zu opfern, aber keiner von uns ist bereit, für Leute wie Sie nur eine Hand zu rühren! Sie haben das Vaterland ins Unglück gebracht; Leute wie Sie haben das Unglück herbeigeführt; Leute wie Sie tragen die Schuld an allem, was noch über uns kommen mag. Sie natürlich werden schon noch einen Ausweg finden; Sie natürlich sind dann schon immer dagegen gewesen, Sie ... Sie ...“ Der Bannführer duckte sich vor den anklagenden Worten zusammen und wurde ganz klein. Er ballte erregt die Hand zur Faust und öffnete sie wieder. Seine Nasenflügel bebten und zitterten. „Das ist ... das ist ...“, sagte er; aber dann zuckte er verächtlich mit den Schultern: „Ach, was soll ich mich mit Ihnen streiten? Bleiben Sie hier, wenn Sie wollen; fahren Sie nach Hause; machen Sie, was Sie wollen, wozu Sie Lust haben. Was geht mich das noch an? Ich fahre ja doch ab.“ Dann stelzte er grußlos und ohne ein weiteres Wort durch den hohen Schnee dem Gutshause zu, gefolgt von seinem Adjutanten, der sich mit drei Schritten Abstand wie ein getreuer Hund an seines Herren Füße heftete. Wir blieben allein zurück. Dr. Sanders Erregung klang ab. Er stellte sich vor uns hin und sagte: „Jungs, ihr habt gehört, was los ist. Es ist nichts zu machen. Ich habe alles versucht. Wir müssen hier bleiben; aber: ich lasse euch nicht im Stich. Ich bleibe bei euch, mag kommen, was da wolle.“ Czaia ging auf Dr. Sanders zu und sagte: „Ich möchte Ihnen für alles danken, für alles, was Sie für uns getan haben. Wir werden das nie vergessen.“ Dr. Sanders lachte schon wieder, ein leises, verlegenes, verhaltenes Lachen: „Ist schon gut, Jungens. Nur keine großen Worte. Das ist doch alles selbstverständlich. Rückt lieber in euer Quartier ab, sonst friert ihr hier noch an. Alles andere wird sich schon finden.“ Czaia ließ den kleinen Zug abmarschieren. Wir trotteten durch den tiefen Schnee nach Eichensee zurück, müde und verzweifelt, unserer Hoffnungen und unserer Träume beraubt; aber wir hatten dafür ein anderes eingetauscht: das Bewußtsein, daß Dr. Sanders bei uns blieb,

daß es doch noch Treue und Anständigkeit, Mut und echtes Führertum gab, nicht bloß in hohlen Phrasen und großen Worten, sondern in der schlichten, einfachen Tat.
Am Abend dieses Tages rückten die Jungen des Abschnitts I mit Bannführer Einarm an der Spitze ab. Als sie in der nächtlichen Dunkelheit durch den Forst von Eisenhammer marschierten, blitzten aus dem Dunkel des Waldes plötzlich zwei grelle Schüsse auf und vor dem langen Zuge brach der einarmige Bannführer, tödlich getroffen, zusammen. In der Verwirrung des jähen Überfalls gelang es dem oder den Tätern, unerkannt zu entkommen. Ihre Spuren wurden vom gleichmäßig fallenden Schnee zugedeckt. Der Bannführer wurde drei Tage später in seiner Heimatstadt beigesetzt. Den Überfall schob man auf das Konto russischer Partisanen, die seit einiger Zeit allnächtlich über den großen östlichen Waldgebieten mit Fallschirmen abgesetzt wurden und den Auftrag hatten, den genauen Verlauf der Ostwallstellungen zu erkunden. Erhöhte Wachsamkeit, Verdoppelung der Postenstreifen wurde befohlen. Der Mord an Bannführer Einarm aber blieb unaufgeklärt.

Martinswaldauer Weihnachten

Kurz vor Weihnachten, zwei Tage vor dem Heiligen Abend, erhielten wir in Eichensee den unverhofften und längst nicht mehr erwarteten Befehl, auf Heimaturlaub zu fahren und Anfang Januar wieder auf die Schule in Breslau zurückzukehren. Wehrmachtseinheiten übernahmen die Bewachung der Gräben und Stellungen, örtliche Volkssturmkommandos den Schutz der einzelnen Bunker und Anlagen. Erst als wir im anrollenden Zug saßen, glaubten wir wirklich, daß es diesmal nach Hause ginge; aber wir fürchteten auch dann noch, plötzlich zurückgerufen zu werden.
Als ich in Martinswaldau ankam, war es schon spät am Abend. Das Dorf lag still unter der dunklen Glocke des niedrigen Winterhimmels. Die verschneiten Häuser duckten sich vor dem Ansturm eisiger Kälte. Der Schnee war zu hohen

Wehen beiderseits der Straße angehäuft. Die hohen Bäume reckten ihr nacktes Astwerk den grauen Wolken entgegen und das bleiche Mondlicht verzerrte die Schatten weit. Im Dorf war es still und ruhig. Kein Mensch begegnete mir auf dem weiten Wege. Die große Kälte mochte sie alle in die wärmenden Räume gebannt haben. Ich versuchte, die Haustür zu öffnen; aber sie war verschlossen. Ich rüttelte an der Klinke; aber niemand machte mir auf. Ich klopfte an die dunklen Fenster, hinter denen kein Licht brannte und rief immer wieder laut; aber der pfeifende Wind trug den Ruf in die Nacht hinaus. Das Haus stand schweigend und steinern in der Dunkelheit. Ich versuchte es noch einmal an der Haustür, trommelte mit beiden Fäusten dumpf gegen das Holz und rief: „Macht doch auf! Macht doch auf! Ich bin's, ich, Günter!" Die Vorlaube verstärkte den Hall der Stimme. Wenn jemand im Hause war, dann mußte man mich doch hören. Endlich vernahm ich, wie innen der Schlüssel herumgedreht wurde und im Schloß kreischte, und ich hörte die Stimme meiner Mutter: „Wer ist denn draußen?" — „Ich, Günter", sagte ich. „Mach doch auf, Mutter, ich bin's." Dann vernahm ich den schnappenden Laut, mit dem der Riegel zurückgeschoben wurde. Die Haustüre öffnete sich einen Spalt breit, gerade weit genug, mich hindurchschlüpfen zu lassen. Ich stand im dunklen, warmen Hausflur und umarmte meine Mutter. „Mutter", sagte ich und mußte vor Freude schluchzen, vor Freude, daß ich wieder daheim war. „Mutter", sagte ich und hatte meinen Kopf auf ihre Schulter gesenkt und schämte mich der Tränen nicht. „Daß du nur wieder da bist", sagte sie ein ums andere Mal, „daß du nur wieder da bist. Komm doch herein in die Küche. Aber sei vorsichtig; es brennt schon seit Tagen kein Licht. Aber ich habe noch ein paar Kerzenstummel. Die zünde ich an. Da wird's gleich hell." Sie nahm mich an der Hand und führte mich behutsam und vorsichtig durch den dunklen Hausflur in die dunkle Küche, tastete sich dann zum Schrank hin, öffnete eine der beiden Schubladen und zog nach einigem Suchen einen letzten Kerzenrest hervor, den sie mit einem Streichholz entzündete.

Im flackernden gelben Licht der Kerze sah ich nun auch, was ich vorher nicht bemerkt hatte: die ganze Küche, der ganze Hausflur lag voll von Menschen. Sie lagen auf dem kalten Steinfußboden und hatten sich, in dünne, zerschlissene Decken gehüllt, eng aneinandergepreßt. Sie lagen da und röchelten und schnarchten und warfen sich unruhig hin und her oder lagen traumlos und schwer wie Tote. Keiner von ihnen wachte auf; keiner bemerkte mein Kommen; keiner wurde von dem flackernden Kerzenlicht geweckt. Ich verstand nicht, was das zu bedeuten hatte. „Das ganze Haus ist voll", flüsterte meine Mutter leise, „das ganze Haus, der Speicher, der Hausflur, die Stuben und Kammern, die Küche, die Schmiede, der Stall, alles ist voll; das ganze Dorf ist belegt mit ihnen." Ich begriff noch immer nicht. „Ja, aber ...", wollte ich wissen. „Flüchtlinge", flüsterte meine Mutter. „Flüchtlinge aus Siebenbürgen. Ach Gott, die armen Menschen und draußen diese Kälte. Was soll nur noch werden? Jetzt habe ich nicht mal mehr Brot im Hause für dich; du hast doch sicher Hunger." Ich schüttelte den Kopf: „Laß nur, Mutter." Aber sie sagte: „Wart, ich weiß was. Ich hol' dir aus dem Keller ein Glas Erdbeeren. Die ißt du doch so gerne." Ich nickte: „Ja, Mutter, aber du brauchst nicht zu gehen. Ich habe wirklich keinen Hunger." Ich wußte, wie sie an ihren eingeweckten Erdbeeren hing. Die sollten aufgehoben werden, bis einmal ein besonderer Anlaß bestand, diese Gläser zu öffnen. War dies ein besonderer Anlaß, diese meine Heimkehr? Aber meine Mutter ließ sich nicht halten; ich stand immer noch an der halbgeöffneten Küchentür und sah nun im Flackerlicht der Kerze die auf dem Fußboden liegenden Menschen genauer und deutlicher: ihre eingefallenen, grauen Gesichter, die zahnlosen Münder der alten Frauen, die dick eingewickelten Kleinkinder, die fremdländisch anmutenden dunklen Fransenumhänge und Umschlagtücher der Frauen und Mädchen, die dunkle Trauerkleidung der Alten. Hier in der Küche waren es nur Frauen, Mädchen und kleine Kinder; die Männer mochten draußen in der leeren Schmiede liegen oder im Stall. Erst am nächsten Morgen hörte ich, daß zu dem ganzen Flüchtlingstreck kaum ein Mann gehörte: die

alten Männer waren in den Siebenbürger Heimatdörfern zurückgeblieben, das dort noch stehende Vieh zu versorgen; die jungen Männer waren ausnahmslos bei der Wehrmacht, bei der Waffen-SS oder beim Arbeitsdienst.
Als meine Mutter aus dem Keller zurückkam, sagte sie: „Aber du stehst ja noch immer an der Türe herum. Setz dich doch endlich." Doch es war kein Stuhl zum Niedersitzen mehr frei. Ich stellte mich an den Herd und wärmte meine eiskalten Hände an der mattwarmen Eisenplatte. Das Feuer war fast erloschen; nun fachte meine Mutter es wieder an. Vom Knistern der Flammen im trockenen Holz wurde eine alte Frau wach — vielleicht hatte sie auch das Klappern des Löffels im Glase gehört — sie richtete sich halb auf und sagte, noch vom Schlaf umfangen: „Ist es schon Zeit zum Füttern? Muß ich schon aufstehen? Es ist doch noch ganz dunkel." — „Nein", flüsterte meine Mutter beruhigend, „bleiben Sie nur liegen. Es ist nichts. Es ist noch Nacht. Mein Sohn ist nur gekommen." — „Ach, Sie Glückliche", seufzte die Alte auf. „Sie Glückliche. Ob mein Sohn noch einmal kommen wird? Wie soll er mich finden, wenn ich nicht zu Hause bin?" Sie schluchzte leise vor sich hin. Mir war ganz beklommen zumute. Etwas würgte mir in der Kehle. Die Schatten am Fußboden bewegten sich unruhig hin und her; ganz hinten an der Tür zum Wohnzimmer greinte ein kleines Kind: „Mama! Mama!" — „Sei doch still, mein Herziges", tröstete die sanfte Stimme seiner Mutter. Das Kind schluchzte noch ein paarmal auf und schmatzte dann wohlig an seinem Daumen. „Ja, wo schläfst du nur diese Nacht?" sagte meine Mutter. „Morgen wird es ja anders werden; dann soll ein Teil der Leute in die Nachbardörfer kommen; aber heute nacht . . ." Mir fielen fast die Augen zu, so müde war ich von der langen Bahnfahrt und von dem weiten Weg durch den hohen Schnee. „Ach, ich setz mich auf meinen Tornister in der Ecke", sagte ich. „Das geht schon für eine Nacht." — „Weißt du", sagte meine Mutter, „die Betten sind natürlich alle belegt. Ich schlafe auch hier in der Küche. In meinem Bett liegt eine alte, todkranke Frau. Sie soll doch vor ihrem Sterben wenigstens noch einmal richtig in einem

Bett liegen dürfen. Sie wollte nicht in ein Krankenhaus. Sie wollte hier bei ihren Leuten aus dem Heimatdorf bleiben und sterben. Der Arzt, der heute nachmittag da war, meinte auch, das wäre das beste. Er könnte doch nichts machen. Die Frau verlöscht einfach an Überanstrengung und an Heimweh." — „Macht doch endlich das Licht aus", bat eine nörgelnde Frauenstimme. Ich sagte: „Mutter, ich bleibe ja vierzehn Tage hier. Mach nur ruhig das Licht aus. Wir wollen doch sehen, daß wir wenigstens noch ein paar Stunden ruhen können." Die Mutter seufzte tief auf, strich mit der Hand über die tief herabgebrannte Kerze, daß das Licht verlöschte und flüsterte: „Gute Nacht, mein Junge", und suchte sich unter den ärgerlich Zusammenrückenden auf dem Küchenfußboden einen Schlafplatz. Ich rückte meinen prallen Tornister an die Wand, schnallte die graue, dünnverschlissene Decke ab, hüllte sie über mich und versuchte einzuschlafen. Aber die Kälte weckte mich bald wieder auf. Der Geruch und die Ausdünstung der vielen Menschenleiber, der dumpfe Geruch von Schmutz und Not und Blut und Schweiß und Tränen, die ewige Unruhe im dunklen Raum, das Herumwälzen und die wirren Laute der Träumenden, das Greinen und Weinen, das Murmeln und Schmatzen, das unterdrückte Stöhnen und Röcheln, die rasselnden Schnarchlaute, das leise Keuchen und quälende Husten, das pfeifende Atemholen und all das, was ich bei der Heimkehr hier erleben mußte, nahmen mir den Schlaf. Als ich am Morgen von meinem Tornister aufstand, war ich müde und zerschlagen und spürte schwer die schmerzenden Glieder. Die Flüchtlinge lagen noch immer wie hingemäht und wie tote Lebendige oder wie lebendige Tote. Erst nach und nach fanden sie sich aus wirren Träumen, aus süßen Erinnerungen, aus den Bildern der heimatlichen Vergangenheit in die leidvolle Gegenwart zurück. Die Kinder weinten nach Milch und nach Brot; aber die Hände ihrer Mütter blieben leer. Wenigstens boten die warmen Räume Schutz vor der bitteren Dezemberkälte. Meine Mutter kochte in großen Kesseln ununterbrochen Tee, hatte die ganze Speisekammer leergeplündert; aber all das konnte die vielen hungrigen Menschen nicht satt machen. Ich versuchte, beim Dorfbäcker ein paar Brote zu erhalten. Er erkannte mich nicht gleich und gab mir dann drei Brote mit. „Weil du es bist“, sagte er. „Die Flüchtlinge haben ja noch keine Marken. Und ohne Marken kann und darf ich nichts geben.“ Im Nu waren die drei Brote verzehrt; für jeden im Haus fielen dabei ein paar dünne Scheiben ab.

Als Mutter auch der alten Frau in ihrem Bett Brot und Tee bringen wollte, kam sie gleich darauf wieder zurück. „Sie ist tot“, sagte sie, „ganz still muß sie in der Nacht gestorben sein.“ Wir traten alle zu der Toten ins Zimmer. Sie lag in dem breiten Bett, hatte die verarbeiteten Greisenhände ineinander gefaltet und trug in ihrem eingefallenen, gelblichbleichen Gesicht den Schimmer fernen Glücks. „Sie hat heimgefunden“, sagte eine der dunkel gekleideten Flüchtlingsfrauen. — „Sie hat's gut, sie ist daheim.“ Meine Mutter drückte der Toten sanft die weit geöffnet uns anstarrenden Augen zu. Ein paar der Frauen schluchzten leise: „Hätten wir's auch nur schon überstanden. Wären wir nur auch schon so weit wie sie.“ Die Tote lag mit zufriedenem Gesicht und war mit ihrer Seele schon weit auf der Reise in jenes Land, aus dem es keine Wiederkehr mehr gibt. Sie war — so schien es — träumend von der verlorenen Heimat und gefangengehalten von schönen Erinnerungen freudig eingeschlummert. Der Tod war hier nicht als Feind gekommen, sondern als willkommener Freund. Sie hatte ihn erwartet und erhofft als Erlösung aus all der Not. Aber sie konnte nicht im Bett liegenbleiben. Die Frauen trugen sie hinaus und legten sie in der leeren Schmiede — wo jetzt die Planwagen der Flüchtlinge standen — auf zwei Kistenbretter. Sie spürte ja die Kälte nicht mehr; aber die noch Lebenden brauchten Wärme und Platz. Da mußten die Toten weichen. Mein Großvater, der in diesem Sommer gestorben war, hatte noch eine große Beerdigung gehabt; aber nun kam es nicht mehr darauf an, wie einer unter die Erde kam. Der Alten mochte das auch ganz gleichgültig sein; sie war ja jetzt daheim.

Gegen Mittag fand ich endlich Zeit, Ursula aufzusuchen. Auch dort war das Haus voll von Flüchtlingen, die mich nur widerwillig einließen, die mir nur widerstrebend Platz machten, als hätten sie Angst, ich wollte sie verdrängen oder ihnen auch das Letzte noch — Wärme, den Raum zum Schlafen — wegnehmen. Ursulas Mutter schrie auf, als sie mich sah. „Ach Gott, Günter", sagte sie. „Du?! Du fragst nach Ursula?" Ich nickte verstört. „Wo ist sie?" sagte ich erregt, „wo ist sie, Frau Arndt?" — „Hätte ich das bloß gewußt", jammerte Frau Arndt, „hätte ich bloß gewußt, daß du kommst. Ich hätte sie nicht weggeschickt." — „Weggeschickt?" fragte ich schnell. „Weggeschickt? Wohin, Frau Arndt?" — „Nach Breslau", sagte Ursulas Mutter. „Ich habe sie nach Breslau geschickt. Du weißt doch, zu Tante Käthe. Sie sollte endlich mal was anderes sehen als das ewige kleine Dorf hier, als mich alte Frau. Und der Winter ist immer so langweilig hier: immer das gleiche, Schnee und Schnee und Schnee. Da habe ich gedacht: schickst sie nach Breslau, da hat sie mal was anderes, Kino, weißt du — und die Schaufenster, wenn's auch nichts zu kaufen gibt. Sie hat ja nicht fahren wollen; sie hat immer wieder gesagt: aber Günter kommt doch. Dabei hattest du doch geschrieben, daß ihr den Winter über dort bleiben müßt und nun bist du da. Was sollen wir bloß tun? Schreiben, daß sie zurückkommt?" — „Ursula", dachte ich nur immer wieder, „Ursula". Ja, was sollte ich tun? Sollte ich ihr die Freude an Breslau nehmen? Sollte ich ihr schreiben, sie möchte doch nach Martinswaldau zurückkommen? Sollte Frau Arndt nach Breslau fahren, um sie zu holen? Aber — was sollte sie hier, wo die Häuser überfüllt waren, wo das Dorf immer mehr in dem unendlichen Schnee versank? Ach nein; sollte sie in Breslau bleiben; in Breslau war sie relativ sicher. Bombenangriffe? Der eine Angriff vom Herbst hatte sich nicht wiederholt; er war der einzige geblieben. Die Breslauer hatten aus jenem jähen Überfall gelernt, hatten ihre Keller ausgebaut und endlich richtige Luftschutzvorbereitungen getroffen. Da konnte Ursula so leicht nichts passieren. „Ich glaube", sagte ich, „sie bleibt besser in Breslau. Ich fahre dann lieber ein paar Tage früher zurück und überrasche Ursula. Tante Käthe hat ja sicher doch auch Platz für mich, wenn die Schule noch geschlossen sein sollte und ich dort nicht unterkommen kann." Frau Arndt zögerte einen Augenblick. „Aber Ursula hat ausdrücklich gesagt, wenn du kommst, dann ...“ Doch dann ließ sie sich überzeugen, daß es besser sei, wenn Ursula in Breslau bliebe. Was sollte sie auch hier? „Ja, Günter, du hast recht“, sagte sie.

„Ich glaube auch, sie ist ja bei Tante Käthe gut aufgehoben. Weihnachten müßten wir dann eben allein feiern, sie dort, du hier und ich alte Frau ...“ Sie wehrte aufsteigenden Tränen: „Ja, wenn mein Mann noch lebte. Dann könnte man noch hoffen, aber so? Ursula hat dich und ich hoffe wie ihr, daß alles noch einmal gut wird. Doch meine Hoffnung ist klein und schwach wie ein verlöschendes Licht.“ — „Aber Frau Arndt“, sagte ich und wollte mit ein paar Worten trösten. „Hör nicht auf mich“, sagte sie unter Tränen, „es kommt manchmal so über mich, da muß ich weinen, ob ich will oder nicht. Wenn man auch all das Elend um sich sieht, diese Not, den mißbrauchten Glauben, die verratene Treue, die enttäuschte Hoffnung.“ Doch dann hatte sie sich wieder gefunden, wischte sich mit dem schmalen Handrücken die Tränen aus den Augenwinkeln heraus und bat: „Ach, Günter, wenn man nur wüßte, was alles noch kommt. Wie soll das nur noch enden? Ob auch wir einmal so auf der Straße stehen müssen wie die bei uns im Haus: obdachlos, heimatlos?“ — „Nie“, sagte ich. „Niemals. Das läßt unser Führer nicht zu.“ Und ich glaubte selbst fast an das, was ich aussprach.

Am Nachmittag des Heiligen Abends fand im Saale der Gastwirtschaft „Zum grünen Baum“ eine von der Partei organisierte Weihnachtsfeier für die Flüchtlinge statt. Der große Raum war ungeheizt und eisig kalt. Durch eine zerbrochene Fensterscheibe jaulte der Wind und fegte eisigen Schneestaub herein. Eine hohe Tanne mit ein paar flackernden Lichtern sollte weihnachtliche Stimmung und wärmende Geborgenheit vortäuschen. Die Flüchtlinge drängten sich dicht aneinander und suchten so Wärme und Schutz vor den bitteren Gedanken. Der dicke Ortsgruppenleiter des Dorfes, Wilhelm Sanftgeben, stand hinter dem hohen Rednerpult mit der Hakenkreuzfahne und las seine Weihnachtsansprache vom Blatt ab. Die Pimpfe des Jungvolks und die BDM-

Mädchen bildeten eine dünne Spalierkette und froren erbärmlich in ihren dünnen Uniformen. Auch mich fröstelte. Die Zähne schmerzten von der eisigen Kälte. Die Füße in den Schuhen waren gefühllos und taub.

„Aus Nacht und Not zum Licht hat uns unser heißgeliebter Führer emporgeführt, aus der Finsternis der Unfreiheit zum Glanz des großen Reiches! Wie ein vom Himmel geschickter Heiland ist er unserem Volke erschienen und hat ihm Freiheit, Macht, Ehre und Ruhm gebracht! Wenn wir in dieser Stunde der Kriegsweihnacht 1944 um den strahlenden Lichterbaum versammelt sind, dann wollen wir in diesem Augenblick unsere Gebete zum Allmächtigen in der Höhe emporschicken und ihn aus ganzem Herzen bitten, uns unseren Führer zu erhalten und uns den baldigen Sieg über unsere Feinde zu schenken! Laßt uns miteinander unser altes, schönes, deutsches Weihnachtslied anstimmen: Hohe Nacht der klaren Sterne, die wie weite Feuer stehn ..." Aber nur die hellen Stimmen der Jungen und Mädchen fielen in den mächtigen Baß des dicken Wilhelm ein; die Flüchtlinge standen still und stumm und schwiegen bedrückt. In den Augen vieler spiegelten sich die Kerzenlichter in Tränen wider; im Hintergrund des unaufgeräumten Raumes weinten lautlos ein paar Frauen. Das Singen klang dünn und blechern. Bei der zweiten Strophe kannte niemand den Text mehr. Der Ortsgruppenleiter bekam einen hochroten Kopf. „Und damit ist die Feierstunde beendet", sagte er und begann, dem Ausgang zuzustreben, wo einige Körbe mit Geschenken aufgestellt waren. Der dicke Wilhelm drückte jedem der Flüchtlinge zwei, drei Äpfel, ein Tannenreis mit Lamettafäden und ein Buchgeschenk in die Hand: Adolf Hitler „Mein Kampf". Die meisten Flüchtlinge nahmen verlegen knicksend die ärmlichen Gaben in Empfang; nur der Transportführer des Trecks — ein aufrechter, schlanker Mann in mittleren Jahren mit wettergebräuntem, offenem Gesicht — wies das Buch des Führers zurück. „Nein", sagte er, „das nicht. Daran habe ich einmal geglaubt. Darum sind wir auch hier. Nein, das nicht. Hätte ich nur damals gleich das Buch ins Feuer geworfen. Dann wäre vielleicht alles anders gekommen und wir

säßen noch friedlich auf unseren Höfen." Und der dicke Wilhelm nahm das Buch wieder an sich und legte es auf die Seite. Er war kein wilder Nazi, wie man so sagt, sondern eigentlich nur durch seine menschliche Gutmütigkeit und seine politische Unerfahrenheit während der Kriegsjahre zum Posten eines Ortsgruppenleiters gekommen. Das mochte ihm herzlich leid tun; das mochte er vielleicht auch schon bereut haben; denn er war eigentlich kein dummer Mann und konnte sich ausrechnen, wohin der Wagen rollte. Aber: Befehl war Befehl. Und so führte der dicke Wilhelm alle ihm zugehenden Befehle und Anordnungen eben pünktlich und gewissenhaft, genau und zuverlässig aus.
Als ich von der Weihnachtsfeier nach Hause kam, hatte Mutter alle Flüchtlinge aus Stall und Haus in der warmen Küche versammelt. Sie saßen auf Bänken und Stühlen und auf mitgebrachten Decken auf dem Fußboden. Sie hatten grüne Tannenreiser auf den Tisch gelegt und die Kerzenreste entzündet und sangen mit leisen Stimmen die alten, vertrauten Weihnachtslieder. Dann begann mit einem Male auch die Kirchenglocke zu tönen; aber es hatte keinen Wert, in die Kirche zu gehen. Denn der Pfarrer des Ortes war schon lange eingezogen und das Kirchspiel wurde nur notdürftig betreut. Und mitten in das feierliche Glockengeläut hinein begann eine alte Frau mit harter, schwerfälliger, ungewohnter Aussprache die vergessen geglaubten, als kindliches Märchen abgetanen Worte zu sagen: „Und es begab sich aber zu der Zeit, daß von Kaiser Augustus ein Gebot ausging, daß sich alle Menschen schätzen ließen ..." Es wurde ganz still, feierlich still in der Küche. Und in diese atemlose Stille hinein tropften die Worte des Weihnachtsevangeliums wie Balsam auf frische Wunden: „... und Friede auf Erden und den Menschen ein Wohlgefallen." Lange Zeit danach sprach niemand ein Wort. Jeder hing seinen Gedanken nach. Und auch ich konnte mich dem Zauber des Augenblicks nicht entziehen. Das Wunder der Weihnacht erfüllte die Herzen der Menschen wie eh und je. „Zur Zeit des Kaisers Augustus?" dachte ich. „Nicht jetzt? Nicht heute? Und sie hatten keinen Raum in der Herberge? Wird der Sohn Gottes alljährlich Weih-

nachten nur deshalb neu geboren, damit ihn die Menschen immer wieder aufs neue quälen und töten können?" Jetzt war Weihnachten. Aber bald kam Passion: Passion Gottes, Passion eines Volkes.

1945

Die Straßenbahnschaffnerin

Als ich Anfang Januar wieder nach Breslau zurückfuhr — der Tag war diesig-grau und über die weiten Schneefelder peitschte ein eisiger Nordost — ratterten die Räder des langen, eleganten, sauberen, wohlig durchwärmten D-Zuges mit jedem Schienenstoß: „Ursula — Ursula — Ursula —." Es hätte eigentlich eine freundlich-helle Melodie sein müssen; aber sie klang dumpf und schwer und brach jählings ab, als der Zug zischend in die dunkle Glashalle des Hauptbahnhofs rollte. Ich hatte Ursula nicht geschrieben und wollte sie mit meinem Besuch überraschen. Ich gab die beiden schweren Koffer am Gepäckschalter des Bahnhofs ab, wartete draußen auf dem weiten, windigen Vorplatz fröstelnd und frierend auf die Elektrische, drängte mich, als sie endlich nach einer langen Zeit des Wartens heranrollte, an den Einsteigenden vorbei in das Wageninnere. Doch auch hier war es kalt; der Wagen war eben aus dem Depot gekommen; seine Scheiben waren mit einer dünnen Eisschicht wie mattes Milchglas überzogen; eine blaue Birne gab nur blasses Licht; der Tag blieb grau und wolkenverhangen und kündete so neuen Schnee an. Von der Stadt da draußen war kaum etwas zu erkennen; sie war da und war doch nicht da; sie blieb vor der dahingleitenden Straßenbahn wesenlos und ohne feste Umrisse; die Menschen im Abteil waren mürrisch und schweigsam.

Es wurde eine lange Fahrt, weit aus der eigentlichen Stadt hinaus in die Vorbezirke: Feldstraße — Ohlau-Ufer — Kaiserbrücke — Kaiserstraße — Scheitniger Stern — Umsteigen in die „11" — Zoo — Jahrhunderthalle — Grüneicher Weg ...

Eine grauhaarige Schaffnerin mit einer blanken Nickelbrille auf der Nase riß unfreundlich mit ihren blaugefrorenen Händen die Fahrscheine vom Block und reichte sie herum, klingelte die Stationen ab, schnarrte mit rostiger Stimme ihre Namen. Der Wagen wurde immer leerer, bis zum Schluß die Schaffnerin und ich die einzigen Fahrgäste blieben. Sie schloß hinter dem zuletzt Aussteigenden mit einem jähen Ruck die

Verbindungstüre zur Plattform, ließ sich aufseufzend auf die gegenüberliegende leere Holzbank plumpsen, streckte die vom ewigen Stehen geschwollenen Beine von sich und begann, auf einem Abrechnungsblock, den sie in dem schwankenden, ratternden Wagen mit ihren halbklammen Fingern auf einer abgenützten, schwärzlichen Ledertasche festzuhalten versuchte, Zahlen und Preise zu notieren. Es kam noch eine ganze Reihe von Haltestellen; aber niemand stieg ein; die Schaffnerin schien auch die Strecke genau zu kennen und über den Fahrverkehr Bescheid zu wissen; sie ließ sich von dem fortwährenden Anhalten und Wiederanfahren des Wagens nicht in ihrer Beschäftigung stören, hob dabei nicht einmal den Kopf, murmelte halblaut Zahlen und Summen vor sich hin und war ganz von ihrer Abrechnung eingefangen. Ich hatte mir ein kleines Guckloch in die vereiste Scheibe gehaucht und konnte so wenigstens einen kleinen Ausschnitt des draußen Vorübergleitenden erkennen: ein paar Vorgärten und Laubenkolonien, trostlos verlassene Schrebergärten und beschneite Ackerbreiten, eine lange, sich in der Ferne verlierende Baumreihe, die eisernen Pfeiler der Stromleitung, einige weit von der Straße zurückgesetzte Villen und Wohnhäuser, eine lange graue Mauer, ein endloser Drahtgitterzaun, menschenleeres Land. Der Wind heulte um den Wagen, rüttelte an den Scheiben; in den Gleiskurven sprang immer wieder die Plattformtür auf und eine Welle eisiger Winterluft strömte herein. Ich versuchte, mit einem Fuß die Tür zuzuhalten; aber meist rollte sie einfach wieder zurück und ich mußte jedesmal aufstehen, sie neu zu schließen. Die Schaffnerin rechnete und schrieb noch immer und sagte kein einziges Wort. Sie ließ sich weder von dem immer wieder jäh hereinstürmenden Luftzug noch durch meine vergeblichen Bemühungen abhalten, ihre Zusammenstellung fertigzumachen. Als ich es dann endlich aufgab, die Wagentür geschlossen zu halten und in der vom Wind geschütztesten Ecke in meinen Mantel gehüllt zusammenkroch, blickte die Schaffnerin auf und sagte: „Die Tür schließt schon lange nicht mehr. Der Wagen war eigentlich schon ausrangiert. Nun hat man ihn jedoch wieder in Dienst gestellt.“ Ihre blecherne Stimme übertönte grell das Quietschen der Bremsen, das Klappern der Fenster, das Rattern des Fahrgestells. „Die Tür steht schon lange auf“, sagte sie, „niemand kann sie mehr schließen.“ — „Aber da muß doch ein Schlosser etwas dran machen können“, sagte ich, nur um etwas zu sagen, um die ungemütliche Stimmung aufzulockern, die in dem kalten Abteil lastete. „Da hilft kein Schlosser mehr“, sagte die Schaffnerin und schüttelte das graue, müde Gesicht. „Der Wagen taugt nichts mehr; der Führer des Wagens ist nichts.“ — „Wie, wieso“, sagte ich, „der Führer des Wagens ist nichts? Was soll das denn heißen? Der kann doch nichts dafür, wenn die Türe nicht mehr schließt?“ — „Doch“, sagte sie, „der fährt uns alle in den Abgrund.“ Ich sprang auf; die Schaffnerin lächelte belustigt; ihre vertrockneten, spröden Lippen entspannten sich und ließen dazwischen ein gelbliches, lückenhaftes Gebiß hervorlugen. „Nein, nein“, sagte sie, „diesmal noch nicht; aber vielleicht das nächste Mal.“ Ich schüttelte den Kopf und blickte durch die weit offenstehende Tür der Plattform zum Wagenführer hin, dessen breiter Rücken Sicherheit und Zuverlässigkeit versprach und der sicher und zuverlässig Kurbel und Steckschlüssel bediente. Die Schaffnerin hatte wohl meinen Blick bemerkt und sagte noch einmal: „Nein. Der nicht, der andere.“ — „Welcher andere?“ sagte ich; aber nun schwieg die Schaffnerin wieder, leckte mit spitzer Zunge an dem Bleistiftstummel herum und kritzelte Ziffern und Buchstaben auf ihren Block. Sie war wieder ins Schweigen zurückgesunken und verharrte darin, bis ich den Wagen verließ, draußen auf der Wagenkanzel neben dem Fahrer stehenblieb und auf die Station wartete. Als der Wagen endlich anhielt, schaute sich der blauuniformierte Straßenbahner nach seiner Schaffnerin um, neigte sich leicht mir zu, tippte sich verstohlen an die Stirn und flüsterte halblaut: „Hat die Alte wieder dummes Zeug gequatscht?“ Ich nickte; aber er sagte: „Man darf nicht darauf hören. Sie hat allerlei mitgemacht: Mann gefallen, ihre zwei Kinder gestorben, nun kriegsdienstverpflichtet. Na ja, der Krieg. Der verschont keinen. Früher soll sie mal eine bekannte Dichterin gewesen sein . . . früher . . .“ Ich schwieg. Der Wagenführer sagte: „Ich nehme sie immer mit auf diese

Strecke. Da kann nicht viel passieren. Ich paß schon auf sie auf; wir haben hier draußen ja nicht viel Betrieb. Es wird sich schon wieder einrenken. Man muß doch in solcher Zeit zusammenhalten, nicht?" Ich kletterte die glatten, schneeverharschten Stufen zum Fahrdamm hinab; die Schaffnerin blieb unsichtbar im Abteil; der Fahrer war aufgestanden und in die Plattformtür getreten. Er beugte sich vor und rief mir zu: „Aber sie hat eigentlich recht. Die Tür klemmt wirklich und läßt sich nicht mehr schließen. Der Wagen rollt und rollt. Wohin? Wer weiß!" Ja, dachte ich, als ich an diesem grauen Wintertag durch die menschenleeren, einsamen Straßen der Randsiedlung tappte und nach dem Haus von Tante Käthe suchte, sie hat eigentlich recht. Sie mochte verrückt sein, diese Schaffnerin und ehemalige Dichterin, übergeschnappt und von grausigen Bildern gepackt; sie mochte vielleicht bloß den Straßenbahnwagen meinen, den alten, längst ausrangierten mit der nicht mehr schließenden Tür; aber ihre Worte waren doppelsinnig: Ganz Deutschland war in diesen Tagen ein längst ausrangierter Wagen geworden, dahinrollend auf der Fahrt von Irgendwo nach Nirgendwo und seine Türe war geöffnet und ließ sich nicht mehr schließen. Da half freilich kein Schlosser mehr, auch kein anderer Fachmann. Man konnte den Wagen nicht mehr anhalten und abstellen; man mußte mitfahren, ob man wollte oder nicht. Die Fahrt war schon rasend schnell geworden; man konnte nicht mehr aussteigen oder abspringen. Man konnte nur noch hoffen und beten, daß man sich, wenn dieser Wagen entgleiste, nicht das Genick brach. Ohne Knochenbrüche, ohne ein paar Schrunden und dauernde Male würde es bei keinem abgehen. Nein, man konnte nichts tun, gar nichts. Man konnte nur stille sitzen und auf die Entgleisung warten, auf den Augenblick, da der Wagen aus den Schienen sprang und kippte. Es würde sicher nicht mehr lange dauern.
Tante Käthes Haustür war verschlossen. Ich klingelte ein paarmal und wußte doch schon, noch ehe Tante Käthe öffnete und mich aufgeregt anstarrte, daß ich vergeblich kam. „Nein", sagte sie, „nein, Ursula ist nicht mehr hier. Sie ist heute morgen wieder nach Martinswaldau zurückgefahren.

Ich konnte sie nicht mehr hier halten. Sie wollte heim. Aber komm doch ins Zimmer. Du bist ja ganz durchfroren.“ — „Nein“, sagte ich, „nein, Tante Käthe, ein anderes Mal vielleicht.“ Meine Stimme klang tonlos und belegt. Tante Käthe blickte mich prüfend und aufmerksam an: „Na gut, wie du willst. Aber mach bloß keine Dummheiten. Was ist schon dabei? Ihr habt euch eben verfehlt. Das kommt vor. Ihr seid ja noch so jung und das Leben liegt noch vor euch. Was diesmal nicht ist, ist eben ein anderes Mal.“ — „Ein anderes Mal?“ sagte ich ganz leise, mehr für mich als für Tante Käthe und ging wieder aus der Vorhalle hinaus in die Kälte und Leere dieses Tages. Meine Augen waren dabei ganz blind von ungeweinten Tränen. Ich merkte, wie Tante Käthe mir nachschaute. Als ich die Gartenpforte erreichte und die Türe aufklinkte, rief sie mir nach: „Günter! Günter! So hör doch!“ Aber ich blieb nicht stehen, drehte mich nicht um und ging Schritt für Schritt weiter. „Ursula“, dachte ich nur immer wieder. „Ursula.“ Aber nichts gab Antwort auf meinen stummen Ruf; alles in mir blieb still und reglos. Der Wind fauchte über die Oderebene und wirbelte feinen Schneestaub auf. Er blies mir ins Gesicht; aber ich spürte weder Kälte noch Wind, weder Eis noch Schneesturm. Ich ging den Straßenbahnschienen nach, die von irgendwoher aus dem einsamen Land kamen, zurück in die große, graue Stadt.

Und noch einmal: LBA Breslau

Der erste, der mir begegnete, als ich über den schmalen Hinterhof der Schule dem Sekretariat zustrebte, war Dr. Sanders. „Na“, sagte er, „schon zurück aus den Ferien?“ und reichte mir die Hand. „Ja“, sagte ich leise und blieb stumm stehen. Er musterte mich prüfend und forschte in meinem Gesicht. „Ist was los“, sagte er, „was Besonderes? Du siehst wie ein geprügelter Hund aus.“ — „Nein“, sagte ich. „Nichts Besonderes.“ — „Ach, Liebeskummer, Abschiedsschmerz“, sagte Dr. Sanders und lächelte. „Das hab’ ich auch gekannt, als ich so jung war wie du. Aber das gibt sich.“ Er riß, ohne es zu wissen oder gar zu wollen, die frische Wunde noch tiefer auf. Es schmerzte und bohrte, daß ich hätte schreien mögen. Aber ich blieb stumm. „Du wirst dich wundern“, sagte Dr. Sanders, „was sich alles hier verändert hat. Du wirst die Schule kaum mehr wiedererkennen.“ Ich merkte, wie er ablenken wollte und war ihm dankbar dafür; doch ich antwortete nichts. „Ja“, sagte er, „allerhand. Du wirst dir vorkommen wie ein Fremder hier, wie ein Fremder. Weißt du: Gast. Ja, Gast. Das ist es. Du bist hier und bist doch nicht hier. Du kennst alles und kennst doch nichts. Es ist mächtig viel anders geworden, seit wir im Sommer zum Schanzen gefahren sind. Es ist, als ob wir nur zum Urlaub zurückgekehrt seien und nun aus geöffneten Koffern leben, ein paar Tage, ein paar Wochen vielleicht. Wer weiß, wie lange. Na, du wirst's schon selber merken.“ Er ging weiter, dem Ausgang zur Straße zu. Ich blieb noch immer stehen und blickte ihm nach, bis ihn die dunkel gähnende Torausfahrt verschluckte.

Dann wandte ich mich um und ging langsam in das Gebäude hinein, die ausgetretenen Sandsteinstufen hinauf zur braunen Eichentür, die sich, wie immer, nur widerwillig öffnen ließ und rostig in den Angeln quietschte. „Nein, es hat sich nichts verändert“, dachte ich, „es ist alles beim alten geblieben.“ Im Flur roch es nach verbrauchter Luft, nach eingetrockneter Tinte und altem Papierstaub. Aus der Küche im Souterrain klang das Klappern von Geschirr; eines der Küchenmädchen trällerte einen sentimental-kitschigen Schlager; bei den allzu hohen Tönen überschlug sich die Stimme und kreischte in den Ohren: „... auf jeden Dezember folgt wieder ein Mai.“ Ich verhielt den Schritt und lauschte. Es war alles das Altvertraute: Die Küchenmädchen, die trotz aller direktorialen Gebote das Singen nicht lassen konnten, der Geruch verbrannten Sauerkohls und abgestandener muffiger Luft, die seltsame Stille vor den Türen des Sekretariats und Rektorats, die grauen, blanken Steinfliesen der Treppe zum oberen Stock, die trockene Wärme zentralgeheizter Flure und Gänge, das Wimmern einer Geige. („Sonatine von Clementi“, dachte ich. „Ach, wie lange ist's her. Spaten und Hacken sind etwas anderes als Geigen und Federn." Ich bewegte unwillkürlich die klammen, steifen Finger, als sollten sie die Griffe auf der Geige üben). Nein, es hatte sich nichts verändert: Es war, bis auf die gewohnten Stimmen, Geräusche und Laute, still in den Fluren, still in den Gängen; die lederbekleideten Doppeltüren vor den Wohnräumen der Schüler schluckten die allzulauten Schallwellen; die Kokosläufer und roten Matten dämpften den Schritt; das blasse Licht der Wintersonne fiel grau durch die Fensterscheiben. Vor der Tür meines alten Zimmers, das ich auch hier in Breslau mit King, Pusch, Hordenführer Edgar Rabsch, mit dem langen Zink und dem kleinen Dobrski geteilt hatte, blieb ich einen Augenblick stehen, stellte die beiden schweren, aus der Gepäckaufbewahrung des Hauptbahnhofs auf dem Rückweg von Tante Käthe wieder abgeholten Koffer verschnaufend ab und dachte: „Na, die werden Augen machen, wenn ich so plötzlich hereinschneie, noch ein paar Stunden, bevor wir alle wieder da sein müssen. Das sind sie doch von mir nicht gewohnt: zurückzukommen, ehe der Urlaub ganz rum ist." Ich klinkte leise und behutsam die gepolsterte Außentür auf und stieß dann mit einem Ruck die innere Tür zurück, daß sie gegen das seitwärts davon aufgestellte eiserne Doppelbett prallte. „Da bin ich", sagte ich und trat mit einem schnellen Schritt über die Schwelle ins Innere des Zimmers. Nein, es hatte sich auch hier nichts verändert: die schmalen, grauen, hohen Spinde standen noch immer nebeneinander längs der weißgekalkten Wand; die Doppelbetten, eiserne Gestelle, weiß angestrichen, hatten noch immer die blaukarierten Bezüge; die grauen Decken lagen überall vorschriftsmäßig zusammengefaltet an den Fußenden; der Tisch mit dem grünlichen Linoleumüberzug war wie immer mit Heften, Büchern, einzelnen Papierseiten und Schreibgeräten übersät; alle Stühle um den Tisch herum waren besetzt. Ich zählte: einen, zwei, drei, vier, fünf, sechs, sieben Jungen in grauen Schuluniformen.

Nun drehten sich die Jungen auf ihren Stühlen herum, wandten ihre Gesichter mir, dem Eingetretenen, zu. Aber es waren fremde Gesichter. Es waren fremde Jungen. Es waren nicht King und Pusch, nicht Rabsch und Zink und Dobrski. Es waren keine Jungen meiner Klasse; es waren Fremde, die hier in meinem alten Zimmer um den Tisch herum saßen, Fremde, die hier dieses Zimmer bewohnten, darin arbeiteten und lebten, so wie wir einmal hier gearbeitet und gelebt hatten.

„Aber“, sagte ich, „entschuldigt, das ist doch mein Zimmer.“ „... war“, verbesserte mich einer der Jungen am Tisch, ein großer Blasser mit spitzer Nase, hervortretenden Backenknochen und strähnig-dunklem Haar. „... war“, sagte er noch einmal. „Jetzt sind wir hier, wir ...“ — „Aber“, protestierte ich noch einmal matt, „das muß doch ein Irrtum sein. Das ist doch mein Zimmer; draußen an der Tür steht doch auch mein Name. Das da ist doch mein Spind“, — ich zeigte auf einen der Schränke, rechts hinten in der Ecke — „und das da mein Bett.“ Der Blasse zuckte mit den Schultern: „Du siehst doch, daß wir jetzt hier sind, daß das ganze Zimmer belegt ist: dein Bett, dein Stuhl, dein Spind. Was willst du noch hier?“ Ja, was wollte ich noch hier? Es waren fremde Jungen und fremde Gesichter; es war eine fremde Sprache; es war ein fremdes Zimmer und doch mein Zimmer. „Da hängt doch noch ein Bild von mir“, sagte ich und deutete auf ein zartes Aquarell an der Wand: Birkenallee in der Lausitzer Heide. Ich hatte es damals in den ersten Heidelager Wochen gemalt. „Mag sein“, sagte der Junge, „aber — das war einmal. Früher vielleicht, voriges Jahr vielleicht. Seit Dezember sind wir hier. Wer bist du überhaupt?“ Ich nannte meinen Namen; einer der Jungen am Tisch stand auf, ging zu der Tür, öffnete sie und fuhr mit den Fingern über das Namensschild dort. „Ja“, sagte er, „das stimmt: Knebel, Günter. Er hat einmal hier gewohnt. Klasse V II b.“ — „Ach so“, sagte der Blasse, „einer von den Schanzern.“ Ich nickte ganz benommen mit dem Kopf. „Ja“, sagte ich, „wir waren schanzen. Seit Anfang August. Und dann auf Weihnachtsferien. Und nun sind wir wieder hier. Die Schule soll morgen wieder beginnen.“ — „Ja, ja“, sagte der Blasse ungeduldig. „Stimmt schon alles. Das sind eure alten Räume. Bloß: die haben wir jetzt bezogen, seit wir hierher verlegt wurden.“ Er stellte die einzelnen Jungen im Zimmer vor. Ich hörte die Namen und verstand doch nicht: „Der da kommt von der LBA Zakopane, der von Krotoschin, ich aus Memel und der ... und der ... Wir mußten flüchten vor dem Iwan, heim ins Reich. Und nun sind wir also hier.“ — „Ja, aber ihr könnt doch nicht ...“ begann ich noch einmal; aber der Blasse unterbrach mich sofort: „Sicher können wir. Die haben uns verjagt und wir haben euch verjagt, die uns aus unserer Heimat, wir euch aus euren Zimmern. Ausgleichende Gerechtigkeit muß doch sein.“ Er lachte scheppernd und brach jäh ab, als er mich ansah. „Ist nicht so schlimm“, sagte er, „ein paar Wochen vielleicht und wir können wieder heim.“ — „... oder nicht“, sagte ein anderer am Tisch. Stille trat darauf ein; alle schwiegen. „Ach, Quatsch“, sagte der Blasse, „malt doch den Teufel nicht an die Wand. Das sind doch bloß alles vorsorgliche Maßnahmen. Der Führer wird schon wissen ...“ Aber dann verstummte auch der Blasse. Im Zimmer wurde es schnell trüb und dämmrig. Man hörte, wie der Eiswind an die Scheiben fuhr. Der Blasse meinte: „Ich glaube, ihr seid jetzt unterm Dach untergebracht. Man hat ja auch kaum mehr mit euch Schanzern gerechnet. Seid ihr das nicht, die sich freiwillig auch für den Winter verpflichtet hatten? Wie kommt es, daß ihr nun doch zurückkommt? Man hat euch schon abgeschrieben hier.“ Ja, abgeschrieben, das war es; man hatte uns schon abgeschrieben. Aber nun waren wir doch da; nun waren wir doch zurückgekehrt: Fremde unter Fremden, Gäste, Urlauber. Dr. Sanders hatte recht: es war alles anders geworden.

Ich ging aus dem Zimmer hinaus und schloß hinter mir die beiden Türen. Sie fielen mit einem dumpfen „Plomb“ ins Schloß und trennten mich endgültig von dem Gewesenen. Sie schnitten das Vergangene einfach ab, als sei es nie Wirklichkeit, nie Gegenwart gewesen. Ich nahm meine beiden Koffer wieder auf, ging den stillen, dunklen Gang entlang und tastete mich in der Finsternis die Treppen zum Obergeschoß hinauf. Hier war ich noch nie gewesen: rohe Lattentüren, hölzerne Zwischenwände, abgeteilte Bretterverschläge. Es roch nach staubigem Stroh und nach Kälte. Durch die schrägen Dachfenster dunkelte der sternlose Abend. Es brannte kein Licht; keine Lampe spendete tröstlichen Schein. Meine Schritte hallten durch die leeren Bodenräume. Es war niemand da, niemand außer mir. Ich stellte in einer der kleinen Kammern meine Koffer ab und kletterte die steile Bodentreppe wieder hinunter: dritter Stock, der lange Gang mit meinem alten Zimmer, zweiter Stock mit den Klassenräumen, erster Stock. Vor der Tür des Sekretariats standen eine Reihe Koffer, Tornister und Rucksäcke, lehnte ein sorgsam geschnitzter Stab, Dobrskis Stab. Ich erkannte ihn sofort; ich atmete auf und wartete. Es dauerte gar nicht lange und doch eine endlose Zeit, bis sich die Tür öffnete und eine Schar von Jungen heraustrat: der bullige Czaia, der lange Zink, der kleine Dobrski, Horn und Kriebel und Hillmer. „Dobrski!" sagte ich und wäre ihm am liebsten um den Hals gefallen. „Dobrski!" — „Immer langsam mit die jungen Pferde", sagte Dobrski und verzog das sommersprossige Gesicht zu einem breiten Grinsen. „Auch schon da?" Mit einem Male war der sonst so stille Gang erfüllt von Lärm und Gelächter, von hellen Jungenstimmen, von Begrüßungsrufen und lauten Gesprächen. Mit einem Male war es nicht mehr eine fremde Schule, war es nicht mehr ein fremdes Gebäude mit fremden Jungen und fremden Gesichtern. Mit einem Male war es wieder das Altvertraute, das Bekannte, das Gewohnte. „Hast du schon gehört", sagte der lange Zink, „was die mit uns vorhaben? Unters Dachjuchhe sollen wir: kein Licht, keine Betten, bloß Strohsäcke, keine Öfen, keine Spinde, keine Tische und Stühle." Ich nickte: „Ja, ich weiß, ich war schon oben." — „Sauerei", fluchte Zink. „Der Dank des Vaterlandes ist euch gewiß. Und das uns, das uns alten Schanzern. Und das gleich am ersten Tage. Die können mich alle mal und das kreuzweise." — „Reg dich doch nicht so auf, Langer", dämpfte Hillmer." Denk doch an deinen hohen Blutdruck. Ist doch nichts zu ändern, wenn du noch so sehr schreist. Der Direx hat doch gesagt: ist nur vorübergehend, für ein paar Tage; man war doch auf uns nicht gefaßt, hat mit uns nicht gerechnet." — „Dann soll er uns wieder heimfahren lassen", empörte sich der lange Zink noch immer.

„Und das machen sie mit mir, mit meiner Mutter liebstem Kind?“ Er äffte Hillmers feine Mädchenstimme nach: „Vorübergehend, vorübergehend, wenn ich das bloß höre!“ — „Langer“, sagte ich, „es ist wirklich nicht so schlimm. Die Hauptsache, daß wir wieder alle zusammen sind.“ Der lange Zink beruhigte sich allmählich und meinte: „Na ja, eigentlich hast du ja recht. Wir haben schon ganz andere Dinger geschaukelt. Und, wenn es nur vorübergehend ist... na ja, Schwamm drüber, gut.“

Nach und nach traf einer nach dem anderen wieder ein. Jeder Neuankömmling wurde mit wildem Indianergeheul überfallen und schnell in die neue Lage eingeweiht. Als wir dann zum Nachtappell kurz vor dem Zapfenstreich draußen auf dem engen Hof antraten, merkten wir erst, wieviel Neue die Schule beherbergte, fünf Klassen vielleicht, lauter fremde Gesichter, lauter fremde Jungen. Wir kamen uns unter ihnen seltsam verloren und einsam vor und drängten uns dicht aneinander, als suchten wir Schutz und Wärme und Geborgenheit. „Wenn wir nur wieder beisammen sind“, tuschelte der lange Zink. „So 'n Quatsch, so 'n blöder. Nur vorübergehend. Wenn ich das nur höre...“ Er war immer noch in Kampfstimmung. „Schnauze!“ brüllte der UvD.

Der Direx begrüßte alle und spuckte große Töne von Pflichterfüllung und Vaterlandsliebe. Wir grinsten in der Dunkelheit. Er konnte es ja nicht sehen. „Und morgen“, so sagte er, „morgen beginnt wieder der Ernst des Lebens: Schule. Die Schanzerzeit ist vorbei, endgültig vorbei. Ich hoffe, ihr wißt, was das heißt.“ Aber wir brüllten nicht wie früher „Jawoll!“, sondern gingen still auseinander. Auf der Treppe zum Obergeschoß begegnete uns Dr. Sanders. „Gelt“, sagte er, „es hat sich viel verändert.“ — „Ja“, sagte ich. „Es wird vorübergehen“, meinte er und ging weiter, ein müder, alter Mann mit einem zerfurchten Gesicht, gebeugten Schultern und schweren Schritten.

Aber es wurde nicht mehr viel mit Unterricht und Schule. Die meisten Lehrer waren uns fremd; wir kannten sie nicht und sie kannten uns nicht. Dr. Sanders sprach mit uns mehr vom Schanzen und von den Erlebnissen der zurückliegenden Zeit als von der mittelhochdeutschen Dichtung, wie es eigentlich der Stundenplan verlangte. Ignaz Kluß saß in den Musikstunden in der leeren, kahlen, großen Aula vor dem Flügel, spielte uns vor, präludierte und führte uns ein in die Meisterwerke alter deutscher Musik. Der kleine Naz lag dann meist, zusammengerollt wie ein Wollknäuel, vor des großen Naz Füße, lauschte aufmerksam wie wir und freute sich, daß alles wieder so war, fast so war wie einst. Dr. Söhnel, der Biologe, ein Mann mit einem halben Magen, war kurz vor unserer Ankunft eingezogen worden und damit aus unserer Gemeinschaft verschwunden. Der Direx, Dr. Dr. Fleischel, entwickelte vor uns immer noch dozierend die alten Phrasen und Thesen nationalsozialistischer Weltanschauungstheorie; aber was wir einst mit glühendem Herzen gläubig entgegengenommen hatten, wirkte nun kalt und leer, schal und tot. Wir hatten inzwischen zu vieles erlebt und gesehen, als daß wir noch groß und siegesgewiß hätten glauben können. Wir klammerten uns nur noch wie Ertrinkende an Strohhalme vergangener Hoffnungen und wußten doch gleichzeitig, daß alles verloren, alles vergeblich war. Es gab nur noch eines: Aushalten, Durchhalten. Und dennoch waren es noch einmal ein paar schöne Tage mit stillen Gesprächen, einfachen Worten, heimatlicher Geborgenheit. Die strenge Kälte der letzten Tage war gewichen und hatte einer freundlichen Winterstimmung Platz gemacht. Der Schnee flockte in großen, schweren Wolken weich und weiß zur Erde und hüllte alles in dicke Decken ein. Der Eiswind aus Nordost hatte aufgehört; in den Mittagsstunden wärmte eine blasse Wintersonne.

In den Mittagsnachrichten meldete der Wehrmachtsbericht: „Die sowjetischen Armeen haben aus den Weichselbrückenköpfen bei Pulawy und Warka, sowie aus dem Weichsel-

Bug-Dreieck nördlich Warschau und der Narewstellung bei Ostenburg ihre seit langem erwartete Winteroffensive begonnen. Es gelang ihnen, die deutschen Sperriegel zu durchbrechen und zwischen Weichsel und Lysa Gora mit Infanterie- und Panzerkräften nach Westen bis über die Nida vorzudringen. Im Einbruchsraum der Bolschewisten dauern die schweren Abwehrkämpfe zur Stunde noch an."
Kaum einer der Jungen achtete auf die Worte des Sprechers im Radio; sie löffelten weiter ihre dampfende Suppe und unterhielten sich halblaut über den Tisch hinweg. „Hast du gehört", sagte King, „was die melden?" — „Ja", sagte ich, „warum? Das ist doch noch weit weg: Warschau — Weichsel — Narew." — „Sie können schneller da sein als du denkst. Die paar hundert Kilometer bis zur Grenze." — „Na, dann müssen sie erst unseren Ostwall überrennen und da kommen sie nicht drüber", winkte der lange Zink ab. „Mach dir bloß nicht in die Hosen." Kings blasses, teigiges Gesicht rötete sich. „Nein", sagte er, „ich hab' keine Angst, wenn du das meinst. Aber wenn die das heute melden, dann sind sie schon lange unterwegs; dann war das alles doch schon gestern oder vorgestern. Dann sind sie jetzt schon wieder viel weiter nach Westen vorgedrungen, dreißig, vierzig Kilometer vielleicht; was weiß ich. Da gibt es doch kein Halten mehr. Die brausen los und zerschlagen die Front und wir sitzen hier, löffeln seelenruhig unsere Suppe und ..." — „... und auf einmal geht die Tür auf und der Iwan steht draußen", spottete der kleine Dobrski: „Nein, nein, King, so schnell geht das nun wieder auch nicht. Die können doch nicht gerade machen, was sie wollen. Wenn es wirklich ernst wäre, würde man uns schon holen, würde man den Volkssturm aufrufen. Wozu hat man uns denn sonst ausgebildet? Na, siehst du, Krach um faule Eier. Löffel nur deine Suppe weiter; sonst wird sie bloß kalt."
Doch es war, als sei uns allen mit einem Male der Appetit vergangen; die Suppe schmeckte nicht mehr; ein Gefühl der Unsicherheit, der Furcht, der Angst beschlich uns. „Wird schon nicht so schlimm werden", meinte noch einmal der kleine Dobrski; aber wir fühlten alle, wie etwas Unbekann-

tes auf uns zukam, etwas, dem man nicht ausweichen, nicht entgehen konnte. Wir ahnten: der Hammer war schon zum Schlag erhoben, der Hammer, der so viele von uns zermalmen würde. Wer würde es sein; wer würde der nächste sein: du oder du oder ich?

In der Nacht danach wurden wir plötzlich geweckt. Wir lagen schon im tiefsten Schlaf. „Los, dawai, auf“, fluchte Axmann und mußte jedem einzelnen von uns die dünnen Decken wegziehen, in die wir uns fest eingehüllt hatten. „Los, los“, sagte er immer wieder, „keine Müdigkeit vortäuschen! Alles aufstehen! Befehl vom Direx: Bahnhofsdienst!“ — „Bahnhofsdienst?“ knurrte der lange Zink und gähnte: „Was ist denn das?“ — „Weiß ich doch auch nicht, Langer“, erwiderte Axmann. „Wirst du schon noch sehen.“ — „Und gerade hatte ich so schön geträumt“, brummte der Lange, „von der Dolly und der Molly und der Olly.“ — „Der Traum ist ausgeträumt“, sagte Axmann. „Wach endlich auf, zieh dich an, beeil dich. Oder willst du in deinem langen Nachthemd zum Bahnhofsdienst antreten als Ritter von der traurigen Gestalt?“ — „Du Affe“, gab Zink lakonisch zurück. „Du Affe.“

Wir hörten, wie Axmann auch in den Nebenräumen des Bodens herumpolterte und die dort Schlafenden weckte: „Los, los, aufstehen, Beeilung!“ Es war scheußlich finster und scheußlich kalt. Wir waren unausgeschlafen und froren wie die Schneider trotz der dicken Winteruniform, der pelzgefütterten Halbstiefel und des dicken Mantels. „Puh“, sagte Zink, „hätten die uns denn nicht schlafen lassen können? Unverschämtheit, gerade uns zu wecken.“ Aber es war nichts zu machen. Die anderen Jungen in unseren alten Zimmern schliefen fest und warm. In den Gängen und Fluren war es unheimlich still, bis wir die Stille mit unserem Lärm vertrieben. Die Tür zum Rektorat war halb geöffnet; ein dünner Lichtschimmer fiel heraus in die Vorhalle. Als wir mit ziemlichem Lärm die dunklen Treppen heruntertrappten und uns in der Halle sammelten, kam der Direx heraus und sagte mit grämlichem Gesicht: „Pst, pst! Leise! Macht bloß leise; weckt die anderen nicht auf. Die brauchen nichts zu merken. Ihr sollt zum Bahnhofsdienst. Was das ist, weiß ich auch nicht genau. Eben ist von der Gauleitung angerufen worden. Meldet euch in der Bahnhofshalle bei der Auskunft und macht der LBA keine Schande. Verstanden? Alles klar?" — „Alles klar", murmelten wir und wollten gehen. „Einen Augenblick noch", sagte Dr. Dr. Fleischel. „Das Bahnhofsgelände ist abgesperrt. Ihr müßt euch also zuerst geschlossen bei einem der bestimmt dort stehenden Posten melden, daß ihr durchkommt. Und vor allem: Schnauze! Der Einsatz ist geheim. Niemand darf darüber sprechen, So, das wär's."

Wir trotteten die Treppe hinab zum Ausgang, tappten über den dunklen Innenhof, durch die noch dunklere Toreinfahrt auf die stille, schweigsame, weiße Straße. Die Stadt lag leer, wie ausgestorben: keine Straßenbahn, kein mit abgeblendeten Scheinwerfern vorbeisurrendes Auto, kein Mensch. Die Stadt schlief. Es mußte weit nach Mitternacht sein. Ich blickte auf die Leuchtziffern der Uhr am linken Handgelenk; aber die Zeiger waren kurz nach acht stehen geblieben. Es war bitter kalt; der Schnee knirschte hart unter unseren Schritten. Irgendwoher von einem der hohen Türme klang der blecherne Ton eines Schlagwerkes. Einmal — dann blieb wieder alles still.

Der Vorplatz des Hauptbahnhofs mit den Straßenbahnhaltestellen lag gespenstisch leer und einsam. Eine dichte Doppelkette von Polizeisoldaten und Feldgendarmerie sperrte die Zufahrtsstraßen ab. Sie schritten in der Kälte der Nacht ihre vorgeschriebene Strecke ab, hin und her und hin und her. Sie waren mürrisch und nörgelten, als wir vorbei wollten. „Wenn sie jetzt schon Kinder schicken", meinte einer, „na, dann gute Nacht." Aber sie ließen uns anstandslos durch. Wir marschierten über den weiten verlassenen Vorplatz und wußten noch immer nicht, was uns erwartete. Aber eine dunkle, nicht greifbare, nicht faßbare Drohung lastete über dem ganzen Bahnhofsgelände, über der ganzen Stadt, über dem ganzen Land.

Wir öffneten die weiten, gläsernen Schwingtüren der großen Halle und traten ein. Sofort schlug uns der vertraute Bahnhofsduft entgegen; es roch nach Rauch und nach Ruß, nach Kohlenstaub und dunstiger Luft. Die Bahnhofshalle wirkte nicht anders als sonst auch zu solch später, nächtlicher Stunde: unaufgeräumt und schmutzig und ein wenig verwahrlost. Es war das gewohnte Bild eines schlafenden Bahnhofs zwischen dem letzten und dem ersten Zug: nur wenige alte Eisenbahner an den Sperren und in den Nachtschalterräumen; leere Warteräume, eine verschlossene Gepäckabfertigung. Wir drängten uns in die kleine Auskunft. Hier summten Telefone, klingelten Signale, tickten Fernschreiber, war die Luft zum Schneiden dick von stinkig-brodelndem Tabaksqualm, saßen ein paar Männer an den Tischen und waren in rastloser Tätigkeit. Wir erkannten sofort einen von ihnen wieder: Stabsleiter Bänsch von der Gauleitung. „Da seid ihr ja endlich", sagte er verdrießlich, als er uns erblickte. „Hat lange gedauert, bis die feinen Herren sich bequemt haben. Also, hört mal zu: gleich kommen die ersten Flüchtlingstransporte hier an, Züge voller Flüchtlinge. Die sollt ihr betreuen: Koffer schleppen, umsteigen helfen, Auskunft geben, Tee ausschenken und Wasser, Brote verteilen, die Leute beruhigen. Die NSV kann das alleine nicht schaffen. Vor allem eines: niemand dieser Flüchtlinge darf den Bahnhof verlassen; niemand darf in die Stadt. Niemand, versteht ihr? Ihr seid mit dafür verantwortlich. Kranke und Tote werden mit dem Gepäckaufzug nach unten gefahren und von dort mit Sankas in die Lazarette oder auf den Kantfriedhof geschafft. Aber sonst darf niemand hier raus: Nur Kranke und Tote, klar? Die Stadt soll nicht unnötig beunruhigt werden. Das ist eben nur ein vorübergehender Rückschlag. Es wird schon wieder aufwärts gehen. Also ab! Was steht ihr hier noch herum?"

Auf den Bahnsteigen deutete noch nichts auf das Kommende hin. Es war hier noch alles still und leer. Die bläulich abgedunkelten Lampen schwankten im Nachtwind hin und her. Die eisige Nachtluft fegte durch die weite, offene Glashalle. Die Einfahrtssignale weit draußen zeigten ein blasses Rot und standen auf Halt. Ein paar braune Parteischwestern liefen geschäftig auf und ab und klapperten in kleinen Holz-

baracken mit Kannen und Geschirr. Ein höherer Bahnbeamter verteilte uns auf die einzelnen Bahnsteige.
Und dann gingen draußen die Einfahrtssignale mit ihren Armen in die Höhe und zeigten grünes Licht. Der erste lange, dunkle Güterzug schnaufte in die Halle. „Polska", stand in weißen Lettern daran, Polska und ein weißer Adler und fremde Wörter. Die Lokomotive verlangsamte ihre Fahrt und bremste die vielen Wagen ab. Die Bremsen kreischten; die Lok stieß zischend weißen Wasserdampf ab; die Räder rollten noch einige Umdrehungen auf den blanken Schienen weiter; die Wagen stießen mit den eisernen Puffern aneinander und kamen zum Stehen: der Zug hielt. Aber es wurde nicht still. Aus den Wagen drang Weinen und Jammern, drang das Schreien von Kindern, verworrener Lärm. Fäuste hämmerten von innen gegen die Holztüren. Stimmen schrieen: „Macht doch auf! Macht doch auf! Wir erfrieren! Wir ersticken!" Wir rissen die großen Türen der Güterwagen seitwärts auf und riefen: „Langsam, immer langsam."
Aber die ausströmenden Menschenmassen schoben uns einfach beiseite, drückten uns von der Rampe zurück. Koffer polterten zur Erde, Rucksäcke, Schlitten, Betten, Kisten und Kästen, Säcke und Tornister. Frauen und Kinder ohne Zahl füllten im Nu den eben noch so leeren Bahnsteig. Und schon fuhr auf dem Nebengleis der nächste, ebenso lange, ebenso volle Zug ein, bis in die letzten Winkel und Ecken gefüllt mit jammernden, weinenden, schreienden, wimmernden, frierenden, halb erstickten Menschen. Und fast ohne Abstand folgte Zug auf Zug. Die Züge mußten alle schon stundenlang vor dem Bahnhof auf freier Strecke gestanden und auf die Einfahrt gewartet haben. Man hatte sie wohl draußen stehen lassen, bis hier zu ihrem Empfang alles vorbereitet und organisiert war, bis die benötigten Helfer alarmiert, die Absperrungsmannschaften aufgezogen waren, der andere Zugverkehr umgeleitet worden war. Nun setzte auch der Bahnhofslautsprecher ein, hart, überlaut, metallen: „Achtung! Achtung! Keiner der Flüchtlinge verläßt den Bahnhof! Achtung! Achtung! Keiner der Flüchtlinge verläßt den Bahnhof! Die Transporte aus Richtung Radom, Krakau, Tschenstochau

werden sofort weitergeleitet! Achtung! Achtung! Ich wiederhole: keiner ..."
Dann setzte der Lautsprecher mit einem dumpfen Klacks wieder aus. Die Bahnsteige waren überfüllt von hastenden Menschen. Sie brodelten durcheinander, wogten hin und her. Koffer wurden von der Rampe gefegt, fielen unter den Güterwagen auf die Gleise. Kleine Kinder schrieen angstvoll und hell. Alte Frauen verrichteten ihre Notdurft an den geöffneten Türen. „Tee! Tee!" riefen die hellen Stimmen der Schwestern an den Rotkreuzbaracken. Wir versuchten zu helfen; aber es war fast unmöglich. Das waren keine Menschen mehr, die hier durcheinanderwimmelten; das waren angstgeschüttelte, verstörte Kreaturen. Wir kletterten in die Güterwagen. Überall waren noch ein paar Flüchtlinge zurückgeblieben. Alte Leute zumeist. Sie lagen in den Ecken stumm und kalt und steif. Tot. Ihre wächsern gelben Gesichter starrten uns spitz und anklagend an. Wir öffneten die gegenüberliegenden Wagentüren und legten die Toten auf den schmalen Schotterstreifen zwischen den Gleisen. Niemand kannte sie; niemand wußte ihre Namen. Wir fürchteten uns vor den stillen Toten und fürchteten uns vor ihren steifen, eisigen Gliedern. Sie waren wie Gliederpuppen. Sie lagen nur da mit weitgeöffneten, stummen Augen und blickten uns an, als wollten sie damit sagen: „Auch ihr ... auch ihr ..." Wir wendeten die Köpfe ab, wenn wir die Toten anhoben und hinaustrugen. Die Wagenwände glitzerten weißgrau von niedergeschlagenem Rauhreif, vielleicht auch vom Atemdunst. Wir zählten die Toten nicht; es waren zu viele.
In einem der Wagen fanden wir eine junge Frau. Sie saß da in der dunklen Ecke und stierte vor sich hin, ihr zur Seite ein vielleicht dreijähriges blondes Mädchen, das leise wimmerte und sich an die Mutter schmiegte. Auf den Armen hielt die Frau einen in dicke Windeln eingewickelten Säugling. Sie drückte ihn an sich und wiegte ihn hin und her und flüsterte mit einer Stimme, die uns erschauern ließ: „Still, mein Kleiner, still. Eia popeia." Sie sang mit grausiger Monotonie, wiegte den Säugling hin und her und flüsterte, als sie uns sah: „Pst, still; er schläft." Wir standen vor der Frau und

rührten uns nicht. Aber der Kleine, den sie in den Armen hielt, schlief gar nicht, schlief vielmehr den ewigen Schlaf; der Kleine war tot. Doch die Mutter hielt ihn fest umfangen und an ihr Herz gedrückt. Ihre Augen sahen uns an und sahen durch uns hindurch. „Nein", sagte die Frau mit zerbrechender Stimme, „nein, nicht weinen, mein Kleiner. Es wird alles wieder gut." Und sie wiegte das tote Kind weiter hin und her, sang und flüsterte leise auf es ein und das kleine Mädchen an ihrer Seite wimmerte: „Mama! Mamaa!"
King blickte von einem zum andern, von Hillmer zu Dobrski, von Dobrski zu Zink, von Zink zu mir. Dann zuckte er mit den Schultern und kletterte aus dem Güterwagen heraus. Wir folgten schweigend und stumm. Keiner sprach ein Wort. „Es ist nichts zu machen", sagte nach einer Weile der lange Zink. „Was können wir da schon tun? Laßt sie doch noch für ein paar Stunden in dem Glauben, daß ihr Kind lebt. Sie wird schon von selbst die Wahrheit erkennen. Bald, allzubald." — „Ich glaube, wir erkennen bald alle die Wahrheit", sagte King. „Ach, Sch . . ." sagte Zink und wandte sich ab. Seine hohe Gestalt überragte das Gewimmel auf dem Bahnsteig. „Helft mir doch", jammerte uns eine Frau an. Sie klammerte sich an Kings Ärmel fest wie eine Ertrinkende. „Helft mir doch", sagte sie noch einmal. „Jaa?" fragte King gedehnt und versuchte behutsam, die anklammernden Hände zu lösen. Aber die Frau hielt sich weiter an King fest und flüsterte in jagender Hast vor sich hin: „Helft mir doch, daß ich aus dem Bahnhof hier herauskomme. Ich habe es versucht, die ganze Zeit über, während der Zug hier hält, aber . . An allen Ausgängen stehen Wachen. Die lassen mich nicht durch. Sie haben mich alle wieder zurückgeschickt." Sie sah sich mit spähenden Blicken um, ob sie einer belausche; ihr Kopf ruckte jäh dabei und dann beugte sie sich etwas vor und murmelte: „Ich zahle alles, was ihr wollt: hundert Mark, zweihundert, was ihr wollt, was ihr verlangt. Aber ich muß raus hier, schnell . . ." Sie war wie von Sinnen; ihr bleiches Gesicht zuckte unruhig; die Augen jagten gehetzt von einem zum andern; ihr Mund zitterte und bebte. „Ich muß raus hier", wiederholte sie immer wieder tonlos, „raus . . . raus . . .

Sonst ist es zu spät." — „Zu spät?" fragte King; aber die Frau schien seine Frage überhört zu haben. „Wofür zu spät?" fragte King noch einmal. Doch wieder blieb die Frau die Antwort schuldig. „Die Züge fahren doch gleich weiter", mischte sich Hillmer ins Gespräch ein. „Sie können doch gleich wieder einsteigen und in ein paar Stunden sind Sie im Gebirge oder in Sachsen oder sonst werweißwo. Sie brauchen doch keine Angst zu haben." Er lächelte aufmunternd; aber die Frau erwiderte sein Lächeln nicht. Sie hatte ihre Handtasche geöffnet, nestelte mit zitternden Fingern darin herum und holte ein paar grüne und blaue Geldscheine heraus. „Da", sagte sie und knüllte das Geldbündel in der Hand zusammen: „Da, ich ..." — „Nein, so geht es nicht", sagte King. Seine sonst so weiche Stimme war mit einem Male hart und schneidend. „Bestechen können Sie uns nicht. Sie müssen uns schon sagen, warum Sie hier heraus wollen. Wir könnten Sie vielleicht herausbringen; aber das ist ziemlich gefährlich und ..." Die Frau blickte von einem zum andern; jedem streckte sie die geschlossene Hand mit dem Geld entgegen. „Du?" fragte sie und „Du?" und „Du?" Aber jeder von uns schüttelte verneinend den Kopf. Sie öffnete ihre weißen Finger und ließ das Geld achtlos zu Boden gleiten. Niemand bückte sich danach. Der mahlende Menschenstrom nahm es unter seine Füße; der Wind trieb einen Schein vom Bahnsteig herunter auf die Schotterung zwischen den Schienen. Die Frau stierte mit erloschenen Augen über uns hinweg zum Ende der Bahnhofshalle, wo eben ein neuer Zug zischend und mit quietschenden Bremsen einfuhr. „Da!" schrie sie mit kreischender, sich überschlagender Stimme. „Da! Sie kommen!" Sie stürzte wie von Furien gehetzt davon, dem entgegengesetzten Ausgang, den hinunterführenden Treppen zu, wendete im Laufen immer wieder den Kopf mit den weit aufgerissenen Augen, in denen das Grauen stand, ruderte mit den Händen durch die Unzahl von Menschen. Ihre Schreie übertönten den gedämpften Lärm der Halle: „Sie kommen! Sie kommen!" Bald hatten wir sie aus den Augen verloren. Nur Zink, der lange Zink, sah ihr schweigend nach, verfolgte ihren weiteren Weg, bis sich ihre Gestalt im Gewimmel der Hin- und Herwogenden verlor. Hillmer sagte: „Die muß verrückt geworden sein, total verrückt." Und King meinte: „Wäre das ein Wunder?" — „Ach was", sagte Zink, „die sind hier doch alle verrückt, verrückt vor Kälte, vor Angst, vor Hunger und Durst, vor Schrecken, der eine mehr, der andere weniger. Sieh sie dir doch an."

Und wirklich. Es war, als hätten alle diese Züge Tausende und Abertausende von Verrückten ausgespieen. Sie strömten hin und her, zu den Ausgängen und Schaltersperren, wurden von den ersten Wachen dort zurückgetrieben, kletterten steifbeinig und langsam wieder die Treppen hoch, die sie eben in freudiger Erregung hinuntergedrängt waren, fluteten in dichtgeballten Gruppen von den Zügen zu den Rotkreuzbaracken, von den Rotkreuzbaracken zu den Glaswänden der Halle, von einem Ende der Bahnsteige zum anderen, waren in ruheloser, gehetzter Bewegung, stießen sich und drängelten, kletterten über Gepäckstücke, trampelten darauf herum, warfen letzte Koffer und Tornister weg oder klammerten sich ängstlich an die letzte Habe, die bei manchem seltsam genug war: Zwei geschlachtete unausgenommene Mastgänse, die trotz der Kälte schon furchtbar stanken, ein Bild vom alten Hindenburg in ovalem Perlenkranz, ein kleines hölzernes Spielzeugauto, rotkarierte Federbetten, ein leerer Rodelschlitten, eine tickende Küchenuhr, ein ganzes Einkaufsnetz voll Bücher in blauen Papiereinbänden. Immer noch wurden Tote, Verletzte, Kranke und Fiebernde aus den Wagen getragen. Manche waren aufgedunsen und hatten schwärzlichblaue Gesichter. Andere lagen welk und gelb auf den weißüberzogenen Tragbahren. Die Fiebernden mußten festgeschnallt werden. Sie schrieen und tobten und versuchten, um sich zu schlagen. Die Menschen auf dem Bahnsteig achteten nicht darauf, was vor ihren Füßen lag, wer vor ihren Füßen lag. Es konnte wohl auch keiner einem Toten auf dem Pflaster ausweichen. Alle wurden geschoben und gedrängt, schoben und drängten selbst. Alle Hilfe war sinnlos, war vergeblich. Man konnte nur den Toten noch helfen, indem man sie zur entgegengesetzten Wagenseite zwischen den Gleisen auslud.

Endlich klackte wieder der Hallenlautsprecher: „Achtung! Achtung! Einsteigen! Türen schließen! Die Züge fahren sofort ab!“ Alle Flüchtlinge auf den Bahnsteigen drängten zu ihren Güterzügen zurück. Beim Einsteigen ging es den Letzten nicht schnell genug; sie stießen sich rücksichtslos nach vorn durch und wurden so selbst zu Gestoßenen. Der Lärm brodelte lauter als zuvor auf. Verlassene Kinder schrieen angstvoll nach ihren Eltern; Mütter irrten von Wagentür zu Wagentür und fragten mit zitternden Stimmen: „Ist hier . . . Ist hier . . .?“ Niemand konnte Antwort geben; kaum einer kannte den nächsten; keiner hatte auch Zeit, sich um den andern zu kümmern. Jeder war mit sich selbst genug belastet.

Endlich zogen die Loks an, nachdem Soldaten mit blinkenden Blechschilden vor der Brust die letzten auf dem Bahnhof Stehenden in die Züge hineingezwängt und hinter ihnen die Wagentüren verschlossen hatten. Die langen, langen Güterzüge rollten aus der Halle hinaus; ein dumpfes Brausen begleitete sie, ein Brausen, das aus den Wagen zu uns herausklang. Mit einem Male war die weite, große Bahnhofshalle wieder leer und still und nur von dem eisigen Nachtwind durchweht. Nur die vielen zurückgebliebenen Gepäckstücke, zertrampelt und zertreten, und ein paar Tote auf dem Schotter zwischen den Gleisen erinnerten noch an das Geschehene. Wir gingen schweigend und stumm durch die stillen Straßen der Stadt zur Schule zurück. Im Osten begann es grau zu dämmern. Man ahnte den Morgen mehr, als daß man das Licht sah.

Horn

„Abzählen“, schrie Czaia und stampfte mit wuchtigen Schritten vor unserer kleinen Schar auf und ab, um sich warmzuhalten. Es war bitter kalt, der graue Hinterhof der Schule war erfüllt von grauem Nachmittagslicht, dunstig und von wirbelndem Schnee durchsiebt. Der lange Zink meckerte wie immer: „Laß doch den Quatsch, Czaia. Du weißt doch, wieviel ..." — „Schnauze!" brüllte Czaia und sein Gesicht rötete sich bläßlich.

Wir zählten ab, langsam und schleppend und lustlos, trampelten mit den Füßen, um die aus dem Boden und dem Schnee aufsteigende Kälte abzuwehren, standen in Reih und Glied und warteten auf das Ende des Appells, auf das Abendessen, auf den warmen Aufenthaltsraum im Haus. Zink schnüffelte mit hocherhobener Nase in der Luft herum und sagte halblaut zu dem neben ihm stehenden Hillmer: „Ich glaube, es gibt noch mehr Schnee. Die Luft stinkt förmlich nach Schnee." — „Schnauze, Zink!" brüllte Czaia noch einmal und setzte dann hinzu: „Verdammt, da stimmt doch was nicht. Einer von euch fehlt. — Aber wer denn?" — „Du spinnst", gab Zink aus dem Glied heraus die Antwort; der Anpfiff hatte ihn unberührt gelassen; die strengen Bande der einstigen Disziplin lösten sich immer mehr. „Vielleicht hast du dich verzählt." Auch Dobrski meckerte nun: „Hab' dich doch nicht so, wenn einmal einer fehlt. Wir sind doch keine kleinen Kinder mehr. Er wird schon wiederkommen. Und wenn nicht, was geht's dich an? Ist doch alles Sch ..."

Czaia ging zum rechten Flügel der Gruppe und begann nun, selbst abzuzählen. Er tippte dabei dem Ersten jeder Reihe mit dem Fausthandschuh auf die Brust und murmelte Zahlen vor sich hin: „... Zwölf — fünfzehn — achtzehn ..." Patschke, der kleine mickrige Patschke, zuckte zurück, als ihn Czaia berührte, wand sich und flötete mit gezierter Stimme: „Nicht doch, mein Herr, ich bin so kitzlig am Busen." Aber der alte Witz zog nicht; Czaia warf Patschke einen bitterbösen Blick zu und hob die Hand, als wenn er zuschlagen wollte. Patschke duckte sich vor der Faust weg; Czaia schnaufte ein verächtliches „Feigling" hervor und tappte weiter zum nächsten Glied. Dann raunte Zink vorn leise: „Los, Plätze wechseln." Neben-, Vorder-, Hinter-, Seitenmänner in den vordersten Gliedern tauschten untereinander ihren Standort aus. Czaia, der inzwischen beim letzten Drittel der Gruppe angekommen und in sein Zählen vertieft war, merkte nicht, was vorn vorging. Wir hatten das schon früher oft genug versucht, um die Abwesenheit eines Kameraden zu vertuschen, um uns mit einem mißliebigen Unterführer einen Jux zu leisten, um uns einfach die Zeit zu vertreiben bei allzu öden Appellen. Aber diesmal war es etwas anderes; diesmal war es kein Spaß; diesmal ging es um ernstere Dinge.

Czaia, der mit seinem Zählappell fertig war und der nun noch einmal eine andere Zahl als zuerst errechnet hatte, schrie mit einem Male: „Weg, marsch marsch, der ganze Haufen bis an die Toreinfahrt!“ Wir setzten uns in Bewegung, ein träger Haufen, ein müder Lauf. Trappen der Nagelschuhe auf den schneeüberhauchten Steinplatten des Hofes. „Hinlegen! Auf! Hinlegen! Auf!“ fluchte Czaia. „Schneller, ihr faulen Säcke.“ Wir ließen uns auch dabei Zeit; denn auf Zeitgewinn kam es an, auf Zeitgewinn, auf sonst nichts. Denn Zeit war viel für den, der in unseren Reihen fehlte.

Czaia ließ uns noch einmal in drei Gliedern antreten und schickte Dobrski ins Sekretariat, die Namensliste der Jungmannen aus V II b zu holen. Dobrski schlenderte gemütlich über den Platz, verschwand hinter der quietschenden Eichenpforte und blieb lange aus. Wir standen im Schnee, spürten die Kälte aufsteigen, fröstelten von innen heraus und machten faule Witze mit Czaia, der geduldig, wenn auch zornbebend und mit immer röter werdendem Gesicht, vor uns stand und alles über sich ergehen ließ. Dann öffnete sich das Portal wieder; Dobrski zwängte sich durch den schmalen Spalt der breiten Doppeltür, klapperte die Stufen herab und brachte Czaia einen weißen Papierbogen mit den schwarz getippten Reihen unserer Namen. Czaia begann, die Namen vorzulesen. „Amft.“ — „Hier!“ — „Axmann.“ — „Hier.“ Hinter jeden Namen auf der Liste setzte Czaia einen dünnen Bleistiftstrich, blaß und grau und krakelig. Und nach jedem verlesenen Namen antwortete auch immer eine Stimme aus unseren Reihen mit „Hier!“ oder „Ja“ oder „Jawoll!“ Es war verhext: Czaia hatte zum Schluß alle Namen angekreuzt, die auf der Liste standen, und doch stimmte ihre Zahl mit der der Angetretenen nicht überein. „Kindergarten“, raunzte Czaia, „elender Kindergarten. Ich komme euch noch auf eure Schliche.“ — „Wer nicht da ist, soll sich melden“, schrie der lange Zink betont forsch und streng. Wir lachten,

ein wieherndes, albernes, überlautes Lachen; aber dahinter saß doch schon wieder die Angst, die Furcht, die Sorge um den, der fehlte. Lange würden wir dieses Spiel nicht mehr treiben können, lange nicht mehr.
„Ich lasse euch hier stehen, bis ihr anfriert", tobte Czaia. „Mir macht das nichts aus; ich kann mich ja bewegen oder drüben ins Haus gehen und euch vom Fenster aus ..." Er hielt im Sprechen inne, jäh, wie von einem neuen Gedanken angerührt. „Na, wenn ihr nicht wollt, es geht auch anders: Achtung! LBA V II b still 'stann!" Anziehen des nach vorn gestellten Fußes, Hackenklappen, erstarrende Reihen; die alten Kommandos wirkten noch immer, wenn es auch bloß Czaia, der Klassenbulle war, der sie gab, wenn auch die Disziplin locker wurde, wenn das Kalenderblatt auch Mitte Januar 1945 zeigte. „Rechts um!" befahl Czaia und „Ohne Tritt marsch!" Er führte uns über den Hinterhof, an den vereisten Fenstern der Turnhalle vorüber, an den schwarzüberquellenden Mülltonnen und dem Kücheneingang zur Seitentür der Schule, ließ uns in dem Flur vor dem Sekretariat warten und verschwand hinter der ledergepolsterten, grünen Doppeltür. Zink warf einen Blick auf seine Armbanduhr und sagte: „Der Zug ist fort. Jetzt ist es egal."
Dann mußten wir einzeln ins Sekretariat eintreten, wurden von der ältlichen, nickelbebrillten Sekretärin nach unserem Namen gefragt, nach Vornamen, Heimatwohnort, Geburtsdatum, Namen der Eltern, mußten darauf Antwort geben, Antwort, die sie mit den Aufzeichnungen in einer Namensmappe verglich und durften dann durch eine andere Tür den überhitzten, trocken nach Akten, Tinte und Heizung riechenden Raum wieder verlassen. Es dauerte fast eine weitere Stunde, bis wir alle durchgeschleust waren und bis dem ungeduldig in seinem Zimmer wartenden Direx die Meldung gebracht werden konnte, auf die er schon so lange wartete: „Ein Schüler der Klasse V II b ist verschwunden: Richard Horn."
„Ihr Blödiane", grinste Czaia uns an. „Meint ihr, ich hätte nicht gewußt, daß Horn ...? Oder was meint ihr, warum ich den Appell so in die Länge gezogen habe?" Wir verzerrten

unsere Gesichter zu einem dünnen Lächeln, das nicht recht gelingen wollte und bald wieder zerbrach. Hillmer atmete beklommen und flüsterte: „Günter, meinst du, Horn ist wirklich fort und kommt nicht wieder?“ Ich nickte: „Ja, ich habe dir doch erzählt. Damals beim Schanzen, kurz ehe wir nach Hause fuhren, wie er draußen neben mir vor der Scheune stand, in den Schneevorhang stierte, immer wieder sagte: Ich weiß schon, was ich tue, wenn's so weit ist. Frag doch den Hüttenhain, der war damals dabei.“ Hillmer blickte vor sich hin auf die rohe Tischplatte, schwieg lange und sagte dann, schüchtern und unbeholfen: „Da gehört aber Mut dazu. Das hätte ich dem Horn nicht zugetraut.“ Nein, das hatte niemand Horn zugetraut. Er war immer still und schweigsam gewesen, hatte sich viel von uns abgesondert, nannte keinen unter uns „Freund“, war ein unzugänglicher, übelnehmerischer und mißtrauischer Bursche gewesen, mit Augen, die ständig umherfluchteten und ruhelos die Umgebung abtasteten. Aber nun fehlte er doch in unserer Mitte. Am Morgen hatte das Radio gemeldet: „Den Sowjets ist es gelungen, mit Panzerspitzen zwischen Beuthen und Kreuzberg die Abwehrfront zu durchbrechen. Ihre vordersten Verbände stehen mit einem Keil vor Groß-Wartenberg. Die Orte um Wartenberg werden evakuiert.“ Horn hatte vor dem Apparat gesessen, auf die schwarzen Kunststoffgriffe, die taubengraue Verstärkerwand gestiert, war dann mit einem jähen Ruck aufgestanden, daß der Stuhl hinter ihm polternd umfiel und hatte mit seiner krächzenden Fistelstimme gesagt: „Ich haue ab. Jetzt haue ich ab.“ Er war aber noch geblieben, war mit in die Klasse zum Vormittagsunterricht marschiert, hatte sich die ganze Zeit nicht anders benommen als sonst auch: unauffällig, still, mißtrauisch, in sich eingekapselt und versponnen. Wir hatten das morgendliche Erlebnis fast vergessen, wollten es vielmehr mit Schweigen und absichtlichem Nichterinnern übergehen, bis dann nach dem Mittagessen Patschke — Horns Stubenkamerad — aufgeregt zu uns hereinstürzte: „Horn ist nicht da. Seine Sachen aus dem Spind sind weg. Der ist abgehauen, der ist bestimmt getürmt.“ Da war plötzlich alles wieder da: die Erinnerung an den Morgen, an das Gespräch beim Schanzen, an Horns Ausruf: „Ich haue ab. Jetzt hau ich ab.“ Was sollten wir tun? Dr. Sanders war nicht da, hatte gerade für zwei oder drei Tage Urlaub erhalten. Der große Naz schien nicht der geeignete Mann, ihn ins Vertrauen zu ziehen und um seine Hilfe zu bitten. Der Direx und die anderen, uns zumeist fremden Lehrer schieden aus. Wir konnten nur versuchen, den Vorfall zu vertuschen, das Verschwinden Horns so lange wie möglich geheim zu halten. Da nachmittags kein Unterricht war, gelang das auch bis zum üblichen Zählappell. Aber nun tobte der Direx, brüllte ins Telefon, rief nacheinander die Wache am Breslauer Hauptbahnhof, die Gauleitung, die Gebietsführung, die Ortskommandantur Wartenberg, die Poststelle in Horns Heimatdorf an. Doch hier blieb alles still; man vernahm wohl das Tuten des Freizeichens aus der Muschel des Apparats; aber am anderen Ende der Leitung meldete sich keine menschliche Stimme. Der Direx versuchte es noch einmal; aber wieder war nur dieses monotone Quäken vernehmbar und er ließ — jäh erschrocken und angewidert — den Hörer auf die Gabel zurückfallen. Dann blickte er uns der Reihe nach an, stumm und mit Augen, in denen plötzliche Erkenntnis oder Furcht flackerte. „Das ist doch nicht möglich“, sagte er tonlos. „Da meldet sich niemand.“ — „Vielleicht ist da schon der Iwan“, sagte der lange Zink leise. Dr. Dr. Fleischel fuhr herum, blaß und bleich, gab aber keine Antwort, sondern ließ sich schwer in den Sessel am Schreibtisch fallen, wischte sich mit der flachen Hand die feinen Schweißperlen von der Stirn und bemühte sich, seines Erschreckens Herr zu werden. Plötzlich war die Maske des furchtlosen Gebieters, des rücksichtslosen Parteigenossen, des gläubigen Fanatikers von ihm abgefallen; hinter der eisernen Maske kam ein zitternder, erbärmlicher Mensch zum Vorschein: die Glorie des Helden war verschwunden. Hilflos blickte er auf den schwarzen Telefonapparat auf dem wuchtigen Schreibtisch, als ob von ihm alles Unheil ausginge. „Was soll ich denn bloß tun?“ fragte Dr. Dr. Fleischel in unser Schweigen hinein; aber dann hatte er sich wieder gefaßt; sein Gesicht versteinte erneut, als sei ein Visier, für einige Augenblicke geöffnet, nun wieder her-

untergeklappt worden. Dr. Dr. Fleischel versuchte erneut, Verbindung zur Ortskommandantur Wartenberg zu bekommen. Es dauerte eine endlos scheinende Zeit, bis wider unser Erwarten der Anschluß klappte. Das Gespräch, das nun geführt wurde, war aber recht kurz.
Dr. Dr. Fleischel: „Hier Dr. Fleischel, LBA Breslau." — Die ferne, undeutliche Stimme im Telefonhörer: „Hier Ortskommandantur Groß-Wartenberg, Festungskommandant." Dann wieder Dr. Dr. Fleischel: „Hören Sie, Herr Oberst, hier ist heute mittag ein Schüler meiner Anstalt verschwunden, Richard Horn aus Walddorf bei Ihnen im Kreis, volkssturmpflichtig, fünfzehn Jahre alt, bekleidet mit der LBA-Uniform, Ärmelstreifen. Er wird versuchen, nach Wartenberg und zu seinen Eltern zu gelangen. Er hat wohl die Hosen voll; das Radio meldete heute morgen, vor Wartenberg stünde der Iwan. Aber da handelt es sich doch wohl bloß um einen kleinen Rückschlag. Wenn Ihre Feldjäger den Horn erwischen, so nehmen Sie ihn doch bitte fest und schicken ..." — „Ja, Herr, sind Sie verrückt geworden?" quäkte die leise Stimme in der schwarzen Muschel. „Sie erzählen mir von einem Jungen, der zu seinen Eltern will und ich soll ihn festhalten? Wo gehört denn ein Kind in diesen Zeiten anders hin als zu seinen Eltern? Hier ist bald alles im Eimer und Sie ..." Dr. Dr. Fleischel richtete sich mit dem ans Ohr gepreßten Telefonhörer stramm in seinem Sessel auf, nahm so etwas wie Haltung an und schrie zurück: „Ich verbitte mir Ihre defaitistischen Pöbeleien, Herr Oberst. Ich werde mich bei der Gauleitung ..." — „Klicks", machte das Telefon; die Verbindung war unterbrochen. Dr. Dr. Fleischel versuchte wohl zehn Minuten lang, das Telefonfräulein in der Vermittlung zu erreichen. Als sie sich endlich meldete, sagte sie: „Die Leitung nach Wartenberg ist unterbrochen. Bedaure: Gespräche über das öffentliche Telefonnetz nach dort sind nicht mehr möglich." Da ließ Dr. Dr. Fleischel den Hörer sinken, als habe er etwas Verbotenes berührt.
„Ja dann", sagte der Direx, „da ist wohl nichts mehr zu machen." Axmann bot sich an: „Schulführer, wie wäre es, wenn du zwei Mann schicken würdest, um Horn zu suchen

und zurückzubringen? Ich melde mich freiwillig dazu." — „Ich auch", sagte Amft. Der Direx schien angestrengt zu überlegen; dann meinte er: „Nein, das hat keinen Zweck. Wenn es so ist, wie der Oberst sagt, daß in Wartenberg der Iwan ist ..." Sein Blick suchte die drüben an der Wand hängende Karte. Er stand schwerfällig vom Stuhl auf, trat mit ein paar Schritten an die Karte, fuhr mit seinen plumpen, kurzen Fingern über das bunte Kartenbild, maß mit Daumen und Zeigefinger Entfernungen zwischen roten Flecken ab und sagte dann: „Verdammt, das sind ja bloß noch knapp vierzig Kilometer." — „Aber dazwischen liegen doch noch einmal Stellungen", sagte der lange Zink und wollte damit trösten. „Die zweite Linie des Barthold-Unternehmens: uneinnehmbar, gewaltig, unüberwindlich, ein eiserner Wall von Waffen, Willen und Leibern, wie du selbst damals gesagt hast." Dr. Dr. Fleischel antwortete und war nun wieder der, den wir kannten: „Ja, du hast natürlich recht. Man soll sich von augenblicklichen Rückschlägen nicht entmutigen lassen. Der Führer wird schon wissen ..." Das war auch unsere Hoffnung, eine zerbröckelte Hoffnung zwar, ein schwaches Fundament, ein schwankender Glaube, vielleicht ein flackerndes Irrlicht. Aber: an was sollte man sich klammern, wenn nicht daran: der Führer wird schon wissen ...

In den dunklen Kammern unter dem Dach hockte die Kälte. Wir krochen unter die dünnen Decken; aber der Schlaf wollte lange nicht kommen. Wir hatten an diesem Tage zuviel erlebt, einen Blick hinter brüchige Fassaden getan, das hohlklingende Eis unter unseren Schritten gespürt und darunter den dunklen Abgrund geahnt, der sich immer weiter auftat wie ein gähnender Rachen, der alles zu verschlingen drohte. „Heute nacht habe ich von Horn geträumt", sagte King am Morgen beim Aufstehen leise zu mir. Ich schwieg und schaute auf King, dessen teigiges Gesicht von Tag zu Tag mehr verfiel. „Ach, der wird längst zu Hause bei seinen Eltern sein oder mit ihnen unterwegs in einem Treck. Vielleicht kommt er in ein paar Tagen hier vorbei oder meldet sich zurück, wenn sich die Front wieder beruhigt hat. Was kann ihm schon groß passieren?" sagte ich, um King zu beruhigen. Aber

King winkte ab: „Mach dir doch nichts vor, Günter“, sagte er, „du weißt genausogut wie ich, wie jeder von uns, daß es kein Beruhigen mehr gibt, keine Rückkehr für Horn, für keinen von uns ...“ — „Warte doch mal ab“, versuchte ich noch einmal: „Du sprichst von Rückkehr; dabei sind wir noch nicht einmal fort.“ — „Hör zu“, sagte King und neigte sich mir zu, „was ich geträumt habe. Vielleicht war es auch gar kein Traum; vielleicht war es das Ahnen um Horns Weg: Ich sah ihn, wie er mit einem langen, schwarzen Zug durch ein leeres Land fuhr, wie der Zug immer kleiner und kleiner wurde, immer weiter in der Ferne entschwand. Dann sah ich Horn wieder, wie er durch den Schnee tappte, erst aufrecht, dann geduckt, dann kriechend, hinter sich eine schwarze Spur, vor sich ein weißes, weites Land. Dann auf einmal: ein roter greller Blitz und Horn war verschwunden. Ein dunkles Loch war da, wo ich ihn eben noch gesehen hatte, ein dunkles Loch, ein gezackter Krater und Metallsplitter und grauer Schnee, rußiggrau. Aber Horn war nicht mehr da. Weißt du, was das bedeutet?“ Ich zuckte hilflos die Schultern und meinte: „King, quäl dich doch nicht so. Es kommt eben, wie es kommt. Auf Träume geb ich nichts, auf deine schon gar nichts.“ Aber King ließ sich nicht beirren: „Horn ist tot.“

Nein, mehr weiß ich darüber nicht zu erzählen. Horns Spur verlor sich im unbekannt Grenzenlosen zwischen den Fronten. Er wurde nicht unterwegs aufgegriffen; niemand hat ihn mehr gesehen, niemand, seit dem Augenblick, da er am Mittag zuvor die Schule verlassen und zum Hauptbahnhof gegangen war. Es kam keine Nachricht von ihm, keine Nachricht über ihn. Seine Eltern fragten nicht (wie es viele Eltern schon ein paar Tage später taten) am Schultor, ob ihr Sohn noch auf der Schule sei. Keiner hat ihn mehr gesehen; keiner hat mehr etwas von ihm gehört. Er verschwand einfach, verschwand, als sei er nie gewesen. Bei den anderen, die von uns gegangen waren, wußten wir, wo sie lagen, wo sie waren, welches Geschick sie ereilt hatte: Dr. Herbst, Schicksnus, Stelzer, Bargander, Eichhorst, von Bergström — aber Horn war einfach aus unserer Mitte herausgegangen, einen Weg ohne Wiederkehr ...

„Das müßt ihr euch mal ansehen“, sagte Hillmer am Nachmittag dieses Tages, als er von einem Gang in die Stadt zurückkehrte. Seine Lippen zuckten und seine Augen waren bläulich umschattet. Und, als wir unwillig aufsahen, sagte er noch einmal ganz ruhig und still: „Das müßt ihr euch mal ansehen.“

„Was denn?“ wollte Kriebel wissen. „Laß uns doch in Ruhe.“ Und er beugte sich wieder über das Schachbrett, wog den Turm leicht in der Hand, ehe er ihn auf einem der schwarzen Felder des Spieles niedersetzte und triumphierend betonte: „Schach!“ und nach einem kleinen, den Sieg auskostenden Zögern: „Und — matt!“ Von Hüttenhain blickte düster auf die Figuren nieder, suchte Augenblicke lang nach einem Ausweg, überzeugte sich aber dann wohl davon, daß das Spiel verloren sei, nickte zustimmend und sagte: „Ja, Kriebel, du hast recht. Das Spiel ist aus.“ Er schob mit einer wegwischenden Handbewegung die Figuren vom Brett und stand auf, wandte sich dem immer noch wartenden Hillmer zu und fragte noch einmal: „Was sollen wir uns denn ansehen?“

Wir, die wir um den Tisch gesessen und aufmerksam das Spiel Kriebel-Hüttenhain verfolgt hatten, blickten nun auch zu Hillmer hin und wollten wissen, was es denn so Interessantes zu sehen gäbe. „Kommt nur mit“, sagte Hillmer, „aber zieht eure Mäntel an; draußen ist es bitter kalt.“

Ja, tatsächlich: die Kälte war noch strenger geworden; der Schnee war vom Himmel herabgefallen; über Mittag hatte es in den Straßen der Stadt leicht getaut; gegen den Frühnachmittag schon setzte wieder Frost ein; die Straßen waren spiegelglatt; die Schneekruste auf dem Bürgersteig knirschte dumpf unter unseren Schritten. Die Neugier war stärker gewesen als unsere Furcht vor der Kälte des Tages. Wir hatten die grauen Schulmäntel über unsere Uniformen gezogen, die Mützen aufgesetzt, die Ohrenschützer heruntergeklappt, dicke pelzgefütterte Handschuhe übergestreift und waren Hillmer gefolgt, aus der warmen Klasse hinaus, über den dunklen Flur, die Steintreppen hinab, über den Hinterhof auf die stille Seitenstraße, an der unser Wohngebäude damals lag. Hillmer hatte nichts mehr gesprochen seit seiner Aufforderung, ihm zu folgen, hatte stumm unseren Vorbereitungen zum Aufbruch zugeschaut, war dann schweigend vor uns hergegangen und führte uns nun durch die Hirtenstraße über den weiten Lutherplatz, an der roten Backsteinkirche und dem angrenzenden Altersheim vorbei zu einer der Breslauer Hauptstraßen, die dort quer durch die Stadt auf der Kaiserbrücke über die Oder führte. Wind war um uns, eisiger Ostwind, der seinen Psalm sang, die bläulichen Schatten des Schnees, graue abweisende Hauswände, ein unwirkliches Schweigen und Verstummtsein auf stillen Straßen und Plätzen. Kaum ein Mensch, der unserer kleinen, einem unbekannten Ziel zustrebenden Jungenschar begegnete, kein Kind, kein streunender, struppiger Hund. Dumpfe Leere lastete über allem.

Mitten auf dem Lutherplatz blieb Hillmer plötzlich stehen, etwa an der Stelle, wo wir früher beim morgendlichen Frühsport die letzten Gymnastikübungen gemacht hatten, drehte sich zu uns herum, hob wie ein dozierender Lehrer die rechte Hand auf, als ob er Ruhe gebieten wollte und sagte: „Hört ihr nichts?“ Wir verhielten unsere Schritte, lauschten in das einsame Schweigen der späten Nachmittagsstunde hinein, angestrengt bemüht, etwas zu hören. Aber nur das Blut rauschte in den Ohren; der Atem stand wie eine grauweiße Wolke vor unseren Mündern; die Augen tränten von der beißenden Kälte; die Finger in den Handschuhen schwitzten und klebten an der Pelzwolle fest. „Nichts“, sagte von Hüttenhain, „ich höre nichts.“ — „Ich auch nicht“, sagte ich, „nicht einmal die Straßenbahn am Scheitniger Stern hört man, kein Auto auf der Brücke. Die Stadt wirkt wie ausgestorben.“ Hillmer stand noch immer an seinen Platz gebannt, lauschte mit schräggeneigtem Kopf, hatte den Mund halb geöffnet und sagte noch einmal: „Da! Da! Hört ihr es jetzt?“

Wir, die wir schon weitergehen wollten, hielten nochmals unsere Schritte an, versuchten noch einmal, die drückende Leere zu durchdringen, etwas von Hillmers Geheimnis mit unseren Ohren einzufangen. Aber es blieb der Wind, das Sirren des

Schnees, das Knacken des Frostes, der eisige Anhauch der Luft, das dumpfe Schweigen. Doch dahinter vernahmen wir mit einem Male etwas anderes; ein fernes, dumpfes, dunkles Geräusch, verworrener Lärm, seltsam unwirklich und gedämpft, ein Brausen wie Wasserwogen, ein Tappen und Schleifen und schwaches Rollen, ein von Hauswänden und Schneeschichten geducktes, aufgefangenes und wieder freigegebenes monotones, in Stärke und Entfernung gleichbleibendes Klirren, tief und undeutlich und grau. Niemandem von uns wäre es wohl ohne Hillmers Hinweis aufgefallen; wir hätten es zu den Geräuschen der Großstadt gerechnet; aber nun ergriff uns urplötzlich etwas feindlich Unbekanntes, etwas Bösartiges, etwas Grausiges und umklammerte unsere Herzen mit eisernem Zugriff.
„Was ist das?" fragte Kriebel und verbarg sein Erschrecken hinter den dazugesetzten, vom Wind verwehten Worten: „Führt die Oder Treibeis? Sind das die Schollen, die gegen die Bohlen poltern?" Aber Hillmer schüttelte nur den Kopf und sagte: „Kommt nur mit; gleich werdet ihr es sehen." Er setzte sich wieder in Bewegung, stakste uns voran, die wir ihm schweigend nachschritten und blieb nach ein paar hundert Schritten an der Einbiegung der schmalen Seitenstraße in die Hauptstraße stehen, wies um die Hausecke und sagte: „Da! Da! Seht euch das an!"
Der dumpfe Lärm war mit jedem unserer Schritte lauter geworden und nähergekommen und stand nun verworren und zitternd über allem, schwebte in der frostkalten Luft, drang durch die Ohrenschützer und hochgeschlagenen Mantelkrägen in unsere Ohren und blieb dennoch unerklärlich und rätselhaft in seiner Ursache und Bedeutung, bis wir endlich den Schritt um die Hausecke taten und sich vor unseren Blicken die breite vierbahnige Kaiserstraße als wuchtiger, weit in die Ferne reichender Einschnitt zwischen den Häuserfronten öffnete. Und was wir nun hier sahen, ließ uns erschauern und wischte das letzte unbeschwerte Jungsein von uns weg.
Die Straße war schwarz von Menschen, schwarz von Fahrzeugen, schwarz von Planwagen und Schlitten. Ein unabseh-

barer schwarzer Strom kam von Osten her langsam und unaufhaltsam und vorwärtsdrängend, eine nicht abreißende Kette von Pferdefuhrwerken, von Viehherden, von Rodelschlitten, Handkarren, Kinderwagen, grauen Wehrmachtsautos mit verblaßten roten Kreuzen an gefrorenen Milchglasscheiben. Und dieser Strom wälzte sich an uns vorüber und verursachte das dumpfe Brausen, das wir vorhin gehört hatten, drängte sich an der Rampe der Kaiserbrücke in dichte Klumpen zusammen, schob sich die Brückenauffahrten hinauf und verschwand hinter dem Gitterwerk der eisernen Bögen wie abgeschnitten und nie gewesen. Und immer neue Menschenmassen schoben sich aus der Ferne heran: müde, schlurfende Schritte, gebeugte Rücken, rutschende Füße, Hufeklappern von Pferden, dazwischen das Rollen der Wagen, planüberdeckt und schneeverkrustet, russische Kriegsgefangene in erdbraunen Mänteln, von gewehrtragenden Volksstürmern mit eisgrauen Bärten bewacht, Frauen mit prallen Rucksäcken auf runden Schultern, Frauen mit Kindern an der Hand, Frauen mit eingemummten Säuglingen auf dem Arm, Frauen, die Kinder auf Rodelschlitten hinter sich herzogen, Frauen, die die Gespanne führten, Wagen voller Gepäck: Kisten und Kästen und rotkariertes Bettzeug, ein blinder Spiegel auf faulend-glitschigem Stroh, weinende Kinder, unter der grauen Zeltplane des Wagens hervorlugend mit ängstlich-erschrockenen Gesichtern. Zuruf und Peitschenknall und Pferdewiehern, fragende Stimmen und verschlossene Mienen, dunkle Kopftücher der Alten und leichte Sommerhalbschuhe an vielen Füßen, das monotone Tappen, Schleifen, Nachziehen und Vorsetzen der Füße, der verschüchterte Blick nach der Seite, nach den Straßenrändern, wo die Bürgersteige schwarz von Menschenmauern waren. Aber während die Menschen auf der Fahrbahn vorwärtsdrängten und sich vorwärtsschoben, standen die Bewohner der Stadt auf den Bürgersteigen und starrten schweigend auf die Vorüberziehenden: auch hier kein lautes Wort, keine Unterhaltung, kein Gespräch, sondern: zusammengepreßte Lippen, murmelndes Summen und Beben, verschlossene Gesichter, dunkel umhüllte Augen, selten eine helfende Hand mit einer Kanne wärmenden Tee's, mit einem Schluck Milch für die Kinder. Der dumpfe Lärm lag über den Straßen und zugleich auch ein Schweigen, ein abgrundtiefes, erschrockenes Schweigen, wie wir es nie erlebt.

„Mein Gott", sagte von Hüttenhain, „mein Gott." Eine alte Frau, die neben uns stand, blickte sich zu Hüttenhain um und flüsterte: „Ja, jetzt lernt ihr wieder Gott anrufen und beten. So lange habt ihr nichts von ihm wissen wollen. Aber es ist zu spät, zu spät . . ." Und obwohl die Frau ganz leise gesprochen hatte, gellte uns ihr „Zu spät" in den Ohren und es war, als ob die Räder, die Fußschritte, das Knirschen des Schnees, das Wagenrollen, der Hufschlag auf den gleichen dunklen Ton abgestimmt wären: „Zu spät."

Wir standen am Straßenrand des Scheitniger Sterns, unweit der Normaluhr und starrten mit weiten Augen auf die nicht abreißende vorbeiflutende Kette von Menschen, von Tieren und Wagen, lasen an den Wagenschildern die Heimatorte ab: Kreuzberg — Wartenberg — Oels — Militsch — Festenberg — Frauenwaldau — Heinrichshütte — Eisenhammer —, bekannte Orte, bekannte Namen. Der lange Zink flüsterte: „Siehst du, was da steht? — Eisenhammer. Eichensee. — Unser Schanzen hat nichts genützt." Er sah mit Augen, die nicht begreifen wollten oder nicht begreifen konnten, auf den hoch daherschwankenden Wagen mit dem kleinen vertrauten Namensschild. Kriebel schwieg; Hillmer schwieg; von Hüttenhain schwieg; ich schwieg. Es gab nichts zu sagen mehr, nichts zu reden. Der Strom war über seine Ufer getreten, floß unaufhaltsam an uns vorbei westwärts, würde auch uns bald als kleine Woge mitreißen, in seine Gewalt nehmen und verschlingen.

Und immer neue Kolonnen, neue Wagenreihen, neue Menschengruppen, neue Viehherden, blökende Rinder, trottende Schafe, zusammengekoppelte Pferde, aneinandergedrängte Menschen. Und alle trieben und wurden getrieben, stießen und wurden gestoßen, drängten und wurden gedrängt. Und alle blickten vor sich hin auf die endlose Straße von Irgendwo nach Nirgendwo, auf den Weg von der bergenden, nun verlorenen Heimat in die ungewisse Fremde. Ein Volk auf dem Wege, ein Volk auf der Flucht. Rumpelnde Geschützlafetten, ein mahlendes Kettenfahrzeug, aufgelöste Militäreinheiten ohne Schritt und Führung, leuchtende Stirnbinden, rote Flecken auf weißem Mull, vornübergeneigte Gestalten, an Stöcken sich vorwärtsziehend, Verwundete auf Handkarren, auf Leiterwagen, auf Schlitten, auf umgekippten Tischen, stöhnende Bündel voll Schmerzen. Und dann wieder die langen Reihen der grauen Planwagen, alte Frauen, die sich an den Seitenwänden der Wagen taumelnd festhielten, ausrutschende Pferdehufe, klirrendes Eisen, das Gleiten von Kufenschlitten über den aufgeharschten Schnee der Straße, darüber die im Wind baumelnden erloschenen Bogenlampen der Lichtleitung. Kriegsgefangene Franzosen in blauen Uniformmänteln als Kutscher, junge Frauen als Gespannführer, braun bemäntelte, wohlgenährte Parteileute mit leuchtenden Ärmelstreifen als Treckführer, an den Straßenkreuzungen barsche Feldgendarmen mit blinkender Blechkette auf der Brust, ein Trupp zebragestreifter Zuchthäusler, wieder eine Kolonne kahlgeschorener Russen mit kältegrauen Gesichtern und lappenumwickelten Füßen, eine westwärts trappelnde Wlassoweinheit, die geschlossene Kolonne eines gemeinsamen treckenden Dorfes, unabsehbar, unabsehbar, Bewegung von Osten nach Westen, kaum einmal eine schmale Lücke in den schwarzen Zügen; und alles geschah trotz des Lärms schweigend und still. Tote auf der Flucht, lebendige Tote.

Und wir standen am Straßenrand Stunde um Stunde, fühlten die Kälte nicht, nicht den beißenden Frost, das Gefühllos-werden der Glieder, merkten nicht, daß die graue Dämmerung in graues Licht der Nacht überging, sprachen kein Wort, machten auch keinen Versuch zur Hilfe. (Was hätten wir denn helfen können; wie hätten wir hier helfen sollen?) Wir starrten auf den vorbeiflutenden Strom, nahmen Bild für Bild in uns auf: das zusammenbrechende Pferd an der Wagendeichsel, den schnell an die Seite geschobenen Planwagen, die Frau mit dem toten Kind im Arm, den brüllenden, geifernden Ortsgruppenleiter, die Kolbenschläge des vollbärtigen Volkssturmmannes auf die gebeugten Rücken

der russischen Kriegsgefangenen, das verächtliche Lächeln im Gesicht des dahinter reitenden Kosaken-Atamans, das Schluchzen eines blonden Mädchens an der Hand seiner Mutter, die taumelnden, schlürfenden, gleitenden, trappelnden, schweren Schritte, der erlösende Pistolenschuß für das zusammengebrochene Pferd, das helle Wiehern einer Stute, das Ächzen der vollbeladenen Wagen und der Geruch von Schweiß und Blut und Stroh und durchmarschierten Nächten, eine Unzahl von Einzelbildern, von Einzeleindrücken, von Einzelerlebnissen, die uns immer mehr in Schweigen und Einsamkeit fallen ließen. Unsere Blicke lösten sich nicht von der Straße, waren gebannt auf das schreckliche Schauspiel der Flut gerichtet, die da vorüberströmte, und jeder von uns ahnte: Das ist der Anfang. Aber keiner sagte etwas. Jeder war eingekapselt in das eigene Erschrecken.
Endlich, spät in der Nacht, riß wie abgeschnitten dieser Strom des Leidens, dieser Zug der grauen Not ab: das letzte Wagenrollen, das letzte Pferdetrappeln, die letzten schleifenden, müden Schritte. Wir wandten uns und gingen zur Schule zurück.
In der Toreinfahrt stand der kleine Dobrski als Wache, winkte ganz aufgeregt, als er uns im Näherkommen erkannte und rief uns schon von weitem entgegen: „Mutti ist da, Mutti ...“ — „Mutti?“ fragte Kriebel, und Dobrski sagte noch einmal: „Ja, Mutti. Wo seid ihr bloß so lange gewesen? Sie wartet auf euch. Sie bleibt die Nacht hier, sagt sie; morgen früh will sie weiter.“
„Ich versteh nicht“, sagte Kriebel, „was will denn Mutti hier?“ — „Mensch, lebst du denn auf dem Mond? Sie ist doch geflüchtet. Gestern morgen. Und heute ist sie schon in Breslau. Eine tolle Leistung: führt selbst einen Planwagen, hat ihre zwölf Kinder oben draufgepackt und ist dem Iwan gerade noch so entkommen. Während er zur Vorderseite des Hofes hereinfuhr, ist sie aus der Scheune hinten mit dem Wagen heraus und ab, was hast du, was kannst du. Sie erzählt tolle Sachen.“
Dobrski blickte von einem zum anderen und schüttelte den Kopf: „Wie seht ihr bloß aus? Hat's euch die Petersilie ver-

hagelt oder was ist los? Ihr macht Gesichter wie ... Freut ihr euch denn gar nicht, daß Mutti da ist?"
„Doch", sagte Kriebel unwillig und tonlos, „doch; aber weißt du auch, was das heißt?" — „Na klar", sagte Dobrski, „in Eichensee ist der Iwan. Wenn ich dran denke. Vor vier Wochen haben wir da noch gebuddelt wie die Irren, Stellungen, Panzergräben, Deckungslöcher." Er ließ den Kopf hängen, hatte sich aber schnell wieder gefaßt: „Laßt nur; das ist doch nur vorübergehend. Wenn wir erst dran sind, wo wir doch die Stellungen wie unsere Hosentaschen kennen. Wartet nur ab. Was, Langer?" Und er knuffte den langen Zink freundschaftlich in die Seite. Aber Zink ging gar nicht darauf ein, fragte bloß: „Wo ist denn Mutti?"
„Na, wo denn", entgegnete der sommersprossige Dobrski, „wo denn anders als im Aufenthaltsraum. Dort ist es doch warm und gemütlich; Stroh und Decken hat die Mutti selbst mit; Tee haben wir in der Küche geklaut; Brote hat jeder von uns abgegeben. Das ist doch 'ne Wucht, wa?" Er hielt in seiner Rede inne, um schnell Luft zu schnappen und fuhr dann fort: „Und stellt euch vor: der Direx hat vielleicht getobt, als er in den Aufenthaltsraum kam und die Bescherung sah: Mutti und ihre zwölf Kinder, Strohballen auf dem Linoleum, wir alle im Kreise um Mutti herum, anstatt unsere Aufgaben zu machen, krabbelnde Babys, Kindergeschrei, im Hof ein Planwagen, in der Turnhalle auf den Kokosmatten die zwei Gäule. Da war was los, kann ich euch bloß sagen. Der Direx hat getobt und geschrieen wie ein Verrückter. Hier ist kein Asyl für Obdachlose, hat er die arme Mutti angeschrieen, hier ist eine LBA. Ich weiß, hat die Mutti gesagt; weißt du, so ganz still und ungerührt; ich weiß, Herr Direktor, deswegen bin ich ja hierhergekommen. Dem Direx ist der Mund offen stehengeblieben vor so viel Courage. Unverschämtheit, hat er gebrüllt, ich verbitte mir das. Scheren Sie sich hinaus, Sie ... Sie Subjekt. Aber die Mutti hat bloß den Kopf geschüttelt und hat gesagt: Nein, Herr Direktor, Sie werden mich doch nicht wieder hinausjagen in die Nacht mit den zwölf armen Würmchen. Wo soll ich denn da hin? Die erfrieren mir ja — aber der Direx hat weitergeschrieen von

Schande und Schmach, die Heimat im Stich zu lassen, feige zu flüchten; und Mutti hat ihn bloß groß angesehen und gesagt: Aber Herr Direktor, soll ich vielleicht meinem Dreijährigen ein Gewehr in die Patschhändchen drücken: Nun schieß, mein Kleiner, rette das Vaterland. Dafür sind Sie doch da, Herr Direktor, Sie und Ihresgleichen. Die Front ist vorn, dort, wo ich herkomme, nicht hier, Herr Direktor. Die Männer sollen doch uns schützen, nicht wir sie. — Da ist dem Direx das Gebiß wieder heruntergeklappt und er ist ganz blaß und rot geworden und die Mutti hat sich nicht stören lassen und hat den Säugling seelenruhig trockengelegt und eingewickelt und dann gefragt: Oder, ist sonst noch was, Herr Direktor? Da hättet ihr mal sehen müssen, wie schnell der aus dem Zimmer war und die Tür hinter sich zugeknallt hat. Asyl für Obdachlose, hat er gesagt. Dieses Schwein. Wir hätten ihm zu gerne eins in die Fresse gehauen und ich glaube, Dr. Sanders, der zum Glück heute abend zurückgekommen ist, hat dem Direx auch ganz schön den Marsch geblasen und hat ihn darüber aufgeklärt, wer die Mutti ist, was wir ihr zu verdanken haben. Jedenfalls darf sie bis morgen früh hierbleiben. Aber morgen muß sie weiter. Sie stört sonst den Schulbetrieb, hat der Direx ausrichten lassen."
Dobrski hatte sich in Zorn geredet und sagte abschließend: „Aber was steht ihr denn noch hier herum? Geht doch ins Haus; ihr seht ja ganz erfroren und erstarrt aus. Ich komme auch gleich nach. Meine Wache ist bald um. Schickt Amft heraus. Er soll mich ablösen. Man kriegt ja Eisbeine heute nacht, eine Hundekälte."
Wir eilten über den Hof, die Treppen hinauf, ins Haus hinein, öffneten vorsichtig und leise die Tür zum Aufenthaltsraum. Dort saß Mutti, unsere Mutti, auf einem Schemel mitten im Zimmer, um sie herum die Schar der Kameraden und auf dem Fußboden lagen in Decken eingehüllt auf dem knisternden Stroh ihre zwölf Kinder und schliefen den behüteten, trotz aller Sorgen, Nöte und Ängste sorglosen Schlaf der Kindheit. Da saß Mutti, unsere Mutti, unsere gute Hilfe und Köchin aus Eichensee, aus der vergangenen Schanzzeit: eine stille, blasse, kleine, vor der Zeit gealterte Frau

mit einem müden Gesicht, mit tiefen dunklen Schatten um die bläßlichen Augen, das ergraute Haar im Nacken zu einem Knoten gerollt, ein gebeugter, schmaler, zerbrechlicher Rükken, reichte uns ihre abgearbeitete, schlaffe Hand und zauberte von irgendwoher ein gutes, sanftes Lächeln ins Gesicht.

„Ah, der lange Zink, auch im Lande", sagte sie, und „na, Herr von Hüttenhain und Huttenhenne, tüchtig durchgefroren?" und „Nun tut mal eure Klamotten aus und stellt euch an den Ofen. Aber leise: Weckt bloß meine Kleinen nicht auf. Laßt ihnen den Schlaf. Sie haben ihn bitter nötig." Und: „Ach, daß ich euch keinen Kuchen backen, keine Brote schmieren, keine Suppe kochen kann. Ihr seht ja alle noch verhungerter aus als in Eichensee." Ein dunkler Schatten huschte über ihr Gesicht, ein jäher Ernst, als sie den Namen des Dorfes aussprach. Aber gleich hatte sie sich wieder gefaßt, lächelte behutsam und tröstend und meinte: „Ja, Jungens, so ist nun einmal das Leben: einmal oben, einmal unten. Und jetzt sind wir eben dran, unten zu sein, ganz unten." — „Aber wir kommen doch wieder hinauf?" fragte Amft, der sich zum Ablösen des wachestehenden kleinen Dobrski fertig machte. Doch Mutti hob nur mit einer hoffnungslosen Gebärde die Schultern und sagte: „Wer weiß . . ." Danach verharrten wir im Schweigen; Amft polterte hinaus; nach einer kleinen Weile kam Dobrski durchfroren ins Zimmer, schnallte mit steifen Fingern das Koppel ab, warf die Mütze auf eine der Schulbänke, legte den Mantel darüber, zog sich einen Stuhl an Muttis Seite und bat: „Mutti, erzähl doch noch mal, wie das war, wie ihr abgehauen seid. Du bist vielleicht großartig, die beste Mutti von der Welt." Mutti lächelte ihr verlorenes, trauriges Lächeln aus den Mundwinkeln heraus und sagte mit ihrer behutsamen Stimme: „Ja, Kleiner, was gibt es da schon groß zu erzählen: plötzlich hieß es eben, wir müßten alle fort, der Russe stände schon in Festenberg und Eisenhammer. Und da habe ich eben die paar Sachen für die Kinder zusammengesucht, das Bettzeug und die Decken, die notwendigen Papiere und Urkunden, ein paar Ballen Stroh und zwei Säcke Hafer, habe alles auf den Wagen geladen, die Gäule angeschirrt, die Plane über die Karre gezurrt, die Kinder dick angezogen und auf den Wagen gesetzt und wollte eben aus dem Hof fahren, als da so ein dicker Panzer die Straße herabgeklirrt kam. Na, mir hat vielleicht das Herz geklopft."

„Aber Mutti, jetzt lügst du", sagte der kleine Dobrski und strahlte mit blanken Augen. „Du hast doch keine Angst, noch nie gehabt. Auch heute abend vor dem Direx nicht. Das haben wir doch gesehen."

„Ja, der Direx; das ist aber doch kein russischer Panzer", wandte Mutti ein; doch Dobrski gab nicht nach: „Aber mindestens genauso stur wie ein Iwan. Und dann, Mutti?" wollte er wissen.

„Ach, Kleiner", sagte Mutti, „ich habe die Geschichte doch schon erzählt: ich bin halt wieder mit dem Fuhrwerk in die Scheune zurück, habe das Vordertor zu-, das Hintertor aufgemacht, habe gewartet, bis der Panzer in den Hof einbog und bin dann im Karacho hinten raus aus der Scheune über die Wiese, wo ihr immer Fußball gespielt habt, über den Feldweg zum Wald und bin so glücklich durchgekommen bis hierher."

„Und die andern aus dem Dorf?" wollte Czaia wissen; er dachte wohl vor allem an seine Schanzerfreundin; doch Mutti schüttelte verneinend den Kopf. „Ja, Jungs, das weiß ich nicht. Die waren schon alle vor mir fort, jedenfalls die, die Pferde und Wagen hatten. Die andern?" Ihr blasses Gesicht wurde ganz traurig. „Hoffentlich sind sie auch so gut durchgekommen wie ich. Leonore — die kennt ihr doch noch — ist freilich schon vor fast einer Woche fort; der alte Lehrer wollte in seinem Hause bei seinen Blumen und Bienen bleiben; das Schloß brannte, als ich vom Waldrand zurückblickte; eure Stellungen haben nicht gehalten, was ihr euch davon versprochen habt. Nein, gekämpft wurde nicht. Es ging alles so schnell, zu schnell. Ich kann es noch gar nicht fassen."

„Und jetzt?" fragte von Hüttenhain. „Was haben Sie jetzt vor, Mutti?" — „Ja, jetzt", sagte Mutti, „ich will versuchen, mit den Kindern weit nach Westen zu gelangen, nach Sachsen vielleicht oder übers Gebirge nach Böhmen. Ich glaube nicht, daß das, was ihr hier Front nennt, lange hält, ein paar Tage vielleicht, ein paar Wochen."

„Und dann?" fragte von Hüttenhain. Mutti sagte nichts daraufhin; aber sie blickte von einem zum andern, still forschend, in den Gesichtern lesend: wieviel Gläubigkeit noch unter uns, wieviel Vertrauen, wieviel Angst und Furcht, wieviel zerbrochener, betrogener Glaube.

„Ach", sagte sie, „könnte ich euch doch alle mitnehmen. Ich brächte euch schon durch. Was macht es, ob es zwölf oder fünfzig sind?"

Der lange Zink sagte: „Warte nur ab, Mutti, wenn wir erst rangehen. Weißt du, wie der alte Blücher: drauf und dran und durch und Sieg. Es kann ja nun wirklich nicht mehr lange dauern und sie holen uns. Dann aber ... Du wirst schon sehen. Und dann kommen wir dich in Eichensee besuchen und du kochst uns wieder Suppe und bäckst duftenden Streußelkuchen."

Muttis Lächeln wurde bitter und schal. „Ach, Junge", sagte sie, „großer Junge." Und sie streichelte Zinks Hände und ein paar Tränen kullerten aus ihren Augen über die blassen Wangen. Sie dachte wohl an das gleiche wie wir, an das unwiderbringlich Vergangene: der glühende, glutende Sommer, die fruchtschweren Getreidefelder, das unbeschwerte Lachen und Leben des leuchtenden Herbstes, die Stille des kleinen Dorfes zwischen Seen und Wald, die sonnige Heiterkeit der vergangenen Tage, das mütterliche Beschütztsein, das sie uns gewährt hatte, die tiefe Dankbarkeit, die uns alle seit dem Schanzen mit ihr verband, die stille Liebe, die wir ihr, unserer Mutti, seitdem entgegenbrachten.

„Kinder", sagte sie in unser Erinnern hinein, „geht schlafen. Ihr seid müde. Ich bin müde, eine alte Frau." So hatte sie auch in Eichensee immer gesagt, wenn sie uns zur Ruhe bekommen wollte. Dabei ging es ihr gar nicht um sich, sondern um die ihr Anvertrauten, um ihre Kinder, um uns. Wir erhoben uns auch diesmal gehorsam und gingen leise und behutsam aus dem Raum. „Mama!" quäkte eines der Kleinkinder, das von unserer Unruhe aufgeweckt worden war, und wir hör-

ten Muttis Stimme: „Still, mein Kleines, schlaf nur, es ist nichts." Ach, Mutti . . .
Am Morgen halfen wir Mutti, die Gäule aus der zugigen Turnhalle herauszuholen, die Pferde anzuschirren, die Betten und Decken aufzuladen, die Kinder auf den Wagen zu heben. Alles an diesem Morgen geschah leise und behutsam, von der dunklen Schwermut des Auseinandergehens ins Unbekannte überschattet, ohne ein lautes Wort, ohne Zuruf und Befehl.
Dann gab es nichts mehr zu tun; der Direx ließ sich nicht sehen; aber Dr. Sanders kam, reichte Mutti die Hand, wünschte ihr alles Gute, half uns, den Wagen durch die Hofeinfahrt zu bugsieren, stand dann mit uns draußen auf der schneeigen Straße, blickte dem langsam davonrollenden, endlich in der dunstigen Ferne verschwindenden Gefährt nach. Muttis Gestalt wurde immer kleiner; sie schritt neben den Pferden her, führte sie am Zügel, blickte sich von Zeit zu Zeit nach uns zurück um, hob einmal winkend die Hand, als sie unser Rufen hörte: „Mutti! Mutti! Alles Gute! Auf Wiedersehen in Eichensee!", entfernte sich immer weiter, immer weiter von uns und ordnete sich in den langen, auch an diesem Tage wieder auf der Hauptstraße über die Oderbrücke flutenden Zug ein, wurde von ihm als kleines Teilchen aufgesogen, verging mit ihrem Wagen, mit ihren zwölf Kindern in der westwärts spülenden Flut und ließ uns allein in Einsamkeit und Erinnerung zurück.
Dr. Sanders sagte, als wir bedrückt ins Haus zurückgingen: „Ja, die Mutti. Macht euch um sie keine Sorgen. Die wird schon durchkommen. Die Mutti ist tapfer." Ihr blasses Gesicht, ihr verzagtes, tröstendes Lächeln stand noch immer vor uns, als der Direx beim morgendlichen Fahnenappell an die Klasse V II b einen strengen Verweis erteilte wegen „Aufnahme einer nicht zur Anstalt gehörenden Person" und wegen „Unterstützung destruktiver Elemente in den Reihen des deutschen Volkes".
„Ich betone es noch einmal: die LBA ist kein Asyl für herumstreunende Obdachlose." Der Direx berauschte sich wie stets auch diesmal wieder an seinen eigenen Worten: „Wem

das nicht paßt, der kann ja gehen!" Er schrie: „Die Fahne ist mehr als der Tod!" Er brüllte: „Ein Feigling, der in Gefahr seine Heimat im Stich läßt!"
Aber seine Worte glitten an uns ab. Wir fühlten uns nicht betroffen und nicht berührt. Mutti war jetzt vielleicht schon über die Oderbrücke auf dem Wege ins Reich und in die Sicherheit, Mutti und ihre zwölf Kinder ...

Breslau: Freiburger Bahnhof

„Na, mach schon", sagte die graue, verschwommene Gestalt an meinem Lager, hatte sich zu mir herabgebeugt, schüttelte mich, versuchte, mich wach zu bekommen und die Decken, in die ich mich eingekrallt hatte, wegzuziehen. Ich merkte das Rütteln und Ziehen, hörte die befehlende Stimme, sah undeutlich auch die Gestalt neben mir, war aber so schlaftrunken und benommen, von einem unruhigen Traumgespinst eingefangen, daß es mir nicht gleich gelang, wach zu werden.
„Los, los, steh auf!" flüsterte die Gestalt und zerrte an mir. Ich wickelte mich fester in die Decken ein und drehte mich der Wandseite zu. Aber es half nichts; die Stimme hörte nicht auf, halblaut zu rufen. Die Gestalt ließ nicht nach, an mir zu zerren; das Traumbild verflüchtigte sich; ich richtete mich halb auf und gähnte schlaftrunken: „Was ist denn los?"
„Weiß nich", sagte die Gestalt, in der ich nun den UvD. Franzek erkannte, Franzek mit den krummen Fußballbeinen, der beim Marschieren immer als Schlußleuchte in der letzten Reihe trotten mußte, weil hinter ihm niemand Gleichschritt halten konnte, Franzek, der stets nur nachts UvD. sein durfte, weil er am Tage beim Fahnenappell vor der Front der Angetretenen eine zu komische krumme Figur abgegeben hätte. „Weiß nich", sagte er noch einmal, „ich sollte euch schnellstens wecken, dich und Graupe Hermann und Geisler, Befehl vom Direx." — „Ach, laß mich", murmelte ich und versuchte, den abgeschnittenen Traumfaden neu zu knüpfen; aber Franzek gab keine Ruhe. „Tut mir leid", sagte er, „du bist an der Reihe, nu mach schon, die anderen

zwei sind schon unten beim Direx. Sie warten auf dich." — „Wie spät ist es denn?" fragte ich, als ob das das Wichtigste von der Welt sei. Franzek ließ seine Taschenlampe aufleuchten; ihr gelblicher Strahl huschte einen Augenblick lang über die zusammengerollten, in Decken vermummten Gestalten der Kameraden und blieb zitternd auf dem Zifferblatt von Franzeks Armbanduhr haften. „Licht aus", brummte einer und wälzte sich auf die andere Seite. „Halb eins", sagte Franzek, „gleich halb eins. Aber nu steh schon auf." Ich hatte einen Atemzug lang die wärmende Decke losgelassen; gleich grabschte Franzek danach und zog sie mit einem Ruck von mir ab. Die Nachtkälte fiel über mich her und machte mich vollends wach. „Na endlich", sagte Franzek, „du hast vielleicht einen Schlaf, mein lieber Mann." Ich brummelte irgend etwas vor mich hin und wollte nach meinem Waschzeug greifen; aber Franzek legte die Hand darauf und sagte: „Laß den Quatsch. Waschen kannst du dich ein andermal. Du hast immer noch nicht kapiert, was los ist: Du sollst schnellstens zum Direx ins Sekretariat kommen. Er wartet schon fast eine halbe Stunde. Beeilung, Beeilung, los, los!" Ich schlüpfte fröstelnd in die klammen, kalten Kleider, schnallte das Koppel um, zog den Mantel über; Franzek gab mir die Handschuhe und die Mütze, ließ den Lampenstrahl über mich hingleiten und musterte mich kritisch. „Den mittelsten Knopf zu, es zieht!" knurrte er, und dann, noch als ich mich abmühte, ihn mit steifen Fingern zu schließen: „Los, ab!"

Unten im Sekretariat brannte hell und gleißend das Licht. Franzek meldete: „Befehl ausgeführt!" Ich baute mein Männchen (wie gelernt: drei Schritte ins Zimmer, Hacken zusammengeknallt, rechter Arm zum Gruß hochgerissen, Habachtstellung, schnarrende Stimme: „Schulführer, ich melde mich zur Stelle!"). „Danke", sagte Dr. Dr. Fleischel, der im Halbdunkeln hinter der grünpolierten, matt das Licht widerspiegelnden Schreibtischplatte saß, unnahbar, eisern, unbewegten Gesichtes. „Dauerte lange", sagte er, „die Jungmannen Graupe und Geisler waren schneller." — „Jawoll, Schulführer", schmetterte ich entgegen und versuchte eine lahme Entschuldigung: „Ich . . .“ Aber er ließ mich nicht ausreden, sondern unterbrach mich: „Also, hört mal her, ihr drei.“ Er winkte: „Kommt mal näher.“ Graupe Hermann, Geisler und ich machten einen Schritt näher an den Schreibtisch heran; Franzek, der UvD., blieb an der Türschwelle stehen. Dr. Dr. Fleischel blickte auf; sein bleiches Gesicht, bleich wie Marmor, genauso kalt und weiß, zuckte jetzt unruhig. „Franzek“, rief er, „hau ab, du Würstchen. Mach die Tür von außen zu.“ — „Jawoll, Schulführer“, brüllte Franzek, öffnete die Tür und schlüpfte hinaus. Graupe Hermann lächelte überlegen vor sich hin; dabei entblößten sich die gelben Zähne seines Pferdegebisses. Geisler war wie ich noch nicht richtig wach, stand da, den rechten Fuß vorgestreckt und döste dümmlich den unterbrochenen Schlaf weiter.

„Also, hört zu“, sagte Dr. Dr. Fleischel, „geheimer Befehl für euch, eiliger Auftrag: eben hat die Gauleitung angerufen: Breslau wird evakuiert, ortsgruppenweise evakuiert. Der Befehl dazu geht in den frühen Morgenstunden raus. Wir haben also ein paar Stunden Vorsprung. Es geht mir dabei nicht um mich, sondern um euch, um euch, die Elite der Nation, für die dieser Kampf zu allererst geführt wird.“ Seine Stimme geriet ins Salbadern, verlor sich in Phrasen, um das Wesentliche und Wichtige zu überdecken und zu verhüllen: seine eigene Angst, seine zitternde Furcht, seine Absicht, sich ins Hinterland, in Sicherheit abzusetzen. Unsere Rettung war ihm doch bloß ein Vorwand, eine Täuschung für die Umwelt, vielleicht auch für sich selbst. Ach, wir kannten doch unseren Direx. Aber dann kehrte seine Stimme wieder zu dem Tatsächlichen zurück.

„Die Zeit eilt“, sagte er, „die Zeit eilt sehr: ihr trabt jetzt also auf dem schnellsten Wege zum Freiburger Bahnhof — ihr wißt doch, wo der ist?“ Wir nickten, obwohl auf jeden Fall mir schleierhaft war, wo sich dieser Bahnhof im großen Breslau befinden mochte: Meine Züge jedenfalls fuhren bisher immer vom Hauptbahnhof ab. „Auf dem Freiburger Bahnhof meldet ihr euch beim Bahnhofsoffizier oder bei dem sicherlich dort bereits eingesetzten Flüchtlingskommissar, übergebt ihm dieses Schreiben, die Evakuierungsbefehle

der Gauleitung und beantragt für den Morgen einen Sonderzug oder wenigstens ein halbes Dutzend Sonderwagen für die LBA. Wo der Zug hingeht, ist egal. Ob nach Berlin oder nach Glatz, ist egal. Hauptsache: ein Zug, der heute noch rollt. Morgen könnte es dafür schon zu spät sein. Verstanden?" — „Jawoll, Schulführer", brüllten wir. Graupe Hermann lächelte noch immer verächtlich, wie es schien. „Laß dein dummes Grinsen", brüllte nun der Schulführer; und Graupe Hermann zog die Lippen über die Zähne, daß sein Gesicht wieder glatt und nichtssagend wurde, ein Jungengesicht, wie zehn-, wie hunderttausend andere auch. Die Kommandostimme Dr. Dr. Fleischels sank wieder zu dem gewohnten öligen Redeton ab, der ihr eigen war: „Wenn ihr das erledigt habt, kommt ihr schnellstens wieder zurück und erstattet mir — mir persönlich, verstanden? — Auskunft, mir und keinem andern. Beeilt euch also; die Zeit drängt. Und nun: Heil!" Er hob hinter dem Schreibtisch die Hand zum Gruße; wir rissen die Hacken zusammen, machten mehr oder weniger gelungene Kehrtwendungen und polterten zum Zimmer hinaus in den von einer bläulichen Glühbirne matt erhellten Flur, dann die Treppe hinab ins Freie.
Vor der Hofeinfahrt, im Schatten des Torbogens, bei dem dort wachenden Jungen, stand Franzek, der UvD. „Was war denn los?" tuschelte er uns entgegen. „Was wollte der Alte, daß er mich rausgeschmissen hat?" — „Gekosa", sagte Geisler, der in Unterhaltungen gerne militärische Termini anwandte, weil sein Bruder seit Kriegsbeginn als Führungsgehilfenschreiber bei irgendeinem Heeresgruppenstab saß, so daß wir, wie Geisler oft betonte, von ihm alle militärischen Planungen, Absichten und Zukunftsaussichten aus erster Hand haben konnten. „Geheime Kommandosache, geht niemand was an, auch dich nicht, Spitzmaus", sagte Geisler und schob den im Weg stehenden Franzek einfach zur Seite. „Wirst's schon früh genug erfahren, früher, als dir lieb ist." — „Na, hör mal", protestierte Franzek. „So was von Unkameradschaftlichkeit." — „Die Kameraden sind alle bei Stalingrad geblieben", mischte sich nun Graupe Hermann ein. „Los, kommt."

Wir marschierten nebeneinander durch die nächtliche Stadt. „Immer den Straßenbahnlinien nach", sagte Geisler, „die führen in der Richtung zum Ring und irgendwo hinterm Schloß und Stadtgraben auch zum Freiburger Bahnhof." Er deutete von der Kaiserbrücke aus stadteinwärts. Die Nacht war zauberhaft mild; Schnee fiel in sanften, dicken, weichen Flocken; Schneehauben verhüllten alle vorspringenden Hausecken, alle längst verlöschten Laternen, alle Sockel und Säulen und Gitter; die Luft war föhnweich; es ging kein Wind; es fuhr kein Auto, längst auch keine Straßenbahn mehr. Es begegnete uns kaum ein Mensch in den nachtdunklen, stillen Straßen der großen Stadt. Unsere Schritte wurden vom weichen, hohen Schnee gedämpft; der Himmel über der Stadt war von funkelnden, glitzernden Sternen übersät; der Mond hing wie eine leuchtende orangene Kugel lächelnd und ganz nah über den Türmen und Dächern. Die Stadt schlief; das Mondlicht warf freundlich verzerrte Schatten; die Stromleitungen der Elektrischen waren dick von Weiß überpudert. Alles war unwirklich schön, unwirklich friedlich. Flockender Schnee, Mond- und Sternenlicht — das paßte eigentlich gar nicht zusammen. Rauhreif hatte die Zäune mit funkelnden Kristallen überzogen. Das Gehen machte uns warm, so daß wir die Ohrenschützer hochklappten, die Handschuhe auszogen und in die Taschen des Mantels steckten. Mit den bloßen Händen streiften wir den losen Schnee im Vorbeigehen von Mauersimsen ab, formten ihn zu Bällen und ließen sie durch die Luft segeln. Ein jungenhafter Übermut hatte uns erfaßt: die drohende Gefahr war zurückgedrängt; der Schulführer — den der Teufel holen mochte samt seinem unsinnigen, blöden Befehl — saß irgendwo hinter uns in seinem überhitzten Sekretariat, war jetzt vielleicht schon fieberhaft beim Packen und Aufräumen; der Freiburger Bahnhof lag irgendwo vor uns im Unbekannten der nächtlichen Stille; der erteilte Befehl war sinnlos; denn warum sollten wir die Stadt verlassen, aus Breslau flüchten? Der Iwan stand dreißig oder knapp vierzig Kilometer nördlich der Stadt, östlich der Oder, war dort sicherlich aufgehalten und zum Stehen gebracht worden. Nun würden die Gegenstöße einsetzen;

man würde ihn zurücktreiben in die Weiten, aus denen er aufgebrochen war wie ein wildes Tier, das alles Leben zertreten und verschlingen will. Nach Breslau würde er nie kommen, nie; die Oder war schwarz und weiß von treibenden, aneinander knirschenden und sich leise reibenden Eisschollen; sie würde nie rot von Blut sein, wie der alte Fährmann im Sommer gefaselt hatte; Hirngespinste das; Hirngespinste alle Ängste und Nöte der letzten Tage; ein Hirngespinst auch der Befehl Dr. Dr. Fleischels. Die Nacht war zu still, zu schön, zu friedlich, um an Gefahr zu denken, um an Gefahr zu glauben. Die Straßenbahngeleise führten in weiten Bögen über Plätze, Kreuzungen und breite Straßen, schwangen von Seite zu Seite, führten in paralleler Bänderung vor uns her aus dem hinter uns liegenden Dunkel in das vor uns liegende Samtschwarze und Mondhelle der Nacht. Wir tappten den Schienen nach, eine halbe Stunde, eine dreiviertel Stunde, eine Stunde, sprachen kaum ein Wort miteinander, um den Zauber, der uns auf diesem Wege gefangen hielt, nicht zu zerstören. Irgendwo schlugen Turmuhren weithin hallend die Zeit. Und immer neuer Schnee fiel, weich und weiß und samtig und deckte die Spuren unserer Schritte zu.

Dann ein breiter, freier, von schwärzlichen Hauswänden umstandener Platz; ein dunkles, wuchtig aufragendes Gebäude; schlecht abgedunkelte riesenhafte Fenster mit Ritzen hervorschimmernden Lichtes; das Zischen ausgestoßenen Dampfes aus rangierenden Lokomotiven; das eiserne Klirren über Schienen rumpelnder Wagen; Läutesignale und schrille Pfiffe; aber auch diese Geräusche gedämpft und unwirklich durch den unendlich fallenden Schnee.

„Wir sind da“, sagte Geisler, „der Freiburger Bahnhof.“ Er versuchte, die große Tür der Bahnhofshalle zu öffnen. Aber sie widerstand dem Anstoß von außen; Graupe Hermann und ich mußten helfen, sie wenigstens einen schmalen Spalt weit zurückzuschieben, so daß wir uns durchdrängen konnten. Warmer säuerlicher Brodem, Atemluft vieler Menschen stieß uns entgegen wie eine Wolke: Die Bahnhofshalle war ein Gewimmel von Zivilisten und Uniformierten. Pappkartons, Handkoffer, pralle Rucksäcke, Bettzeugbäusche, Aktentaschen, Einkaufsnetze, plärrende Kleinkinder, dick eingemummte, unförmig gekleidete Frauen, Soldaten in abgerissenen, dünnen, grauen Mänteln, stoppelbärtige Männer, eingefallene graue Gesichter, hohlwangig und mit großen, weiten Augen, jammernde, kreischende Frauenstimmen, die monotonen Durchsagen des Deckenlautsprechers, klirrende Sporenstiefel einer Wachgruppe mit den blinkenden Schildern der Feldpolizei, blau gekleidete Eisenbahner in dicken Wintermänteln, hölzerne Schließkörbe, Pyramiden von Gepäck, auf dem Boden abgestellte Tragbahren mit verwundeten Soldaten, unterdrücktes Weinen, quälendes Husten, tränende Augen. Der Zauber der Nacht verflog mit einem Male; Ernüchterung kam über uns; die Angst, die wir abgeschüttelt glaubten, kehrte zurück.

„Mein lieber Mann", flüsterte Geisler und sah sich scheu um. „Was ist denn hier los?" Ich gab keine Antwort; auch Graupe Hermann schwieg. Wir drängten uns durch die Menschenmenge, ängstlich bemüht, uns nicht aus den Augen zu verlieren. Die Menge war in unaufhörlicher Bewegung, wogte hin und her, drängelte und schob, zerrte uns vorwärts, drückte dann wieder zurück; und dabei blieb doch nahezu jeder an seinen Platz gebannt: die Verwundeten auf ihre Tragen, die Zivilisten zu ihrem Gepäck, die Soldaten zu ihrer Einheit. Unruhe lag in der weiten Halle, wimmelnde, schüttelnde Unruhe und Erregung. Wir kamen nur schrittweise vorwärts, stolperten über Koffer, über die abgewetzten bräunlichen Holme einer Tragbahre. „Nur nicht fallen", dachte ich immer wieder, „nur nicht hinfallen. Die trampeln dich ja tot." Langsam kamen wir der Schalterwand näher; die Schalter waren verschlossen, die Türen verriegelt. Nur in zwei benachbarten Räumen, kleinen Zimmern, war Licht und Unruhe und Bewegung wie in der Halle. Zwei bullige Wachsoldaten hielten uns zurück. „Ausweis?" bellte der eine. „Bescheinigung?" Graupe Hermann zog das zerknautschte Papier mit den Stempeln der Schule und der Gauleitung aus dem Ärmelaufschlag. „Darf passieren", sagte der Wachhabende und ließ uns ein; das Drän-

geln der Nachfolgenden wurde hinter uns schwächer; das Licht der grünen Schirmlampe im Zimmer nach der dämmrigen Halle blendete einen Augenblick lang unsere Augen. Am Tisch des Zimmers saß ein einarmiger Major, musterte uns kritisch mit grauen, überwachen Augen, um die Falten tiefer Müdigkeit standen. Unsere Ehrenbezeigungen winkte er ab. „Keine Mätzchen“, sagte er, „dazu ist keine Zeit.“ Seine Stimme knarrte hölzern und ohne jede freundliche Regung. „Was is los?“ Graupe Hermann überreichte dem Major das Schreiben; der Major überflog die wenigen Schreibmaschinenzeilen, starrte dann einen Augenblick vor sich hin auf das Papier, legte es mit spitzen Fingern auf die Tischplatte, heftete seine Blicke, kalte, erbarmungslose Blicke, auf Graupe Hermann, ließ sie abschweifen zu mir, dann zu Geisler, hob dabei den Kopf, daß am Halsausschnitt das blitzende Metall des Ritterkreuzes sichtbar wurde, nahm noch einmal das Schreiben zur Hand, las es flüchtig durch und schüttelte den Kopf.
„Nein“, sagte er, „is nich. Kommt nich in Frage. Geht nich.“ Er blickte uns wieder an. „LBA? — Nie gehört“, knarrte er. „Is 'n das für ein Haufen? Will einen Sonderzug zur Rettung des lieben Allerwertesten, der Herr, was?“ Graupe Hermann zuckte die Schultern. „Weiß nicht, Herr Major“, sagte er. „Wir wollen auch gar nicht fort; wir wollen in Breslau bleiben. So schlimm wird es schon nicht werden.“ — „Schlimmer, als ihr denkt“, sagte der Major. „Aber Sonderzug — Extrawurst — is nich. Versucht, ob ihr so wegkommt, einzeln mit der Bahn, in kleinen Gruppen, oder zu Fuß. Ihr seid noch jung: marschiert, rennt, so weit ihr könnt ...“ — „Aber wir wollen doch gar nicht“, wendete Graupe Hermann ein, „wir wollen doch in Breslau bleiben.“ — „Papperlapapp“, sagte der Major, „das Vaterland verteidigen, was? Helden spielen, was? Den Krieg entscheiden, was? Als ob die gerade auf euch noch gewartet hätten, ihr Scheißer. Ach, es kotzt mich an, euer Heldenmut, den man euch anerzogen hat. Sagt doch schon, daß ihr Angst habt, daß ihr heim zu Muttern wollt, daß ihr ...“ — „Nein, Herr Major“, sagte Graupe Hermann und richtete sich steil auf, „so ist das nicht;

wir haben keine Angst; wir wollen ja auch nicht fort aus Breslau. Ich ..." Der Major zuckte unwillig die Schultern; sein leerer rechter Ärmel baumelte sinnlos hin und her. „Na, gut", sagte der Major, „wie ihr wollt. Ich kann euch nich helfen. Aber: Zug is nich, nitschewo, jedenfalls nich, solange ich hier sitze. Nich für euch, nich für den famosen Herrn da ..." (Und er deutete auf die Unterschrift unter dem Schreiben.) „Nich für all die Bonzen. Nee, mein Lieber. Für euch, wenn ich könnte, gern; aber es geht nich. Ausgeschlossen, beim besten Willen nich. Frauen und Kinder zuerst, die Verwundeten aus den Lazaretten ..." Der Major stockte, blickte wieder angeekelt auf das vor ihm liegende Blatt Papier, dann auf uns: „Also, haut schon ab, ihr Helden." — „Ja, was", stotterte Graupe Hermann, „was sollen wir denn dem Schulführer sagen? Das können wir doch nicht ausrichten." Der Major besann sich einen Augenblick lang und schüttelte dann den Kopf. „Nee", sagte er, „das könnt ihr dem nich sagen. Das möchte ich dem Herrn am liebsten selbst sagen. Aber euch sage ich das: haut ab, solange ihr noch könnt, so schnell ihr könnt, fort aus Breslau, fort von der Oder, nach Westen, so weit ihr könnt. Ihr habt noch eine Chance, eine kleine Chance. Aber schnell müßt ihr sein, schnell, wie euch euer Führer gelehrt hat: schnell wie Windhunde, zäh wie Leder, hart wie Kruppstahl. Spielt bloß nich die verhinderten Helden. Leben ist schöner als Heldentod. Oder habt ihr schon mal gesehen, wie ein T 34 einen Menschen zu Matsch zermalmt? Da bleibt nich viel übrig von, sage ich euch. Keine Angst habt ihr, sagst du? Euch geht noch der Arsch mit Grundeis, wenn ihr hier bleibt. Denkt dran, was ich euch gesagt habe." — „Aber wir haben Befehl", sagte Graupe Hermann. „Befehl, Befehl", äffte ihm der Major nach, „ich scheiß auf euren Befehl." Die Adern an seiner bleichen Stirne röteten sich und sprangen hervor. „Heute morgen wird eine ganze Stadt evakuiert, fünfhunderttausend oder siebenhunderttausend Leute oder eine Million oder was weiß ich. Draußen treiben sie auf den Straßen dahin, erfrieren, werden überrollt, verrecken. Und ihr, ihr wollt einen Sonderzug." Er konnte sich nicht beruhigen. „Wir wollen doch gar nicht“, sagte Graupe Hermann wieder. Das Gespräch drehte sich im Kreise. „Ich weiß“, schnarrte der Major, „ich weiß, zum Teufel noch mal, ihr nich. Ihr habt's ja schon gesagt: ihr wollt hierbleiben, verteidigen, kämpfen, siegen. Mit was denn, wenn ich fragen darf? Mit Luftbüchsen vielleicht? Für wen denn? Für den da?“ Und er wies mit der Hand auf das bräunliche, fliegendreckbespritzte Führerbild an der Wand. Als er unsere entsetzten Blicke bemerkte, lenkte er ein: „Na, laßt mal, Jungs. Einem alten Frontschwein gehen eben manchmal die Nerven durch. 's is nich so gemeint. Is ja auch egal, ob wir alle vor die Hunde gehen, hier in Breslau oder anderswo. Mein Arm da liegt vor Witebsk. Warum soll mein Kadaver nich in Breslau bleiben? Meine Frau und mein Kind liegen in Hamburg unter den Trümmern. Luftmine. Was schaut ihr mich an? Das habt ihr wohl nich bedacht, wenn ihr marschiert seid und gesungen habt: Es zittern die morschen Knochen. Das nich, was, daß es einmal so kommen könnte?“ Er fuhr sich mit der Hand über das graue, übernächtigte Gesicht mit den überwachen Augen. Dann rief er: „Priskuweit!“ — „Jawoll, Herr Major!“ brüllte der Unteroffizier an der Tür. „Priskuweit“, sagte der Major, „nehmen Sie mal den Wisch da auf dem Tisch und reißen Sie ihn für mich durch in vier Teile. Mit meinem einen Arm kann ich das leider nich, leider ...“ — „Jawoll, Herr Major“, antwortete der Unteroffizier und griff nach dem Schreiben mit dem Stempel der Schule und dem Siegel der Gauleitung, faltete es erst fein säuberlich zusammen und ratschte es dann in der Mitte durch. „Da“, sagte der Major, „da habt ihr euren Schrieb. Gebt das dem sauberen Herren ab. Das wäre meine Antwort. Wenn er noch mehr wollte, möge er sich selbst hierher bequemen. Ich würde ihm liebend gerne ...“ — „Jawoll, Herr Major“, sagte Graupe Hermann und lächelte zum ersten Male wieder, daß seine gelben Zähne zwischen den Lippen sichtbar wurden. Der Major lächelte zurück, ein trauriges, verzweifeltes Lächeln. Wir machten unsere Ehrenbezeigungen und trotteten zur Tür, drängten uns durch die immer dichter, immer unruhiger hin- und herwogende Menschenmenge der Wartehalle, zwängten uns durch die große Außentür ins Freie und standen nun wieder in der tröstlichen Stille der schneeigen Nacht.

„Mein lieber Mann“, sagte Geisler, bloß das, sonst nichts. Dann: „Meint ihr nicht, wir sollten den Major melden? Das ist ja direkt Wehrkraftzersetzung, was der da von sich gegeben hat. Kleiner Volksverräter mit einem Arm.“ — „Ach, halt die Schnauze, blöder Hund“, sagte ich. Graupe Hermann ließ uns reden, stand da im bleichen Mondlicht und lächelte verzerrt. „Kommt“, sagte er, „der Direx wird sich freuen. Könnte ich ihm nur alles sagen, was der Major gesagt hat.“ — „Du wirst doch nicht ...“ sagte ich. Graupe Hermann lächelte breiter: „Nein, nein, das geht nicht. Leider. Aber trotzdem: ich glaube, der Major hat zu schwarz gesehen. Ich bleibe jedenfalls hier.“ — „Mein Bruder hat auch ...“, sagte Geisler, „und der muß es doch schließlich wissen ...“ — „Ach, laß mich doch mit deinem Bruder in Frieden.“ — „Na, erlaube mal“, sagte Geisler spitz, „er ist ja schließlich ...“ Ich wollte den aufbrechenden Streit schlichten und mahnte: „Kommt, es ist noch ein schönes Stück Weg bis zur Schule.“

Wir stapften den weiten Weg zurück durch die schweigenden Straßen. Es mochte auf vier Uhr zugehen. Immer wieder flockte schwerer Schnee; noch immer war es still und leer und leise; noch immer schlief die große Stadt. Aber vor die Sterne hatten sich graue Wolkenbänke geschoben; der Mond hüpfte wie ein Angetrunkener von Lücke zu Lücke in der immer dichter werdenden Decke der Wolken. Die friedliche Stimmung der Mitternacht war längst verflogen. „Mein lieber Mann“, sagte Geisler noch einmal. „Schnee und nichts als Schnee und lauter Schnee. Wo soll das bloß noch hin?“ Er blieb mitten auf der Straße stehen und schaute zum Himmel empor. „Das hört überhaupt nicht mehr auf zu schneien.“ Graupe Hermann stapfte uns voran zurück zur Schule. Die Schienen waren längst nicht mehr sichtbar; aber die Bögen, Leitungsdrähte und Kandelaber wiesen die Richtung. Unsere Spuren waren längst vom Schnee zugedeckt; keine anderen Trittsiegel oder Radprofile waren erkennbar.

An einer Seitenstraße unweit des Schulgebäudes blieb der voranschreitende Graupe Hermann plötzlich stehen. „Hört ihr nichts?“ fragte er. Wir lauschten. „Da trappelt doch irgendwo ein Gaul“, sagte ich. Geisler nickte: „Ja.“ — „Kommt, wir gehen mal nachsehen. Auf die paar Minuten kommt es ohnehin nicht an. Die Züge fahren doch ohne unseren Direx ab“, sagte Graupe Hermann und eilte uns voran in die dämmrige, gewundene Gasse hinein. Wir folgten ihm. Wir hatten nicht weit zu gehen; gleich hinter der nächsten Biegung sahen wir das Pferd, das mitten auf der schmalen Gasse stand, bei unserem Näherkommen den sanften Kopf hob und leise wieherte. „Aber Lisa“, sagte Graupe Hermann mit leiser Stimme und schnalzte mit der Zunge. Das Pferd, ein schmales, schlankes, junges Tier, das bei unseren Schritten erst davonpreschen wollte, blieb stehen und ließ uns herankommen. „Aber Lisa“, sagte Graupe Hermann noch einmal, hatte schon nach der herabhängenden, schleifenden Leine gefaßt und hielt das Tier fest, das sich matt loszukommen bemühte. Er tätschelte dem Pferd den Hals und sprach mit leiser Stimme auf das Tier ein, sinnlose Worte, beruhigend und tröstend. Das Pferd schnaubte durch die Nüstern und rieb seinen Kopf an Graupe Hermanns Schulter. Geisler, der allzeit Nüchterne und Sachliche, hatte inzwischen schon am Ledergeschirr des Pferdehalfters das kleine Messingschild entdeckt, in das der Name und die Anschrift des Besitzers eingestanzt waren. „Martinstraße sieben“, sagte Geisler, „ein A. Ullrich. Das Pferd ist sicherlich durchgebrannt. Wir müssen es zurückbringen.“
Graupe Hermann flüsterte noch immer auf das Tier ein, zog das kaum widerstrebende an der langen Leine hinter sich her und suchte nun mit uns nach der Martinstraße sieben. Ein paar Querstraßen, das winkelige Gewirr der Altstadtgassen, Kopfsteinpflaster unter der dicken Schneeschicht, der blecherne Klang einer Glocke von irgendeinem der vielen Kirchentürme her, ein Losgelöstsein von der Gegenwart. Das Pferd folgte uns wie ein großer, treuer Hund, blickte mit braunen Samtaugen voll schimmernder Nässe auf Graupe Hermann, hob von Zeit zu Zeit den feingeschwungenen Kopf

und wieherte hell durch die Stille. „Da ist es", sagte Geisler und deutete auf ein kleines, geducktes Haus. „A. Ullrich, zweimal klingeln", las er und zog an der Klingelschnur, einer altmodischen Drahtschlaufe, wie an einem Glockenseil. Man vernahm draußen das scheppernde Läuten im Innern des Hauses; aber es blieb alles still. Wir standen vor der Tür im flockenden Schnee, das Pferd an der Leine, blickten auf das dunkle, niedere Haus mit den geschlossenen Fensterläden, warteten nach dem Läuten, daß sich jemand melde, daß sich die Tür öffne, daß der Besitzer komme. Minuten vergingen so; dann sagte Geisler: „Läute doch noch mal." Ich zog nochmals am Strick, vernahm das Anschlagen der Glocke, endlich nach einer endlos scheinenden Zeit die schlürfenden Schritte eines alten Mannes hinter der Tür, seine brummelnde Stimme: „Was ist los?", schlaftrunken und verärgert. „Herr Ullrich?" fragte Geisler und „Ja", murmelte der Mann, während er sich mühte, den festsitzenden Riegel zurückzuschieben. „Was ist denn?" sagte der Mann und öffnete die Tür. „Ja, Hans", schrie er auf, als er den Gaul vor der Tür stehen sah. „Ja, Hans, wo kommst du denn her?" Das Pferd wieherte laut auf, riß sich von der Leine los und trabte auf seinen alten Besitzer zu. Der faßte es am Hals, klatschte ihm die Flanken, streichelte den warmen Leib, tätschelte den Kopf, strich ihm über die leckende Zunge. „Ja, Hans", sagte der Alte, ein kleiner, gedrungener, untersetzter Mann mit eisgrauem Barte. „Ja, Hans, wo kommst du denn her?" — „Wir haben ihn gefunden", sagte Graupe Hermann und erzählte, was wir wußten. „Nein", sagte der Mann ein ums andere Mal und konnte sich gar nicht beruhigen. „Nein, so was . . ." Er öffnete mit zittrigen Fingern eine dunkel gähnende Hofeinfahrt, führte das Pferd durch einen überdachten Gang in einen kleinen Stall und band es an der Krippe fest, streute dem Tier aus einem prallen Sack ein paar Handvoll Hafer in den Trog und legte ihm ein Bündel sommerduftenden Heu's in die Raufe. „Da, Hans", sagte der Mann, „nun friß dich mal ordentlich satt. Nein, daß du wieder da bist, daß du wieder . . . Ich kann es noch gar nicht fassen." Der Alte wendete sich uns zu: „Vorgestern hatte ich Hans noch am Wagen und fuhr mit ihm eine Fuhre zum Friedhof. Ach so“, unterbrach sich der Mann und tätschelte dem mahlenden, genüßlich kauenden Pferd die Flanken, „ihr wißt ja nicht, wer ich bin. Ich bin also der Leichenfahrer, der die Toten draußen zum Friedhof fährt. Ein einträgliches Geschäft, seit es kein Benzin mehr für die Autos gibt und seitdem es so viele Tote gibt wie nie zuvor.“ Er mochte unsere entgeisterten Blicke gemerkt haben, die wir drei untereinander tauschten. „Nein, nein“, winkte er ab. „Es ist ein Geschäft, wie jedes andere auch, wenn man sich erst dran gewöhnt hat. Ich bin schon ein Menschenalter in dieser Branche tätig: erst als Grabschaufler, dann als Leichenwärter in der Leichenhalle, dann als Beifahrer im Beerdigungsinstitut der Stadt und seit Kriegsbeginn als Fuhrunternehmer. Den Hans da hab' ich jetzt knapp drei Jahre.“ Das Pferd spitzte, als sein Name genannt wurde, die Ohren und äugte aufmerksam zur Seite. „Ihr seht also: ein reelles Unternehmen, das seinen Mann nährt, besonders in solchen Zeiten wie jetzt. Aber ich wollte euch ja von Hans erzählen.“ Der Alte setzte sich auf eine rohe, hölzerne Futterkiste und fuhr in seinem Bericht fort: „Ich war also vorgestern mit einer Fracht draußen auf dem Friedhof, habe den Wagen mit Hans vor dem Tor stehen gelassen und den Trägern geholfen, den Sarg hineinzutragen. Das habe ich schon öfter gemacht, wenn einer der Träger krank oder in Urlaub war. Das ist also nichts Besonderes. Man hilft sich eben gegenseitig aus. Und als ich zurückkomme, steht der schwarze Wagen zwar noch da: aber die große Sargdecke ist weg und Hans ist weg. Auf der Straße wälzt sich seit dem frühen Morgen ein unabsehbarer Flüchtlingszug in die Stadt hinein und ich stehe nun da wie Pik sieben oder Karo neun, rufe „Hans! Hans!“; doch alles Rufen und Schreien nützt nichts: Hans ist weg. Ich renne ein Stück an dem Zug entlang, wieder zurück, rufe „Hans! Hans!“; aber es ist alles vergebens und sinnlos. Irgendjemand hat Hans gestohlen, die Sargdecke auch. Um die ist es nicht schade; die Toten in ihren Fichtenholzsärgen brauchen nicht unbedingt eine wärmende Decke. Die Lebenden haben sie nötiger. Sollen sie. Aber Hans? Wie kann ich die vielen Toten, die schon warten und die vielen Toten, die noch kommen werden, zum Friedhof bringen ohne Hans? Soll ich mich vielleicht selber an die Deichsel spannen? Ohne Hans bin ich pleite, total pleite. Was soll ich tun? Ich melde den Vorfall also dem zuständigen Polizeirevier; die Polizisten lachen. Als ob es da was zum Lachen gäbe. Ich frage, ob die Herren Polizisten vielleicht nicht zum Friedhof gefahren werden wollen, wenn es einmal so weit ist für sie. Sie lachen noch mehr wie über einen plumpen Scherz; aber mir ist gar nicht zum Lachen zumute. Sie sagen, sie dächten noch nicht ans Sterben und wenn, sei es ihnen auch egal, ob und wo sie verscharrt würden. Ich wende mich ab und gehe nach Hause; zwei Tage bin ich umhergeirrt in der Stadt auf der Suche nach Hans. In jedem Braunen habe ich geglaubt, Hans zu finden: alles vergeblich, alles vergeblich. Und nun: da ist er wieder."

Hans an seiner Krippe schnaubte heftiger durch die Nüstern, entblößte sein Gebiß, als wenn er lachen wollte. Der Alte wischte sich verstohlen über die Augen und sagte: „Es passieren halt noch Zeichen und Wunder. Ich hatte mich schon damit abgefunden, daß Hans verloren sei. Ich wollte schon meine Sachen packen und zu meiner Schwester aufs Land fahren, ins Gebirge; ich bin ja schon zu alt zum Volkssturm, fast siebzig. Ich hätte fahren können. Was hielt mich noch hier in der Stadt? Ein Leichenfahrer ohne Pferd, das ist wie... das ist wie..." Er fand keinen passenden Vergleich. „Aber nun bleiben wir hier, ich und Hans. Jetzt habe ich wieder eine Aufgabe. Man wird uns brauchen können, den Hans und mich. Wir werden bestimmt viel Arbeit bekommen in der nächsten Zeit. Da habe ich keine Sorge. Brotlos werden wir bestimmt nicht."

Der Mann schüttelte uns überschwänglich die Hand und konnte sich kaum beruhigen; er schlurfte uns nach einem abschiednehmenden Getätschel mit dem im dunklen Kellerstall zurückbleibenden Hans durch den Gang voran zur Hoftür, schob die schmiedeeisernen Riegel zurück und erklärte uns den Weg zur Kaiserbrücke. Wir schüttelten ihm die Hand, eine blaugeäderte, welke Altmännerhand, empfingen noch

einmal die übersprudelnden Dankesworte des Alten aus brabbelndem Mund und machten uns auf den Weg zur Schule zurück.
„Sachen gibt's", sagte Geisler und schüttelte den Kopf; Graupe Hermann blieb seit dem Abschied vom Pferd und vom Alten still in sich gekehrt; Schnee fiel noch immer auf uns; matte Dunkelheit umfing uns; die Sterne am Himmel waren glanzlos geworden und verschwunden.
Als wir über die Kreuzung am Scheitniger Stern tappten, setzten mit einem Male übermächtig laut in der Stille die dort aufgestellten Säulenlautsprecher ein, röhrend und die nächtliche Ruhe durchschneidend: „Achtung! Achtung! Eine wichtige Durchsage!"
Wir waren jäh zusammengezuckt, blieben mitten auf der Kreuzung stehen und verhielten den Schritt. „Achtung! Achtung!" wiederholte die Lautsprecherstimme; Marschmusik setzte ein, laut und grell und gellend; dumpfer Paukenschlag und helle Fanfaren, quiekende Querpfeifen und klirrende Becken und dazwischen immer wieder: „Achtung! Achtung! Wir bringen in Kürze eine wichtige Durchsage!"
Im Nu war es mit der zauberhaften Anmut dieser Nacht vorbei: Fenster wurden aufgerissen; greller Lichtschein drang ins Freie; Menschen füllten die Straßen, als hätten sie nur auf diesen Augenblick gewartet. „Licht aus!" brüllte jemand; aber zu viele Fenster waren lampenerhellt. „Ach, scheiß drauf", rief eine barsche Männerstimme. „Achtung! Achtung!" drohte der Lautsprecher. „Wir bringen eine wichtige Durchsage!" Noch einmal Marschmusik, den letzten Schläfer aufweckend. Um die Säule drängte sich eine riesige Menschentraube; immer mehr Menschen stießen von allen Seiten hinzu, verdichteten das ameisenhafte Gewimmel. Nun standen sie schon vom Bürgersteig bis auf die Straße, hatten uns in den äußersten Ring des Knäuels einbezogen. Auch wir blickten zur Lautsprechersäule hin, gebannt und voll innerer Erregung. Vermutungen um uns her, halblautes Flüstern. Forsche Reden von Durchhalten und Sieg, ängstliche Frauenstimmen, das rötliche Aufglimmen einer Zigarette, das langsame Aufklaren des Mondhimmels. „Achtung! Achtung!"

Wieder die Stimme im Lautsprecher: „Der Reichsverteidigungskommissar und Gauleiter von Schlesien gibt bekannt." Plötzlich ein atemloses, dumpflastendes Schweigen, ein Hineinhorchen in die Stille. „Breslau wird ortsgruppenweise evakuiert. Es besteht kein Grund zu Aufregung und Panik. Frauen und Kinder verlassen zuerst die Stadt. Kleines Handgepäck ist mitzuführen. Frauen mit Kleinkindern sorgen für Spirituskocher; Kochstellen und Milchausgabestellen richtet die NSV ein. Nähere Anweisungen erteilen die einzelnen Ortsgruppen. Ende der Durchsage. — Wir wiederholen ..." Und noch einmal die röhrende Lautsprecherstimme, der Badenweiler Marsch, das Deutschlandlied, das Horst-Wessel-Lied: „Kameraden, die Rotfront und Reaktion erschossen, marschier'n im Geist in unsern Reihen mit."
Als die Stimme verstummte, verharrte die Menge einen Augenblick lang regungslos und schweigend, als könnte sie den Aufruf nicht fassen. Dann aber brach Panik aus, ein tierhaft heulender Aufschrei, ein Auseinanderfluten nach allen Seiten hin, ein Zurückstürzen in die Häuser, ein rücksichtsloses Vorwärtsdrängeln, als käme es nun auf jede Minute an, als sei jede Minute kostbar und unwiederbringlich. Vielleicht war sie das auch; nur wir drei begriffen es nicht. Wir standen und starrten und Graupe Hermann sagte: „Aber ich gehe nicht; ich bleibe hier." Geisler schüttelte den Kopf: „Nur eine vorübergehende Maßnahme ..." Ich dachte: „Das also ist es. Der Major hat recht gehabt, der Fährmann, der Leichenfahrer. Laufen heißt es, hat der Major gesagt, laufen so schnell und so weit wie möglich. Nein, ich will kein Held sein. Ich will leben ..." Und schüchtern dachte ich: „Ursula, Ursula ..."
Graupe Hermann löste sich als erster von den einstürmenden, unterschiedlichen Gedanken und mahnte: „Kommt, wir müssen gehen. Der Direx ..."
Wir gingen über die Kreuzung, an der Straßenbahnhaltestelle vorbei und über den Lutherplatz. Immer noch schneite es, ein schwerer feuchter Schnee, der die Schritte dämpfte, alle Umrisse verhüllte und das Geschehen unwirklich werden ließ. „Das kann doch nicht sein", murmelte Geisler vor sich hin, „das kann doch nicht sein, mein Bruder hat doch ..." Graupe

Hermann sagte noch einmal: „Und wenn alle türmen: ich bleibe hier, hier in Breslau." Ich dachte: „Eine ganze Stadt evakuieren — wie soll das gehen? Breslau . . ." Aber gleichzeitig umklammerte mich Angst, die Furcht des Kindes vor dem Kommenden.

An der Schulpforte stand Franzek; eine neue Wache war aufgezogen und inzwischen vielleicht schon wieder gewechselt worden, ein vierzehnjähriges, zartes Bübchen, das zu uns Großen aufblickte. Franzek stapfte mit seinen Säbelbeinen auf uns zu: „Na endlich, der Direx tobt vielleicht. Er schreit dauernd: Zu spät, zu spät; jetzt ist es zu spät! Wißt ihr, was da gespielt wird? Was hat denn der Lautsprecher eben in der Stadt geplärrt? Ich konnte hier nichts verstehen."

Ich sagte mit zitternden Lippen: „Breslau wird evakuiert." — „Evakuiert?" fragte Franzek. „Ja, warum denn? Steht's denn so schlimm um uns?" Der kleine Wachhabende bekam ganz große Augen, in denen Furcht glänzte. „Evakuiert?" piepste er. „Wir auch?" — „Weiß nicht", sagte Graupe Hermann, „ich bestimmt nicht. Wenn alle so dächten, wer soll denn . . .?" Er brach ab: „Ach was, kommt!"

Wir gingen über den Schulhof, Franzek wie einen schwarzen Schatten im Schlepptau, öffneten die rostig quietschende Tür, schlugen uns in der Vorhalle gegenseitig den Schnee von den Mänteln, ordneten Koppelzeug und Uniformen und klopften dann an die Tür des Sekretariats.

„Herein!" schrie drinnen Dr. Dr. Fleischel. Seine Stimme bebte vor Zorn. Graupe Hermann öffnete die Tür und trat als erster über die Schwelle; Geisler und ich polterten nach. „Wir melden uns zurück, Schulführer", sagte Graupe Hermann und lächelte mühsam. „Na — und?" schrie der Schulführer. „Na — und? Ich warte hier seit vier Stunden auf euch. Um eins seid ihr abgetrabt und jetzt ist es fünf durch. Vielleicht könnt ihr das erklären . . .?"

„Ach was", sagte er, als Graupe Hermann eine Erklärung versuchte. „Und was ist? Wann können wir abfahren? Wo steht der Zug? Wohin fährt er? Wann? Wann?" Die Fragen kamen Schlag auf Schlag; der Direx trommelte aufgeregt mit seinen Fingern auf der Tischplatte herum; Graupe Hermann zog langsam, aufreizend langsam das zerrissene, gevierteilte Schreiben aus dem Ärmelaufschlag und schob es über den Tisch zum Direktor. „Überhaupt nicht", sagte Graupe Hermann mit scheppernder Stimme: „Der Bahnhofsoffizier hat weder Sonderzüge noch Sonderwagen. Frauen und Kinder und Verwundete zuerst, hat er gesagt. Wir sollten zu Fuß aus der Stadt oder noch besser: in der Stadt bleiben. Und wenn Herr Direktor sonst noch etwas wollen, hat der Major gesagt, so möchten Herr Direktor doch selbst hinkommen. Der Bahnhofsoffizier würde gern die passende Antwort mündlich erteilen. Das ist alles, Schulführer, was wir dir zu melden haben."

Dr. Dr. Fleischel blickte auf Graupe Hermann wie auf einen Irrsinnigen; seine Schläfenadern schwollen an, als wollten sie platzen; das Gesicht färbte sich schneeweiß und jäh danach blaurot. Dr. Dr. Fleischel schnappte nach Luft und schrie auf: „Unverschämtheit das! Unverschämtheit! Na, ich werde dem sauberen Herrn ..."

Er nahm die vier Papierfetzen und ordnete sie sorgsam vor sich auf der Schreibtischplatte; seine Hände zitterten dabei und verschoben immer wieder die Blätter. Dann hielt er inne, überlegte, blickte auf die Uhr, murmelte: „Zu spät! Es ist zu spät! Nur euretwegen ..." Er blickte uns voll Wut und Zorn und Angst an: „Wir könnten jetzt schon unterwegs sein auf dem Wege nach Westen, hättet ihr euch beeilt. Dieser Bahnhofsoffizier ..." Dr. Dr. Fleischel griff zum Telefon, ließ, als das Summzeichen ertönte, den Hörer aber wieder fallen und sagte: „Nein, es hat keinen Zweck mehr. Auch auf der Gauleitung mache ich mich lächerlich, wenn ich ..." Er strich die Haare zurück, wischte mit der Hand über das schweißperlende Gesicht und tobte los: „Aber raus komme ich! Was ist mir dieses Breslau schon?"

Er stützte den Kopf in die Hand und versank in Grübeln. „Dann werden wir eben zu Fuß abrücken", sagte er. „Noch ist es wenigstens dazu Zeit. Ich werde euch schon rausbringen, euch, uns, mich, alle miteinander. Nur erst raus hier, nur fort. Es muß halt so gehen. Es geht mir ja nicht um mich, sondern um euch; ich habe ja die Verantwortung ..." — „Jawoll, Schulführer", sagte Graupe Hermann und grinste ganz offen. Der Direx schlug die Augen nieder und murmelte ein undeutliches „Ach was". Dann brüllte er wieder los: „Was steht ihr denn noch hier herum? Haut schon ab, ihr Versager, ihr Nieten, ihr . . . Ihr habt versagt! Franzek, los, gib Alarm! Es ist keine Minute zu verlieren; jeder Augenblick ist kostbar! Laß die Schüler wecken! Ordne an: Fluchtgepäck fertigmachen: ein Rucksack, ein Handkoffer, zwei Aktentaschen voll höchstens für jeden Mann: alle Schuluniformen und Decken und alle Schulwäsche sind mitzunehmen. Privatsachen bleiben hier. Es geht nicht mehr um Privatsachen; es geht ums Ganze, ums Reich, ums Vaterland! Verstanden?" — „Jawoll, Schulführer!" sagte Franzek, der UvD. und verließ das Zimmer. Dr. Dr. Fleischel hatte wohl seine Enttäuschung überwunden; er hielt schon wieder große, tönerne Reden voll schwunghafter, nichtssagender Phrasen.

„Was steht ihr noch hier und gafft mich an?" raunzte Dr. Dr. Fleischel zu uns dreien. „Schulführer", sagte Graupe Hermann, „wir haben noch keinen Befehl zu gehen. Aber ich habe noch eine Bitte." Dr. Dr. Fleischel hob den Kopf und musterte Graupe Hermann aus zusammengekniffenen Augen: „Was ist denn? Sprich schon. Ich habe keine Zeit." Graupe Hermann lockerte seine Haltung, beugte sich über den Tisch vor und sprach auf den Schulführer ein: „Ich würde vorschlagen, Schulführer, daß nicht alle die Schule verlassen: vielleicht bloß die jüngsten Klassen. Die Breslauer und die, die sich freiwillig melden, bleiben hier. Ich würde mich gleich dazu melden. Und sicherlich viele andere auch."

Dr. Dr. Fleischel schloß einen Moment die Augen und überlegte. Dann sagte er: „Gut, Graupe, das ist eine gute Idee." Er klatschte sich mit der rechten Hand auf seinen Oberschenkel: „Graupe, das ist eine famose Idee." Er brabbelte vor sich hin: „Das ist wirklich gut. Kommt's so, ist's gut. Kommt's anders, ist's auch gut. Man kann ja nie wissen . . ." Wir verstanden nicht, was der Direx meinte. Graupe Hermann lächelte ironisch und sagte: „Schulführer, bist du einverstanden mit meinem Vorschlag?" Über Dr. Dr. Fleischels faltiges Gesicht zuckte ein erregtes Muskelspiel. „Aber Junge,

Graupe", sagte er, „du hast recht. Na klar, das machen wir. Das ist vielleicht eine Idee. Du verdienst einen Orden dafür. Ich werde an dich denken, später ... Aber nun geht: ich habe noch zu ordnen, zu packen ..."
Draußen vor der Tür spuckte Graupe Hermann aus. „Das Schwein", sagte er. „Das Schwein will sich auf unsere Kosten retten und in Sicherheit bringen. Na, soll er. Ich bleibe jedenfalls in der Stadt, auch wenn der Direx dadurch leichter raus kommt."
Schon gellte der Pfiff des UvD. auf; grelle Trillerpfiffe, Franzeks wichtigtuerische Stimme: „Alarm! Aufstehen! Alarm! Fluchtgepäck bereitstellen! Fertigmachen zum Abmarsch!" Graupe Hermann setzte bitter hinzu: „Die Helden verlassen die Stadt, LBA zuerst, die Elite der Nation zuerst. Meinetwegen. Aber ich: ich bleibe!"

Und wieder: Dr. Sanders

„Das ist also das Ende", dachte ich, „so sieht es also aus, das Ende der LBA Breslau."
Dr. Dr. Fleischel stand vor den im offenen Karree angetretenen Dreierreihen der Schüler: LBA V II b am rechten Flügel, anschließend die Jungen der Parallelklasse V II a, dann die ostpreußischen Gruppen und die in den letzten Tagen und Wochen zu uns geflüchteten Reste der LBAs Krotoschin, Zakopane (aber der dorthin im Sommer des vergangenen Jahres versetzte Glovalla war nicht mehr dabei; die Jungen aus Zakopane schwiegen, wenn man sie nach seinem Schicksal fragte), Brunegg und Obernigk, die drei im letzten Herbst neu aufgenommenen Klassen V I a, V I b, V I c, das kleine Häuflein des M-Zuges, zweihundert oder zweihundertvierzig Jungen vielleicht, vierzehn, fünfzehn, knapp sechzehn Jahre alt. Ich kannte die Jungen nicht, kannte die meisten Gesichter nicht, kannte die genaue Zahl der Schüler nicht und auch kaum einen der Lehrer. Freilich: der gute Dr. Sanders stand da, in einen dicken grünen Lodenmantel gehüllt, einen zerknautschten, längst abgelegten und nun wieder hervorge-

holten Schirmhut auf dem Kopf, die weiße Binde mit Stempel und schwarzem Aufdruck: „Volkssturm“ am linken Arm, gelblichbraune Filzstiefel an den Füßen, einen derben Knotenstock in der Hand, einen prallgefüllten grauen Rucksack im Schnee an der Seite, fertig zum Abmarsch, zum Zug ins Ungewisse, ein Mann in einem lächerlichen Aufzug, ein ewiger Zivilist, den die kriegerische Zeit längstens überholt hatte: unser Dr. Sanders. Ganz anders unser Direx vor dem schlanken Fahnenmast mit der schlaffbaumelnden, roten Hakenkreuzfahne: hochaufgerichtet, schmal, federnd, die Brust herausgedrückt, in eine maßgeschneiderte, elegante, knapp ansitzende Extrauniform gezwängt, marmornes Gesicht, nervös zuckendes Mienenspiel um die Mundwinkel, blasse, alles registrierende Augen, ein geifernder Mund, Phrasen, Phrasen. „Jungens“, schrie er über den Schulhof hin, blickte von einem Flügel der angetretenen Schüler zum andern, machte eine die Spannung erhöhende Pause in seiner Abschiedsrede, „Jungens, die Stunde des Abschieds, die Stunde des Abmarsches ist da!“ Ein plötzlicher Windstoß, der die Fahne sich blähen ließ, der durch unsere Reihen fuhr, Schneestaub aufwirbelte und uns frösteln ließ, ein unterdrücktes Räuspern im letzten Glied. „Nicht als Geschlagene verlassen wir diese Stadt, die uns so lange Heimat war, nicht als Besiegte und auch nicht als Würdelose, nicht als vaterlandslose Feiglinge und auch nicht als erbärmliche Flüchtlinge! Wir gehen, um wiederzukommen! Wir gehen, um diese hier angetretene Elite des Gaues, des Reiches, ja Deutschlands zu retten vor sinnloser Vernichtung und vor dem Untergang! Wir gehen ...“ — „Mein lieber Mann“, stöhnte Geisler leise hinter mir; der lange Zink meckerte: „Nun geh doch schon endlich.“ Dobrski schluckte. „... und mit uns geht Deutschland. Wir gehen, um wiederzukommen!“ Unterdrücktes Kichern, das die langen uniformierten Reihen entlanglief, ein zornfunkelnder Dompteurblick des Direx, der in seiner Rede den Faden verloren und sich in den eigenen Phrasen verheddert hatte, ein stiller Augenblick, in dem von fern, fernher ein dumpfes Murmeln und Grollen über der Stadt hörbar wurde, fernes Gewitterdonnern, das der Luftzug von den östlichen Ebenen an der

Oder herübertrug. Der Direx mußte den Ton auch vernommen haben; er zwinkerte erregt mit den Augen, blickte nervös auf seine Armbanduhr, dann wieder auf uns, fuhr schnell fort: „Also: die Sache ist klar. Die Züge V II a, V I a, V I b, V I c und der M-Zug verlassen die Stadt und ziehen in Richtung Glatz; die LBA — Reste Krotoschin, Zakopane, Brunegg, Obernigk und die Ostpreußen versuchen, Dresden zu erreichen; der V II b-Zug mit Zugführer Sanders und Zugführer Kluß marschiert nach Dreisteine südwärts aus der Stadt. Die Freiwilligen des Jahrgangs 1929, der ganze Jahrgang 1928 und die gebürtigen Breslauer bleiben als LBA-Alarmeinheit unter Zugführer Alex in der Stadt. Ich werde im Laufe der kommenden Wochen und Monate die LBAs an einer Sammelstelle wieder zusammenführen und bin daher gezwungen, auch die Stadt zu verlassen. Und nun: LBA still 'stann!" Müdes, nachklapperndes Anziehen der Hacken, der Versuch Haltung zu bewahren, Disziplin zu zeigen. Der Kommandoruf: „Flagge! Holt ein!" Blickwendung zur Fahne, schmetterndes Fanfarensignal, das Quietschen der Drähte am Fahnenmast beim Niederzurren der welk hängenden Fahne, das lauter werdende Geräusch des näher rückenden Krieges, die Schritte der Fahnenwache im knirschenden Schnee, das Knistern des klammen Tuches beim Zusammenfalten, neue Kommandos: „Die Zugführer rücken einzeln mit ihren Einheiten ab."

Dr. Dr. Fleischel verließ den Platz, eilte mit weit ausholenden Schritten über den Schulhof, ohne noch einen Blick an die angetretenen Jungen zu verschwenden, öffnete das Portal der Schule und verschwand dahinter. Dr. Sanders faßte seinen Knotenstock fester, machte ein, zwei Schritte von seinem Platz an der rechten Seite der Angetretenen, stellte sich vor uns hin, breitbeinig, die Hände auf den in den Schnee gebohrten Stock gestützt, vornübergeneigt, von einer unsichtbaren, schweren Last gebeugt. „Also Jungs", sagte er, „macht mal 'nen Halbkreis, kommt näher. Ihr wißt, ich kann nicht so schreien." Wir stellten uns um Dr. Sanders herum; von den anderen Klassen her erklangen markige Kommandorufe, schrille Befehle, Liedangaben: „Drei ... vier ..." Hacken-

klappern, der plötzlich einsetzende Gleichschritt marschierender Kolonnen: „Links ... links ... links ... zwo, drei, vier ...“ Die ersten Reihen der Schüler verschwanden schon unter dem Torbogen; die Mauern und Wände gaben den Klang der Tritte zurück, dumpf und hallend. Die Jungen sangen: „Uns geht die Sonne nicht unter ...“ Das Singen klang verzerrt und unmelodiös. „Macht's gut“, riefen wir und winkten. „Macht's gut und: auf Wiedersehen.“ Ein paar der Jungen in der Kolonne winkten zurück; die meisten aber hatten ihren Blick auf den Rücken des Vordermanns geheftet oder schauten zu Boden, bemüht, gleichen Schritt zu halten, trotteten dahin, stumpf ergeben, mühsam die Tränen zurückhaltend oder stolz und siegeszuversichtlich. Auf Handkarren und Rodelschlitten wurde das Gepäck nachgefahren: Koffer, Rucksäcke, Tornister, Zeltbahnen und graue Decken. Die Schlittenkufen knirschten über die Steine, wo der Wind den Schnee weggefegt hatte. Endlich waren alle hinter dem Tor verschwunden; draußen von der Straße her klang immer leiser werdend das verzerrte Lied: „... uuunter ...“
Wir standen auf dem Platz um Dr. Sanders, den Klassenlehrer, ein kleines, verlorenes Häuflein im engen, häuserumstellten Hinterhof. „Also“, sagte Dr. Sanders und blickte von einem zum andern, „ich will keine großen Reden halten. Die Zeit dafür ist vorbei. Wir setzen uns also laut Befehl vorerst ab nach Dreisteine, dreißig Kilometer südlich von hier, einem kleinen Kaff in der Gegend von Mettkau. Weiß einer vielleicht zufällig Bescheid darüber?“
„Ich“, rief der kleine, magere Patschke, „ich, Dr. Sanders. Ich bin dort in der Gegend zu Hause.“ — „Das reicht ja gerade zum Schweineschlachten“, sagte der lange Zink und stieß Patschke an. „Denkst du noch daran?“ — „Sicher“, sagte Patschke, „versprochen ist versprochen. Ich weiß zwar nicht ...“ Dr. Sanders winkte ab. „Kommt, darüber könnt ihr euch noch unterwegs unterhalten. Ich wollte bloß noch sagen: am liebsten wäre es mir, wenn alle aus der Klasse mitmarschierten, wenn nicht so ein paar Narren zurückbleiben und hier die Helden spielen wollten. Ihr wißt: ich kann nichts dagegen unternehmen; aber noch ist es Zeit. Ihr

braucht bloß den Mut zu haben, eure Freiwilligenmeldungen im Sekretariat wieder zurückzuziehen. Das sieht zwar kläglich und lächerlich aus, aber lebendige Feiglinge sind mir lieber als tote Helden."
„Kommt gar nicht in Frage", rief Graupe Hermann, „ich bleibe hier." — „Ich auch", unterstützte ihn Axmann. „Ich auch", riefen ein paar andere. „Nee, Dr. Sanders, nichts zu machen." Dr. Sanders Gestalt beugte sich noch mehr vornüber: „Auch nicht, wenn ich euch bitte, wenn ich euch sage, daß ich wirklich, wirklich nur euer Bestes will?" — „Nein, nein", schrieen die Freiwilligen durcheinander: „Wir bleiben hier." Dr. Sanders nickte: „Ich habe mir's gedacht; es ist also nicht zu ändern. Ich werde dennoch versuchen, euch hier rauszuholen, auch, wenn es sein muß, gegen euren Willen. Vielleicht gelingt mir's, vielleicht ..." Er zuckte müde die Achseln: „Dann will ich also — um alles klarzustellen — vorlesen, wer von euch hierbleibt, wer von euch mitgeht." Er suchte in den weiten Taschen des Lodenmantels und nestelte dann einen kleinen Zettel hervor. Er hielt die Namensliste dicht vor die Augen und las mit gleichmäßiger Stimme ab: „Hier bleiben also erstens die gebürtigen Breslauer: Bartsch — Bischoff — Bock — Blaszcik — Foth — Gaida — Winter. Hier bleiben weiter die Muß-Freiwilligen des Jahrganges 28: Amft — Axmann — Czaia — Franzek — Graupe und Worbs. Mit nach Dreisteine gehen: Berke — David — Dobrski — Duschek — Franke — Fräger — Fitzke — Gottwald — Gottschalk — Hanke — Heerde — Hilbig R. — Hoffrichter — Knebel — Kriebel — King — Pusch — Patschke — Geisler — Hillmer — Rabsch — von Hüttenhain — Zink." Dr. Sanders faltete den zerknitterten Zettel wieder zusammen und steckte ihn in die Tasche zurück. Wir hatten uns in drei Gruppen getrennt, waren schon isoliert: Die Klassengemeinschaft fiel in diesem Augenblick des Abschiednehmens auseinander, hier die Zurückbleibenden, dort die Breslauer und endlich wir, die wir Breslau verlassen wollten, die wir uns gegenüber den anderen feige und verächtlich vorkamen. Ging es nicht um Deutschland? Es herrschte eine gedrückte Stimmung; kein froher Zuruf, keine

faulen Witze, kein Händeschütteln. Dr. Sanders nur ging von einem zum andern, verabschiedete sich von den Hierbleibenden, sprach mit jedem ein paar Worte, dann: „Gepäck aufnehmen!"

Wir hoben die Rucksäcke und Tornister aus dem Schnee auf die Schultern, schnallten die Traggurte fest, nestelten an den Riemen und Schnallen, fühlten die schwere Last des Gepäcks auf unseren Rücken, schoben die Daumen in die Schlaufen ein und folgten Dr. Sanders über den Schulhof durch den dunklen Torbogen auf die Straße. Die Zurückbleibenden standen schweigend und sahen uns nach. Graupe Hermann lächelte mit verzerrtem Munde. Czaia, der Klassenbulle, wendete sich von uns Abmarschierenden weg und sprach leise und gedämpft auf den neben ihm stehenden Axmann ein. Der nickte aufmerksam und spähte aus den Augenwinkeln zu uns herüber. Am Fenster des Sekretariats zeichnete sich der Schatten Dr. Dr. Fleischels ab; er blickte uns nach: regungslos und versteint.

Wir trotteten durch den Schnee mit gesenkten Köpfen, gebeugten Rücken, schweren Füßen. Wir schämten uns vor den anderen, vor den zurückbleibenden Kameraden, vor uns selbst. An der Einbiegung zur Straße stand eine Frau mit der Milchkanne in der Hand, schaute zu, wie wir aus der Einfahrt auf die Straße hinausstolperten, hatte einen verächtlichen Zug um ihre Mundwinkel und sagte halblaut vor sich hin, aber doch so, daß wir es verstehen konnten und sicherlich auch verstehen sollten: „Da zieht sie also hin, die Elite der Nation, die LBA. Immer die ersten, immer die ersten, auch jetzt." Wir bissen die Zähne zusammen vor Scham und wagten nicht aufzublicken.

In der Hauptstraße reihten wir uns in einen langen Zug dahintreibender Menschen und Fahrzeuge ein, wurden selbst zu Treibenden und Getriebenen, eine kleine Gruppe im Strom der Flüchtlinge, ein verlorenes Häuflein. Kaiser-, Feld-, Kloster-, Ohlauer-, Schweidnitzer Straße, Straße der SA. Die vornehmen Viertel der Stadt im Süden. Villengelände und Laubenkolonien. Ein weiter, leerer Park. Immer weiter auseinanderrückende Häusergruppen. Verschneite Wiesen,

kleine Waldstücke. Knarrende Räder von Pferdegespannen; das Gemurmel großer Menschenmassen auf dem Wege. „Hüh"- und „Hott"-Rufe; in die Stadt einrollende Wehrmachtskolonnen. Der zugefrorene, glatte Spiegel eines Teiches. Ein Barockschloß. Einfamilienhäuser, einförmig und grau verputzt.
„Halt!" Ein jäher Anruf an einer Sperrstelle: „Ausweiskontrolle." Feldjäger mit umgehängten Maschinenpistolen, wohlgenährte Burschen mit satten, zufriedenen Gesichtern musterten die Ausweise und Bescheinigungen, die Dr. Sanders aus der Manteltasche hervorzog. Der lange Zug hinter uns war ins Stocken geraten. Wir stützten uns mit den Rucksäcken auf einen Staketenzaun, um die drückende Last zu erleichtern. Der Wachführer, ein Feldwebel, zählte ab: „... neunzehn — einundzwanzig — zweiundzwanzig" und verglich damit die angegebene Zahl in den Papieren. „Stimmt", sagte er, „die Jungens können passieren." Er holte aus der Uniformjacke ein Stempelkissen und einen Handstempel, hauchte den Gummi an und setzte den Abdruck unter das vorgedruckte Schreiben. „Und Sie?" fragte er Dr. Sanders. „Was — und ich?" sagte Dr. Sanders. „Ja, Sie", sagte der Feldwebel, „gehören Sie denn auch zu dem Haufen? Hier steht: zwei Mann als Begleiter: Dr. Sanders und Kluß. Sind Sie Kluß?" — „Nein, Dr. Sanders." — „Wo ist Kluß?" fragte der Feldwebel. „Schon vorgefahren, um Quartier zu machen. Ich führe die Jungen hin. Sehen Sie doch: Bestimmungsort Dreisteine." Der Feldwebel hielt das Papier immer noch in seinen Händen, drehte es von der Vorderseite auf die Rückseite, als wenn er nicht lesen könnte und sagte nach einem kleinen Augenblick zu Dr. Sanders: „Ihr Ausweis?" — „Ja, hier steht doch", sagte Dr. Sanders, „zwei Mann. Da fehlt eben einer. Ist doch besser, als wenn einer zu viel dabei wäre. Die Jungen können doch alle bezeugen, daß ich ..." Der Feldwebel schnitt die wortreiche Entgegnung Dr. Sanders ab. „Ihr Ausweis?" fragte er mit erhobener Stimme. Dr. Sanders sagte: „Ja doch, Herr ..." Er stellte seinen Rucksack ab, öffnete die Seitentasche und suchte mit fliegenden Fingern nach dem Ausweis. „Da", sagte er und richtete sich aus der

gebückten Stellung auf: „Da ist er.“ Er hielt dem Feldwebel das bräunliche Ausweispapier entgegen. Der nahm es in die Hand, las den Aufdruck, verglich das Paßfoto mit dem vor ihm stehenden Dr. Sanders, ließ sich unendlich viel Zeit, studierte den Ausweis genau und gründlich und sagte dann: „Stimmt. Aber ich kann Sie trotzdem nicht aus Breslau herauslassen. Sie sind volkssturmpflichtig. Jahrgang 90. GvH. geschrieben.“ Dr. Sanders hob hilflos die Hände und sagte: „Aber Herr Feldwebel, ich soll doch die Jungen aus der Stadt herausführen. Ich habe doch Befehl. Da ist doch die Bescheinigung. Ich will doch nicht türmen. Ich . . .“ Der Feldwebel zuckte die Achseln: „Mann, seien Sie froh, daß ich Sie nicht festnehmen lasse. In Klettendorf, drei Kilometer von hier, baumeln sie an den Bäumen. Pappschild vorm feigen Bauch: Ich bin ein Lump. Oder: Ich hänge hier, weil ich mich aus dem Staube machen wollte. An der Auffangstelle in Klettendorf sind ganz scharfe Hunde tätig. Seien Sie froh, daß ich . . .“ Als Dr. Sanders noch einmal zu einer Erwiderung ansetzte, brüllte der Feldwebel: „Da kann ja jeder kommen. Halten Sie die Fresse, Mann. Scheren Sie sich in die Stadt zurück.“

Wir standen immer noch an den Zaun gelehnt, verfolgten gebannt den lauter und erregter werdenden Wortwechsel. Der Feldwebel reichte Ausweis und Bescheinigung an Dr. Sanders zurück. Dessen Hände zitterten. Den Feldwebel mochte eine Regung von Mitleid ankommen; er sagte: „Am besten bemühen Sie sich um eine bessere Bescheinigung. Vielleicht versuchen Sie's noch mal.“ Die Flüchtlinge in der langen Kolonne hinter uns waren schon unruhig geworden und drängten vorwärts. Die Feldpolizei hatte inzwischen nur Frauen mit Kleinkindern durchgelassen. Nun trat der Feldwebel wieder zu seinen Leuten und sagte: „Weiter, weiter, los, los, Beeilung!“ Er stoppte den nächsten Planwagen und fragte nach Papieren und Ausweisen.

Dr. Sanders hatte seinen Rucksack an den Tragriemen gepackt und zerrte ihn so über den Schnee der Straße hinter sich her bis zu uns hin. „Ja, Jungs“, sagte er mit leiser Stimme zu uns, die wir uns um ihn drängten, „so ist das also.

Ihr habt es selbst gehört: ihr könnt aus der Stadt; ich muß hierbleiben." — „Kommt ja gar nicht in Frage", sagte der kleine Dobrski, „einer für alle, alle für einen. So hat man's uns gelehrt. Wir bleiben eben alle hier in Breslau. Was soll schon groß passieren? Ich habe sowieso ein schlechtes Gewissen, daß ich einfach abhaue." — „Jungs, nur keine Dummheiten", sagte Dr. Sanders, „macht mir um Gottes Willen im letzten Augenblick keine Dummheiten. Ich bitte euch." — „Wir können ja auch hier warten und Dr. Sanders geht zurück, den Ausweis neu ausstellen lassen", versuchte King zu vermitteln. „Ja, das ist 'ne Idee", unterstützten wir den Vorschlag. Dr. Sanders schüttelte den Kopf. „Nein", sagte er, „das geht nicht. Das kann Tage dauern. Das kann klappen. Das kann auch nicht klappen. Da ist alles möglich. Ihr könnt hier nicht warten." — „Ach sicher", sagte der lange Zink, „und wenn es eine ganze Woche dauert. Wir warten hier." Dr. Sanders lächelte müde. Er legte Zink die Hand auf die Schulter: „Bist ein guter Kerl, Zink. Aber: so geht's nicht. Ihr müßt so schnell wie möglich aus der Stadt. Ihr könnt nicht auf mich warten. Ich komme schon durch. Habt es ja selbst gehört: ich bin noch kein alter Knacker. Der Volkssturm braucht mich, um den Krieg zu gewinnen. Der Volkssturm läßt mich nicht los." — „Aber Dr. Sanders", sagte der lange Zink, „kannst du denn überhaupt schießen?" — „Nein", lächelte Dr. Sanders, „das nicht. Das will ich auch gar nicht. Höchstens . . ." Er verschluckte das, was er sagen wollte und betonte noch einmal: „Nein, ihr könnt nicht auf mich warten. Sonst halten sie euch auch noch fest. Ihr dürft auch nicht mehr zurück in die Stadt. Ihr müßt weiter." — „Was ist nun?" schrie der Fedwebel. „Ihr könnt doch keine Volksversammlung abhalten. Soweit ist es noch nicht. Wir haben hier noch keine Demokratie." — „Da habt ihr's", sagte Dr. Sanders mit einem bitteren Ton in der Stimme: „Hierbleiben könnt ihr also nicht!" — „Dann zurück nach Breslau", sagte der kleine, sommersprossige Dobrski und schulterte schon seinen Rucksack. Dr. Sanders Stimme wurde beschwörend: „Jungs, ich bitte euch. Ich bitte euch dieses Mal. Ich habe euch nie befohlen und kommandiert

wie die andern. Ich habe euch geholfen, wo ich konnte. Nun helft auch mir einmal, ein einziges Mal. Macht es mir nicht so schwer. Hört auf mich: Zieht weiter. In Dreisteine wartet Kluß auf euch, der große Naz und der kleine Naz." Er lächelte weich und verträumt: „Vielleicht sehen wir auch alle viel zu schwarz. Vielleicht komme ich doch noch nach. Vielleicht klappt alles besser, als wir denken. Vielleicht ..." — „Wenn's so ist", sagte von Hüttenhain, „wenn's so ist, Dr. Sanders, ich will den Haufen schon nach Dreisteine führen. Patschke weiß ja auch den Weg." — „Ja, Junge", sagte Dr. Sanders, „wenn wir unsere Huttenhenne nicht hätten. Du nimmst mir wirklich eine Last ab. Bist halt der Vernünftigste von allen." — „Oho", schnaufte der lange Zink, „sind wir nichts? Wenn das meine Mutter hörte, was du da sagst, Dr. Sanders." Dr. Sanders Lächeln vertiefte sich: „Ja, Junge, wenn das deine Mutter wüßte. Aber nun geht: ihr habt noch einen weiten Weg vor euch. Marschiert tüchtig, das habt ihr ja gelernt. Marschiert nachts durch, wenn es sein muß. Wenn euch die Schulklamotten zu schwer werden, werft sie fort. Räumt die Tornister und Rucksäcke aus. Das ist nicht wichtig jetzt; aber marschiert. Marschieren ist doch eure starke Seite. Das könnt ihr doch, wenn ihr auch sonst nichts könnt." — „Oho", protestierte noch einmal der lange Zink. „Na, ihr wißt schon, wie ich's meine", sagte Dr. Sanders.
Er winkte uns nach, als wir weiterzogen und rief tatsächlich: „Mit Gott!"
Von Hüttenhain aber führte uns sicher und ungefährdet nach Dreisteine.

Dreisteine

Dreisteine war ein freundliches Barackenlager am Rande eines verträumt und friedlich daliegenden Dörfchens. Ignaz Kluß hatte alle Stuben und Kammern tüchtig eingeheizt; der kleine Naz umsprang uns winselnd vor Freude. In den Zimmern duftete es nach Holz und Fichtennadeln. In der Ecke der Eingangshalle stand noch der unabgeräumte Weihnachtsbaum mit Fäden flimmernden Lamettas und mit glitzerndem Engelshaar. An einem der stillen Abende zündete Ignaz Kluß die letzten Kerzenstümpfe an und sang mit uns Weihnachtslieder. Der Rauschgoldengel auf der Spitze des Baumes drehte sich in der aufsteigenden Wärme und schwebte mit gebreiteten Flügeln.

Das Radio meldete das Näherkommen des Iwans: die Besetzung von Oels, von Militsch, von Trebnitz, von Obernigk, den Teileinschluß von Breslau, die Verteidigung von Kraschnitz, die Überschreitung der Oder bei Brieg, Kämpfe bei Köthen, Panzerspitzen vor Hundsfeld, Rückzugskämpfe bei Kreuzberg, Beuthen und Kattowitz. Es waren sich widersprechende, gegensätzliche Nachrichten und Meldungen. Auf allen Straßen und Wegen des Landes herrschten Chaos und Flucht. Nur wir in Dreisteine lebten wie auf einer unberührten und friedlichen Insel. Von den zurückgebliebenen Kameraden in Breslau gab es keine Nachricht, von Dr. Sanders keine Spur. Von Schulführer Dr. Dr. Fleischel dagegen kam eine Karte: „Bin in Hirschberg. Bemühe mich um Quartiere und Unterkünfte für die LBA. Haltet aus! Ich hole euch! Es lebe der Führer!"

An den Abenden standen wir lange vor der Tür der Baracke. Die Kälte war noch größer geworden. Der Schnee trieb im eisigen Ostwind. Der Himmel am Rande der Ebene war gerötet von Bränden. Die Front (oder das, was wir für die Front hielten) wummerte und rückte näher. Das kleine Dörfchen Dreisteine geriet in den Strudel des Aufbruchs. Die Läden verkauften plötzlich ohne Marken. Es gab Brot, soviel man tragen konnte, Wurst, soviel man wollte. Von den Höfen bogen die Treckkolonnen in die Straßen ein. Das Dorf wurde menschenleer. Dann rückten Wehrmachtseinheiten nach und bauten dünne Stellungen aus. Der rote Brand am nächtlichen Himmel rückte näher heran. Das Donnern wurde lauter. Von den Zurückgebliebenen in Breslau keine Nachricht. Von Dr. Sanders keine Spur. Von Dr. Dr. Fleischel dagegen eine Karte: „Bin in Schreiberhau! Habe Quartiere gefunden. RAD-Lager Scheundelwiese. Nachkommen! Es lebe der Führer! PS: Diese Karte (mit Stempel und Siegel) dient als Bescheinigung." Zunehmende Nervosität bei Ignaz Kluß. Zunehmende Unruhe bei uns. Ausgestellte Doppelposten nachts. Aufschrecken aus dem Schlaf bei jedem vorbeirollenden Panzer. Ist es der Iwan? Nein? Gott sei Dank.

Gegen Mitternacht klopfte es an der Tür. Eine Stimme: „Macht auf. Ich bin's!" Als Ignaz Kluß die Tür öffnete, stand Dr. Sanders da, abgerissen, müde, gebeugt, vom weiten Marsch aus dem bedrohten Breslau erschöpft, ein alter Mann. Freudengeheul bei uns; Lächeln bei Dr. Sanders: „Ja, Jungs, es hat geklappt. Ich habe eine neue Bescheinigung. Die anderen?" Eine resignierende Bewegung: „Ich war auf der LBA. Niemand mehr da. Die Kameraden sind bei Hundsfeld im Einsatz als geschlossene Einheit. Ich habe versucht, was ich konnte, um sie freizubekommen. Es ging nicht. Sie wollten nicht, sagte mir der Kommandeur. Sie wären tapfer wie alte Frontschweine. Nein, gefallen ist noch keiner, verwundet niemand. Glück, einfach Glück."

„Schlafen Sie sich doch erst einmal aus, Kollege", sagte Ignaz Kluß. Dr. Sanders, aus seiner Lethargie auffahrend: „Nein, nein, das geht nicht. Keine Zeit. Ihr müßt weiter. Wir müssen weiter. Diese Nacht noch. Um vier Uhr etwa geht der letzte Zug. Ein Eisenbahnerzug, der alle Beamten mitnimmt, der stellenweise die Gleise aufreißt, die Anlagen und Weichen zerstört. Ich habe es unten am Bahnhof erfahren." Verständnisloser Widerspruch: „Aber Dr. Sanders, wir können doch morgen früh zu Fuß lostippeln. So schlimm ist es doch nicht, wir kommen doch noch weg." Und: „Zugführer, du mußt erst einmal schlafen. Wenn man ausgeschlafen ist, sieht alles ganz anders aus." Abwehrender Widerspruch Dr. Sanders: „Nein, nein, wir müssen los. Die Panzer sind verdammt schnell. Niemand ist da, der sie aufhält, der sie aufhalten kann, wenn sie erst einmal angerollt sind. Wir müssen fort, aus der Ebene heraus. Erst im Gebirge sind wir wieder sicher." — „Wie Sie meinen, Kollege", sagte Ignaz Kluß, noch nicht ganz von Dr. Sanders Argumenten überzeugt, von der stillen Ruhe Dreisteines eingelullt in falsche Sicherheit: „Hüttenhain, dann gib halt Alarm."

Wieder jäher Aufbruch, nächtliche Unruhe, verstärkt durch den Ausfall der elektrischen Stromversorgung. Flackernde, huschende Lichter hinter sorgsam verschlossenen Fensterläden. Eiliges Packen dünn gewordener Rucksäcke: zwei Decken, etwas Wäsche, ein paar armselige Habseligkeiten.
Als wir vor die Baracke traten, hatte sich der ganze östliche Himmel mit roter Glut überzogen. Leuchtende Feuergarben. Strahlenbündel grünen, orangenen, blauen kalten Lichtes. Flammenschweife niederfallender Explosivgeschosse. Jaulen von Stalinorgeln. Nahes Kettengerassel. Bellende Hunde in den Dörfern. Die Hölle hatte sich geöffnet.
„Seht ihr", sagte Dr. Sanders ohne Triumph in der Stimme: „Ich hatte recht. Es ist höchste Zeit." Wir nickten beklommen, eilten durch das Wechselspiel pechschwarzer Dunkelheit und gleißender Helle. Kochgeschirre klapperten. Einer fluchte unterdrückt. „Paß doch auf", sagte er. „Eine Scheißnacht", meckerte der lange Zink. „Achtung!" schrie Hüttenhain. „Alles stehenbleiben! Nicht bewegen!" Wir standen mitten auf der Dorfstraße, steif und still wie Ölgötzen. Keiner wußte so recht warum. Über uns brummte ein langsames Flugzeug mit rötlichen Positionslichtern. „Ein Iwan", sagte der lange Zink. „Mensch, du spinnst", flüsterte Dobrski erschrocken. Das Motorengeräusch entschwand in der Ferne. Der lange Finger eines Scheinwerfers zuckte weit drüben auf und hielt die Maschine wie eine dunkle Fliege auf dem Leimpapier. Man konnte nicht erkennen, ob das Flugzeug Sterne oder Kreuze trug. „Weiter!" sagte von Hüttenhain. Dr. Sanders führte uns durch das leere, traurig verlassene Dorf; die Soldaten waren abgerückt. Dann ging es auf einem Seitenpfad quer durch die Wiesen und oben über den steilen Bahndamm zum Stellwerksgebäude.
Die Scheiben des Hauses waren zerschlagen. Der kalte Wind pfiff durch die Räume und schnitt in die Haut. Wir drängten uns wärmesuchend aneinander. Kein Mensch im Stellwerk außer uns. Die Apparate tickten auf eine gespenstische Weise. Ein Läutewerk schlug an, daß wir erschreckt zusammenzuckten. Dann rasselten Telegrafen; ein Fernschreiber klapperte monoton. Irgendwo knallte eine Tür zu, vom

Wind angerührt. Aufzuckendes Licht, schwarzes Pech der Nacht. Hell — dunkel — hell — dunkel. Wummern und Rumoren der Front. Ängstlich kalkige Gesichter. „Mein lieber Mann", flüsterte aufgeregt Geisler. „Ruhe", tuschelte der lange Zink, gar kein Held mehr in diesen Stunden. Dr. Sanders hockte auf seinem Rucksack und war vom Schlaf überwältigt worden. Er schnarchte mit halboffenem Munde. Der kleine Naz im Rucksack von Kluß winselte und wollte ins Freie. „Und wenn nun kein Zug mehr kommt?" ängstigte sich King. „Ach, Quatsch", tröstete ihn Pusch, „es muß einer kommen. Sonst ..." — „Sonst?" wollte King wissen. „Ach, sonst", äffte ihn Pusch nach. „Sonst sind wir eben alle am Arsch." — „Ich will aber nicht", sagte King. „Ja, meinst du, ich vielleicht?" gab Pusch zurück. „Ruhe!" erboste sich wieder der lange Zink. Die unterdrückte Unruhe legte sich. Wir dösten vor uns hin, ängstlich nach draußen horchend, auf den Wind, auf den Geschützlärm, auf das Panzergeklirr. Dumpf heulender Wind um das Haus. Ein Windstoß, der sich unter dem Dach verfing und mit den Ziegeln klapperte.
„Immer noch nichts?" fragte Geisler. „Nein", sagte ich. „Es ist aber schon vier Uhr vorbei", sagte Geisler. „Der Zug wird Verspätung haben. Vielleicht ist er aufgehalten worden", spottete Dobrski. „Mein lieber Mann", sagte Geisler. „Ich muß mal. Gehst du mit?" — „Ach, geh alleine. Kannst ja in die Ecke machen, ist doch alles egal." — „Das mach ich auch", sagte Geisler. „Schwein", zischte der lange Zink. „Geh doch draußen hin. Wenn das jeder machen würde." — „Das gäb' 'ne Überschwemmung, daß der Iwan glatt ersaufen müßte." Das war Dobrski. Dr. Sanders schnarchte noch immer. Ignaz Kluß streichelte den winselnden Hund. Wir ließen die Köpfe hängen und dösten weiter.
„Still, hört ihr nichts?" King lauschte. „Ach nein, war bloß der Wind", sagte er nach einer kleinen Weile. „Ich wär vielleicht froh, wenn wir hier raus wären." — „Klappe!" brüllte Zink. „Haltet doch endlich die Klappe. Ihr macht einen ja ganz nervös. Der Zug wird schon noch kommen." Wieder Lauschen und Horchen und Vorsichhindämmern, dumpfe Ungewißheit, packende Furcht. Wieder nur Wind, Geschütz-

donnern, Panzergeklirr. „Könnte man doch wenigstens die Apparate abstellen; die machen mich noch verrückt.“ flüsterte King. „Nun scheiß dir doch gleich in die Hose“, wurde Zink noch derber und ausfälliger. „Die Helden haben Angst; ihnen geht der Arsch mit Grundeis“, brummelte in der Ecke Berke, den wir aus unerfindlichem Grunde „Juno“ nannten. „Juno, du vielleicht nicht?“ giftete Geisler. „Ach was“, sagte nun Juno, „und wenn schon: wir müssen eben warten, bis der Zug kommt.“ — „Und — und wenn er nun wirklich nicht kommt?“ fragte King wieder. Keiner gab Antwort. Dr. Sanders Schnarchen verstummte wie abgeschnitten; draußen kam ein dröhnendes Rattern auf das Stellwerksgebäude zu, metallenes Klirren, lauter und lauter werdend. „Der Zug“, rief der lange Zink und stürzte als erster zur Tür. Wir anderen drängelten nach, im Dunkeln nach den abgesetzten Rucksäcken und Tornistern tastend. Das Dröhnen war lauter geworden. „Das ist doch kein Zug“, flüsterte Hüttenhain und noch einmal: „Das ist doch kein Zug!“
„Mensch!“ heulte Zink auf, der als erster draußen vor der Tür gewesen war und nun in die Halle zurückflüchtete. „Mensch, draußen — ein Panzer!“ — „Der Iwan!“ Schrekkensrufe durcheinander. Weinen. Jammern. „Ruhe!“ rief Dr. Sanders. „Alles hinlegen! Ruhe!“ Wir warfen uns auf den kalten Steinboden, glatte Fliesen, leicht vom Schnee überstäubt, drückten uns in die Ecken und dunklen Winkel der Halle, wagten kaum zu atmen. Das Herz pochte bis zum Halse; die Kälte fiel über uns her; zitternde Finger; ein dunkles, dumpfes Gefühl im Magen; ein Würgen im Halse, daß man glaubte, ersticken zu müssen. Das Gedröhn des Panzers war verstummt; nur immer noch das wechselnde Lichterspiel der nähergerückten Front, die jaulenden Abschüsse, das wirrende Rauschen über unseren Köpfen. Schnelles Atmen, jagende Pulse, weitaufgerissene Augen. Ganz nahe schepperten nun Panzerketten, mahlten Raupenbänder, schürften an der Wand des Stellwerksgebäudes vorbei. Der Boden unter unseren Körpern zitterte und bebte; das ganze Gebäude wankte, so schien es; die Erschütterung der Fliesen teilte sich unseren Leibern mit. Die Apparate, Signale und

Fernschreiber tickten überlaut durch das Rasseln und Dröhnen der Panzerketten. Schnaufendes Atmen. Unhörbare Hilferufe. Gebete: „Lieber Gott.“ Stammelndes Anflehen des Höchsten um Rettung: „Ich bin doch noch so jung.“ An den zerschlagenen Fenstern vorbeihuschend der riesenhaft schwarze Schatten des Panzerturms. Klirren des Glases. Zittern der Erde. Klirren der Ketten, Zittern der Erde. Rötliche Auspuffgase. Qualvoll langsam das Entfernen des mahlenden Panzergeräusches. Endlich verschwand das Ungetüm hinter der jenseitigen Böschung des hohen Bahndamms, entschwand dem nahen Dorfe zu.

Wir lagen noch immer an die kalten Steine gepreßt. Dr. Sanders richtete sich als erster auf, schlich geduckt zu einem der Fenster und lauschte hinaus. „Er ist fort“, sagte er leise. „Es war bloß ein Panzer, keine Infanterie dabei. Er fährt vielleicht bloß Erkundung.“ — „Was sollen wir tun, Zugführer?“ flüsterte zaghaft der lange Zink. „Warten“, sagte Dr. Sanders, „warten, sonst weiß ich auch nichts, warten und beten, daß der Zug noch kommt. Das ist unsere einzige Rettung. Wir können nachts nicht marschieren; sonst laufen wir dem Iwan vielleicht gerade in die Hände. Und wenn es hell ist, dürfte es zum Laufen ohnedies zu spät sein.“ Der kleine Dobrski schluchzte: „O mein Gott, mein ...“ Zink wurde böse: „Da kann Gott auch nicht helfen. Der Zug muß kommen; der Zug muß kommen.“ Dr. Sanders: „Zink, laß doch.“ Zink verstummte. Das Schweigen wuchs.

Gespenstisch, wie mit einem Male die rote Scheibe des Einfahrtsignales, gezogen von einer unsichtbaren Hand, vor dem Stellwerksgebäude niederging, wie ein tröstliches Grün am eisernen Mastarm aufstieg. „Der Zug“, jubelte King, „der Zug kommt.“ — „Ruhe“, sagte Dr. Sanders erregt. „Wer weiß.“ Von Hüttenhain hatte sich an uns vorbeigezwängt, hatte sich aus der Tür gedrängt, huschte nun unter den Fenstern vorbei zu den verschneiten Gleispaaren hin, ein schwarzer Schatten im Grau der Nacht. Dann rief er von draußen unterdrückt: „Der Zug kommt!“ — „Leise“, warnte Dr. Sanders, „macht bloß leise.“ Wir hielten die auf den Rucksäcken baumelnden Kochgeschirre fest und eilten aus der Halle hinaus. Zwischen Abschüssen und Einschlägen war das zischende Dampfen einer Lok zu vernehmen. Dr. Sanders stellte sich zwischen die Gleise und blinkte dem näherkommenden schwarzen Ungetüm mit einer Taschenlampe entgegen. Die Gleise vibrierten; das Stampfen des Zuges wurde überlaut. Dr. Sanders mußte zur Seite springen; die Lok rasselte vorbei; die ersten Wagen rumpelten vorüber. „Aufspringen", brüllte Zink durch den übermächtigen Lärm. „Wir müssen aufspringen." Aber da verlangsamte der lange, dunkle Zug seine Fahrt; quietschende Bremsen, aneinanderstoßende Puffer, Wagentüren, die aufgestoßen wurden. „Los, los, Beeilung", schrieen ein paar Stimmen. Wir kletterten die vereisten Stiegen zu den hohen Wagentüren hinauf; die Wagen ruckten unruhig an; die in den Türen stehenden Uniformierten — Eisenbahner und Pioniere — zogen uns hinauf. Wir keuchten vor Anstrengung, ließen uns auf den glitschigen Boden, auf die hölzernen Bänke fallen. Ein paar Landser sprangen hinüber zum Stellwerksgebäude; Handgranatenexplosionen dröhnten im Innern des Gebäudes auf; surrende Splitter; gleißende Helle; tiefe Dunkelheit. Die Soldaten kamen zurück. Es hatte höchstens Minuten gedauert. Uns kamen sie wie Stunden vor. Türenschlagen. Rufe: „Ab!" Anrucken des Zuges, langsames Anrollen, dann stetiger werdendes Dahingleiten. „Mein lieber Mann", stöhnte Geisler. „Wo kommt ihr denn her?" fragte eine harte, männliche Stimme. Wir erzählten, einer den anderen übertrumpfend, durcheinander sprechend. Die Stimme verwunderte sich: „Da habt ihr aber Glück gehabt. Wie? Ein Panzer war da? Der kam bestimmt nicht alleine. Wo einer ist, sind mehrere. Die haben's ja. Wenn bloß der Zug schneller führe." Auch in der Stimme des Mannes zitterte die Angst.

Weberndorf — Mettkau — Hirschberg

Immer wieder hielt der Zug in der Nacht an, wurden Weichen zerstört, Bahneinrichtungen gesprengt, Signale heruntergezogen, Brücken und Übergänge vermint. Das Wummern der Front begleitete die Fahrt. Der Zug schlich qualvoll langsam dahin. An den geöffneten Fenstern hockten Soldaten mit Gewehren, spähten während der Fahrt hinaus in das vorbeihuschende nächtliche Schwarz. Der Nachtwind strich durch die eisigkalten Wagen. Nur allmählich überzog fahle Dämmerung das Land. Die Gesichter wirkten übernächtig und kalkig. Dr. Sanders schnarchte schon wieder; der kleine Naz winselte. Ignaz Kluß streichelte ihn. Ein paar von uns schliefen auch. Die anderen hockten apathisch da, starrten vor sich hin, standen neben den Soldaten an den Fenstern, blickten in die mählich heller werdende Ebene. Verlassene Dörfer. Verschneite Wege. Brandige Schutthaufen. Treibende Trecks von Pferdegespannen. Kleine Bahnwärterhäuschen. Ein dichtes Waldstück.

„Da", schrie mit einem Male Patschke und deutete aufgeregt hinaus, „da — Weberndorf. Da bin ich her." Wir sprangen auf und drängelten uns an den Fenstern. „Wo?" fragte einer. „Da! Da!" wies Patschke mit ausgestreckter Hand: „Dort! Dort ist unser Haus!" Er wies auf ein behäbig daliegendes Fachwerkgebäude mit großen Stallungen und Scheunen. „Was ist nun mit dem Schweineschlachten?" fragte der lange Zink. „Weiß nicht", sagte Patschke. „Ob man hier nicht raus kann?" Der Zug bremste, kam zum Stehen; wir wurden von dem Anprall durcheinandergeworfen. Dr. Sanders wachte auf, hatte uns vielleicht auch die ganze Zeit beobachtet, sagte jedenfalls: „Wartet, ich geh mal vorne fragen." Er öffnete die Wagentür, kletterte die Trittlinge hinab, sprang auf den Bahnsteig hinunter und rannte nach vorne zur Lokomotive. Patschke stand am Fenster und starrte hinaus auf das naheliegende Elternhaus. Er sagte: „Da ist das Wohnhaus. Da ist der Stall. Da die Scheune. Da der Schuppen. Da, das Fenster gehört zur Küche, da oben das Fenster zu meiner Stube." Er erklärte und zeigte, sprudelte aufgeregt heraus, was er von seiner Heimat wußte. „Ob die noch schlafen?" fragte er. Es war ja noch früher Morgen. Aus den Kaminen der Häuser stieg kein Rauch. Wir sagten: „Ja", aber wir glaubten es selber nicht. Dazu war das Haus zu stumm; der Hof, das ganze Dorf lag leer und schweigend, wie ausgestorben.

Dr. Sanders kam zurück: „Der Zug hält hier zwanzig Minuten. Wir sind aus der Gefahrenzone ziemlich heraus. Willst du?" Patschke wurde ganz zappelig; er stürzte vom Fenster weg zur Tür. „Aber komm wieder", sagte Dr. Sanders, „und beeil dich. Der Zug wartet nicht. Zwanzig Minuten. Hörst du?" Patschke nickte, hatte schon die Tür geöffnet, eilte nun draußen über das Nebengleis, kletterte die hohe Bahnsteigkante hinauf, wieselte über den Bahnhofsvorplatz mit kleinen, trippelnden Schritten. Wir blickten ihm nach. Auch Dr. Sanders war an das Fenster getreten und schaute hinüber zum Haus. Patschke trabte durch den zerfahrenen, schmutzigen Schnee der Dorfstraße. „Ob er wohl wiederkommt?" zweifelte Berke Juno. „Aber sicher", sagte Pusch. „Wo soll er denn sonst hin? Da ist doch niemand mehr; das sieht doch ein Blinder."

Der Zug ruckte an, daß der in der Tür stehende Pusch beinahe hinausgefallen wäre, fuhr vor, rollte dann wieder zurück, rangierte. Die Lok pfiff gischtenden grauweißen Dampf aus. Patschke hatte jetzt das Hoftor erreicht, öffnete das Gatter, schlüpfte hindurch, ging über den weiten Hof zur Haustür, rüttelte an der Klinke, lauschte. Wir schauten hinaus und hinüber. Der Zug pfiff wieder. Dr. Sanders blickte nervös auf die Uhr. „Noch eine knappe Viertelstunde", sagte er. „Wie im Kintopp", sagte Geisler, „spannend bis zum letzten Augenblick." — „Ach, halts Maul", sagte Pusch. „Der kommt wieder." Patschke stand einen Augenblick unschlüssig an der verschlossenen Haustür, hob dann seine Fäuste und trommelte damit an das Holz. Aber die Tür blieb zu. Dann lief er zum nebenanliegenden Fenster, drückte das Gesicht an die Scheibe und spähte hinein. Als er sich umdrehte, winkten ein paar von uns. Patschke winkte zurück mit einer müden Handbewegung. „Ob es wohl richtig war, daß Sie Patschke gehen ließen, Kollege?" fragte jetzt auch Ignaz Kluß. Dr. Sanders nickte und sagte: „Ach was, der kommt bestimmt wieder. Ich kenne ja doch die Jungens." — „Ich meine ja auch bloß", schwächte Ignaz Kluß seinen Einwand ab. Patschke eilte jetzt vom Fenster aus an der Hauswand vorbei, trat um die Hausecke herum zur Hinterfront und entzog sich so unseren Blicken. „Noch knapp zehn Minuten“, murmelte Dr. Sanders. „Wetten, daß der nicht mehr wiederkommt?“ sagte Geisler hämisch. Niemand antwortete. Der Zug pfiff zum drittenmal; die Wagen ruckten wieder an. „Er rangiert bloß“, sagte Pusch.

Aber der Zug bewegte sich langsam vorwärts; die hohe Bahnsteigkante glitt vorüber, das nüchterne Backsteingebäude des Bahnhofs, das hölzerne Pissoir, die rotweiß gestrichenen, schneeüberkrusteten Schranken, die Häuser des Dorfes. „Halt!“ rief Dr. Sanders, beugte sich weit aus dem Fenster hinaus und rief nach vorn. Der Fahrtwind nahm seinen Ruf ab und verwehte ihn. „Halt!“ riefen auch wir. „Halt! Es fehlt einer!“ Während der Zug immer mehr Fahrt aufnahm, riefen wir: „Patschke! Patschke!“ Aber wir sahen seine Gestalt nicht mehr. Die Häuser des Dorfes huschten immer schneller an uns vorüber, singende Telefondrähte, schattenhafte Leitungsmasten, geduckte, schweigende Gehöfte. „Er hat doch gesagt: zwanzig Minuten“, sagte Dr. Sanders verstört. „Patschke wäre bestimmt wiedergekommen.“ Pusch meinte tröstend: „Vielleicht kommt er nach.“ Geisler mekkerte: „Der ist fort. Na, was hab' ich gesagt? Der kommt nie wieder.“ Dr. Sanders Gesicht verfiel: „Ich hab' doch die Verantwortung.“ Auch Ignaz Kluß tröstete den Verstörten. „Sie können doch nichts dafür, Kollege. Das kann ich bezeugen.“ — „Aber ich hab' doch die Verantwortung“, sagte Dr. Sanders noch einmal. Dann versank er in Schweigen.

Das Dorf draußen — Weberndorf — war unseren Blicken hinter einer Biegung entschwunden. Wir waren allein im Abteil. Die Soldaten waren an irgendeiner Station in der Nacht ausgestiegen und zurückgeblieben. Nur ein paar Eisenbahner mit ihren Familien waren noch in dem langsam dahingleitenden Zug. Er fuhr nun fast eine Stunde ohne Halt durch.

Dann stoppte er auf einer größeren Station. Dr. Sanders stieg aus, eilte nach vorn zum Lokführer und bat ihn, zurückzufahren. Der Lokführer zuckte die Schultern und tippte sich an die Stirn. „Tut mir leid“, sagte er, „zurück? Wegen einem Jungen? Kommt nicht in Frage!“ Dr. Sanders kam zurück,

sinnloser Hoffnung beraubt. Draußen auf dem Bahnsteig drängten sich bei der Einfahrt des Leerzuges unübersehbare Menschenmassen, Frauen und Kinder und alte Männer. Als der Zug hielt, gerieten die Menschen in eine brodelnde Erregung. Sie stürmten die Wagen, quetschten sich hinein, drängelten und stießen, kreischten, und versuchten mitzukommen. Wir hatten rechtzeitig die Tür von innen versperrt, drängelten uns nun an den Fenstern Kopf an Kopf, so den Eindruck erweckend, als sei dieses Abteil gänzlich überfüllt. Dr. Sanders geriet in den Mahlstrom der Einsteigenden, wurde von ihnen mitgerissen, ruderte mit den Armen, um wieder loszukommen, kämpfte sich mühsam zu unserem Abteil zurück. Weil wir nicht wagten, die Türe zu öffnen, hoben wir ihn durch das Fenster herein. Der Bahnsteig war immer noch schwarz von Menschen. Kämpfe um einen Platz in den Wagen, weggeworfene Gepäckstücke, weinende Kinder, gellendes Loksignal, erneutes Anfahren des nun überfüllten Zuges, vom Aufheulen der Zurückbleibenden begleitet, Rasseln der Räder über Weichen, freie Fahrt.
Für die Strecke Mettkau — Hirschberg, für die der Zug sonst etwa zweieinhalb Stunden brauchte, benötigte er diesmal einen Tag und eine Nacht. Stundenlanges Halten auf freier Strecke, Umrangieren auf Nebengeleise, Umleitungen. Aber langsam blieb die Ebene zurück, rückte das Hügelland näher, dann die Berge. Der Zug schnaufte über Steigungen, durch dunkle Tunnels, über schwindelnde Viadukte, durch schweigenden Nadelwald. Keine Flüchtlingstrecks mehr auf den Straßen, keine Planwagen, keine struppigen Gäule, keine leeren Dörfer. Weite Parks in Kurorten. Promenierende Zivilisten, Skifahrer an den Hängen. Winkende Frauen. Lazarette mit dem blassen Roten Kreuz auf dem Dach. Eine üppig Geschminkte im Badeanzug, die ein Sonnenbad nahm. Ein freundlich lächelnder Wintersonnentag. Blauer Himmel. Strahlende Sonne. Schneeweiße Unberührtheit. Verwehte Fetzen einer Operettenmelodie aus einem Musikpavillon. Einschmeichelnde Tangogeigen: „Wenn der weiße Flieder wieder blüht ...“ Verträumte Baudengruppen. Rauchende Kamine. Blitzsaubere Gardinen an den Fenstern. Schulkinder

mit dem Ranzen auf dem Rücken auf dem Heimweg aus der Schule. Seilhüpfende blondlockige Mädchen. Kopfschüttelnde Reisende auf den Bahnhöfen, die der Zug ohne Anhalten durchbrauste. Der weite Talkessel von Hirschberg. Barsche Bahnbeamte an der Sperre, als wir uns ohne Fahrkarten durchzwängen wollten: „Halt! Die Fahrkarten, bitte!“ Auf Dr. Sanders Erwiderung hin: „Ja, ohne Fahrkarten können Sie nicht fahren. Da müssen Sie halt nachlösen. Dort ist der Nachlöseschalter.“ Lange Verhandlungen am Schalter. Gaffende Blicke in der saubergefegten Bahnhofshalle, bunte Kunstblumen auf den weißgedeckten Tischen des Restaurants, spöttische Bemerkungen der Spaziergänger bei unserem Marsch durch die Stadt. Ein verräucherter Wirtshaussaal mit Strohlager als nächtliche Unterkunft. Die morgendliche Weiterfahrt auf der elektrifizierten Strecke nach Schreiberhau. Barackenlager Scheundelwiese am Rande des Ortes. Die grämliche Stimme des federnd forschen Dr. Dr. Fleischel: „Wie seht ihr denn aus? Wo seid ihr so lange gewesen? Ich warte schon Tage auf euch.“ Dr. Sanders müde Bitte:„ Lassen Sie uns doch erst einmal ausschlafen!“ — „Ausschlafen?“ Dr. Dr. Fleischels tobendes Organ: „Jetzt ausschlafen, wo Deutschland jeden Mann braucht?“ Vorwürfe wegen des fehlenden Patschke: „Dr. Sanders, ich werde Sie zur Verantwortung ziehen.“ — „Jawohl, Schulführer.“
Die Erwiderung Dr. Sanders: „Morgen bitte. Jetzt möchten wir erst einmal schlafen.“ Die Zuweisung roher Barackenunterkünfte. Dunkles Versinken in qualvolle Träume. Fiebernder Schlaf. Schlaf . . .

Festung Breslau

„Na, ist denn niemand da, der sich hier freiwillig meldet?“ tobte der Schulführer ein paar Tage nach unserer Ankunft in Scheundelwiese. „Ich brauche einen Freiwilligen als Kurier, als Kurier nach — Breslau!“ Einundzwanzig rechte Arme fuhren in die Höhe; Stimmen riefen durcheinander: „Ich, Schulführer, ich!“ Über das Gesicht Dr. Dr. Fleischels huschte ein grämliches Lächeln; das marmorne Antlitz war in den letzten Tagen wachsgelb geworden; die Augen lagen tief in ihren Höhlen; von den Mundwinkeln liefen eingeschnittene Kummerkerben abwärts; der Glanz der Sonderuniform war verblaßt; Dr. Dr. Fleischel hatte die besternten, silberpaspelierten Schulterklappen und den Ärmelstreifen „LBA" abgelegt. „Weil ja die LBA nicht mehr vollzählig ist", hatte er dazu gesagt. Nun stelzte er mit langen Schritten durch den grauen nassen Pappschnee und musterte uns. Bei Hüttenhain blieb er kurz stehen. „Du?" fragte er und schüttelte dann den Kopf: „Nein." Sein Blick streifte den langen Zink, verweilte einen kleinen Moment bei Hillmer, blieb dann an mir haften. „Du?" fragte der Direx weiter, dann: „Ja, du! Du hast noch eine Scharte auszuwetzen. Du fährst nach Breslau; der andere Haufen: weggetreten, marsch, marsch!" Die Kameraden flitzten auseinander; die kleine Schar löste sich auf; alle strebten den grüngrau, das weite Viereck des Appellplatzes umstehenden Baracken zu. „Komm mit", sagte der Schulführer und schritt in Richtung der Schreibstube; ich trabte hinterher.

Dr. Dr. Fleischel ließ sich schwer in einen der Holzsessel fallen; das Holz knarrte und quietschte. „Also, hör zu", sagte Dr. Dr. Fleischel. Ich stand an der Tür der Schreibstube in lascher Haltung. Dr. Dr. Fleischel beachtete das gar nicht; sein Blick haftete am schmierig geputzten Boden des Zimmers. „Du fährst also als Kurier nach Breslau und gibst auf der Gauleitung dieses Schreiben ab." Er reichte mir einen dicken, mehrfach versiegelten Umschlag. „Von Hirschberg gehen Kurierfahrzeuge ab. Du bist dort schon angemeldet; der Fahrer wartet auf dich, ein NSKK-Gruppenführer Marx. Du mußt dich beeilen. Er will heute morgen noch los. Über Nacht bleibt ihr in Breslau. Und morgen früh kommt ihr wieder zurück. Es ist noch eine Straße frei. Wie lange noch, weiß ich auch nicht. Ist alles klar?" — „Jawohl, Schulführer", sagte ich. „Alles klar. Nur eine Frage hätte ich noch." — „Na und?" sagte der Schulführer und runzelte verärgert die Stirn. „Was ist, wenn ich nicht mehr aus Breslau herauskomme? Es könnte ja möglich sein, daß ..." — „Ach was",

tat der Schulführer überlegen, „und wenn schon: die Hauptsache ist, daß du nach Breslau hineinkommst und den Brief dort abgibst. Wenn es mit dem Rauskommen nicht mehr klappen sollte, mußt du eben in Breslau bleiben, bis wir euch wieder herausschlagen. Opfer sind schließlich dazu da, daß sie gebracht werden. Es geht nicht mehr um den Einzelnen; es geht ums Ganze; es geht um die Nation." — „Jawohl, Schulführer", sagte ich. „Noch was?" blickte er auf. „Ja", sagte ich, „soll ich nicht versuchen, die Zurückgebliebenen mit herauszubringen? Ein Schreiben von dir an die Gauleitung und sie kämen sicherlich frei." Der Schulführer schüttelte irritiert den Kopf: „Verrückt geworden, was, total verrückt geworden? Die sollen schön in der Stadt bleiben. Was interessieren die mich noch; was gehen die mich an? Vielleicht ..." Er ließ den Satz unbeendet, stützte den Kopf in die Hände und sagte nach einer Weile: „Nein, nein; ist schon gut so. Nun hau ab." Ich machte meine Ehrenbezeigung und trat aus dem Zimmer. Dr. Dr. Fleischel saß im Sessel, die Füße weit von sich gestreckt, den Kopf in die Hände vergraben, schweigend und regungslos.
Ich holte in der Baracke das kleine Sturmgepäck. Die Kameraden umringten mich. „Nein, so ein Glück", sagte Geisler ein ums andere Mal: „Kurier nach Breslau. Der Kerl fährt tatsächlich nach Breslau." — „Vielleicht wird's auch ein Himmelfahrtskommando", unkte der lange Zink. King zog mich von den anderen fort in die Ecke, wo sein Bett stand. Er kramte in seinem dünn gewordenen Rucksack herum, zog dann ein in ein buntes Tuch eingewickeltes Etwas heraus und reichte es mir. „Da", sagte er verschämt. „Nimm's. Man weiß nie, ob du's nicht gebrauchen kannst." Ich fühlte durch das seidene Tuch kaltes Metall. „Ist von meinem Vater", sagte King. „Tadellos in Ordnung." Ich sagte verlegen: „Danke schön, King. Wenn ich wiederkomme, kriegst du's zurück." King lächelte müde: „Ach, wer weiß ... Paß bloß auf dich auf." Ich schob die Pistole in die Manteltasche und bemühte mich, den strahlenden Helden zu mimen. Die Kameraden gingen mit bis an das Birkenholztor des Barackenlagers. Sie lachten und machten Witze. Geisler konnte sich gar nicht be-

ruhigen: „Fährt der Kerl nach Breslau." — „Geh doch auch mal zu den andern; sieh, was die so treiben." Der lange Zink meinte neidisch: „Die haben vielleicht schon ein paar Iwans abgeknallt und tragen stolz das Eiserne." — „Oder ein anderes Kreuz", sagte Berke Juno. „Mach's gut", riefen sie und schauten mir nach.

Der NSKK-Fahrer in Hirschberg, ein jovialer, breitschultriger Mann mit rosigem Gesicht, wartete schon ungeduldig, als ich mich bei ihm meldete. „Na, endlich", knurrte er, „hat ja lange gedauert." Er deutete auf den Beutel an meinem Koppel. „Ist das alles?" fragte er. „Na, viel Gepäck hast du ja nicht. Und dafür extra Kurier nach Breslau mit Extrawagen?" Er schüttelte den Kopf: „Die sind verrückt. Na, mir soll's egal sein. Ich habe nichts gesagt."

Er brummelte undeutlich vor sich hin, wühlte in seiner Ausweistasche. „Fahrbescheinigung?" sagte er und: „Sonderausweis? Kurierbefehl? Marschbefehl? Benzinscheine? Rückfahrauftrag?" Er prüfte alles genau nach: „Na, los, von mir aus kann's losgehen. Ich habe eben mit General Koch-Erpach gesprochen. Er sagte, eine Straße wäre noch frei und könnte vermutlich auch noch wenigstens vierundzwanzig Stunden freigehalten werden. Das würde gerade hinhauen."

Der Motor des uralten Steyr-Wagens sprang in der Kälte nicht gleich an; der NSKK-Mann fluchte. „Wenn's nicht gerade nach Breslau ginge", sagte Marx, als er den Wagen endlich langsam aus dem Hof der Fahrbereitschaft auf die vereiste Hauptstraße lenkte: „Weißt du, in Breslau bin ich zu Hause. Da kann ich gleich mal nach der Wohnung sehen und vielleicht noch ein paar Sachen mit herausnehmen." Ich nickte: „Von mir aus." — „Was hast du denn so Wichtiges?" fragte er nach einer Weile. „Kurier nach Breslau? Wenn sie schon Pimpfe als Kuriere nehmen müssen, sieht's böse aus." — „Weiß nicht", sagte ich, „ein Schreiben an die Gauleitung." Der NSKK-Mann schaltete einen höheren Gang ein; die Straße vor uns war frei von Fahrzeugen; die Häuser huschten vorüber. Ich hauchte gegen die vereisten Fensterscheiben und versuchte, mit den Händen die Eiskristalle abzukratzen, um etwas zu sehen. „Nimm den Lappen aus dem Handschuhkasten", sagte Marx. „Aber paß auf, daß meine Knarre nicht rausfällt." Unter dem schmierigen Öllappen lag eine bläulich glänzende Nullacht. „Man kann ja nie wissen", sagte Marx. Ich nickte: „Nein", und dachte an die Pistole in meiner Manteltasche.

Auf dem Marktplatz in Landshut stoppte eine Heeresstreife den ostwärts fahrenden Wagen ab. „Marschpapiere? Fahrbefehl? Ausweise?" forschte der Landser mit der roten Kelle. Wir reichten die Bescheinigungen aus dem aufgekurbelten Seitenfenster. Der Landser prüfte aufmerksam nach. „In Ordnung", sagte er. „Aber ihr könnt jetzt nicht weiterfahren. Gleich kommt eine Treckkolonne. Fahrt mal rechts ran und wartet, bis die vorbei sind. Scheinen hohe Herren zu sein, sind extra angemeldet worden." Der NSKK-Mann schimpfte, lenkte den Wagen aber gehorsam an die Bordkante. Er stellte den Motor ab, steckte sich eine Zigarette zwischen die Lippen und meinte: „Na, hoffentlich springt der Karren nachher wieder an. Man weiß nie." Ich sagte: „Hoffentlich." Er hielt mir sein Zigarettenetui hin: „Da, nimm auch eine. Wenn Kinder schon Kuriere spielen, dürfen sie auch rauchen." Ich nahm mir eine Zigarette; Marx reichte mir Feuer; ich paffte mit tiefen Zügen, ängstlich bemüht, mich nicht zu verschlucken und nicht zu husten. „Langsamer", sagte Marx, „du bläst ja den Rauch bloß von dir fort. Na, wenn du lange genug lebst, lernst du's noch." Ich grinste kläglich. Marx lachte.

Dann kamen die Fahrzeuge der Kolonne: Eine endlose Kette von Fahrzeugen, Personenwagen, Lastkraftwagen, wieder Personenwagen, alle mit Breslauer Nummerschildern, vollgepfercht mit Zivilisten, wohlgenährte Männer in fasanenbraunen Uniformen, blitzende Kragenspiegel und Epauletten, Frauen mit Kindern auf dem Schoß. Bettzeug, Radios, Schreibmaschinen, elegante Koffer, Möbel auf der Ladefläche der Lkws, hochbeinige Stühle mit geschnitzten Lehnen, ehrwürdig gebeizt, Fahrräder, Aktenschränke, wieder Möbel, wieder Truhen, wieder Koffer, Nähmaschinen. „Da fahren sie hin, die Bonzen", sagte der NSKK-Mann, Gruppenführer Marx und wies mit der Hand auf den draußen vorbeirollenden Konvoi: „Die Ratten verlassen das Schiff." Seine Stimme klang bitter: „Sie bauen im Rückwärtigen eine neue Verbindungslinie auf, vielleicht in Sachsen, in Thüringen, in Bayern, am Rhein, in Werweißwo." Er schluckte: „Und den Kerlen haben wir jahrelang geglaubt und sind ihnen gefolgt. Verdienen wir's besser? Pfui Teufel." Er trat auf den Anlasser. Aber der Motor sprang nicht an. Er mußte aussteigen und den Wagen ankurbeln. Dann lenkte er das Auto wieder auf die Straße zurück. Das Fahren erforderte nun seine ganze Aufmerksamkeit. Die Straße war glitschig vereist. Er konnte nur den zweiten Gang nehmen und fluchte ununterbrochen, daß er nur so langsam vorwärts kam. „Wenn die schon aus der Stadt heraus sind", sagte er, „ist bald ganz Schluß. Da wird es höchste Zeit für uns, wenn wir noch mal raus wollen. Ich hab' keine Lust, in Breslau zu verrecken, wenn's auch meine Heimat ist. Du vielleicht?" Ich schüttelte stumm den Kopf.

In Waldenburg war der Schnee schwarz von Ruß gesprenkelt. Alle Zechen arbeiteten noch. Eine grauschwarze Rußwolke stand über der ganzen Stadt. Die riesigen Räder der Fördertürme drehten sich wie eh und je. Männer mit schwarzen Kohlenringen um die weißleuchtenden Augen kamen von der Schicht. NSKK-Mann Marx deutete hinaus: „Siehst du, die arbeiten noch wie im tiefsten Frieden." An den Lebensmittelgeschäften drängten sich lange Käuferschlangen. „Nur die", sagte Marx, „die ahnen vielleicht, daß es bald zu Ende geht. Sie horten für den Frieden nach der Parole: nutzet den Krieg, der Friede wird schrecklich sein."

Hinter Waldenburg waren wir auf einmal wieder in dichtestem Verkehr. Aber außer uns rollte kein Fahrzeug nordostwärts, der Front entgegen. Alle fuhren nach Westen dem Gebirge zu. An den Straßenkreuzungen regelten Posten den Fahrzeugstrom. Die Kolonnen auf der anderen Fahrbahn kamen nur schrittweise, nur langsam vorwärts. Wir konnten ziemlich zügig durchfahren. Es war das nun längst vertraute Bild: Treckwagen, Pferdegespanne, Kufenschlitten, Schlepper mit Ackerwagen dahinter, puffende Zugmaschinen, Rinderherden, bärtige Volkssturmmänner als Treiber, vereiste

Sanitätsautos, Frauen mit Handwagen, Frauen mit Kinderwagen, Frauen mit Handschlitten, Frauen mit Kindern an der Hand, Frauen mit Koffern, dahintrottende Scharen von Kriegsgefangenen, ein quietschender Wehrmachtswagen auf den Felgen rollend, Frauen mit Fahrrädern, Kinder aus Heimen mit ihren Lehrern und Pflegern, wiehernde Pferde, auf die Seite geschobene Leiterwagen mit zerbrochenen Rädern, weggeworfenes Gepäck im Straßengraben.
„Schau nicht hin", sagte Marx hinter dem Steuerrad. „Man könnte das große Kotzen kriegen, wenn man das sieht." Er blickte verbissen auf die teilweise spiegelglatte Fahrbahn; der Wagen rutschte und schlingerte, fing sich aber immer wieder ab. Manchmal mahlten die Räder auf dem Eis und drehten sich sinnlos im Kreise, bis das Profil der Reifen wieder Halt gewann. Rinderherden versperrten die Weiterfahrt; die großen Augen der Tiere glotzten dumm auf unseren Wagen; die Kühe brüllten vor Hunger und Schmerzen; viele hinkten; alle hatten prallgefüllte, schwere Euter. „Schau dir das an", sagte der NSKK-Mann. „Die kriegen alle den Milchbrand. Reicht gerade noch zum Schlachten. So verschleudert man Volksvermögen." Ein junges Tier muhte kläglich und trottete vor dem heranrollenden Auto langsam zur Seite. Überall lagen verendete Tiere auf den Wiesen an der Straße. Überall hockten müde Menschen auf den Chausseesteinen des Weges. Überall waren nun die gleichen Bilder um uns.
Langsam kam das Wummern der Front näher, wurde deutlicher und lärmender. Hinter Schweidnitz brach die trübe Dunkelheit des Wintertages herein. NSKK-Mann Marx sagte: „Wir fahren besser ohne Licht. Wir lassen die Scheinwerfer aus. Jetzt heißt es höllisch aufpassen. Aber nachts kommen wir eher in die Stadt." Zuckende Flammengarben blendeten die Augen; flackernde Brände erhellten die Dunkelheit rötlich und matt. Leuchtspurgeschosse flitzten über den Himmel. Salvengeschütze jaulten auf; die Stalinorgeln heulten wie Sirenen. Irgendwo zur Seite tuckerten MGs; trockener Hall von Karabinerschüssen. Einschläge und Abschüsse. Rings um den Wagen war nun die Front. Wie ein

schmaler Schlauch führte die Straße in die umringte Stadt. Mühsam hielt man diesen Weg offen. Zerschossene Fahrzeuge säumten den Straßenrand; dunkle Schatten von Fabelwesen: Panzer. Der Himmel vor uns blieb gleichmäßig rötlich erhellt. „Breslau", sagte Marx. „Das ist Breslau." Die ganze Stadt schien zu brennen, von innen heraus zu bluten. „Mein Gott", sagte ich. „Ja", sagte Marx, „so machen sie Breslau zur Sau, die Lumpen, die ..." Es blieb ungewiß, wen er meinte. Plötzlich vor uns auf der Straße winkende Gestalten; ich faßte die Pistole in der Manteltasche fester; Marx griff mit einer Hand nach dem Revolver im Handschuhkasten. Aber es waren nur deutsche Vorposten, übernächtigt, müde, verdreckt. „Paß auf", sagte einer der Infanteristen zu Marx, „die nächsten zwei Kilometer liegen unter Feindeinsicht. Gib Gas und durch. Die Hunde schießen mit Leuchtfallschirmen." Er duckte sich: „Da!" Wieder erhellte gleißendes Licht die Nacht. Alle Schatten wurden zu Häusern, zu Geschützen, zu Baumstämmen, zu Straßensperren. Der Leuchtfallschirm schwebte langsam erdwärts. „Jetzt durch", sagte der Soldat. „Das machen die in schöner Regelmäßigkeit alle fünf Minuten so. Man kann die Uhr ..." NSKK-Mann Marx trat die Kupplung durch; der Wagen schoß förmlich vorwärts; der Motor heulte auf; das Auto machte einen Heidenkrach; NSKK-Mann Marx hatte die Hände um das Steuerrad verkrampft, mühte sich, den heftig ausschlagenden, seitwärts abgleitenden Wagen auf der Fahrbahn zu halten; ich duckte mich hinter das dünne Blech der Wagentür; der Wagen tanzte von einer Straßenseite auf die andere; die Nacht war wieder schwarz, nur von den Breslauer Bränden am Himmelsrand rot angezackt. Marx hockte vornübergebeugt am Steuer, trat das Gaspedal ganz nieder; durch die noch immer geöffnete Seitenscheibe flirrte der eisige Windhauch. Die Chausseebäume rauschten im Vorbeirasen. Wir zählten die Sekunden und Minuten nicht.

„Da!" schrie ich. Plötzlich lag wieder gleißende Helle über dem Land. Die fünf Minuten waren um. Der Leuchtfallschirm pendelte langsam zu Boden. Marx hatte die Hände am Steuerrad eingekrallt und fluchte mit zusammengebissenen Zähnen: „Weiter, weiter!“ Der Wagen holperte über die Straße, glitschte von rechts nach links, verminderte aber seine Geschwindigkeit nicht. Aus der Dunkelheit griffen nun Leuchtspurgeschosse in grünlichen Bahnen nach dem Fahrzeug; geisterhafte Finger tanzten hinter dem Wagen her. „Achtung!“ schrie ich und suchte hinter der klappernden Wagentüre Schutz. Die Phosphorgeschosse sirrten vorbei; der Wagen hatte den Schutz eines zerschossenen Dorfes erreicht. Marx bremste hinter dem ersten Haus den Wagen so jäh ab, daß wir von den Sitzen gerissen wurden und gegen die Windschutzscheibe prallten. Marx atmete schwer: „Da haben wir aber Schwein gehabt.“ Er wischte sich den perlenden Schweiß von der Stirn und steckte sich hinter der hohlen Hand eine Zigarette an. Der gerötete Himmel über Breslau war nun ganz nahe gerückt. Der Flammenschein zuckte auch über das zerschossene Dorf, über unseren Wagen, über unsere bleichen Gesichter. Irgendwo auf der Dorfstraße rumpelten Geschützlafetten. Hüh- und Hottrufe der Bedienungsmannschaften. Eine Kolonne Infanterie trottete müde vorüber. „He, Kameraden“, fragte Marx, „wie weit ist's noch bis Breslau?“ — „Zwölf Kilometer“, sagte eine müde Stimme. „Danke“, sagte Marx; aber die Stimme gab keine Antwort mehr. Außer dem ständigen Rummeln, Rauschen und Dröhnen des unweit der Straße liegenden doppelten Frontbogens war es recht still. Unsere Ohren hatten sich an den Lärm wie an etwas dazugehörendes Normales gewöhnt. Marx hatte seine Zigarette zu Ende geraucht, ließ den Wagen wieder an und fuhr nun langsam weiter. „Ein Wunder“, sagte er, „daß wir in keinen Bombenkrater oder Granattrichter geraten sind.“ Mit einem Male schien er nun Angst bekommen zu haben, daß noch etwas schief ginge; aber sicher erreichten wir Breslau. Doppelposten an allen Straßenecken; flackernde Brände in der Straße der SA, in der Nähe des Hauptbahnhofs, in der Tauentzienstraße. Ausweiskontrollen an den bis auf einen schmalen Spalt geschlossenen Panzersperren.

Marx bremste den Wagen vor dem Portal des Oberpräsidiums ab. Eine Wache brüllte: „Wohl verrückt geworden, was? Zielscheibe für Flieger abgeben, was? Parken vor dem

OP verboten!“ Marx mühte sich, den Motor wieder anzulassen; aber er sprang nicht mehr an. Wir schoben das Auto in den Schlagschatten des hohen unversehrten Gebäudes. „Komm“, sagte Marx. „Ich weiß hier Bescheid. Die Bonzen vom Gau sitzen unten im Keller.“ Die Doppelposten am Portal, wohlgenährt wie Marx, mit rosigen Spanferkelgesichtern wie er, forderten barsch alle Papiere, Ausweise, Bescheinigungen. „Da könnte ja jeder kommen“, raunzte der Streifenführer. „Kurier nach Breslau.“ — Er schnaubte verächtlich durch die Nase: „Kurier aus Breslau. Das wäre die Masche. Würd' ich mich gleich freiwillig melden dazu. Aber Scheiße, das machen andere.“ — „Na, laß gut sein“, sagte der zweite Posten. „Es wird auch wieder anders kommen.“ — „Glaubst du?“ sagte der Streifenführer und meckerte stoßend. „Gauleitung — unten.“ Er wies mit der ausgestreckten Hand einen trüb erleuchteten abwärts führenden Gang entlang. „Die Gauleitung ist unten im Keller, ein Stockwerk unter der Erde.“ — „Na, komm“, sagte Marx, „ich hab' dir's ja gesagt.“

Wir trotteten den langen Gang hinunter: grüne, schallschluckende Läufer, weiße Lacktüren rechts und links, eine abwärts führende Treppe mit Marmorstufen, dämpfende Tuchwände im Kellergeschoß. Eilende Ordonnanzen, glänzende Lackschuhe, makellos saubere Extrauniformen, nikkende Köpfe, Parfümdunst, dumpfe Kellerluft. Wir setzten die Füße vorsichtig und behutsam aus Furcht, zu laut aufzutreten, die vornehme Ruhe zu verscheuchen. Ein Schild: „Einsatzstab.“

Marx klopfte zaghaft an. Drinnen schrie eine Stimme: „Herein!“ Marx öffnete die Tür und trat ein; ich folgte. Den Augen wohltuendes, grünlich abgeschirmtes Licht. Dicke Velourteppiche. Ein Mann, der sich in einem weichen Sessel räkelte. Das starrende Führerbild an der Wand. Schnarrende Meldung, lässige Entgegennahme des Schreibens. „Ist in Ordnung“, sagte der Mann im Sessel, „ihr fahrt morgen früh wieder ab. Nehmt wichtige Post mit raus. Neun Uhr Abfahrt. Pünktlich.“ — „Eine Bitte“, sagte Marx, „ich bin Breslauer. Könnte ich diese Nacht nicht in meiner Wohnung schlafen? Ich möchte auch verschiedene Sachen mit rausnehmen. Sie verstehen ...“ — „Kommt nicht in Frage“, sagte der Mann. „Aber ich wäre morgen früh ganz bestimmt wieder zur Stelle.“ — „Und wenn Sie diese Nacht vielleicht schon los müssen? Man weiß nie ...“ — „Ich habe Telefon in der Wohnung“, sagte Marx, „man könnte anrufen, wenn was Eiliges ist.“ — „Wenn die Wohnung noch steht“, sagte der Mann, „es ist schon allerhand kaputt gegangen in der Stadt. Wird Zeit, daß sie uns rausholen. Nichts von Schörner gesehen? Nichts gehört?“ — „Nein“, sagte Marx, „ich glaube auch nicht, daß ...“ Der Mann überlegte: „Ach was, ich nehm's auf meine Kappe. Was soll schon passieren? Abhauen können Sie doch nicht. Schreiben Sie Ihre Telefonnummer auf und kratzen Sie dann die Kurve.“ — „Danke“, sagte Marx, „und der Junge?“ — „Kann heute nacht hier im Hause schlafen. Laßt euch aber erst was zu Essen geben.“ — „Ich möchte gern nach meinen Kameraden sehen: LBA Breslau“, sagte ich. „Ah, die LBA“, sagte der Mann, „schlägt sich wacker, der Haufen, hat zwar seit Hundsfeld viel Verluste, aber: tüchtig, tüchtig. Einer von denen bist du also? Alle Achtung!“ Der Mann sagte: „Wirst zwar nicht viel Glück haben; ich glaube, die sind wieder im Einsatz; aber kannst's ja mal versuchen. Gegend Breitenbachfahrt. Was soll der Kurier, wenn der Fahrer nicht da ist.“ Der Mann griff nach dem gefüllten Glas auf dem runden Rauchtisch neben dem Sessel und nahm einen kostenden Schluck. „Das hält uns aufrecht“, sagte er, „das und die Hoffnung auf Schörner und natürlich — der Glaube an den Führer. Aber der Schnaps ist nah und Berlin ist weit. Ist noch was?“ — „Nein“, sagte Marx. „Wir möchten uns abmelden.“ — „Nur keine Formalitäten“, sagte der Mann, „haut schon ab und: alles Gute!“ — „Danke“, sagten wir und gingen zur Tür.

„Jetzt wirst du was erleben“, sagte Marx, als wir den langen Gang weiter hinabschritten. Marx kannte sich gut aus. „Ich bin ja schließlich nicht zum ersten Male in Breslau“, meinte er, als ich ihn fragte. Er öffnete eine breite Flügeltür und wir standen in einem großen Saal mit weißgedeckten

Tischen. Spiegelndes Licht der Kristalleuchter; glänzende Damastdecken; feingeschliffene Weingläser und Pokale; Mundservietten; Porzellantassen; Klirren von Schüsseln; Duft nach Braten und Mokka. Hin und her eilende Kellner in weißen Kitteln. Speisende Zivilisten an den Tischen, ein paar Wehrmachtsoffiziere, einige Braununiformierte, elegant gekleidete Frauen.

„Was willst du essen?" fragte Marx und lächelte rosig. „Och, ist doch egal", sagte ich, „irgend was". — „Na, laß mich das mal machen", sagte Marx und winkte einen der Bediensteten heran. Es dauerte nicht lange und das Essen kam: Karpfen in goldbrauner Buttersoße (war doch gut, daß ich einstens einmal in Heidelager Karpfen essen gelernt hatte. Wie lange war das eigentlich her? Zwei Jahre? Eine Ewigkeit?), angebräunte Kartoffeln, weiches, lockeres Weißbrot, duftender Bohnenkaffee, ein Stück Marzipantorte mit Sahne als Nachtisch. Ich bekam Stielaugen und Marx sagte: „Iß nur. Du machst ein Gesicht, als sei Weihnachten. So leben die, so leben die, so leben die alle Tage." Ich griff tüchtig zu. Nach dem Essen brachte die Ordonnanz unsere Marschverpflegung: Schokolade, Zigaretten, Zigarren, Ölsardinen, italienische Biskuits, Brot, Büchsenwurst. Es war so viel, daß gar nicht alles im Brotbeutel unterkam, daß ich die Sachen in den Mantel stopfte, bis die Taschen ausgebeult abstanden.

Dann schob Marx seinen Stuhl zurück und sagte: „So, ich gehe jetzt. Bis morgen früh also. Bin mal gespannt, wie's daheim aussieht."

Ich machte mich auf den Weg. Hindenburg-Brücke. Carlowitz. Breitenbachfahrt. Ich stolperte durch die von flackernden Bränden erhellten Straßen der alten Stadt, kletterte über Trümmerberge, schlüpfte unter Hauseinfahrten, wenn in der Luft das niedrigbrummende Geräusch einer Nähmaschine hörbar wurde. Es roch nach Brand, nach Verwesung, nach Leichen. Ich preßte mich instinktiv an Hauswände, wenn das Aufheulen einer Granate vorüberzog. Ich suchte Schutz im Hausschatten vor dem grellen Licht der Leuchtspurgeschosse. Die Straßen waren voll wieselnder Bewegung. Hin- und herströmende Menschenmassen, quietschende Räder, der verlorene Hufschlag von Pferden. Der Posten an der Hindenburgbrücke wollte mich nicht durchlassen. Als ich ihm meine Wünsche auseinandersetzte, sagte er: „Ah, LBA." Und dann: „Ja, die sind hier. Kanowskistraße vier, wenn du weißt, wo das ist. Na, hau schon ab. Aber komm rechtzeitig zurück. Die Brücke soll bald gesperrt werden."

Wieder nachtdunkle Straßen. Wieder taghelle Straßen, wieder schwarze Dunkelheit. Wieder gleißendes Licht. Wieder Unruhe und Grollen, Abschüsse und Einschläge, tuckernde Maschinengewehre, pfeifende Granaten, heulende Salvengeschütze. Bromberger Straße. Drei Seitenblocks. Kanowskystraße. Hausnummer eins: eine Ruine. Hausnummer zwei: ein zusammengestürztes Gebäude. Hausnummer drei: eine Ruine. Hausnummer vier: eine Ruine. Aber der Unterstock stand noch. Ich tastete mich an der brandigen Mauer entlang, wartete auf das Aufleuchten eines Brandes in der Nähe, fand die Kellertür und zog sie auf.

Der erste, der mich in dem trüben Licht eines funzligen Kerzenrestes erkannte, war Graupe Hermann. „Mensch", brüllte er und umarmte mich. „Wo kommst du denn her?" — „Aus Hirschberg", sagte ich. „Aus Hirschberg?" fragte Graupe Hermann, als läge das auf dem Mond. „Ist doch nicht möglich." Die Kameraden im Keller umdrängten mich, sprachen alle gleichzeitig auf mich ein. „Bleibst du jetzt hier?" fragte der bullige Czaia, der nun gar nicht mehr bullig war. „Nein", sagte ich, „ich bin bloß als Kurier hier." — „Als Kurier?" fragte Graupe Hermann. „Is' 'n das? Könn'n die uns nicht auch als Kurier gebrauchen? Ich wäre liebend gerne hier raus, lieber gestern als morgen." — „Wo sind denn die andern?" fragte ich. Außer den beiden war nur noch der kleine Worbs da, saß auf der hölzernen Bettstelle und starrte mit offenen Augen vor sich hin. „Der spinnt", sagte Czaia. „Der bildet sich ein, morgen wäre für ihn der Letzte." Worbs sagte nichts. Graupe Hermann meinte: „Die andern? Weiß nicht. Axmann liegt im Lazarett." — „Im Lazarett?" — „Ja", sagte Graupe Hermann einsilbig. „Bauchschuß. Wird wohl nicht durchkommen. Der Idiot wollte einen Verwundeten zurückholen, der die ganze Nacht vor der Stellung lag und wie eine liebestolle Katze schrie, daß es niemand mehr aushalten konnte. Als er den Verwundeten zurückschleppte, hat's ihn erwischt." — „Und Franzek?" fragte ich. „Die Spitzmaus?" sagte Graupe Hermann. „Ach, der geht's gut. Steht draußen Wache. Amft muß eigentlich auch gleich kommen." — „Und die andern?" fragte ich weiter. „Die Breslauer? Blaszcik, Foth, Gaida?" — „Weiß nicht", sagte Graupe Hermann. „Weiß nicht", sagte Czaia. „Die sind schon lange nicht mehr bei uns. Vielleicht schon verheizt; wir sind ja LBA-Alarmeinheit. Auf uns wartet das Verheizen noch. Wir sind ja Reserve. Aber schau uns doch an: dreckig, verlaust, müde, hungrig." — „Hungrig?" fragte ich. „Ja, hungrig", sagte Czaia. „Die feinen Sachen gibt's doch bloß für die Bonzen. Und andere als feine Sachen gibt es ja hier in Breslau nicht. Da bleibt halt für unsereinen nichts übrig." Ich packte meine Marschverpflegung aus. Die beiden fielen ausgehungert drüber her. „Komm, Worbs", sagte Graupe Hermann, „iß auch was. Nachher willst du kotzen und hast nichts im Bauch." — „Was denkst du", sagte Czaia, „wie du bei vollem Magen mit Bauchschuß schreien kannst." Worbs rührte sich nicht von seinem Platz. Die beiden kauten mit vollen Backen. „Erzähl doch mal, wie es euch so geht", sagte Graupe Hermann zwischendurch. Ich erzählte von Dreisteine, von unserer Fahrt nach Hirschberg, von Schreiberhau und Scheundelwiese. Czaia schmatzte beim Essen vor Wollust. „Und jetzt noch 'n tolles Weib", sagte er, „und das Leben ist wieder angenehm." — „Laß ihn", sagte Graupe Hermann, „der Schwätzer. Wenn er wirklich eins sieht, wird er rot, der Jüngling. Dabei gäbe es Festungsbräute genug, noch und nöcher." — „Ich?" fragte Czaia. „Ja, du", sagte Graupe Hermann. „Was gibt's denn sonst Neues?" wollte Czaia wissen. „Wann kommt denn der Schörner?" — „Ja, der Schörner", sagte Graupe Hermann. „Weißt du, wenn der uns nicht rausholt, dann . . ." — „Ach, hört doch schon auf", bat Worbs mit weinerlicher Stimme. „Auch der Schörner kann uns nicht mehr helfen." — „Na, dein Niehoff vielleicht oder wie der Chef vons Janze in Breslau heißt? Hoff nie auf Niehoff", giftete Czaia. Ein drückendes Schweigen trat ein; jeder hing seinen Gedanken nach; im Keller war

der Lärm nur verschwommen zu hören; das Windlicht flakkerte unruhig. „Mensch, holt uns hier raus“, sagte Graupe Hermann leise, „holt uns hier raus. Die machen uns zur Minna. Alle. Die ganze LBA. Sag Dr. Sanders, er hätte recht gehabt. Wir haben es ja damals nicht gewußt, was das heißt: Krieg. Aber jetzt wissen wir's.“ Czaia nickte. „Versucht's, ob ihr uns nicht rausholen könnt. Die Elite Dr. Dr. Fleischels geht sonst vor die Hunde. Der hat doch seinen Arsch im Trocknen. Der kann doch jetzt was für uns tun, jetzt, ehe es zu spät ist.“ Was sollte ich sagen? Falsche Hoffnungen erwecken? Illusionen zerstören? Trösten, wo es nichts zum Trösten gab? Von Schörner reden? Ich schwieg.
Plötzlich wurde die Kellertüre aufgestoßen; Amft taumelte herein, hielt sich schwankend am Türrahmen fest, torkelte die steilen Stiegen herunter, lallte: „Franzek hat's erwischt.“ — „Wo?“ rief Czaia. Worbs stand von seinem Bett auf. Wir umdrängten den atemlos nach Luft keuchenden Amft. „Wo denn?“ — „Er wollte mich ablösen, da hat's ihn erwischt. Neben mir. Ich bin aus der Stellung gelaufen und abgehauen.“ — „Getürmt?“ brüllte Czaia. „Du feiges Schwein bist getürmt?“ Amft nickte, käsig im Gesicht vor Angst: „Ja.“ — „Los, gib deine Knarre her“, sagte Czaia. „Ich gehe.“ Amft ließ den Karabiner von der Achsel gleiten; Czaia nahm ihn auf, zog in fieberhafter Eile den Mantel über, schnallte das Koppel um und eilte hinaus. Die Tür schlug dröhnend hinter ihm ins Schloß. Amft saß auf den Kellerstufen, das Gesicht in die Hände vergraben und stöhnte. „Ich konnte doch nicht anders“, flüsterte er. „Ich konnte doch nicht anders. Ich habe doch so Angst.“ Schluchzen schüttelte seinen mageren Körper. Graupe Hermann: „Na, laß man, Amft. Wir haben ja alle Angst. Und Franzek hat's überstanden.“ Worbs saß wieder auf seinem Bett und stierte glanzlos vor sich hin. Amft wimmerte: „Eben hat er noch neben mir gestanden und dann fiel er um, fiel gegen mich, hat nicht gestöhnt, nichts gesagt. Fiel bloß um.“ Graupe Hermann: „Laß man, Amft. Kannst es ja nicht ändern. Kannst bloß warten, bis du an der Reihe bist. Heute er, morgen wir.“ Worbs wimmerte: „Aber ich will nicht...“ —

„Nun hör schon auf, Worbs. Die holen uns hier bestimmt raus.“ Ich sagte: „Ja, wir holen euch raus. Ganz bestimmt. Der Schörner ...“ Dann mußte ich gehen, zurück durch die Straßen der umkämpften Stadt.

Am Morgen weckte mich eine rüttelnde Hand an der Schulter aus wirren Träumen. „Los, steh auf“, schrie der Mann aus dem Zimmer der Gauleitung, „es ist gleich neun. Ihr müßt raus aus der Stadt. Wo ist denn der Fahrer, NSKK-Gruppenführer Marx?“ Ich lallte schlaftrunken: „Weiß nicht.“ Der Mann tobte: „Gleich neun und der Kerl ist nicht da.“ Er zog mich mit sich in das Zimmer, telefonierte; aber die Leitung blieb stumm; am entgegengesetzten Ende meldete sich niemand. Der Mann schlug auf die Tischplatte, brüllte: „Wo ist das Schwein, he? Weißt du's wirklich nicht?“ Ich zuckte beklommen die Achseln. „Der ist abgehauen“, schrie der Mann, „der ist abgehauen, einfach abgehauen, das feige Schwein. Aber weit kommt der nicht. Vielleicht baumelt er schon irgendwo. Wär' nicht der erste.“ Nein, er wäre nicht der erste, dachte ich: Dr. Sommer, Spielhagen, Kurzbach, Pfand, Bückel, eine lange Namensliste. Weshalb eigentlich nicht auch: Marx? Dann fiel die Angst über mich her: „Wie komme ich aus Breslau? Wie komme ich heraus? Wie? Wie?“ — Zitternde, fiebernde Angst, jagende Unruhe, schleichende Stunden des Wartens. Vielleicht kommt Marx doch noch? Der kann mich doch nicht im Stiche lassen? Telefonate des Mannes aus der Gauleitung mit anderen Dienststellen; Fahndungsersuchen an die Heeresstreifen; Kommen und Gehen im Büro. Bei jedem Neueintretenden hoffte ich, das würde Marx sein. Aber die glimmende Hoffnung trog. Marx kam nicht mehr. Vormittag! Mittag! Nachmittag! Abend! Ein Anruf: „Wir können die Straße höchstens noch bis morgen früh freihalten. Dann ist der Ring zu.“ Stammelnde Bitten: „Aber ich muß doch raus, zurück nach Hirschberg. Die warten doch.“ Granatfeuerüberfälle auf die Stadt. Tieffliegerbeschuß. Explodierende Bomben. Schwankende Kellergewölbe. Ängstliche Blicke zur Decke: ob sie hält? Rieselnder Kalk an den Wänden des langen Ganges; abblätternder Verputz. Grau einbrechende Dämmerung. Flackerschein der glostenden Brände in der Nachbarschaft. Der Mann im Zimmer sah mich mitleidig an: „Gleich kommt ein Fahrer. Versucht es. Aber ihr müßt über Bolkenhain fahren; vor Schweidnitz ist die andere Strecke schon unterbrochen." Der Mann reichte mir ein dickes Bündel versiegelter Schreiben: „Solltet ihr in Gefangenschaft geraten, dann zuerst die Kuriersachen vernichten. Klar?" — „Klar", sagte ich.

Der Fahrer war ein schweigsamer Mensch, lang aufgeschossen und dürr, Nickelbrille auf spitzer Nase. „Dann woll'n wir mal", sagte er, als ich neben ihm im Wagen saß und fuhr an, als ginge es zu einer wochenendlichen Vergnügungstour in die nahen Berge. Fahrt durch rauchige Straßen, durch brandige Luft, vorbei an glutenden Häusern, immer wieder durch niedergestürzte Hauswände und tiefe Bombenkrater zu weiten Umwegen gezwungen. Immer wieder Ausweiskontrollen an Panzersperren, neidische Blicke der zurückbleibenden Posten. Fahrt durch Granatwerferbeschuß, takkende Maschinengewehrgarben. Geisterhaft erhellte Mondlandschaften, rußige Dörfer, einsame Waldstücke, pechschwarze Dunkelheit, vorbeihuschende Pakstellungen, feuernde 8,8-Batterien. Fahrt durch Grauen und Angst, Fahrt über verbrannte Erde. Hell — Dunkel — Hell — alle Farben des Spektrums um uns, Höllenlärm und lauerndes Schweigen, Panzergedröhn, pfeifende Orgeltöne schwerer Kaliber, das Flattern von Minen, gellendes hohles Heulen des Ostwindes.

In Bolkenhain sagte der schweigsame Fahrer: „Geschafft. Ich glaube, wir waren die letzten, die rauskamen. Morgen ist der Sack zu." Als wir am Bolkenhainer Schloß vorbeifuhren, sagte er: „So einen müßte man haben wie den da: den alten Fritz, nicht so einen lumpigen Anstreichergesellen."

Dann fiel er wieder in Schweigen zurück, lenkte den Wagen durch das Hinterland der leiser werdenden Front, fuhr vorsichtig über die vereisten Straßen nach Hirschberg zurück, bremste den Wagen behutsam vor der Fahrbereitschaft ab, weckte mich, der ich eingeschlafen war und sagte: „Wir sind da." Er verschwand in dem großen, grauen Gebäude. Ich gab die Kurierpost ab.

Als ich in den warmen Büroraum trat, sagte eben der Nachrichtensprecher im Radio: „Mit dem Gongschlag ist es vierundzwanzig Uhr drei Minuten. Unsere Sendung ist damit beendet. Wir melden uns morgen früh wieder." Die Männer im Büro wollten es gar nicht glauben, daß wir aus Breslau kämen. Breslau sei doch ganz eingeschlossen. Der Rundfunk habe es eben gemeldet. Die Besatzung der Stadt wehre sich heldenhaft. Schörner habe am Zobten seine Entlastungsoffensive begonnen.

Scheundelwiese: Patschke

Der weite Lagerplatz von Scheundelwiese hallte von Kommandos wider. Überall waren Jungengruppen beim Exerzieren: Vorbeigehen in strammer Haltung, Hinlegen — Auf — Hinlegen; Panzer von rechts; alles volle Deckung; im Gleichschritt marsch; Gewehr in Vorhalte — Knie beugt. Auf dem Flachdach der Mittelbaracke stand ein leichtes dreistelziges Flieger-MG. Die beiden Wachposten beobachteten unablässig den Himmel. Vom Schießstand am Hang peitschten Karabinersalven. In einer Platzecke übte eine Gruppe Übungswürfe mit hölzernen Übungshandgranaten. Dr. Dr. Fleischel lehnte am Fahnenmast und beobachtete mit stolzen Blicken das Gewese auf dem Platz. Ab und an schrie er mit krähender Stimme einem der Gruppenführer Befehle zu. Er drehte sich selbstgefällig wie ein Gockelhahn unter der Hennenschar, sonnte sich in seiner neuen Würde: „LBA-Eingreifreserve." Besser hätte vielleicht „Letztes Aufgebot" gepaßt. Die Jungen exerzierten und übten verbissen und grimmig. Gleichzeitig merkte man aber, wie es ihnen Spaß machte. Nicht mehr dumme Algebra, Schulbubendasein, sinnloses Warten, sondern Vorbereiten auf ein Ziel hin. Grab am Zobten? Birkenkreuz am Bober, an der Neiße? Quatsch, Birkenkreuze gab es schon längst nicht mehr. Die Toten wurden verscharrt oder blieben liegen. Doch wer von den Jungen dachte wohl an den Tod?

Der Posten am Tor — ein fremder Junge, Ärmelstreifen „Zakopane" — tat sich wichtig. „Kann dich nicht durchlassen", sagte er. „Wer weiß, ob das stimmt, was du da sagst: Kurier nach Breslau. Könnte ja jeder kommen." — „Ja, aber ..." wandte ich ein, „was sollte ich sonst in Scheundelwiese?" — „Weiß nicht", furchte der Posten die Stirn, „vielleicht spionieren. Unser Einsatz ist geheim." — „Komm", sagte ich, „mach keine Zicken und quatsch keine Opern. Laß mich durch. Ich hab's eilig. Ich bin hundemüde. Guck dir doch die Ausweise und Papiere genau an." Der Posten tat noch immer wichtig: „Siehst du das MG auf dem Dach?" Er wies mit dem Finger hinüber: „Man erwartet sowjetische Fallschirmspringer." — „Und meinst du", spottete ich, „die springen genau über Scheundelwiese und Schreiberhau ab? Ihr spinnt ja." Der Posten zuckte die Schultern: „Kann schon sein. Wir sind kriegswichtig. Die haben doch ihre Spione überall. Bei uns in Zakopane ..."

Ich unterbrach ihn: „Soll ich dir ein paar Namen von den Jungen dort auf dem Platz nennen?" — „Meinetwegen", sagte er. — „Zink?" sagte ich. — „Kenn ich nicht", sagte der Posten. — „Dobrski?" — „Kenn ich nicht." — „King, Pusch, von Hüttenhain?" — „Kenn ich nicht." — „Ein paar Pauker?" — „Meinetwegen." — „Dr. Sanders?" — „Kenn ich nicht." — Ignaz Kluß?" — „Kenn ich nicht." — „Dr. Dr. Fleischel?" — „Der Direx?" fragte der Posten. „Ja, der Direx", sagte ich. „Der Höllenhund?" fragte der Posten. „Ja, der Höllenhund", sagte ich. Über das Gesicht des Postens zog ein verschmitztes Grinsen. „Kannst durch", sagte er und schob mich durch das Tor. „Weißt du, ich wollte mir bloß ein bißchen die Zeit vertreiben. Wache stehen ist stinklangweilig, wenn nichts passiert. Und ich Kamel habe mich noch freiwillig dazu gemeldet." Er lachte verlegen. „Heini", brummelte ich. Der Posten grinste noch mehr, sagte aber nichts, blickte mir nach, wie ich über den weiten Hof zu Dr. Dr. Fleischel stelzte und mich zurückmeldete.

„Na", sagte er. „Alles gut gegangen?" — „Ja", sagte ich, „jawohl, Schulführer. Einigermaßen." — „Erzähl mal", sagte er. Ich erzählte. Er lauschte bloß mit einem Ohr hin. Mit dem anderen horchte er auf den Übungslärm ringsumher. Ab und zu unterbrach er mich, fragte, brüllte Kommandos zu den Gruppen. Als ich von den in der Stadt Zurückgebliebenen erzählen wollte, winkte er ab: „Interessiert mich nicht. Ich wollte sie ja damals mit herausnehmen. Aber da wollten sie nicht. Haben mich für einen Feigling angesehen. Nun ist es eben zu spät für sie. Der Ring um Breslau ist zu." — „Ja", sagte ich, „Schulführer: der Ring ist zu. Ich glaube, ich war der letzte, der über die Straße rauskam." Am liebsten hätte ich etwas anderes gesagt. Die Lügen kamen dem Direx glatt über die Lippen. „Arme Kerle", murmelte er. „Na, wir werden sie später herausholen, wenn erst Schörner ..." Er nahm die Kurierpost entgegen, wühlte fieberhaft das Bündel Umschläge durch. „Nichts", sagte er, „wieder nichts dabei. Und ich dachte schon, diesmal hätte es geklappt. Verdammt noch mal." Sein wachsgelbes Gesicht verfiel noch mehr. Die Haut wurde grau, aschgrau. „Geh", sagte er, „geh".

Ich wandte mich um, stolperte über den weiten Platz der Wohnbaracke zu. Als ich die Tür öffnete und über die Schwelle in den Raum trat, saß dort an dem roh gezimmerten kahlen Holztisch der kleine, mickrige, pickelige Patschke, blickte mich aus müden, rotumränderten Augen an. „Ja", sagte er, ehe ich noch etwas sagen konnte, „ich bin wieder da." Er reichte mir eine schlaffe, weiche Hand. „Ja, wo kommst du denn her?" fragte ich. „Von zu Hause natürlich", sagte er ärgerlich. „Woher denn sonst?" Er blieb einsilbig und unfreundlich. Dann wies er auf einen prallgefüllten Rucksack, einen feldgrauen, großen Fliegerrucksack und zwei Aktentaschen. „Da", sagte er, „mach mal auf." Ich öffnete den Rucksack, knotete die Schnüre auf, nestelte an der Schnalle, zog die Leinwand auseinander: ein Rucksack voll Fleisch, Leberwurst, Blutwurst, Plümpelwurst. Es duftete betäubend nach würzigem Geschlachteten. „Mensch", sagte ich. „Ich hab's euch doch versprochen", sagte er. „Gaff doch nicht so. Nimm dir und friß. Schlag dir den Bauch voll." — „Und du?" fragte ich. „Ach, laß mich in Ruhe", sagte Patschke, „ich bin satt, sooo satt." Er zog mit dem Zeigefinger einen unsichtbaren Strich unter der Nase vorbei.

Ich zerrte eine Leberwurst aus dem Rucksack und biß kräftig hinein. Es schmeckte herrlich nach Majoran und Würze. Ich kaute mit vollen Backen. „Nun erzähl doch schon“, sagte ich und muffelte. „Gibt nichts zu erzählen“, sagte Patschke. „Frag doch den kleinen Dobrski. Der kann's viel besser, wenn er auch nicht dabei war.“ — „Bist du schon lange hier?“ fragte ich. „Gestern abend“, sagte Patschke und fiel wieder in sein böses Schweigen zurück. Ich holte mir noch eine Wurst heraus und versuchte, den Rucksack anzuheben. Er wog mindestens einen halben Zentner. „Mensch“, bewunderte ich Patschke. „Hast du den allein geschleppt?“ — „Ja“, sagte Patschke, „aber nun friß und laß mich in Ruhe.“ Er stand von seinem Platz am Tisch auf und tappte mit schwerfälligen Schritten hinaus. Kurz danach kamen die Kameraden, umringten mich lärmend, schlugen mir schmerzhaft auf die Schulter, fragten und fragten, erzählten, plusterten sich auf mit Wichtigtuerei. „Weißt du auch schon das Neueste?“ fragte der kleine Dobrski. „Nein“, stellte ich mich dumm. „Patschke ist wieder da“, rief Dobrski triumphierend. „Stell dir vor: Patschke ist wieder da.“ — „So?“ sagte ich und tat uninteressiert. „Und da“, sagte Dobrski, „das da hat er uns mitgebracht. Lauter Freßwaren.“ Er deutete auf den Rucksack und die beiden Taschen. „Nimm dir doch 'ne Wurst.“ — „Hab schon“, sagte ich und grinste. „Och“, tat Dobrski beleidigt. „Du Gauner.“

„Erzähl doch mal, Dobrski“, bat ich. „Patschke ist so komisch. Was hat er denn?“

„Na, stell dir vor“, sagte Dobrski, „wir sitzen gestern abend bei trautem Lampenschein hier am Tisch; plötzlich geht die Türe auf: Patschke tritt herein, einen schweren Rucksack auf dem Buckel, zwei schwere Aktentaschen in den Händen, sagt: Da bin ich also wie versprochen. Schmeißt den Rucksack auf die Erde, läßt die Taschen fallen, sagt: Für euch. Was zum Fressen von daheim. Hockt sich dann apathisch in die Ecke, läßt sich von uns seine Erlebnisse wie Würmer aus der Nase ziehen. Ist so ganz anders als früher. Erzähl doch, sage ich. Aber Patschke winkt ab: Was gibt es schon zu erzählen? Und dann erzählt er doch, bröckchenweise, da ein Brocken, dort ein Brocken: Die Haustür ist zu, sagt er, der Schlüssel liegt auch nicht wie sonst auf dem Küchenfenster; er geht hinten herum, hört noch den Pfiff von der Lok, schaut auf seine Uhr, denkt: Ach, noch knapp 'ne Viertelstunde, reichlich zehn Minuten, will zur Hintertür herein; die Tür ist auch zu; niemand öffnet; aber der Schlüssel steckt von innen; er klopft; er ruft; niemand öffnet. Er schlägt endlich das Flurfenster ein, klettert ins Haus. Flur, Küchentür, Küche. Alles kahl, kalt, leer, eisig. Langsam kommt ein komisches Gefühl in ihm auf. Die sind fort, denkt er, die sind alle fort. Aber warum steckt der Schlüssel von innen? Er geht in die Wohnstube. Alles peinlich sauber und aufgeräumt; aber alles kalt und leer. Ihn fröstelt. Er hört das Rangieren des Zuges. Denkt: Noch ein paar Minuten. Er geht nebenan in die Kammer. Auch hier kahl; auch hier vereiste Scheiben. Er rennt die Treppe hinauf in den Oberstock. Alle Türen sind zu. Er öffnet sie nacheinander, klinkt sie auf: sein Zimmer. Bücher mit bunten Rücken auf dem Bord. Auf dem Tisch mit der Häkeldecke ein angefangener Brief: Lieber Junge, mir . . ., die Handschrift seiner Mutter. Sein Vater ist ja Soldat irgendwo. Unerklärliche Angst im einsamen Haus. Patschke öffnet die anstoßende Tür. Das Schlafzimmer seiner Mutter. Es ist dunkel. Die Vorhänge sind vorgezogen. Er knipst am Schalter. Das Licht funktioniert nicht. Blaß süßlicher Duft umschwebt ihn, süßlich und bitter zugleich. Er merkt plötzlich, wie sein Herz dumpf pocht. Er rennt ans Fenster, reißt die Vorhänge zurück. Blasses Vormittagslicht graut in den Raum. Patschke dreht sich um, will wieder hinaus. Da sieht er, daß jemand im breiten Doppelbett liegt. Er ahnt es mehr, als daß er es sieht. Zerwühlte Decken, die Bauschung der Laken. Er zieht vorsichtig die Decke fort. Da liegt seine Mutter. Tot. Gebrochene Augen. Sie starren ihn an. Er schreit auf, stolpert die Treppen hinunter, aus dem Haus, fort, nur fort. Er rennt auf den Hof, auf die Straße. Bleibt erschrocken stehen: der Zug ist fort; wir sind fort. Er irrt im Dorf umher, klopft an die Häuser. Nirgends jemand da. Stumme Häuser, ein stummes Dorf. So finden ihn ein paar Soldaten, die im Dorf Stellung beziehen. Er stammelt und erzählt stockend. Die Soldaten gehen mit, finden alles bestätigt; ein Feldscher untersucht die Tote, meint dann: vergiftet. Sie sprengen ein flaches Grab auf dem Friedhof aus, begraben Patschkes Mutter. Sie kümmern sich um den Jungen, solange sie im Ort sind. Er muß ganz verstört gewesen sein, halb irre vor Verzweiflung. Sie passen auf ihn auf, als wäre er ein kleines Kind. Sie lassen das brüllende Vieh aus den Ställen, treiben die Rinder fort, spannen die Pferde vor ihr Auto, dem das Benzin ausgegangen ist. Sie schlachten für ihre Kompanie zwei Schweine. Als sie fort müssen, eilig und überstürzt, nehmen sie Patschke mit, setzen ihn auf ihr Auto, bringen ihn so aus der Gefahrenzone. Dann müssen sie sich trennen. Sie packen ihm einen Rucksack voll Verpflegung, füllen ihm die zwei Aktentaschen mit Fleisch. Patschke steht auf der Straße, gebeugt unterm schweren Gepäck, noch gar nicht recht von dem Wissen um seinen Verlust erfüllt. Er denkt nur immerfort an sein Versprechen, an uns, an Dr. Sanders. Er macht sich auf den Weg. Marschiert Tag und Nacht, schläft in Scheunen und Ställen, rührt nichts von den Freßwaren im Rucksack an, kriegt hier einen warmen Becher Tee, dort einen Teller Suppe, da eine Scheibe Brot. Mitleidige Menschen gibt es überall, noch mehr verschlossene Türen. Er kommt ins Lager: der Direx tobt und schreit ihn an, reißt ihm wegen „Fahnenflucht“ die Ärmelstreifen ab, die Schulterklappen. Patschke sagt nichts, läßt alles mit sich geschehen. Dr. Sanders kommt dazu, nimmt Patschke fort, schickt ihn zu uns in die Baracke. Da steht er nun in der Tür, sitzt am Tisch, verstört, schweigend, ein graues Gespenst. Uns lief es ganz kalt über den Rücken. Uns graute. Die Wurst schmeckte uns nicht. Wir haben sie noch nicht berührt, obwohl wir Kohldampf haben, Kohldampf, um die Wände hochzusteigen.“ Alle schwiegen. Dann sagte Dobrski: „Wo ist denn Patschke jetzt?“ — „Draußen“, sagte ich, „er ist, kurz ehe ihr kamt, hinausgegangen.“

Da wurde plötzlich Geschrei im Hofe laut, die Jungen draußen liefen alle in der Richtung zum Schießstand am Hang. „Was ist los?“ rief Geisler. Der lange Zink verfärbte sich. „Patschke?“ flüsterte er. Wir rannten aus der Baracke über den Platz, keuchten den steilen Weg zum Schießstand hinauf. Aber wir kamen zu spät. Patschke lag da auf dem grauen, schmutzigen Betonfußboden, die untere Hälfte des Gesichts weggerissen, gräßlich verstümmelt, blutverschmiert. Schwärzliche Lachen von Blut. Tot. Er hatte sich in den Mund geschossen. Dr. Dr. Fleischel wurde blaß, als er die Nachricht erhielt. Er ließ Patschke einsam und ohne das sonst übliche Tamtam verscharren. Beim Fahnenappell brüllte er: „Feiglinge und Selbstmörder haben im Daseinskampf der Nation keine Existenzberechtigung. Sie werden aus unserer Gemeinschaft ausgeschlossen. Ihre Namen werden gelöscht." Dr. Sanders weinte an diesem Tage. Wir nahmen den Rucksack und Patschkes Aktentaschen voll Fleisch und Wurst und warfen sie draußen in den vorbeifließenden Gebirgsbach. So hatten wir uns das Schlachtfest bei Patschke nicht vorgestellt, so nicht. Ein sinnloser Tod, ein doppelt sinnloser Tod. Aber: kam es auf einen Toten mehr oder weniger an in diesen Tagen?

Dr. Dr. Fleischel brüllte: „Der Name Patschke ist aus den Reihen der LBA gestrichen." Aber unsichtbar stand er die ganze Zeit mit uns im Glied, unsichtbar begleitete er uns auf allen Wegen. Keiner, der nicht an Patschke dachte. Keiner, der Patschke vergaß, den kleinen, mickrigen Patschke mit den pusteligen Pickeln im Gesicht, Patschke aus Weberndorf.

Köthen: Wangschingwei und Berger

Die Baracken in Scheundelwiese füllten sich. Von überallher trafen Reste der LBAs ein. Dr. Dr. Fleischel war unermüdlich auf den Beinen, schrieb, telefonierte, reiste im Hinterland umher, suchte Dienststellen auf, verhandelte mit Wehrmachtsstäben, Volkssturmführern, Stabsleitern der ins Gebirge verlagerten Gebietsführung, sammelte in Scheundelwiese ein halbes Tausend Jungen um sich. Von Glatz kamen sie, von Dresden, aus Reichenberg und Liebenstein, ein ominöses Panzerjagdkommando rauher, wilder Burschen aus Ostrolenko. Kein Mensch wußte, wo das Kaff liegen mochte, was die Kerle hier wollten. Eines Tages waren sie wieder verschwunden, so wie sie gekommen waren. Von der LBA Köthen an der Oder kamen Berger und Hilbig H. Sie erzählten haarsträubende Geschichten.

„Ihr kennt Köthen nicht“, sagten sie, „die LBA in Köthen. Ein altes Wasserschloß aus dem zwölften Jahrhundert. Meterdicke Steinwände. Feuchtdumpfe Gewölbe. Ein weiter Park mit uralten Bäumen. Dahinter die Oder, das kleine Städtchen, zweitausend Einwohner, kleine Handwerker, Fischer und Bauern, eine Fähre über den Strom. Achtzig Jungen auf der Schule. Vier, fünf Pauker. Na, tut nichts zur Sache. Kennt ihr doch nicht. Vielleicht den Brux. Famoser Kerl. Musiker. Und der Direx: ein Chinese. Nein, kein richtiger. Wangschingwei nannten wir ihn, Wangschingwei. Ein Ölgötze, ein lächelnder Buddha. Gelbes Gesicht. Vollmondgesicht. Ewig lächelnde Augen in dicken Fettpolstern versteckt. Stets senfgelbe Uniform mit extra breitem, braunem Gürtel um den Wanst. Seine Fächer: Geschichte, Erdkunde, Deutsch. Deutschland muß leben und wenn wir sterben müssen und so. Na, ihr wißt schon.“ Wir nickten: „Dr. Dr. Fleischel im Quadrat, was?“ — „Na, so ähnlich“, sagte Berger, „nur viel verschlagener, viel listiger, viel gemeiner, aalglatt und lächelnd.“ — „Na, na, na“, protestierte Berke Juno, „nit möglich.“ — „Doch“, sagte Berger, „laßt uns doch weiter erzählen.“ — „Ruhe!“ schrieen ein paar in der Baracke: „Laßt den Berger von Köthen erzählen.“

„Der Unterricht das übliche“, sagte Berger. „Das Fressen schlecht, der Dienst streng, die Appelle endlos. Alles so wie in Heidelager, so wie in Breslau, nur ein bißchen schneidiger und gleichzeitig auch schlampiger. Köthen war erst im Aus- und Aufbau. In den ersten Wochen gab es bloß immer einen Teller und ein Besteck für zwei Mann. Wir mußten schichtweise essen. Dann wurde es langsam besser. Das Essen blieb freilich schlecht bis zum letzten Tage: viel Wasser und viel Soda in der Kohlbrühe. Der Direx wurde immer fetter. Er aß nicht bei uns im Speisesaal, sondern dinierte in seinem Zimmer. Uns grimmte ewig der Magen. Wenn die von zu Hause nicht treu und brav Pakete geschickt hätten, ich weiß nicht ... Wir klauten vor Hunger im Herbst die grünen Äppel von den Bäumen im Park. ‚Ausgangssperre!' Wir legten die Würmer aus der ewigen Kohlbrühe demonstrativ auf die weißgedeckten Tische. ‚Ausgangssperre!' Wir beschwerten uns über den Jungmannführer bei Wangschingwei. ‚Ausgangssperre und Strafexerzieren!' Wir ... na ..." Er wischte die Erinnerungen mit einer Handbewegung fort: „Wenn der Brux nicht gewesen wäre. Der war prima. Der tat, was er konnte. Der vermittelte uns nachmittags Landarbeit bei den Bauern, daß wir uns mal satt essen konnten. Der schleppte Decken heran, als es kalt wurde und wir in den ungeheizten Räumen vor Kälte zitterten; der besorgte Winteruniformen und Mäntel, Socken, Spinde und Schemel. Der drückte mal ein Auge zu, wenn was vorkam und schickte uns hintenherum raus, wenn was war. Vorgehen gegen den Direx konnte er auch nicht. Köthen war ohnedies eine Strafstelle für ihn. Irgendeine dunkle Sache in der Vergangenheit. Wir haben nicht herausbekommen, was da losgewesen sein mag. Er hat's uns nicht auf die Nase gebunden. Zum Schanzen im vorigen Jahr brauchten wir nicht weit. Wir blieben an der Oder. Vormittags Schule. Nachmittags schanzen. Abends Aufgaben und Appelle. Morgens Appelle: ‚Waas, den Steg der Schuhe nicht geputzt?' und so, Ausgangssperre und Strafexerzieren über Mittag.'"

„Mein lieber Mann", sagte Geisler. „Da seid ihr ja ganz schön vom Regen in die Traufe gekommen, als ihr von Breslau nach Köthen versetzt wurdet. Arme Schweine."

„Kann man wohl sagen", meinte Berger, „aber man gewöhnt sich an alles. Nach den Weihnachtsferien tanzten wir in Köthen wieder an. Im Schloß war es eiskalt. Eisblumen an den Fenstern. Über Nacht fror die Decke vom Atemhauch an. Die Wände glitzerten von Eiskristallen, die wir abkratzen konnten. Wir saßen mit Ohrenschützern, Mänteln und Handschuhen in der Klasse. Der Direx behandelte das sonnige Australien: Präposition I. Präposition II. Präposition III. Genaue und saubere Ausarbeitung der Stundenbilder. Die Russen hatten an der Weichsel ihren Angriff begonnen. Das war ja weit fort. Und Wangschingwei sprach von den armen

Urnegern in der australischen Wüste und daß das großdeutsche Reich dort eine Aufgabe habe, dem perfiden Albion die letzten Eingeborenen vor der völligen Vernichtung zu entreißen. Und die Oder führte Treibeis zum Meer. Aber Wangschingwei hielt Unterricht und schwafelte von heldenhaftem Abwehrkampf und packte heimlich seine Klamotten. Ein paar Tage später kamen die ersten Flüchtlinge. In den freien Nachmittagsstunden standen wir unten am Strom und halfen dem Fährmann, den Nachen herübertreideln. Mit langen Stangen stießen wir die treibenden Eisschollen vom Boot ab. In der Kneipe an der Anlegestelle hatten wir eine Teeausgabestelle eingerichtet. Wangschingwei tobte, als er von unseren Hilfsversuchen erfuhr und prüfte am nächsten Morgen übergenau unsere Ausarbeitungen und Aufgaben. Natürlich entdeckte er Fehler. „Ausgangssperre!" schrie er und „Erst die Pflicht, dann das Vergnügen!" Als ob das ein Vergnügen gewesen wäre, bei minus, ich weiß nicht wieviel Grad unter Null, über die Oder zu fahren, die Planwagen auf die Fähre zu schieben, dann wieder die steile, vereiste Böschung an der Landestelle hinaufzudrücken, die Kinder durch das eisige Wasser zu tragen. Die Oder führte ja viel Wasser und das Boot kam dadurch nicht ganz bis an die Ländung heran. Als ob das alles ein Vergnügen, ein Spaß gewesen wäre. Na, wir gingen trotz Wangschingweis Verbot und halfen. Als er tobte, dachten wir: Rutsch uns den Buckel runter. Hier ist doch alles bald aus und: Wer weiß, ob wir uns wiedersehn ... Da an der Oder war allerhand fällig, kann ich euch sagen. Kilometerlange Treckkolonnen, Tag und Nacht bei Wind und Wetter auf die Überfahrt wartend. Und was war das für Wetter: Schnee und Schnee und nochmals Schnee. Frost, Eiseskälte, Grabeskälte. Und dann nur eine kleine Fähre und ein alter Fährmann. Auf die Fähre ging gerade ein Pferdegespann drauf und ein paar Leute. Dann lag sie schon tief im Wasser, und die Oder war breit. Eine halbe Stunde fast brauchte der Fährmann für jede Fahrt nüber und rüber. Und um acht Uhr wurde es erst hell und abends um fünfe schon dunkel. Da könnt ihr euch ausrechnen, wie wenig herüberkamen und wie die Kolonnen auf der anderen Seite immer länger wurden. Dann war schon ein fernes Grollen zu hören; und Wangschingwei hielt unbeirrt seine Stunden weiter. Die anderen Lehrer waren zum Volkssturm abkommandiert worden und verschwunden. Brux ließ meistens seinen Unterricht ausfallen oder erlaubte wenigstens, daß ein paar aus der Klasse auch morgens an der Oder halfen. Aber in den paar Tagstunden war nicht viel zu machen. Und nachts fuhr das Boot nicht. Das konnte niemand vom Fährmann verlangen. Das wäre Selbstmord gewesen, oder, wenn es doch einer befohlen hätte, Mord. Aber das befahl auch niemand. Viele Köthener packten schon ihre Sachen und hauten ab. Der Ort wurde leer. Nur Wangschingwei machte weiter mit seinen Australienstunden. Nun war er bei der Goldgräberzeit, Anfang Neunzehnhundert und in Deutsch beim Hildebrand-Epos: „Ick gehorte sat seggen, sat si urhettun hildebrand entu hadubrand ..." Und so weiter. Und auf der anderen Oderseite drängten sich Tausende von Planwagen, Zehntausende jammernder Menschen, Frauen und Kinder zumeist. Und dann fror die Oder zu, ganz dünn zuerst. Und die ersten, die die Überfahrt wagten, sanken ein und ersoffen jämmerlich. Dann wurde es kälter, die Eisdecke dichter. Pioniere kamen und prüften ihre Tragfähigkeit, markierten den Übergang mit Strohwischen rechts und links. Dann entwirrte sich das Knäuel langsam; in weiten Abständen, alle fünfzig Meter vielleicht, durften die Wagen die Oder passieren. Wir halfen wieder, die Wagen die diesseitige Steilböschung heraufziehen. Wir gingen alle nun auch vormittags. Wangschingwei tobte, verhängte Ausgangssperren über Jahre hinaus, bis an unser Lebensende, schrieb unsere Namen wechselweise ins große Klassenbuch. Wir lachten darüber und gingen trotzdem oder besser: nun erst recht. Brux drückte beide Augen zu, war auch oft unten am Strom und schob die Wagen herauf. Das Grollen kam näher und eines Morgens war der Iwan am jenseitigen Ufer, zermanschte mit seinen Panzerungetümen die Flüchtlingskolonnen und Treckwagen zu Brei. Als der erste Panzer im Eis versackte, schossen sie bloß noch über den Strom auf Köthen. Die letzten Einwohner aus der Stadt strömten ab.

Deutsche Pioniere verminten nachts die Stromauffahrten. Dann rückten auch sie ab. Eine RAD-Einheit, ein paar Monate ältere Kerle als wir, kam und richtete eine dünne Sicherungslinie ein. Die Iwans hatten zuerst bloß Panzer bei ihrer Spitze, keine Infanterie. Das war unser Glück. Nachts hörten wir drüben vom anderen Ufer die Schreie der Frauen, das Wimmern von Kindern, Pistolenschüsse, Hilferufe, trunkenes Gröhlen. Es war scheußlich. Wir hielten uns die Ohren zu und hörten es trotzdem. Und ihr werdet lachen: Wangschingwei hielt auch am nächsten Tag noch Schule ab. Nun war er bei Neuseeland, dem Land, wo Butter und Honig fließt, oder Milch und Honig, oder was weiß ich. Der Iwan schoß mit seinen Panzern in den Ort. Das Schloß war eine vorzügliche Schießscheibe. Die dicken Mauern dröhnten, aber ließen keine Panzergranate durch. Wangschingwei war wohl nervös; aber er hielt unbeirrt seine Lektion. „Nein", sagte er, als Brux ihm den Wahnsinn seines Tuns vorhielt, „nein, ich habe keinen Befehl zum Abmarsch. Und ohne Befehl wird nicht abgerückt. Und über die Oder kommt der Russe nicht." Er kam auch nicht über die Oder, jedenfalls bei uns nicht. Dafür südlich und unterhalb von Köthen. Er kam in der Nacht und morgens war der Sack zu. Wir saßen wie die Maus in der Falle. Na, die Panik könnt ihr euch vielleicht vorstellen. Vor uns die Oder und der Iwan. Rechts der Iwan. Links der Iwan. Hinter uns der Iwan. Von allen Seiten Panzerschüsse in den Ort; MG-Feuer; sibirische Scharfschützen am alten Stadtgraben; Salvenüberfälle; die Hölle. Und wir im dicken Schloß. Außer uns nur noch die RAD-Einheit in Köthen, jeder zweite von ihnen mit einem Sturmgewehr und zwölf Patronen, ein paar Pioniere. Und unser Wangschingwei zieht die Uniform aus, zieht Zivilklamotten an, läßt uns achtzig Männeken antreten und sagt: „Die LBA Köthen ist hiermit aufgelöst. Jeder muß versuchen, selbst durchzukommen. Sammelziel: Scheundelwiese, Schreiberhau", und ist schon im nächsten Augenblick verschwunden, läßt uns im Stich, läßt uns allein zurück, das feige Schwein. Na, hoffentlich haben sie ihn erwischt. Wir stehen da wie Schafsköpfe; ein paar der Jüngsten weinen und schreien nach der Mama und dem lieben Gott. Als ob der in Köthen sein könnte, als ob der nichts Wichtigeres zu tun hätte. Brux übernimmt das Kommando. Er sagt: „Tagsüber ist nichts zu machen. Wir müssen den Abend abwarten. Vielleicht, daß dann ..." Wir hocken im Schloßkeller. Ringsum Schießen und Krachen. Die Iwans vermuten vielleicht, daß Köthen verteidigt wird als wichtiger Oderübergang und lassen sich Zeit. Die RAD-Männer knallen manchmal Antwort. Die fünf, sechs Pioniere haben sich längst verkrümelt. Wir sitzen im Schloß und warten auf den Abend, der nicht kommen will. Kein schönes Gefühl, wißt ihr, wenn man so dasitzt und wartet, daß die Tür aufgeht und ein paar Iwans mit MPs hereinlatschen und uns zusammenknallen. Die machen doch keine Gefangenen; jedenfalls wir dürfen nicht damit rechnen. Wir machen die Armbinden mit dem Hakenkreuz ab, die Ärmelstreifen, die Schulterklappen. Einer betet; einer weint; einer kotzt sich vor Angst die Seele aus dem Leib; einer wimmert; einer stiert so bloß vor sich hin. Brux tröstet und beruhigt. Brux ist überall und unermüdlich. Brux teilt Gruppen ein. Immer fünf, sechs Mann zusammen. Brux erklärt. Er läßt uns die weißen Nachthemden über die Uniformen ziehen. Dann wird es dämmrig, dann dunkel. Das Schießen schläft ein. Brände flackern auf, nicht viel, aber doch so, daß es nicht ganz dunkel wird. Ein ungewisses Dämmerlicht. Die Kellertüre knarrt, als Brux sie öffnet. Wir halten den Atem an. Vielleicht steht der Iwan schon draußen im Park hinter den Bäumen und knallt uns ab wie die Hasen, wenn wir rauskommen. Aber alles geht gut. Wir teilen uns. Wir schleichen in Gruppen durch den Park. Brux ist bei uns und Hilbig H. und noch ein, zwei Mann, die ihr nicht kennt. Wir klettern bäuchlings über die Mauer, robben durch den Schnee zu einem Schilftümpel, tauchen im Dickicht unter. Überall um uns Rascheln. Überall Bewegung. Überall Unruhe. Das Herz klopft dir bis zum Halse. Du keuchst wie ein Asthmatiker. Du zitterst und bebst. Du kannst die Füße kaum heben, so schwer sind sie. Leuchtkugeln. Sirrende Querschläger. Brände. Du riechst das Fremde. Machorkaduft und Schweiß. Hinter jedem Schatten meinst du: der Iwan. Wir schleichen weiter. Irgendwo tackt ein Maschinengewehr; irgendwo schreit einer auf, vielleicht einer, den du kennst, einer, mit dem du zusammen warst. Ein Grabenstück. Ein Sturzacker. In die Furchen gepreßt. Nahe Stimmen. Verzerrte Geräusche. Der Wind. Wenn nur der Mond nicht kommt. Wenn nur die Sterne hinter den Wolken bleiben. Dann geschieht's: vorbeipfeifend eine Kugel, unterdrücktes Stöhnen. Vor uns bricht Brux zusammen, röchelt mit blasigem Munde: ‚Weiter, Jungs, weiter. Laßt mich liegen.' Wir wollen ihn mitschleppen und zerren ihn über den Schnee. Wieder das pfeifende Sirren eines bösartigen Insekts; einer der beiden Jungen bei uns bricht in die Knie und fällt schwer nach vorn in den Schnee. Hatte ich euch gesagt, daß sibirische Scharfschützen in Köthen waren? Wir lassen Brux liegen; wir lassen den Jungen liegen; wir drei rennen, rennen, werfen uns hin, raffen uns wieder auf, stolpern und rennen. Die Iwans veranstalten Scheibenschießen mit uns, stehend freihändig. Der Mond ist blaß hinter den Wolken hervorgekommen. Wir jagen wie die Hasen. Schlagen Haken, ducken uns, unterlaufen mähendes MG-Feuer, geraten in eine Leuchtspurkette. Der dritte wird getroffen, fällt, bleibt liegen. Wir hasten weiter, Hilbig H. und ich. Immer übers Feld, immer fort, ohne Richtung, ohne Ziel. Der Iwan macht sich einen Spaß daraus, uns zu treiben. Endlich ein Anruf: ‚Halt! Stehenbleiben! Wer da?' — ‚Deutsche', rufen wir, ‚Deutsche!' Vorderste deutsche Linie. Oder das, was man so Linie nennt. Der Landser treibt uns mit Fußtritten auf: ‚Los, los, weiter. Ihr könnt hier nicht liegen bleiben. Wir rücken ab. Der Iwan greift an.' Wir raffen uns auf, stolpern weiter, die halbe Nacht durch, dann springen wir auf den Anhänger eines Omnibusses, halten uns mit steifen Fingern an den Leiterholmen der Gepäckplatte fest, kommen so nach Liegnitz, mit einem Kohlenzug nach Haynau, mit der Bimmelbahn nach Hirschberg, endlich hierhin nach Scheundelwiese."

Wir hatten atemlos diesem Bericht gelauscht. „Und die andern?" wollten wir nun wissen. Berger schüttelte den Kopf: „Weiß nicht. Hab' keinen mehr gesehen, hab' von keinem mehr gehört." — „Und Wangschingwei?" — „Weiß nicht", sagte Berger, „weiß ich auch nicht. Dr. Dr. Fleischel meinte, als wir uns meldeten, unser Chef sei vielleicht in Berlin. Aber Genaues wußte er auch nicht. Gerüchte, nichts als Gerüchte." Hilbig H., der die ganze Zeit hindurch geschwiegen hatte, sagte nun: „Das Schwein. Wenn ich den mal erwischen sollte, dem knalle ich eigenhändig ein paar vor 'n Latz." Wir nickten Zustimmung. Aber vielleicht hatte das der Iwan schon für uns besorgt. Er hätte damit gewiß ein gutes Werk getan. Und Gerechtigkeit mußte es ja eigentlich noch geben. Doch wahrscheinlicher war, daß Wangschingwei durchgekommen war, daß er nun irgendwo weit hinten saß und den tapferen Helden spielte, tränenumflort so mit: „Meine armen Jungs, meine lieben Kameraden." Wir wußten oder ahnten es vielmehr: solche Kerle kommen immer durch. Die Brux' — oder wie sie sonst heißen mochten — bissen meistens ins Gras, selten einmal ein Wangschingwei oder ein Dr. Dr. Fleischel.

Martinswaldau: und zum letzten Mal Ursula

Der morgendliche Wehrmachtsbericht meldete Kämpfe vor Liegnitz und einen Panzervorstoß in Richtung Haynau. Der Schulführer suchte wieder einmal einen Kurier, diesmal einen Kurier nach Bunzlau. Ich meldete mich; der Schulführer sagte: „Na gut, kannst fahren. Hast beim ersten Mal deine Sache gut gemacht. Diese Kurierfahrt soll eine Auszeichnung und Belohnung sein." Pusch sagte: „Du hast vielleicht ein Glück." Dann bat er: „Wenn es geht, fahr doch bei mir zu Hause vorbei und sag, daß ich hier in Schreiberhau in Sicherheit bin. Sie sollen sich um mich keine Sorgen machen. Ich komme schon durch. Sag, ich hätte die Adresse von Tante Leonie in Bayern und würde dort hinkommen, wenn alles rum ist. Lange kann es ja nicht mehr dauern. Willst du?" — Ich nickte: „Ja, Pusch, wenn es irgend möglich ist, will ich's versuchen. Aber versprechen kann ich's nicht. Ich weiß ja nicht, wie lange ich bis Bunzlau brauche und will dann noch

nach Martinswaldau fahren." — „Ist gut", sagte Pusch, „aber versuch es doch. Bitte." — „Ja", sagte ich.
Die Züge von Schreiberhau aus fuhren noch pünktlich und nach Fahrplan ab. Man mußte noch immer eine Fahrkarte haben und der Schaffner kam und lochte das Billett während der Fahrt. In Hirschberg mußte ich umsteigen. Dann: Verschiebebahnhof Kohlfurt. Stundenlanges Warten auf eine ostwärts fahrende Lok, die mich mitnahm. Erinnern an Vergangenes. Hordenführer Äppelgrabsch und King. Was waren wir doch einmal für Kindsköpfe gewesen vor einer kleinen Ewigkeit. Waren das wirklich erst zwei Jahre her? Der Lokführer beobachtete aufmerksam die Strecke. „Vor vier Wochen bin ich noch die Linie Dresden-Gleiwitz gefahren", sagte er, „dann: Dresden-Breslau; dann: Dresden-Liegnitz. Wenn's heute gut geht: Dresden-Bunzlau. Und morgen? Vielleicht: Dresden-Kohlfurt. Oder: Dresden-Görlitz. Oder vielleicht bloß noch: Dresden? Oder auch das nicht mehr? Deutschland ist klein geworden." An dem Tender stand: „Räder müssen rollen für den Sieg."
Bunzlau bot den vertrauten, gewohnten Anblick. Die Straßen waren matschig aufgeweicht. Der Himmel über der Stadt war diesig-grau. Es taute. Ganz fern wummerte es leise. In Liegnitz vielleicht. Oder in Haynau schon. Ich gab meine Kurierpost ab. Ich wußte, was im Brief stand: der Evakuierungsbefehl für Stadt und Kreis. Der Kreisleiter sagte: „Na endlich geht's los." Er hatte seine Koffer schon gepackt und alarmierte seine Ordonnanzen. Einer mußte ihm gleich die Koffer an die Bahn schleppen und ein Abteil reservieren. Ich hatte meinen Auftrag erfüllt und war für wenigstens achtundvierzig Stunden frei. Früher erwarteten sie mich in Schreiberhau nicht zurück. Ich versuchte, Verbindung mit Puschs Heimatdorf zu bekommen. Es war nicht mehr möglich. Dort war schon der Iwan. Die Treckkolonnen aus der Haynauer Gegend rollten nun bereits durch die Stadt. Alle Glocken dröhnten; die Sirenen der großen Fabriken heulten: das verabredete Räumungssignal. Die kleine Stadt am Bober schreckte aus ihrer lethargischen Ruhe auf.

Ich dachte nur immerzu: „Ursula, Ursula", und machte mich auf den ostwärts führenden Weg nach Martinswaldau. So lange hatte ich kaum an Ursula gedacht; nun wurden die Gedanken übermächtig. Süße Erinnerung. Sehnsucht.
Das Dorf lag unter dem schweren Himmel. Aufgeweichte Matschstraßen. Überfüllte Höfe. Rauchende Kamine. Zurufe und Winken. Die bange Frage der Nachbarsfrau: „Kommt der Iwan auch hier her?" Schulterzucken. Hastiges Packen daheim. Die Stimme der Mutter: „Junge, Junge, daß du nur da bist." Die Schritte zu Ursula. Frau Arndt, die die Haustür öffnete. „Du?" — „Ja, ich." Bange Frage: „Ursula?" Ihre weinende Mutter: „Ursula? Ja, weißt du denn nicht?" Jäh aufsteigende Angst, beschwörende Bitten. Das blaßverhärmte Gesicht mir gegenüber. Das leise Klirren der Fensterscheiben. Die näherrückende Front. Die sanfte Stimme der Mutter: „Aber Ursula ist doch in Breslau." — „In Breslau?" Erschrecken und Ängste. Schweres Kopfnicken der Frau: „Ja, sie fuhr in die Stadt zu Tante Käthe zurück und seitdem weiß ich nichts mehr von ihr. Keine Nachricht, kein Brief, keine Karte, nichts ..." — „In Breslau?" fragte ich noch einmal. Die Mutter schwieg. Dann sagte sie: „Was soll nun werden?" — „Ich weiß nicht", sagte ich. „Ich weiß wirklich nicht." Die bange Frage: „Kommt der Russe auch hierher, hierher nach Martinswaldau, hierher zu uns?" Meine Antwort: Schulterzucken. „Ich weiß nicht." Und immer die Gedanken: Ursula in Breslau, Ursula in der Festung, Ursula ... Aber seltsam: die Gedanken schmerzten gar nicht so sehr. Es war nur ein dumpfes Gefühl, ein dunkles Bohren. Es war, als könnte das Herz gar nicht mehr schmerzen, als käme es darauf gar nicht mehr an. Es war, als könnte es nicht stimmen. Ich sagte: „Frau Arndt, packen Sie am besten. Sie müssen auch fort. Spätestens morgen früh." Als ich ihre erschreckten Augen sah, sagte ich: „Es wird nicht so schlimm werden. Es ist sicher nur vorübergehend", und glaubte es doch selber nicht.

Daheim streichelndes Abschiednehmen von liebgewordenen Dingen. Wandern durch alle Räume. Streichen über das Holz des Schrankes. Tastende Finger auf jedem Möbelstück. Verbrennen von Papieren, von Aufzeichnungen, von Büchern Knisterndes Feuer, behagliche Wärme. Unruhe draußen auf der Straße. Knarrende Räder, trappelnde Gäule, hastende Schritte. Näherkommender Kriegslärm. Der sich rötende Himmel über den Wäldern im Osten. Der letzte Gang durch das abendliche Dorf. Die leere Fohlenkoppel. Der kahle Birnbaum. Die bangen Fragen der Nachbarn: „Der Russe ist schon. bei Arnsdorf. Kommt er auch hierher?" Schulterzucken. Schweigen. Oder die Erwiderung: „Ich weiß nicht." Die jammernden Stimmen der Frauen. Das linde Lächeln der Mutter, tröstend und mild. Die stille Sprache der Augen. Der nächtliche Weg zum Bahnhof. Der Abschied. Die fortgleitende Bahn, der stampfende Güterzug. Weißbeizender Dampf.

Das leere nächtliche Haus. Der Wind über dem Dach. Das Wummern der Front. Das erschreckte Auffahren beim Klopfen am Fenster. Die flüsternde Stimme: „Günter, du?" Das Nichtbegreifenkönnen, dann: „Ursula, Ursula ..."

Mit zitternden Händen öffnete ich die Tür und umfing Ursula, die heimgekehrte Ursula. Die Fragen, die Antworten. Der Bericht der Flucht aus der umlagerten Stadt, ehe der Ring sich ganz schloß. Der weite Weg über nächtliche Straßen: Heim, heim. Ich hielt ihre zitternde Gestalt, spürte das seidige Haar, fühlte den Schlag ihres Herzens, stammelte immerzu: „Ursula, Ursula, du?", konnte das Glück nicht fassen. Die Nacht im einsamen Haus. Die Wärme des Körpers neben mir. Das Einswerden, das Ineinanderverschmelzen. Die süße Bitternis der Stunde. Das Aneinandergeschmiegtsein, die zarten Lippen, die vertraute Stimme, das Versinken im andern, das Verschwenden und Empfangen. Ursula. Das Grollen der näherkommenden Front. Die vorbeirollenden Treckkolonnen. Das Knarren der Wagen, das nächtliche Knarren der Möbel. Das unterdrückte Atmen, das Vergessen der Umwelt. Der trübe Morgen, der durch die Fenster kroch.

„Ursula, du mußt fort." Meine Bitten. Ihr Kopfschütteln. Ihre leuchtenden Augensterne, bläulich umschattet. „Ich bringe euch zur Bahn, dich und deine Mutter." Ihre Erwiderung: „Nein. Wo du hingehst, da will auch ich ..." Meine Beschwörungen: „Nein, Ursula, es geht nicht. Ich muß nach Schreiberhau zurück. Ich kann nicht mit dir fahren. Sie knüpfen mich auf, wenn ich abhaue. Ich weiß nicht, wo ich morgen sein werde." — „Ich gehe mit." Meine Überredungsversuche, mein Flehen: „Ursula, es geht nicht. Ihr müßt fort. Nach Westen. Nach Dresden oder nach Bayern. Irgendwohin. Weg hier." Tränen in Ursulas Augen. Anklammern, der Versuch mich festzuhalten: „Nein, ich gehe mit. Ich laß dich nicht. Ich habe Angst, daß wir uns verlieren, daß wir uns nie mehr finden." Mein Beharren: „Aber Ursula, sieh doch ein: es geht wirklich nicht. Ich finde dich schon wieder. Bald ist ja doch alles vorbei. Es kann nur noch Wochen dauern." Ihr erlahmender Widerstand, ihr Nachgeben, ihr Sichfügen, ihre Traurigkeit, ihr müdes Lächeln.

Ursulas Mutter hatte schon alles gepackt. Es war nicht viel Gepäck: ein Schließkorb, zwei Koffer, die Decken. Ich half, die Sachen zum Bahnhof zu tragen. Es war wieder kälter geworden. Vereinzelt fielen graue Flocken. Das Schießen war nun ganz nahe gerückt. Ursula weinte. Ich sagte: „Nicht traurig sein, Ursula. Wir sehen uns doch wieder." Ihr Weinen wurde heftiger. Ich sagte: „Ich fahr ja noch ein Stück mit." — „Wie weit?", fragte Ursula hoffnungsvoll und klammerte sich an mich. Ich sagte: „Bis Kohlfurt." Ihr Lächeln zerbrach. Ihre Schultern bebten. „Nicht weiter?", sagte sie und bat: „Komm doch mit. Komm doch mit uns. Das fällt doch gar nicht mehr auf in dem Durcheinander. Und wenn schon: Du bist doch noch so jung. Wir sind doch noch so jung. Sie können dir nichts tun." Ich sagte: „Ursula, du weißt ja gar nicht, was los ist." Ich sagte: „Ich kann doch die Kameraden nicht im Stich lassen und einfach abhauen." — „Und ich?", fragte Ursula. Aber ich schwieg und auch sie verstummte; der Zug rollte an, ein fast leerer Güterzug, schob sich langsam aus dem kleinen Bahnhof hinaus, gewann dann schnell freie Fahrt. Vorbeihuschende Wälder. Westwärts strebende Treckkolonnen. Das vertraute Bild. In Bunzlau überfüllte Bahnsteige. Schreiende, um sich schlagende, verzweifelte Menschen. Röhrende Lautsprecher. Vibrierende Achsen. Die Wagen erstür-

mende Menschen. Qualvolle Enge. Langsames Anrucken des langen Zuges. Langsames Hinausstehlen aus der Halle. Der Viadukt über den Bober. Wieder Wälder. Wälder und Heide. Die zuckenden, heißen Hände Ursulas. Ihre wispernde, beschwörende Stimme: „Komm doch mit uns, komm doch mit ..." Meine Antwort: „Es geht wirklich nicht, Ursula." Die Stimme ihrer Mutter: „Kind, es geht wirklich nicht. Mach es uns doch nicht schwerer, als es ohnedies ist." Ursulas Schluchzen. Ursulas Gesicht, ganz nahe und doch schon entrückt. Der Kohlfurter Bahnhof. Ihr Aufschrei: „Günter, bleib hier, Günter ..." Das Losreißen, das Abspringen aus dem langsam gleitenden Zug, das Nachstarren hinter den roten, enteilenden Lichtern. Das dumpfe Pochen. Der schwere Stein in der Brust.
Die Heimfahrt nach Schreiberhau. Der nächtliche Weg durch den Ort nach Scheundelwiese. Die Meldung bei Dr. Dr. Fleischel. Die erschrockenen Augen von Pusch bei meinem Bericht. Das Wachliegen in der Nacht. Die Gedanken: „Ursula, Ursula." Die Fragen, die ohne Antwort blieben.
Der Wehrmachtsbericht am nächsten Mittag meldete: „Der Feind besetzte die Stadt Haynau und stieß mit einem starken Panzerkeil auf Bunzlau vor." Und dann: „In der vergangenen Nacht führten die angloamerikanischen Luftstreitkräfte einen Terrorangriff auf Dresden durch." Die durchsickernden Gerüchte in den Tagen danach: Dreißigtausend Tote, hunderttausend Tote, zweihunderttausend Tote ... Ursula, dachte ich, Ursula. Keine Nachricht, kein Brief, keine Karte, keine Botschaft von Ursula. Schweigen stand um sie und wuchs wie eine Mauer. Lastendes Schweigen. Blasses Gesicht im Nebel. Schmerzliches Erinnern. Bittere Gedanken. Ihre flüsternde Stimme, der Hauch ihres Atems: „Komm doch mit, Günter, komm doch mit uns." Ihr entrücktes Gesicht. Ihre verschatteten Augen. Die Züge ihres Antlitzes hinter grauen Schleiern. Der entschwebende Klang: Ursula ...

Schmottseiffen: Dobrski

Das Barackenlager Scheundelwiese war überfüllt; die Verpflegung wurde knapp; unten in den Dörfern brüllte hungriges Vieh in Ställen ohne Besitzer. Unten in den Dörfern hinter der Front gab es herrenlose Herden. Eines Morgens befahl Dr. Dr. Fleischel: „Freiwillige zum Viehtreiben!" Die ganze Klasse V IIb meldete sich; der Direx suchte sich die Jungen aus. „Zink", rief er und „Berke" und „Hillmer" und „Knebel" und „King" und „Pusch" und „Dobrski" und „Dr. Sanders, Sie gehen als Führer des Kommandos mit. Befehl: Vieh requirieren, zusammentreiben, nach Scheundelwiese bringen. Gebiet: Die Dörfer um Löwenberg, Greiffenberg, Lauban. Alles klar?"
Wir empfingen auf der Waffenkammer Karabiner, alte, angerostete, langläufige, holländische Gewehre, eine Handvoll Munition dazu. Dr. Sanders quittierte auf der Schreibstube den Empfang von ein paar tausend Mark. Damit sollten wir unter Umständen auch Vieh aufkaufen. Dann zottelten wir los.
Schon am Nachmittag des Tages waren wir im Gebiet dicht hinter der Front. Halbleere Dörfer. Verbrannte Gehöfte. Trümmerschutt. Granattrichter. Bombenkrater. Minenfelder. Artillerieüberfälle. Kontrollen der Feldpolizei. Barsche Fragen nach Ausweisen und Papieren. Übernächtigte Soldaten. Kleine Einheiten. Ein Pak-Geschütz an der Straßenkreuzung. Ein Anruf: „Halt! Nicht weiter! Letzter Vorposten."
Drei, vier Häuser zurück bezogen wir Quartier. Der lange Zink schlich auf Erkundung aus. Als es dämmrig wurde, kam er zurück: zwei Gänse unter den Arm geklemmt. „Die habe ich unten im Dorf einem Wehrmachtsstab aus seinem verschlossenen Stall geklaut. Haben einen Mordskrach gemacht, die Biester, als ich im Stall auftauchte. Mußte ihnen erst die Hälse umdrehen." Wir rupften die Tiere; Berke Juno hatte sich als Koch angeboten, machte ein riesiges Feuer im ummauerten Steinherd der Küche, klirrte mit Tiegeln und Töpfen, krempelte sich die Ärmel hoch, schälte Kartoffeln, nahm zwischendurch die Tiere aus, stellte Wasser auf, schürte das

Feuer, tat geschäftig. Dr. Sanders teilte die Nachtwachen ein. Sie sollten die Verbindung zur Pak an der Kreuzung halten und Bescheid sagen, wenn's mulmig wurde. „Wir wollen nichts riskieren", sagte Dr. Sanders. „Wenn's gefährlich wird, hauen wir einfach ab." Wir nickten. Das Heldenspielen hatte seinen Reiz verloren. Leben wollten wir, überleben, sonst — nichts.

Die Gänse brutzelten in ihren Pfannen. Fett spritzte zischend auf die glühende Herdplatte. Berke Juno prüfte immer wieder das Fleisch; aber die Tiere wurden nicht gar. Der lange Zink meckerte: „Mir hängt der Magen bis in die Kniekehlen." Hillmer teilte fürsorglich die empfangene Marschverpflegung aus und mahnte: „Aber einteilen. Wer weiß, ob die Biester überhaupt gar werden." Wir saßen bei flackerndem Kerzenlicht hinter tuchverhängten Scheiben. Manchmal blitzte es draußen grell auf, zog ein feuriger Schweif über das Haus und über das Dorf. Die Front war erstaunlich ruhig. „Das hat nichts Gutes zu bedeuten", sagte King und war kalkig weiß im Gesicht. Die Lichtreflexe huschten über die Zimmerwände. Berke Juno prüfte wieder die Gänse und murmelte dann enttäuscht: „Noch nicht. Verdammt, noch nicht . . ." Pusch, der Posten, wurde abgelöst; Dobrski tappte hinaus. „Tür zu!" brüllte ihm der lange Zink nach. „Die können uns doch sehen." Er war ganz aufgeregt.

Das Grummeln der Front um Lauban. Das Ticken eines von uns in Gang gesetzten uralten, wurmstichigen Regulators. Dr. Sanders' besorgtes Lauschen nach draußen ins stille Dorf. Dann endlich Berke Junos triumphierender Aufschrei: „Die erste Gans ist weich."

Wir fielen hungrig drüber her; Dr. Sanders tranchierte das Tier mit einer großen Gartenschere, die er in einer Schrankschublade gefunden hatte; er teilte jedem ein Stück zu, legte für Dobrski ein Schenkelstück in die Pfanne zurück. Wir schmatzten und nagten an den Knochen herum; das Fett lief uns am Kinn abwärts in die Uniformjacke hinein; wir kauten und schluckten und lobten Berke Juno und den langen Zink. Dr. Sanders lächelte: „Diebstahl nennt man das, Diebstahl an Wehrmachtseigentum." Wir lächelten breit und satt und zufrieden zurück und ließen es uns desto besser schmecken. Berke Juno probierte, ob die zweite Gans gar sei. „Ist ein hartes Biest, zäh wie ein altes Frauenzimmer“, meinte er, „muß noch wenigstens zwei Stunden haben.“ Es ging auf Mitternacht zu. Im Dorf war es unheimlich still. Das gelegentliche Schießen war verstummt. Einmal glaubten wir, einen unterdrückten Schrei draußen zu hören. Aber der lange Zink sagte: „Das kann auch eine Gans gewesen sein, der jemand den Hals umdreht.“ Als wir lachten, setzte er hinzu: „. . . oder der Wind.“ Wir beruhigten uns. Uns wurde schläfrig vor Behaglichkeit und warmer Sattheit. King gähnte ununterbrochen. Der lange Zink hielt sich theatralisch seinen Bauch und röchelte: „Bindet mich, bindet mich, ich platze, ich platze . . .“

„Los“, sagte Dr. Sanders nach einer Weile. „Der nächste muß auf Wache. Wer ist dran?“ — „Ich“, sagte Hillmer und schnallte schon das Koppel um, stülpte den viel zu großen Stahlhelm über, griff nach dem Karabiner und stolperte hinaus. Keiner beneidete ihn darum. Die Nacht war bitter kalt. Dr. Sanders rief ihm nach: „Aber paß gut auf . . .“

Hillmer war kaum draußen, da stürzte er schon wieder herein, riß die Tür so weit auf, daß die Kerze verlöschte und rief: „Dr. Sanders, Dr. Sanders; ich kann Dobrski nicht finden. Die Pak ist auch fort.“ Wir sprangen von unseren Plätzen auf. Dr. Sanders rief: „Was sagst du da?“ Hillmer keuchte: „Dobrski ist nicht mehr da. Und das Pak-Geschütz ist fort.“ Dr. Sanders rannte zur Tür, rannte in die Dunkelheit hinaus. Wir hörten, wie er draußen rief: „Dobrski! Dobrskiiii! He, Dobrskiii!“, langgezogen und schallend. Wir rannten hinterher, riefen auch: „Dobrskiii! Dobrskiii!“; aber nur der Wind gab Antwort. Dann ratterte ein paar hundert Meter weg ein Maschinengewehr los, durchschnitt rasselnd die Stille. „Dobrskiii! Dobrskiii!“, brüllten wir, liefen verstört auf der Kreuzung entlang. Das Pak-Geschütz war weg. Dobrski war weg. Wie vom Erdboden verschluckt. Wie ausgelöscht. Wie nie gewesen. Am Postenstand lag Dobrskis Karabiner im zertrampelten Schnee. Spuren über die Wiese ins Niemandsland. Schwarze Hausschatten voller Gefahr.

Hinter jeder Ecke lauerte sie. Wir spähten in die graue Dunkelheit. Schweiß lief uns trotz der Kälte übers Gesicht. „Dobrskiii! Dobrskiii!“ riefen wir und wußten doch, daß keine Antwort kommen würde. Dr. Sanders war ganz verstört, rannte zum Haus, rannte wieder zurück zur Kreuzung, rief: „Dobrskiii! Dobrskiii!“ Der lange Zink schrie: „Wir müssen hier weg!“ Berke Juno hatte noch immer die große Fleischgabel wie einen Spieß in der Hand, fuchtelte damit herum und sagte nun keuchend: „Wir können hier doch nicht weg. Die Gans ... Und wenn Dobrski wieder kommt ...“ Aber der lange Zink lief schon die steile Dorfstraße hinunter. Wir stürzten hinterher. Dr. Sanders wollte nicht weg und wehrte sich verzweifelt. Hillmer und King zerrten ihn mit sich. Wir liefen von Furcht gejagt. Unsere Schritte klangen überlaut. Wir pusteten und fauchten. Hinter uns tackte wieder das Maschinengewehr auf, schwerfällig und stotternd. Der lange Zink rannte mit weiten Sprüngen durch das unheimliche Dorf.

In der Dorfmitte rief uns ein Posten an: „Halt! Stehenbleiben! Wer da?“ — „Deutsche“, riefen wir. „Deutsche!“ — „Einzeln näherkommen“, rief er. Wir erkannten undeutlich schattenhafte Gestalten hinter Holzbalken. Dann erkannte uns der Posten, fragte verwundert: „Wo kommt ihr denn her? Hier ist doch die vorderste Linie.“ Ein Landser führte uns zu der im Gutshofkeller untergebrachten Kompanie.

Dr. Sanders bat den Kompanieführer um Hilfe. Der zuckte die Achseln. „Mit den paar Männeken?“, sagte er und deutete mit der Hand auf das zusammengeschmolzene Häuflein seiner Soldaten. „Und wegen einem Jungen?“ Dr. Sanders bat und flehte: „Da muß man doch was machen, Herr Leutnant.“ Der Leutnant: „Was denn? Mann, seien Sie doch froh, daß der Iwan Sie nicht alle kassiert hat, Sie und uns mit.“ Dr. Sanders wollte wieder hinaus; die Soldaten hielten ihn fest; der Leutnant schrie: „Mann, machen Sie doch keine Zicken. Wenn ich wegen jedem meiner Landser so ein Theater machen würde. Wo kämen wir denn da hin? An der Weichsel vor ein paar Wochen waren es noch hundertachtzig Mann. Jetzt sind es noch knapp vierzig. Die andern ...?“ Dr. San-

ders sagte leise: „Aber das war doch kein Soldat. Das war doch noch ein Kind. Und ich hab' die Verantwortung. Was soll ich denn seinen Eltern sagen, wenn sie mich einmal fragen?" Der Leutnant zuckte wieder die Schultern und reichte Dr. Sanders eine Schnapsflasche: „Da, nehmen Sie. Das hilft. Das hilft immer. Das ist das einzige, was noch hilft." Dr. Sanders wehrte erst ab. Dann griff er nach der Flasche und trank mit gierigen Schlucken. Der Leutnant ließ uns die Flasche weiterreichen. Auch wir tranken und waren wie betäubt. Eben war noch Dobrski bei uns gewesen, vor einer kleinen Viertelstunde. Der Leutnant sagte: „Diese Nacht bleibt ihr hier bei uns im Keller, damit ihr nicht wieder den Anschluß verpaßt." Als der lange Zink nach dem Pak-Geschütz auf der Kreuzung fragte, sagte der Leutnant: „Weiß nicht. Bei meinem Haufen ist keins. Hier ist keins durchgekommen. Wir sind schon seit Tagen vorderste Linie. Vor uns gibt's nichts mehr, nur noch den Iwan. Vielleicht war's eins vom Iwan?" Zink sagte: „Aber wir haben doch mit den Landsern gesprochen. Sie sprachen deutsch und hatten deutsche Uniformen an." Der Leutnant erwiderte: „Vielleicht waren's Kameraden von der andern Feldpostnummer, ich meine: vom Nationalkomitee. In diesem Scheißkrieg ist doch alles drin. Sogar das: Deutsche gegen Deutsche . . ."
Dr. Sanders hatte den Kopf in die Hände gestützt. Seine Haare waren weiß geworden in dieser Nacht.

Greiffenberg: Frau Jeschonnek, der lange Zink und Axel Green

Frau Jeschonnek schien eine penibel reinliche Hausfrau gewesen zu sein. Diesen Eindruck machte jedenfalls ihre kleine, peinlich aufgeräumte Wohnung. Häkeldeckchen auf Tischen und Vertiko. Nippfiguren. Goldrandfotografien an der Wand in ovalem Rahmen. Ein alter Mann mit Backenbart und steifem Vatermörder um den Hals. Eine alte Frau im guten Schwarzseidenen, das dünne graue Haar sorgsam in der Mitte gescheitelt. „Sicher die Eltern der guten Frau Jeschon-

nek“, sagte der lange Zink und deutete auf die vergilbten, von der Zeit bräunlich verblaßten Fotografien. Er lag lang ausgestreckt auf dem weichen roten Samtsofa der Frau Jeschonnek in der Küche und ließ die Füße über die Lehne herunterbaumeln. Seine Hand führte genüßlich eine dicke Bauchbindenzigarre zum Mund. Er schmatzte am Tabak herum und blies kleine Rauchkringel in die Luft. Das Zimmer war blaugrau von duftend-würzigem Zigarrendunst. Wir alle — Zink, Pusch und ich — hatten Zigarren in der Hand und machten ab und zu einen Zug daran, ängstlich bemüht, nicht zu husten. Die Augen tränten vom beizenden Rauch; es war uns ganz schwummerig zumute; aber wir rauchten mit heldenhaftem Mut und mit Todesverachtung. Es waren unsere ersten Zigarren und wir wollten uns von ihnen nicht unterkriegen lassen. „Schmeckt, wa?“, sagte der lange Zink und paffte großkotzig vor sich hin. Wir nickten kläglich. Schließlich: Zink mußte das ja sagen; er konnte ja nicht eingestehen, daß ihm genauso speiübel war wie uns. Er hatte ja schließlich die Zigarrenkiste organisiert, aus einem westwärts fahrenden Zahlmeisterauto, das uns bis hierher nach Greiffenberg mitgenommen hatte, geklaut. „Der Dank des Vaterlandes ist euch gewiß“, hatte Zink beim Aussteigen zu den beiden Zahlmöpsen gesagt und die hatten huldvoll gelächelt: „Ist schon gut.“
Nun hatten wir also die leere, saubere Wohnung der Frau Jeschonnek in der Laubaner Straße Nr. 4 in Greiffenberg — eine kleine Küche, ein Schlafzimmer, eine gute Stube — mit Beschlag belegt, hatten uns hier häuslich eingerichtet. Hillmer und King waren mit Dr. Sanders zum Bahnhof gegangen. Von dort sollten noch Züge abgehen. Die beiden sollten Dr. Sanders wegbringen und würden wohl erst am Abend oder am nächsten Morgen wiederkommen. Dr. Sanders hatte nach dem Vorfall mit Dobrski einen Nervenzusammenbruch erlitten, saß nur immerfort so da, stierte vor sich hin und murmelte ununterbrochen: „Aber ich habe doch die Verantwortung.“ Es war nichts mehr mit ihm anzufangen; wir konnten nichts tun als versuchen, ihn vielleicht in einem Lazarett unterzubringen oder nach Scheundelwiese zurück-

zuschaffen. Er begriff gar nichts mehr von dem, was um ihn herum vorging. Er ging auch geduldig und folgsam wie ein braves Kind zu dem außerhalb der Stadt liegenden Bahnhof mit, trottete zwischen Hillmer und King die Straße hinunter zum Marktplatz. Berke Juno war in der Stadt und wollte was zum Essen besorgen. Er sagte: „Hier liegt der Stab einer Heeresbrigade. Vielleicht, daß wir uns da anschließen können, daß wir da was kriegen. Irgendwo muß der Mensch ja hingehören; irgendwo muß er ja gemeldet und registriert sein. Warum nicht bei der Brigade?"

Die Sessel und Möbel in Frau Jeschonneks Wohnung trugen weiße Leinenüberzüge zum Schutz gegen Staub und Sonnenlicht. Der grüne Teppich auf dem Boden der guten Stube war zusammengerollt. Auf dem runden Tisch an einer schlanken Blumenvase mit verdorrten Blümchen lehnte ein weißes, kräftiges Billett, beschrieben mit einer zierlichen, schon etwas zittrigen Altfrauenhandschrift. „Liebe Herren Soldaten!", stand da; Zink hatte als erster das Schreiben entdeckt und mußte immer wieder lachen, wenn er die paar Zeilen, die er nun fast auswendig konnte, vorlas: „Liebe Herren Soldaten! Ich mußte plötzlich fort. Gehen Sie doch bitte mit meinen Sachen in der Wohnung schonend um. Sie dürfen alles benutzen. Die Schlüssel zu den Schränken liegen unter der Fußmatte. Ich habe auch einen Sohn, der ist Soldat. Mein Mann ist schon im ersten Krieg gefallen. Passen Sie doch bitte gut auf meine Wohnung auf. Vielen Dank und alles Gute für Sie. Ihre Frau Jeschonnek. P. S.: Das Eingemachte in der Speisekammer dürfen Sie essen."

Na, das hatten wir uns nicht zweimal sagen lassen. Berke Juno, unser Koch, hatte schnell einen Blick in die kleine Speisekammer getan. „Das Eingemachte", hatte Frau Jeschonnek geschrieben, „dürfen Sie essen." Und wir hatten uns wunder was drunter vorgestellt. Aber wir fanden bloß zwei Gläser ungezuckerter, pitschsauerer Stachelbeeren, die uns den Mund zusammenzogen und uns zum Schütteln brachten. Auf dem Nachttischchen lag aufgeschlagen eine breite Bibel mit Goldrand. Zink hatte danach gegrabscht und die Stelle vorgelesen, auf die das eingelegte Kreuzzeichen deutete: „Ich habe mein Angesicht im Augenblick des Zorns ein wenig vor dir verborgen; aber mit ewiger Gnade will ich mich dein erbarmen, spricht der Herr, dein Erlöser." — „Ganz schöner Quatsch, wa?" hatte der lange Zink gesagt und verächtlich dazugesetzt: „Und so was liest die Alte. Na ja, kein Wunder, daß wir diesen Krieg verlieren müssen." Dann hatte er das dicke Buch wieder zugeklappt.

Draußen klatschte strähniger Schneeregen gegen die Scheiben. Wir hatten die Vorhänge, blütenweiße Gardinen mit Volants, zurückgeschlagen und mit roten Bändchen an den Wandösen eingehängt. Es war warm und gemütlich in der Wohnung. „Wo die herkommen mag?", sinnierte Zink auf dem Sofa und schlug mit der freien Hand nach einer schwerfällig vorbeibrummenden Winterfliege. „Laß sie doch", sagte Pusch, „das arme Tier. Es ist gleich so heimelig." Zink grunzte empört und stäubte die Zigarrenasche mit einem Schnips auf den Fußboden. Nein, wir waren keine Wilden, bloß etwas verwildert. Wir nahmen nichts aus Frau Jeschonneks Schränken und Schubladen; und es wäre so allerlei des Mitnehmens wert gewesen, Kleinigkeiten, Kostbarkeiten: eine urväterliche Taschenuhr vielleicht oder die vergessenen Silberbestecke, ein kostbares Salzfaß oder die viele Wäsche im Schrank, Damasttischdecken, Leinenplanen, wollene Unterhemden des Sohnes, der irgendwo Soldat war. Wir benutzten wohl Frau Jeschonneks Schüsseln, Teller, Töpfe, ihre Tassen und Kannen, spülten aber nach jeder Mahlzeit alles benötigte Geschirr und stellten es vorsichtig wieder in die Schränke zurück. „Wer plündert, wird erschossen!" Das gelbe Plakat mit der blutroten Schrift klebte an vielen Hauswänden. Aber das war es nicht, was uns davon abhielt, hier etwas mitgehen zu lassen, hier etwas zu organisieren. Frau Jeschonnek hätte wohl trotzdem die Hände über dem Kopf zusammengeschlagen beim Anblick unserer Wirtschaft: Zink langausgestreckt auf dem Sofa, graue Asche auf dem Fußboden, kotige Schnürschuhe und Stiefel zum Trocknen auf dem Fensterbrett, das Marschgepäck in der Küchenecke, die Karabiner am polierten Nußbaumschrank des Schlafzimmers, die unordentlich zurückgeschlagenen Gardinen, der große Holzberg vor dem Küchenherd, trockene Späne und das Beil daneben. Wenn Frau Jeschonnek in diesem Augenblick zur Tür hereingekommen wäre, hätte sie wohl gemeint, in ihrer Wohnung ginge die Welt unter. Und vielleicht ging auch die Welt unter: in ihrer Wohnung, in der Stadt, im ganzen Land. Ein anderer Weltuntergang freilich als der, den das fromme Buch auf dem Nachttisch beschrieb: Zorn des Gerechten. Wir hatten anderes kennengelernt.

Manchmal rollten unten auf der Straße — die Wohnung lag im zweiten Stock des Hauses — Lastwagen vorüber, Geschütze, einmal ein Panzer. Dann klirrten leise die Fensterscheiben. Um Lauban, ein Dutzend oder auch ein paar Dutzend Kilometer weiter, rummelte die Front. Dort tobten schwere Abwehrkämpfe. In Greiffenberg war es verhältnismäßig ruhig. Ab und an ein paar Granaten über die Dächer. Ein Salvenüberfall auf den Marktplatz. Ein paar verkohlte Häuser im Stadtkern. In Scherben zersprungene Schaufensterscheiben. Gewimmel von Soldaten. Ablösende Kompanien. Herausgezogene Einheiten auf dem Marsch aus der Stellung zur Auffrischung. Reparaturwerkstätten in Betrieb. Ein Doppelposten an der Queisbrücke. Der streichende Dauerregen, der den Schnee von Straßen und Äckern wegfraß. Fröstelnde Nässe. Tristesse ...

Berke Juno polterte die Treppen herauf, kam von seinem Stadtgang zurück. „Dr. Sanders ist fort“, sagte er. „Hillmer und King sind mitgefahren.“ — „Und hier?“, fragte Zink und machte die Bewegung des Essens. Berke Juno schüttelte den Kopf. „Nichts“, sagte er. „Ich war auf der Brigade. Nachher im Verpflegungslager. Auf der Brigade, die waren höflich. Im Verpflegungslager, die haben mich angebrüllt. Ob ich spinne, ob ich einen Vogel habe. Nein, habe ich gesagt, bloß Hunger. Die Zahlmöpse kauten mit vollen Backen. Aber rausgerückt haben sie nichts. Wir sollten uns erst an eine Wehrmachtseinheit anschließen, dann gäb’s auch was zu Fressen.“ Unbehagliches Schweigen. Überlegen. Dann sagte der lange Zink: „Ja, ich glaube ...“ Er ließ den Satz unbeendet. Dann meinte er: „Ich wollte ja schon immer Freiwilliger spielen. Nun ist es wohl soweit. Kommt, wir versuchen’s mal.“

Er stand vom Sofa auf, drückte den Zigarrenrest sorgsam auf der Herdplatte aus, griff dann nach Mantel und Koppelzeug und begann schweigend, sich fertig zu machen. Wir folgten seinem Beispiel, holten die Karabiner aus dem Schlafzimmer, stülpten die Stahlhelme auf und warfen einen letzten Blick in die warme, behagliche Wohnung der Frau Jeschonnek.
„Und Hillmer und King? Wenn die wieder kommen?“, fragte Berke Juno. Ich schrieb einen Zettel und steckte ihn zu Frau Jeschonneks Billett an der Blumenvase auf dem Tisch: „Suchen eine Wehrmachtseinheit, der wir uns verpflegungsmäßig anschließen können. Wenn wir nicht zurückkommen, erkundigt euch bei der Brigade.“ Dann gingen wir aus der Wohnung, schlossen diesmal die bei unserer Ankunft offenstehende Flurtüre ab und ließen den Schlüssel im Schloß stecken.
Draußen umfing uns nieselnder Regen, der uns trotz des Mantels schnell durchnäßte und bis auf die Haut drang. Dazu wehte ein scharfer Nordost. Wir trotteten die Straße hinab in Richtung zum Marktplatz, mußten einmal über die zusammengestürzten Trümmer eines Hauses klettern und kamen bei unserer Suche nach dem Brigadestab am ehemals „besten Haus am Platz“ vorbei, dem Hotel „Schwarzer Schwan.“ Auch hier waren alle großen Scheiben in Scherben gegangen; Glassplitter übersäten den Bürgersteig und die halbe Straße. Aus den dunklen Räumen des Hotels klang trunkenes Gröhlen und Lärmen, das Schmettern von Grammophonmusik, das Zerschellen leerer Flaschen an der Wand, Singen: „Wir wollen unsern alten Kaiser Friedrich-Wilhelm wieder ham'; wir wollen unsern ...“ Ein tolles Saufgelage. Berke Juno sagte: „Da saufen sie und vorne ...“ — „Laß sie“, sagte Zink, „vielleicht haben sie's nötig.“
Auf der Brigade in einer Steinbaracke am Rande der Stadt war man außerordentlich höflich und freundlich zu uns. Der Oberstleutnant hinter der hölzernen Trennbarriere hörte sich unsere Wünsche und Bitten um Einstellung in die Wehrmacht, um Anschluß an die Verpflegungszentralen aufmerksam an. Dann schüttelte er den sorgsam pomadisierten Haarschopf und näselte: „Tut mir leid. Aber das geht nicht. Das überschreitet meine Kompetenzen. Da müßt ihr euch bei einer

Aufnahmestelle des Heeres anmelden." Er zuckte bedauernd die Schultern, als er unsere enttäuschten Gesichter sah: „Ja, ich weiß auch nicht, was man sonst machen könnte. Ihr versteht: wir könnten jeden, jeden Mann brauchen, der überhaupt noch gehen, eine Knarre tragen und schießen kann. Aber es muß alles seinen vorgeschriebenen Gang nehmen: Bewerbung, Untersuchung, Aufnahme, Vereidigung, Ausbildung, Einsatz ..." Eines der vielen Telefone auf dem Tisch klingelte; der Oberstleutnant griff mit einer Hand danach, zog mit der anderen einen Schreibblock heran und meldete sich: „Ja, hier Brigadestab Greiffenberg", und: „Nein, Herr General, mir nicht bekannt", und: „Jawoll, Herr General, werde sofort Verstärkungen losschicken. Viel hab' ich zwar nicht, aber ..." Er lauschte auf das undeutliche Gemurmel im Kopfhörer, kritzelte etwas auf seinen Block, antwortete: Jawoll, Herr General. Herr General können sich darauf verlassen. Geht in Ordnung. Geht bestimmt in Ordnung. Jawoll, Herr General" und hängte behutsam den Hörer wieder in die Gabel zurück. Dann sah er, daß wir immer noch dastanden und warteten. Zink sagte: „Kommt, gehen wir." Wir machten unsere Ehrenbezeigungen und wollten eben zur Türe hinaus, als hinter uns noch einmal die Stimme des Oberstleutnants aufklang. „Hört", sagte er. „Es darf zwar nicht sein. Versucht's doch mal in der Stadt beim Panzerjagdkommando. Die nehmen, was sie kriegen. Die fragen nicht viel. Es ist zwar ..." Er verschluckte, was er sagen wollte und meinte abschließend: „Der Haufen liegt irgendwo am Marktplatz."

Wir trotteten über die breite, baumumsäumte Ausfallstraße zur Stadt zurück. Viel Hoffnung hatten wir nicht, daß es beim Panzerjagdkommando klappen würde, hielten das vielmehr für eine Ausflucht des Oberstleutnants, der uns loswerden wollte. „Können's ja mal versuchen", sagte der lange Zink. „Zu Fressen müssen wir was haben. Ist egal, wo und von wem." Uns war recht beklommen zumute. Von den Zigarren? Vom Hunger? Von der Ungewißheit? Pusch sagte: „Aber wenn das die wilden Männer von Ostrolenko sind, die ein paar Tage bei uns in Scheundelwiese lagen, dann gehe

ich nicht dazu." — „Ich auch nicht", sagte ich. „Ah pah", sagte der lange Zink. „Hunger tut weh."
Aus dem „Schwarzen Schwan" klang noch immer der Lärm des Saufgelages, Grammophongedudel: „... und dann saß ich mit der Emma uff der Banke ...", verworrenes Durcheinander. Nun schien auch Zink Angst vor der eigenen Courage bekommen zu haben. Er zögerte einen Augenblick an der Tür: „Woll'n wir?" Dann drückte er die Klinke nieder und wir traten ein. Beißender Tabakrauch, der uns in die Augen stieg. Ekelerregender Fuseldunst. Abgestandenes Bier. Knirschende Glassplitter unter unseren Schritten. Eine Luft, dick zum Schneiden. Gröhlendes Lachen. Landser auf umgekippten Kisten um einen rotglühenden Kanonenofen in der Mitte des Saales. Bullernde Hitze. Flaschengeklingel, Gläsergerappel, Zurufe: „Prost!" und: „Na, noch einen!" und: „Ist doch alles egal." Rülpsen der in der Runde Sitzenden. Das dämmerige Dunkel des Saalhintergrundes. Unordentliche Leere des großen Raumes. Stühle auf den Tischen, hölzernes Stuhlbeingewirr.
Wir stolperten über Ausrüstungsgegenstände, Gasmaskenbüchsen, Patronengurte, einen Haufen Panzerfäuste, gebundene Stielhandgranaten, blecherne Munitionskisten. Dann bemerkte uns einer der Landser, ein Obergefreiter mit vernarbtem, lederhäutigem Gesicht. „Halloh", rief er lallend mit stockender Zunge. „Halloh, wir kriegen Besuch." Die Soldaten auf den Kisten drehten sich herum. Einer lachte und schlug sich dabei auf die Schenkel: „Nun schicken sie uns sogar Kinder zum Kriegspielen." — „Ist doch egal", rülpste einer der Angetrunkenen: „So oder so kaputt. Was zum Saufen her." Er schwenkte eine Glasflasche mit goldgelbem Inhalt. Er setzte den Flaschenhals an die Lippen und trank mit glucksenden Schlucken, wischte sich dann den Mund ab und stöhnte: „Aaah!" Das Grammophon dudelte noch immer die gleiche Platte: „Und dann saß ich mit der Emma uff der Banke, neben uns aß einer Wurst mit Sauerkohl ..." — „Stellt doch mal das Ding ab", brüllte der Obergefreite, der Nüchternste von allen und winkte uns zu: „Kommt näher, Kinder. Wir beißen nicht." Wir schoben den zögernden Zink

vor und ließen ihn verhandeln. Er brachte seine Bitte um unsere Einstellung an; das Gelächter war verstummt; der Lärm war mit einem Male abgeschnitten; irgendeiner hatte auch das Grammophon abgestellt. Der Obergefreite bekam ganz große Augen, als Zink ihm mit wohlgesetzten Worten auseinandersetzte, daß es unser größter Wunsch sei, dem Reich, dem Vaterland als Soldaten dienen zu dürfen, unser junges Leben in die Schanze zu schlagen (so sagte er tatsächlich, der blöde Schwätzer). Der Obergefreite starrte ihn an, als hätte er nicht recht begriffen. Die Soldaten stimmten ein rauhes Gelächter an, kollerten vor Lachen. Uns war gar nicht zum Lachen zumute; uns knurrte der Magen; uns klopfte das Herz; in uns war Angst vor den Konsequenzen unseres Wunsches und gleichzeitig auch Angst davor, wieder abgelehnt und fortgeschickt zu werden. „Ja, wißt ihr denn eigentlich, wo ihr hier seid?", fragte der Obergefreite. „Ja, sicher", sagte Berke Juno, „bei einem Panzerjagdkommando." Der Obergefreite äffte Berke Junos Stimme nach: „Bei einem Panzerjagdkommando. Jawoll, mein Junge. Bei einem Panzerjagdkommando. Und wißt ihr denn überhaupt, was das ist, ein Panzerjagdkommando?" — „Nein, nicht so ganz genau", sagte der lange Zink nun vorsichtig geworden. „Nicht ganz genau", gröhlten ein paar in der Runde, „das Goldkind weiß es nicht ganz genau und will trotzdem zu einem Panzerjagdkommando." Sie griffen wieder zu den Flaschen: „Na denn: Prost." Sie tranken glucksend. Der Obergefreite sagte: „Dann hört mal her: zählt doch mal, wieviel das sind, die hier sitzen." Das war schnell gemacht. „Acht Mann", sagte ich. „Acht Mann", sagte der Obergefreite, „jawoll, acht Mann. Und wißt ihr, wieviel das noch vor zwei Tagen waren?" Er machte eine kleine Pause und sagte dann: „Dann will ich's euch sagen: über fünfzig." Die Soldaten auf den Kisten schwiegen. „Na, fragt doch!", schrie der Obergefreite mit gerötetem Gesicht. „Fragt doch, wo die andern sind." Der lange Zink war ganz käsig geworden und der Obergefreite brüllte nun los, als sei Zink der Verantwortliche: „Will euch auch das noch sagen: verreckt, alle miteinander verreckt sind sie. Abgeknallt wie die Hasen. Von T 34 im Panzerloch zermatscht. Totgeschlagen. Aufgehängt. Umgelegt. Verreckt. Krepiert.“ Er wurde etwas ruhiger: „Und da kommt ihr Kindsköpfe daher und bittet, in ein Panzerjagdkommando aufgenommen zu werden? Wißt ihr, was das ist? Das ist ein Freifahrtschein zur Hölle. Das gibt euch, wenn ihr Glück habt, noch vierundzwanzig Stunden Frist oder vielleicht achtundvierzig oder allerhöchstens hundert ...“ — „Reg dich doch nicht so auf“, sagte einer der Soldaten in der Runde. „Ist doch alles egal. Da, sauf!“ Der Obergefreite schob die ihm entgegengestreckte Hand mit der Flasche zur Seite und wandte sich uns wieder zu: „Kinder, geht heim, geht heim zu eurer Mutter. An ihren Schürzenzipfel. Da gehört ihr hin. Hier ist nichts mehr mit Klingklanggloria und mit Siegheil und mit ‚Es-lebe-der Führer‘. Hier ist nur noch Saufen und Krepieren. Was andres gibt's hier nicht mehr.“ Wir standen wie erstarrt. Der lange Zink flüsterte: „Aber, Herr Obergefreiter, wir müssen was zum Fressen haben. Ist denn kein Offizier bei Ihnen, der uns helfen kann?“ Der Obergefreite schüttelte den Kopf: „Woll'n partout zur Hölle fahren, die Burschen. Unsern Leutnant wollt ihr sprechen? Na, meinetwegen. Der wird euch schon Bescheid stoßen. Geht nur hinten durch.“

Wir gingen im Bogen um die auf den Kisten Sitzenden herum, die uns nachblickten, trunken und müde und starrend. Als wir die Tür am Saalende aufklinkten, brüllte einer der Soldaten: „Stellt doch das Grammophon wieder an.“ Gleich setzte mit einem Kratzen der Nadel die abgespielte Platte wieder ein: „... und dann saß ich mit der Emma uff der Banke ...“, die Melodie eines Berliner Gassenhauers.

Wir durchschritten ein paar dämmrig-dunkle Kammern, Stuben und Gelasse. Als wir an die Tür mit dem Schild „PzJV“ anklopften, rief eine Stimme: „Herein.“ Drin am Tisch, den Kopf in die Hände gestützt, saß ein schmaler Leutnant in unsauberer Montur. Er hob den Kopf aus den Händen und blickte uns aus stieren Augen entgeistert an: Axel Green, unser Axel Green, Axel Green aus Heidelager. Er erkannte uns sofort. „Ihr?“, sagte er, stand mühsam auf und reichte uns die Hand. „Ihr? Ja, Jungs, was wollt ihr denn hier?“ —

„Zum Panzerjagdkommando", sagten wir wie aus einem Munde, „Freiwillig melden", und glaubten uns am Ziel unserer Wünsche. Axel Green, der Leutnant, schüttelte langsam den Kopf: stoppelbärtige Wangen, seit Tagen unrasiert, müde, glanzlose Augen, tief in den Höhlen liegend, graue Haut, zusammengepreßte, schmale Lippen. „Nein", sagte er, „kommt nicht in Frage." — „Aber Zugführer", sagte der lange Zink und für einen Augenblick stahl sich ein vertrautes, zaghaftes Lächeln in Greens Gesicht. Dann verbesserte sich der lange Zink: „Aber Herr Leutnant. Man braucht doch jetzt jeden Mann. Wir sind doch ausgebildet. Sie brauchen uns doch bloß aufzunehmen. Es kommt doch jetzt auf jeden an, auch auf uns." Axel Green schüttelte wieder den Kopf. „Nein, Jungens", sagte er, „wir sind hier doch keine Kleinkinderverwahranstalt. Das geht nicht. Und wenn es ginge, ich will nicht, daß ihr sinnlos bei uns vor die Hunde geht." Axel Green griff mit zitternden Fingern nach dem Zigarettenetui auf dem Tisch, zog eine Zigarette heraus, steckte sie sich an und paffte mit hastig-nervösen Zügen. Seine Fingerkuppen waren gelb von Nikotin. Der Waffenrock schlotterte um seinen Körper, war zerknautscht, abgetragen und verschmutzt. War das noch Axel Green, unser guter, alter Axel Green? „Ja", sagte er, als er unsere Blicke bemerkte. „So ist das also. Guckt mich nur an. So sieht man aus, wenn man verheizt wird und nicht einmal weiß wofür. Ach, Heidelager ..." Ein Glanz der Erinnerung zog über sein Antlitz: „Erzählt doch mal ..." Wir erzählten von Heidelager, von Breslau, vom Schanzen, wieder von Breslau, von den anderen, von Dr. Sanders. Axel Green hörte still und in sich gekehrt zu. Aber man merkte, daß er mit den Gedanken gar nicht so recht bei der Sache war. Er saß nur da, blickte uns an oder blickte vielmehr durch uns hindurch, nickte manchmal, steckte sich an der kaum zu Ende gerauchten Zigarette eine neue an, unterbrach uns mitten in der Erzählung, fragte: „Ihr habt doch sicherlich Hunger?", stand schnell auf, als wir nickten, öffnete die Tür, rief gegen das laute, aufreizende Grammophongedudel: „Maurer!" und noch einmal: „Maurer!" Kurz danach kam der Obergefreite, der vorhin mit uns ge-

sprochen hatte, öffnete die Tür, fragte: „Herr Leutnant?" Axel Green befahl: „Los, Maurer, organisieren Sie mal was zum Fressen für die Jungs. Die haben Hunger. Wir haben's ja. Sind ja bloß acht Mann und haben für fünfzig empfangen." — „Jawohl, Herr Leutnant", sagte der Obergefreite, „wird geritzt", und trampelte hinaus. Es dauerte nicht lange, bis er wieder kam und vor uns auf dem Tisch ein paar Kommißbrote ablud, dazu Büchsen mit Leberwurst, Ölsardinen, Butter. „Los, Jungs", sagte Axel Green, „haut rein. Auf Heidelager-Manieren braucht ihr hier bei mir nicht mehr zu achten." Wir ließen uns das nicht zweimal sagen und stopften in uns hinein, was nur hinein ging. „So", sagte Axel Green, als wir uns gesättigt auf den knarrenden Stühlen zurücklehnten, „und nun packt die restlichen Freßsachen zusammen und geht wieder in euer Quartier zurück."
Zink machte noch einmal einen zaghaften Versuch, Axel Green zu überreden. Aber Green schüttelte bloß den Kopf und blieb fest: „Nein und nochmals nein. Nie." Dann wurde er eindringlicher: „Wißt ihr überhaupt, was wir machen? Wir schleichen uns nachts durch die russische Front, ganz auf uns gestellt, bleiben etwa zweiundsiebzig Stunden hinten, sprengen Brücken, Panzer, morden. Wenn der Russe uns erwischt, gibt es keinen Pardon. Partisanen. Die Überlebenschance steht vielleicht eins zu tausend. Und da sollte ich euch mitnehmen, ich — euch? Schlagt euch die Rosinen aus dem Kopf." Der lange Zink gab immer noch nicht nach: „Aber, Herr Leutnant, sie könnten's doch mal mit uns versuchen." Axel Green blieb fest. Er hatte die Ellbogen auf die Tischplatte gestützt, den Kopf auf die ineinander verkrampften Finger gelegt und musterte uns aus traurigen Augen. „Das ist echte LBA-Erziehung, was?" fragte er. „Lewer dod as Sklav, was? Lieber einen toten Bauch als einen leeren. Lieber den toten Helden spielen als einen lebendigen Feigling, was? Und für wen? Für was?" — „Für das Reich, für den Führer", sagte der lange Zink. Es klang pathetisch und hohl. Axel Green lächelte ironisch und fragte: „Für den Führer, der meine Frau abholen ließ? Ihr wißt es doch noch, damals in Heidelager? Seitdem sitzt sie im KZ, wenn ihr wißt, was

das ist. Im KZ Groß-Rosen. Und für das Reich, das jetzt in Scherben geht? Dafür?“ Auf einmal füllten große Tränen seine leeren, blicklosen Augen. Axel Green weinte. Das war ein scheußlicher Anblick: ein Leutnant am Tisch und heult wie ein kleines Kind. Dann winkte er uns zu: „Jungs, ich bitte euch, geht.“

Wir schlichen leise hinaus auf Zehenspitzen. Im Saal war noch immer Gelächter, Geschrei, Grammophongedudel. Der Obergefreite sagte: „Na?“; aber wir sagten nichts und gingen stumm in den trüben Tag hinaus. In Frau Jeschonneks Stube war es noch warm. Aber uns fröstelte. Abends beim Schlafengehen sagte der lange Zink: „Laßt mich bitte diese Nacht in der Küche auf dem Sofa schlafen.“

Als wir morgens aufstanden, war der lange Zink verschwunden, waren seine Klamotten weg, lag ein Zettel auf dem Tisch: „Versuche es noch einmal bei einem Panzerjagdkommando. Es braucht ja nicht das von A. Green zu sein. Alles Gute.“ Wir eilten zum „Schwarzen Schwan“. Aber das Panzerjagdkommando war schon abgerückt, war noch in der Nacht in den Einsatz gegangen. Leutnant Axel Green und acht Mann. Niemand von ihnen kam zurück.

Wir fragten auf der Brigade und erfuhren, daß noch ein zweites Panzerjagdkommando in der Stadt gelegen hatte. Dorthin mußte der lange Zink gegangen sein und sich freiwillig gemeldet haben. Die mußten ihn aufgenommen haben. Aber auch dieses Panzerjagdkommando war abgerückt und kam nie wieder zurück. Mit ihm verschwand der lange Zink. Drei Tage später wäre er sechzehn Jahre alt geworden.

Süßenbach: Das Standgericht

Als Hillmer und King im Laufe des Vormittags zurückkehrten — sie brachten auch noch Hordenführer Edgar Rabsch, den schnoddrigen Hanke und Geisler mit seinen Beziehungen zum Armeeführungsstab mit — waren wir in unserem Viehtreiberkommando wieder vollzählig. Dabei wußten sie noch gar nichts von Zinks Verschwinden. Es interessierte sie auch nicht sonderlich, ebensowenig wie unser Bericht von der Begegnung mit Axel Green. Sie maulten und nörgelten herum; besonders die drei neuen brannten förmlich vor Tatendurst und rückten schnell mit der Sprache heraus. Hillmer und King hatten Dr. Sanders in einem Hirschberger Lazarett untergebracht, waren dann hinauf nach Scheundelwiese gefahren und hatten dort ein im Aufbruch befindliches Lager angetroffen. Kaum, daß Dr. Dr. Fleischel sie angehört und ihnen die drei Neuen freigegeben hatte: „Ich brauche jetzt jeden Mann; ich kann keinen entbehren.“ So hatte Dr. Dr. Fleischel geknurrt; und nur Hillmers Überredungskünsten war es zu verdanken, daß das ganze Viehtreiber- und Requirierungskommando nicht überhaupt aufgelöst und zurückgerufen wurde. „Es geht in den Einsatz“, hatte Dr. Dr. Fleischel erklärt, „das ganze Lager geschlossen. Einsatz als Alarmeinheit in der Front um Lauban.“ Dann waren sie aus Scheundelwiese abgerückt, feldmarschmäßig bepackt mit schweren Tornistern, jeder dritte oder vierte Junge einen Karabiner oder eine Panzerfaust auf der Schulter, sonst nur noch das leichte dreibeinige Flieger-MG und die HJ-Dolche in der Lederscheide als Bewaffnung. „Waffen gibt's beim Feind!“ hatte Dr. Dr. Fleischel beim Schlußappell über den Platz geschrieen: „Dort holt sie euch!“ Dann hatte er, am Fahnenmast stehend und stolz wie ein Feldherr, die Parade des vorbeidefilierenden halben Tausend Jungen in ihren grauen, braunen und blauen Uniformen abgenommen, dieses kläglich ausgerüsteten, noch kläglicher ausgebildeten und bunt uniformierten Haufens, dessen einzige Einheitlichkeit in der weißen Armbinde „Volkssturm“ und vielleicht auch noch in seiner Kampfbereitschaft und seinem Siegeswillen bestand. Dr. Dr. Fleischel hatte dagestanden — so erzählte Hillmer — wie vielleicht der alte Cäsar beim Vorbeimarsch der römischen Legionen, den Arm steil hochgerissen, den Vorbeimarschierenden aus wachsgelb eingefallenem Gesicht zulächelnd. Vorneweg klingendes Spiel. Fanfarenton, Trommelwirbel, Querpfeifen. Das aufbrausende Lied: „Rübezahl, halten treu deine Wacht.“ Heinzelmännchens Wachtparade oder: des Führers letztes Aufgebot.

Hillmer und King hatten die widerstrebenden drei — Rabsch, Hanke und Geisler — beinahe mit Gewalt zum Bahnhof schleppen müssen; sie wollten partout beim großen Haufen bleiben und versprachen sich davon Abenteuer, tolle Erlebnisse und Orden. Hillmer hatte das Blaue vom Himmel herunterlügen müssen, um die drei zum Mitfahren zu überreden. Nun saßen sie hier in der warmen, behaglichen Stube der Frau Jeschonnek in Greiffenberg und trauerten den ihnen an der Nase vorbeigegangenen Heldentaten nach. Denn: was war hier in Greiffenberg schon viel vom Krieg zu spüren? Was war beim Viehtreiben schon an Meriten zu gewinnen? Vielleicht ein Blumentopf. Aber ganz bestimmt keine Eisernen Kreuze. Sie lauschten fasziniert auf das Grummeln der Laubaner Front.

Das Viehtreiben verlor wirklich von Tag zu Tag mehr an Reiz und erst recht an Abenteuerlichkeit. Die Dörfer blieben sich gleich; nur die Namen wechselten: Görrisseiffen, Schmottseiffen, Welkersdorf, Schosdorf, Süßenbach, Radmannsdorf, wieder Süßenbach. Kaffs, dreckige kleine Kaffs, leere Gehöfte, brandige Mauern, verlassene Orte, schlammige Wege. Brüllendes, hungriges, brandiges Vieh. Stumpfsinnig dahintrottende Herden, bei plötzlichen Feuerüberfällen wild nach der Seite ausbrechend, in Minenfelder laufend. Grelle Schreie der krepierenden Tiere. Zusammenstellen der geretteten, zurückgetriebenen Tiere in Sammeltransporten. Abtransport zum Schlachten. Bange Nächte dicht an der Front. Dukken in Kellern. Horchen auf den Kampflärm draußen. Schnelle Flucht vor plötzlich angreifenden russischen Panzerrudeln. Manchmal auch Verhandeln mit alten, in ihren Heimatdörfern zurückgebliebenen Bauersleuten. Unsere Beschwörungen: „Ihr müßt fort. Die Russen." Ihr Kopfschütteln: „Nein, schlimmer als die Nazis können die auch nicht sein." Unsere Versuche, auch hier das Vieh aus den Ställen zu holen. Ihre wüsten Beschimpfungen: „Lumpenpack, Nazischweine, Verbrechergesindel." Ihre schrillen Entgegnungen, ihr verbissenes Wehren. Erhobene Mistgabeln. Drohend erhobene Waffen. Endlich das stumme Sichbeugen der Menschen. Ihr Nachgeben. Ihre arbeitsschwieligen, harten Altershände beim Abschied von dem beschlagnahmten Vieh. Der unsagbare Schmutz in zurückeroberten Ortschaften. Leichen auf der Straße. In den Gräben. In den Häusern. In den Ställen. Erschossen, erschlagen, erstochen, aufgehängt, vergiftet. Vergewaltigte Frauen und Mädchen. Zertrümmerte Schädel. Unbeerdigte Landser. Verwesungsgeruch. Bläulichschimmernde Fliegenschwärme. Wolken von Fliegen, von Käfern, von feisten Maden. Ewig nieselnder Regen. Das Bewußtsein: Wie lange noch, wie lange noch ...

In Radmannsdorf erreichte uns der Befehl: „Zurückkommen zur Einheit; sofort zurückkommen zur Einheit." Wir hatten uns irgendwo einen alten Planwagen organisiert, zwei schwere Ochsen davorgespannt, ein fettes Schwein für die Kameraden aufgeladen, zwei Säcke Zucker, Mehl und Mohn dazugestellt, unser Gepäck untergebracht und außen an den Wagenholmen wenigstens drei Dutzend Hühner aufgehängt. So ging es nun im langsamen Schrittempo Lauban entgegen. „Hüh a ho, alter Ochse, willste gehn?" schrie Geisler, der das Amt des Wagenlenkers freiwillig übernommen hatte. Hillmer, King und ich zogen einen Handkarren, voll bepackt mit Geflügel, abgedeckt mit rauhen Kartoffelsäcken. In den Dörfern, durch die wir kamen, klebten immer noch die gelben Plakate: „Wer plündert, wird erschossen!" Das störte uns nicht viel; wir hatten ja die Requirierungsscheine. Pusch trug sie in der Tasche; er hatte nach und nach das Kommando über unsere Schar übernommen, einen Posten, um den ihn niemand beneidete, einen Posten, zu dem er sich auch nicht gedrängt hatte. Aber es hatte sich ganz einfach mit der Zeit so ergeben und er übte sein Amt umsichtig, gewissenhaft und zuverlässig aus. Da war nichts zu meckern. Das war schon in Ordnung. Und Ordnung mußte ja schließlich sein. Auch jetzt noch. Gerade jetzt noch. Daher: „Wer plündert, wird erschossen!" Daher an manchen Bäumen und Telegrafenmasten baumelnde feldgraue Gestalten mit einem Pappschild an der Brust: „Ich bin ein Plünderer", oder: „Ich bin ein Deserteur", oder ganz einfach: „Ich bin ein Lump", oder noch einfacher: „Ich bin ein feiges Schwein!"

Als ich mich auf der Höhe der Talstraße umdrehte und ein wenig verschnaufte, blickte hinter den blauen Wäldern der Gröditzberg herüber, ein blasser, im Märzdunst verschwimmender Kegel; der Berg meiner Kindheit; der Berg meiner Heimat. Es war gar nicht weit bis nach Hause, bis nach Martinswaldau. Wenn man jetzt losging und tüchtig durchmarschierte, mochte man am Abend vielleicht zu Hause sein. Ach, brennendes Heimweh. Schmerzende Sehnsucht. King mochte meine Blicke gemerkt haben. Er deutete zum Gröditzberg hinüber und sagte leise: „Was, wenn man jetzt losgehen könnte? Heute abend oder morgen früh wären wir daheim." Er hatte es ja nicht viel weiter nach Hause als ich. Dann setzte er still hinzu: „Na, laß man. Es ist doch schön, daß man ihn wenigstens nochmal gesehen hat. Das hab' ich mir schon lange gewünscht. Was willst du mehr? Nur sehen. Das ist doch schon viel oder . . .?" Ich stand noch immer und schaute hinüber, die Hand über die Augen gelegt. Verlorenes Paradies. Aber es standen keine Engel davor, um es zu bewachen, um den Eintritt zu versperren. Es waren andere Zeiten geworden. Nein, Engel gab es nicht mehr. Das Paradies gab es nicht mehr. Auf Erden jedenfalls nicht. Und in diesem Land schon gar nicht. Das Tor war zugeschlagen, für immer versperrt. King sagte: „Komm, du kannst es doch nicht ändern. Komm, wir müssen weiter."

Der Handkarren war schwer. Die Straße führte steil bergauf, bergab, schlängelte sich durch weite Täler, führte durch langgestreckte Dörfer. Überall Soldaten, Volkssturmeinheiten, immer mehr nun auch Zivilisten, Dorfbewohner, die zurückgeblieben waren, weil sie nicht an die drohende Gefahr glaubten, Flüchtlinge, die nicht mehr weiter wollten, nicht mehr weiter konnten. Zerschossene Militärfahrzeuge in den Straßengräben; zusammengebrochene Treckwagen, an die Seite geschoben; weggeworfener Hausrat.

In einem dieser Dörfer sagte Geisler: „Ich weiß nicht, der eine Ochse lahmt. Ich glaube, ich muß ihn erst neu beschlagen lassen, ehe ich weiter kann. Hier gibt es doch sicherlich noch irgendwo im Kaff einen Schmied, der sowas kann. Am besten, ihr zieht weiter." Und auch Pusch meinte: „Das wird das beste sein: ihr drei fahrt mit eurem Karren weiter und macht gegen Abend in einem der Dörfer an der Hauptstraße Quartier. Laßt euch Zeit. Wir kommen dann, wenn der Ochse beschlagen ist, auf dieser Straße hier nach. Macht inzwischen die Stube warm und heizt das Quartier tüchtig ein. Berke Juno kann ja auch noch mitgehen und schon was Gutes kochen. Wir haben's ja." Der Vorschlag schien vernünftig und leuchtete ein. Berke Juno holte seine Töpfe und Tiegel, ein paar Tüten mit Salz, Mehl, Nudeln und Kartoffeln, zwei, drei Büchsen mit Wurst und Fett vom Ochsenwagen und lud sie auf unseren Handkarren um und wir schoben los, Hillmer, King, Berke Juno und ich, vier Mann hoch.

Wir eilten uns nicht, ließen uns viel Zeit — es war an diesem Tage nicht allzu kalt; über Mittag wärmte sogar eine blasse Sonne. Wir achteten nur darauf, daß wir auf der Hauptstraße blieben und brachten an Abzweigungen und Kreuzungen verabredete Hinweiszeichen an, die den Nachfolgenden den Weg weisen sollten. „Wie die Indianer auf dem Kriegspfad", sagte Berke Juno und lächelte: „Spielereien. Old Shatterhand gräbt das Kriegsbeil aus." Wir machten uns einen guten Tag, lachten viel, machten allerlei faule Witze, Dummereien, ruhten uns alle zwei, drei Kilometer lange aus und kamen so nur recht langsam von der Stelle. Es eilte uns auch gar nicht, wieder zu Dr. Dr. Fleischel und zum großen Haufen zurückzukommen. Die Vorwürfe des Direx würden ohnedies verstummen, wenn wir das Schwein ausluden, die Mehl- und Zuckersäcke vom Wagen hoben und die Ochsen zum Schlachten ausspannen würden.

Es mochte etwa drei oder vier Uhr nachmittags sein, als ein von hinten heranrollender Wehrmachts-Pkw hupend das Freimachen des von uns versperrten schmalen Weges forderte, langsam an uns vier Mann vorbeifuhr und dann etwa hundert Meter vor uns anhielt. „Hast du gesehen?" sagte Berke Juno und deutete auf das wartende Auto: „OKW-Feldjäger. Vier Mann. Wen die wohl suchen?" Ich zuckte die Schultern und meinte: „Na, wen schon. Sicherlich wieder jemanden, der die Schnauze voll hatte und abgehauen ist." Hillmer scherzte: „Vielleicht suchen die uns. Kann man's wissen?“ Wir zogen langsam weiter, zwei Mann an der Deichsel, zwei Mann den Wagen schiebend. Der Weg führte sanft bergan. Da brüllte schon vorne beim Auto einer los, ein bulliger Mann in weitem Fahrermantel, der ausgestiegen war und nun wartend neben dem Fahrzeug stand: „Los, los, beeilt euch. Dalli, dalli. Ein bißchen schneller, Trab.“ — „Meint der uns?“ fragte Berke Juno verblüfft und drehte sich um, ob außer uns vielleicht noch jemand auf der Straße sei. Aber die Straße war leer. Leer außer uns und dem wartenden Auto. „Der spinnt“, sagte Hillmer seelenruhig. „Der kann uns gar nichts. Wir sind ja schließlich noch keine Wehrmacht. Immer langsam weiter. Wenn der was will, kann er ja herkommen.“ Und wir trotteten aufreizend langsamen Schrittes weiter. Tatsächlich schwang sich der Ledermantel-Mann wieder ins Auto und der Wagen, der mit brummendem Motor dagestanden hatte, setzte aufheulend vielleicht zwanzig oder dreißig Meter zurück auf uns zu. Dann hielt er wieder und wartete. Uns wurde allmählich unheimlich. Die leere Straße, das wartende Auto, das stille Land. Ein unbehagliches Gefühl stieg auf. „Nur keine Aufregung“, sagte Hillmer noch einmal. „Wer weiß, was die wollen.“ Dann waren wir heran.

Der Ledermantel-Mann trat uns in den Weg: „Halt! Stehenbleiben!“ Auf der gegenüberliegenden Wagenseite waren auch zwei Mann herausgeklettert, standen nun am Straßenrand, ebenfalls in weite Umhänge gehüllt, kraftstrotzende Gestalten, kurze Maschinenpistolen in der Hand, schräg zur Erde und halbschräg auf uns gerichtet. Nur der Fahrer saß hinter dem Steuerrad, rauchte eine Zigarette, sah uns neugierig entgegen. In uns kroch dumpfe Angst hoch. Als Hillmer vorn an der Deichsel den Handkarren nicht gleich zum Stehen brachte, brüllte der Ledermantel-Mann noch einmal erregt: „Halt! Stehenbleiben!“ Die Hände hatte er tief in den Manteltaschen versenkt und musterte uns schweigend. Dann schlug er den weiten Mantel zurück, unabsichtlich vielleicht, mit einer Bewegung der in die Taschen gesteckten Hände. Das blinkende Blechschild der Kettenhunde wurde sichtbar, der eingestanzte Adler, der Totenvogel, der Pleitegeier. Die zwei Mann am Straßenrand starrten uns an, regungslos. „Jaa?" sagte Hillmer. „Los, los, dalli!" schrie der Ledermantel-Mann: „Ausweise? Papiere?" Wir holten unsere Ausweise aus der Uniformjacke; die Männer beobachteten uns aufmerksam, belauerten jede unserer Bewegungen. Die Straße war immer noch leer. Der Ledermantel-Mann prüfte unsere Ausweise aufreizend langsam, schob sie dann, ohne ein Wort zu sprechen, in die rechte Manteltasche, musterte uns wieder. „Und das?" fragte er und deutete auf den Handkarren. „Ach so", sagte Berke Juno, „allerlei zu fressen." — „Aaaaah", dehnte der Ledermantel seine Worte und noch einmal: „Aaaaah." Er ging mit zwei, drei schnellen Schritten zu dem Karren, schob Hillmer und King einfach zur Seite und zog mit einem Ruck die abdeckenden Zeltplanen und Säcke fort. „Aaah!" sagte er noch einmal, als er die Lebensmittel und das Geflügel auf der Karre entdeckte. Dann tobte er los: „Schöne Früchtchen das! Geplündert, was? Können nicht lesen, was? Die Front kämpft und die Herrchen machen sich einen schönen Tag." — „Nein", wollte Hillmer zu einer Entgegnung ansetzen, „wir ..." — „Schnauze!" brüllte der Ledermantel; die zwei Soldaten hielten nun ihre kurzläufigen Maschinenpistolen direkt auf uns gerichtet; der Fahrer hatte den Zigarettenstummel fortgeworfen und lehnte sich neugierig aus dem Auto. „Wer plündert, wird erschossen!" brüllte der Ledermantel wieder. „Wißt ihr das nicht?" — „Doch", sagte King mit einem unsäglich kläglichen Gesicht. „Doch ... aber ..." — „Nichts aber!" tobte der Ledermantel. „Hier gibt's kein Aber. Auf frischer Tat ertappt. Vom fliegenden Standgericht persönlich. Da gibt's kein Pardon." Uns zitterten die Knie; Tränen purzelten. Es war lächerlich und grausig zugleich. Hillmer stammelte: „Aber wir haben doch Requirierungsscheine, haben Befehl, einen Auftrag." — „Wo?" wollte der Ledermantel wissen. „Zeigen!" Hillmer kramte mit zittrig fliegenden Händen in den Taschen, wühlte sie durch, wurde, als er die Papiere nicht gleich fand, immer aufgeregter, tastete die Taschen von außen ab, suchte im Futter des Mantels, in den Ärmelaufschlägen. Dann fiel es ihm ein: „Die hab' ich ja gar nicht. Die hat ja Pusch." — „Pusch?" brüllte der Ledermantel. „Wer ist Pusch?" Wir erklärten, so gut wir es vermochten, stammelten durcheinander: Pusch, der Führer des Kommandos, beim Ochsengespann geblieben, hat uns vorgeschickt, Quartier zu machen. „Schöne Geschichte", rief der Standrichter. „Schön ausgedacht. Zu schön, um wahr zu sein. Los, los: wie heißt der Name des Dorfes, wo dieser Pusch geblieben sein soll." Aber keinem von uns fiel der Name ein. Die Dörfer glichen sich so. Wir hatten nicht darauf geachtet. Der Standrichter nannte ein paar Namen. Wir sagten: „Nein, so nicht", und „So nicht, nein ..." — „Na, dann nicht", sagte der Ledermantel und rief: „Los, Breuer, fahren Sie mal 'n paar Dörfer zurück, nachgucken, ob Sie irgendwo 'n Ochsengespann entdecken mit LBA-Kerlen. Wenn ja, lassen Sie sich 'n Ausweis zeigen. Wenn nicht, komm' Sie wieder zurückgebraust. Verstan'n?" — „Jawohl, Herr Kriegsgerichtsrat", sagte der Fahrer und wiederholte den Befehl. Dann wendete er den Pkw auf der schmalen Straße und preschte davon.

„Karre auf die Seite schieben! Hinsetzen!" ordnete der Standrichter an. Wir hockten uns zitternd und aneinandergedrückt an den Straßenrand. Der Standrichter marschierte wartend auf der Straße hin und her, warf uns von Zeit zu Zeit einen prüfenden, ernsten Blick zu, sagte nichts. Die beiden Soldaten mit ihren Maschinenpistolen setzten sich hinter uns auf die ansteigende Böschung. Sie schwiegen auch. Uns durchzuckten tausend Gedanken. Fliehen? Einfach aufspringen und fortlaufen? Weit kämen wir nicht. Warten und auf Pusch hoffen? Warten und hoffen und beten? Es mußte sich doch alles aufklären. Es konnte doch nicht sein, daß ...

Nach einer endlos scheinenden, schweigenden Wartezeit kam der fortgeschickte Wagen wieder zurück. Allein. Ohne Pusch. Nur mit Breuer, dem Fahrer. Er bremste schlingernd das Fahrzeug ab; Straßenschlamm spritzte auf uns; wir merkten es nicht. Breuer stieg aus und erstattete dem Standrichter Meldung: „Habe die ganzen Dörfer abgeklappert, wie Herr Kriegsgerichtsrat befohlen. Habe nirgends einen Ochsenwagen mit Jungen gesehen. Habe auch verschiedentlich gefragt. Niemand hat was bemerkt.“ Der Mann im Ledermantel wurde dunkelrot vor Zorn und schrie nun von neuem los, stand vor uns, schaute auf uns herunter und brüllte geifernd: „Also: nicht bloß plündern, sondern auch noch schamlos lügen. Versuchen, den Kopf aus der Schlinge zu ziehen. Zu feige, Schuld einzugestehen.“ Phrasen, die nun plötzlich keine Phrasen mehr waren, sondern harte grausige Wirklichkeit: „Wer den Tod in Ehren fürchtet, stirbt ihn in der Schande.“ Wir bäumten uns auf, stammelten: „Nein, nein“ und: „Pusch muß doch ...“ und: „Wir haben doch Befehle“, und: „Wir sind unschuldig.“ Der Standrichter wendete sich angewidert ab, murmelte: „Immer das gleiche nichtsnutzige Schauspiel.“ Dann brüllte er: „Breuer, die Akten.“ Breuer kramte einen Augenblick im Fahrzeug, kam dann mit einem roten Hefter zurück und überreichte ihn dem Standrichter. Wir sahen alles mit weit aufgerissenen, in Tränen schwimmenden Augen, sahen es und sahen es doch nicht. Der Standrichter nahm ein Blatt Papier heraus und begann, darauf zu kritzeln, hatte unsere Ausweise daneben gelegt und übertrug buchstabierend unsere Namen. Die beiden Soldaten hinter uns rissen uns hoch: „Los, aufstehen“ Wir taumelten mit wankenden Knien, konnten uns kaum auf den Beinen halten. Dann begann der Standrichter das Urteil zu verlesen, mit einer gleichmütig knarrenden, unbewegten Stimme. Die Worte rauschten an uns vorüber, bruchstückhafte Fetzen: „... wegen Plünderns ... Tod durch Strang ... Urteil wird sofort vollstreckt ... Sondervollmacht des Führers ...“

„Was ist denn hier los?“ schreckte uns eine Stimme auf. Keiner hatte bemerkt, daß inzwischen ein anderes Fahrzeug herangerollt war und nun am jenseitigen Straßenrand hielt. „Weiterfahren“, sagte Breuer, der Fahrer, und rief: „Hier tagt ein Standgericht! Mann, fahren Sie weiter, hauen Sie schon ab!“ Der Standrichter drehte sich unwillig um. Aber der neue Wagen fuhr nicht weiter. Der da ausstieg, war ein schmalhüftiger Mann, scharfe Adlernase im zerfurchten Gesicht, stützte sich schwer auf einen Stock. Er hinkte herüber zu uns. Rote Biesen an den Hosen. Die Brust ein Klempnerladen voll Auszeichnungen, das blitzende Eichenlaubkreuz am Halsausschnitt. „Gestatten", sagte er und verbeugte sich leicht vor dem Standrichter, „Hörnlein, Kommandeur der GD-Division." Der Standrichter nahm Haltung an und begann, zu erklären. Der Offizier wurde eisig: „Und: Sie wollen das Urteil vollstrecken lassen? Wegen Plünderns? Vier Jungen, vier Kinder aufknüpfen lassen wegen unbewiesener Behauptungen: Haben Sie überhaupt alles nachgeprüft? Zeugenaussagen? Standgericht ordnungsgemäß zusammengesetzt? Meldung an den Herrn General? Wir sind ja hier schließlich nicht beim Iwan." — „Brauch ich nicht", sagte der Standrichter. „Ich habe Sondervollmachten vom Führer: der Daseinskampf der Nation fordert harte ..." — „Schenken Sie sich das", sagte der Offizier, „weiß ich selber. Aber Sie können doch nicht einfach ...? Das ist doch Terror! Das will der Führer auch nicht. Das weiß ich. Ich werde Tatbericht gegen Sie einreichen. Morgen kommt Dr. Goebbels nach Lauban. Ich werde mich bei ihm melden; ich kenne ihn persönlich; ich werde ..." — „Herr", schrie der Standrichter erregt, „Herr, Sie bedrohen einen Richter bei der Ausübung seiner Pflicht. Wissen Sie, was das heißt? Ich lasse Sie gleich mit aufknüpfen. Einer mehr oder weniger — darauf kommt's nicht an. Auch einer von denen, die dem Führer in den Rükken fallen, was?" Der Offizier lächelte bitter und sagte: „Bitte, wenn Sie sich das leisten können. Ich würde es Ihnen bloß nicht raten. Sehen Sie mal ..." Er hob den Stock und deutete die Straße entlang: „Sehen Sie: dort kommt meine Division. Es würde ihnen nicht gut bekommen, glaube ich." Der Standrichter schluckte krampfhaft; eine lange Wehrmachtskolonne wurde auf der Straße sichtbar: Sturmgeschütze, Schützenpanzer, motorisierte Vierlingsflak, ein drohender, dröhnender Heerwurm von Raupenfahrzeugen. „Wir sind au dem Marsch nach Lauban. Wir haben Lauban freigekämpft. Wir fahren nun zur Besichtigung. Zur Besichtigung durch Dr. Goebbels." Der Standrichter wollte zum Reden ansetzen, brachte aber keinen Ton heraus. Die Soldaten hinter uns hatten ihre Maschinenpistolen sinken lassen. Das vorderste Fahrzeug der langen Kolonne stoppte ab; die lange Kette kam rasselnd zum Halten. Soldaten sprangen heraus, Offiziere liefen auf den Eichenlaubträger zu.

„Warten Sie einen Augenblick, meine Herren, ich glaube, wir können gleich weiterfahren. Oder ...?" Er wandte sich dem Standrichter zu, der gar nicht mehr heldenhaft und bullig dastand. „Wenn das so ist", sagte der Standrichter leise: „Aber ich warne Sie: das ist Meuterei, Verrat am Führer, Rebellion ..." — „Na, wenn schon", meinte der Divisionskommandeur, „es ist doch bald alles egal. Ich will nur ein sinnloses Urteil verhindern. Ich würde vorschlagen: Sie reichen Meldung ein. Man kann ja immer noch nachforschen. Und wenn es wirklich Plünderer sind, dann ... Der Arm der Heeresgerichtsbarkeit reicht ja weit. Vor ihm sind selbst Generalfeldmarschälle nicht sicher, viel weniger so ein paar Pimpfe."

Auf einmal schrie der zitternde, wie wir alle weinende und schluchzende King auf: „Da ... da ... Pusch ..." Und tatsächlich schob sich in eben diesem Augenblick das knarrende Ochsengespann den Straßenstich herunter, rumpelte langsam den Hang herüber auf uns zu. Geisler hockte auf dem Kutschbock und brüllte: „Hüh a ho, alter Ochse, willste gehn?" Die Peitsche knallte; die Räder knarrten; die Ochsen trotteten. Der Standrichter blickte auf, nun doch ein wenig blaß im geröteten Gesicht. Der Generalleutnant drehte sich herum, stützte sich schwer auf den Stock, wartete mit zusammengekniffenen Augen auf das langsam näherrollende Gefährt. „Macht doch schneller", stammelte King schluchzend, „macht doch schneller." Aber seine leise Stimme ging in dem Lärm unter. Motorengedröhn. Kettengerassel. Fehlzündungen. Soldatenfluchen.

Dann waren die Kameraden heran. „Ihr? Ich denke, ihr ...", sagte Pusch. Dann merkte er an unseren Gesichtern, daß etwas Besonderes los sein mochte. Sein Blick irrte von uns ab zu der Karre am Straßenrand, dann zum Generalleutnant mit dem Stock, dann zum Standrichter. „Was ist denn hier los?“ wollte er fragen; da bellte der Standrichter schon los: „Ausweise? Bescheinigungen? Die vier behaupten ...“ Er ließ den Satz unvollendet. Pusch griff in die Uniformjacke, holte das schwarze Preßpappenetui heraus und entnahm ihm Ausweise und Requirierungsscheine. „Da“, sagte er. „Aber ich weiß wirklich nicht, was ...“ Der Standrichter stierte mit glotzenden Augen auf den zerknitterten, vielfach gefalteten Papierfetzen, wendete ihn hin und her. „Stimmt“, sagte er. „Geht in Ordnung. Da muß ich mich wohl noch entschuldigen. Tut mir leid.“ Er reichte das Papier an Pusch zurück, griff in seine rechte Tasche und gab auch unsere Ausweise wieder her, hob dann den rechten Arm zum deutschen Gruß, stelzte steif und schwer zu seinem Wagen zurück. Breuer hockte schon hinter dem Steuerrad; die zwei Soldaten stiegen dazu; der Wagen der OKW-Feldjäger schoß aufheulend davon.

„Na“, sagte der Generalleutnant zu uns, „Glück gehabt.“ Er tätschelte unsere tränenüberströmten, schmutzstarrenden Wangen. „Na“, sagte er, „nur nicht heulen. Ist ja vorbei jetzt. Ist ja gut. Da kam ich wohl gerade zur rechten Zeit.“ Wir nickten und lächelten verzerrt unter Tränen. Der Generalleutnant klopfte uns auf die Schultern und sagte: „Ja, Jungs, so kann's gehen. An diesem Krieg ist alles dran. Paßt gut auf. Bleibt zusammen und laßt euch von dem Kerl nicht mehr erwischen.“ Er hob den rechten Arm und stieß ihn dreimal mit geballter Faust in die Luft. „Anfahren“ hieß das, „Anfahren.“ Und die ganze lange, graue Kolonne rollte an dem Generalleutnant vorbei, ein klirrendes, rasselndes, dröhnendes Ungeheuer aus Metall, aus Ketten, Raupenbändern und Rädern. Der Generalleutnant hatte die Hand an die Schirmmütze gelegt und ließ die lange Reihe der Fahrzeuge an sich vorbeifahren, ging dann zu seinem Wagen zurück, der immer noch am Straßenrand wartete, winkte uns noch einmal abschiednehmend zu und fuhr frontwärts davon.

Wir standen und schauten der Division nach. Dann ließen wir uns in das kurze, nasse Wintergras der Böschung gleiten und heulten wie die kleinen Kinder. Waren wir nicht noch Kinder, waren wir nicht dem Leben wiedergeschenkt worden? Als wir Pusch und den anderen die ganze Sache erzählten, schüttelten sie bloß den Kopf. „Junge, Junge", sagten sie, „so 'nen Quatsch, dabei waren wir die ganze Zeit in der Schmiede an der Hauptstraße und haben sogar den OKW-Wagen zweimal vorbeifahren sehen. Wer hätte auch denken können, daß der Fahrer uns suchte, ausgerechnet uns . . ."

Lauban: Dr. Goebbels

Der Marktplatz von Lauban war rot von schlaff baumelnden Fahnen, blutrotes Tuch mit schwarzen Hakenkreuzen auf weißem Feld. Ein zerschossener T 34 diente als Tribüne; ein schmaler Raum um den braungrauen Panzerkoloß war abgesperrt, eine schmale Zufahrtstraße quer über den kopfsteinbuckligen Platz freigehalten. Hünenhafte SS-Soldaten als Wache, braune Parteiprominenz in wibbeliger Bewegung; Kriegsberichterstatter mit Stenogrammblöcken und Kameras, die Männer der deutschen Wochenschau, ihre Apparate und Scheinwerfer auf den Panzer ausrichtend und den Raum zur Aufnahme ausleuchtend. Soldaten der 5. Pz.-Grenadierdivision GD waren als Ehrenformation angetreten, daneben Reserveeinheiten des Volkssturms, RAD-Männer, ein paar Zivilisten mit mißmutigen Gesichtern, der Haufen der LBA, Schulführer Dr. Dr. Fleischel an der Spitze, lasche Kommandos erteilend, das gelbe spitze Gesicht wie von innen heraus leuchtend, die strahlenden Gesichter der Jungen. Schwarze, graue, braune Uniformen. Blinkende Koppelschlösser, blinkende Adler und blinkende Totenköpfe an den Mützen, die scharfen Blitze des SS-Zeichens. Röhrende Marschmusik von den Lautsprechermasten. Erregte Unruhe; besorgte Blicke zum Himmel. Aber der Himmel hing diesig

und grau mit niedrig treibenden Wolken über der umkämpften, zerschossenen, seit ein paar Tagen zurückeroberten Stadt — kein Wetter für Feindfliegereinsätze, für Tieffliegerangriffe. Rings um den weiten Marktplatz die Ruinen zusammengestürzter Häuser; schwarzbrandige Hauswände, Trümmerschutt, leere Fensterhöhlen, der Geruch von Brand und über allem das ferne Grummeln der nahen Front.
Dann auf einmal klangen von der breiten Hauptstraße her brausende Heilrufe auf, schnell näher kommend und lauter werdend. Eine kleine Fahrzeugkolonne schob sich durch den schmalen Spalt zwischen den drängenden Menschenmauern. Die SS-Wachen standen mit abgewandtem Gesicht zur Fahrbahn, spähten in die Menschenmenge, betrachteten die Gesichter der Jubelnden. Man befürchtete Bombenanschläge, ein Sprengstoffattentat auf den, der im ersten Wagen der Kolonne neben dem Fahrer im Fond stand, die linke Hand an der Windschutzscheibe verkrallt, die rechte Hand zu legerem Parteigruß halb erhoben, sein lächelndes, schmales Gesicht nach rechts und links wendend, fanatisch glänzende Augen, das Bild des Marktplatzes, das Bild der Menschenmasse in sich aufnehmend. Heilrufe, von Glied zu Glied aufgenommen und weitergegeben. Schrille Kommandos: „Stillstann! Augen rechts!“ Das langsame Vorüberrollen der Autos; das Aufflammen der Filmscheinwerfer. Nun hatte die Begeisterung auch uns erreicht, war auf uns übergesprungen. „Heil“ und „Heil“ und „Heil“, winkende Hände, aufgelöste Reihen, der von den SS-Wachen verhinderte Versuch, die Absperrung zu durchbrechen, nach vorn zum ersten Wagen durchzukommen. Seltsam, daß auch uns die Begeisterung mitriß. Hillmer neben mir brüllte mit verzerrtem Munde; Kings aufgedunsenes, bleiches Gesicht leuchtete; Geisler winkte selbstvergessen; ich schrie: „Heil!“, „Heil!“, „Heil!“; die Kameraden vor mir, neben mir, hinter mir winkten, brüllten, schrieen. Es war, als hätte dieser Augenblick alles Geschehene zuvor ausgelöscht. Es war, als sei es nie gewesen, ein wirrer, wüster Traum, der nun ausgeträumt war. Dobrski? Ach was. Die Kameraden in Breslau? Ursula?

Martinswaldau? Die Bilder der Flucht? Vergessen, vergeben, ver ... Nur dies galt noch: das magisch den Blick anziehende Augenpaar des Mannes im ersten Wagen, die jubelnden Heilrufe, der brausende brünstige Schrei vieler Kehlen: „Heil! Heil!“, die mitreißende freudige Begeisterung, das Meer der roten Fahnen, in denen der Platz fast ertrank.

Nun hatten die Fahrzeuge den Raum vor dem Panzer erreicht, bremsten federnd ihre langsame Fahrt ab und hielten an. Die Fahrer sprangen heraus, öffneten die Wagentüren. Der Mann im ersten Wagen kletterte heraus, drehte sich nach allen Seiten um, winkte den Menschenscharen auf dem Platze zu, hinkte dann die hölzerne rohe Treppe zur Tribüne auf dem Panzerturm hinauf, gefolgt von der kleinen Schar seiner Begleiter: Offiziere in feldgrauen Uniformen, ein General mit rosaroten Biesen, der Befehlshaber dieses Frontabschnitts, Zivilisten mit dem braunen Parteibonbon am Jakkenaufschlag, elegante Parteiuniformen, glänzende Schaftstiefel, herrische Gesichter. Der hinkende Mann trat an den Rand des Podiums, beide Hände auf das weiße Holz des Geländers gestützt, musterte schweigend die erregte Menge, lächelte mit schmalen Lippen. Ein Techniker rückte die Mikrophone zurecht, schraubte an den Stativen; die Männer der Wochenschau kurbelten in gleißendem Scheinwerferlicht. Wieder fluteten Heilrufe auf; der kleine Mann auf der Tribüne schwenkte in weit ausholender Bewegung seine Hand; das Jubeln verstummte, die Rufe schwangen aus. Brodelnde, summende Unruhe trat ein, eine Stille fast, in der wieder das Rollen der Queisfront vernehmbar wurde.

Und dann setzte die hallende, getragene Stimme des kleinen Mannes auf der Tribüne ein, langsam und akzentuiert, uns alle in ihren Bann schlagend, eine schleppende wohlklingende Stimme von eigenartiger Klangfarbe und Modulationskraft. „Meine lieben Volksgenossen und -genossinnen“, sagte er. „Liebe deutsche Männer und Frauen, deutsche Jugend! Meine lieben Soldaten!“ Wieder brausten die Rufe auf, pflanzten sich über den weiten Marktplatz hin fort, wurden von den schwarzen und grauen Hauswänden zurückgeworfen. „Lauban ist frei! Eurem heldenhaften Mut, eurer Einsatzbereitschaft und eurer Opfertreue ist es gelungen, den höllischen Feind zum Stehen zu bringen, das bolschewistische Untier zurückzudrängen. Ich weiß, das ist nur der Anfang; aber der Anfang von seinem Ende und Untergang und der Anfang von unserem gewaltigen Sieg. Die Stunde vor Sonnenaufgang ist immer die dunkelste; aber bald — das verspreche, das schwöre ich euch bei allem, was mir heilig ist — wird die Sonne strahlend hell wieder über Deutschland aufgehen. Der Führer sieht mit Stolz auf euch, euch, denen es gelungen ist . . ." Wieder die jubelnde, jauchzende Begeisterung, die alle auf dem Platz mitriß, die die nächsten Worte Dr. Goebbels', des Propagandaministers und Reichsverteidigungskommissars, undeutlich und unverständlich machte. Und dann wieder die Stimme Dr. Goebbels', das leuchtende Augenpaar, die gestikulierenden Hände: „. . . und so wie in Lauban wird es jedem ergehen, der es wagt . . ." Schreien, Winken, Rufen, das strahlende Gesicht Dr. Goebbels', seine Stimme: „Sie sollen sich nur nicht zu sicher fühlen. Sie sollen nur nicht glauben, der Nationalsozialismus, das deutsche Volk sei getroffen. Es wird sich wie ein Phönix aus der Asche erheben und furchtbare Rache an seinen Feinden nehmen. Das perfide Albion, das feist grinsende Weltjudentum, die höllische Maske Judas, die allzu siegesgewissen Yankees mit ihren Terrorfliegern, das Untermenschentum des Herrn Stalin — aus der Hölle kommen sie, zur Hölle müssen sie nun zurück. Das deutsche Volk steht fester denn je hinter seiner Fahne, hinter seinem Führer, hinter der Idee des Nationalsozialismus und der Partei. Die Partei — das seid ihr; der Führer — das ist der lebendig gewordene Wille und Glaube des deutschen Volkes." Und wieder die dunkel brausenden Heilrufe über den Platz. „Ich habe euch zu danken, die ihr diesen Sieg errungen habt. Ich habe euch des Führers Dank zu übermitteln. Ich habe die Ehre, für euren Mut, für eure Tapferkeit, für euer Heldentum folgende Auszeichnungen zu verleihen . . ." Dr. Goebbels trat vom Mikrophon zurück, wischte sich das schweißnasse Gesicht. Ein Ordonnanzoffizier rief Namen und Dienstgradbezeichnungen auf: „Unteroffizier Pandretsky —“ und „Fahnenjunker Krischan —“ und „Hitlerjunge Klaus Krentscher —“ und „Hitlerjunge Alwin Seeliger —“ und „SS-Rottenführer Nowotny —“ und „Kreisleiter Niebergall —“ und „Ortsgruppenleiter Schulz, Johann —“ und „LBA-Schulführer Dr. Dr. Fleischel —“ und ...

Mit einem Male war in unseren Reihen die jubelnde, hingebende Begeisterung und Freude ausgelöscht. Hillmer zischelte: „Na, seht ihr: alles bleibt beim alten.“ King flüsterte zurück: „Alles kriegt der Alte, willst du wohl sagen.“ Von Hüttenhain zischte: „Schnauze, seid doch ruhig.“

Dr. Dr. Fleischel eilte nach vorn zur Tribüne, baute sich in strammer Haltung vor dem Treppenaufgang auf; die Wochenschaumänner richteten ihre Apparate und Scheinwerfer auf das kleine Häuflein der Antretenden; Dr. Goebbels hinkte die Treppe herunter; der Ordonnanzoffizier folgte mit dem Kästchen mit Auszeichnungen. Dr. Goebbels stelzte zum rechten Flügelmann, heftete dem Soldaten das EK I an die feldgraue Uniform, reichte dem Strammstehenden die Hand, blickte dem Mann in die Augen und humpelte zum nächsten weiter. Das Zeremoniell wiederholte sich mit geringen Abweichungen, da und dort ein längeres Verweilen und Stehenbleiben, ein Gespräch, ein Frage- und Antwortspiel, ein Kopfnicken. Auch Dr. Dr. Fleischel, unser Schulführer, erhielt ein EK angeheftet. Wofür, das mochte der Teufel wissen. Wir jedenfalls wußten es nicht. Dr. Goebbels sprach mit dem Direx, nickte zu dessen Worten, blickte kurz zu uns herüber, nickte wieder, drückte Dr. Dr. Fleischel die Hand, ging zum nächsten. Die Menschenmenge auf dem Platz verharrte schweigend; kein Heilrufen mehr, nur das Drängen, Schieben und Stoßen der großen Masse, die gedämpfte Unruhe, eine krächzende Mikrophonstimme: „Und damit ist die Kundgebung beendet. Die Einheiten rücken geschlossen in ihre Quartiere ab.“

Dr. Goebbels und seine Begleiter kletterten in ihre Wagen zurück. Zuschlagende Wagentüren, aufheulende Motore. Das

langsame Vorbeigleiten an den Menschenmauern. Dr. Goebbels' bleiches Gesicht, die dunklen Augen, der zum Gruß gewinkelte Arm, die dünn aufflatternden Heilrufe, die die Wagenkolonne auf der Schrittfahrt über den Marktplatz begleiteten. Das heftigere Drängeln der sich auflösenden Menschenansammlung. Die aufreizende Marschmusik aus den Lautsprechern.
Aber die Kundgebung war zu Ende.

Goldentraum: und zum letzten Mal Dr. Dr. Fleischel

Beim Rückmarsch in die Quartiere setzte wieder der Regen ein; von Hüttenhain hatte das Kommando über das halbe Tausend Jungen übernommen, über den bunt zusammengewürfelten LBA-Haufen. Dr. Dr. Fleischel hatte den Befehl an Hüttenhain übergeben, weil, wie er sagte, er noch zu einer wichtigen Besprechung mit Dr. Goebbels müsse. „Es geht um kriegsentscheidende Dinge, Jungs", hatte er gesagt und war mit schnellen Schritten davongeeilt. Die Stimmung in unseren Reihen war trist und trüb. Dem Aufschwung bei der Goebbelschen Rede war allzuschnell wieder die schale Ernüchterung gefolgt. Wir trotteten in Dreierreihen die regennasse, verschlammte Straße von Lauban nach Goldentraum dahin, ohne Schritt und Tritt und ohne Lied, mit hängenden Köpfen, den schweren Karabiner als drückende Last auf der schmalen Schulter, das Bewußtsein unserer Verlorenheit im Herzen. Mit jedem Vorwärtssetzen der Füße kamen wir der unruhig brabbelnden Front näher; von Hüttenhain ließ die geschlossene Marschkolonne auflösen. Wir bildeten kleine Gruppen, Hillmer, King, Pusch und ich eine, von Hüttenhain, Geisler, Berke Juno und ein Ostpreuße eine zweite. Gespräche flackerten auf und verlöschten wieder in Schweigen und stumpfem Dahintrotten, belebten sich neu wie jählings entzündete Hoffnungen und verflüchtigten sich im nieselnden Grauregen. „Wer hätte das gedacht", sagte

Hillmer, „der Direx mit einem EK." — „Er ist am Ziel aller Wünsche", meinte King. „Glaubst du?" sagte Pusch. Müdes Schulterzucken bei den anderen. „Wofür er das bloß bekommen hat?" sinnierte ich. Aber niemand kannte die Antwort. „Wir werden's erfahren", sagte Hillmer. Wir nickten verdrossen.
Kurz vor unserer Unterkunft an der Talsperre Goldentraum überholte uns ein von hinten heranbrausender Pkw, glitschte an den lang auseinandergezogenen Reihen der Jungen vorbei. Schlamm spritzte auf uns, grauer Straßenschlamm. „Verdammtes Schwein", fluchte Hillmer. Im Wagen saß Dr. Dr. Fleischel, der dekorierte Held, winkte uns gönnerhaft im Vorbeifahren zu. Wir hoben kaum die Köpfe und ließen das Gefährt mit seinen Insassen vorüberrutschen.
Auf dem Platz vor der Seeschenke wartete schon Dr. Dr. Fleischel mit unruhig wippenden Absätzen, brüllte uns Herankommenden seine Befehle entgegen: „Schneller, schneller. Sauhaufen das ganze . . .", schrie von Hüttenhain als den Verantwortlichen an. Hüttenhain bemühte sich um Haltung vor dem Tobenden, schwieg auf die Vorwürfe mit maskenhaft unbeweglich starrem Gesicht, entgegnete nur: „Jawohl, Schulführer", und „Nein, Schulführer". Dann ließ er die Jungen in Dreierreihen antreten, meldete dem ungeduldig wartenden Direx: „LBA-Alarmeinheit, wie befohlen zur Stelle." Dr. Dr. Fleischel dankte kurz und knurrig und stellte sich in die Mitte des Platzes, ließ seine Augen musternd von rechts nach links schweifen, genoß sichtlich diese Pose des Befehlenden und Führenden, des Verantwortlichen über Leben und Tod.
„Jungs", bellte er los, kurz, abgehackt, sachlich. Und noch einmal: „Jungs! Wir haben den Augenblick heute nachmittag miterlebt, einen heroischen, stolzen, erhebenden Augenblick. Wir haben die Rede Dr. Goebbels' gehört, sein Versprechen vernommen: Es geht vorwärts zum Sieg! Und wenn auch viele untreu werden, so bleiben wir doch treu! Dr. Goebbels hat mir ganz besonders seine Anerkennung über eure Einsatzbereitschaft und eure Treue ausgesprochen. Die Aus-

zeichnung, die ich nun trage, ist mir für euch alle verliehen worden. Ich trage sie mit Stolz und der Gewißheit, daß eure Ehre Treue heißt, daß unsere Ehre Treue heißt. Ganz besonders gedenken wir in dieser Stunde der Kameraden im eingeschlossenen Breslau, die nicht weichen und wanken, die sich im Boden der Heimat festkrallen und unsere schlesische Hauptstadt mit ihren Körpern und ihrem Blut verteidigen. Sie sind uns leuchtendes Beispiel und Vorbild. Ich rufe ihnen zu: wir werden euch nie vergessen. Haltet aus, Kameraden in Breslau, haltet aus! Wir holen euch heraus, wir befreien euch, wenn die Stunde des Sieges da sein wird."
Dr. Dr. Fleischel hatte sich in Erregung geredet; die Worte und Phrasen flossen glatt und mühelos über seine schmalen Lippen, dummes Gewäsch und Wortgeklingel, Abgesang auf die Breslauer Freunde, auf Czaia und Amft und die andern, Nachruf auf lebendige Tote. „Ganz schön in Form wieder der Alte", tuschelte Hillmer. „Jetzt wissen wir wenigstens, wofür er seinen Orden bekommen hat."
„Jungs", rief Dr. Dr. Fleischel und hob sich dabei auf die Zehenspitzen: „Ich habe den ehrenvollen Auftrag von Dr. Goebbels, nach Berlin zu fahren und dem Führer persönlich Bericht zu erstatten über euren Einsatz und über die Leistungen der schlesischen Hitlerjugend." Aha, jetzt war es heraus. Die Reihen standen wie erstarrt; nur hinten bei den Jungen der V I-Züge brüllten doch tatsächlich ein paar Verrückte los: „Bravo, Schulführer, bravo!" und klatschten in die Hände. Dr. Dr. Fleischel lächelte und blickte besorgt zum blaß aufklarenden Himmel. „Es tut mir leid, gerade in diesem Augenblick euch, meine LBA-Kameraden, zu verlassen und nach Berlin zu fahren. Andererseits aber erfüllt mich der Auftrag mit Stolz und ihr wißt selbst: Befehle sind dazu da, daß sie ausgeführt werden." Wieder klatschten ein paar der Pimpfe Beifall; bei uns jedoch blieb alles still in lastendem Schweigen.
„Aber ich komme wieder." rief Dr. Dr. Fleischel. „Von Hüttenhain übernimmt das Kommando, bis morgen früh mein Stellvertreter eintrifft. Und ich habe euch noch eine freudige

Mitteilung zu machen, die euch sicherlich mit dem gleichen Stolz erfüllt wie mich: die LBA-Einheit geht heute abend noch in Stellung und löst das Volkssturm-Bataillon Gerlach ab. Ich muß leider heute noch reisen. In diesem Augenblick versagen ..." Und tatsächlich versagten Dr. Dr. Fleischel, dem grandiosen Schmierenkomödianten, die Worte; er preßte ein paar Abschiedstränen aus verkniffenen Augen, schritt schnell an den angetretenen Dreierreihen vorbei vom rechten zum linken Flügel, drückte da und dort ein paar Jungenhände und verschwand hinter der Tür der Seeschenke.

Wir waren noch angetreten und Hüttenhain teilte die Gruppen für die Ablösung an der Front ein, als Dr. Dr. Fleischel schon wieder aus dem Hause heraustrat, zu dem vor dem Gebäude wartenden Pkw ging, im Rücksitz des Wagens zwei schwere Lederkoffer verstaute, dann selbst in das Auto einstieg, sich vorn neben den Fahrer setzte und winkend abfuhr. „Da fährt er hin und kommt nie wieder", sagte King bitter. „Und wir?" — „Ja, Schulführer müßte man sein", sagte Hillmer. „Dann käme man vielleicht durch. Aber so? Ach, wir armen Schweine ..." Von Hüttenhain erteilte Befehle, auf die niemand hörte, schrie Kommandos, die niemand ausführte. Aber langsam ordnete sich das Durcheinander. Die Pimpfe schwätzten begeistert: „Zum Führer fährt er, der Direx. Ein prima Kerl, was?" Ihre Augen leuchteten. Ihre Karabiner drückten sie gar nicht mehr auf die schmalen zarten Schultern.

Wir Älteren wußten und fühlten: Jetzt geht es bald los. Letzte Runde. Der Gongschlag war schon ertönt. Wir hatten ihn nur nicht gehört. Aber nun breitete sich langsam die geisterhafte Stille vor dem Aufeinandertreffen der Gegner um uns aus.

Die Nacht war seltsam still. Kaum einmal eine aufflackernde Leuchtkugel, ein tuckernder Maschinengewehrstoß, ein greller Abschußblitz. Wir hockten übermüdet und verängstigt in den lehmigen Löchern der Stellung. Wenn man die Füße anhob, quietschte das Grundwasser. Die Stiefel klebten förmlich im Morast. Von Hüttenhain huschte von Loch zu Loch, von Grabenstück zu Grabenstück, wies die Jungengruppen ein. „Aufpassen", sagte er. „Keiner darf einschlafen. Erhöhte Wachsamkeit. Bei Feindangriffen muß die Stellung gehalten werden. Abhauen und Zurückgehen gibt's nicht." — „Halten — mit den paar Waffen?" fragte King und deutete auf den Karabiner, die Handvoll Patronen in der hohlen Hand, die zwei Eierhandgranaten im Böschungswinkel. „Mecker doch nicht", sagte von Hüttenhain. „Das weiß ich auch. Dafür kann ich doch nichts. Befehl ist Befehl. Kapiert?" — „Jawohl", sagte King, „ich meine ja bloß." Hüttenhain spottete: „Na, King, bet doch mal. Vielleicht nützt das was." King flüsterte etwas, das keiner verstand. Von Hüttenhain sagte: „Und außerdem haben wir ja noch ein leichtes MG und so schlimm wird's schon nicht werden diese Nacht. Ist ja seit Tagen hier nichts passiert und es geht ja wieder vorwärts, hat Dr. Goebbels gesagt!" Wir grinsten in der Dunkelheit; von Hüttenhain stolperte weiter zum nächsten Loch, ein geduckter, kleiner, schwarzer Schatten. „Aufpassen", hörten wir ihn sagen, „aufpassen und nicht einschlafen."
King lehnte sich mit dem Rücken an die Grabenwand des Dreimannloches, spähte in die matte Dunkelheit. Sternengeglitzer erhellte ein wenig die Nacht und fern ostwärts die mit hellen Scheinwerfern aufgeblendet fahrenden Feindkolonnen. „Die fahren wie im Frieden", sagte Hillmer und setzte dann hinzu: „Na ja. Vielleicht ist schon Frieden. Bloß uns haben sie vergessen." Das aufklackende MG am rechten Frontabschnitt unterbrach die unruhige Stille. „Und wenn sie nun die Nacht doch kommen?" fragte King. „Ach, scheiß drauf", sagte Hillmer. „Wir können sie doch nicht aufhal-

ten." — „Nein, das nicht", sagte King, „soll'n wir abhauen, wenn's losgeht?" — „Wohin denn, King?" fragte ich. „Nach rückwärts, da knüpfen sie dich auf. Nach vorn, da schlagen sie dich tot. Im Loch bleiben? Da zermanschen sie dich." Hillmer sagte: „Ach, King, wart doch ab, bis es soweit ist. Das kann man doch vorher nicht sagen. Wir können doch nicht einfach abhauen und die Kameraden im Stich lassen. Das geht doch nicht, King." King sagte: „Nein, das geht wirklich nicht. Na, sei's drum." Dann stieß er mich nach einer Weile des Schweigens an: „Dort vorn am Strauch — siehst du nichts?" Hillmer und ich blinzelten in die stumme Nacht. „Nein, nichts", sagte ich. Und Hillmer sagte auch: „Nein, nichts."

Kurz nach Mitternacht huschte von Hüttenhain zum zweiten Male in unser Loch. Seine Stimme triumphierte. „Eine tolle Neuigkeit habe ich", sagte er und keuchte vom eiligen Lauf, „eine tolle Neuigkeit, die euch glatt umschmeißt." Hillmer lachte: „Ist der Krieg vielleicht aus? Bekommen wir alle einen Orden wie der Direx? Oder ..." — „Viel mehr", sagte von Hüttenhain, „haltet euch in eurem Drecksloch fest: Dr. Sanders ist hinten in Goldentraum mit dem Abmarschbefehl. Er hat es erreicht, daß wir abgelöst werden und wegkommen. Er hat ja so seine Verbindungen gehabt. Stellt euch bloß vor: wir kommen weg, morgen früh schon, bloß diese Nacht noch hier. Sie können uns in der Nacht nicht gut ablösen. Das geht nicht. Wir kommen weg nach Thüringen. Dort soll eine neue Armee aufgestellt werden. Eine Armee Wenck. Tolle Divisionsnamen: Albert Leo Schlageter und Theodor Körner und Lützow und so ... Dr. Sanders meint, das gibt uns noch einmal ein paar Wochen Ruhe und vielleicht ist dann schon alles vorbei." — „Ist das wirklich wahr?" wollte King erregt wissen. „Wir kommen wirklich weg? Morgen früh? Nach Thüringen?" — „Na klar", sagte von Hüttenhain, „wenn ich's euch sage. Wirklich. Aber ich muß weiter." Er kletterte aus dem Loch und sprang zur nächsten Gruppe hinüber. „Mensch", sagte Hillmer und tastete mit zitternden Fingern am Karabiner herum.

Er sagte noch einmal: „Mensch“, und wußte sich gar nicht zu fassen. King beobachtete immer noch das Vorfeld der Stellung und lauschte in die Nacht. Fern das Motorengedröhn, die aufgeblendeten Autoscheinwerfer, das Klappern von Metall auf Stein, das Rütteln des Windes an kahlen Ästen, ein weithin hallender Schuß. Ziehender Bodennebel. Aufsteigende Nachtkälte, die uns frösteln machte. „Still“, sagte King, „hört ihr denn nichts?“ Aber es war nur der Wind und die undeutlich verschwommenen Geräusche der Front. „Ich meine, ich hörte Panzer“, sagte King leise. Und wirklich war nun ganz weit weg, irgendwo hinter der nur ein paar hundert Meter entfernt liegenden russischen Linie, das quietschende Klirren von Panzerketten zu hören, das scheppernde Aufklatschen von Raupenbändern, das Aufheulen gedrosselter Motore.
Die Nachtstunden schlichen vorbei mit Lauschen, Warten und Wachen. Die Unruhe blieb über dem Land, das schleichende Heraufdämmern einer Gefahr, die fiebrige Spannung des Übernächtigtseins. Hillmer hockte auf dem Treppenabsatz des Grabenloches, das Gewehr zwischen die Beine gestellt, den Kopf vornüber gesenkt, leise schnarchend. King stand im Loch, den Blick nordostwärts gerichtet, dorthin, woher die Gefahr kommen mußte. Ich lehnte an der Grabenböschung und döste vor mich hin. Die Nachtkälte stieg aus dem Boden auf, die kühle Feuchtigkeit des lehmigen Grundwassers, der ewig nieselnde durchdringende Regen. „Meinst du“, flüsterte King und wandte den Blick nicht vom Vorfeld ab, „meinst du, daß wir hier herauskommen, daß es wirklich klappt?“ Genau das gleiche hatte ich gedacht und flüsterte zurück: „Aber Hüttenhain hat es doch gesagt, King, sicher . . .“ Doch irgendwo hockte tief verborgen die Angst. Hillmer erwachte aus seinem Dahinduseln. „Was ist?“ stutzte er und schüttelte sich: „Brrr, wie kalt.“ Irgendwo hinter den im Nebel verborgenen Bodenwellen tackte das MG wieder los, jagte einige Feuerstöße hinaus und verstummte. Die Stille danach wurde nur noch drückender und schwerer. Hillmer richtete sich auf und schob sich zwischen uns an die Grabenwand. „Ich

wünschte nur, die Nacht wäre vorbei", sagte er. Ich nickte. Er konnte es in der Dunkelheit kaum sehen. Aber er mußte meine Bewegung gespürt haben. „Was ist?" fragte er. „Nichts", sagte ich.

Auf einmal — jäh und urplötzlich — wurde die lastende Stille der Nacht durchschnitten von aufröhrenden Lautsprecherstimmen, verzerrte, undeutliche und überlaut kreischende Stimmen. „Kameraden!" rief es aus den Lautsprechern. Sie mochten dicht hinter der russischen Linie aufgestellt sein; aber die Schallwellen kamen von überallher aus der schwarzen Nacht. „Kameraden! Kommt herüber zu uns! Noch ist es Zeit dazu! Wir versprechen euch gute Behandlung, gute Verpflegung und nach dem Ende der Kämpfe Entlassung in eure Heimat! Kommt herüber zu uns, Kameraden, ehe es zu spät ist! Der Krieg ist ohnehin verloren für euch! Oder wollt ihr das sinnlose Kämpfen weiter fortsetzen, nur damit eure Bonzen noch ein paar Tage oder Wochen länger ihr ohnedies verwirktes Leben weiterführen können? Kommt herüber zu uns, Kameraden! Wir warten auf euch! Kommt, Kameraden, kommt!" Die Stimme im Lautsprecher brach ab, setzte verzerrt dann wieder ein: „Damit ihr es euch überlegen könnt, bringen wir euch zur Abwechslung einen Walzer von Johann Strauß: An der schönen blauen Donau." Einschmeichelnde Klänge eines Wiener Walzers überfluteten die Frontlinien, das schmelzende Klingen weicher Geigen. King duckte sich hinter der Böschung und flüsterte: „Paßt auf, gleich geht's los." Die Lautsprechermusik zerrte an den gereizten Nerven; die Spannung wuchs in flatternde Unerträglichkeit. Hillmer hatte seinen Karabiner auf die blanke aufgeworfene Erde gelegt, fingerte am Schloß herum, drückte den Kolben an die Schulter. Ich holte mit zitternden Fingern meine zwei Eierhandgranaten aus den weiten Manteltaschen und fühlte das kalte Metall. Der Wiener Walzer verklang; die Stimme im Lautsprecher meldete sich wieder. „Und nun, Kameraden, bringen wir euch zur Abwechslung einmal Orgelmusik."

Schon setzte dumpfes Rauschen weit hinten ein, aufheulendes Fauchen. Grelle Abschüsse, gleißende Feuerbahnen. „Stalin-

orgeln!" schrie King entsetzt auf und ließ sich in das Loch zurückfallen, drückte sich an die lehmige Erde. Wir duckten uns weg und klammerten uns an dem Lehmboden fest. Die Erde zitterte und bebte. Wir zitterten und bebten. King stöhnte und wimmerte. Hillmer stöhnte und wimmerte. Ich stöhnte und wimmerte. Das Heulen, Rauschen und Jaulen war nun über uns, war um uns. Die Hölle hatte ihre Pforten aufgetan, uns zu verschlingen. Alles um uns herum geriet in Bewegung. Schwankende schaukelnde Erregung. Aufspringendes Stöhnen, lautes Schreien. Flammenblitze. Dumpfes Hochschleudern von Erdfontänen. Gluckerndes Grundwasser. Jäh zerreißender Nebel. Ausgeliefert sein dem tödlichen Zufall. Und immer neue Salven fauchten heran, schlugen um uns ein. Von überall her irre Schreie der Angst, winselnde Urlaute, Hilferufe. Abschüsse. Einschläge. Hell. Dunkel. Beizender Qualm. Niederregnende Erdschollen. Sirrende Granitsplitter. Vorhänge von Dreck und Rauch. Angeklammertsein an den schwankenden Erdboden. Jähe Stöße wie bei einem Beben. Zuckende Angst in den Gliedern. Das hämmernde Bewußtsein: Nur nicht aufstehen, nur nicht aus dem Loch springen und fortlaufen. Der Kampf mit sich selbst, mit der eigenen Angst, die übermächtig wurde. Und kein Ende des Feuerüberfalls. Die Nacht verwandelte sich in Glut und Brand und schwelendes Feuer, die sichere Erde in ein schwankendes Schiff. Orkane von Eisen. Wabernde Luft.
Und mit einem Male war auch das vorbei. Die Ohren dröhnten, waren taub vom Lärm zuvor. Die Augen tränten vom beißenden Rauch. Die Glieder zitterten. Das Herz klopfte hoch im Halse. Die Stille nach dem Feuerüberfall gellte und war zermürbend. Vorsichtig streckte ich den Kopf über den Grabenrand; Scheinwerfer strichen unsere Stellungen ab, weit entfernte, unerreichbar weit aufgestellte Scheinwerfer. Sie überfluteten den dünnen Riegel unserer Löcher und Grabenstücke mit gleißender Helligkeit. King zog mich herunter, stammelte: „Bleib unten, wir können doch nichts machen." Er stammelte: „Vater, Vater unser ..." Hillmer stieß ihn an: „King, sei ruhig."

Und nun setzten die Geräusche der anfahrenden Panzer ein. Quietschende Gleisketten, knarrendes Eisen, aufheulende Motoren, metallene Flut. Der Lärm schob sich langsam näher. Er kam von vorn, von halblinks, von halbrechts. Er kam unbeirrbar langsam auf unsere Stellungen zu. Es war sonst nichts zu hören als das Klirren der näherkommenden Ungeheuer. Kein Schießen, kein tuckerndes MG, nichts . . . Nur das Klirren der Panzer und vor ihnen auf uns lastete das blendende Licht. „Die machen uns fertig", stammelte King, „die machen uns ganz fertig." Er wollte aufspringen und hinauslaufen; ich drückte ihn nieder. „Liegenbleiben", zischte ich, „liegenbleiben, King." Hillmer tastete nach den Eierhandgranaten auf der Grabenböschung und zog sie herunter in das Loch. Und die Panzer kamen näher, wurden lauter, unterscheidbarer: das quietschende Schwenken der Türme, das Klappern von Blech auf Eisen, das Motorengedröhn, das Kettengerassel, das dumpfe Aufheulen beim Schalten der Gänge. Und immer noch das gleißende Licht. „Was sollen wir tun?" stammelte King und zitterte am ganzen Körper. „Nichts", sagte Hillmer, „nichts. Vielleicht rollen sie vorbei." Nein, man konnte nichts tun. Immer noch schwieg die Front. Kein Karabinerschuß, kein MG-Tuckern, kein Granateinschlag. Es war, als hielte die ganze Stellung — Freund wie Feind — den Atem an. Aber das Dröhnen der Panzer kam näher. Das Licht strich über uns hinweg, spielte schweifend über die Löcher und Gräben der Stellung. Verzerrte Schatten im schmalen Loch. Atemanhaltende Stille bis auf die sich heranschiebende Panzerreihe. Nun spürte man schon das sanfte Erzittern der Erde, das sich den angelehnten Körpern mitteilte. Dann wurde allmählich das Zittern stärker. Und die Panzerketten klirrten näher, kreischendes Gleiten und Schieben. King keuchte. Hillmer keuchte. Ich keuchte. Der Schweiß lief uns in Strömen übers Gesicht. Angstschweiß. Weggewischt war alle angeübte Tapferkeit, aller befohlene Heldenmut, alle eingetrichterten Phrasen von Opfertreue und Pflichterfüllung. Nur Angst war da, zitternde, bebende, zuckende Angst. Angst um das nackte Leben. Noch eine

Stunde leben, noch eine Minute ... Ach, noch einmal leben. Vorüberzuckende Erinnerungsfetzen. Abrollende Filmstreifen des Einst. Und das Näherkommen des Panzerrudels.

Dann tackte weit rechts, am Rande der Durchbruchstelle etwa, das einsame Maschinengewehr wieder los. Aber die Panzer glitten unbeirrbar vorwärts auf uns zu. Nun tauchten ihre schwarzen, riesenhaften Schatten aus der Dunkelheit in die flutende Helle. Das Licht sprang von uns fort ins Hinterland, vielleicht hundert oder zweihundert Meter zurück. Die Nacht war um so dunkler. Nur die Panzerkörper hoben sich dunkel vom grauschwärzlichen Nachthimmel ab. King griff nach dem Karabiner. Hillmer legte die Hand darauf und flüsterte — überlaut, so schien es: „Nicht schießen, vorbeilassen. Wenn keine Infanterie dabei ist, dann ..."

Nun setzte auf der ganzen Frontbreite Abwehrfeuer ein. Die Kugeln prallten an den Panzergehäusen ab. Es klickte leise, wenn sie dagegen fielen. Die Panzer erwiderten das aufflackernde Feuer nicht, schoben sich auf uns zu in drohendem Schweigen. Das Dröhnen wurde übermächtig, alles andere auslöschend und betäubend. Wir duckten uns noch tiefer in das Loch hinein, klammerten uns förmlich in den Boden ein, hatten uns festgekrallt in der Erde. Weit aufgerissene Münder, vibrierende Erde, zitternde Glieder, langgezogene Schreie. Dünnes Abwehrfeuer. Das Tacken des einzelnen MGs war verstummt. Explosionen von Handgranaten. Karabinerschüsse. Und nun endlich auch das rote Züngeln der Panzerkanonen. Schmale leckende Flammenzungen. Fauchen und Bersten. Dröhnen und Klirren. Pfeifende Querschläger. Eine lodernde Stichflamme auf der linken Seite der Frontlinie. Schwerfällige Ratterstöße russischer Panzer-MGs.

Doch nun waren die Panzer heran. Die Erde dröhnte, als wäre sie ganz hohl. Der Boden schwappte und schwankte. Die schwarzen Schatten taumelten vorüber, schoben sich klirrend an den schmalen Löchern vorbei. Gestalten sprangen aus den Gräben auf und stürzten zurück, gerieten dabei in das breite Feld gleißenden Lichtes, wurden reihenweise dort niedergemäht. Die Panzer stampften langsam vorwärts, drehten sich an manchen Stellen im Kreise, mahlten über Löchern in den Boden hinein, manschten Erde und Leichen, Lebendige und Tote, Knochen, Gedärme und Blut zu Brei, brachen mühelos den da und dort kurz aufflackernden verzweifelten Widerstand einzelner Nester. Hilferufe, gellend und verzerrt, dann jäh ein schrilles Wimmern, das schnell abbrach. Der langsam vorüberpolternde Panzerschatten, aufsteigend über eine Bodenwelle, nach vorn in ein Grabenstück absinkend. Nickende, tobende Panzertürme. Das Kreischen der Ketten. Das vor den Panzern herspringende Garbenfeuer. Vorbeitaumelnde Schatten, die zusammenbrachen, sobald sie die Lichtzone betreten und überschreiten wollten. Der Panzerangriff rollte reibungslos vorwärts ins deutsche Hinterland hinein, durchbrach an einer kilometerweiten Nahtstelle zwischen bewährten Fronteinheiten den dünnen Sicherungsschleier. Nun konnte es nicht mehr lange dauern, bis russische Infanterie auftauchte, den eroberten Frontabschnitt absuchte und bereinigte, die Überlebenden zusammentrieb oder totschlug.

„Los, hoch“, flüsterte Hillmer. „Jetzt ab, hinter den Panzern nach rechts fort.“ Wir griffen nach den Karabinern, zogen uns die Grabenwand hinauf, warfen uns an die sanft abfallende Böschung, keuchten und schnauften. „Leise, um Gottes Willen leise“, flüsterte Hillmer. Die schwarzen Panzerhecks wippten schwer nur vierzig oder fünfzig Meter vor uns; eben überkletterten die Ungetüme einen niedrigen, zerschossenen Panzergraben. Und wieder sprang der gleißende Scheinwerferstrahl wie ein Lichtbogen einige hundert Meter vor. Nun erkannten wir auch die Scheinwerferbatterien, die nicht weit hinter der russischen Linie aufgestellt gewesen waren, die auch links unserer Stellung dort, wo die Front in weitem Bogen zurücksprang und sich an das Ufer des kleinen Flüßchens anlehnte, postiert waren. Nun war der Frontbogen zerrissen, die ganze Front aufgezurrt und eingedrückt. Überall wimmerte es, stöhnte es, schrie es grell. Überall blitzte und pfiff es, dröhnte und ratterte. Hillmer keuchte: „So, nun nach rechts ab“, kroch als erster über die gefährliche Bö-

schung. Wir schlichen hinterher, an den Boden gepreßt, zitternd in der Angst vor dem Erkanntwerden. Dann robbten wir durch einen Wassergraben, über eine Wiese, durch die schlammige Furche eines Stoppelackers, immer parallel zu den sich langsam westwärts schiebenden Panzern, immer in der Furcht vor der nachfolgenden Infanterie, nur von einem Gedanken gehetzt und innerlich ausgehöhlt: Fort, nur fort.
Hillmer richtete sich geduckt auf, flüsterte: „Los, kommt, wir müssen laufen. Sonst ..." Wir schlichen geduckt durch den Schleier von Rauch und Nebel, durch die dämmerige Frühmorgenstunde. Es mochte drei Uhr sein oder vier oder fünf. Das Zeitgefühl war uns abhanden gekommen. Das Gefühl des eigenen Ich war verschwunden. Statt dessen nur noch: Angst, Furcht, Entsetzen. Geduckt rannten wir über das Schlachtfeld; die Panzer hatten sich nun entfernt, klirrten vielleicht vierhundert Meter vor uns. Wir stolperten, fielen, rafften uns wieder auf, keuchten, schnappten nach Luft, fielen nieder, krochen ein Stück, hetzten weiter. King wimmerte: „Ich kann nicht mehr. Laßt mich doch ..." Hillmer zog ihn hoch, brüllte ihn an, stieß ihn vorwärts: „Los, weiter." King stolperte weiter, warf das Gewehr weg, taumelte mit versagenden Gliedern. Wir drei rannten um unser Leben. Rechts und links sprangen ein paar Gestalten aus ihren Löchern auf, folgten uns nach, vielleicht acht, vielleicht zehn Mann. Hämmernde Pulse, röchelndes Atmen, singendes Blut in den Ohren, schwere Füße. Weiter, immer weiter. Niederfallen und Aufraffen, Hasten und Stolpern und Stürzen. Ein Stoppelfeld. Junge Saat. Lehmäcker. Steilhänge. Ein Knieholzstück. Eine schmale Waldschneise. Ein Fluß. Der Queis. „Los, durch", zischte Hillmer und stolperte ins Wasser hinein. Rauschendes Flachwasser um unsere Beine. Plätschernde Flut. Sandige Ufer, die wir zitternd erklommen. Ein weites Waldstück. Weit links vor uns rasselten nun die Panzer. Wir liefen immer noch, mußten nun schon weit von der eigentlichen Durchbruchstelle entfernt sein. Dort war es wieder still geworden; ab und zu der erschütternde Aufschrei eines

Verwundeten: „Sanitääter!“ Hiiilfe!“, dann wieder nur das Rasseln der Panzer. Wir brachen in den Wald ein; Unterholz verstellte den Fluchtweg. Äste und Zweige schlugen peitschend ins Gesicht. Hillmer rief: „Zusammenbleiben! Zusammenbleiben!“ Er mußte Augen wie eine Katze haben, fand unbeirrt von der Dunkelheit den rettenden Fluchtweg, verlor auch im schweigend lauernden Wald nicht die Richtung zu den deutschen Stellungen. Sie mußten hier irgendwo sein, westwärts vom Queis. Oder sie waren auch zurückgenommen worden bei dem Panzervorstoß. Aber sie konnten nicht allzu weit zurückliegen. Hier hatte der Iwan nicht angegriffen. Hier war alles ruhig geblieben. Es war nur ein räumlich begrenzter Durchbruch gewesen, den vielleicht nicht einmal der Wehrmachtsbericht erwähnen würde. Aber uns hatten sie zur Sau gemacht, uns, das halbe Tausend Jungen der LBA.

Wir suchten nach den Stellungen der Panzergrenadierdivision GD, eines ausgesuchten Haufens, gut ausgerüstet, einer Elitetruppe, wie es hieß. Unsere Elitetruppe, die LBA, war zerschlagen, überrollt, in den Boden gewalzt. Nur dieses Häuflein von acht, von zehn Mann war übriggeblieben, vielleicht noch ein paar, denen der Sprung durch die Lichtzone geglückt war, vielleicht noch ein paar Mann, die verwundet oder verstört in ihren Löchern hockten und, wenn sie viel Glück hatten, in Gefangenschaft geraten würden. Der Wald war drohend in seinem Bäumerauschen und Schattengewirr. Bäume, die sich in den Weg stellten. Heckenranken, die einen festhalten wollten. Modrige Baumwurzeln, in denen sich der Fuß verfing. Glitschende Taufeuchte, regennasse Moospolster. Hinfallen und Aufraffen, Weiterstolpern und Vorwärtshasten. Westwärts, westwärts. Das Überschreiten einer Holzabfuhrschneise im dämmrigen Zwielicht. Das Wiedereintauchen in die Wälder. Das Vorwärtstasten und das Flüstern: „Zusammenbleiben, zusammenbleiben!“

Vor uns plötzlich ein Anruf: „Halt! Wer da? Parole?“ Das klickende Umlegen des Sicherungsflügels am MG. Die lauernde Stille. Unsere sich überschlagenden Schreie: „Nicht schießen! Kameraden! Deutsche!“ Die zweifelnde Ungewißheit des Antwortenden: „Parole? Halt! Stehenbleiben!“ Hillmers Antwort: „Jörg von Frundsberg.“ Dann der aufblitzende Strahl eines Handscheinwerfers, der über uns hinwegfuhr, der unsere Augen blendete, der uns von Kopf bis Fuß abstrich. Dann die Stimme: „Näherkommen! Einzeln näherkommen! Waffen wegwerfen.“ Hillmer, der seinen Karabiner mitgeschleppt hatte, ließ ihn fallen. Wir tasteten uns im blendenden Lichtschein auf die rettende Stellung zu. Die Stimme hinter dem Licht: „Gerade aus“ und: „Jetzt rechts“ und: „Nicht zur Seite treten, Vorsicht, Minen.“ Der Sprung, ach nein, das Fallen in den sumpfigen Graben der Linie. Feurig wärmende Schlucks aus einer gereichten Feldflasche. Fragen und Fragen. Rasselnde Feldtelefone. Durchgabe von Meldungen: „Jawohl, Panzerdurchbruch im Quadrat P 2, links von uns mindestens fünfzig Panzer. Der Frontbogen ist eingedrückt. Hier sind acht Jungen einer LBA-Einheit, die die Stellung halten sollte. Wie, Herr Oberst? Nein, mehr nicht. Jawohl, sofort in Marsch setzen nach hinten. Jawohl, wird gemacht. Verstanden.“

Wir lagen im Graben, japsten nach Luft, zitterten und verstanden kaum, daß wir den Angriff überstanden hatten, daß wir dieses Mal gerettet waren. Noch während der Nacht wurden wir zurückgeschickt zu irgendeinem Wehrmachtsstab, der uns ausfragte und tausend Antworten wissen wollte, wo es doch nur die eine Antwort gab: die LBA hatte aufgehört zu bestehen. Finis LBA. Dr. Sanders Hoffnung hatte sich nicht erfüllt. Acht Jungen waren noch übrig geblieben, von der Klasse V IIb nur noch drei: Hillmer, King und ich.

Wir standen im grauenden Morgen frierend und fiebernd. Unsere Gesichter waren kalkig weiß vom Schrecken. King flüsterte ununterbrochen sinnlose Worte vor sich hin. Hillmer lehnte an der Hauswand und hatte die Führung der kleinen Gruppe übernommen. Der Panzerdurchbruch im Frontbogen weitete sich zu einer klaffenden Wunde in der deutschen Stellung aus, zu einer Wunde, die nicht mehr geschlossen werden konnte. Die ganze deutsche Front geriet in Bewegung, fiel zurück, klammerte sich noch einmal für Tage an der Neiße fest, rückte nach Westen, riß uns in den Strudel des Untergangs hinein.

Heidelager: Das Ende

„Stockteich! Alles aussteigen!“ rief die Stimme draußen auf dem kleinen verlorenen Heidebahnhof. Das letzte Kapitel begann dort, wo das erste eingesetzt hatte. Aber das wußten wir damals noch nicht. Wir rafften fluchend die Sachen zusammen, das kleine Sturmgepäck und den Karabiner, kletterten die steilen Stufen des Waggons hinab und standen nun auf dem sandigen Bahngelände. Um uns die graue Schar von Soldaten, die jäh über den stillen Platz hereinbrechende Unruhe des Krieges. „Wir sind da“, sagte Hillmer. Einer der Jungen sagte: „Fertigmachen zum Massengrab.“ Aber niemand lachte. Die anderen konnten nicht wissen, welche Erinnerungen uns mit Stockteich verbanden, mit den Heideflächen, Sümpfen und Fischteichen der Lausitz, mit den geduckten wendischen Fischerdörfchen, mit Heidelager.
Wir marschierten durch den frühen Aprilmorgen. Es war fast auf den Tag das gleiche Datum wie damals, als wir in Heidelager aufgenommen wurden, bloß — zwei Jahre später. April 1945. Die graue Kolonne zog über die sandige Straße. Die alte Bank, auf der damals Dr. Sanders gesessen und auf die Neuen gewartet hatte, stand immer noch da. Die Birken hatten blasses Grün angesetzt und wiegten sich im Winde. Lerchen stiegen hoch und jubilierten. Die Front rollte und war dicht hinter uns. Wir sollten zwischen den Seenketten eine Widerstandslinie aufbauen und halten. Der russische Großangriff mit dem Stoß auf Berlin konnte jeden Tag einsetzen. Es gab nur eines: Halten, Halten um jeden Preis. Nun, das kannten wir schon. Wir kannten auch den Preis, der dafür bezahlt werden mußte. Nicht von denen, die die Befehle erteilten. Von uns.

In den Tümpeln am Weg quarrten die Frösche. Der Heidesand stäubte. Die Soldaten fluchten. Der Tag versprach, warm zu werden, sonnig und warm, vorfrühlingshaft. Der Weg schlängelte sich kilometerweit von Stockteich aus über die Heide. Das Rumpeln der Front begleitete die Kolonne. Es wäre ein friedliches Bild gewesen ohne den Frontlärm: blauer Himmel, ziehende weiße Wolken, linde Luft, die sich wiegenden schlanken Birken.

„Verflucht, wie weit ist es denn noch bis zu diesem Kaff Heidelager?" schimpfte der Leutnant und wollte die Karte aus der Tasche ziehen. Hillmer sagte: „Herr Leutnant, es sind vielleicht noch vierzig Minuten." Der Leutnant wandte sich Hillmer zu. „Soo?" fragte er. „Woher weißt du denn das?" „Oh, nur so", sagte Hillmer, „wir waren früher mal hier auf der Schule." — „Früher?" fragte der Leutnant und lächelte matt. „Früher? Vor tausend Jahren vielleicht?" Hillmer schüttelte den Kopf: „Nein, Herr Leutnant, vor zwei Jahren." — „Oh", sagte nun der Leutnant. „Da wißt ihr ja hier herum Bescheid. Ist ja prima. Ich werde an euch denken, wenn ich euch brauche." Er nickte uns zu und setzte sich wieder an die Spitze unserer Einheit. Einer der Jungen — Graufuß — fragte: „Ja, war hier denn früher auch eine LBA? Ich denke, ihr kommt wie wir von Breslau?" King sagte: „Sicher, aber vorher waren wir hier." Die Jungen verstummten. Die Füße schmerzten; der Karabiner drückte; in der rechten Hand zerrte die Panzerfaust. „Wer hätte das gedacht", sagte ich, „damals vor zwei Jahren." — „Ja", sagte Hillmer, „wer hätte das gedacht. Das war unsere schönste Zeit." King und ich nickten. Erinnerung übersonnte die zurückliegende Zeit. Dr. Sanders. Dr. Helmann. Aber auch: Bargander, der Teppich im Aufenthaltsraum mit den dunklen Flecken, Axmann, der Russ'. Nun wurden wir selbst gejagt und getrieben. Die Sünden der Väter fielen auf uns zurück, auf uns, die wir doch keine Schuld hatten außer der, einmal geglaubt zu haben, geglaubt und vertraut.

Dann, um eine Wegbiegung herum — tauchten vor uns die niedrigen freundlichen, buntgestrichenen Häuschen des Dorfes auf, die langgestreckte graue Mauer um den Schloßpark, die fremdländischen Bäume dahinter, das schmiedeeiserne Eingangsgitter, die saubergeharkten Kieswege, das wuchtige gelbe Schloß. Der Leutnant schwenkte nach links ein und ließ die Einheit auf dem alten Appellplatz halten. Gleich würden sich die Fenster öffnen, würden grinsende Jungengesichter herausblicken, würde einer rufen: „Die Neuen sind da, die Neuen . . ." Aber das Schloß blieb still. Die Fenster blieben verschlossen. Einige Gruppen der Kompanie rückten ab in den Ort; andere gruben sich im Park des Schlosses ein. Der Rest der Einheit wurde in die festen Schloßkeller verlegt. Wir schritten durch die hallenden Räume des leeren Schlosses: die breite Freitreppe, der Speisesaal, die Küchenräume, die Klassensäle, nach Tinte und Staub riechend, unsere einstigen Wohnräume, ausgeräumt und ernüchternd in ihrer Kahlheit, der Balkon. Die Schritte hallten schwer von den Wänden wider. Kühle Dämmrigkeit lastete in allen Zimmern. „Hier also", sagte King, „hier also soll es sich vollenden." Hillmer schwieg. Ich lauschte auf die näherkommende murmelnde Front. Der Leutnant schrie: „Melder! Melder!" Das waren wir. Er schickte uns mit Befehlen zu den einzelnen Gruppen. „Ihr kennt ja die Gegend hier", sagte er. „Ist ja prima." Eine MG-Gruppe schützte flankierend die Zufahrtsstraße von Stockteich her; eine andere Gruppe machte die kleine, weiß und blau gestrichene Holzbrücke sprengfertig; eine dritte Gruppe buddelte Löcher unter den alten Parkbäumen. „Und wir paar Mann sollen die Landzunge zwischen den Seen halten, Herr Leutnant?" fragte Hillmer, als wir zurückkamen. Der Leutnant lächelte melancholisch und sagte: „Hinter uns bauen sie eine feste Stellung auf. Wir sind bloß vorgeschobene Alarmeinheit. Oder Nachhut. Wie ihr wollt." Er sagte: „Na, länger als zwei Stunden brauchen wir ja auch nicht zu halten. Dann hauen wir einfach ab und schließen uns der Stellung an. Dort steht noch alles, was die großdeutsche Wehrmacht Adolf des Einzigen in diesem Frontabschnitt überhaupt hat." — „Und uns verheizen sie hier?" fragte Hillmer mit bohrender Gründlichkeit weiter. Der junge Leutnant zuckte die Schultern. „Kann sein", sagte er, „kann auch sein, daß wir Glück haben, daß wir hier rauskommen. Ihr bleibt bei einem Angriff übrigens hier im Schloß und verteidigt es bis zum Eintreffen des Absetzbefehls. Wir anderen halten die Straße." Als er unsere kläglichen Gesichter sah, sagte er: „Na, wird schon schief gehen. Noch ist Polen nicht verloren." — „Polen?" fragte Hillmer. „Ach was", sagte der Leutnant und machte ein finsteres Gesicht: „Meint ihr, mir hinge das nicht alles zum Halse heraus?" Dann setzte er besänftigend hinzu: „Nun haut euch hin und schlaft ein paar Stunden auf Vorrat. Heute passiert nichts mehr."

Und tatsächlich passierte an diesem Tage nichts mehr und auch nicht am nächsten. Wir bauten die Stellungen aus, buddelten Deckungslöcher, verstärkten die Sprengladungen an der Brücke, richteten im Seitenkeller des Schlosses eine MG-Stellung ein, verbarrikadierten die Fensteröffnungen mit Sandsäcken und benützten die freie Zeit, durch das Schloß zu gehen, durch den weiten sonnigen Park, durch das kleine verlassene Dorf, Erinnerungen wach werden zu lassen, stille Gespräche zu führen. Auf der Straße rollten wieder die Flüchtlingskolonnen, die bespannten Trosse, die motorisierten Wehrmachtseinheiten westwärts durch den schmalen Riegel zwischen den beiden Seen. Das Wummern der Front kam näher. Dann hörte man schon wieder das Klirren feindlicher Panzerrudel in Stockteich und an der Bahnstrecke nach Niesky. Das Unheil wälzte sich heran. Der Leutnant hetzte ununterbrochen von Stellung zu Stellung, pendelte zwischen den einzelnen Gruppen hin und her. „Die hauen ab", sagte er, „die hauen einfach ab, wenn ich nicht aufpasse. Da ist keine Disziplin mehr dahinter. Gut, daß ich mich wenigstens auf euch verlassen kann." Nein, wir würden nicht abhauen. Wir würden das Schloß verteidigen, den Park, den Ort. Wir würden verteidigen mit unseren schwachen Kräften. Es war so sinnlos. Das wußten wir. Aber weglaufen und wieder türmen war auch sinnlos geworden. Alles war sinnlos: kämpfen genauso wie abhauen. Das Schicksal ließ

uns nicht frei. Wir konnten nicht aussprechen, was uns in diesen Stunden bewegte. Wir strichen rastlos wie einst Bargander durch das Schloß, treppauf, treppab. Im Turmgeschoß hockte einer der Jungen als Beobachter. Er hatte das Fernglas des Leutnants an die Augen gepreßt und blickte auf das im Okular so nahegerückte Stockteich. Dort war schon der Iwan. Dichtgedrängte russische Einheiten auf den Straßen der Ortschaft. Panzerschwärme auf dem weiten Bahnhofsvorplatz. Marschierende Kolonnen. Schwere Trucker. Eine bummelnde Kleinbahn hin und her puffend und weiße Wolken ausstoßend. Vielleicht der gleiche Zug, mit dem wir angekommen waren? Der Junge sagte: „Mensch, Ari müßte man haben. Da eine Salve reinsetzen. Das gäbe Luft." Der Leutnant, dem wir die Truppenansammlungen meldeten, winkte ab: „Hat keinen Zweck, nach hinten was durchzugeben. Die sagen doch bloß: Halten, Halten um jeden Preis. Und wir? Was können wir schon machen. Wir müssen warten, bis sie da sind. Dann vielleicht ..."
Wir standen noch im Turmzimmer herum, da rief der Junge erregt: „Da — jetzt fahren sie an." Er blickte durch das Glas und ließ es dann sinken: „Die kommen auf Heidelager zu. Die kommen direkt hierher. In 'ner halben Stunde können sie hier sein." — „Los, runter vom Turm", schrie Hillmer und zerrte den widerstrebenden Jungen mit sich die steilen Treppen hinab. King läutete schon den hallenden Gong im einstigen Speisesaal: „Panzeralarm." Dann setzte trommelnder Artillerie- und Panzerbeschuß ein, umhüllte das Schloß, riß Löcher in die dicken Wände, ließ Kalk und Staub weiß herunterrieseln. „In den Keller", schrie Hillmer. Wir tauchten in den halbdunklen Kellern unter und warteten auf das Ende des Beschusses. Es war nur ein leichter Feuerüberfall, keine Stalinorgeln, keine Salvengeschütze. Es war mehr ein Abtasten als eine daherrollende, alles verschlingende Feuerwalze. Das Schloß wurde von mehreren Treffern angerührt, schüttelte aber bloß Steine, Kalk, Staub und Glas von sich, ließ den Beschuß unbeirrt über sich ergehen.

Dann setzte vorn an der Brücke MG-Geknatter ein; der Feuerüberfall verschob sich nach hinten; Motorengedröhn wurde undeutlich vernehmbar. „Sie kommen", lauschte Hillmer. „Sie sind schon an der Brücke." Eine laute Detonation. Das war wohl die Brückensprengung. Panzerfeuer blitzte auf. Explodierende Handgranaten. Immer noch das takkende MG. Zerflatternde Minen. Dann nur noch das sich näher heranschiebende Panzerrasseln. Verworrener Lärm. „Urräh"

„Wir müssen warten", sagte Hillmer beruhigend zu den erregten Jungen, „bis sie im Park sind und um die Mauerecke kommen. Eher können wir doch nichts machen. Gegen die Panzer sind wir wehrlos. Vorbeirollen lassen, einfach vorbeirollen lassen. Verstanden?" Wir nickten. In uns fieberte Erregung. Die Jungen waren ganz blaß, kniffen den Mund zusammen und konnten das Zittern der Lippen doch nicht unterdrücken. King flüsterte: „Ich komme hier nicht mehr raus; ich komme hier nicht mehr raus." Hillmer am MG drehte sich unwillig um und zischte: „Ruhe, Ruhe." Ein paar feldgraue Gestalten sprangen an den Fenstern vorüber, verschwanden hinter dem Schloß im Park. MG-Garben zirpten gegen die Schloßwand, blätterten Fetzen vom Verputz ab, stießen dumpf gegen die Sandsäcke. Dann schoben sich die Schnauzen der ersten Panzer um das Tor herum auf den Kiesweg zu, furchterregende, graubraune, rasselnde Käfer, feuerzuckend. Sie ruckten beim Einbiegen und schwankten vorüber. Wir hielten unwillkürlich den Atem an. „Eins — zwei — drei — fünf — sieben", zählte Hillmer mit bebendem Munde und spähte aus dem schmalen Sehschlitz. „Jetzt", schrie er mit einem Male, „sie kommen."

Dichte Reihen russischer Infanterie folgten in geringem Abstand den Panzern, Maschinenpistolen in den Händen, leichte Maschinengewehre unter dem Arm. Sie liefen keuchend und brüllten ihr gellendes „Urräh". Ihre braunen Mäntel flatterten; ihre flachen Stahlhelme spiegelten mitunter das Sonnenlicht wider. Die Soldaten hatten verzerrte Gesichter, siegestrunken und ängstlich zugleich. Sie liefen und brüllten

„Urräh", mühten sich, den Anschluß an die Panzer nicht zu verlieren, stolperten und rannten und knieten und schossen, kamen näher und näher, füllten den Park, huschten von Baum zu Baum, spähten nach dem schweigend daliegenden Schloß. Hillmer hatte die Hand am Abzug des MGs, preßte die Lippen aufeinander vor Erregung, ließ die ersten der Iwans am Schloß vorbei, zog dann den Abzugsbügel durch. Knatternd rasselte das MG los, übermächtig schallend im Kellergewölbe. Wir anderen schossen ziellos mit unseren Karabinern, Sturmgewehren und Maschinenpistolen auf die vorbeiflutenden Russen. „Tiefer halten!" brüllte einer von uns. Hillmer mähte mit einer schwingenden Bewegung in die dichten Reihen draußen hinein. Schrille Schreie, purzelnde Gestalten, Rufe „Mamma" und „Urräh". Anhalten der vorwärtsstürmenden Russen. Deckung suchend und sorgfältig zielend. Peitschende Einschläge und Durchschüsse. Beizender Pulverqualm. „Nur nicht näher heranlassen", brüllte Hillmer, „die räuchern uns sonst mit Flammenwerfern aus." Im Nebenkeller das Wimmern eines Verwundeten. Hallende Karabinerschüsse. Hillmer schob einen neuen Gurt ein, steckte den MG-Lauf ein Stück nach draußen, rasselte von neuem los, brüllte dann: „Los, ab jetzt. Hinten raus aus dem Schloß." Wir eilten aus dem Keller die Stiegen hinauf durch den Flur, öffneten die hintere Schloßtür.
King wollte eben durch die Öffnung ins Freie treten, da griff er sich mit einem ächzenden Laut an die Brust und knickte in den Knien ein, stürzte zu Boden, schlug wimmernd um sich. „King", rief ich, „King, was ist los?" Ich wollte hinauslaufen zu King; aber Hillmer zerrte mich zurück, knurrte: „Draußen ist der Iwan; wir kommen hier nicht mehr durch. Wir sind eingeschlossen." King schlug noch immer mit flatternden Gliedern um sich, wimmerte in gellend hohen Tönen. Die Glasfenster der Tür zersplitterten von Gewehrkugeln. Ein MG strich die Rückwand ab. „Aber wir müssen doch was tun", jammerte ich. Hillmer keuchte: „Dem ist doch nicht mehr zu helfen." Einer der Jungen weinte: „Wir müssen ihm doch helfen. Er verblutet ja." King wimmerte und ächzte

gurgelnd. „Hiil —". Hillmer hielt mich fest; das MG strich immer noch die Wand ab. Kugeln fiepten vorüber. Urrähgeschrei. Ein Höllenlärm an der Vorderseite des Schlosses. Der zuckende King auf den steinernen Fliesen, sich aufbäumend. Kugeln, die seinen Körper durchsiebten. Ein letzter wimmernder Aufschrei, ein letztes Sichstrecken des Körpers. Lautlose Tränen.

Hillmer keuchte: „Hat einer ein Taschentuch?" Wir begriffen sofort. „Aber — du kannst doch nicht . . .", flüsterte ich, Angstschweiß im Gesicht. Die Jungen weinten und bettelten: „Du kannst doch nicht . . . Die knallen uns doch alle über den Haufen." Hillmer mit blutleerem Antlitz: „Wollt ihr denn hier verrecken? Es gibt doch keinen anderen Ausweg." Widerspruch: „Wir können's doch versuchen . . ." Hillmer: „Dann versucht doch . . ." Aber wir blieben an unsere Plätze gebannt stehen. Hillmer zitterte genau wie wir alle. Fünf Mann waren wir noch, die Reste der einst so stolzen LBA, der Elite der Nation. „Na, macht schon", fauchte Hillmer. Einer der Jungen reichte Hillmer ein Tuch. Hillmer riß mir den Karabiner aus der Hand, lächelte kläglich: „Du hast doch nichts dagegen . . ." Er knüpfte das Tuch an den Lauf. Draußen brüllten sie immer noch „Urräh" und schossen mit Maschinenpistolen und mit den MGs wie rasend gegen die Schloßwand. Splitterndes Glas. Fallender Verputz. Hastiges Keuchen. Weinen.

„Macht die Armbinden ab, die Schulterklappen, die Ärmelstreifen, los, los", brüllte Hillmer und riß sie sich als erster ab. Wir folgten seinem Beispiel in fiebernder Hast. „Ist ja doch egal", sagte einer der Jungen, „die knallen uns ja doch über den Haufen." Aber auch er ratschte das Ärmelband ab, ließ es zu Boden fallen. Hillmer warf einen Blick zurück und fragte: „Fertig?" — „Fertig", sagten wir. Hillmer sagte: „Dann — mit Gott." Er schob den Karabiner mit dem weißen Tuch aus einer Fensteröffnung hinaus, schwenkte ihn hin und her. Erst schien es, als hätte niemand den weißen Fetzen bemerkt. Das Feuer hielt unvermindert an. Vorbeipeitschende MG-Garben, fiepende Gewehrkugeln, klatschende Pistolenschüsse, das sich entfernende Rasseln der Panzerketten. Aber dann ließ der Kampflärm um das Schloß nach, wurde leiser, verstummte. Stille lag über dem Schloß. Man hörte das Abblättern des Verputzes. Noch einmal eine hallende Salve im Park. Dann eine laute befehlende Stimme: „Dawai! Dawai! Ruki werch!"

„Es ist soweit", sagte Hillmer, zog den Karabiner mit dem Tuchfetzen wieder ein und wartete ab. Aber draußen fiel kein Schuß mehr. „Los", sagte er und warf den Karabiner aus der Fensteröffnung. Wieder peitschte ein nervöser Schuß vorbei. Dann wieder Stille. Die Jungen warfen ihre Waffen zu Boden. Hillmer machte einen Schritt auf die Tür zu. Wir folgten mit bleiernen Füßen. Hillmer stieß die Tür nach draußen auf. Ein paar Glasscherben lösten sich aus der zerschossenen Füllung und klirrten zu Boden. Wieder warteten wir. Wieder brüllte draußen die Stimme: „Dawai! Dawai! Woina kaputt! Dawai! Ruki werch!"

Hillmer hob die Arme hoch über den Kopf und trat mit einem entschlossenen Schritt über die Schwelle ins Freie. Wir anderen drängten nach. Wir schritten aus dem dämmrigen Schloß hinaus in den lichten Park. Dabei mußten wir über den toten King hinüberklettern. Sein Ärmelband leuchtete silbern im Sonnenlicht. „LBA" stand darauf, „LBA". Seine glanzlosen Augen starrten gebrochen zum Schloß, starrten gebrochen auf uns. Der Himmel war blau; weiße Wolken segelten; schüchtern fing ein Vogel sein kleines Lied im Gebüsch an; die Waffen schwiegen.

Wir hatten die Arme erhoben und stelzten stolpernd und steifbeinig der Gefangenschaft entgegen. Das war von der LBA geblieben: Fünf zitternde Jungen in viel zu weiten grauen Mänteln. Das war von der Klasse V II b geblieben: Zwei zitternde Jungen, Hillmer und ich.

Das war von allem geblieben: Das silberne Ärmelband am Mantel des toten King, unsere in den Schmutz getretenen Ärmelbänder im Gang des zerschossenen Schlosses. Das war von allem geblieben. Das. Sonst nichts . . .

NEKROLOG

Die Schüler der Klasse V II b:

Amft, Heinz, Jahrgang 1928, in Waldenburg geboren, vermißt seit dem Frühjahr 1945 in der Festung Breslau;

Axmann, Ernst, Jahrgang 1928, in Czerni/Bukowina geboren, tödlich verwundet im Februar 1945 in der Festung Breslau;

Bargander, Horst, Jahrgang 1929, in Breslau geboren, verunglückt im Mai 1943 auf der LBA Heidelager/Niederlausitz;

Bartsch, Martin, Jahrgang 1929, in Breslau geboren, vermißt seit dem Frühjahr 1945 in der Festung Breslau;

Berger, Günter, Jahrgang 1929, in der Grafschaft Glatz geboren, im Sommer 1944 zur LBA Köthen/Oder versetzt, vermißt seit dem März 1945 im Niemandsland am Queis;

Von Bergström, Klaus, Jahrgang 1928, auf Schloß Wolfshagen bei Niesky/OL geboren, Ende 1944 in Sippenhaft genommen, seit diesem Zeitpunkt vermißt;

Berke, Joseph, genannt „Juno", Jahrgang 1929, in Bad Landeck geboren, vermißt seit dem März 1945 im Niemandsland am Queis;

Bischoff, Klaus, Jahrgang 1929, in Breslau geboren, vermißt seit dem Frühjahr 1945 in der Festung Breslau;

Blaszcik, Erwin, Jahrgang 1929, in Breslau geboren, vermißt seit dem Frühjahr 1945 in der Festung Breslau;

Bock, Heinrich, Jahrgang 1929, in Breslau geboren, vermißt seit dem Frühjahr 1945 in der Festung Breslau;

Czaia, Horst, Jahrgang 1928, in Saara, Kreis Schweidnitz geboren, vermißt seit dem Frühjahr 1945 in der Festung Breslau;

David, Hans, Jahrgang 1929, in Neuhof, Kreis Wartenberg geboren, vermißt seit dem März 1945 im Niemandsland am Queis;

Dobrski, Günter, Jahrgang 1929, in Kunzendorf bei Neurode geboren, im März 1945 bei Schmottseiffen, Kreis Lauban/Niederschlesien gefangengenommen und seitdem vermißt;

Duschek, Fritz, Jahrgang 1929, in Töppendorf bei Strehlen geboren, vermißt seit dem März 1945 im Niemandsland am Queis;

Eichhorst, Hans, Jahrgang 1928, in Frankenstein geboren, im Herbst 1944 aus der LBA und der HJ ausgeschlossen, als Kriegsfreiwilliger der Waffen-SS im Februar 1945 eingezogen, seitdem vermißt;

Franke, Heinrich, Jahrgang 1929, in Niedermoys bei Neumarkt geboren, vermißt seit dem März 1945 im Niemandsland am Queis;

Fräger, Gerhard, Jahrgang 1929, in Namslau/Schlesien geboren, vermißt seit dem März 1945 im Niemandsland am Queis;

Fitzke, Günter, Jahrgang 1929, in Liegnitz/Schlesien geboren, vermißt seit dem März 1945 im Niemandsland am Queis;

Foth, Günter, Jahrgang 1928, in Breslau geboren, vermißt seit dem Frühjahr 1945 in der Festung Breslau;

Franzek, Hans, Jahrgang 1928, in Petersdorf bei Hirschberg geboren, gefallen im Frühjahr 1945 bei der Verteidigung des Carlowitzer Viertels in Breslau;

Gaida, Ernst, Jahrgang 1929, in Breslau geboren, vermißt seit dem Frühjahr 1945 in der Festung Breslau;

Geisler, Günter, Jahrgang 1929, in Hermsdorf bei Waldenburg geboren, in Gefangenschaft geraten im März 1945 (damals als vermißt gemeldet), lebt heute in der DDR;

Glovalla, Gerhard, Jahrgang 1929, in Qualkau am Zobten geboren, im Frühherbst 1944 zur LBA Zakopane versetzt, dort seit der Flucht im Januar 1945 vermißt;

Gottschalk, Heinz, Jahrgang 1929, in Arnsdorf bei Liegnitz geboren, vermißt seit dem März 1945 im Niemandsland am Queis;

Gottwald, Hans, Jahrgang 1929, in Mangschütz bei Brieg geboren, vermißt seit dem März 1945 im Niemandsland am Queis;

Graupe, Hermann, Jahrgang 1928, in Waldenburg geboren, vermißt seit dem Frühjahr 1945 in der Festung Breslau;

Hanke, Heinz, Jahrgang 1929, in Hermsdorf bei Waldenburg geboren, vermißt seit dem März 1945 im Niemandsland am Queis;

Heerde, Willi, Jahrgang 1929, in Habelschwerdt geboren, vermißt seit dem März 1945 im Niemandsland am Queis;

Hilbig, Heinz, Jahrgang 1929, in Bad Kudowa bei Glatz geboren, im Sommer 1944 zur LBA Köthen/Oder versetzt, vermißt seit dem Frühjahr 1945 nach einem Einsatz als Kurier in Wansen bei Strehlen;

Hilbig, Rudolf, Jahrgang 1929, in Leuchten bei Oels geboren, vermißt seit dem März 1945 im Niemandsland am Queis;

Hillmer, Manfred, Jahrgang 1929, in Steingrund bei Waldenburg geboren, heute Lehrer in Süddeutschland;

Horn, Richard, Jahrgang 1929, in Walddorf, Kreis Groß-Wartenberg geboren, im Januar 1945 aus der LBA Breslau geflüchtet; seitdem — auf dem Wege in sein Heimatdorf — vermißt;

Hoffrichter, Helmut, Jahrgang 1929, in Löwenberg geboren; vermißt seit dem März 1945 im Niemandsland am Queis;

Von Hüttenhain, Gero, genannt „von Huttenhenne", Jahrgang 1929, in Brieg an der Oder geboren, vermißt seit dem März 1945 im Niemandsland am Queis;

Knebel, Günter, Jahrgang 1929, in Martinswaldau, Kreis Bunzlau geboren, heute Lehrer in Westdeutschland;

King, Kurt, Jahrgang 1929, in Tillendorf, Kreis Bunzlau geboren, gefallen im April 1945 bei der Verteidigung der LBA Heidelager;

Kriebel, Günter, Jahrgang 1929, in Hoyerswerda in der Lausitz geboren, vermißt seit dem März 1945 im Niemandsland am Queis;

Patschke, Helmut, Jahrgang 1929, in Weberndorf bei Mettkau geboren, Selbstmord im Februar 1945 im Lager Scheundelwiese bei Schreiberhau im Riesengebirge;

Pusch, Manfred, Jahrgang 1929, in Groß-Tinz bei Liegnitz geboren; vermißt seit dem März 1945 im Niemandsland am Queis;

Rabsch, Edgar, genannt „Äppelgrabsch", Jahrgang 1929, in Waldau, Kreis Bunzlau geboren, im März 1945 im Niemandsland am Queis in russische Gefangenschaft geraten, im Jahre 1952 aus der Gefangenschaft in die Bundesrepublik entlassen; heute Professor an einer westdeutschen Kunstakademie;

Schicksnus, Kurt, Jahrgang 1928, in Plicken bei Memel geboren, bei der Volkssturmausbildung an der Panzerfaust im Herbst 1944 schwer verletzt, danach eingeliefert in ein Sonderkrankenhaus, von dort seit dem Frühjahr 1945 ohne Nachricht;

Stelzer, Horst, Jahrgang 1929, in Frankenstein geboren, tödlich verwundet bei der Volkssturmausbildung an der Panzerfaust im Herbst 1944;

Winter, Herbert, Jahrgang 1928, in Breslau geboren, vermißt seit dem Frühjahr 1945 in der Festung Breslau;

Worbs, Hermann, Jahrgang 1928, in Kallendorf bei Saarau geboren, gefallen im Frühjahr 1945 bei der Verteidigung des Scheitniger Sterns in Breslau;

Zink, Waldemar, genannt „Nachtgespenst" und „Langer", Jahrgang 1929, in Hirschberg geboren, meldete sich im März 1945 in Greiffenberg freiwillig zu einem Panzerjagdkommando, seit dem ersten Einsatz hinter der russischen Front bei Lauban vermißt;

Seyfert, Guido, Jahrgang 1927, Schüler der Klasse V III an der LBA Heidelager, im Spätsommer 1944 zur Wehrmacht eingezogen, im Dezember 1944 an der Weichsel gefallen.

*

Arndt, Ursula, Jahrgang 1929, in Martinswaldau, Kreis Bunzlau geboren, seit dem Luftangriff im Februar 1945 auf Dresden zusammen mit ihrer Mutter vermißt.

Die Lehrer:

Dr. Dr. Helmann, Schulführer an der LBA Heidelager, Oberstudiendirektor, im Frühjahr 1944 an eine LBA im Rheinland versetzt, heute im Ruhestand in Westdeutschland lebend;

Dr. Dr. Fleischel, Schulführer an der LBA Breslau; Oberstudiendirektor; seit dem Sommer 1946 führendes Mitglied in der SED Mitteldeutschlands (Abteilung: Schulpolitik);

Dr. Wang, genannt „Wangschingwei“, Schulführer an der LBA Köthen an der Oder; heute unter anderem Namen Mitglied des Zentralsekretariats der SED in Ost-Berlin;

Wrobl, Heimleiter der LBA Breslau, seit dem Frühjahr 1945 in der Festung Breslau vermißt;

Alex, Studienrat für Physik und Chemie, Zugführer-Lehrer an der LBA Breslau, blieb als Führer der LBA-Alarmeinheit in der Festung Breslau, wurde Ostern 1945 bei einem Bombenangriff in der Feldstraße verschüttet;

Dr. Sanders, Studienrat für Deutsch, Geschichte und Erdkunde, Zugführer und Klassenlehrer der Klasse V II b, zuerst an der LBA Heidelager, dann an der LBA Breslau, Jahrgang 1890, vermißt seit dem März 1945 bei Goldentraum am Queis;

Dr. Söhnel, genannt „Pflanzen-Söhnel“, Studienrat für Biologie, Zugführer-Lehrer an der LBA Heidelager und später Breslau, im Januar 1945 zu einem Magenkranken-Bataillon eingezogen, seit Ende Januar 1945 an der Oder vermißt;

Kluß, Ignaz, Musiklehrer, genannt „Der große Naz“, Zugführer-Lehrer an der LBA Heidelager und später Breslau, vermißt seit dem März 1945 in Goldentraum am Queis;

Green, Axel, Sportlehrer, Zugführer-Lehrer an der LBA Heidelager, im Spätsommer 1943 zur Wehrmacht eingezogen, zuletzt Leutnant bei einem Panzerjagdkommando, lebt heute, seit der Rückkehr aus Gefangenschaft, als Lehrer in Norddeutschland;

Green, Ruth, Frau von Axel Green, Halbjüdin, im Spätsommer 1943 verhaftet, in das Konzentrationslager Groß-Rosen eingeliefert, dort seit dem Frühjahr 1945 vermißt;

Dr. Kuhnt, genannt „Klunker", Studienrat, Zugführer-Lehrer an der LBA Breslau, im Spätsommer 1944 freiwillig zur Wehrmacht gemeldet, als Unteroffizier seit dem Januar 1945 bei Baranow vermißt;

Brux, Musiklehrer, Zugführer-Lehrer an der LBA Köthen/Oder, verwundet im Frühjahr 1945 bei der Flucht aus Köthen (die Nachricht von seinem Tode hat sich nicht bestätigt), lebt heute in Westdeutschland;

Bänsch, Stabsleiter in der Gauleitung Niederschlesien, u. a. verantwortlich für die schlesischen LBAs, heute entnazifiziert und als Ruheständler in Norddeutschland lebend;

Dr. Herbst, Studienrat für Mathematik, nach einer Kriegsverletzung als Zugführer-Lehrer an die LBA Breslau versetzt; im Herbst 1944 in ein Nervensanatorium bei Glatz eingeliefert; dort seit der Kapitulation im Mai 1945 vermißt;

Poganka, Studienrat für Englisch an der LBA Breslau, auf der Flucht aus der Festung Breslau als Begleiter des M-Zuges (Klasse der Mittelschüler) durch Bordwaffenbeschuß tödlich verwundet.

Weitere Titel
zu autobiographisch-zeitgeschichtlichen Themen
im Bergstadtverlag Wilhelm Gottlieb Korn

Der große autobiographische Roman in zwei Teilen:

Heinz Piontek
Zeit meines Lebens
Autobiographischer Roman · Erster Band
436 Seiten · 13 × 21 cm · Leinen

In »Zeit meines Lebens« beginnt der Dichter seine Geschichte ganz von vorn zu erzählen: von Herkunft und Elternhaus, Kindheit und Jugend. Er erinnert sich genau und aufrichtig an frühe, tiefe Eindrücke und Erfahrungen; wir lesen von seinen Freundschaften, die er mit Gleichgesinnten schließt, wie er sich für Sport und Segelfliegen begeistert, doch ebenso für Zeichnen und Malen in der Natur und schließlich auch für die Kunst des Schreibens. Epische Mitte dieses ersten Bandes ist die oberschlesische Kreis- und Grenzstadt Kreuzburg »am Ende des Reiches«. Daß der Autor in der Zeit der »braunen Diktatur« aufwuchs, wird hier immer wieder augenfällig. »Zeit meines Lebens« zeugt von großer Aufrichtigkeit und Wirklichkeitstreue.

Heinz Piontek
Stunde der Überlebenden
Autobiographischer Roman · Zweiter Band
606 Seiten · 13 × 21 cm · Leinen

»Die wunderliche Atmosphäre jener Jahre zwischen Nichtmehrkrieg und Nochnichtfrieden, die den Spätergeborenen kaum zu vermitteln ist, hat Heinz Piontek präzis wiedergegeben... Seine Bestandsaufnahme ist so, daß man auf jeder Seite als Zeitzeuge sagt: ›So war es‹.« *Frankfurter Allgemeine Zeitung*

»Die detaillierte und persönliche, dabei aber nie indiskrete oder aufdringliche Art, mit der Piontek erzählt, hat Effekte, die man beim Lesen seines ›autobiographischen Romans‹ mehr und mehr zu schätzen lernt. Es entsteht ein außerordentlich dichtes und nuancenreiches Zeitbild, und man erhält vielfachen Einblick in die Verfaßtheit der Menschen und die Bewegtheit der Zeit um die sogenannte ›Stunde Null‹.« *Rheinischer Merkur*

Ursula Seiring

Du sollst nicht sterben

Erlebnisse einer deportierten Ostpreußin

128 Seiten · 13 × 21 cm · Broschur

Die Autorin schildert die Stationen und Erlebnisse ihrer Deportation aus Guttstadt in Ostpreußen in die russische Taiga von Januar 1945 bis Oktober 1946. Sie berichtet auch von der Hilfe, die ihr durch Mitgefangene und einzelne Russen zuteil wurde. Ein aufwühlendes Buch, das nichts verschweigt. Und ein versöhnliches Buch, das geeignet ist, die Gemeinsamkeiten zwischen Russen und Deutschen nach zwei grausamen und trennenden Diktaturen wiederzuentdecken und neu zu beleben.

Konrad Wernicke

Jugendjahre im Schatten des NS-Regimes

Erlebnisse eines schlesischen Juristen

164 Seiten · 13 × 21 cm · Broschur

Ein halbes Jahrhundert ist seit den Ereignissen vergangen, über die der Verfasser berichtet. Sie spiegeln das Leben in Schlesien wider zu einer Zeit, in der das nationalsozialistische Regime alle Lebensbereiche zu kontrollieren und unter Zurückdrängung des geltenden Rechts zu regeln suchte. Geschildert wird, wie sich die Menschen damals gegenüber den Eingriffen der Partei verhielten, auch indem sie Nischen aufsuchten, um für kurze Zeit freier atmen zu können und der politischen Durchdringung des Alltags zu entgehen.

Ruth Storm

Ich schrieb es auf. Das letzte Schreiberhauer Jahr

121 Seiten · 12 × 18 cm · Leinen

Dieses Tagebuch entstand unmittelbar unter dem Eindruck der tragischen Ereignisse der letzten deutschen Monate im schlesischen Schreiberhau. Die gerade in ihrer Schlichtheit begründete Emphase der Sprache, das bloße Konstatieren des Unfaßbaren und Rückbesinnung auf die ewigen Werte des Menschen tragen wesentlich dazu bei, daß es keine der üblichen (An-)Klageschriften über den gewaltsamen Verlust der Heimat ist. Einerseits sind die Aufzeichnungen Ruth Storms, Trägerin des Eichendorff-Literaturpreises 1983, ein ganz persönlicher Katastrophenbericht zu den Erlebnissen zwischen 1945 und 1946 im Osten Deutschlands, andererseits muß man in ihnen gleichzeitig ein mahnendes literarisches Zeugnis für unser »Jahrhundert der Vertreibungen« sehen.

Ruth Storm

Das geheime Brot

Erlebtes und Bewahrtes · Erzählungen

145 Seiten · 12 × 18 cm · Leinen

In den hier vorgelegten Erzählungen wird der Leser überwiegend mit einer Problematik konfrontiert, die vor allem durch die Teilung Oberschlesiens nach dem Ersten Weltkrieg und durch die Vertreibung am Ende des Zweiten Weltkriegs gekennzeichnet ist. Einfühlend und nüchtern, ohne jede Beschönigung gibt Ruth Storm den Schicksalen und Menschen Gestalt und Glaubwürdigkeit. Und immer wieder schimmert die Sehnsucht nach einer Welt des friedlichen Miteinanders durch, die eine ernste Aufforderung an alle Menschen guten Willens ist.

Hugo Hartung

Der Himmel war unten. Roman
Der Deserteur oder
Die große belmontische Musik. Novelle

453 Seiten · 13 × 21 cm · Leinen

»Der Himmel war unten«: Breslau im letzten Kriegswinter. Die schlesische Hauptstadt ist zur Festung erklärt und damit zum sinnlosen Widerstand gegen den übermächtigen Feind verurteilt. Dieser Roman, der zu den bedeutendsten literarischen Werken über den Zweiten Weltkrieg gehört, schildert den verzweifelten Kampf der Menschen ums Überleben. In einer Fülle von Einzelschicksalen spiegelt sich der Untergang der Stadt auf erschütternde Weise.

»Der Deserteur«: Diese Novelle, die das Erlebnis eines Soldaten 1945 im belagerten Breslau erzählt, rührt an Überirdisches. In einer Nacht der äußersten geistigen Freiheit löst sich, wie in Shakespeares Zauberland Belmonte, alles Harte und Schwere in Harmonie und schwebender Musik. Eine »Zeitdichtung hohen Ranges«.

Neue literarische Welt

Hugo Hartung

Gewiegt von Regen und Wind. Roman
Schlesien 1944/45. Aufzeichnungen und Tagebücher

414 Seiten · 13 × 21 cm · Leinen

»Gewiegt von Regen und Wind«: Paul Kendcinsky, ein oberschlesischer Pastor von einfacher Herkunft, ist im Sommer 1945 mit dem Fahrrad nach Westen unterwegs. An der Görlitzer Neiße gerät er in den Sog eines ungeheuerlichen Geschehens: Zehntausende heimatloser Flüchtlinge müssen erfahren, daß die einzige intakte Brücke sie von der Heimat trennt, statt hinüberzuleiten. Am Ende aber weiß Pastor Kendcinsky, daß es doch einen Weg aus der Heimatlosigkeit gibt.

»Schlesien 1944/45«: Für den Thüringer Hugo Hartung, damals Chefdramaturg an den Breslauer Bühnen, war Schlesien zur zweiten Heimat geworden. Im September 1944 wurde er – mit 42 Jahren! – Soldat. Hier beginnen, nach einem »Nachsommerlichen Vorspiel«, seine Tagebücher. Der Ernst der Lage und die Heiterkeit, mit der sie bisweilen bewältigt wird, stehen in diesen Tagebüchern miteinander im Kontrast wie so oft in den Erzählungen und Romanen des Autors. Mit ihrer eindringlichen Beschreibung des Untergangs von Breslau sind diese Aufzeichnungen ein erschütterndes Zeitdokument.

Seit 1991 im Bergstadtverlag W. G. Korn

SCHLESIEN

KUNST · WISSENSCHAFT · VOLKSKUNDE

Niederschlesien – Oberschlesien – Sudetenschlesien

Begründet von Karl Schodrok

Herausgegeben von Eberhard Günter Schulz

Die Vierteljahresschrift SCHLESIEN ist eine deutsche Kulturzeitschrift, die der Vermittlung von fundierten Kenntnissen und diskussionswürdigen Gedanken über die Natur, Geschichte und Gegenwart dieses nach Goethe »zehnfach interessanten« Landes gewidmet ist. In ihr wirken Wissenschaftler vieler Fachgebiete, Künstler und Publizisten, die sich dieser Thematik forschend, schöpferisch gestaltend oder ausgewogen darstellend angenommen haben. Schlesien wird dabei nicht als politische Einheit, sondern als Kulturraum verstanden, so daß natürlich die schlesische Oberlausitz und auch »Sudetenschlesien«, namentlich das frühere Österreichisch-Schlesien, einbezogen sind. Insbesondere dient die Zeitschrift der Aufgabe, das deutsche Kulturerbe Schlesiens zu pflegen und in Zusammenarbeit mit den heutigen Bewohnern Schlesiens in die künftige kulturelle Präsentation dieser europäischen Brückenlandschaft einzubringen.

Das Jahresabonnement (vier Hefte) kostet ab 1991 DM/sFr. 38.–/öS 300.– zuzüglich DM/sFr. 8.–/öS 70.– für die Zustellung. Ein Einzelheft kostet DM/sFr. 12.–/öS 100.–, der in Leinen gebundene Jahresband DM/sFr. 52.–/öS 410.–. Für Hefte und Bände der Jahrgänge vor 1991, die zum größten Teil noch verfügbar sind, gelten die alten Preise.

Der Zeitrückstand im Erscheinen der Zeitschrift wird zügig aufgeholt werden, so daß 1996 der normale Quartalsrhythmus wiederhergestellt sein wird.